아기는 악당을 키운다

Babies raise villains

리샤 장편소설

1

아기는 악당을 키운다 1

초판 1쇄 발행 2022년 7월 29일
초판 1쇄 발행 2022년 8월 30일

지은이 리샤
발행인 오광백
편집 편집부
표지 내지디자인 디자인그룹 헌드레드
내지 편집 오정인
제작 조하늬

펴낸 곳 (주)삼양출판사 · 피오렛
주소 서울시 강북구 도봉로 173
대표 전화 02-980-2112 **팩스** / 02-983-0660
편집부 전화 02-980-2116 **팩스** / 02-983-8201
블로그 blog.naver.com/dan_gul
출판등록 1999년 3월 11일 제9-00046호

ISBN 979-11-283-7175-2 (04810) / 979-11-283-7174-5 (세트)

+ 이 도서의 국립중앙도서관 출판시도서목록(CIP)은 서지정보유통지원시스템홈페이지(http://seoji.nl.go.kr)와 국가자료공동목록시스템(http://www.nl.go.kr/kolisnet)에서 이용하실 수 있습니다.

fioret 은 (주)삼양출판사의 로맨스 판타지 문학 브랜드입니다.

아기는
악당을
키운다
Babies raise villains
리샤 장편소설 1
fioret

Contents

Chapter 1.

난 몇 번이나 눈을 끔뻑여 몽롱한 시야를 정리했다.

푹신한 침대를 누르고 가까스로 일어난 뒤 벽면에 걸린 거울을 바라보자 보이는 건…….

도톰한 단풍잎 같은 손, 프랑크 소시지가 이어진 듯한 오동통한 팔, 불룩 튀어나온 연한 볼살, 마음대로 움직이지 않는 삼 등신의 몸, 공중제비를 하다 봐도 네 살 아이로밖에 보이지 않는 이 짤따란 육체.

난 거울 속의 자신을 망연자실 쳐다보며 생각했다.

'또야. 또 회귀해 버렸어.'

또 이 거지 같은 삶을 다시 살아야 한다니!

*　　*　　*

내 이름은 르블레인.

처음부터 내 인생이 난장판인 것은 아니었다.

천애 고아인 내가 '2월 29일에 태어난 아이 중 유일하게 신성력을 가졌다'라는 이유로 '운명의 아이'가 된 것은 확실히 운 좋은 일이었다. 운명의 아이라는 걸출한 명패를 위해서 황태후가 나를 귀족가에 입양시켜 주었으니까.

황태후의 무릎에 앉아 그녀가 내민 초상화 중 하나를 고르는 것만으로 난 내가 택한 가문의 아이가 됐다.

선택지는 총 세 가지였다.

1. 제국의 질서를 수호하는 정의로운 용사 〈아미티에 공작〉.

2. 천 명의 학자를 배출했다는 명망 깊은 가문의 〈발루아 공작〉.

3. 막강한 군사력과 재화를 소유했지만, 악당 중의 악당이라는 〈듀블레드 공작〉.

첫 번째 삶에서 선택한 가문은 아미티에였다.

완전한 아기의 정신으로 뭣 모르고 선택했지만, 아미티에 공작은 제법 괜찮은 아버지였다. 신중하고 정의롭고 이성적인 사람으로 난 그런 새아버지를 존경하며 따랐다. 그때까지만 해도 퍽 평화로운 삶이었다.

'진짜 운명의 아이인 미나가 이 세계에 나타나기 전까지는 말이야.'

그랬다. 사실 나는 신탁을 오역한 바람에 나온 가짜 운명의 아이였던 것이다.

하루에 고작 서너 시간 눈 붙이며 수련했지만 신성력을 제대로 발현시키지 못한 나와 달리, 미나는 완벽한 '운명의 아이'였다. 가뭄엔 정령을 불러내기도 하고, 예지로 전쟁을 막아 낸 적도 있었다. 그뿐인가. 태양처럼 밝은 그녀는 모두의 사랑을 받았다.

나를 입양한 아버지, 아미티에 공작에게마저도.

그녀는 아버지의 첫사랑이 두 사람 사이의 딸을 다른 차원에서 낳고 온 게 아닐까 싶을 정도로 둘을 반반씩 섞어 둔 것 같았다. 아버지와 미나는 운명처럼 서로에게 끌렸다. 결국, 교황청의 도움으로 미나는 아버지의 두 번째 딸이 되었다.

그리고 난…….

'악신을 봉인하는 의식에서 미나를 위해 희생당했지.'

처음 회귀했을 때는 기뻤다. 신이 준 새로운 삶의 기회라고 여겼다.

두 번째 삶에선 〈발루아 공작〉을 택했다.

그리고 허구한 날 발루아 공작에게 얻어맞았다. 그놈은 진짜 나쁜 놈이었다. 매일같이 교육이라면서 나를 솥뚜껑 같은 손으로 패다가 황궁에 갈 때만 번듯하게 씻기고 꾸며 줬다.

두 번째 삶에서의 마지막 날도 그랬다. 흠씬 얻어맞다가 책상 모서리에 머리를 박았는데 눈 떠 보니 회귀해 있었다.

세 번째 삶에선 도망쳤다.

하지만 아기의 몸으로 무엇을 할 수 있겠는가. 앵벌이 거지 패에 들어가서 갖은 고생을 하다가 굶어 죽었다.

그렇게 나는 세 번의 회귀 후, 인생 4회 차가 되고서 깨달았다.

'응, 여긴 틀렸어. 망명하자.'

그렇게 생각하기 무섭게 문이 벌컥 열리더니 화려하게 차려입은 노년의 여성이 들어왔다. 그녀는 날 무릎에 앉히고 손짓했다. 이윽고 시녀가 손바닥만 한 초상화 세 장을 가지고 왔다.

"네 아버지를 선택할 시간이다."

그녀는 매우 인자하게 웃었다.

하지만 나는 안다. 내가 사실 가짜였다고 밝혀진 순간, 이 눈이 얼마나 차가워지는지.

황태후가 포슬포슬한 내 머리를 쓰다듬으며 초상화를 내밀었다.

"자, 운명의 아이야. 선택하려무나."

난 세 장의 초상화를 보고 복장이 터져서 오동통한 주먹으로 눈을 벅벅 문질렀다. 그리고 이내 숨을 가다듬었다.

'진정하자. 어차피 있을 곳은 필요해.'

또 바로 전 삶처럼 거지 패에서 동냥하며 살다가 죽을 순 없다. 망명할 때까지 아사라든지, 객사할 걱정 없이 조용히, 그저 조용히만 살다가 망명할 수 있는 가문. 그런 가문을 선택하는 거다.

'그렇다면 이번엔—'

"어머나."

내가 고른 초상화를 본 시녀와 황태후가 눈을 동그랗게 떴다.

*　*　*

황태후의 교지와 함께 입양될 가문에 도착한 나는 아버지가 될 남자를 보고 마른침을 삼켰다.

'진짜 잘생겼네.'

남자는 구경하는 것만으로도 하루가 훌쩍 가게 생긴 화려한 미남이었다.

베어 낸 듯 섬세한 턱선, 날렵한 눈매에 찬란한 시안 블루의 눈동자, 단정한 콧대와 보기 좋게 자리 잡은 입술, 셔츠에 가려진 탄탄한 몸매, 장신의 키, 떡 벌어진 너른 어깨.

기묘한 건 이렇게 아름다운 남자의 눈빛이 살육자의 그것처럼 선뜩하다는 것이었다. 정수리에 죽창을 맞으면 딱 이렇게 쓰라리지 않을까 싶은 시선이었다.

나를 지그시 응시하던 남자가 드디어 보기 좋게 자리 잡은 입술을 열었다.

"저 밤톨 같은 건 삶아 먹으라고 보내온 건가."

결론부터 말하자면 내가 선택한 건 천하의 악당이라는 듀블레드 공작이었다.

'실제로 첫 번째 삶에선 흑막이었고.'

또 구렁텅이로 들어가는 건 아닐까 싶긴 했지만, 다른 선택지가 너무 구렸다.

남자의 부관이 내 옆에 서서 퍽 곤란한 어조로 답변했다.

"아이의 양육을 부탁한다는 황태후의 전교가 있었습니다."

긴 손가락으로 날렵한 턱을 느른히 매만진 듀블레드 공작이 몸을 일으켰다.

"노망이 들었군."

그러곤 한 치의 주저 없이 선언했다.

"돌려보내라."

"하지만 각하, 교단과의 사이를 돌이킬 기회입니다. 황태후의 부탁을 단칼에 거절하는 것도 뒷일이 복잡해지지 않겠습니까."

부관은 열정적으로 그를 설득했는데, 난 속으로 고개를 저었다.

'아냐. 부관 아저씨, 틀렸어요.'

한 번도 스무 살을 넘겨 보진 못했어도 인생 4회 차. 지금까지 쌓인 내공으로 보기엔—

'황태후나 교황청의 협박은 씨알도 안 먹힐걸요?'

하지만 그건 내게는 곤란한 일이었다. 어느 정도 자란 뒤에 도망치기 편한 곳은 여기뿐이다.

개인보다 대의를 우선하는 아미티에나, 명예를 목숨처럼 생각하는 발루아는 황태후가 보내 준 '운명의 아이'가 도망칠 틈조차 주지 않을 테니까.

내게 관심이 없는 이 사람이야말로 새아빠에 제격이었다.

'역시 방법은 하나뿐인가.'

나는 양손으로 부관의 바짓단을 팡팡 두들겼다.

"시비롤 치릴 무톤보 테금 감사. (12월 7일 무통보 세금 감사.)"

두 남자의 시선이 일시에 내게 집중되었다.

"예?"

부관은 내 말을 못 알아들은 모양이었다. 갑작스러운 옹알이에 당황했을 뿐인 표정이다. 나는 가슴을 꽝꽝 치고 싶은 심정이었다.

'아, 이 미숙한 몸이여.'

가뜩이나 어려운 발음인데 회귀한 지 얼마 안 되어서 혀가 제대로 돌아가지 않는다.

이건 비장의 수였는데.

이전 삶들에서 분명히 보았다. 올해 겨울, 듀블레드를 표적으로 삼은 무통보 세금 감사가 있는 것을. 물론 탈세의 명가, 듀블레드는 어마어마한 추징금을 냈다.

공작은 아들만 셋이라니까 알아들을 수 있지 않을까. 내 발음이 뭉개져도 애를 많이 다뤄 본 사람들은 꽤 잘 알아듣곤 했다.

그러나 나는 희망을 갖다가 금세 포기했다.

저런 냉혈한이 후계라고 제 손으로 키웠을 리 없잖아. 못 알아듣겠지?

'글씨라도 쓸 수 있었으면. 하지만 말도 미숙한 내가 펜을 제대로 다

를 수 있을 리 없— 으악!'

눈 깜짝할 새에 듀블레드 공작이 나를 안아 들었다. 목전에서 날카로운 눈동자에 밴 예기가 느껴지니 오금이 다 저릴 지경이었다.

"12월 7일에 무통보 세금 감사가 있다고?"

……어떻게 알아들었지?

신기한 마음이 들었지만, 이게 문제가 아니었다. 혹시 어린애답지 않은 나를 징그럽다고 여길까 봐서 난 최대한 순진한 척 말했다.

"으응. 쉿, 비미리야 해써요. (응. '쉿, 비밀이야'라고 했어요.)"

"노스."

듀블레드 공작이 부관을 돌아보았다. 우리를 보고 조금 당황하던 부관은 이내 표정을 수습하고서 대답했다.

"예."

"장부는 어느 선까지 정리되었나."

"무슨……. 네 살배기 아이의 말입니다. 진정 믿으십니까."

"네 살배기 아기가 무통보 세금 감사라는 말을 아는 것은 믿기는가 보지."

"……즉시 확인하겠습니다."

그렇게 대답하고서 부관은 재빨리 방을 뛰쳐나갔다. 방에 남은 공작과 나는 서로를 쳐다보았다.

'진짜 무섭긴 하다…….'

이 외모에 이 재력, 이 권력으로 아내를 잃은 후 평생 수절했다길래 의아했는데, 이것 때문이었나 보다.

'무서워서 여자들이 접근하기 힘들었겠어.'

그가 성큼성큼 걸어가 설렁줄을 잡아당겼다. 얼마 지나지 않아 메이드복을 입은 젊은 여성이 들어왔다. 공작은 나를 향해 무심하게 턱짓하고선 말했다.

"비루먹은 조랑말 냄새가 나는군."

"아기님의 목욕을 도울까요."

"그래."

여성은 나를 안은 채로 허리를 굽혔고, 나는 여성의 목에 달랑달랑 매달려 방을 나섰다.

날 욕실에 데려다준 여성은 빙그레 웃으며 치렁치렁 불편한 옷을 조심스럽게 벗겨 주었다.

"레아라고 불러 주세요, 아기님."

"녜."

"이제부터 따뜻한 물에서 재밌는 놀이를 할 거예요. 기대되시지요?"

"녜."

"아유, 착해라."

"녜."

레아는 귀엽다는 듯 내 등을 토닥토닥 두들기고, 물을 받았다.

곧이어 하녀들이 들어와 나는 본격적인 목욕을 시작했다. 따뜻한 물속에 앉아 있기만 하면 알아서 척척 씻겨 주어서 아주 편했다. 몽글몽글한 거품을 만지고 싶은 걸 참는 건 조금 힘들었지만.

'얌전히 굴어야 해.'

귀찮은 애는 미움받는다.

부모의 관심을 받지 못하는 아이가 살아가려면 고용인의 도움이 필수라는 걸, 난 발루아 공작 영애였던 경험으로 알고 있었다.

하녀들의 손놀림은 아주 빠르고 능숙했다. 그래서 머리 감는 시간을 참는 건 그렇게 어렵지 않았다.

'듀블레드 공작은 나쁜 놈이지만 발루아 공작처럼 쓰레기는 아닌가

봐.'

때리지도 않고 고용인도 붙여 주었잖아.

바닥을 친 듀블레드 공작의 호감도가 아주 조금 상승했다.

목욕이 끝나고 레아는 나에게 포근한 옷을 입혀 주었다. 황태후의 시녀가 내게 입힌 옷은 화려하기만 하지 거슬거슬하고 품이 커서 엄청 불편했는데, 이 옷은 아주 편안했다.

레아가 옷의 단추를 잠가 주는 동안 하녀들의 수다 판이 벌어졌다.

"주인님께서 정말 입양하실까요?"

"아무리 황태후의 명이라도 곧이곧대로 들을 분이 아니시지."

"하지만 운명의 아이잖아요."

"그게 말이야……."

하녀는 문을 흘깃 쳐다보고 속삭였다.

"신탁을 잘못 해석한 거라는 의견이 많단다. 아기님의 몸에 내재한 신성력의 양이 턱없이 적다는구나."

발루아 공작이 날 아무렇지 않게 학대한 이유도 그것이었다. 나를 운명의 아이라고 생각하지 않는 사람들이 많았다.

'실제로도 가짜였지.'

그렇게 생각하는 동안에도 하녀의 수다는 이어졌다.

"게다가 듀블레드가 교황청과 얼마나 사이가 나쁘니. 내가 보기엔 입양은 어려―"

"그만."

레아가 짐짓 엄한 투로 하녀들의 대화를 끊었다.

"아기님의 앞에서 할 이야기가 아니다."

레아는 노려보는 것으로 하녀들에게 주의를 주고, 내게 머그잔을 건넸다.

"자, 드셔요."

목소리가 다정해서 조금 안심이 되었다.

발루아 영애 시절처럼 고용인들에게 무시를 받는다면 살기 힘들 텐데, 다행히 상급 고용인인 레아는 아이에게 상냥한 사람이었다. 만에 하나 고용인들이 괴롭혀도 레아라면 도와줄지 모른다.

'레아는 착한 사람인가 봐. 먹을 것도 주고.'

듀블레드에선 어떤 걸 먹나 싶어 컵을 들여다본 난 눈이 화등잔만 해졌다.

'맙소사, 이건 초콜릿이잖아.'

초콜릿은 눈이 튀어나올 정도로 고가의 호사품이었다. 당연히 거지패에 몸담았던 직전 삶에선 초콜릿 같은 고급 음식은 구경도 하지 못했다.

주인의 성품대로 검소했던 첫 번째 삶의 아미티에 공작가에선 호사품을 멀리했다. 날 학대했던 발루아가 이런 것을 내게 줄 리도 없었다. 황태후를 만나러 성에 가거나, 교황청에 들를 때에서야 맛이나 조금 보던 것이다.

초콜릿을 맛본 난 북받치는 감동에 어깨를 부르르 떨었다. 입안 가득 퍼지는 단맛. 혀에 닿은 감촉은 융단처럼 부드럽고, 코안으론 씁쌀한 향기가 훅, 밀려들었다.

'아, 오늘 회귀해도 좋아…….'

레아는 초콜릿을 게 눈 감추듯 호로록 마시는 나를 귀엽다는 듯이 쳐다보다가 입가에 덕지덕지 묻은 초콜릿을 다정하게 닦아 주었다.

"이제 주인님께 갈까요?"

머그잔 바닥의 초콜릿을 스푼으로 싹싹 긁어 먹지 못해서 조금 아쉬웠지만, 순순히 레아를 따라갔다.

'착하게 굴어야 해, 착하게.'

이전 삶에 비하면 여기는 천국이고, 나는 이 천국이 마음에 쏙 들었다.

나한테 관심도 없지. 고용인도 붙여 주는 데다가 그 고용인은 아이에게 손을 올리지 않을 것 같은 착한 사람이지. 그리고 무려 초콜릿을 한 컵 가득 주지.

망명 전까지 지내다 떠나기엔 최적의 조건이 아닌가!

'하지만 공작이 나를 쉽게 입양시켜 주진 않을 것 같아.'

그는 피도 눈물도 없는 냉혈한이라는 소문이 있는 사람이다. 그리고 내가 보기에도 소문이 틀린 것 같지 않았다.

'그렇다고 해서 마냥 손 놓고 있을 순 없어.'

발루아 공작에게 또다시 평생을 폭행당하다가 죽고 싶지는 않았다. 거지 패에 들어가서 아사하는 것도 사양이다.

'입양할 마음이 들도록 듀블레드 공작에게 잘 보이는 거야.'

레아가 의지에 불타는 나를 데려간 곳은 공작의 집무실이었다. 사무관으로 보이는 남자 둘과 대화 중인 공작이 보였다.

나는 레아의 손을 놓고 도도도도 달려가서 공작의 다리에 매달렸다. 그러자 레아가 놀라 입을 틀어막았고, 당황한 사무관이 나를 그에게서 떼어 내려 했다. 하지만 난 생명줄을 붙잡은 것처럼 철썩 달라붙어 떨어지지 않았다.

공작의 눈썹이 꿈틀 움직였다.

"뭐 하는 짓이지."

난 필사적으로 공작의 앞에서 깡충깡충 뛰다가 번쩍 손을 올리고 말했다.

"아나 주떼요. (안아 주세요.)"

가늘어진 그의 눈동자에서 못마땅함과 당혹이 동시에 읽힌다. 절로 목이 움츠러들었다.

'하지만 또 비참하게 죽기 싫어.'

회귀하기 싫어.

밥은 조금만 먹을게요. 사랑받고 싶다는 주제넘은 생각 따위 다시는 하지 않을 거예요.

'그러니까 제발―'

그가 내 목 부근의 옷깃을 잡고 휙, 들어 올리며 "정신 사납게 하지 말고……." 하고 중얼거리던 찰나. 난 덥석 그의 목을 끌어안고 뺨에 얼굴을 비볐다.

"공잔미, 조하. (공작님, 좋아.)"

공작이 그 자세 그대로 굳어 버렸다.

* * *

세계에서 가장 광활한 영지를 가진 나라, 제국 위그젠트라.

현재까지의 위그젠트라의 권력관계를 크게 나누면 이러하다.

〈국교 네리아드〉.

〈제국의 황가〉.

〈5공작가〉.

셋은 등변의 트라이앵글을 이루며 서로를 견제, 또는 합심하여 제국의 번영을 이루었다. 이 트라이앵글은 내 나이 15세를 기점으로 크게 변화를 겪는다.

〈5공작가〉를 밀어내고 단 하나의 가문, 〈듀블레드 공작가〉가 마지막 자리를 차지한 것이다. 그런 듀블레드의 영지성은 실로 대단한 위용을 자랑했다.

어린 몸으로 세기 버거운 탑의 수, 생채기 하나 없는 반질반질한 석조 바닥과 섬세한 문양이 빼곡한 육각의 기둥, 천장에서 존재감을 과시하는 호화로운 샹들리에, 벽면에 줄을 이룬 장식장마다 빽빽하게 자리 잡은 보화, 그리고 본성과 수없이 많은 탑의 동, 서, 북녘을 감싼 끝없는 숲 등등.

이런 어마어마한 성의 주인인 듀블레드 공작은 호락호락하지 않았다. 내 필사의 애교에도 입양을 해 주진 않은 것이다. 그나마 다행인 건 완전히 실패는 아니었다는 점이었다.

'입양은 해 주지 않았어도 얼마간 지낼 방은 내주었거든!'

공작은 오랜 시간 마차를 타고 온 아이가 여독을 풀게 해 주라는 명을 내렸다.

'하지만 그게 어딘가요.'

바로 쫓겨났으면 발루아로 가게 되었을지도 모르는데.

나는 슈크림 빵 같은 조그만 양 주먹으로 입을 가리고 이히힛 웃었다.

듀블레드 공작이 내준 방은 정말이지 마음에 쏙 들었다. 푹신한 침대에 포근하고 따뜻한 이불이 있는 것은 물론, 장난감이나 놀이 상대도 많아서 지루할 틈이 없었다.

그리고 이 성에서 묵은 지 열흘째. 난 방세를 착실히 내고 있었다.

"또 '모자 아찌' 가 무슨 이야기를 하더이까?"

"오리할콩 옛 고언에 이써. (오리하르콘이 옛 고원에 있어요.)"

"오리하르콘!"

교단의 사제들에게서 들은 내용을 술술 불어 버린 것이다.

난 공작의 무릎에 앉아, 신이 난 듀블레드의 가신들을 쳐다보았다.

"참으로 신기합니다. 어찌 이리 똘똘하실까요."

"그러니 운명의 아이인 게지요."
"암요."
가신들이 어허헛, 웃었다.
나는 양심에 찔려서 슬그머니 시선을 피했다.
'사실 가짜 운명의 아이랍니다.'
마음대로 회귀 전의 기억을 써먹을 수 있는 것도 아니었다. 아기의 몸은 뇌가 성장하지 않아서 충동적이며, 애처럼 굴 수밖에 없었다.
미성숙한 뇌로는 '어른의 사고'를 하기가 힘든 것이다. 이 몸으로 어른의 사고를 깊게 하면 몇 날 며칠을 잠에 빠져 살든가, 엄청나게 허기가 졌다. 아무래도 긴장하고 있으면 피곤하거나, 머리를 많이 쓰면 배가 고픈 것과 같은 맥락인 듯했다.
더욱 안 좋은 점은 반대로도 적용이 가능하다는 것이었다. 난 배가 고프거나 졸리면 완전히 애가 되어 버렸다.
그나마 평상시에 이 정도로나마 머리를 쓸 수 있는 건 신의 가호가 아닐까.
'가호 안 해 줘도 좋으니까, 회귀나 그만 시켰으면 좋겠네.'
내가 입술을 삐죽이며 생각에 잠겨 있던 찰나였다. 가신 하나가 내가 귀여운지 머리를 만지려고 해서 난 화들짝 놀라 공작의 목에 대롱대롱 매달렸다.
'까, 깜짝이야.'
잘 모르는 사람이 만지려고 해서 놀랐잖아!
"아기님은 낯을 많이 가리신다네."
나이 든 가신이 허허 웃으며 말하자 날 만지려 했던 가신이 민망한 듯 손을 내렸다.
"낯을 가리시면서 각하껜 꼭 붙어 있는 것이 놀랍습니다."

"다른 아이들은 기세에 짓눌려 울음부터 터뜨리는데 말이지요."

"제단과 황실의 이야기도 각하의 무릎에 앉았을 때만 해 주시지 않습니까."

일부러 공작의 무릎에서만 이야기하는 것은 아니었다. 내가 황실과 신전의 이야기를 해 주는 건 어디까지나 방세였다. 꼭 공작의 무릎에서만 이야기하는 건 발루아 공작의 학대로 인해 성인 남성에게 몹시 낯을 가렸기 때문이었다.

'그렇게 따지면 이상하긴 해. 왜 듀블레드 공작에겐 낯을 가리지 않게 될까.'

아무래도 또 불행하게 죽지 않겠다는 삶의 의지가 아닐까 싶다. 일단 공작과 친해져야 여기 오래 머물게 해 줄 테니까.

"내려와 앉아라."

공작이 말했다.

나는 "네." 하고 대답하며 다시 무릎에 앉았다.

"순하기도 하시지."

껄껄 웃은 가신들은 이윽고 열띤 회의에 들어갔다. 그동안 난 공작 무릎에 얌전히 앉아 있었다. 그리고 중간에 그들이 신전이나 황실에서 들은 이야기를 물을 때에나 대답했다.

얼마 뒤, 회의가 파했다. 가신들이 하나둘 떠나고, 마지막까지 남아 있던 할아버지가 내게 다가왔다.

"귀한 이야기를 해 주셔서 감사합니다."

'고맙긴요. 다 나 좋자고 하는 일인데요.'

나는 나를 가짜 운명의 아이로 만들어 놓고선, 진짜 운명의 아이가 나타나자 입을 싹 닦고 의식의 희생양으로 던져둔 교단에 유감이 많았다. 게다가 어린 몸으로 몬스터가 우글거리는 옛 고원에서 오리하르콘을 파내 올 수도 없고.

"자, 선물입니다."

할아버지는 내게 사탕 하나를 내밀었다. 나는 듀블레드 공작의 품에 파고든 채로 슬쩍 손을 내밀어 사탕만 쏙 빼냈다.

'내가 낯가림만 덜 했어도 머리를 쓰다듬게 해 줬을 텐데.'

그래도 할아버지에게 손은 흔들어 줄 수 있었다.

"다까. (잘가요.)"

할아버지는 헤벌쭉 웃으며 "역시 딸이 귀여워, 딸이." 하고 회의실을 나섰다.

회의실엔 나와 공작, 둘만이 남았다. 그는 사탕 껍질을 까느라 낑낑거리는 날 지그시 바라보더니 휙, 사탕을 빼앗았다.

충격을 받은 난 굳어져서 빈손과 사탕을 든 공작을 몇 번이나 번갈아 봤다. 그리고 곧 엄청나게 슬퍼졌다.

사탕……. 내 사탕……. 나쁜 놈, 치사하게 어린애 사탕을 뺏냐!

듀블레드 공작은 얄밉게도 사탕 껍질을 한 번에 깠다. 그리고.

"입."

나 주려고?

'역시 그렇게까지 나쁜 놈은 아닌 건가.'

그렇게 생각하기 무섭게 공작은 내 볼을 양손으로 콱 눌렀다. 압력 때문에 입이 붕어처럼 벌어지니 입안에 사탕을 쏙 집어넣는다.

'……나쁜 놈.'

그래도 사탕은 맛있었다.

그가 사탕 때문에 빵빵해진 내 뺨을 툭, 건드렸다.

"수도로 돌아가서도 누군가 사탕을 주면 내 가문의 일을 말해 줄 테냐."

"아녀. (아니요.)"

"어째서?"

수도에 있는 사람들에게 내가 왜 그런 걸 말해 주니. 황궁이고, 교단이고, 다른 공작 가문이고 다 날 괴롭게 한 사람들인데.

하지만 그런 이유를 구구절절 말할 순 없어서 대충 축약해서 말해 줬다.

"나는 공잔미 펴니까. (나는 공작님 편이니까.)"

현재까지 듀블레드는 내게 슬픈 기억으로 남지 않은 유일한 가문이었다. 요 며칠의 기억이면 수도에 돌아가서 겪게 될 괴로운 일을 네 번쯤은 견딜 수 있을 것 같았다.

그때 사탕이 참 맛있었지. 이불이 포근했었네. 레아의 자장가는 듣기 좋았고. 듀블레드 공작은 듣던 것만큼 흉악한 악당은 아니었어.

―하면서. 그렇게 생각하며 공작을 보았다.

'어라?'

방금 입가에 걸린 저거, 미소 아니었나?

그때, 레아가 날 데리러 들어왔다.

"아기― 아, 주인님."

날 보고 반갑게 들어오던 레아가 흠칫, 걸음을 멈추더니 고개를 숙였다. 공작은 나를 테이블 위에 올려 두고선 몸을 일으켰다.

"시끄럽게 나돌아다니지 않게 해라."

"예."

역시 이런 냉혈한이 웃었을 리 없지.

* * *

방으로 돌아온 난 소파 테이블 앞에 서서 블록 놀이에 푹 빠졌다.

'좋아, 한 개만 더 올리면 12층이야.'

하나만 더. 더!

내가 홀로 잘 노는 것을 엄마 미소로 지켜보던 하녀들은 어느새 재잘재잘 떠들고 있었다.

"정말이요?"

"그래."

레아가 고개를 끄덕이자 하녀들이 떡 벌어진 입을 손으로 가렸다.

"세상에나."

"말도 안 돼."

"해가 서쪽에서 뜬 걸까. 주인님께서 아기님을 염려하시다니."

누가 날 염려해?

난 청천벽력을 들은 사람처럼 놀라서 손을 삐끗하고 말았다. 그 바람에 블록이 와르르 쏟아졌다. 화들짝 놀라 "헉!" 신음하자 레아가 얼른 내게 달려왔다.

"괜찮아요, 아기님. 다시 올리면 되지요. 자아."

상냥한 레아는 떨어진 블록을 모아서 천천히 올려 주었다.

"레아 님, 더 얘기해 주세요."

"맞아요. 주인님이 어떻게 염려하시던가요?"

그래. 그래. 말해 봐. 그자가 날 어떻게 염려한다는 거야.

레아는 나를 대신해 블록을 쌓으며 입을 열었다.

"밤엔 위험하니 아기님을 잘 돌보라고 하셨어."

'시끄럽게 나돌아다니지 않게 해라'를 어떻게 분해하고 조합하면 그렇게 되는 걸까.

나는 그녀의 긍정적인 사고가 너무나 신기하고 대단했다.

"그럼 아기님을 입양하실까요?"

"그렇게 되면 좋을 텐데. 도련님들도 동생이 생기면 기쁘실 거예요."
'아아, 듀블레드의 세 공자.'
그들은 내가 어릴 때부터 유명했고, 자라선 더 유명한 사람들이었다. 모두 훤칠한 외모와 무예 실력, 지성, 그리고 냉정한 성격을 자랑했다. 나는 한 번도 보지 못했지만, 이름만큼은 질리도록 들었다. 미래엔 듀블레드의 세 공자보다 더 많이 불리는 이름이 있었다.
'미나의 오빠들.'
공작만큼이나 타인에게 냉정하고 무심한 그들이 미나에게만큼은 꿀처럼 달콤했다. 미나가 타국에 납치되었을 적에 세 공자가 우르르 몰려가 타국을 완전히 짓밟아 버린 건 유명한 일화였다.
'특히 큰아들은 미나를 사이에 두고 황태자와 삼각관계였지.'
"하지만 입양되는 게 아기님께 꼭 좋은 일일까요?"
"뭐?"
"그렇잖아요. 주인님은 돌아가신 선대에게까지 칼을 겨누신 분인데, 다른 공작가에 입양되는 게 아기님께는 정서적으로 좋은—"
"린다!"
레아가 날카롭게 부르자 하녀가 흠칫, 어깨를 오므렸다. 하녀를 노려본 레아는 고갯짓으로 다른 고용인들을 내보냈다. 그러곤 내 손을 부드럽게 잡고 말했다.
"공작님께선 그렇게 나쁜 분이 아니세요."
"……."
"복잡한 사정 때문에 사람을 곁에 두지 않으셔서 세간의 오해를 살 뿐이지요."
"……."
"주인님은 사람들의 말처럼 인간미 하나 없는 냉혈한이 아니에요. 마님을 몹시 사랑하고 아끼셨답니다. 출산 중에 돌아가시지 않았다면 아기님께선 아마 좋은 어머니를 갖게 되셨을 거예요……."

레아의 눈이 슬픔으로 어두워졌다.

'출산?'

공작 부인이 넷째를 임신했었어? 그런 얘기는 회귀 전에도 못 들었는데.

좌우지간 난 공작이 안쓰러워졌다.

'공작 부인과 아이가 출산 중에 함께 잘못되었구나…….'

그렇다면 공작이 한겨울의 서리처럼 차가워진 것도 이해가 간다. 사랑하는 사람 둘을 동시에 잃고서 어떻게 제대로 살 수 있겠는가.

"아기님께서 주인님을 두려워하지 않으셨으면 좋겠어요."

"녜."

"그래서 아기님이 좋은 아버지를 갖게 되시길 소망해요."

"녜."

나를 조심스럽게 안아 든 레아는 부드러운 손길로 내 등을 쓰다듬었다.

"상냥하기도 하시지."

귓가에 속삭이는 목소리는 다정하고, 창을 넘어 들어오는 바람은 선선했다. 그 덕에 난 레아의 어깨에 얼굴을 기댄 채로 스르륵 눈을 감고 말았다.

* * *

한밤중이 되어서야 일어난 나는 베개 아래에 머리를 집어넣고 끙끙거렸다.

'배고파!'

방세를 낸다고 회귀 전의 기억을 떠올리느라 머리를 많이 굴렸는데 저녁까지 안 먹었다. 레아와 하녀들은 내가 곤히 잠들어서 깨우지 않고 그대로 재운 모양이었다.

아침까지 기다릴까 했지만, 허기를 도무지 참을 수 없었다.

'오후에 먹은 거라곤 고작 사탕과 주스 한 잔이 전부니까.'

허기진 까닭에 가뜩이나 부족한 이성이 바닥을 쳤다. 내 머릿속을 점령한 건 회귀를 거듭하며 느낀 아사의 공포뿐이었다.

발루아 영애였던 시절, 며칠씩 다락방에 갇혀 있다가 배가 고파서 뛰쳐나왔을 때 보았던 고용인들의 싸늘한 시선.

거지 패 시절, 굶어 죽어 갈 때의 고통.

'내가 음식을 찾아 먹어야 해.'

결국, 본능에 몸을 맡긴 나는 조심조심 침대에서 내려왔다. 끙끙거리며 거대한 문을 밀고 어슴푸레한 복도로 나갔다. 어둠의 공포를 꾸역꾸역 참고 주방에 이르렀으나, 문이 잠겨 있었다.

'이런.'

난 다시 성을 배회했다.

한참이 지나서야 겨우겨우 하인들의 대기처에서 빵 하나를 발견할 수 있었다. 누군가 먹다 남긴 것처럼 반이 뚝 잘려 있고 퍼석퍼석했지만, 먹을 것을 찾은 것에 만족했다.

빵을 끌어안은 채로 신이 나서 복도를 내달렸다.

'얼른 방에 돌아가서 먹—'

"악!"

빵에 정신이 팔려 달리던 와중에 뭔가 딱딱한 것과 부딪쳐 주저앉아 버렸다. 뭔가 싶어 부딪친 것을 올려다본 나는 "헉!" 숨을 들이켜며 황급히 빵을 등 뒤로 숨겼다.

듀블레드 공작이 냉랭한 눈으로 나를 내려다보고 있었다. 밤에 보는 그는 어찌나 무서운지 손발이 벌벌 떨릴 지경이었다.

순간, 미나가 아미티에 공작의 무릎에 턱을 괴고 종알거리던 이야기가 생각났다.

"……그래서 장발장은 빵을 훔친 죄로, 어, 그리고 뭐더라—"

장발장.

그래, 그런 이름이었던 것 같아. 그 장발장이 빵을 훔쳐서 어떻게 되었다고 했더라?

"—**사형을 당했어요!**"

미나의 해맑은 목소리가 떠오르자 핏기가 싹 가셨다.

"내 성에서 뭘 하고 있었지."

"……."

"네가 애답지 않게 똘똘했던 건 황태후가 내 집안을 염탐하기 위해 보낸 협잡꾼이었기 때문이었나."

"……."

절로 마른침이 꼴깍 삼켜졌다. 작정하고 흉흉한 기세를 드러내는 듀블레드 공작은 내가 상대할 수 있는 사람이 아니었다. 두려움에 대답하지 못하니 듀블레드 공작이 낮게 중얼거렸다.

"운명의 아이야."

"느에, 녜……!"

"난 거짓말을 하는 녀석들을 싫어한다."

"……."

"특히 내 편이라는 알량한 거짓말로 순진한 체하는 녀석들은 더더욱."

그가 날렵한 턱을 느른히 쓰다듬으며 나른한 어조로 말을 이었다.

"그런 녀석들은 모두 입이 찢어졌지."

등허리가 흠칫, 떨렸다.

공작이 날 향해 허리를 약간 굽혔다.

"어린 쥐새끼는 어떻게 해야 할까."

나는 황급히 납작 엎드렸다. 최대한 빵처럼 몸을 둥글게 웅크리고 두 손을 모았다.

"다, 다, 달못…… 달못해써요! (자, 자, 잘못…… 잘못했어요!)"

"무엇을."

"홍터또……. (훔쳤어요…….)"

"돈인가."

"……."

"성물이냐."

"……."

"군사비밀?"

"……."

"하면."

어둠 속에서 새파랗게 빛나는 공작의 눈은 정말로 무서워서 난 훌쩍훌쩍 울며 그것을 내밀었다.

"빠……. (빵…….)"

*　*　*

훌쩍.

훌쩍훌쩍.

훌쩍훌쩍훌쩍.

나는 눈물과 콧물을 펑펑 쏟으며 쿠키를 와구와구 먹었다. 씹을 땐 맛있어서 아무 생각이 안 나는데, 삼키고 나면 서러워서 자꾸만 눈물이 났다.

듀블레드 공작은 진짜 치사한 놈이다. 먹다 남긴 빵 하나 먹을 수도 있지. 그걸 그렇게까지 화를 내?

난 원망에 찬 시선으로 맞은편에 앉은 듀블레드 공작을 쳐다봤다.

공작의 명으로 내게 쿠키를 가져다준 레아가 당혹스러운 어조로 말했다.

"일찍 잠드셔서 식사를 못 하셨습니다. 그래서……."

"그래서, 하인들이 버린 빵이나 주워 먹었단 말이지."

"……."

레아의 얼굴이 파리해졌다. 그녀는 몹시 죄스러운 듯 입술을 꽉 깨물고 고개를 수그렸다. 하지만 레아는 잘못이 없었다.

'자는 애를 억지로 깨워서 먹일 수도 없는걸.'

어느 정도 배를 채운 난 레아를 향해 손을 뻗었다.

"갈래……."

미처 다 못 먹은 쿠키가 아쉬웠지만, 난 눈을 꾹 감고 억지로 접시에서 시선을 떼었다.

착한 레아가 나쁜 놈에게 혼이 나는 건 보기 싫어!

그때, 공작이 손을 뻗어서 나는 얼른 레아의 팔을 끌어안았다. 남은 쿠키를 건네려던 공작의 손이 허공에서 우뚝, 멎었다.

"……."

"……."

"……."

쿠키 접시와 우유가 놓인 테이블 위로 휘잉, 바람이 지나갔다.

"이전엔 잘만 들러붙던 녀석이 왜 저러는 거지?"

"……조금 전에 혼이 난 일로 겁이 나신 듯싶습니다."

레아의 말이 맞았다. 나는 조금 전에 공작에게 협박을 받은 일로 엄청나게 겁을 먹었다. 그의 시선이 짙어진 것만으로도 심장이 벌렁거린다.

공작이 날 묘한 눈으로 바라봐서 난 더욱 무서워졌다. 그래서 레아에게 "도라갈래. (돌아갈래.)" 하며 칭얼거렸다. 레아는 곤란한 표정으로 나를 달래다가 어느 순간, 결심한 듯 입술을 꾹 사리물었다.

"주, 주인님!"

"……."

"아기님께선 식사를 마저 하셔야 하니 이만 도, 돌아가셔야 할 것 가, 같습니다……!"

마치 홀몸으로 대군에게 달려가는 기사라도 된 듯한 어조였다.

공작은 나를 빤히 쳐다봤고, 나는 레아의 팔 뒤에 숨어 우물쭈물했다.

이내 그가 고개를 끄덕였다. 그러자마자 레아는 황급히 허리를 굽히고 날 번쩍 안아 들었다. 재빨리 방을 나선 레아는 숨을 크게 토해 냈다. 얼굴이 새파랗고 입술이 덜덜 떨린다.

레아는 듀블레드 공작의 고용인인 만큼 그가 얼마나 냉혹한 사람인지 지켜봐 왔을 것이다. 수틀린다 싶으면 부모 형제에게도 얄짤없는 사람이 바로 그 남자였다.

그러니 그런 그에게 요구하듯 말하는 게 얼마나 무서웠겠는가.

'아아, 착한 레아.'

나는 감격해서 레아의 팔에 얼굴을 비볐다.

레아는 나를 방에 데려다주고 먹을거리를 가져다주었다. 알밤이 든 우유죽이었다. 난 우유죽을 두 그릇이나 비운 후에야 배를 통통 두드렸다. 그러고 나서 본 레아의 눈가는 피로로 거뭇했다.

나는 손을 꼼지락대며 말했다.

"다꾸 배고파소 미아내. (자꾸 배고파서 미안해.)"

그러자 레아가 울 듯한 얼굴로 날 끌어안았다.

"그런 말씀 마세요. 아기는 많이 먹고, 많이 자야 해요."

애써 웃은 그녀가 날 침대에 눕히곤 이불을 목 끝까지 끌어 올려 주었다.

"좋은 꿈 꾸세요, 아기님."

*　*　*

배부르게 먹은 뒤 푹 자고 일어났더니 이제야 집 나간 이성이 돌아온 기분이었다.

"녜아, 조하! (레아, 좋아해!)"

어젯밤 일이 미안했던 나는 레아를 향해 필살의 애교를 선보였다. 하녀들은 소시지 두 개가 이어진 것 같은 통통한 팔로 레아의 허리를 끌어안은 날 보고 꺄, 소리쳤다. 레아의 입꼬리도 흐물흐물했다.

그러던 중, 문가를 쳐다본 하녀가 우뚝 굳어지더니 곧 다른 하녀들까지 모두 벌떡 일어나 도열했다.

'헉, 나쁜 놈이다.'

듀블레드 공작과 그의 부관이 나를 쳐다보고 있었다. 나는 후다닥 레아의 뒤로 숨어 고개만 빼꼼 내밀었다.

"아, 아기님……."

부관과 하녀들이 모두 당황해서 나를 불렀다. 그러나 나는 고개만 도리도리 저었다.

'어젠 진짜 무서웠지.'

그가 뱉은 말은 칼날이 되어 목을 파고드는 것 같았다.

식은땀을 흘리던 부관이 어색하게 말했다.

"다정하게 이름을 불러 보시죠. 아기님의 마음이 풀어지시도록 말입니다."

"……."

공작은 한참 말이 없었다. 나를 가만히 쳐다보더니 잠시 눈살을 찌푸렸다. 그리고 나는 속으로 고개를 도리도리 저었다.

'부관 아저씨, 저 나쁜 놈은 내 이름을 몰라요.'

지난 열흘간 그는 한 번도 날 이름으로 부른 적이 없었다. 조랑말이라든지, 너, 조그만 녀석, 운명의 아이 등으로 부를 뿐이었다. 황태후가 보내온 내 서류를 한 번도 안 읽어 본 게 틀림없다.

그때.

"르블레인."

공작이 내 이름을 불렀다.

알고 있었어?

난 당황해서 눈만 깜빡거렸다.

그도 그럴 게 공작에겐 '황궁에서 직접 중매를 선 영애가 석 달이 넘도록 영지에서 머물렀을 적에도 이름조차 기억하지 못했다'라는 유명한 일화가 있었다.

타인에겐 모래알만큼도 관심이 없는 데다가 나를 귀찮게만 여기던 공작이 내 이름을 기억하고 있다는 게 신기했다.

'그래도 관심이 아예 없는 건 아닌가 보다.'

물론 개미 오줌만큼이겠지만.

공작이 다시 나를 향해 말했다.

"와, 이리로."

방 안의 모두가 날 주목했다. 나는 주저하다가 살짝 몸을 내밀었다.

"때꼬예요? (때릴 거예요?)"

"……때린 적 없어."

말로 때리잖아, 말로.

내가 불신의 시선으로 쳐다보자 그가 뭔가를 쑥 내밀었다. 막대 사탕이었다.

"이런 거 저기 많다."

"……!"

나는 두두두두 그에게 달려가 안겼다. 어쩐지 그의 입가에 오만한 미소가 걸쳐진 것 같았다.

그래, 공작의 입장에선 황태후가 보낸 애가 밤중에 몰래 나돌아다니니 얼마나 놀랐겠어. 그것도 황궁과 교단의 비밀을 술술 고해바치는 애인데.

'응, 그런 거지. 꼭 사탕 때문에 달려온 건 아냐.'

사탕은 얼마나 있을까? 부자니까 막 열 개쯤 있을지도 몰라.

'그럼 하루에 두 개씩 먹으면 5일이나 먹을 수 있는 거잖아.'

그는 나를 안아 들고서 성을 성큼성큼 활보했다.

가신들이나 고용인들은 우리와 마주칠 때마다 입을 떡 벌린 채로 펜이며 빗자루 따위를 떨어뜨렸다. 당사자인 나도 공작에게 안겨 걷는 게 꿈인지 생시인지 모르겠으니 당연한 반응이었다.

어느덧 걸음을 멈춘 공작이 방문 앞에서 날 내려 줬다.

'여기에 사탕이 있나 봐!'

나는 신이 나서 방문을 열고 들어갔다. 그리고 그대로 굳어져 눈을 끔뻑였다.

'500일이다…….'

방 안에 가득 찬 사탕을 보고 나는 마른침을 꿀깍 삼켰다.

사람이 놀라면 아무리 좋아도 발이 딱 굳어 버리는구나.

새롭게 깨달은 사실을 머릿속에 새겨 넣은 난 공작을 힐끔 쳐다봤다. 이거 진짜 다 먹어도 돼? 정말로 다 내 거야? 그런 눈빛으로 쳐다보자 공작은 무미건조한 목소리로 말했다.

"내키는 대로 먹어."

'세상에!'

난 후다닥 사탕 더미로 달려갔다.

색색의 사탕이 헤엄쳐도 될 만큼 가득했다. 종종 포장된 쿠키나 초콜릿, 마시멜로 같은 것들도 있었다.

나는 황금색의 번쩍번쩍한 포장지를 부스럭부스럭 벗겨서 그 안에 담긴 과일 캐러멜을 쏙 빼먹었다.

'……너무 맛있어.'

한동안 충격에 굳어 있자 공작이 한쪽 눈을 찌푸렸다. 나는 그런 공작을 신경 쓸 겨를이 도무지 없었다.

부자들은 매번 이렇게 맛있는 걸 먹는 거야?

새콤달콤한 덩어리가 금세 입안에서 사르륵 녹아들며 그 안에 담긴 과일 시럽이 혀끝을 삭, 감싸 온다.

'좋겠다, 부자…….'

난 정신없이 캐러멜을 먹었다. 오물오물 씹을 때마다 뺨이 작은 손안에서 통실통실 흔들렸다.

하나를 금세 다 먹고 또 다른 사탕을 찾았다. 이번엔 막대 사탕이었다. 나는 사탕을 입에 넣으려고 하다가 묘한 시선을 느끼고 멈칫했다. 그러고 공작을 힐끔 쳐다봤다.

'혼자만 먹으면 정 없지.'

거지 패 시절에 깨닫지 않았던가. 콩 한 쪽이라도 나눠 먹어야 정이 생기는 법이었다.

슬그머니 그에게 사탕을 내밀었다.

"주께. (줄게요.)"

그가 묘한 눈으로 날 바라보며 눈을 가늘게 좁혔다.

'왜?'

내가 고개를 갸웃하고서야 그는 천천히 입을 열었다.

"이상하게 생겼군."

"……."

"빰이 터질 것 같아. 다람쥐인가?"

……실수인 척 사탕으로 때릴까.

고민했지만, 목표를 생각하고 진정했다.

'여기 입양되어서 편하게 살다가 망명해야지.'

이전 삶처럼 비참하게 죽지 않으려면 난 이 나쁜 놈의 도움이 꼭 필요하다.

'정말로 관계를 잘 쌓아서 저런 못된 소리가 쏙 들어가게 만들어 주지.'

이래 봬도 날 좋아하지 않는 양아버지와 그의 집안에서 버텨 온 몸이라고. 그것도 무려 두 번이나.

비록 그땐 어리숙하여 결과가 좋지 않았지만, 이번엔 경험치가 쌓였다.

'인생 4회차의 처세술을 보여 주마.'

난 속으로 그렇게 생각하며 그의 품에 뛰어들었다.

"공잔미 하탕 고마어. (공작님 사탕 고마워.)"

그의 가슴에 뺨을 비비며 헤헤 웃자 공작이 흠칫했다.

*　*　*

빵 사건 이후로는 꽤 평화로운 일상이 이어졌다. 사건이라고 해 봐야 공작이 준 사탕을 앉은자리에서 일곱 개나 까먹다가 레아에게 들킨 일뿐이었다.

그런데 오늘은 달랐다.

난 오전부터 하녀들의 손에 의해 드레스를 입어야 했다. 가슴팍부터 넓게 퍼지는 아이용 드레스였다. 거기다 종아리까지 올라오는 레이스 양말, 코가 반질반질한 구두를 신고, 정수리엔 리본까지 예쁘게 묶었다.

"자, 편한지 볼까요. 걸어 보셔요, 아기님."

내가 열심히 아장아장 걷자 하녀들이 가슴팍을 쥐며 "어흑!" 신음했다.

'좋아, 좋아.'

그간 열심히 꼬셔 두었더니 눈에 콩깍지가 세 겹 정도 낀 듯했다. 이렇게 되기까지 얼마나 고생했던가.

듀블레드의 고용인은 발루아처럼 최악은 아니었지만, 나를 껄끄러워했다. 듀블레드는 모종의 이유로 교단과 척을 졌는데, 그러다 보니 교단의 상징이나 다름없는 운명의 아이가 성에 온 것을 달가워하지 않았다.

하지만 어린 내가 편히 살기 위해선 고용인의 환심은 필수. 나는 이곳에 오자마자 하녀들부터 공략했다.

“링다다! 링다가 와따! (린다다! 린다가 왔다!)”
“우후후, 어젯밤에도 보셨는데 오늘도 제가 반가우세요?”
“비미린데…… 르부, 링다 제일 조하하니까. (비밀인데…… 르블레인, 린다를 제일 좋아하니까.)”

일단 그것으로 입김이 센 하녀를 정복하고.

“자, 단니아만 사탕 주께. (자, 달리아만 사탕 줄게.)”
“왜 제게만 이 귀한 사탕을 주셔요?”
“비미린데…… 르부, 단니아 제일 조하하니까. (비밀인데…… 르블레인, 달리아를 제일 좋아하니까.)”

간식 담당의 하트를 손에 넣었으며.

“유니가 아프멍 슬펴……. (유니가 아프면 슬퍼…….)”
“어머…….”
“비미린데…… 르부, 유니 제일 조하하니까. (비밀인데…… 르블레인, 유니를 제일 좋아하니까.)”

내 일상 기록 담당을 사로잡았다.
‘이제 발루아 때처럼 내가 가주에게 미움받더라도 하녀들이 몰래 밥을 주겠지.’
날 귀여워서 어쩔 줄 모르는 하녀들을 보자 그간의 고생이 떠오르며 뿌듯해졌다.

'그런데 오늘은 왜 이렇게 차려 입혔을까.'

나는 다정하게 웃고 있는 레아에게 물었다.

"나, 오디 가?"

"오늘 열릴 회의에 참석하실 거랍니다. 주인님께서 아기님을 가신들에게 소개한다고 하셨어요."

'소개?'

물론 공작의 측근 가신들은 몇 명 보았지만, 정식으로 소개된 건 아니었다. 나를 곧 돌려보낼 예정이라면 소개할 필요가 없었기 때문이었다.

그렇다는 건…….

'날 꽤 오래 머물게 하려나 봐!'

속으로 쾌재를 부르며 하녀를 따라나섰다.

그런데 복도에 못 보던 옷을 입은 사람들이 있었다. 내가 호기심 어린 얼굴로 보자 레아가 대답해 줬다.

"후원 예정 아동과 그 부친의 고용인들이랍니다."

아하, 오늘 회의 의제에 후원 아동 선정도 있는가 보다.

귀족가에는 〈후원 제도〉라는 게 있었다. 영재를 어려서부터 점찍어 놓고 후원하여 가문이 원하는 인재상으로 길러 내는 것이다.

'이번에 후원 예정인 아이는 누굴까?'

듀블레드 같은 대귀족 가문의 후원을 받는 아이라면 어려서부터 유명한 신동일 텐데.

회의장에 들어가자 가신들이 웬 아이를 둘러싸고 있는 것이 보였다. 아이라고 불리기엔 꽤 크다. 얼핏 보기엔 사춘기 소년쯤 되어 보였다. 소년은 어른들 사이에 파묻혀 있어서 자세히 보이지 않았는데, 목소리는 의젓했다.

"안녕하세요. 뒤보스 자작님, 마르탱 자작님, 럭스 남작님, 그리고……."

가신들은 이렇게나 많은 사람의 이름을 줄줄이 외워 온 예의 바른 소년이 흐뭇한지 껄껄 웃었다.

"주드 공자는 날로 총명해지는군."

"아버님께서 뒤보스 자작님처럼 멋진 어른이 되려면 공부를 열심히 해야 한다고 하셨거든요!"

뒤보스 자작이 어허헛! 웃으며 아이의 어깨를 두드렸다. 그때, 가신 하나가 나를 발견했다.

"아기님."

황궁과 교단의 이야기를 일러바쳤을 때 안면을 튼 가신이 이 자리에 몇 명 있었다.

'나도 잘 보여 놔야지.'

"안녕하세요."

내가 하녀들에게 배운 대로 드레스 자락을 잡고 인사하자 가신들은 귀엽다는 듯 쿡쿡 웃었다.

"아이쿠, 인사를 배우셨군요."

몇몇 가신이 내게 다가오니 가려졌던 아이의 얼굴이 보이기 시작했다. 그 애의 얼굴을 확인한 나는 뻣뻣하게 굳어졌다.

'마르코 주드.'

나는 저 애를 알고 있다. 그것도 아주아주 잘. 왜냐면 그는 과거에 만난 최악의 인물 중 하나였으니까!

발루아 공작 영애로 살 적에 잠시 학술원에 다닌 적이 있었다. 그때, 마르코는 내 전담 교수였다. 그는 상사들에겐 의욕 있는 젊은 인재였고, 학생들에겐 말이 통하는 좋은 교수님이었다. 하지만 내게는…….

'엄청나게 추근거렸어.'

발루아 공작의 사위 자리를 노린 거였다. 징그럽게 어깨를 쓰다듬기도 하고, 승마 자세를 잡아 준다며 허리를 끌어안기도 했다. 으슥한 곳으로 불러 키스하려고 했을 땐 도무지 참을 수 없어서 학교에 고발했다.

하지만 그는 외려 날 가해자로 몰고 갔다.

"유혹을 한 건 이 녀석입니다. 생각해 보십시오. 제가 줄곧 불쾌하게 했다면 왜 처음부터 고발하지 않았겠습니까?"

그런 일을 당하면 처음엔 뭐가 뭔지 잘 모른다. 설마 나보다 열 살이 넘게 나이가 많은 남자가, 그것도 교수가 흑심을 품었을 거라곤 생각하지 못하는 것이다.

"그렇게 싫었으면 왜 소리를 지르지 않았지? 결국 너도 좋았던 거잖아."

무서웠으니까. 두려움에 몸이 딱 굳어 버려서 비명조차 나오지 않았으니까.

"그래 놓고 왜 이제 와서……. 오호라, 생각해 보니 내가 마음에 차지 않았던 모양이지? 너도 남자의 신분과 재산을 따지는 그렇고 그런 여자인 거냐?"

내 항의는 통하지 않았다. 그는 학생에게 손댄 죄로 고작 6개월간 감봉되었고, 난 문란하다고 손가락질받으며 학술원을 떠났다. 그 후, 가문에 먹칠했다며 발루아 공작에게 얼마나 맞았는지 모른다.

그때만 생각하면 억울하고 화가 나서 난 소년 마르코의 머리를 콱 쥐어박고 싶어졌다. 하지만 쟤는 아직 애다. 그런데 '넌 미래의 쓰레기야!' 하면서 복수할 수도 없는 일이었다.

'진정하자. 이유도 없이 그런 사고를 치면 입양은 물 건너가는 거야.'

그때, 듀블레드 공작이 방으로 들어왔다. 마르코 부자와 가신들이 허리를 깊게 숙였고, 공작이 착석했다.

회의의 첫 순서는 후원 예정자 검토였다. 나와 함께 테이블 뒤쪽에 앉아 있던 마르코가 단상에 올라갔다.

"호, 벌써 그 수준의 수학 문제를 푼다고?"

"네! 황실 감사원에 들어가려면 숫자와 친해져야 하니까요. 하지만 학문 자체도 재밌어요. 스승님과 함께 몇 개의 공식을 만들었는데……."

'거짓말쟁이.'

저 녀석의 미래를 다 아는 나로선 어이가 없었다.

마르코 주드는 감사원에 들어가기는커녕, 변방 학술원의 교직에도 연줄로 들어갔다. 그래 놓고서 내게 본인이 이렇게 인맥이 훌륭하노라 자랑하는 바보였다.

그의 아버지인 주드 남작은 뿌듯한 듯 껄껄 웃었다. 화기애애한 분위기로 보아 후원 아동 선정은 마르코 부자의 바람대로 이뤄지는 듯했다.

질의응답이 끝나고 마르코가 내 옆자리로 돌아왔다. 그가 나를 내려다보더니 속삭였다.

"봤지, 가짜? 너 같은 건 날 절대로 못 이겨."

뭐?

난 기가 막혀서 그를 쳐다봤다.

'이 녀석 지금 네 살짜리를 견제하는 거야?'
마르코 주드는 내가 회의장에 온 게 후원 심사 때문인 줄 아는 모양이었다. 경쟁자를 어떻게든 깔아뭉개고 우위에 서고 싶어서 들썩들썩한 얼굴이다. 학술원 교수였을 때를 떠올리게 하는 표정이었다.
'하긴, 듀블레드 공작이 여태 날 내버려 두었으니 입양하지 않고 후원하는 것으로 마무리하려는 줄 알 수도 있겠어.'
그는 히죽 웃으며 말을 이었다.
"너, 불쌍한 애라면서?"
"……."
"황태후가 듀블레드라는 쓰레기 더미에 널 버렸다고 하던데. 같은 쓰레기니까."
그렇게 말한 마르코는 히죽 웃었고, 나는 주먹을 꽉 쥐었다.
이전 삶의 나는 어리숙했다. 뭘 몰랐고, 홀로 내던져진 세상이 무서웠고, 순진했다. 이런 말엔 말 한마디 못 하고 고개를 숙였던 적이 많았다.
하지만 세 번을 죽고, 네 번째의 삶을 살고 있는 난 아니다.
'이제 난 건드리면 문단다, 꼬마야.'
그리고 나는 정말로 마르코의 팔을 깨물었다.
"아악!"
그가 팔을 쥐고 엎드린 사이, 난 얼른 주먹을 쥐고 그를 퍽! 퍽! 내리쳤다.
"악! 악!"
비명이 울려 퍼지자 회의에 집중하던 사람들이나 복도를 지키고 있던 고용인들이 놀라 달려왔다. 사람들은 즉시 날 마르코에게서 떼어 내려 했지만, 난 그 애의 머리카락을 한 뭉텅이 뽑고 나서야 떨어져 줬다.
"무슨 짓들을!"

가신들이 나와 마르코를 보며 인상을 찌푸렸다.

"저 미친 게 날…… 나를요, 갑자기 막……!"

마르코는 씩씩거리며 무어라 막 소리쳤다. 너무 흥분해서 뭐라고 하는지도 모르겠다.

반면에 난 침착하게 마르코를 향해 검지를 쭉 펼쳤다.

"쨰, 나픈 애! (걔, 나쁜 애야!)"

"예?"

"내가 여기 있는 거 두레두가 쓰레기 더미기 때뭉이래써. (내가 여기 있는 건 듀블레드가 쓰레기 더미이기 때문이랬어.)"

거지 패 시절 동료가 그랬다. 몸싸움은 선빵 날리는 사람이 이기고, 말싸움은 침착한 사람이 이긴다고.

맞는 말이다. 마르코의 말은 한 귀로 흘리던 가신들이 내 말엔 집중하고 있으니까. 물론 공작의 눈앞에서 소란을 벌인 건 께름칙하지만, 가만히 당하기만 하는 바보로 보이는 것보다는 나을 것 같았다.

그런데 이상했다.

왜 주변이 이렇게 조용해졌지?

슬그머니 고개를 돌려서 주변을 확인했다. 듀블레드 사람들의 눈빛이 가늘게 흔들렸다.

"저희를 위해 나서 주신 겁니까."

감수성 풍부한 가신의 입에서 오글거리는 말이 튀어나와서 난 당황스러워졌다.

'난 그냥 마르코를 때리고 싶었을 뿐인데.'

가신들의 반응이 이러하니 내게 맞아 벌게진 눈두덩이를 문지르던 마르코는 씩씩거렸다.

"말도 안 돼요! 제가 왜 그런 말을 한단 말입니까? 저게 거짓말을……!"

"저게, 라."

낮은 목소리가 귓바퀴에 엉겨들었다.

공작이었다. 공작의 시선이 마르코에게 향하자 마르코는 흠칫 어깨를 움츠렸고, 공작이 다시 입을 열었다.

"감히 내 보호 아래 있는 아이에게."

중얼거리는 목소리가 소름 끼치도록 서늘했다. 나도 모르게 움찔할 정도인지라 시선을 받은 마르코는 변명하던 것도 잊고 마른침을 삼켰다.

주드 남작이 "가, 각하." 하며 다가왔다.

"마, 말실수를 한 겁니다. 억울해서요. 그렇지 않습니까. 제 아들이 듀블레드를 그런 식으로 칭했을 리가……!"

천천히 움직인 공작이 마르코의 앞으로 다가갔다. 느른한 손이 마르코의 턱을 쥐었다.

"네 아비가 그리 주장하니 기회를 주마."

"……예?"

"혀뿌리를 지지고 눈알을 파내도 네 말이 진실이라 단언할 수 있다면 감히 내 눈이 닿는 곳에서 소란을 피운 것은 넘어가지."

"……."

"물론 증명할 수 없을 땐 너 하나로 끝나진 않을 것이다."

그런 증명을 할 수 있을 리가 없다.

'그냥 죽으라는 말이잖아.'

마르코는 새파랗게 질려서 굳어졌고, 공작의 시선은 짙게 가라앉았다.

"다시 묻지. 내 아이의 말이 거짓이냐, 진실이냐."

"……."

공작의 기세는 평범한 아이가 감당할 만한 것이 아니었다. 마르코의 손이 사시나무처럼 떨렸다. 바지가 젖어 들고, 발목을 따라 실금의 흔적이 흘러내렸다.

"지, 진실…… 진실입니다."

결국, 마르코는 토설하고 말았다. 주드 남작의 낯빛이 새파래졌다. 아들이 인정하였으니 더 이상 변명조차 할 수 없게 된 것이다. 남작은 헐레벌떡 엎드려 고개를 조아렸다.

"사, 살려 주십시오, 각하. 죽을죄를 지었습니다."

공작이 집어 던지듯 손을 놓자 힘이 쭉 빠진 마르코가 바닥에 나뒹굴었다.

"치워."

공작의 명을 받은 병사들이 우르르 몰려들었다. 그런 와중에도 주드 남작과 마르코는 "용서를…… 각하!" 하며 소리쳤다. 하지만 공작의 표정엔 감흥이 없었다. 그 듀블레드 공작에게 제대로 찍혔으니 아마 저들은 제국에 발붙이고 살기 힘들 터였다.

질질 끌려 나가는 마르코 부자를 구경하고 있는데, 가신들이 헤벌쭉한 표정으로 주위에 몰려들었다. 평소보다 더 입매가 흐물흐물하다.

"어찌 이리 기특하실까."

"배는 큰 소년에게 당당히 맞서던 모습이 장관이었지요."

"침착하게 상황을 설명하는 것도 훌륭하였습니다."

가신들이 와르르 말을 쏟아 내며 날 추켜세웠다. 아무래도 '듀블레드를 감히 쓰레기 더미라고 한 마르코에게 화가 나서 달려들었다'라는 오해가 풀리지 않은 모양이다.

양심이 콕콕 찔리긴 하지만, 좋게 생각하기로 했다.

이 자리에 있는 가신들은 공작의 최측근이다. 그렇지 않아도 오늘 소개 자리에서 잘 보여야 한다고 생각했는데, 손 안 대고 코 푼 격이었다.

'게다가 공작이 내 편도 들어 줬잖아. 공작한테도 잘 보였을지도 몰라.'

공작을 힐끔 쳐다봤다. 나를 보는 그의 표정이 평소보다 좀 더 부드러운 느낌이었다. 안심이 되어서 나도 모르게 한숨을 내쉬었더니 가신 하나가 손을 뻗었다.

"피곤하십니까? 그러실 만도 하지요. 자, 이리 오십시오. 방으로 모셔다드리겠습니다."

그렇게 말하는 가신은 아주 친절한 표정이었지만, 나는 슬금슬금 뒷걸음질 쳤다.

아저씨는 나랑 처음 보잖아요. 낯설어…….

내가 경계 어린 눈으로 물러났더니 다른 가신들이 웃음을 터뜨렸다.

"이 사람. 얘기 듣지 못했는가. 아기님은 성인 남자에게 낯을 많이 가리신다네. 몸집이 커서 두려우신 모양이지."

"하지만 각하껜 잘 안겨 계시지 않습니까?"

"그야 아기님은 각하를 좋아하시니까."

"그러고 보니 늘 각하께만 웃어 주시지요."

공작의 시선이 나를 향했다. 그와 눈이 마주쳐서 나는 무심코 웃었다. 이건 맹수를 만났을 때 등을 보이지 않고 뒤로 걷는 것과 비슷한 거다.

자극하지(울지) 않을 테니까 공격하지(죽이지) 마세요.

―라는 뜻 말이다.

가신들은 껄껄 웃었다.

"아기님은 어찌 이리 각하를 좋아하시는지. 안 그렇습니까."

"그런가."

"지난번 교단의 이야기를 들을 적에도 늘 각하의 무릎에만 앉아 계셨지요."

"뭐……."

"이리 사랑받으시니 행복하시겠습니다."

"귀찮은 일이지."

그렇게 말한 공작의 입꼬리가 어쩐지 오만하게 올라간 것 같았다.

'잘 지내 보자고 한 건데 치사하다.'

박한 평가를 받은 나는 우울해졌다.

*　　*　　*

고생 끝에 낙이 온다고 했던가.

마르코를 만나서 좋지 않은 기억이 떠오른 데다가, 공작에게 귀찮다는 말까지 들었지만, 좋은 일도 있었다.

'가신들이 내게 호감을 가지게 되었거든.'

그들은 듀블레드를 위해 작은 몸으로 배는 큰 소년에게 달려든 나를 무척 기특하게 여기는 듯했다. 그리고 권력자의 눈에 들자 놀라운 변화가 생겼다. 행정관이나 관리직 고용인들까지 내게 관심을 가지기 시작한 것이다.

원래 난 모든 물건을 고용인들이 적당히 골라 오는 것들로 썼다. 어차피 곧 수도로 돌아갈 애라서 '나를 위한 물건'을 사들일 이유가 없었다. 그런데 관리직 고용인들이나 행정관들에게 관심을 받게 되자, 나를 위한 생활용품을 살 수 있게 되었다.

레아와 하녀들과 함께 상점가에 나온 난 몹시 들떴다.

듀블레드의 상점가는 별천지였다. 이전 삶에서 살았던 아미티에령이

나 발루아령과는 비교도 되지 않게 부흥했다. 제도의 번화가에서나 볼 수 있는 전문 매장들까지 있어서 구경하는 재미가 쏠쏠하다.

'장난감 전문점도 있네.'

귀족 아이들이 찾는 곳인지 잡화점엔 보통 장난감보다 호화로운 물건들이 진열되어 있다. 아이들이 장난감을 하나씩 끌어안고서 가게를 나섰다. 커다란 보닛을 쓴 대여섯 살배기 꼬마 숙녀는 아주 부드러워 보이는 인형을 끌어안고 있었다.

'맞다. 지금쯤 저 인형을 출시하지.'

여러 가지 동물의 형태로 된 인형인데, 꽉 끌어안으면 "좋아해." 하고 말해 준다.

문득 첫 번째 삶이 떠올랐다. 저 인형은 내가 첫 번째 삶의 아버지였던 아미티에 공작에게 처음이자 마지막으로 조른 물건이었다.

"아바디, 저 이녕이 가지고 시퍼요. (아버지, 저 인형이 가지고 싶어요.)"

치맛자락을 쥐고 우물쭈물하는 내게 아미티에 공작은 엄하게 말했다.

"르블레인, 저 인형을 구매할 돈을 기부하면 수많은 기아를 살릴 수 있단다. 그래도 인형이 가지고 싶니?"

"……아녀. (……아니요.)"

"훌륭하구나. 오늘 너는 인형 대신 자애와 배려를 갖게 된 것이다."

그렇게 말한 아미티에 공작은 미소 지었다. 난 그의 미소가 너무 좋아서 다시는 그에게 물건을 조르지 않았다.
'사실은 정말로 가지고 싶었는데.'
열여덟의 미나는 그에게 그 인형을 선물받았다. 인형을 끌어안고 아이처럼 좋아하는 미나를 보는 공작은 그때보다 더 환히 웃고 있었다.
'아냐, 그때 일은 생각하지 말자.'
내가 고개를 붕붕 젓자, 레아가 말했다.
"아기님."
"네."
"모처럼 나왔으니 장난감이라도 사 갈까요?"
내가 장난감을 가지고 싶은 줄 알았나 보다.
'레아는 정말 상냥해.'
그녀가 빙그레 미소 지었다.
"뭐든 골라 보세요."
뭐든?
내가 눈을 빛내자 하녀들이 장난감을 추천했다.
"퍼즐은 어떠세요?"
"블록도 재밌을 것 같지 않나요?"
'장난감…….'
아이의 뇌가 '사 줘!' 하고 외치는 것 같았지만, 나는 눈을 질끈 감고 고개를 돌렸다.
'아냐, 이런 기회를 장난감으로 날릴 순 없어.'
애써 시선을 돌리고 다른 상품을 가리켰다. 새빨간 카네이션 코르사주였다.
"하지만 저건 장난감이 아닌걸요?"
레아가 의아한 표정으로 보자 나는 손가락을 꼬물꼬물 얽으며 대답했다.

"보육언 애드리 조하하는 사람하테 이거 중다고 해써. (보육원 애들이 좋아하는 사람한테 이걸 주는 거랬어.)"

"어머, 그러네요. 곧 있으면 감사의 날이군요."

위그젠트라에서는 감사의 날에 아이들이 부모님께 카네이션을 선물하는 관습이 있었다. 그리고 나도 이걸 어른한테 선물할 거다.

'레아한테!'

원래 공작에게 줄까 했는데, "귀찮다."라고 하던 말을 떠올리고 그만두기로 했다.

'더 귀찮게 해서 밉보이면 안 되지.'

대신 날 돌봐 주는 하녀들의 우두머리이자, 세상에서 가장 착한 레아에게 줄 거다. 세 번을 죽고 네 번을 살았지만, 코르사주를 주는 건 처음이라 가슴이 콩닥콩닥 뛰었다.

'역시 선물은 서프라이즈지.'

아무것도 모르는 레아가 웃으며 코르사주를 계산했다.

*　　*　　*

듀블레드성.

관할지의 대소사를 논의하기 위해 공작과 가신들이 함께 회의장으로 이동했다. 복도를 걷는 동안 가신들은 가벼운 한담을 나눴다.

"오, 카네이션 코르사주로군. 딸애에게 받았는가?"

붉은 코르사주를 꽂고 있던 로프너 자작이 의기양양하게 가슴을 내밀었다.

"예. 내일이 감사의 날이라고 고사리 같은 손으로 직접 달아 주지 뭡니까."

"기특하군."

이제나저제나 자랑할 기회를 노리고 있던 로프너 자작은 이때다 싶어 으스댔다.

"아직 여섯 살밖에 되지 않은 애가 고사리 같은 손으로 카네이션을 내미는데 이게 바로 사는 행복이 아닌가 싶더군요."

그가 으하하 웃자 다른 가신들이 고개를 주억거렸다.

"자식 키우는 즐거움만 한 게 없지."

"예. 사실 명예나 재물이 다 무슨 소용입니까. 자식이 아비를 사랑하고, 아비가 자식을 사랑하는 행복만은 못하지요."

"맞네. 창고에 재물을 켜켜이 쌓아 놓으면 무얼 하나. 그런 행복도 못 느낀다면."

"뭐, 그런 자들은 애초에 감정 따위는 모르는 냉혈한들이 아닐까요."

"맞는 말일세."

"가엽군요. 카네이션은 극상의 행복인데 말이죠."

그때, 다른 가신이 공작에게 물었다.

"각하께서도 카네이션을 받으실 때 그런 행복을 느끼셨겠지요."

"모르겠는데."

"예?"

"없다고. 카네이션을 받은 적."

순식간에 찬물이 끼얹어진 듯 복도가 고요해졌다. 가신들은 '아들을 셋이나 뒀지만, 카네이션은 구경도 못 해 봤다'라는 듀블레드 공작을 보며 마른침을 삼켰다.

듀블레드 공작과 세 공자는 사람들 입에 수없이 거론될 만큼 아름답고 재능이 넘쳤지만, 잔인하도록 냉정하며 타인에게 무관심했다. 애초에

서로에게 애정을 바라는 관계가 아닌 것이다.

"아니, 그…… 워, 원래 남자애들이 세심하질 못합니다. 키워 주셔서 감사하다는 말 한마디로 넘어가는 경우가 많지요."

"그런 말도 들은 적이 없다."

"……."

그러자 다른 가신이 나서 애써 상황을 수습하려 했다.

"말이나 카네이션이 뭐가 중요하겠습니까. 감사의 날엔 서로 포옹하는 것만으로도 마음이 전해지는 법이죠."

"……."

공작은 대답이 없었다.

설마 포옹도 한 적이 없는 건가!

가신들이 마른침을 삼켰다. 입을 열수록 수렁에 빠지는 느낌이었다. 공작은 어찌할 바를 모르는 가신들을 보고 눈썹을 꿈틀 움직였다. 가신들은 희게 질린 얼굴로 탈출구를 찾아 눈을 필사적으로 굴렸다.

그러다 맞은편에서 오는 르블레인과 하녀들을 발견했다. 막 귀가한 모양인지 외출복 차림이다. 그리고 보았다.

르블레인의 손에 들린 카네이션 코르사주를!

고아인 르블레인이 카네이션 코르사주를 선물할 만한 사람이 누구겠는가. 보호자인 듀블레드 공작밖에 없었다.

'오오오오!'

가신들이 동아줄이라도 발견한 것처럼 소리쳤다.

"보십시오, 각하!"

"카네이션입니다!"

"아기님이 카네이션 코르사주를 줄 사람은 보호자인 각하뿐이지요!"

가신들은 할 수 있다면 펄쩍펄쩍 뛸 기세로 르블레인의 카네이션을 환영했다. 공작이 제 앞에 멈춰선 르블레인을 지그시 쳐다보았다. 아이는 수줍은 얼굴로 손을 꼬물거렸다.

카네이션 따위가 극상의 행복이라는 말은 권력 싸움에서 도태된 것들이나 하는 변명이라고 생각했다. 가신들의 말에 불쾌했던 건 도태된 자들에게마저 있는 경험이 제게는 없기 때문일 터였다. 받아 봐야 쓸 데도 없는 천 쪼가리일 뿐이다.

그런데, 막상 받는다니 기분이 썩 나쁘지 않았다.

* * *

'내가 뭘 잘못했나.'

나를 보는 공작의 눈빛이 너무나 강렬했다.

설마 상점가에서 돈을 잔뜩 쓰고 왔다고 화가 났나? 아니면 스케치북에 공작을 그리면서 뿔도 같이 그린 걸 들킨 건가?

'왜 저렇게 보는 거야. 무섭게스리…….'

내 속은 새카맣게 타들어 가는데 가신들은 싱글벙글했다.

"직접 코르사주를 사 오셨습니까?"

"녜."

내가 대답하자 가신들은 과하게 기뻐했다.

"얼마나 보호자에게 감사하면 이리 직접 나서서 카네이션을 사 왔을까요."

"아무렴요, 아무렴요."

그러자 공작의 입매가 삐뚜름하게 올라갔다.

'우와, 오늘은 더 무섭네.'

나는 흠칫, 레아의 다리를 붙들었는데, 가신들은 속도 모르고 어허헛!

웃으며 내 등을 가볍게 떠밀었다.

“기왕 이렇게 된 거 지금 건네드리시지요.”

“예, 그게 좋겠습니다.”

그럴까. 어차피 코르사주를 산 걸 아는데 미적거리는 것도 이상하긴 해.

‘카네이션 주는 건 처음이라 조금 쑥스럽네.’

난 머뭇머뭇 손을 꼬물거렸다. 그러자 가신들이 더 애가 닳아서 “어서!” 하며 나를 종용했다.

날 둘러싼 사람들이 홍해처럼 갈라지고, 일직선 앞에 공작이 보였다. 그리고 난 수줍게 코르사주를 내밀었다.

레아에게.

“……!”

“……!”

“……!”

“어머.”

자신이 받을 거라고 생각하지 못했는지 레아는 감동한 얼굴로 입을 틀어막았다.

‘내가 이거 줬으니까 간식 더 많이 줄 거지?’

레아는 울먹이며 내 앞에 무릎을 굽혔다.

“제게 주시려던 건가요…….”

“녜아 조하. 고마어. (레아 좋아. 고마워.)”

“감사해요, 아기님. 정말 소중하게 보관할게요.”

레아는 날 안아 줬고, 난 그녀의 목에 얼굴을 비볐다.

그런데 이상했다.

‘왜 뒤통수가 싸하지?’

무슨 일인가 싶어 슬쩍 뒤를 돌아보았다. 하녀들과 레아를 제외한 사람들이 새파랗게 질린 얼굴로 코르사주와 공작을 번갈아 보고 있었다.

그때, 공작이 나를 불렀다.

"르블레인."

"네?"

"내 건."

"……?"

"내 것은 없나."

"녜!"

공작님이 나 귀찮아하니까 안 사 왔어. 잘했지?

내가 레아의 품에 폭 안겨 헤헤 웃자 공작은 눈썹을 꿈틀거렸다. 그리고 왜인지 무시무시한 얼굴로 가신들을 노려봤는데, 그들은 마른침을 꼴깍 삼키며 희게 질려 있었다.

그날 저녁, 듀블레드 공작령 전역에 감사의 날 폐지령이 떨어졌다.

* * *

레아는 온종일 새빨간 코르사주를 가슴에 달고 다녔다. 그러곤 거울을 볼 때마다 매번 '아기님이, 내게, 이걸!' 하며 감격에 떨었다. 물론 나도 레아가 기뻐해서 기분이 좋다.

'레아가 간식을 잔뜩 줬거든.'

배가 빵빵해지도록 간식을 먹고서 행복감에 젖어 있었는데, 노스가 날 찾아왔다.

"각하의 집무실로 가실까요?"

오늘은 황태후에게 내가 어떻게 지내는지 전하기로 한 날이었다.

"네!"

우렁차게 대답하자 노스가 쿡쿡 웃었다.

"오늘도 씩씩하시군요."

고개를 끄덕이자 볼이 통실통실 흔들렸다. 그걸 본 노스는 헤벌쭉해져서 슬그머니 손을 뻗었다. 뺨을 만져 보고 싶은 것 같았다.

그런데 갑자기 하녀들이 휙! 튀어나와 노스를 가로막았다.

"곤란합니다. 아기님의 존체에 손을 대시다니요."

견고한 경호에 노스가 손을 뻘쭘하게 내렸다. 손을 거두었는데도 하녀들은 여전히 못마땅한 표정으로 외쳤다.

"순서를 지키셔야죠~!"

하녀 린다의 말에 다른 하녀들도 정말 기가 막힌다는 표정으로 거들었다.

"일주일에 한 번씩 순서를 지켜 2초 내로 손을 떼야 한다고요."

"마음껏 만지면 연약한 아기님의 피부가 견뎌 낼 수 없단 말입니다."

……언제 그런 규칙을 정했어?

나는 황당한 얼굴로 하녀들을 쳐다봤다. 하지만 나와 달리 노스는 아뿔싸 하며 고개를 주억거렸다.

"그렇겠군. 내가 아주 큰 실수를 할 뻔했어."

그들은 곧 신중한 얼굴로 노스의 순서를 논의했다.

"3주나 기다려야 한다고?!"

줄줄이 이어진 명단을 본 노스가 꽥 소리쳤다.

"최대한 빨리 잡아 드린 겁니다. 본래 순서대로라면 한 달은 기다리셔야 한다고요."

"그렇게 기다리는 사람이 많은가?"

노스의 말에 하녀들이 당연한 걸 묻는다는 표정으로 콧방귀를 뀌었다.

"우리 아기님의 볼은 사랑스럽고, 깜찍하고, 세상에서 제일 부드러우니 모두 만지고 싶어 하죠."

"만지고 싶은 게 당연하죠."

"사람이라면 만져 보고 싶을 수밖에 없죠."

노스는 또 열심히 고개를 주억거렸는데, 그 광경을 본 난 어이가 없어졌다.

'콩깍지를 너무 열심히 씌워 놨나.'

그냥 두면 차례를 정하다가 하루가 다 갈 것 같아서 노스의 바짓자락을 흔들었다.

"가댜. (가자.)"

여긴 피곤하니까 떠나야겠어.

노스는 내 말을 듣고 나서야 정신을 차리고 "아아, 예." 하며 문을 열어 줬다.

공작의 집무실로 가기 위해 복도를 걷는데, 오늘따라 성내가 번잡했다. 복도에 웬 물건이 쌓여 있고, 고용인들이 정신없이 그것들을 정리하고 있었다.

내가 호기심 어린 얼굴로 쳐다보자 노스가 말했다.

"황제 폐하의 탄신연에 보낼 선물을 정리 중입니다."

그러고 보니 이맘때 귀족들은 선물을 준비하느라 정신이 없었다. 콩고물엔 관심 없는 첫 번째 삶의 아버지 아미티에 공작도 소정의 선물로 예의를 차릴 정도였다.

'발루아 공작은 돈까지 빌려서 그럴듯한 선물을 준비했었지.'

그럴 땐 돈을 펑펑 쓰지만, 다른 사람들한테는 엄청난 구두쇠였다. 특히 나한테 말이다.

난 발루아 공작 영애였을 때 뭣 모르고 약간 가격대가 있는 만년필을 사 온 적이 있었다. 그때, 발루아 공작은 불같이 화를 내며 날 다락방에 사흘이나 가뒀다.

어두컴컴하고 낡은 다락방에 갇힌 나는 오들오들 떨며 잘못했다고 울었다. 그런 날 보고 발루아 공작의 차남이 제 형에게 물었다.

"형, 만년필은 사면 안 되는 거야?"

"왜 안 돼? 네가 사 달라고 하면 아버지, 어머니는 기뻐하실걸. 학용품 사 달라는 자식을 싫어하는 부모가 어디 있냐?"

"그런데 르블레인은 왜 혼이 났지?"

"쟤는 친자식이 아니잖아."

그때 알았다.

친자식이 아닌 난 사소한 일에도 미움받으니 필사적으로 노력해야 한다는 걸.

'이제 듀블레드 공작한테 환심을 얻을 만한 일을 해야 하는데.'

어영부영 있다간 입양은 저 멀리 날아갈 것이다.

그렇게 생각하며 공작의 집무실로 들어갔다. 책상에 앉아 있던 공작이 인기척을 느끼고 고개를 들었다. 서류를 보느라 걸친 은테 안경이 새파란 눈과 기가 막히게 잘 어울려서 난 속으로 혀를 내둘렀다.

그런데 안경 때문일까. 오늘은 왠지 평소보다 더 사나워 보인다.

내가 노스의 다리에 매달려 우물쭈물하자, 노스가 어색하게 웃었다. 그는 공작의 소파에 나를 앉히고 공작이 듣지 못하도록 속삭였다.

"아기님께 화가 나신 게 아닙니다."

다른 데엔 화가 났다는 거구나.

"그러몬?"

"기대했던 스스로에게 화가 나신 게 아닐까요……."

'대체 무엇을?' 하는 표정으로 보자 노스는 울상을 지으며 이어 속삭였다.

"부디 다음엔 카네이션 코르사주를 두 개 준비해 주세요."

아……. 그제야 깨달은 나는 흠칫했다.

잡화점에서 물건을 산 돈은 전부 듀블레드의 것이다. 이것저것 마구 골라 왔으니 꽤 비쌀 테지.

'공작 돈을 펑펑 쓴 주제에 공작 건 하나도 안 사 와서 기분 나빴나 봐.'

그냥 코르사주를 두 개 사 올 걸 그랬다. 카네이션을 엄청나게 좋아하는 것 같은데.

하지만 그건 이미 지나간 일이었다. 다시 사 올 수도 없고, 지금 가서 사 와 봤자 치사하다고 시위하는 것밖에 되지 않을 거다. 그보다 그가 기뻐할 만한 일을 해야 한다.

'내가 알고 있는 것 중에 어떤 게 공작에게 도움이 될 수 있지?'

끙끙거리며 고민하고 있는데, 소파 테이블에 무언가 놓여 있는 것이 보였다. 호화로운 보석함 안에 새카만 돌멩이 하나가 덜렁 놓여 있었다.

'왜 돌멩이가 이렇게나 호화로운 보석함에 보관되어 있을까.'

고개를 갸웃하던 찰나였다.

구우웅—

미세한 진동과 함께 폐가 꽉 조여들었다. 노스의 목소리가 뭉그러지고 주변의 속도가 현저히 느리게 느껴졌다.

마치 나와 세계의 시간이 다르게 흘러가는 것처럼.

검은 돌 위에 빛무리가 흘러들더니 곧 빠르게 흩어지며 선을 만들었다. 이윽고 그것은 삼각형 두 개가 위아래로 교차된 육망성의 별이 되어 내게 달려들었다.

순식간에 등줄기에 소름이 돋았다.

삐이익－!

이명이 머릿속을 가로질렀다.

[……기야.]

[나의…….]

[기…… 단다.]

귀를 통하지 않고 바로 머릿속으로 스며드는 느낌의 목소리. 너무 작아서 제대로 들리지 않던 소리가 어느 순간 아주 강하게 몰아쳤다.

[나의 아이야.]

쿠구궁, 천지가 가늘게 진동했다.

그제야 뭉그러지던 노스의 목소리와 느릿하던 몸짓이 본래대로 돌아왔다. 노스가 굳은 목소리로 중얼거렸다.

"지진인가요."

하지만 진동은 순식간에 사그라들었다. 커튼을 쳐서 창문 밖을 확인한 공작이 말했다.

"루브스산으로 탐사대를 보내라. 화산 폭발의 전조일 수도 있으니."

"예."

공작과 노스가 대화하는 동안 나는 희멀건 얼굴로 가슴을 꾹 눌렀다. 심장이 너무 빠르게 뛰어서 호흡이 힘들 정도였다.

대체 저게 뭘까.

내게 몰려든 육망성의 빛.

그리고 계속해서 머릿속을 헤집는 저 목소리.

돌에서 흘러나온 목소리가 애타게 나를 불렀다. 내 손은 내가 모르는 의지를 가진 것처럼 돌을 향해 움직였다. 마치 자성이 생긴 것처럼.

그리고 손안 가득 돌이 들어왔을 때.

파삭－

"……!"

그것은 순식간에 바스러졌다.

그제야 정신이 돌아온 난 엄청나게 놀라서 입을 뻐끔거렸다.

'뭐, 뭐, 뭐야!'

어쩔 줄을 모르고 공작과 노스를 쳐다봤다.

"오, 오, 오또케, 오또케!"

가루가 되어 내 손 틈으로 흩날리는 돌의 잔재를 보며 노스는 크게 당황했다. 공작의 눈 또한 드물게 커져 있었다.

노스가 마른침을 삼키며 중얼거렸다.

"뉴이트가……."

노스가 보석함 안의 가루를 보며 중얼거린 말에 난 소스라치게 놀랐다.

'이게 뉴이트라고?'

세 번의 삶 동안 지겹게 들었을 정도로 엄청난 것이었다.

왜냐면 무려 악신의 신물이었으니까!

내가 새파랗게 질리자 노스가 난처한 표정으로 말했다.

"저, 각하. 이건 아기님의 탓이 아니라 보관 상태가 좋지 않았던 겁니다. 그렇지 않고서야 뉴이트가 갑자기 가루가 될 리가……."

노스가 열심히 변명해 줬지만, 공작의 표정은 풀리지 않았다. 치맛자락을 붙잡은 채 바들바들 떨던 난 공작의 소매를 붙잡았다.

"다, 달못…… 나 그러동게 아니라……. (자, 잘못…… 나 그러려던 게 아니라…….)"

하지만 공작은 내 손을 물리며 인상을 찌푸렸다. 보기 좋게 자리 잡은 입술에서 짜증 섞인 한숨이 흘러나왔다.

"사람 귀찮게 만드는군."

온몸이 사시나무처럼 떨렸다.

'환심을 얻기는커녕 사고를 쳤어.'

겁을 너무 먹은 것인지 아까부터 들리던 이명이 점점 더 심해지는 것 같았다. 거기다 눈앞이 빙글빙글 돌기 시작하며 시야가 좁아졌다.

"더 귀찮게 하지 말고 방으로 돌아 — "

"흐……."

신음이 나오기 무섭게 몸이 스르륵 기울며 의자 아래로 추락했다.

"아기님!"

좁아지는 시야 속에 눈을 크게 뜬 채 굳어진 공작이 보였다.

그리고 적막이 찾아왔다.

*　　*　　*

새카만 공간.

어둠 속에서 나는 아미티에 공작의 등을 보고 있었다.

자애롭고, 신중하며 정의로운 나의 아버지.

나는 그를 몹시 존경하고 사랑했다. 그의 딸로 살기 위해 많은 것들을 포기해야 했지만, 괜찮았다. 그가 나를 "르블레인."하고 부르며 웃어 주기만 한다면.

하지만 나는 알고 있었다. 우리 사이에 어떤 벽이 있다는 것을 말이다.

아미티에 공작은 내가 머물 방을 주고, 귀족의 사명을 가르쳐 주고, 함께 식사를 해 주었지만, 거기까지였다. 마음을 내어 주고 정말 자식으로 여기지는 않았다.

그래도 그가 좋아서, 처음 생긴 아버지가 너무너무 좋아서 난 최선을 다했다.

난 한참을 머뭇거리다가 그의 등을 향해 손을 뻗었다.

'아버—'

"아빠!"

나를 지나쳐 아미티에 공작에게 뛰어간 미나는 거리낌 없이 그의 팔을 끌어안았다.

"어리광은."

"뭐 어때요. 아빠한테 어리광부릴 수도 있지."

미나가 눈을 접으며 웃자 아미티에 공작은 그녀의 머리를 쓰다듬으며 빙그레 미소 지었다. 내게는 보여 준 적이 없는, 더없이 환한 미소였다.

나는 손을 거두며 고개를 수그렸다.

괜찮아. 그럴 수도 있지. 미나는 진짜 운명의 아이니까. 가뭄으로 굶주린 땅에 비를 내려 주고, 가난하고 병든 자들에게 희망이 되어 주는 착한 애니까.

더 열심히 하면 아버지도 나를 봐주실 거야. 좀 더 잠을 줄이고 공부하면, 남들에게 더 베풀면, 그러면.

그때 주변의 어둠이 일렁거렸다.

"멍청한 것!"

허공에서 벼락같은 고함이 터져 나왔다. 나는 일그러진 어둠 속에서 튀어나온 손을 보고 소스라치게 놀랐다. 발루아의 문장이 새겨진 반지를 낀 손이 곧 내 멱살을 틀어잡았다.

"숨어 있으면 내가 못 찾을 성싶었느냐. 맹랑한 생쥐 같으니."

발루아 공작의 인영이 나를 걷어찼다. 속절없이 나뒹굴자 곧 그의 뒤로 팔짱을 낀 발루아 공자들과 공작 부인이 나타났다.

"쓸모없는 계집애."
"도무지 마음에 차는 구석이 없구나."
"어디서 객사라도 해야 마음 편하게 송장이나 치우지."

그들이 조금씩 내게 다가왔다. 나는 손바닥으로 뒷걸음질 치며 오들오들 떨었다.

때리지 마. 잘못했어. 잘못했어요……!

"헉!"

나는 이불을 박차고 일어났다. 식은땀으로 등이 흥건하고, 손이 덜덜 떨린다. 눈앞에 익숙한 시계가 보이고 나서야 정신이 돌아왔다.

'꿈이구나…….'

밤이 된 모양인지 사위가 어두컴컴했다. 투둑, 툭, 비가 창문을 때리는 소리만이 고요를 깨운다.

침대맡에 대야와 물수건이 있었다. 누군가 잠시 자리를 비운 듯 의자가 아직 따뜻하다.

'맞다, 나 쓰러졌었지.'

오후에 있던 일이 떠오르자 숨이 턱 막혔다.

'그 뉴이트, 어쩌지.'

세 번을 죽고서 겨우 살 만한 곳을 찾았다.

듀블레드의 고용인들은 정말로 친절했고, 듀블레드 공작은 듣던 것보다 괜찮은 사람이었다. 그런데 이 사람들도 날 미워하게 되면…….

공작의 눈빛은 처음 봤을 때처럼 서늘해질 거다. 레아와 노스도 내게 웃어 주지 않을 터였다.

그때, 창밖으로 쾅! 번개가 내리치며 어둠에 잠겨 있던 무언가가 드러났다.

* * *

레아는 자면서 식은땀을 잔뜩 흘린 르블레인을 위해 새 옷가지를 가져왔다. 하녀들이 그녀의 곁에 따라붙으며 울상을 지었다.

"아기님께선 괜찮으세요?"

"의사도 이유를 모른다면서요? 대체 무슨 일이에요."

레아는 한숨을 내쉬었다.

"아이는 까닭 없이 아프곤 하니까. 일단 해열제를 먹였으니—"

그렇게 말하며 방문을 열던 찰나, 레아의 손에서 옷가지가 툭 떨어졌다. 침대에 누워 있어야 할 르블레인이 어디에도 보이지 않았다.

"왜……."

하녀들이 당황해서 중얼거리자 레아가 비명을 내지르듯 소리쳤다.

"아기님을 찾아!"

놀란 하녀들이 화장실을 뒤지고, 복도까지 샅샅이 찾았지만 르블레인은 보이지 않았다. 새파랗게 질린 레아는 공작에게 소식을 전달했다.

자정이 넘은 시각, 듀블레드성 곳곳에 불이 들어왔다. 사용인들이며 행정관들까지 정신없이 르블레인을 찾아 온 성을 헤맸다.

노스가 복도에 선 공작을 향해 뛰어왔다.

"별관엔 계시지 않습니다."

"주방은. 빵을 찾아 헤매고 있을지도 모른다."

"이미 찾아봤지만……."

공작의 얼굴이 굳어졌다.

이 많은 사람이 동원되었는데, 어린애 하나 찾을 수 없었다.

듀블레드를 노리고 온 암살자에게 당한 건가. 아니면 귀족 아이를 노린 자들이 납치했다든가, 운명의 아이를 탐탁지 않게 생각하는 원로원이 손을 썼을 수도 있다.

"군사들을 동원해. 수색 범위를 넓혀—"

"각하!"

그때, 창밖에서 다급한 목소리가 들려왔다.

공작과 레아를 비롯한 듀블레드의 사람들이 모두 본성을 나섰다. 집사와 정원사들이 누군가를 둘러싸고 있었다. 그 속에서 옅은 갈색의 머리칼을 발견한 레아가 황급히 뛰어갔다.

"아기님!"

르블레인은 자신을 붙잡은 레아를 보고 손을 꼬물거렸다.

공작이 아이를 향해 걸음을 옮겼다. 주변에 포진해 있던 사용인들이 물러나고, 비로소 르블레인의 모습이 제대로 보였다.

홑잠옷에 먼지가 잔뜩 묻었고, 신발을 신지 않은 맨발이 생채기와 흙으로 엉망이었다. 잔뜩 비를 맞은 어린 몸은 덜덜 떨렸으며, 입술이 새파랬다.

르블레인이 레아를 뒤로하고 공작에게로 비틀비틀 걸어왔다.

"너……."

공작이 미간을 좁히자, 르블레인이 무언가를 불쑥 내밀었다. 덜덜 떨리는 손에 들린 건 붉은 꽃이었다.

"공잔미 카네션 조하해. (공작님 카네이션 좋아해.)"

"……."

"달못해써요. (잘못했어요.)"

뉴이트가 부서졌을 때 어쩔 줄 모르고 소매를 붙들던 르블레인이 떠올랐다.

"용서해 두세요. 용서해 두세요……."

공작은 어떤 대답도 할 수 없었다.

새파란 얼굴로 용서해 달라며 필사적으로 손을 비비는 저 애가 애처로워서. 그래서, 매정하게 저 애의 손을 쳐 내던 순간이 저답지 않게 후회되어서.

*　*　*

천둥 번개 덕에 창밖 정원에 카네이션이 있다는 것을 알았다. 그래서 나는 즉시 허겁지겁 꽃을 찾으러 갔다. 비가 억수처럼 내렸지만, 상관없었다. 미움받지 않기 위해 뭐라도 해야 했다.

나는 잔뜩 겁먹은 얼굴로 공작을 올려다봤다. 한참 말이 없던 그는 이내 날 덥석 안아 들었다.

'으악!'

그러자 당황한 레아와 노스가 얼른 달려왔다.

"가, 각하. 아기님께서 일부러 소란을 만든 건 아니실 겁니다. 아이니까. 아직 아이라서 뭘 모르고……!"

"운명의 아이지 않습니까. 문제가 생기면 황실과 교단에서 들고일어날 겁니다."

그러나 공작은 들은 척도 하지 않고 날 안고 성내로 들어갔다.

'나, 날 어떻게 하려는 거야.'

최선을 다해 빌었으나, 뉴이트를 망가뜨린 게 꽃 한두 송이로 해결될 일일 리 없다. 모르긴 몰라도 엄청난 일이 기다리고 있을 터라 나는 공작에게 안겨서 이동하며 마음의 준비를 단단히 했다.

그런데 막상 공작이 들어선 곳은 욕실이었다.

'물고문인가?'

덜컥 겁이 나서 뻣뻣하게 굳어졌다.

공작은 날 욕조에 걸터앉힌 후, 천천히 손을 뻗었다.

'빠진다!'

반사적으로 눈을 꽉 감았다. 그런데 이상하다. 시간이 지나도 고통스럽지 않았다. 조심조심 실눈을 뜨니, 한쪽 무릎을 굽힌 채 나와 시선을 맞춘 공작이 보였다.

곧이어 그가 내 발을 잡았다. 대체 뭘 하려는 건가 싶어서 굳은 얼굴로 그를 주시하던 나는 깜짝 놀라고 말았다. 그가 내 발을 닦아 주기 시작한 것이다. 물이 발에 닿자 쓰라려서 움찔, 발가락을 오므렸다.

"아프냐."

"아녀. (아니요.)"

"……."

그가 말없이 나를 쳐다봐서 난 치맛자락을 꼬물꼬물 매만지며 웅얼거렸다.

"……쪼금."

그의 손길이 좀 더 부드러워졌다.

내 발에 묻은 진흙과 먼지가 물에 녹아들어 바닥으로 떨어질 때마다 상처가 더욱 선명하게 드러났다.

'꽤 많이 다쳤네.'

겁에 질려서 너무 다급했던 터라 아프다고 느끼지 못했다. 내 발을 바라보던 공작의 눈빛이 깊게 가라앉았다.

"밤늦게 성을 돌아다니지 마라."

이제야 혼이 나겠구나 싶었는데, 그의 입이 거기서 더 열리지 않았다.

'그게 끝이야?'

공작이 화를 내지 않으니까 오히려 더 불안하다. 나는 손을 꼼질대며 웅얼거렸다.

"공잔미 하 안 내? (공작님, 화 안 내요?)"

묘한 침묵이 욕실에 가라앉았다. 그는 한참 나를 응시하다가 천천히 입술을 열었다.

"화나지 않았어."

진짜? 정말로?

불신의 시선으로 쳐다보니 그가 미간을 좁히며 내 이마를 툭, 쳤다. 하나도 아프지 않았다.

"……."

"……."

욕실엔 침묵이 감돌았으나, 난 왜인지 이제 더는 공작이 무섭게 느껴지지 않았다.

그건 이 대단한 남자가 어린애 앞에 무릎을 굽히고 앉아 발을 씻겨 주고 있기 때문일까. 아니면, 발을 씻기는 손길이 너무나 부드럽기 때문일까.

발을 다 씻겨 준 공작은 내 손마저 물에 헹궈 주고는 몸을 일으켰다.

이윽고 우리는 욕실을 나섰다. 문이 열리자 욕실 앞에서 안절부절못한 채 기다리고 있던 레아가 얼른 달려왔다. 공작이 레아에게 나를 넘겨주며 말했다.

"가서 약을 발라 줘라."

"예?"

"약."

"아…… 예, 옛!"

화들짝 정신을 차린 레아와 하녀들이 날 데리고 쏜살같이 복도를 걸었다. 거의 뛰는 것과 다름없는 속도였다. 방으로 들어온 하녀들이 헐떡이며 주저앉았다.

"저는 주인님이 아기님을 어떻게 하실 줄 알고……."

"나, 나도."

나는 쭈뼛쭈뼛 눈치를 보았다. 그런 날 보는 레아의 표정이 아프게 일그러졌다. 레아는 빗물에 젖은 내 머리를 쓰다듬으며 조그맣게 속삭였다.

"괜찮아요, 아기님."

"……."

"아무도 아기님에게 화나지 않았어요."

"……."

"괜찮아요, 괜찮아요."

그녀의 목소리가 너무나 다정해서 그제야 나는 눈물이 찔끔 나왔다.

*　*　*

나는 그 후로도 며칠을 조마조마하게 보냈다. 하지만 공작은 정말로 나를 혼내지 않았다. 황태후에게 뉴이트를 물어내라고 하지도 않았고, 날 수도로 돌려보내지도 않았다. 외려 싫은 내색조차 없었다.

게다가.

'내가 꺾어 온 꽃, 버리지 않았네.'

꺾을 땐 어두워서 몰랐는데 밝은 데서 보니 저건 카네이션이 아니었다. 공들여 키운 꽃도 아니고, 정원에 잔디를 깔며 우연히 핀 한낱 들꽃이었다.

그런데 그 들꽃이 무려 듀블레드 공작의 집무실 화병에 꽂혀 있었다. 엄청나게 호화로운 화병 안에 덜렁 한 송이 들어 있는 들꽃을 본 나는 찝찝해졌다.

'무슨 생각인 거지?'

공작이 아니라 다른 사람이었다면 어린애가 한밤중에 고생해서 꺾어 온 꽃을 버릴 수 없었다고 생각했겠지만…….

듀블레드 공작이잖아? 언짢다는 이유로 이민족을 죄 학살한 그 테오도르 듀블레드.

심지어 그는 그날 이후로 내게 조금 유해졌다. 식사를 함께해 줄 정도로 말이다.

"배에 거지가 든 건가."

유해졌다고 해도 아주 조금이었지만.

공작은 닭 다리를 와구와구 뜯어먹는 날 묘한 표정으로 쳐다봤다. 하지만 타격은 없었다.

'거지 든 거 맞거든?'

지난 삶에선 거지였던 게 맞으니까.

그리고 지금 그런 것보다 더 중요한 건…….

'이거 엄청 맛있어!'

영계를 갖가지 향신료와 함께 쪄 낸 후 달콤한 소스로 조린 닭 요리는 정말이지 맛있었다. 살코기는 보들보들하고, 소스는 달콤 짭짤하다.

공작이 정신없이 닭을 해치우는 날 빤히 쳐다봤다.

"……."

"……?"

뭐야, 왜 저래.

'……먹고 싶어서?'

난 혹여나 그에게 소중한 닭 다리를 빼앗기게 될까 봐 팔로 슬그머니 접시를 가렸다. 그러자 공작의 눈썹이 꿈틀했다.

'진짜 치사하다, 치사해.'

자기는 저 큰 양고기 스테이크를 혼자 다 먹고 있으면서 어린애 음식까지 노리다니.

난 속으로 끙, 신음했다.

이번에 뉴이트 사건을 그냥 넘어가 준 건 정말로 고마운 일이었다.

뉴이트는 귀중한 보물이었다. 황제의 손에 넘어갔을 땐, 교황이 직접 황궁을 찾아 교단에서 보관할 수 있게 해 달라 청할 정도였다. 하나 남은 악신의 신물이라 역사적 가치뿐만 아니라 활용처도 무궁무진했던 것이다.

한참 닭 다리와 공작을 번갈아 보던 난 결심했다. 입술을 꾹 깨물고 닭 다리를 불쑥 내밀었다.

"주께. (줄게요.)"

그는 직접 건넨 주제에 애절한 얼굴로 닭 다리를 힐끔거리는 날 보며 미간을 좁혔다.

"대체……."

그의 잇새에서 짤막한 헛웃음이 흘러나왔다.

"네 머리엔 뭐가 든 건지 열어 보고 싶구나."

머리를 진짜 열어 보겠다는 건가? 공작은 그러고도 남을 사람이다.

나는 소스라치게 놀라서 양손으로 머리를 꾹 붙들었다.

"열먼 둑는데! (열면 죽는데!)"

그러자 문가에서 쿡쿡 웃는 소리가 들려왔다. 서류를 들고 오던 노스였다. 그는 공작의 시선이 제게 향하자 헛기침을 했다.

"황제의 탄신연 진상품 목록입니다."

"뉴이트를 대신할 물건은."

"교역상에서 제법 괜찮은 물건을 확보한 모양입니다. 상단주가 꽤 자신만만하더군요. 이르면 오늘 오후에 성에 도착한다는 전갈을 받았습니다."

신물인 뉴이트를 대신할 물건이라니. 모르긴 몰라도 감히 상상할 수 없을 만큼 고가일 것이다.

'그래도 찾아서 다행이야.'

듀블레드가 황제에게 뉴이트를 진상할 정도라면 분명 황제에게서 받아 낼 무언가가 있다는 뜻일 터다. 나 때문에 거래가 깨지면 입양은 물 건너간 것이나 다름없다. 교역상에서 찾은 물건이 정말 괜찮아야만 한다.

'그런데 이 시기에 교역상이 뉴이트만 한 가치를 지닌 걸 들여왔다는 얘기가 있었나?'

무심코 "교땅……. (교역상…….)" 하고 중얼거렸다. 그러자 노스가 빙그레 웃었다.

"교역상이 뭔지 궁금하십니까?"

"웅?"

"교역상이란 건 나라를 오가며 물건을 파는 상단이랍니다."

생각해 보니 어린애한텐 어려운 단어인 것 같아서 나는 "와!" 하며 한껏 놀라는 체했다.

"교역상을 보고 싶으신 모양이군요."

"으응……. 구로티, 모. (응……. 그렇지, 뭐.)"

사실은 별로 궁금하지 않다. 교역상에서 들고 왔다는 그 물건이면 모를까.

그렇게 생각하던 중에 노스가 말했다.

"아기님도 함께 물건을 구경하시면 되겠군요. 신기한 물건들이 많으니 구경하는 재미가 있을 겁니다."

물론 그러고야 싶지만…….

나는 흘끔 공작을 쳐다봤다. 또 물건을 망가뜨릴 셈이냐고 하면 어쩌나 싶었는데, 별다른 말이 없다.

'닭 다리 주길 잘했나 봐.'

식사를 마무리할 때쯤 교역상이 듀블레드 공작령에 들어왔다는 이야기가 전해졌다.

공작과 노스는 황제 탄신연에 관련한 이야기를 나누기 위해 식당을 나섰다. 그리고 난 교역상이 올 때까지 시간을 죽이기 위해 레아를 비롯한 하녀들과 도서관에 가기로 했다.

"아기님은 듀블레드성의 도서관을 못 보셨지요?"

"녜."

"온갖 책이 가득하답니다. 물론 동화책도 많지요."

레아가 열어 준 문 안으로 들어간 난 눈이 튀어나올 뻔했다.

'세상에.'

무슨 도서관이 이렇게 대단하담.

승마를 해도 될 것 같은 크기의 방은 천장마저 아득하게 높았다. 중앙만 뚫려서 소용돌이 형태로 층계가 이어졌고, 층마다 무수히 많은 책장이 놓여 있었다. 3미터는 가볍게 넘을 것 같은 긴 책장엔 빈 자리를 찾을 수가 없다.

세상의 모든 책을 다 그러모아 놓은 것만 같은 엄청난 도서관이었다. 나는 어마어마한 위용을 자랑하는 도서관을 둘러보며 동화책 코너로 향했다.

하녀들이 눈을 반짝이며 말했다.

"자, 골라 보세요!"

우리 애가 어떤 책을 좋아할까, 하고 흥미진진하게 바라보는 팔불출 부모의 눈빛이었다. 나는 부담스러운 시선에 떠밀려 책장 앞으로 향했다.

아직 글을 읽을 줄 모르는 척해야 하니 적당히 표지가 예쁜 책이나 골라야겠다.

어떤 책이 제일 화려한가 둘러보던 난 무언가 특이한 책을 발견하고 눈을 깜빡였다.

'이건 왜 제목이 없을까.'

게다가 책은 절반만 남아 있고, 나머지 절반이 뚝 잘려 있었다. 나는 고개를 갸웃하고서 책을 펼쳤다.

'동화가 아니잖아.'

[건국 황제 프리드 1세의 가장 거룩한 업적은 악신(惡神)의 권속인 이반을 물리친 일일 것이다.

(중략)

이반의 기록에 따르면 악신의 이능이 발현되기 위한 조건은 두 가지다.

첫 번째로는 잠재된 힘을 깨우는 열쇠인 신물과의 접촉, 그리고 힘을 발휘할 수 있게 하는 매개물의 습득인데…….]

거기까지가 끝이었다. 나머지는 잘려 나가서 내용을 더 읽을 수 없었다.

'뭐지, 찝찝하게.'

그때, 레아가 물었다.

"아기님, 고르셨나요?"

난 얼른 들고 있던 책을 꽂고, 그 옆에 있던 아무런 책이나 뽑았다.

"으응. 골라써."

"돌아가서 재밌게 읽어 드릴게요."

난 레아의 손을 잡고 도서관을 나섰다.

동화 구연에 엄청난 재능이 있는 하녀들이 명연기를 펼쳤지만, 머릿속이 복잡했다. 도서관에서 읽은 제목 없는 책이 자꾸만 떠올랐다.

'하필이면 왜 악신과 얽힌 내용이람.'

악신은 나와도 관련이 있었다.

제국의 모신인 정의로운 네리아드 신은 인간을 위해 만악의 근원인 악신을 봉인했다. 하지만 봉인은 시간이 지나며 느슨해졌고, 악신을 재봉인하기 위하여 운명의 아이인 미나의 힘이 필요했다.

'그리고 그 의식의 제물은 나였지.'

의식은 정말이지 고통스러워서 그냥 빨리 죽여 줬으면 싶었다.

그 일을 떠올린 나는 얼굴이 어두워졌고, 레아는 그런 날 걱정 어린 표정으로 살폈다.

"아기님께서 왜 이렇게 슬픈 얼굴을 하실까."

회귀 전의 기억이 떠올랐다고 할 순 없어서 나는 눈을 도르륵 굴리다가 말했다.

"사자 무셔. (사자 무서워서.)"

동화책에 나오는 사자가 주인공 코끼리를 잡아먹으려 들던 부분이 무서웠다고 변명하며 레아의 팔을 꼭 끌어안았다. 그러자 하녀들이 "꺄!" 소리치며 양 주먹을 흔들었다.

"그래쪄요~. 우리 아기님이 사자가 무서우셔쪄요~."

"못된 사자가 어홍 했쪄요~. 그래서 아구. 무서워! 하셔쪄요~."

나를 우루루 까꿍 어르던 하녀들이 양쪽에서 내 얼굴에 뺨을 마구 문댔다.

'어우, 이 언니들 갈수록 심해지네.'

역시 너무 열심히 콩깍지를 씌워 둔 모양이다. 나는 흐린 눈으로 내가 귀여워서 어쩔 줄 모르는 하녀들을 견뎌 냈다.

그러고 있자니 밖이 소란스러웠다. 레아가 문을 조금 열고 복도를 살폈다.

"교역상이 도착한 모양이네요."

그러곤 "구경하러 가실까요?" 하고 내게 손을 내밀었다. 난 레아의 손을 잡고 방을 나섰다.

대알현실에 도착하자 호화로운 세공이 들어간 상아 의자에 공작이 앉아 있었다. 그의 의자 뒤로 듀블레드 공작이 얼음의 땅을 평정하며 손에 넣은 건국 황제의 태피스트리가 보였다.

고대어가 새겨진 저 태피스트리는 듀블레드 군사력의 상징이었는데, 그것을 동경한 귀족들은 너 나 할 것 없이 따라 하며 가주의 의자 뒤로 태피스트리를 장식했다.

공작의 아래로 교역상인 듯한 사내가 부복하고 있었다.

"듀블레드 공을 뵙습니다."

나는 남자를 대번에 알아보았다.

'저 사기꾼이 왜 여기에!'

거상 투르바.

후에 황실에 위조된 그림을 팔아서 지명 수배되는 쓰레기였다.

투르바는 망국의 노예부터 시작하여 대귀족까지 찾는 교역상으로 성장한 입지전적인 인물로, 평민들의 존경을 받았다. 그런데 위작을 판매한 것을 들키고 난 이후에 이전에도 몇 번이나 사기를 쳤다는 것이 드러났다.

'불안한데.'

이번 물건은 진짜일 수도 있지만, 투르바를 알고 있는 나로선 안심할 수 없었다.

투르바는 바닥에 놓여 있던 웬 상자를 열었다. 상자 안엔 새하얀 비석이 들어 있었는데 그 안에 적힌 것은…….

'고대어잖아.'

투르바는 자신만만한 어조로 말했다.

"고대에 신탁이 내려온 비석입니다."

그러자 공작의 곁에 서 있던 가신들과 노스가 크게 기뻐했다.

"신탁이 내려온 비석이라면 뉴이트만큼이나 대단한 가치를 지닌 물건이 아닙니까."

맞는 말이다. 고대의 신탁이 내려온 비석이라면 지금에 이르러선 성물로까지 분류될 거다.

"하지만 고대어는 해석할 수 없는 언어인데 이게 신탁이 내려온 비석이란 것을 어떻게 확신하지?"

투르바는 의기양양한 표정으로 입을 열었다.

"역사서에 이와 비슷한 물건이 기록되어 있는 데다가, 강한 신성력이 담겼다는 검증까지 받았습니다."

"흠……."

가신들이 고개를 주억거리자 투르바가 씩 입꼬리를 올렸다.

"옛 고원에서 어렵사리 발굴한 물건입니다. 그 무시무시한 몬스터 떼가 저와 상단을 공격하였으나, 저는 결코 물러서지 않았습니다."

그러곤 가슴을 쿵! 내리치며 공작을 향해 두 손을 포개 내밀었다.

"분명 누군가에게 도움이 될 날이 올 것이다. 그러니 비석을 포기할 순 없다! 이 투르바, 오늘날의 각하를 위해 목숨을 내던졌던 모양입니다."

그러나 공작은 건조한 얼굴로 관자놀이를 누를 뿐이었다.

"각설하고 가격이나 읊지."

투르바는 전혀 기분 나쁜 기색이 아니었다. 오히려 그 말을 기다렸다는 듯 히죽 입꼬리를 올렸다.

"각하께서 구매해 주신다면 1억 프랑에 거래하겠습니다."

대알현실에 모여 있던 사람들이 소리 없이 기함했다.

'억?'

단위가 억?!

국가 예산에나 쓰이는 단위가 억이었다.

가신들과 노스마저 침음을 흘리며 공작을 바라보았다. 공작이 날카로운 눈빛으로 석판을 훑던 찰나, 나는 손을 번쩍 들었다.

"가까이서 보고 시퍼, 그거!"

가늘어진 눈으로 날 쳐다보던 투르바는 이내 미소 지었다.

"말로만 듣던 운명의 아이님이시로군요. 뵙게 되어 영광입니다."

"보여 조."

레아가 당황해서 "아, 아기님." 하고 날 불렀다. 노스도 곤란한 얼굴이었다. 내가 뉴이트 때처럼 석판을 망가뜨리면 정말로 수습할 수 없는지라 염려되는 모양이었다.

하지만 난 저 석판을 자세히 봐야 할 이유가 있었다.

투르바는 껄껄 웃으며 고개를 끄덕였다.

"역시 운명의 아이라 신탁에 관심이 있으신 모양이군요. 예, 가까이서 구경하시지요. 하지만 손을 대시면 안 됩니다."

가신들이 "자, 잠깐!" 하고 소리쳤지만, 난 얼른 투르바에게 다가갔다. 그러곤 카펫 위에 쪼그려 앉아 호기심 어린 얼굴로 석판을 들여다보았다.

"신의 힘이 느껴지십니까?"

듀블레드의 사람들이며 투르바 상단의 사람들까지 모두 그를 만류했다.

"그만하시게. 아이가 잘못 만진다면 어찌하려고."

투르바가 대범한 척 손을 내저었다.

"운명의 아이이시니 고대어라도 읽어 주실지도요."

"아직 제국어도 못 하시는 분이 어떻게 고대어를 해석하겠나."

"물론 농담입니다. 사라진 언어인 고대어를 해석할 수 있는 사람이 어디에 있겠습니ㅡ"

"항평생 가조글 위해 애씅 노토, 여기 잠들다. (한평생 가족을 위해 애쓴 노토, 여기에 잠들다.)"

"예?"

난데없이 튀어나온 말에 투르바를 비롯한 사람들이 눈을 끔뻑였다. 나는 해맑게 웃으며 석판을 가리켰다.

"아저씨 바보야? 요기 써 이짜나."

신탁이 기록된 비석은 개뿔이.

이건 그냥 묘비였다. 게다가 신성력은 조금도 느껴지지 않는다.

'이 사기꾼.'

역시 살펴보길 잘했다.

나는 고대어를 읽을 수 있다. 지금은 아무도 읽을 수 없지만, 십여 년 후에 살아 있는 고대어의 언해가 나타나기 때문이었다.

'미나 말이야.'

미나는 차원 이동해 오자마자 고대어를 읽을 수 있었다. 그녀 덕에 방치되었던 고대어를 줄줄이 해석하게 되고, 다른 사람들도 고대어를 배울 수 있었다.

물론 굉장히 어렵기 때문에 배운 사람은 소수였지만.

'내가 죽기 직전까지 고대어를 배운 사람은 딱 셋이었지.'

황태자와 듀블레드 공작의 장남인 요한, 그리고 나.

난 속으로 고개를 절레절레 저으며 투르바를 쳐다봤다.

'애초에 옛 고원에서 발굴했다는 말도 거짓말이구만.'

죽은 사람을 위해 비석을 세우는 고대 국가라면 칼리시스뿐이었다.

칼리시스는 옛 고원과 정반대에 있는 나라로, 네리아드 신을 믿지 않는다. 신탁이 절대로 내려올 수 없는 지역이다.

'저 남자는 대체 얼마나 간이 큰 거람.'

하기야, 절대로 들키지 않을 거라고 여겼을 것이다. 저 남자는 내 존재를 몰랐을 테니까.

가신들이 내게 헐레벌떡 달려왔다.

"고대어를 읽을 줄 아십니까?"

"분명 그리 적혀 있는 겁니까? 예?"

그들이 양옆에서 나를 닦달했다.

하기야, 1억 프랑이나 들여서 샀는데 그냥 비석이라면 큰일이지.

나는 고개를 끄덕였다. 그러자 투르바의 얼굴이 당황으로 벌게졌다.

"무슨, 무슨 말도 안 되는 ─!"

그가 얼른 손을 내젓곤 공작을 향해 변명했다.

"아닙니다. 이건 신탁이 기록된 석판이 맞아요. 성물이란 말입니다! 이렇게 어린아이가 어찌 고대어를 읽을 수 있겠습니까."

날 날카롭게 노려본 투르바는 "거짓말을 하는 애는 천벌을 받아요!" 하고 다그쳤다.

어느새 내 곁에 다가온 노스가 한쪽 무릎을 굽혀서 나와 시선을 맞추곤 물었다.

"정말로 고대어를 읽을 줄 아시는 건가요?"

"으응."

"어떻게요? 배우신 겁니까?"

이런 질문이 올 줄 알고 준비해 놓은 말이 있지!

나는 고개를 갸웃 기울이며 말했다.

"구냥 보이는데."

'미나도 고대어를 어떻게 읽을 줄 아냐는 말에 이렇게 말했거든.'

다들 기함하긴 했지만, 그냥 '그렇구나' 하고 납득했다.

그때 배웠다. '운명의 아이'라는 타이틀은 이럴 때 써먹는 거라고.

속으로 킬킬거리고 있는데 투르바가 "거짓말!" 하며 소리쳤다. 그러고 나서 그는 허겁지겁 사람들을 향해 변명했다.

"제게는 이것이 신탁의 석판임을 증명할 방법이 있습니다. 하지만 아기님은 다르시지요. 고대어를 읽을 줄 안다는 것을 어떻게 증명하시겠습니까?"

가신 중 하나인 뒤보스 자작이 "흠……." 하고 침음했다. 확실히 근거를 가진 건 신성력 감정서를 가져온 투르바 쪽이었다.

'조작한 것일 테지만.'

사람들은 쉽게 따지지 못했고, 투르바는 씩 웃으며 양손으로 허공을 떠받치곤 으쓱했다.

"역사가 시작된 후 고대어를 쓸 줄 아는 사람은 건국 황제가 유일했습니다."

그때였다. 나는 검지를 쭉 펴서 공작의 뒤편에 있는, 고대어를 수놓은 태피스트리를 가리켰다.

"사명을 질머진 자 아페 추복 이쓰라. (사명을 짊어진 자 앞에 축복 있으라.)"

"……!"

"……!"

사람들의 시선이 모두 내게 집중되었다. 노스는 숨을 들이켰고, 가신들은 소리 없이 비명을 내지르며 입을 틀어막았다. 공작까지 드물게 눈이 커진 채로 나를 쳐다봤다.

그리고 나는 마지막 쐐기를 박았다.

"프이드 에니시스 세먼 칼리어드. (프리드 에니시스 셰이먼 칼리어드.)"

태피스트리 마지막에 수 놓인 이름을 말하자 공작은 의자의 팔걸이를 꽉 말아 쥐었다.

"건국 황제의 진명(眞名)……."

그의 중얼거림에 사람들이 흠칫 놀라 나를 쳐다봤다.

"진명?!"

"그것이 프리드 1세의 진명이란 말입니까!"

'셰이먼'이라는 미들 네임은 어떤 부족의 피를 이었다는 증거였다. 악신의 피조물이라 일컬어지는 부족은 지금에 와서는 언급조차 금기시되었다. 제국의 황가는 건국 황제의 그릇된 핏줄을 숨기기 위해 그의 진명을 모든 기록에서 삭제했다.

현재로선 그의 진명을 아는 건 오직 황족과 아주 극소수의 사람들뿐이었다. 그리고 그 극소수에는 당연히 듀블레드 공작도 포함되어 있을 것이었다.

'미래엔 다르지만.'

미나가 저 태피스트리에 새겨진 건국 황제의 진명을 공개 석상에서 말했던 적이 있었다. 이전까지는 미나가 예뻐 죽던 황태후마저 어찌할 바를 모르고 황제의 눈치를 보던 사건이다.

그러니까 내가 지금 태피스트리에 수 놓인 건국 황제의 진명을 읽었다는 건 고대어를 정말로 읽을 수 있다는 증명이었다.

노스가 헛웃음을 터뜨렸다.

"이거 믿을 수밖에 없겠군요."

가신들은 마른침을 삼키며 이마를 잡았다.

"말도 안 되는, 어찌 이런……."

“과연 운명의 아이인가.”

“조금 똘똘한 정도라고 생각했는데 이렇게 대단할 줄이야…….”

사람들이 모두 기함했다.

나는 속으로 히죽 웃고 투르바를 쳐다봤다.

‘이제 어떻게 변명할 거야?’

그냥 털어놓는 쪽이 신상에 이로울 거다.

투르바는 예상대로 쉽게 입을 열지 못하고 어버버거렸다. 새파란 얼굴로 손을 덜덜 떨고 있던 그는 곧 버럭 소리쳤다.

“저는 신의 하나로 이날 이 자리까지 올라왔습니다!”

‘바보.’

여기서 신의가 나오면 어떻게 해.

나는 고개를 절레절레 저었고, 공작은 실소를 흘렸다.

“저 녀석에겐 근거를 대라더니 본인이 대답할 수 없는 문제엔 신의를 운운하는군.”

“그, 그건…….”

나는 속으로 고개를 절레절레 저었다.

‘그냥 포기해, 끝났어.’

애초에 별 관심이 없는 듯 시큰둥했던 걸 보면 공작도 의심하고 있었을지도 모른다. 그가 느른히 몸을 일으켰다.

“아무래도 최근에 내가 꽤 유했던 모양이야.”

“……예?”

“날벌레까지 기어오르려 드는 걸 보면. 노스.”

공작의 부름에 노스가 고개를 숙였다.

“예.”

“이 신의 넘치는 대상인을 옥사로 모셔라.”

놀란 투르바는 새파란 얼굴로 "가, 각하!" 하며 소리쳤다. 공작이 그런 그를 보며 건조한 투로 말했다.

"내게 저 석판에 관한 확실한 답을 가져와라. 배를 갈라 그 안에 잘난 신의가 있는지 확인해서라도."

그러자 노스는 음산하게 "예." 하고 대답했다.

투르바의 얼굴이 희멀게졌다.

*　*　*

투르바는 고신이 시작되기도 전에 모든 걸 토설했다. 교황과 거래하기 위해 손에 넣어야 할 성물이 있었는데, 천문학적인 금액이라 어떻게 해서든 돈이 필요했다고 말이다.

이게 무슨 말도 안 되는 돌려막기란 말인가.

'대체 어떤 성물이길래 투르바가 이런 무모한 사기까지 치게 했을까.'

대체 뭘까 싶었는데, 노스가 투르바 상단이 보관하고 있던 성물의 그림을 가져왔다. 그걸 본 난 깜짝 놀라서 눈을 홉떴다.

'에트왈!'

미나가 강력한 힘을 발휘하게 만든 바로 그 성물이었다. 육망성, 그리고 별의 끝마다 박힌 색색의 보석, 별과 보석을 감싼 원. 미나가 신성력을 발휘하여 온갖 기적을 행하게 한 성물, 에트왈과 똑같이 생겼다.

'하지만 미나의 에트왈과 색이 달라.'

미나의 것은 분명 줄과 펜던트가 백금이었는데 이건 황금이다. 육망성의 끄트머리마다 박힌 보석의 종류도 달랐다.

'신전에서 지금 보관 중인 미나의 에트왈이 아니란 거야.'

쌍을 이루는 성물이 있던 건가.

'그런데 왜 이전 삶에선 공개되지 않았지?'

에트왈은 네리아드교의 상징이었다. 두 번째 에트왈이 존재한다면 교단에서 공개하지 않을 이유가 없다.

'공개하는 쪽이 확보하기에도 유리했을 텐데. 소유자가 세간의 눈치를 봐서라도 신전에 넘겼을 테니까.'

그때, 공작이 눈을 좁히며 중얼거렸다.

"두 번째 에트왈이라."

"그렇다면 투르바가 미친 짓을 한 것이 이해가 가는군요. 에트왈은 네리아드교를 제국의 국교가 되게 한 결정적인 계기이지 않습니까."

"그래서 이 에트왈의 현재 위치는?"

"바닷속에 잠들어 있답니다. 가져오려면 인양밖에 답이 없습니다. 그런데 문제는……."

노스가 곤란한 얼굴로 지도를 내밀었다.

"제국의 영해가 아닙니다. 딱 10미터 차이로 타 대륙의 영해로 넘어가 있습니다."

공작은 코웃음을 쳤다.

"그래서 교단이 직접 나설 수 없었군."

"예, 그들이 나서게 되면 전쟁을 피할 수 없을 테니까요."

교황으로서는 *[살생하지 말라. 날붙이가 필요한 것은 오직 보호를 위한 순간뿐이다.]*라는 교리를 본인이 어길 순 없었을 터였다.

투르바에게 국가 예산급의 자금이 필요한 것도 거래 상대가 무려 타 대륙의 왕이기 때문일 것이다. 그저 그런 금액을 받고서 영해를 침범하게 하지는 않을 테니 말이다.

"어찌할까요?"

"에트왈 정도 되는 물건이라면 우리 쪽에서 확보해야지."

"왕과 거래를 하실 겁니까?"
"뭣 하러."
"하면……."
공작이 서류를 다시 노스에게 툭, 던지며 말했다.
"전쟁을 하면 될 것을."
귀찮게 머리 싸움할 필요가 있느냐는 표정이었다.
'우와.'
나는 그의 놀라운 해답에 기가 질려 혀를 내둘렀다.
"잘됐군. 따로 다른 탄신연 선물을 알아볼 필요 없이 황제에게 타 대륙 왕족 놈들의 모가지를 따서 보내 주면 되겠어."
노스는 헤죽 웃으며 날 봤다.
"이게 다 아기님의 덕입니다. 뉴이트가 부서지지 않았더라면 두 번째 에트왈의 존재를 알았겠습니까. 또, 고대어를 읽어 주셔서 사기 거래를 미연에 방지할 수 있었죠."
과연 악당이라 불리는 듀블레드의 일등 부관이다. 전쟁이 벌어질 것이라는 데도 일이 쉽게 풀렸다고 좋아하는 표정이라니. 나는 평소에 다정해 보였던 노스의 숨겨진 일면을 확인하고 조금 당황했다.
하지만 내겐 나쁜 일이 아니었다.
'에트왈 정도면 잘한 거네, 나.'
뉴이트가 부서지고 그보다 좋은 에트왈을 손에 넣을 기회를 만들어 줬다. 뉴이트를 망가뜨렸을 땐 입양되는 것까지 반쯤 포기했었는데 정말 다행이었다.
입양…… 포기 안 해도 될지도.
나는 힐끔힐끔 공작을 쳐다봤다. 표정이 나쁘지 않다.
'시험해 볼까?'

그때, 노스가 "자, 가실까요?" 하며 나를 안으려 했다. 나는 "시러!" 소리치고 공작에게 도도도도, 달려가서 다리를 끌어안았다.

"공잔미랑 이쓰꼬야. (공작님이랑 있을 거야.)"

그러자 노스가 상처받은 얼굴로 "크윽." 신음했다. 나는 그에게 찰싹 달라붙어 떨어지지 않았고, 노스는 어쩔 수 없이 날 포기하고 방을 나섰다. 공작과 단둘이 있게 된 나는 팔을 번쩍 들어 올렸다.

"아나 주쎄요. (안아 주세요.)"

공작은 날 빤히 응시하다가 이내 손을 뻗었다.

'좋아, 안아 달라는 말에 아무렇지 않아 할 정도로는 친해졌어.'

그렇다면 이제 '그 말'을 꺼내도 되지 않을까. 생각해 보니 듀블레드에 온 지 한 달이 지났다. 황태후가 슬슬 입양은 어찌 되었는지 물어 올 때다.

'그나마 기분이 괜찮을 지금이 기회야.'

조금 두렵긴 하지만 난 용기를 박박 긁어내서 입을 열었다.

"르부, 차칸 애 하께요. (르블레인, 착한 애 할게요.)"

귀찮게 하지 않고 나 혼자서 쑥쑥 잘 클 수 있어.

그러니까, 공작님—

"내 아바디가 되어 주세요. (내 아버지가 되어 주세요.)"

* * *

일주일 후.

나는 온 집중력을 손끝에 모으고 이를 악물었다. 고작 이런 데서 포기하면 망명은커녕 어떤 것도 이루지 못할 것이다.

더는 스스로 실망하지 말자. 자책하지 말아야 해. 세 번이나 죽음을 경험했으니 이 혼에 분명 의지와 경험이 쌓여 있을 터.

난 빠르게 '그것'을 끌어올렸다.

'성공했다, 양말 신기!'

주변에서 우레와 같은 박수가 터져 나오고 레아가 대견하다는 듯 내 뺨에 몇 번이나 키스했다.

"장하기도 하지. 고생하셨어요, 아기님!"

"몇 번 가르친 것뿐인데 벌써 혼자서 양말을 신으시네요."

"역시 천재이신 거야!"

나는 땀이 배어 나온 이마를 손등으로 슥, 닦아 내고 "아효효……." 한숨을 터뜨렸다.

도전한 지 6회만의 성공이었다.

'좋아. 나는 성장했다.'

그럼 이제 준비는 끝났다. 난 남은 양말 한 짝을 잡고 레아의 소매를 탁탁 흔들었다.

"공잔미하테 갈래."

"네, 주인님께 보여 드리세요."

레아는 흐뭇하게 웃으며 나를 공작의 집무실로 데려다주었다. 사무관, 그리고 가신들과 함께 서류를 보고 있던 공작이 안경을 벗으며 날 쳐다봤다.

나는 은행잎처럼 조그만 흰색 레이스 양말을 번쩍 들었다.

"르부, 인제 양말 시늘 수 이따! (르블레인, 이제 양말 신을 수 있어요!)"

그가 턱을 괴며 "어디 볼까." 하고 말해서 나는 마른침을 꼴깍 삼켰다.

내가 입양해 달라고 했던 날, 공작은 말이 없었다. 하지만 결코 이전처럼 부정적인 반응은 아니었다. 냉혹하리만치 단호한 그가 대답이 없었다는 건 '내가 잘만 하면 입양될 수도 있다'라는 뜻이 아닐까.

'그러니까 여긴 내게 있어 일종의 면접장이란 거지.'

이만큼 성장해서 이제 손이 덜 가는 아이이니 날 입양해도 좋다는 것을 어필하는 장 말이다.

나는 바닥에 철퍼덕 주저앉아 양말을 양손으로 잡았다. 가신과 사무관들이 흐뭇한 얼굴로 나를 쳐다봤다.

'손가락으로 구멍을 넓히고.'

넓히는 것은 잘 해냈다.

'좋아, 다음은 발가락을 잘 모아서 넓힌 구멍에 넣는 거야.'

나는 다리를 휙! 치켜들고 최대한 뾰족하게 발가락을 모았다.

'이제 한 번에 힘을 줘서 끌어올리면 돼.'

자, 단숨에—!

'……잉?'

양말이 발꿈치에 걸려서 올라가지 않는다.

다시.

다시.

아냐, 다시!

데굴데굴 구르며 양말을 끌어 올리기 위해 안간힘을 썼지만, 발꿈치에 걸린 양말은 도무지 올라갈 줄을 몰랐다.

테이블에 둘러앉은 가신 중 하나가 고개를 수그린 채로 어깨를 떨었다. 나는 불안한 표정으로 공작을 쳐다보았다. 그의 입술 끝이 천천히 올라갔다.

쿡.

그건 명백한 비웃음이었다. 쥐구멍에라도 들어가고 싶은 심정이었다. 위풍당당 면접을 보러 온 나는 온데간데없고, 패잔병만이 남았다.

'한심하다, 나…….'

내가 시무룩해지자 레아가 웃음기 어린 목소리로 말했다.

"조금 전엔 성공하셨습니다. 단 두 번 가르쳤을 뿐인데 말이지요."

그 말을 들은 가신이 "호오." 탄성을 냈다.

"역시 남다르십니다."

"그런가."

공작이 등받이에 몸을 깊게 기대며 중얼거리자 너도나도 말을 보탰다.

"어려운 말도 기억해 내시지 않습니까. 이번엔 정말이지 큰 도움을 받았지요."

"뭐……."

"가르치면 가르치는 대로 따라오는 것이 사실 굉장히 어렵습니다."

그러는 동안 나는 발가락에 대롱대롱 달린 양말을 처연하게 쳐다보고 있었다.

'실패했다.'

그럼 면접도 실패…….

그건 그가 언제 나를 돌려보낼까 전전긍긍하는 날이 앞으로도 이어질 예정이란 소리였다.

한 달이 넘도록 이 성에 있으면서 느낀 건 공작은 영지성만큼이나 철옹성이라는 것이었다. 어떻게든 친해지려고 했는데, 발전은 아주 더뎠다. 그나마 소득은—

"르브."

이름을 줄여서 불러 주는 것 정도였다.

"네……."

떨어진 양말을 들고서 터덜터덜 걸어가자 그가 날 쳐다보았다.

"내 성에 있으면서 어떤 향상도 없는 건 묵과할 수 없지."

'예, 압니다요.'

아들인 세 공자에게도 엄청나게 냉정한 사람이었다.

세 공자는 태어나자마자 선대 공작에게 빼앗겨서 직접 키울 수 없었고, 지금까지도 교육의 전권이 원로원에게 있지만 어쨌든 그의 혈육이 아닌가.

공자들은 벌써 수도 영재원에서 교육을 받고 있다. 심지어 장남인 요한은 제국과 멀리 떨어진 기숙형 학술원에 있었다.

"내가 영지 시찰을 다녀오는 동안 연습해 놔라."

"녜……."

"잘할 수 있나?"

"웅, 르부 공잔미 딸 하꼬에요. (응, 르브는 공작님 딸 할 거니까요.)"

왜인지 공작의 입꼬리가 조금 올라간 것 같았다.

* * *

공작은 말한 대로 이튿날 영지 시찰을 떠났다. 레아의 말로는 광활한 듀블레드령을 전부 돌아보기 위해선 마법을 이용해도 스무 날쯤 걸린다고 했다. 그 스무 날은 내겐 수련의 날이었다.

'성공해서 꼭 입양되어야지.'

그래서 난 오늘도 열심히 양말을 올리고 있었다.

'아, 발꿈치만 넘어가면 성공인데 이게 어렵단 말이야.'

근육을 섬세하게 조절할 수 없기 때문이었다.

정신없이 수련에 매진하다 보니 어느새 정오. 점심을 먹을 시간이었다. 나는 레아를 찾아 방을 나섰다. 평소엔 늘 곁에 있었는데 오늘은 웬

일인지 자리를 비웠다. 하녀들마저도 새벽부터 정신이 없었다.
"머물고 가실 수도…… 손님방을……."
"아기님을…… 바로 출발하신다고……."
집사들과 하녀들이 무언가를 논의하느라 바빴다. 복도를 오가는 가신들의 표정도 굳어 있었다.
'뭐지?'
난 고개를 갸웃했지만, 이내 배에서 꼬르륵 소리가 들려와서 집사를 붙잡았다.
"예, 아기님."
"나, 배꼬파."
"그러십니까. 레아를 찾아보지요."
"가치 갈래."
집사는 인자하게 웃으며 내 손을 잡았다. 그와 함께 아장아장 복도를 걷고 있었을 때였다.
"그게 무슨 개소립니까!"
'악! 깜짝이야!'
저 멀리서 커다란 고함이 터져 나왔다. 심장이 벌렁벌렁해져서 양손으로 집사의 손을 꽉 잡았다.
진짜 무슨 일이 있기는 있나 보네. 이렇게 흥분하는 사람까지 있고.
'무슨 일일까?'
그렇게 생각하고 있는데 또 한 번 고함이 들려왔다.
"교단의 사제가 각하의 허락 없이 어찌 성문을 넘는단 말입니까!"
"아기님을 모셔 가기 위해서라지 않나."
"각하께서 귀환하신 후에 모셔 가도 될 일입니다. 성의 내부를 염탐하기 위한 핑계일 수 있어요."

"데리러 온다는 것을 거절할 순 없어. 현재로선 교황이 아기님의 법적인 보호자가 아닌가. 보호자가 데리러 온다는 것을 어찌 거절하겠나."

"하지만 각하께 말씀도 드리지 않고 모셔 간다니요."

"보호자가 애를 데려가는 데에 집주인의 허락이 필요하진 않지."

교단에서 온다고? 나를 데리러?

순식간에 피가 식었다. 손끝이 차갑고 어깨가 와들와들 떨린다.

내 손을 잡은 집사가 무슨 일이냐는 듯 "아기님?" 하고 불렀지만, 나는 대답할 정신이 없었다.

그들이 나를 수도로 데려가면 즉시 재입양처로 향하게 될 것이다. 게다가 황태후가 아닌 교단이 데리러 온다는 건 그들이 선택한 입양처로 간다는 걸 테지.

이전의 삶에서 들은 적이 있기에 알고 있다. 교단이 나의 입양처로 추천한 곳은—

'발루아.'

내 머리채를 잡으며 히죽 웃던 발루아 공작이 떠오르자 눈앞이 샛노래졌다.

*　　*　　*

듀블레드가.

유독 가문의 역사가 짧은 듀블레드가 이만한 영달을 이룬 것은, 그들만의 특별한 교육법 때문이었다. 듀블레드의 모든 사람은 혈육의 피를 뒤집어쓰고 태어나 살육자로 길러진다.

현 듀블레드 공작인 테오도르 듀블레드는 듀블레드의 역사상 가장 완성형에 가까운 가주였다.

타의 추종을 불허하는 마력, 신이 빚어낸 듯한 완벽한 균형의 육체, 가주 위에 오른 지 단 몇 년 만에 가문의 재산을 두 배로 불린 감각과 지능.

그만한 재능을 가지고 감정을 철저히 배제하는 사내는 누구에게라도 섬뜩한 공포를 불러일으켰다.

테오도르와 함께 시찰에 나선 가신과 사무관들마저 마찬가지였다. 지역 감찰소에서 마련한 점심을 먹는 내내 식당은 고요하기만 했다.

그때, 미미한 마력의 파동이 느껴졌다. 테오도르를 비롯한 정예병들이 일시에 마력의 근원지로 시선을 돌렸다. 시선을 한 몸에 받은 테오도르의 부관이 식은땀을 흘리며 주머니를 움켜잡았다.

"아, 아니, 이게……."

오른편에 앉아 있던 기사가 부관의 손목을 틀어쥐었다.

"확인하겠소."

기사가 거칠게 부관의 손을 테이블 위로 끌어 올렸다. 손에 딸려 나온 것은 조그만 보석이었는데, 부관은 식은땀을 삘삘 흘렸다.

"최근에 유행하는 마도구입니다."

"호위용이오?"

"그건 아니고……."

"호위용이 아닌 마도구의 소지는 금지하고 있소."

테오도르를 비롯한 기사들의 시선에 날카로운 예기가 담겼다.

"저…… 그게, 통신용입니다. 성의 하녀로부터 아이용 옷감을 사다 달라는 부탁을 받아서요."

해당 지역에서만 나는 특별한 작물로 만들어진, 몹시 보드라운 옷감이 있었다.

그러자 풍채가 우람한 기사가 물었다.

"자식이 있소?"
"아닙니다. 아기님의 옷감입니다."
"황태후 폐하께서 보내셨다는 운명의 아이 말이오?"
"예. 양말 신기를 연습하고 계시는데 아무래도 어려우신 듯하여 하녀가 신기 편한 양말을 만들어 주려는 모양입니다."
"그런데 왜 통신용 마도구가 필요하다는 거요."
아무래도 수상쩍어서 기사가 마도구를 압수하기 위해 손을 뻗었다. 그때, 마도구에서 미세한 소음이 일어나며 허공에 일렁이는 화면이 떠올랐다.
[자, 아기님. '공작님' 해 보세요.]
[공잔미!]
[공.작.님!]
[공.잔.미!]
[다시 한번. '공작님'.]
[공잔미…….]
옅은 갈색 머리털이 포실포실한 아기가 시무룩해져서 손을 꼼지락거렸다.
"호, 이분이 그……."
"대체 이게 뭐요?"
최근 듀블레드의 고용인들 사이에선 르블레인의 귀여운 영상을 교환하는 것이 유행이었다.
이건 레아가 촬영한 비장의 영상이었는데, 부관에게 거래 대금으로 쓰였다. 그가 옷감을 사다 주는 대신 영상을 보내 준 것이다.
바짝 각을 세우고 있던 기사들의 표정이 풀어졌다.
"귀엽구만."

영상은 계속 이어졌다.

[왜 이렇게 시무룩하셔요?]

[공잔미 모태서 공잔미가 시러하면 어떠케? (공작님 발음을 잘 못 해서 공작님이 싫어하면 어떡하지?)]

식당에 껄껄껄 폭소가 터져 나왔다. 중년의 기사가 테오도르에게 말을 붙였다.

"이리 사랑받으시니 좋으시겠습니다."

"헛소리."

"아기님은 참으로 특이하신 분입니다. 세 분 도련님도 쉬이 다가가지 못하는 주군을 이리도 친근하게 생각하시니 말입니다."

최근 르블레인은 뻔질나게 제게 다가왔다.

"공잔미, 사탕 주쎄요."

하찮은 두 손을 포개 쏙 내미는가 하면.

"주께……."

엄청나게 고민하는 얼굴로 닭고기를 쳐다보더니, 마치 심장을 떼어 주는 듯한 표정으로 제게 건넸다. 그게 어처구니가 없어서 손으로 주물럭거린 꼬질꼬질한 닭고기를 받아 들었다.

"특이한 녀석이긴 하더군."

호탕한 기사 하나가 능글맞은 표정으로 물었다.

"솔직히 귀엽지 않으십니까."

테오도르의 눈빛이 서늘해졌다. 그러자 다시 식당엔 침묵이 내려앉았고, 다른 이들은 허둥지둥 식사에 몰두했다.

귀엽지 않다. 애초에 누군가를 귀엽다고 생각해 본 적이 전무했다. 그저 작고 초라한 녀석이 제 성에서 온종일 뽈뽈거리기에 눈에 들어올 뿐. 인간을 찌그려 놓은 것 같은 녀석이 용케 움직인다 싶어서 자주 시선이 갈 뿐이다.

목에 있는 점이 우스운 모양이었다. 하트 무늬였는데, 그 녀석이 자신을 올려다볼 때면 피부가 늘어나 점이 커졌다.

테오도르가 부관을 향해 손을 내밀었다. 꿩고기를 입에 넣던 부관은 흠칫, 굳어졌다.

"이리 내."

"예?"

"호위용이 아닌 마도구는 소지 금지다."

공격용도 아닌데요!

부관은 잠시 억울한 표정을 지었지만, 서늘한 시선을 못 이기고 그의 손바닥 위에 마도구를 올려놓았다. 테오도르는 답지 않게 마도구를 로브 안에 조심히 집어넣었다.

'마도구를 상하게 하면 저주받는다는 통설이 있으니.'

그뿐이었다.

이후로는 달그락거리는 식기 소리만이 식당 안의 고요를 메웠다. 막 식사가 끝나갈 때쯤, 치안대의 대장이 입을 열었다.

"한데, 각하. 최근 이 주변이 뒤숭숭하다는 이야기를 들었습니다."

"무슨 일로."

"영지 너머이긴 합니다만, 화적패가 기승을 부리고 있답니다."

화적패야 영지 안으로 들어올 일이 없다.

"남의 일에 내가 신경 쓸 필요가 있나."

"뭐, 그렇긴 하지요, 아이들을 잡아가는 일이 빈번하다고 하여 혹시나 하였을 뿐입니다."

그러자 노스도 고개를 끄덕이며 말을 보탰다.

"잡아간 아이를 노예 시장에 판다더군요."

"마력이나 신성력이 있는 아이는 금술의 재료로 쓰인다고도 하고요. 끔찍한 일이죠."

순간, 테오도르의 머릿속에 "공.잔.미!"소리치는 르블레인이 스쳐 지나갔다.

뽀짝뽀짝 걸어가는 르블레인.

웬 산적 같은 놈에게 납치당한 르블레인.

노예 시장 안에서 "공잔미……."하며 으아앙! 눈물을 터뜨리는 르블레인.

"……감히 내 영지의 근경에서 활개 치는 놈들을 놔둘 수야 없겠군."

"하면……?"

"죽여."

"어느 선까지 정리할까요."

"록시엘령과의 경계까지."

남의 영지야 그쪽이 알아서 할 일이다.

그렇게 생각하던 테오도르의 손이 우뚝 멎었다.

'그 녀석이 자라면 꽃놀이를 가고 싶어지려나.'

록시엘령엔 괜찮은 화원이 있어서 귀족 영애들이 나들이를 자주 간다고 했다.

"기왕 하는 것, 록시엘령도 처리해 줘라. 주변에 은혜를 베풀어 놓는 것도 나쁘지 않을 테니."

생각해 보니 더 자라면 승마를 하고 싶어질 수도 있겠다. 록시엘령을 지나서 말타기 좋은 평원이 있지.

"아니다. 평원."

평원 뒤로 물놀이하기 좋은 강이 있다. 배를 띄우고 놀기에 좋다.

"노지스강까지는 치워 둬라."

말 한 번 잘못 꺼냈다가 수백 킬로미터에 이르는 화적 토벌을 나서야 할 기사들의 얼굴이 새파래졌다.

*　*　*

나는 레아가 내 짐을 넣어 놓는 서랍장 안에 파고들어 버둥거렸다.

"어머!"

깜짝 놀란 레아는 나를 얼른 서랍장 안에서 꺼내 주었다.

"뭐 하셔요?"

"하부지가 가방 줬는데 어디찌. (할아버지가 가방 줬는데 어디에 있지.)"

"가방을 찾고 계셨어요?"

공작과 함께 영지 시찰을 떠난 가신 할아버지가 나를 무척 예뻐해서 어린이용 가방을 가져다준 적이 있었다. 지나가다 신기해서 샀다는 그것은 살구색 코끼리 모양의 가방이었다.

"그 가방이라면 여기에 있지요."

가방을 찾아서 어깨에 매 준 레아가 호기심 어린 얼굴로 날 쳐다봤다. 하지만 나는 쭈뼛쭈뼛 눈치를 보다가 우다다닥 뛰쳐나갔다.

레아 미안. 이건 혼자 해야 하는 일이야.

'도망칠 준비를 하는 거니까.'

아마도, 아니, 거의 확실히 교단의 사제들은 날 데려갈 거다. 황태후는 내게 선택지를 줬지만, 교단에서 강력하게 주장하면 못 이기는 척 그들의 편을 들 터.

현재 내게 제일 좋은 일은 듀블레드 공작이 날 보내지 않는 것인데. 그럴 가능성은 미미했다. 일단 듀블레드 공작이 이 성에 없기도 하거니와, 있다고 치더라도 교황에게 반발하면서까지 날 이곳에서 지내게 할 이유가 없었다.

'발루아에 입양되면 도망치는 건 불가능해.'

그러니 수도로 가는 동안 탈출한다.

'이 몸으론 위험하긴 하지만, 발루아에 가면 학대당하다가 죽을 거야.'

차라리 희망이 있는 쪽을 택하는 게 낫지.

난 주방에 들어가서 조리 테이블 위로 얼굴을 쑥 내밀었다. 식사 준비를 하던 요리사가 빙그레 웃으며 물었다.

"여긴 무슨 일이세요, 아기님?"

"물 주쎄요."

"네."

"마니. (많이.)"

그녀는 내가 물을 많이 가지고 다니면 분명 엎을 거라며 마개가 있는 물병에 물을 담아 주었다.

"요기 너 주쎄요. (여기 넣어 주세요.)"

등을 내밀자 요리사가 쿡쿡 웃으며 가방에 물병을 넣고 잘 잠가 주었다.

'물은 확보.'

이제 식량.

'식량은 간식을 빼돌려서 마련해 놨— 아차차!'

만일의 사태를 대비해 단것을 준비해 놔야겠다. 뇌에 가장 직접적인 것은 단것이니까. 뇌의 성장이 끝날 때까지 나는 피곤하거나, 졸리거나, 배가 고프면 정신이 어린애가 되곤 했다. 그러니 단것은 필수다.

공작이 준 사탕 방으로 향했다. 바닥에 가방을 놓고, 사탕을 하나 담았다.

'하나는 너무 적지?'

하나 더.

'두 개도 좀 그렇다.'

하나 더.

'에이, 이걸로는 간에 기별도 안 갈걸.'

담다 보니 어느새 코끼리가 빵빵해졌다. 단추가 잠기지도 않아서 나는 낑낑거렸다.

가방이 너무 작다. 고작 사탕 서른 개 넣었을 뿐인데.

'지도랑 옷도 챙겨야 하는데. 그리고 신발.'

연한 어린애 신발은 금방 해질 테니 오랜 여행에 적합하지 않다.

아쉽지만 사탕은 열 개만 넣어야겠다.

빵빵한 가방에서 사탕을 빼고 다시 방으로 돌아왔다. 레아의 눈치를 보다가 그녀가 방을 정리하는 사이 커튼 뒤로 살금살금 갔다. 그리고 창문 틈에 숨겨 놓은 은화 몇 개를 꺼냈다.

'하나, 둘, 셋, 넷…… 열하나.'

가신들이 준 것을 모아 둔 거다.

'이거면 차편은 되겠다.'

준비를 마치고 나오자 레아가 눈을 가늘게 뜨고 날 쳐다봤다.

"무슨 장난을 치시려고요?"

"아냐!"

"흐응."

"가방바께 안 챙겨써!"
찔려서 손을 마구 흔들며 변명하자 레아가 킥킥 웃었다. 그러나 미소는 금세 희미해졌다. 레아는 날 살며시 끌어안았다.
"보내 드려야 하는 거겠지요."
"……."
"더 좋은 환경에서, 부모의 사랑을 듬뿍 받으며 자랄 수 있는 기회니까요. 아기님껜 좋은 일이겠죠."
입술을 꾹 깨물곤 내 머리칼을 쓸어올린다.
"행복해지실 거예요. 이렇게 사랑스러운 분이시니 분명 모두 아기님을 사랑하게 될 거예요."
중얼거리는 목소리에 물기가 어렸으나, 레아는 금세 털어 낸 척 미소 지었다.
아냐, 레아. 그쪽 사람들은 날 하나도 안 좋아해. 가느니 차라리 똥통에 빠지고 싶어!
그렇게 생각했지만, 고용인에 불과한 그녀가 해 줄 수 있는 일은 없었다. 도움을 구해 봤자 레아의 목숨만 위태롭게 할 터였다.
"자, 책을 읽으러 가실까요."
"으응……."
나는 조그맣게 고개를 끄덕이고 레아와 함께 하녀들이 기다리는 곳으로 갔다. 소파에 나를 앉혀 준 하녀들이 손짓 발짓을 해 가며 구연동화를 해 주었다.
'뭐지?'
다른 고용인들이 벽 가에 서서 손바닥만 한 번쩍이는 것을 날 향해 들고 있었다. 레아의 손에도 보석이 들려 있다.
'요새 저런 일들이 많네.'

간식을 먹는 중에도 저런 걸 듣고 있는 사람들이 있었다. 정말로 맛있는 간식이었는데, 신경 쓰여서 한 조각이나 남겨 버렸다.

아, 그 간식 또 먹고 싶다. 레아한테 말하면 줄까. 하지만 오늘 간식은 슈크림이랬는데.

지난주에 먹었던 슈크림은 너무너무 맛있어서 기대하고 있었다.

그때 했던 목마 놀이도 재밌었지.

키가 훌쩍 큰 하인이 나를 목말 태우고 실감 나게 히히힝—! 울어서 신이 났었다.

듀블레드 공작성에서의 추억을 떠올린 난 서러워졌다. 지난 삶에 비하면 이곳은 천국이었다. 천국에서 지내다 지옥으로 떨어질 생각을 하니 자꾸만 훌쩍훌쩍 눈물이 난다.

내가 울자 고용인들이 놀라서 달려왔다.

"아가님, 왜 우셔요."

"누우가 우리 아기님을 울렸어요. 네? 누우가."

"제가 아주 혼내 드릴 거예요."

레아마저 몹시 걱정스러운 얼굴로 내 뺨을 매만졌다.

'가면 다시는 레아를 못 보겠지.'

더욱 서러워져서 으아아앙—! 소리를 내며 울어 버렸다. 자꾸만 어른의 사고를 해서일까. 도무지 복받치는 설움을 억누를 수 없었다.

차라리 듀블레드 공작이라도 여기에 있다면. 그렇다면 가지 않아도 될지 모른다는, 실낱같은 희망이 있었을 거다. 교단을 혐오하니까 오기가 생겨서 안 보내 줄 수도 있는데.

"우리 아기님이 왜 우실까."

"어허헝……."

"응? 무슨 일이세요?"

"공잔미, 보고 시퍼! 으아아앙! (공작님이 보고 싶어!)"

내가 그 냉혈한을 그리워하게 될 줄이야.

그것마저 서러워서 코가 새빨개지도록 울었다.

레아의 손에서 붉은 보석이 번쩍였다.

* * *

교단의 사제들이 듀블레드 영지성에 도착했다.

지난 며칠간 나는 시도 때도 없이 눈물이 났다. 따뜻한 물에서 목욕하다가 울고, 간식을 먹다가 울고, 자다가 울었다.

이대로 끌려가게 된다면 또다시 죽음을 맞게 될 것이 분명하다. 회귀가 끔찍하고, 개죽음이 억울하고, 억울해서 슬펐다. 원망할 대상조차 분명하지 않아서 눈물을 멈출 수 없었다.

고용인들은 몹시 걱정스러운 듯했다. 배웅을 나와서도 어쩔 줄 모르고 날 바라봤다.

내 곁엔 듀블레드 사람들이 챙겨 준 물건이 한가득이다. 수도로 갈 때 춥지 말라고 직접 만들어 준 담요와 손수건, 그리고 배고프지 말라고 챙겨 준 간식 등이었다.

'정말 따뜻한 사람들이야.'

내 앞에서 금니를 드러내고 히죽 웃고 있는 사제를 보니 더더욱 듀블레드 사람들의 멋진 점이 선명해진다. 어린애를 데리러 왔다는 사람이 손에 날카로운 반지와 사슬 같은 팔찌를 주렁주렁 달고 있었다.

"아기님, 잘 지내셨습니까."

"녜."

"연고 없는 곳에서 얼마나 고생이 심하셨습니까."

"고생 앙 행는데. (고생 안 했는데.)"

"이제 걱정하지 마십시오. 저희가 아기님을 사랑으로 키워 주실 분을 찾았습니다. 발루아 공작은 명망 있는 학자이며, 제국의 5공작 중 하나로 다정한 아버지가 되어 주실 겁니다."

사랑으로 키우긴 무슨. 그 나쁜 놈은 날 매로 키운다.

게다가 교단이 발루아를 택한 건 전적으로 나를 위해서도 아니었다. 내가 운명의 아이로 힘을 발휘하게 되었을 때, 이용해 먹기 좋은 우호적인 가문을 골랐을 뿐이다.

"아, 앙 갈래. (아, 안 갈래.)"

"자자, 이제 가시죠."

"아앙!"

날 다루는 손길이 무척 거칠었다. 그는 "자, 가시죠!" 하며 내 팔을 힘주어 끌어당겼다.

"아퍼!"

크게 소리치자 날 배웅하기 위해 나온 고용인들이 흠칫 놀랐다. 레아가 튀어나오려 하자 집사가 그녀의 어깨를 잡고 고개를 저었다.

"이렇게 떼를 쓰면 신께 저주받습니다."

그게 어린애한테 할 소리냐. 그리고 이미 저주는 받았어. 이 망할 회귀 말이야.

나는 그의 손을 떨쳐 내려고 도리도리 고개를 저었다.

"시러요."

"어허! 나쁜 아이는 회초리를 맞습니다!"

그가 더욱 강한 힘으로 나를 끌어당겼다. 이번엔 정말로 팔이 빠지는 줄 알았다. 가뜩이나 성인 남성에게 낯을 가리는데 아프기까지 하니 죽을 맛이었다.

"신의 가호를 받았으면 애쓰는 기색이라도 보이셔야지요."
그 말에 인상을 쓴 사제의 얼굴 위로 발루아 공작이 겹쳐졌다.

"위대한 학자를 몇 명이나 배출한 명문가에 운 좋게 입양되었으면 애쓰는 기색이라도 보여야지."

술 냄새.
가죽 허리띠가 바닥에 끌리는 모습.
가죽이 허공을 가르는 소리.

"**짝!**"

두 번째 삶으로 되돌아간 것 같은 착각이 들었다. 사제가 헐떡이는 나를 보며 미간을 좁혔다. 그리고 볼을 틀어쥔 채 이리저리 얼굴을 돌린다.
"뭐, 뭐야. 왜 이래."
그때.
"내 딸에게서 손 떼."
성문 앞에서 아주 낮고 서늘한 목소리가 들려왔다.

*　*　*

'위압감이…….'
회귀 전 기억에 사로잡혔던 날 한순간에 현실로 돌아오게 할 만큼 섬뜩한 기세였다.
듀블레드 공작이 나와 사제 사이를 가로막았다. 일순 당황했던 사제는 곧 정신을 차렸고, 공작과 대치했다.

"아기님은 발루아 공작가에서 맡기로 이미 이야기가 마무리되었습니다."

"하면 다시 논의해야지."

"말도 안 되는―!"

스릉―

사제가 반발하자 듀블레드 기사들의 검이 순식간에 사제의 목을 겨누었다. 눈 깜짝할 사이에 십여 개의 검에 포위당한 사제의 얼굴이 새파랗게 질렸다.

그러나 공작은 여상한 투로 말했다.

"입을 열라 허락한 적 없을 텐데."

"가, 각하……."

이윽고 공작의 시선이 서서히 내려가 내게 닿았다. 정확히는 사제가 세게 붙들어 붉어진 팔뚝에 말이다. 여느 때처럼 무미건조하던 눈에 미미한 예기가 실리는가 싶더니 우두두두둑―! 둔탁한 파열음이 들려왔다.

"끄아아악!"

기괴한 모양으로 팔이 꺾인 사제가 비명을 내질렀다.

"돌아가 전해라. 금일부로 이 아이는 듀블레드에서 맡는다. 추후, 아이에 관해 대화를 나누고 싶을 적엔 성기사단 정도는 데려와야 할 거야."

그는 사제를 떠밀어 버린 후, 나를 부드럽게 안아 올렸다. 나는 인중으로 흘러내리려는 콧물을 쿠울쩍 빨아들였다.

"공잔미……. (공작님…….)"

훌쩍훌쩍 우는 내 볼을 가볍게 문지른 그가 미간을 좁히며 말했다.

"못생겼구나."

말을 해도 꼭. 자꾸 눈물이 나서 오만상이 써지니까 그렇지.

"세수라도 해야 볼만해지겠어."

그는 날 품에 바짝 붙이고 등을 툭툭 두드렸다. 그러곤 미련 없이 성으로 발을 돌렸다.

Chapter 2.

그러는 동안 사제는 스르륵 주저앉았고, 듀블레드의 기사가 그의 목덜미를 질질 끌고 마차에 던지듯 태워 보내 버렸다.

성에 들어간 후, 듀블레드의 고용인들이 기쁜 기색을 숨기지 못했다.

"아이고, 아기님. 고생하셨습니다."

집사가 나를 향해 손을 뻗어서 난 얼른 공작의 목을 끌어안았다.

"아, 아기님……."

노집사의 눈이 글썽거렸다.

레아가 사제에게서 날 구해 내려 했을 때 말렸던 것에 대한 복수는 아니었다. 가뜩이나 낯을 많이 가리는데, 사제의 거친 손길에 많이 놀라는 바람에 회귀 전의 괴로웠던 기억까지 떠올라 버렸다. 이제는 익숙한 성인 남성까지 무서워질 지경이다.

무엇보다 회귀 전의 기억이 현실감 넘치게 떠오른 탓에 과부하가 온 것인지 완전히 어린애 같은 생각밖에는 할 수 없었다.

나의 거절로 인해 집사가 충격을 받고 비틀대며 사라지자 레아와 하녀들이 내 주변에 옹기종기 모여들었다. 하녀들은 다정한 목소리로 날 살살 달래기 시작했다.

"주인님께선 막 귀가하셔서 씻고 의복을 정제하셔야 한답니다."

"아냐."

"착하시지요?"

"아냐."

"자, 아기님. 이리로."

"아냐!"

날 가만히 내버려 둬. 이 품에서만 진정이 되는 걸 어떻게 해. 심장이 콩닥콩닥 날뛴단 말이야.

아무래도 그 두려운 상황에서 날 구한 게 이 사람이라서 그런 듯했다.

고용인들은 공작에게서 나를 떼어 내려 했는데, 나는 안간힘을 쓰고 그의 목에 달랑달랑 매달렸다. 레아가 걱정스러운 얼굴로 날 보더니 공작의 눈치를 살폈다.

"저, 주인님……. 아기님께서 많이 놀라셔서…… 또 내내 주인님을 보고 싶어 하셨기도 하고요. 평소에는 정말 순하신데…… 저…… 오늘, 아니, 반나절, 아니, 몇 시간만이라도……."

레아가 혀를 깨물 기세로 구구절절 청을 올렸다. 공작은 턱을 괸 채로 날 내려다보았다.

"나가 봐라. 이 녀석은 내가 데리고 있지."

레아의 표정이 밝아지기 무섭게 공작이 비스듬하게 입꼬리를 올렸다.

"정말이지 귀찮군."
"예?"
"나를 너무 좋아해."
공작이 입꼬리를 씰룩이며 물었다.
"그렇지 않은가?"
레아는 떨떠름한 얼굴로 대답했다.
"아, 예……. 그렇……습니다."
나는 어이가 없는 얼굴로 공작을 쳐다봤다. 누가 보면 내가 매일 공작과 있겠다고 어리광을 부리는 줄 알겠다.
그렇게 생각하던 사이 고용인들이 썰물처럼 우르르 빠져나갔다.
공작과 단둘이 남은 난 "아효효." 한숨을 내쉬며 그의 품에 날다람쥐처럼 달라붙었다. 투실투실한 볼살이 밀려 올라가며 얼굴이 찌그러졌지만, 안심이 된다.
'그래도 오늘 고맙긴 했지.'
듀블레드 공작이 아니었다면 나는 꼼짝없이 발루아가로 입양되어 두 번째 삶에서의 불행을 반복했을 터였다.
내가 빼꼼 고개를 들고 쳐다보자 그는 나를 바라보고 있었다. 순간, 조금 전에 들었던 말이 떠올랐다.

"내 딸에게서 손 떼."

내 딸. 내 딸이라고 했다.
'그렇다면…….'
나는 손을 꼼지락거리며 힐끔힐끔 그의 눈치를 보았다.
"요기 이써도 대요? (여기에 있어도 되나요?)"

그러나 공작은 아무런 대답을 하지 않았다. 역시 허가를 받지 않고 성문을 넘은 교단에 대한 반감 때문에 그냥 한 말인 걸까.

나는 불안해져서 웅얼웅얼 말하기 시작했다.

"쪼꼼 이쓰면 양말 시늘 수 있눈데……. (조금만 있으면 양말 신을 수 있는데…….)"

"……."

"밥도 쪼꼼만 머글께요. (밥도 조금만 먹을게요.)"

"……."

"차카게 굴께요. 그리구, 그리구……. (착하게 굴게요. 그리고, 그리고…….)"

"여기에 있어."

나는 눈을 끔뻑였고, 그는 식은땀에 젖은 머리칼을 귀 뒤로 넘겨 주었다.

"내가 너를 입양하겠다."

이상한 일이다. 그는 언제나와 같이 무감한 표정에, 건조한 목소리인데 왜 그 안에 담긴 것은 아주 보드라운 것 같을까.

타닥, 타닥. 벽난로 안에서 장작이 타들어 가는 소리가 귓가에 낮게 울렸다. 내 등을 쓰다듬는 커다란 손이 무척이나 부드럽게 움직였다.

창문에 인 성에가 방 안의 훈기에 조금씩 녹아들었다.

"자."

"……."

"자도 돼, 르브."

거짓말처럼 수마에 빠져들었다.

그렇게 잠이 든 나는 집사가 공작에게 전해 온 소식을 놓치고 말았다.

듀블레드 공자들이 이곳으로 향하고 있다는 그 말을.

*　　　*　　　*

며칠 후.

나는 양탄자에 배를 깔고 누워 다리를 까딱까딱 흔들었다.

"써 조. 요기, 요기! (써 줘. 여기, 여기에!)"

"네네. 써 드릴게요."

레아는 쿡쿡 웃으며 크레파스를 잡았다.

〈르블레인 듀블레드〉

나는 스케치북을 번쩍 들고 황홀한 표정으로 내 이름을 바라봤다.

르블레인 듀블레드.

듀블레드.

'성공했다!'

속으로 쾌재를 불렀다. 사제가 도착했을 때만 해도 이제 틀렸구나 싶었는데, 어느덧 듀블레드의 성까지 받아 호적에 땅땅 이름을 기재했다.

'듀블레드가 대단하긴 하다.'

네리아드 교단 사제의 팔을 분질러 놨는데도 무사히 입양이 되다니. 이렇게 폭력적인 공작에게 운명의 아이를 맡길 수 없다고 거품을 물던 사제들을 진정시킨 건 무려 황제였다.

'뇌물을 먹은 거겠지.'

아, 이 자본의 꿀맛.

이제 발루아나 아미티에로 끌려갈까 봐 전전긍긍하던 밤과는 안녕이다.

'딱 5년만 여기서 자라는 거야.'

진짜 운명의 아이인 미나가 나타나서 혼자 버려지는 신세가 되기 전에. 얼추 열 살쯤 되면 '어른의 사고'를 조절할 수 있으니 떠날 수 있을 거다.

'눈에 띄지 않게 얌전히 지내자. 그리고 여비 삼을 돈을 조금씩 모아 둬야지.'

스케치북을 바닥에 내려놓으려던 때, 번뜩이는 것이 시야에 들어왔다. 하녀의 유니폼 단추가 실밥에 대롱대롱 매달려 있었다.

"떠러지게따. (떨어지겠다.)"

"어머나, 그러네요. 다시 달아야겠어요."

"단추 조요. (단추 주세요.)"

나는 공손히 손을 모으며 눈썹을 착 늘어뜨렸다.

'단추는 모아서 팔면 꽤 돈이 되거든.'

"떨어진 단추요? 네, 드릴……."

하녀가 단추를 매만지며 대답하자 레아는 짐짓 엄한 표정으로 고개를 저었다.

"안 돼. 입에 넣으시면 어떻게 하려고."

레아의 말을 들은 하녀가 곤란한 듯 웃었다.

"아…… 어쩌죠, 아기님. 단추는 안 되겠어요."

듀블레드 제복에 달리는 것과 같은 고급 단추 서른 개를 모아 가면 무려 3프랑이나 준다. 그거면 감자를 두 알이나 살 수 있는 금액이었다.

다급해진 난 필살의 공격 모드로 들어갔다. 울망울망 빛나는 눈으로 양손을 곱게 포개 내밀었다.

"두쩨요. (주세요.)"

비장한 표정이 된 하녀들이 목 끝의 단추를 퍽, 터프하게 뜯어서 내밀었다.

하나, 둘, 셋, 넷, 다섯.

'벌써 다섯 개나 모았어!'

레아가 "애들이." 하며 내게서 단추를 빼앗으려 들었다. 나는 얼른 두 손을 꼭 오므렸다.

"안 머그꺼야. (안 먹을 거야.)"

그렇게 말했지만, 레아는 여전히 불안한 표정이었다.

그러자 하녀 하나가 다가와 마치 전투에 나선 군인처럼 비장하게 치마의 실밥을 쫙 잡아 뜯었다. 그러곤 단추 구멍에 실을 엮어 묶어 주었다. 그러곤 '임무 완료했습니다' 하는 눈으로 레아를 바라봤다.

"이제 드시지 못할 겁니다."

이번엔 레아도 아무런 말을 하지 못했다.

"어…… 으응, 그러네."

나도 좀 당황하긴 했지만 어쨌든 단추를 모을 수 있어서 다행이다.

'시작이 좋아.'

하녀들이 안 볼 때 코끼리 가방에 넣어 둬야지.

단추를 얻고 신이 난 날 보고 레아는 어쩔 수 없다는 듯이 웃었다. 그때, 조금 열린 문틈 사이로 여러 켤레의 구두가 빠르게 움직이는 것이 보였다.

"테라모어 공과 그의 끄나풀들이군요. 바빠지겠어요."

"또 무슨 흠을 잡으러 오셨는지. 주인님이 두렵지도 않은가."

"듀블레드의 시작을 함께한 공신들이니 주인님께서도 쉽게 처단할 수는 없지. 어떻게 보면 혈육보다도 까다로운 자들이잖아."

하녀들이 투덜거리자 레아의 시선이 가라앉았다.

"아기님을 잘 보살피도록 해라. 저들 눈에 띄어 좋을 게 없어."

하녀들이 고개를 숙였다.

*　*　*

정오가 지나 하녀들이 각자 할 일을 찾아 떠났다.

"점심 식사를 가져올게요. 착하게 계실 수 있으시지요?"

"녜."

레아마저 떠나자 난 찰나의 혼자 있을 시간을 얻었다.

'단추가 하나, 둘. 셋…… 다섯.'

오늘 모은 단추의 수를 다시 세고 있는데 불현듯 느껴지는 시선에 고개를 돌렸다.

'깜짝이야!'

창밖에서 백발과 흰 수염을 가진 할아버지가 나를 묘한 눈으로 응시하고 있었다.

'귀신인 줄 알았잖아.'

나는 쿵쿵쿵, 뛰는 가슴을 지그시 누르며 창문을 쳐다봤다.

'어라?'

그런데 이상하다. 어디서 많이 본 할아버지인데.

'회귀 전에 보았나.'

나를 빤히 보던 백발노인의 입꼬리가 히죽, 하고 느른히 움직였다. 썩은 송곳니가 드러나자 나도 모르게 등줄기에 힘이 들어갔다. 기분 나쁜 느낌인데 묘하게 낯이 익다.

'어디서 봤더라?'

노인을 떠올리려고 속으로 끙끙대는 와중에 창밖에서 목소리가 들려왔다.

"테라모어 공."

테라모어라면 아까 레아와 하녀들이 말한 사람이잖아.

노인은 나에게 시선을 집중한 채 대답했다.

"그래."

"각하께서 과중한 업무로 시간을 내기 어려우시다는 말씀 전하셨습니다."

"이 노인네가 찾아올 적엔 어찌 한결같이 업무가 과중하신지."

"언제나 연락 없이 찾아오시니 따로 짬을 내기 어려우신 것이겠지요."

테라모어 공과 대화하는 사람은 노스였다. 노스의 표정은 평소보다 더 경직되어 있었다.

테라모어 공은 츳츳, 혀를 차곤 고개를 끄덕였다.

"어쩔 수 없지. 그럼 아기님이라도 뵙고 갈 수 있겠는가."

창 안에 있는 날 보고 흠칫한 노스가 제 몸으로 창을 가리며 말했다.

"낯을 많이 가리십니다. 아직 듀블레드도 익숙하지 않으실 터이니, 추후에 따로 자리를 마련하시지요."

"오랜만에 아기의 젖 내음을 맡을 수 있나 싶었더니."

그는 흘흘 웃고는 "아쉽구먼." 하고 중얼거리며 떠났다.

노스는 큰일을 치른 사람처럼 고개를 떨구곤 한숨을 푹 내쉬었다. 나는 그 틈에 창문을 잡고 까치발을 들었다. 쏙, 얼굴을 드러내자 마침 고개를 든 노스의 눈이 커다래졌다.

"안녕!"

"아기님……."

그가 배시시 웃었다.

좋아 좋아. 인사를 잘하는 아이는 어른에게 인기가 좋은 법.

'노스는 듀블레드의 높은 사람이니까 좀 더 환심을 사 둘까.'

나는 팔을 쭉쭉 뻗으며 소리쳤다.

"아나 조. (안아 줘.)"

"그, 그럴까요?"
그가 창을 열고 나를 쑥 안아 들었고, 나는 그의 품에 철썩 달라붙었다.
"산책하기 좋은 날씨죠?"
"녜."
"오늘도 하녀들과 즐거우셨나요?"
"녜ㅡ!"
내가 우렁차게 대답하자 그는 신이 나서 말했다.
"대답도 잘하시지. 좋아요. 착한 아기님께 재밌는 것을 해 드리죠. 자, 높다 높다!"
노스가 나를 하늘 위로 번쩍번쩍 들어 올렸다.
'오, 이거 재밌는데.'
나는 신이 나서 까르륵까르륵 웃었다.
그때.
"신수가 좋군."
노스의 뒤에서 살벌한 목소리가 들려왔다.
"헉."
노스는 내 옆구리를 잡은 채로 우뚝 굳어졌다.
"가, 각하."
"아주 즐거워 보여. 내 딸과."
노스가 마른침을 꿀꺽 삼켰다.
"그, 그게, 테라모어 공에게 각하의 말씀을 전하려다가 아기님을 뵈었는데, 무료하신 것 같아서 잠시……."
그는 가엽게도 얼굴이 새하얘졌다.
'공작이 진짜 무섭긴 하지.'

난 안쓰러운 눈으로 그를 바라봤고, 공작은 몹시 냉랭한 눈으로 그를 주시했다.

"낯을 가리는 아이인데, 웬일로 아주 다정해 보이더군."

"그, 그런 게 아니라 ―"

"대단한 재주를 가졌어."

공작은 꼭 빈정거리는 투로 말했다.

듀블레드 공작은 쪼잔한 상관인가 보다. 업무 시간에 조금 놀았다고 이렇게 무섭게 부관을 협박하다니.

'불쌍한 노스.'

노스가 슬그머니 나를 내려놓았다.

"이리 와라, 르브."

가기 무서운데. 불똥이 나한테도 튈 것 같다.

하지만 내가 주저하자 노스의 얼굴은 하얗다 못해 새파래졌고, 공작의 안광은 더더욱 살벌해졌다.

"이리."

나는 어쩔 수 없이 머뭇머뭇 그에게 다가갔다. 공작이 날 안아 들기 무섭게 노스는 허리의 반을 접듯 인사했다.

"그, 그럼 전 마저 업무를 보러……."

뒤에서 이리 떼가 바짝 쫓아오고 있더라도 저렇게까지 필사적인 어조는 아니었을 거다.

노스가 쏜살같이 도망친 후, 자리엔 나와 공작만이 남았다. 나는 오늘따라 눈빛이 더 날카로운 공작이 무서워서 손을 꼼지락꼼지락 얽었다.

내가 부관과 좀 놀았기로서니 설마 날 벌주진 않겠지?

불안한 얼굴로 쳐다보자 공작의 눈썹이 꿈틀거렸다. 그러곤 무어라 조그맣게 중얼거렸다.

'노스와는 그리 즐거워 보이더니, ㅡ라고 말한 거 아닌가?'

나는 고개를 갸우뚱하고 그를 쳐다봤다. 그는 날 빤히 응시하다가 옆구리를 잡고 슬쩍 위로 올렸다.

"높다."

"……."

"높다."

"……."

뭐지. 고도의 핀잔 주기인 걸까.

* * *

어제 그건 대체 뭐였을까.

나는 레아가 옷을 입혀 주는 내내 눈을 가느스름하게 뜨고 어제의 공작을 떠올렸다.

"높다. 높다. ……안 높은가?"

내가 당황해서 굳어 있자 그는 나를 방 안에 들여다 놓고 휙 가 버렸다. 그리고 저녁엔 노스의 곡소리가 들려왔다.

'그는 어쩌면 나와 놀아 주려던 걸지도 몰라.'

입양했다고 아빠 노릇을 해 주려는 건가. 천하의 악당, 마물의 피가 섞인 마귀 등으로 불려서 몰랐는데, 꽤 인간미가 있는 걸 수도…….

그렇게 생각하던 나는 고개를 절레절레 저었다.

결국 마지막에는 "더 높아야 하는 거냐."하며 날 공중으로 던져 버릴 태세였잖아.

진짜로 던질까 봐서 즐거운 척 웃다가 입이 찢어질 뻔했다.

그때, 내 옷의 단추를 모두 잠가 준 레아가 말했다.

"이제 식당으로 가실까요."

왜 여기서 안 먹고?

대부분의 끼니는 방에서 해결하는 편이었다. 공작은 늘 바빴기에 집무실에서 대충 식사를 때우는 걸 선호하는 편이었다.

내가 의아한 눈으로 보자 레아는 우후훗, 웃으며 내 손을 잡았다. 어쩐지 선물을 준비해 놓고 홀로 설레하는 것 같은 표정이었다.

'일단 밥을 먹으러 가야지.'

허기가 지면 지금보다 더 어른의 사고를 하기 힘드니까.

난 레아의 손을 잡고 졸랑졸랑 복도를 걸었다. 식당 문을 열고 들어가자 가장 상석에 앉은 공작이 보였다.

'어?'

그리고 공작의 왼편으로 사내애들이 나란히 앉아 있다.

"르브."

그때, 공작이 제 무릎을 툭툭 치며 날 불렀다. 나는 졸랑졸랑 그에게 걸어가서 손을 뻗었다. 공작은 날 들어 무릎에 앉히고 아이들을 자세히 보여 줬다.

"이쪽이 둘째인 앙리."

공작이 가리킨 아이는 빙그레 미소 지었다.

아이는 눈부신 은발과 시린 바다 같은 푸른 눈을 가졌는데, 엄청나게 예쁘게 생겼다. 공작이 깎아 놓은 것 같은 미남이라면, 이 아이는 섬세하게 세공한 인형 같았다. 얼핏 여자아이인가 싶을 정도로 고운 데다 몹시 달콤한 인상이다.

"이쪽은 셋째, 이샤크다."

이번에 가리킨 아이는 앙리와 정반대로 생겼다. 앙리와 똑같은 은발에 청안인데도 서늘한 느낌이 들었다.

너무나 다르지만 두 아이 모두 정말로 아름다웠다. 게다가—

'공작의 미니어처!'

눈이라든지 코, 얼굴형, 입술 등이 그를 닮았다.

첫째는 국외의 학술원에 있다더니 오지 않은 모양이었다.

공작은 마지막으로 날 소개했다.

"르블레인이다."

달콤한 인상의 앙리가 생긋 웃으며 내 손가락을 잡았다.

"안녕, 르블레인. 잘 부탁해."

그러곤 제 옆에서 당근과 눈싸움을 하는 이샤크의 옆구리를 쿡 찔렀다. 이샤크는 불퉁한 표정이었지만, 공작의 눈치를 보고 "이샤크." 하며 짧은 제 소개를 했다.

'나이에 비해 엄청 크다.'

모르는 사람이 보기엔 한 열 살쯤 되어 보인다. 이목구비도 엄청나게 뚜렷했다.

'역시 미남 미녀는 날 때부터 완성형이라는 말이 사실인가 봐.'

태생적으로 성장이 더딘 편인 난 부럽기 그지없었다.

게다가 이들 앞엔 찬란한 미래가 기다리고 있었다. 야생과 같은 듀블레드에서 태어난 아이들은 모두 비범한 편이었는데, 세 공자는 그중에서도 특별했다.

'가문의 도움 없이 피라미드의 정점에 등반한 자들.'

둘째인 앙리는 수도 영재원에서 만년 수석으로, 제 형의 뒤를 이어 국외 학술원에 들어간다. 그리고 완벽한 성적표로 졸업. 젊은 나이에 제국의 돈줄을 쥐락펴락하는 인재로 성장한다. 그 공으로 20대 초반에 듀블레드 분가의 통솔자가 되는 천재였다.

'아미티에 공작은 법망을 이리저리 피해 검은 배를 불리는 요망한 여우라고 싫어했지만.'

이샤크는 무예에 특출한 재능이 있었다. 어려서부터 오러를 다루고, 스무 살에 황실 기사단장을 때려눕혔다는 풍문이 있었다.

'발루아 공작이 난폭한 건달 같다며 질색했지.'

소문만 무성했던 공자들을 실제로 본 난 살짝 긴장했다.

저들은 미나의 의남매와 같았다. 내가 미나의 살인 미수죄를 뒤집어썼을 때, 사람들은 말했다. 듀블레드 공자들에게 걸리지 않은 것을 천만다행으로 알라고.

그래서 난 죽기 직전까지 듀블레드 공자들이 언급만 돼도 심장이 발밑으로 꺼지는 것 같았다.

'괜찮아, 지금은 미나의 기사님들이 아니잖아.'

거슬리게만 굴지 않으면 이전처럼 이름만 들어도 벌벌 떨지 않아도 될 거다.

나는 공자들을 향해 헤헤, 하고 살갑게 웃었다.

"안녕. (안녕.)"

어쨌든 가문의 도련님들이니까 잘 보여야지.

* * *

한 시간 후.

나는 앙리와 이샤크의 눈치를 힐끔힐끔 보았다.

'무섭다…….'

식사가 끝나고 나서, 어른들이 우리가 서로 친해지도록 한 방에 몰아

넣을 때까지만 해도 꽤 자신 있었다. 애들이니까 친해지기 어렵지 않겠지, 둘 다 인사도 잘해 줬잖아, 하고 말이다.

그런데 이샤크가 방에 들어오자마자 나를 살벌하게 노려봤다. 앙리는 그런 이샤크에게 관심도 주지 않았다.

"너."

"네……."

"당근 먹을 줄 알아?"

나는 가리는 게 없다. 아미티에 공작 영애였던 아주 옛날엔 있던 것도 같은데, 발루아가와 거지 패를 겪은 지금은 아니었다.

"네."

그러자 이샤크가 눈썹을 꿈틀했다.

"토끼냐?"

그는 으르릉거리듯 말했다. 위협 같았는데 이상하게 이번엔 무섭지 않았다. 그러자 책장을 넘기던 앙리가 무어라 중얼거렸다.

'방금 이샤크한테 등신이라고 한 것 같았는데.'

앙리는 내게 별다른 관심이 없는 듯했다. 방에 들어오자마자 두툼한 책을 꺼내 들더니, 이젠 양피지에 무언가 빼곡하게 적었다. 뭔가 싶어 양피지를 힐끔힐끔 쳐다봤다.

숫자, 숫자, 숫자. 그리고 이따금 어려운 기호들.

호기심이 일어서 슬금슬금 다가가 책상 위로 빼꼼 고개를 내밀었다. 앙리가 나를 힐긋 쳐다봤다.

"하실 말씀이라도?"

그가 나긋한 말씨로 "아기님." 하고 덧붙였다. 딱 선을 긋는 듯한 차디찬 태도였다. 난 시무룩해져서 손을 꼼지락거렸다.

"멍지 보고 시퍼서……. (뭔지 보고 싶어서…….)"

그러자 바닥에 널브러져 있던 목검을 주워 든 이샤크가 헹, 코웃음을 쳤다.

"또 음흉하게 돈을 빼돌리려는 거지, 뭐."

"비자금 형성이라는 거다, 멍청아."

나는 깜짝 놀라서 눈을 홉떴다.

어린애가 비자금을 알아?

내가 눈을 동그랗게 뜨자 앙리는 신문을 꺼내며 중얼거렸다.

"슬슬 국내외 정세가 혼잡해지고 있어. 이럴 땐—"

"나 알아. 저번에 배웠다고. 철을 사 놓는 거지? 전쟁이 터지면 가장 먼저 무기를 만드는 철의 값이 오르니까."

이샤크가 의기양양 말하자 앙리의 입꼬리가 비뚜름하게 올라갔다.

"덜떨어진 대답이군."

"왜. 맞잖아."

"그건 상인들이나 생각하는 거지. 귀족은 전쟁이 터지면 국가에 철을 헌납해야 하잖아."

이샤크가 쳇, 혀를 차자 앙리는 어깨를 으쓱였다.

"이럴 땐, 금이지. 전쟁 시엔 화폐의 가치가 떨어지니."

여기 사람들이 '무통보 세금 감사' 등의 단어를 알고 있는 네 살짜리를 보고 많이 놀라지 않은 이유를 알 것 같았다. 국내외 정세 같은 어려운 말을 읊는 어린애라니.

'이상한 세계에 온 기분이다.'

제 형이 무시하자 인상을 찌푸린 이샤크는 휙! 날 돌아보았다.

"너, 내가 금을 몰랐다고 무시하면 죽는다."

난 얼른 눈을 동그랗게 뜨고 손을 저었다.

"앙 무시해. 처도 아라써. (안 무시해. 철도 알았잖아.)"

그가 "그렇지?" 하면서 헤죽 웃다가 흠칫, 정신을 차리고 눈을 부라렸다.

"운명의 아이라고 잘난 척할 생각 마. 난 왕왕 센 아이라고. 그러니까—"

신문을 탁 덮은 앙리가 이샤크를 한심하다는 표정으로 보았다. 그러곤 눈을 달콤하게 휘며 내게 말했다.

"전쟁엔 인지상정을 가리지 않는다지요. 듀블레드가 그렇습니다. 혈육도, 부모 자식 간의 정도 따지지 않는답니다."

"……."

"그러니 피 한 방울 안 섞인 남은 더더욱 위험하지 않겠습니까. 부디 과욕으로 명줄이 짧아지는 일이 없길 바랍니다."

앙리의 눈이 새파랗게 빛났다.

'아, 공작의 무릎에서 먹는 게 불편해서 식사를 너무 조금 했나 봐.'

허기가 져서 머리가 안 돌아간다. 무슨 말을 하는지 하나도 모르겠네.

'그래도 일단 대답.'

대답을 잘하는 아이가 사랑받는 법.

나는 우렁차게 "네!" 하고 대답했다. 그러자 앙리가 어쩐지 당황한 표정을 지었다.

* * *

르블레인이 하녀와 함께 방을 나서고, 앙리의 눈이 가늘어졌다.

"뭐야, 저 녀석은."

순진한 척하는 걸까. 보통내기가 아닌 걸까.

앙리는 세 살 때 글을 깨우친 세기의 천재인 형과, 제 기준에선 다소 멍청하지만 남들보다 비범한 두뇌를 가진 동생 사이에서 자랐다.

주변엔 온통 능구렁이 같은 어른들 천지. 영재원엔 벌써 타국어를 줄줄 읊는 동년배의 경쟁자들이 있었다.

그런 세계에서 살아온 앙리는 순진해 빠진 어린애가 이해되지 않았다. 게다가.

'교단과 황실의 일을 고해바친 애가 아무것도 모를 리는 없을 텐데.'

근 한 달 지겹도록 주의받았다.

구르는 돌이 들어와 박히기 직전이었다. 얼마나 앙큼하게 애교를 떠는지 영지성의 하인들이 홀라당 넘어갔다더라.

무엇보다 공작의 무릎을 제자리처럼 차지했다고 한다.

스승이고, 영재원의 교수고, 거기다 친척들까지 찾아와서 성에 온 아기에 관해 몇 번이나 주의시켰다.

'두고 볼 필요는 있겠어.'

앙리는 양피지를 잘 접어 책 안에 갈무리하곤 이샤크를 돌아보았다.

"너, 멍청하게 있다간 남는 자리 하나도 없을 거……."

동생은 벽을 주먹으로 퍽, 퍽, 치며 키득거렸다.

"그 녀석, 철을 알았다고 날 되게 멋지게 생각했어."

앙리는 길가에 널브러진 지렁이를 본 것 같은 표정을 지었다. 그러자 흠칫한 이샤크가 얼굴을 굳혔다.

"하나도 안 귀엽더라."

"벌써 다 넘어간 것 같은데."

"아니거든!"

정말로 하나도 안 귀엽다. 그냥 뺨이 투실투실해서 한번 만져 보고 싶다고 생각했을 뿐이지. 소리를 치려고 해도 목구멍 아래가 간질거려서 제대로 하지 못했을 뿐이다. 어른들처럼 빠지지 않을 거다.

'괴롭혀 주겠어.'

그날 오후. 이샤크는 사람 없는 틈을 타서 르블레인에게 접근했다. 혼자 단추를 꼼질꼼질 매만지고 있던 그 애가 고개를 들었다.

"……."

먼저 다가와 놓고 침묵하는 이샤크가 어색해서 르블레인은 단추를 슬쩍 보여 주며 웅얼거렸다.

"여뚜 개 이써. (열두 개 있어.)"

"너."

"녜."

"주제넘은 자리를 넘보지 마라. 분란을 만든다면ㅡ"

르블레인이 눈을 끔뻑이자 이샤크는 제 허리춤을 더듬었다. 마침 지나가는 길에 이샤크와 르블레인을 발견한 앙리의 미간이 좁아졌다.

'검을 꺼내려는 거야?'

멍청하다, 멍청하다 했더니 정말로 무뇌가 되어 버린 걸까. 쇠붙이로 협박한 순간, 패배가 예정되는 건 이쪽이다.

허리춤에서 무언가를 꺼낸 이샤크가 르블레인에게 잔인하게 선언했다.

"나는 아주 무섭게ㅡ!"

"……."

"ㅡ네 앞에서 혼자 빵을 먹을 거다."

그러자 르블레인이 흠칫! 하더니 겁먹은 얼굴로 물러났다. 앙리는 허탈한 표정으로 중얼거렸다.

"저것들 바보 아냐?"

*　*　*

나는 무서운 협박을 하는 이샤크를 보며 울상을 지었다.
'그런―!'
어린애가 독하기도 하다. 혼자 빵을 먹다니! 나눠 먹지 않고.
'빵 먹는 이샤크를 보고 허기가 지면 어떻게 해.'
완전히 어린애 정신이 되면, 가뜩이나 식탐이 많은 나는 이샤크의 머리카락이라도 쥐어뜯어서 빵을 빼앗으려 할 거다.
'소중한 공자님의 머리채를 잡으면 당장에 쫓겨나겠지.'
"앙 넝보꺼야. (안 넘볼 거야.)"
"그래. 그래야 착한 애지."
이샤크는 의기양양한 얼굴로 웃었다. 그러고 나를 지나치려고 해서 나는 그의 옷깃을 덥석 잡았다.
"왜, 왜."
그가 당황해서 물었다.
"빠……. (빵…….)"
"이거?"
고개를 끄덕끄덕하자 이샤크는 눈을 도르륵 굴리더니 내게 빵을 반절 잘라 주었다. 나는 얼른 빵을 베어 물었다.
'아, 역시 설탕이야.'
이 자극적인 맛.
이샤크는 허겁지겁 먹는 날 빤히 보더니 제가 든 빵을 흘끔 쳐다보았다. 그리고 슬쩍 빵을 베어 문다.
"……괜찮은걸. 아무거나 집어 왔는데."
어느새 우리는 벽 가에 쪼그려 앉아 옴뇸뇸 빵을 먹었다. 복도를 지나던 하인들이 우릴 보고 우후후 웃었고, 책을 들고 걷던 앙리는 이샤크를 길가의 지렁이 보는 표정으로 쳐다보며 떠났다.

빵을 거의 다 먹었을 때가 되어 레아가 날 찾았다.

"어머, 아기님."

헉, 들켰다. 오늘 간식은 딸기를 준다고, 군것질하지 말랬는데.

레아의 요즘 걱정은 온통 단 것을 너무 좋아하는 내게 충치가 생길까 하는 것이었다. 레아가 눈을 가늘게 뜨길래 얼른 변명했다.

"이짜꾸가 조써! (이샤크가 줬어!)"

잔뜩 당황한 날 본 이샤크가 말했다.

"내가 줬어."

"그러셨군요."

레아는 어쩔 수 없다는 듯 웃더니 내 입가에 묻은 빵 부스러기를 털어 줬다.

"도련님과 사이좋게 드셨으니 오늘은 넘어가지요."

"으응."

"그럼 도련님. 아기님을 모셔 가겠습니다. 낮잠을 주무실 시간이라서요."

"그래."

레아가 날 안고서 뒤돌아갔다. 나는 스르륵, 몸을 일으킨 이샤크를 향해 손을 흔들었다. 레아는 방을 향해 걸으며 내 머리를 쓰다듬었다.

"식당에서 무척 다복해 보이셨다고 들었어요."

"……."

"우리 아기님은 이렇게 사랑스러우시니, 모두가 푹 빠질 테죠. 도련님들도 아기님을 좋아하실 줄 저는 알았답니다."

아냐, 레아. 앙리랑 이샤크는 나 안 좋아해.

한숨이 푹푹 나왔다. 겨우겨우 듀블레드 공작 산을 오르고 입양되니 또다시 등반해야 할 앙리 산과 이샤크 산이 나타났다.

'좋게 생각하자. 어차피 앙리와 이샤크는 친해져야 할 사람이었잖아?'

망명 전까지 몇 년이나 이곳에서 살아야 한다. 호감을 얻어 두는 게 좋다. 그러려면 두 사람을 열심히 쫓아다녀야겠다.

일단 자주 봐야 정이 들지.

'듀블레드 사람들의 호감을 얻어서 망명할 때까지 놀고먹는 거야.'

그렇게 결심한 나는 주먹을 불끈 쥐었다.

* * *

이튿날.

나는 공작의 오찬을 노리고 아침 일찍 일어나 식당으로 내려왔다.

최근에 나와 공작은 식사를 자주 같이하지만, 아침만은 예외였다. 그의 아침은 아이인 내겐 엄청나게 일러서, 함께 식사를 하려면 온종일 병든 닭처럼 꾸벅꾸벅 졸아야 했다.

그런데 오늘따라 이렇게 일찍 일어난 까닭은.

'오찬에서 가신들에게 앙리와 이샤크가 돌아왔다고 알려 준다고 했거든!'

즉, 두 아이도 오늘 오찬에 참석한다는 말이다.

앙리와 이샤크는 바빠서 얼굴을 잘 볼 수 없었다. 이럴 때 만나는 게 아니라면 온종일 쫄레쫄레 쫓아다니는 수밖에 없었다. 하지만 그건 애들이 귀찮아할 테니까 역효과일 터.

'그러니까 오찬이 끝나면 자연스럽게 같이 놀자고 해야지.'

난 식당의 문틈으로 얼굴을 빼꼼 내밀었다.

긴 테이블의 상석에 공작이 앉아 있었다. 그의 오른쪽으로 앙리, 이샤크가 순서대로 앉고, 주변으로 익숙한 얼굴의 가신과 낯선 얼굴의 가신들이 빼곡히 자리했다.

"아기님이 아니십니까."

날 먼저 알은체해 온 건 노스였다. 그러자 식당의 시선이 일순 내게 집중되었다. 공작도 나를 쳐다보았다.

'너무 딱딱한 분위기인데 뭐라고 하고 들어가지?'

고민하는 사이 노스가 웃으며 말했다.

"각하가 보고 싶으셔서 오셨나 보군요!"

그건 아니었지만, 딱히 할 말이 없어서 눈만 끔뻑거렸다. 공작을 슬쩍 바라보자 왜인지 의기양양한 기색이었다.

"이리 와라."

난 뽀짝뽀짝 그에게 걸어갔다. 내가 의자까지 다가가자 그가 나를 안아서 무릎 위에 앉혀 주었다. 몇 번이나 그의 무릎에서 식사를 했더니, 이 자세는 꽤 익숙해졌다.

나는 아무렇지 않은 얼굴이었는데, 처음 보는 가신들은 심장마비라도 올 것 같은 표정이었다.

"소문이…… 사실이었군요."

처음 보는 가신이 중얼거리자 나와 익숙한 뒤보스 자작이 껄껄 웃었다.

"아기님은 처음부터 각하의 무릎에 잘 앉아 계셨지. 지금도 무릎 위에서 식사를 하신다네."

"그런……."

"아기님은 정말 순하시고, 상냥하셔."

"아……."

"편식도 안 하고 말이야. 이렇게 어린아이가 피망이나 당근도 아주 잘 먹는 게 놀랍지 않은가?"

당근 얘기가 나오자 이샤크가 움찔했다.

하지만 눈치채지 못한 몇몇 가신들이 떠벌떠벌 말을 이었다. 떠드는 사람은 모두 '황궁과 교단 일 일러바치기 사건', '마르코 사건', '사기꾼 퇴치 사건' 등을 함께 겪은 공작의 최측근 가신들이었다.

'고용인들 눈에만 콩깍지를 심하게 씌워 놓은 게 아닌가 봐.'

그들은 턱을 치켜들며 자신만만하게 말했다. 기억력도 좋으시고, 똘똘하시고, 카네이션 코르사주도 직접 사 오시고.

"인사도 아주 잘하시지~!"

그렇게 말한 뒤보스 자작이 껄껄 웃었다.

식당의 시선은 또 한 번 내게 집중되었다. 뒤보스 자작을 비롯한 날 잘 아는 가신들의 눈엔 '보여 줘', '자랑하게 해 줘', '어서!' 등의 말이 쓰여 있는 것 같았다.

나는 뺨이 따끔따끔할 정도로 열렬한 눈빛에 떨떠름한 표정을 지었지만, 사회생활을 위해 입을 열었다.

"……안녕."

그러자 뒤보스 자작과 낯익은 가신들이 자랑스레 껄껄 웃었다.

나는 자랑은 저들이 했는데 어쩐지 부끄러움은 내 몫인 상황에서 애써 눈을 돌렸다. 오늘의 목적인 앙리와 이샤크는 헤벌레한 가신들을 미친 사람 보듯 하고 있었다.

뒤보스 자작은 내겐 그저 인자한 할아버지였지만, 듀블레드의 정보부를 총괄하는 남자였다.

발루아가에서 보냈던 세작이 뒤보스 자작의 손에 걸려 초주검이 되어 돌아온 것을 내 눈으로 확인한 적도 있었다. 세작은 혀가 짓무르고, 손가락도 여러 개 사라져 도무지 사람 몰골이라고 볼 수 없었다.

겨우 살아난 후에도 '뒤보스'라는 말만 나오면 거품을 물고 혼절할 정도였다.

그러니까 이 호의는 내 부단한 사회생활의 증거인 셈이었다.

내 이야기를 시작으로 가신들은 이러저러한 것들을 이야기하기 시작했다. 지루한 정치론이 오가던 때, 식당의 문이 다시 한번 열렸다.

"송구합니다. 제가 너무 늦었군요."

안으로 들어온 사람은 새하얗게 센 머리를 가진 노인이었다.

'테라모어 공.'

일전에 노스가 께름칙하게 여기던 바로 그 가신이었다.

그는 꽤 입김이 센 가신인지, 공작에게서 멀리 떨어지지 않은 곳에 자리를 잡았다.

'아무리 봐도 어딘가 익숙한 사람이란 말이야.'

고개를 갸웃하던 찰나, 불현듯 첫 번째 삶에서의 기억이 떠올랐다.

"날 어서 국외로 보내 주십시오. 언제까지 기다려야 한단 말입니까!"

'아, 설마 그때 그 사람인가?'

밤늦게 아미티에 공작저를 찾아왔던 그 노인. 하도 간절하게 소리쳐서 한밤중에 아미티에 공작이 직접 나서게 만든 장본인이었다.

테라모어 공이 누구였는지 떠올리자 그를 보았던 날의 장면이 머릿속을 스쳐 지나갔다.

어설프게 열린 문틈으로 보이던 노인의 다급한 얼굴.

아미티에 공작에게 외투를 챙겨 주며 투덜거리던 집사의 목소리.

"아무리 증인이라지만, 주인님께서 직접 피신시킬 가치가 있는 사람은 아닙니다."

"……."

"목숨이 위태로운 것은 저자가 초래한 결괍니다. 보호자의 시선을 피해 어린애를 그리 학대하였으니, 그 아이가 자라 저 작자를 노리는 것도 이해가 가지 않습니까."

다 자라 노린다.

학대범.

'노스가 테라모어 공은 자식이 없다고 했는데. 어떤 어린애를…….'

그때, 당근과 열렬한 눈싸움 중인 이샤크와 포크를 굳게 말아 쥐고 그릇에 고개를 처박고 있는 앙리가 시야에 들어왔다.

'테라모어의 손이 닿는 어린애는 이샤크와 앙리뿐이란 건데…….'

그리고 듀블레드의 원로 가신 중 하나인 테라모어를 타국으로 도망치게 할 정도의 권력자가 되는 아이라면 듀블레드 공자쯤은 되어야 할 거다.

그렇게 생각하던 나는 속으로 고개를 저었다.

'말도 안 돼. 설마 정신이 나가지 않고서야 공작의 눈을 피해 듀블레드 공자들을 학대했겠어.'

그게 당연한 건데 이상하게 찝찝하다.

'정신 나간 경우가 아예 없는 건 아니긴 해.'

부모가 없는 사이 아이에게 손찌검하는 미친 가정 교사들의 이야기는 종종 들려온다. 그런 주제에 들통나면 아이의 교육을 위한 사랑의 매였노라 주장하기까지 했다.

그리고 그건 비단 우리 세계만의 이야기는 아닌 모양이었다. 집사가 테라모어의 피신을 도우려는 아미티에 공작을 말리던 때에 미나가 말했다.

"제가 살던 곳에도 그런 일이 있었어요. 가정부가 어린애를 학대하기도 했고, 유치원의 교사가 다른 아이들이 보는 앞에서 손찌검을 하기도 했거든요. 언제나 부모는 뒤늦게야 사실을 알게 되고요. 끔찍한 일이지요."

그렇게 생각하니 더 찝찝해졌다.

만약 테라모어가 정말로 공자들을 학대하고 있다면 둘 중에 누구지?

아미티에 집사의 말에 따르면 학대당한 아이는 한 명인 듯했다.

앙리는 똑똑하니까 쉽게 건드릴 수 있을 것 같지 않다. 비자금을 만들고 국내외 정세를 살펴 투자를 하는 아이가 가만히 학대를 당하진 않을 텐데.

그럼 이샤크일까.

하지만 이샤크는 앙리에 비해 훨씬 충동적인 편인 것 같은데 다 자랄 때까지 학대를 참았다고?

'아니면 집사만 몰랐을 뿐이지 둘 모두일 수도 있고.'

그때, 옆에서 노스가 날 불렀다.

"아기님?"

내가 불안한 얼굴로 고개를 돌리자 그가 빙그레 미소 지었다.

"식사가 입에 맞지 않으십니까? 다른 것을 내오라 할까요?"

나는 "아냐, 마시써……." 하고 말하며 포크를 고쳐 쥐었다.

'섣부른 추측일 가능성이 크지만…… 일단 확인은 해 보자.'

정말 학대를 당하는 건지. 당한다면 앙리와 이샤크 중 누구인지.

* * *

그날 오후.

나는 복도 코너에 딱 붙어 힐끔힐끔 시선을 살피다가 막 문밖으로 나오는 사람을 발견하고 오도도도 달려갔다.

"노쯔. (노스.)"

다리에 달라붙어 위를 올려다보았다. 노스는 날 보고 잠깐 놀랐지만, 곧 헤벌쭉 웃으며 쪼그려 앉았다.

"무슨 일이신가요, 아기님."

"저기, 가고 시포요. 수롱당. (저기, 가고 싶어요. 수련장.)"

앙리와 이샤크는 오찬이 끝나자마자 수련장에 틀어박혔다. 애들을 보려면 그곳으로 가야 하는데, 수련장이 어디에 있는지 나는 모른다.

노스가 눈을 동그랗게 뜨며 물었다.

"이 날씨에 수영장을요?"

"수 — 롱 — 당! (수련장!)"

"수~영~장?"

"수롱……."

나는 허리를 잡은 채로 후, 한숨을 내쉬었다.

이놈의 발음.

태생적으로 성장이 느린 편이라 아무리 연습해도 도통 나아지질 않는다.

"칼 이케이케 하능데 이짜나. (칼 이렇게 이렇게 하는 데 있잖아.)"

최대한 발음하기 쉬운 문장으로 말한 뒤, 팔까지 마구 흔들었다. 그제야 노스는 “아.” 하더니 고개를 끄덕였다.

“하녀들이 아기님을 수련장으로 모셔 가지 말라던걸요.”

그가 아쉽다는 듯이 말해서 나는 눈을 꽉 감았다. 나는 간절한 표정으로 두 손을 얌전히 모았다. 그리고 반짝반짝한 눈으로 노스를 쳐다봤다.

“데발료. (제발요.)”

그러자 노스는 “크흑.” 하고 신음하며 가슴을 붙들었다. 곧 그가 날 향해 손을 뻗어 왔다.

“가지요. 가요.”

날 폭 끌어안은 노스가 룰루랄라 걸음을 옮겼다.

수련장에 도착하자 목검을 들고 있는 앙리와 이샤크가 보였다. 나는 노스의 품에서 폴짝 뛰어내렸고, 그런 날 발견한 애들은 눈을 홉떴다.

이샤크가 물었다.

“네가 여기 왜 왔어?”

“이짜꾸 앙니랑 놀 꺼야. (이샤크, 앙리와 놀 거야.)”

“참 나. 내가 보고 싶어서 여기까지 온 거야? 귀찮게시리.”

이샤크는 그렇게 말하면서 내가 걷기 편하게 길을 터 주었다. 따라와도 좋다는 뜻인 것 같았다. 난 앙리와 이샤크를 따라 걸으며 소매 밑이나 목덜미 등을 유심히 보았다.

목덜미엔 멍이나 상처 없음. 발목에도 없음.

소매 아래엔…….

‘훈련 중에 생긴 상처인지 맞아서 생긴 상처인지 모르겠네.’

게다가 둘 모두에게 생채기는 있었다. 둘을 살피는 데 집중하다가 돌부리를 발견하지 못했다. 눈앞이 휘청하더니 몸이 기울었다.

‘넘어진다―!’

누군가 풀썩 나를 받아 줬다.

"고마어 앙니. (고마워, 앙리.)"

"별말씀을요, 아기님."

앙리는 빙그레 웃었지만, 예의로 벽을 세웠다.

'그래도 나쁜 애는 아닌 것 같아.'

매정한 듯해도 말을 하면 대꾸해 주고 과한 견제는 하지 않는다.

이샤크는 날 힐끔힐끔 쳐다봤다. 그리고 "걷지도 못하네, 바보." 하더니 내가 걸린 돌부리를 꽝꽝 짓밟아서 흙 속으로 쑥 들어가게 했다.

대체 테라모어 공은 이 아이들의 어디가 거슬린다고 학대한 거지. 얼마나 무서웠을까.

그런 생각이 들자 목구멍이 따끔따끔하다. 그때, 누군가 우리에게 다가왔다.

"세 분이 함께 계셨습니까."

테라모어 공이었다. 그는 허리를 굽혀 나와 눈을 맞추었다.

"가까이서 보는 것이 더 사랑스러운 분이시군요."

"……."

"오스틴 테라모어입니다. 듀블레드를 오랫동안 모시고 있죠."

"……."

"악수하실까요."

그는 내 손을 잡더니 손바닥을 툭, 툭, 매만지며 흘흘 웃었다.

"어린애 손은 부드럽기도 하지."

덥수룩한 눈썹 안에 숨은 눈에서 날카로운 안광이 느껴진다. 그는 내 손을 내려다보며 속삭였다.

"순하시군요."

"……."

"계속 이렇게만 순하다면 매를 들 필요가 없겠어요. 그렇죠?"

그가 날 보고 히죽 입꼬리를 끌어당기더니 이내 앙리와 이샤크를 쳐다보았다.

"앞으로 앙리 도련님의 학문을 돕게 되었습니다. 오늘은 인사를 드리러 온 것이니 함께 서재로—"

애들을 데려가려고?

'그렇겐 안 되지.'

나는 꽥 소리쳤다.

"노쯔! 노쯔으!! (노스! 노스!!)"

내 고함을 듣고 멀찍이 있던 노스가 한달음에 달려왔다.

내가 왜 수련장에 다른 하인을 대동하지 않고 노스를 데려왔겠는가. 성에 테라모어 공이 있으니, 애들을 보호할 수 있는 공작의 최측근이 필요했기 때문이었다.

노스는 테라모어 공을 보고 얼굴을 굳혔다.

"여긴 무슨 일이십니까. 본성에서의 일정으로 바쁘실 텐데요."

"잠시 짬이 나서 귀여운 제자들에게 인사를 하러 온 것일세."

노스의 얼굴이 단번에 굳어졌다.

"이번에도 교육 담당은 공이십니까."

"두 분 도련님의 재능이 아낌없이 발휘되도록 도울 수 있는 사람이 더 없는 모양이지."

테라모어 공이 수염을 느른히 쓰다듬으며 두 아이를 쳐다봤다.

"아무래도 인사는 다음을 기약하는 게 좋겠군요."

그렇게 말한 그가 가볍게 고개를 숙이고 사라졌다.

노스는 굳은 눈으로 멀어지는 테라모어 공을 쳐다봤고, 난 애들을 살피고 있었다.

따로 학대당한 아이를 찾을 필요가 없었다. 테라모어와 만나고 목덜미가 희게 질린 아이가 있었다.
앙리였다.

*　　*　　*

앙리와 이샤크의 수련이 재개되었다.

나는 노스가 떠나면서 수련장 한편에 마련해 준 의자에 앉아 치맛자락을 툭, 툭, 두드렸다.

'그럼 이제 어떻게 한담.'

공작에게 말할까?

하지만 증거가 없다. 몸의 멍이나 상처를 수련하다가 다친 거라고 하면 내가 뭐라고 대답할 수 있겠는가.

이런 경우엔 학대당한 아이가 직접 말해야 하는데 앙리는 학대당한 사실을 숨기고 있는 것 같았다. 그렇지 않고서야 똑똑한 이 애가 테라모어를 떨쳐 내지 못할 리가 없으니까.

'그런데 앙리는 대체 왜 테라모어의 만행을 숨기는 거지?'

그렇게 생각하고 있는데 순간, 수련장에 탄성이 터져 나왔다. 뭔가 싶어 고개를 돌린 난 깜짝 놀라 눈을 흡떴다.

이샤크가 검을 말아 쥐자 쿠구구구 ─ ! 땅이 진동하고, 작은 돌멩이나 흙먼지 따위가 아이의 주변으로 떠올랐다. 그때, 이샤크가 땅을 딛고 빠르게 도약하자 순식간에 검신이 붉게 달아올랐다.

'맙소사. 저거 설마 오러야?'

이샤크가 오러를 쓴다는 건 알고 있었지만, 이렇게 이른 나이에 발현시킨 줄은 몰랐다.

교단 성기사 중에도 최정예나 쓸 수 있다는 오러를 저 나이에 쓸 줄 안다는 게 말이 되는 걸까. 눈으로 봤는데도 믿기지 않는다.

이샤크가 단숨에 거리를 좁히자 상대가 급히 몸을 틀었다. 상대를 놓칠 뻔했던 찰나, 이샤크는 왼발로 상대의 다리를 빠르게 쳐 냈고, 곧 상대의 자세가 무너졌다.

"뒈졌어."

히죽 웃은 그가 오러를 실은 검을 가볍게 던지고 손목을 뒤집어서 다시 받았다. 손날을 자루에 바짝 붙인 자세라 체중이 강하게 실렸을 터였다. 그리고 단숨에 상대방을 향해 파고들었다.

"항복! 항복입니다, 도련— 으악!"

"항복이 어딨어. 맞붙어서 지면 뒈지는 거지."

쾅—!

상대는 가까스로 피했으나, 오러가 담긴 검에 내리 찍힌 갑주가 걸레짝처럼 너덜너덜해졌다. 그러나 이샤크는 정말로 봐줄 생각이 없는 모양이었다. 그가 다시 한번 검을 치켜들었다.

나는 그 무시무시한 장면을 보고 무심코 중얼거렸다.

"무셔……. (무섭다…….)"

이샤크의 검이 움찔했다. 흠칫해서 나를 쳐다본 그는 헛기침했다.

"재미없네."

그러더니 검을 툭 던져 버리고 상대에게서 물러났다.

'저 상대는 운이 좋았어.'

이샤크가 재미없어져서 다행이었다.

그다음은 앙리 차례였다. 이샤크만큼 맹렬한 기세는 아니었지만, 확실히 뛰어난 재능이었다. 앙리도 오러를 내뿜었으니까.

오히려 이샤크보다도 섬세하게 오러를 다루었다.

그런데 훈련 상대가 교체되자 영 힘을 발휘하지 못했다. 앙리의 새로운 상대는 머리가 희끗희끗하게 나이 든 남자였다. 청년이던 이전 상대보다 훨씬 약했는데도 불구하고, 앙리는 몇 번이나 바닥에 쓰러졌다.

'노병이라고 봐주는 건가?'

상대도 그렇게 생각했는지 인상을 쓰며 앙리를 향해 소리쳤다.

"저를 무시하지 마십시오!"

앙리는 재빠르게 일어나 노병의 공격을 피했으나, 이내 무언가를 보고 동공이 확장되며 핏기가 가셨다.

곧 아이가 고개를 떨구었고, 동시에 손에서 검이 툭, 떨어졌다. 노병은 땅을 단단히 디딘 채로 목검을 치켜들었다.

'다치겠어!'

"앙 대! (안 돼!)"

나는 꽥 소리치고 후다닥 노병과 앙리 사이에 파고들어 앙리 앞에 팔을 펼쳤다.

"앙니 때지 마! (앙리 때리지 마!)"

"아기님, 이건 정정당당한 승부라서……."

노병이 어색하게 웃으며 말했지만 나는 인상을 썼다.

"앙니 검 앙 잡아써. 땅 보구 이써써. (앙리는 검을 안 잡았어. 땅 보고 있었어.)"

"……."

"하부지 화나서 앙니 때리능 거 승부 아냐. (할아버지가 화나서 앙리를 때리는 건 승부가 아니야.)"

노병이 흠칫하고서 앙리가 떨어뜨린 검을 쳐다봤다.

"이런……. 제가 너무 흥분했었나 봅니다."

노병이 앙리를 일으키기 위해 손을 뻗었다. 하지만 앙리는 그의 손을 잡지 않고, 스스로 비틀비틀 일어났다.

앙리는 수련장을 벗어났고, 나는 아이를 후다닥 따라가서 팔을 끌어안았다.

"뭐 하는 거야."

"앙니, 다쳐써. 약 발라. (앙리, 다쳤어. 약 발라.)"

"됐어."

"으사 무서어? 아냐, 으사 하부지 착한 사라미야. (의사가 무서워? 아냐, 의사 할아버지 착한 사람이야.)"

내가 아플 때도 상냥하게 진료해 줬다. 수더분하고, 다정한 사람이라 하나도 무섭지 않다.

"의사 같은 게 무서울 리 없잖아! 난 그냥 노인이 싫ㅡ!"

그렇게 소리치던 아이는 흠칫, 입을 다물었다. 길가에 우뚝 멈춰 선 난, 그를 빤히 쳐다봤다.

'노인이 싫다는 건…… 설마.'

나는 몇 번이나 회귀하며 공작 영애로 지낸 까닭에, 세간에 숨겨진 듀블레드의 사정을 알고 있었다.

듀블레드는 겉으론 부와 권력, 명성을 모두 가진 풍족한 가문이지만, 내부는 지독한 복마전이었다. 하나를 받으면, 하나는 잃는다. 모든 것이 냉엄한 거래인 세계가 듀블레드였다.

대대로 듀블레드의 아이들은 선대가 이룩한 풍족한 부를 누리는 대신 부모의 따뜻한 보살핌을 포기해야 했다. 듀블레드의 직계들은 태어난 즉시, 가주와 그의 측근의 손에 키워진다. 부모를 만날 수 있는 건 기껏해야 몇 없는 기념일이 전부.

어릴 적부터 가주에게 절대적인 충성심을 갖게 하고, 가장 뛰어난 자를 후계로 지목하기 위한 시스템이었다. 그리고 현 공작의 아이들인 세 공자도 선대가 죽기 전까지 모두 그의 손에서 길러졌다.

'그 무서운 노인 말이야.'

첫 번째 삶의 아버지인 아미티에 공작은 듀블레드의 선대를 언급할 때마다 치를 떨었다.

> "카인 듀블레드는 끔찍한 작자일세. 손주 앞에서 제 차남인 크리스를 살해한 악마가 아닌가. 살해의 까닭이 무엇이었는지 자네는 알고 있나? 고작 절름발이이기 때문이야. 흠집이 있는 자식은 필요 없다는 이유로 제 혈육을 죽인 거란 말일세."

만약, 선대가 차남을 죽일 때 함께 있었던 손주가 앙리라면?

'그렇다면 노인에게 트라우마를 가질 수밖에.'

나는 입안의 여린 살을 악물었다.

그래, 아무리 똑똑하다고 해 봐야 어린아이였던 거다. 노인에게 트라우마가 있다는 것을 흠집으로 여기고, 흠집이 있으면 죽는다는 강박증을 가진 아이 말이다. 그리고 앙리는 그 강박증 때문에 학대 사실을 숨겨 온 것일 터다.

'앙리가 철저히 숨겨 왔으니 공작이 학대 사실을 몰랐던 거구나.'

테라모어는 앙리의 강박증을 알고 있었을 거다. 그러니 감히 공작의 혈육을 학대하고도 거리낌이 없었겠지. 정말이지 못 돼먹은 영감탱이다.

'그럼 이제 어떻게 한담?'

현명한 방법은 그냥 입을 다무는 거다. 까발린다고 사람들이 어린 나를 믿어 줄까.

듀블레드에서 있었던 이전의 사건들과 달리 이번 건은 가신이 얽힌 일이었다. 이곳 사람들은 나보다 테라모어를 훨씬 오래 봐 왔다. 당연히 신뢰도도 저쪽이 높을 거다.

'지금까지 쌓아 온 게 와르르 무너질 수도 있어.'

까딱 잘못하면 파양까지 언급될 수도 있는 문제였다. 그러면 또 이전의 불행한 삶을 반복해야 할 거다.

하지만—

앙리의 손이 떨리고 있었다. 금세라도 죽을 것처럼 희게 질린 아이를 외면할 수 없었다.

'어린 몸은 이래서 안 좋아. 아직 양심이 사라지지 않아서 곤란하다니까.'

나는 열심히 까치발을 들어서 앙리의 머리를 쓰다듬었다. 그러자 움찔 놀란 그 애가 내 손을 쳐 냈다.

"뭐 하는 짓이야."

난 까칠한 앙리를 보고 에휴, 한숨을 내쉬었다.

"대체 무슨……."

"내가 지켜 주께, 앙니."

그러자 앙리는 뭘 잘못 먹었느냐는 표정으로 미간을 좁혔다.

어쩔 수 없으니까 지켜 줄게. 그러니까 은혜는 내가 여기 있는 동안 괴롭히지 않는 거로 갚으렴.

* * *

이튿날, 나는 레아에게 졸라 공작의 집무실로 향했다.

내가 문틈으로 얼굴을 쏙 내밀자 공작과 함께 있던 노스가 "아기님." 하고 부르며 다가왔다. 무릎을 굽혀 나와 눈을 마주친 그가 반가운 듯 물었다.

"여긴 무슨 일이십니까."

테라모어의 정보를 캐내러.

적을 알아야 물리칠 계책도 나오는 법. 하지만 거의 고용인들만 드나드는 내 방에서 깊은 정보는 얻을 수 없었다.

'그럴 땐 정보를 많이 쥐고 있는 사람을 찾아가야지.'

제국에서 손꼽히는 정보부를 소유한 듀블레드 공작을 말이다.

"으응, 공잔미 보고 시포소."

손을 꼼질대며 말하는 날 보며 심장을 쥐어뜯은 노스가 "역시 딸이 최고……." 하며 신음했다. 그러곤 날 안아 들고 공작에게 향했다.

"아기님이 오셨습니다."

"하여간에 나와 떨어지지를 못하는군."

"그럼 제가 모시고 있을까요?"

노스가 헤벌쭉한 표정으로 날 보며 묻자, 공작이 얼른 나를 빼앗아 잽싸게 무릎에 앉혔다. 난 테이블에 손을 올리고 빼꼼, 고개를 들어 공작의 서류를 훔쳐봤다.

"뭘 그리 유심히 보는 것이냐."

공작가의 가신 정보를 염탐하려던 난 지레 찔려서 재빨리 변명했다.

"공잔미 글씨 예뽀. 대다내~! (공작님 글씨 예뻐. 대단해~!)"

"별것도 아닌 걸 가지고 감탄하는군."

그러자 노스가 쿡쿡 웃으며 대꾸했다.

"아직 글자를 쓰실 줄 모르시니 대단해 보이시겠지요."

공작은 책상 한편에 있던 빈 종이를 집어 왔다.

그리고 내 손에 펜을 쥐여 주곤, 커다랗고 따뜻한 손으로 내 손등을 덮었다. 뭘 하려는 건가 싶었는데, 빈 종이 위에 내 손을 잡고 대신 글씨를 써 주려는 모양이었다.

내 손이 잘 움직이지 않아서 약간 삐뚜름하게 적혔지만, 글씨를 한눈에 알아볼 수 있었다.

〈르블레인〉

그리고 한 번 더.

〈르블레인 듀블레드〉

“읽을 수 있나.”

“르부 이르미야. (르블레인 이름이야.)”

“하녀들이 자주 써 주었다더니 기억하셨군요.”

노스의 말에 공작은 픽 웃고 내 머리를 쓰다듬었다.

‘집무실까지 찾아와서 싫어하면 어쩌나 싶었는데, 기분이 나쁘지 않은 모양이야. 다행이다.’

정말로 공작은 아무렇지 않게 나를 곁에 둔 채 일을 보았다. 난 방해가 되지 않도록 얌전히 있으면서, 이런저런 이야기를 엿들었다.

“자문 기구 신설 건은 어떻게 진행되고 있나.”

“오늘 내용을 가신들에게 알릴 예정입니다.”

“그래.”

대부분 머리 아픈 정치나, 알력 싸움 이야기였다.

하지만 도움이 되는 이야기도 있었다. 원로 자리에 공석이 생겨서, 원로원에서 새로운 원로를 선발할 예정이라는 것. 그 후보는 테라모어, 그리고 테라모어와 원수진 미생크 자작이라는 것.

‘이거 잘되면 손 안 대고 코 풀겠는걸.’

나는 히죽, 음흉하게 웃었다.

* * *

그날 오후.

나는 놀러 나온 척, 사람들이 많이 지나다니는 입구 앞 정원에서 시간을 죽였다. 레아의 무릎에 앉아서 꽃을 따며 놀다가, 그녀의 손목시계를 훔쳐보았다.

'이제 네 시인데…….'

미생크 자작이 네 시 반에 공작과 약속이 잡혀 있다고 하니, 이때쯤 성문을 통과할 것이다. 언제 오나 싶어 목을 쭉, 빼고 기다리는데 누군가 성문으로 들어왔다.

고동색의 곱슬머리, 처진 눈, 삼십 대 중반쯤 되어 보이는 푸근한 체형, 그리고 턱 밑 상처.

미생크 자작의 인상착의와 똑같다.

나는 어깨를 끌어안으며 레아에게 말했다.

"추어요. (추워요.)"

"그럼 안으로 들어갈까요?"

"아냐, 이거 다 만들어서 네아하테 주고 갈래."

내가 만들던 화관을 보여 주며 말하자 레아는 양 뺨을 감싸 쥐며 "절 주시려고요?!" 하고 감동했다. 주변을 둘러보고 멀찍이 경비병들이 있다는 것을 확인한 레아가 몸을 일으켰다.

"외투와 담요를 가져올게요."

"녜."

레아가 허둥지둥 성으로 향하자마자 미생크 자작이 성문을 넘어 들어왔다. 바로 본성으로 들어가려던 그가 나를 발견하곤 발걸음을 내게로 돌렸다.

"그 유명한 운명의 아이를 여기서 뵙는군요. 카른 미생크입니다."

"르브예요. 안녕."

최대한 애답게 인사하자 그가 나를 위아래로 훑어보았다. 내가 무엇으로 공작의 흥미를 끌어 입양되었는지 궁금한 듯 보였다.

"여기서 뭐 하고 계셨습니까? 날이 쌀쌀한데요."

옳지, 그 질문을 기다렸다.

나는 헤헤 웃으며 말했다.

"테라 할부지 기다리고 이써."

"테라모어를요?"

예상대로 테라모어의 이름이 나오자마자 표정이 좋지 않다.

"르브도 앙니, 이자꾸랑 가치 수옵 들을 고야. (르블레인도 앙리, 이샤크랑 같이 수업 들을 거야.)"

같이 수업받게 해 달라고 부탁하려 기다리고 있었다는 말에 미생크 자작의 입매가 비틀렸다.

"다들 오해하고 있군요. 테라모어는 듀블레드의 직계를 가르칠 자격이 없는 늙은이입니다. 가문도 한미하고, 학식도 그리 넓지 않은 데다가—"

내가 일부러 눈을 깜빡이자 미생크 자작이 쉽게 풀어 말해 주었다.

"테라모어에게선 배울 게 없다는 말입니다."

"아냐, 할부지 똑또케요. (아니야. 할아버지 똑똑해요.)"

"그자가 무슨 말로 꼬드겨 놨기에……."

"이제 되게 멋있는 로브도 입눈다고 해써."

듀블레드 원로원을 대표하는 대원로들이 입는 짙은 적자색의 로브를 의미하는 말이었다.

'미생크, 당신도 노리고 있는 그 로브 말이야.'

내가 팔까지 번쩍 들며 말하니 미생크 자작의 표정이 대번에 변했다.

"그자가 그리 말했습니까?"

"웅. 다른 가신 아저씨랑 얘기하는 거 르브가 들어써."

"말도 안 되는 소리를. 그 자리는……!"

"구치만 다 얘기가 되었다고 했는걸. 할부지하테 로브 준다고 했대써요."

"설마 의장님이……."

얼굴이 딱딱하게 굳은 미생크에게 나는 쐐기를 박았다.

"로브가 제 것인 줄 아는 멍청이가 피눈물을 흘리는 꼴을 같이 구경하자고 했다고."

순간 어린아이의 말투치고 제대로 된 발음이 나왔으나 미생크는 위화감을 느끼지 못한 듯했다.

바지춤을 말아쥔 미생크의 손에 핏줄이 불거졌다.

말없이 으득, 이를 가는 그를 향해 나는 다시 순진한 척 웃었다.

"아조씨도 르부랑 가치 구경 갈래?"

미생크 자작은 급히 오던 길을 되돌아갔다. 나는 그의 뒤에서 손을 팔랑팔랑 흔들어 주었다.

'아저씨, 힘내. 가서 나 대신 테라모어와 대판 싸우고 와!'

—하고 생각하며.

* * *

듀블레드 원로원의 근거지인 지혜의 탑에서는 회의가 한창이었다.

"자문 기구의 신설이라니! 공작이 정신이 나가지 않고서야 말이 되는 일이오!"

원로 하나가 분노에 찬 고함을 내질렀다.

"대대로 가주의 자문은 원로원의 역할이었소! 이대로 자문 기구가 신설되면 우리는 유명무실해질 거요."

"공작이 가문을 잇고 우리의 세가 예전만 못합니다. 본성을 자유로이 드나들 수 있던 원로의 권리마저 앗아 가지 않았습니까."

"이대로 두고 보실 겁니까, 공."

원로들이 상석에 앉은 의장에게 시선을 모았다. 의장은 와인 잔을 잡으며 여상하게 말했다.

"각하의 뜻이 완고하시지 않나. 종들은 주인의 말을 따를 수밖에."

"무슨 말씀을……!"

의장이 "그러니." 하고 원로의 말을 끊으며 빙그레 웃었다.

"마음에 맞는 새 주인이 생길 날을 고대하는 수밖에."

"그 말씀은……."

"테라모어."

의장이 원로의 의자에 앉지 못하고 벽 가에 서 있던 테라모어에게 고개를 돌렸다.

"예."

"도련님들은 이 듀블레드의 미래. 성심을 다해 가르쳐야 하네. 물론."

의장이 빙그레 웃으며 목소리를 낮추었다.

"우리와 마음이 맞도록."

"염려 마십시오. 사전 준비는 철저하게 마쳤습니다."

테라모어가 히죽, 입꼬리를 끌어당기며 허리를 깊게 수그렸다.

회의가 파하고, 지혜의 탑을 나서는 테라모어의 뒤로 원로원에 속한 가신이 따라붙었다.

"드디어 공께서 원로의 로브를 입으시려는가 봅니다."

"노인네를 너무 띄우지 말게."

"의장님께서 공을 보시는 눈빛이 남달랐잖습니까."

테라모어는 겸손한 체 흘흘 웃었지만, 속에선 욕망이 벌레처럼 꿈틀거렸다.

'이번에야말로 제대로 된 기회가 왔구나.'

지난 30년간 원로원에 충성하며 이 순간을 얼마나 고대했던가.

가문이 한미하다는 이유로 어린 것들에게 번번이 원로가 될 기회를 빼앗겼으나, 이번엔 다르다. 그는 원로원이 원하는 방향으로 앙리와 이샤크를 교육할 자신이 있었다.

입에 풀칠하기 위해 귀족 아이들의 가정 교사로 살던 시절 깨닫지 않았던가.

인간은 아무리 멍청하더라도 매로 다스리면 그 어떤 어려운 문장이라도 익힐 수 있다. 폭력으로 굴복시킨다면 어린 공자들에게 원로원의 사상을 주입하는 것쯤이야 어려운 일이 아니었다.

게다가 앙리에겐 깊은 트라우마가 있었다. 지난번에 시험해 본 결과, 그 누구에게도 제게 당한 일을 털어놓지 않았다.

'앙리는 주먹으로 세뇌되게 하고, 이샤크는 단순하니 정신적으로 몰아붙여서…….'

가신은 손바닥을 비비며 한껏 아부를 떨었다.

"원로의 로브를 걸치시거든 저를 꼭 기억해 주십시오."

"아무렴. 내가 어찌 자네를 잊겠나."

그때였다.

복도를 걷던 미생크 자작이 그들의 대화를 듣고 헛웃음을 터뜨렸다.

"미생크 공."

"참으로 우스운 이야기를 나누고 있군."

"예?"

"잡지도 않은 곰을 가죽부터 팔고 있군."

"경력으로 따지면 이번엔 테라모어 공의 차례이지요."

"그 경력, 누구 덕에 쌓았는지 잊었나? 우리 집 하인 노릇을 하며 구걸한 덕에 내 아버님께서 한자리 챙겨 준 것이지!"

테라모어의 눈이 굳어지자 가신이 그의 눈치를 보며 어물거렸다.

"무, 무슨 말씀을……! 무례하십니다. 테라모어 공은 미생크 공의 아버지뻘 되시는 노사가 아닙니까."

"어쩔 수 없네. 테라모어 공이 내 시중들던 시절의 버릇이 아직 남아 있어서 말일세."

남들 들으라는 듯 큰 소리로 말하자, 지나가던 원로원 가신들의 시선이 집중되었다. 테라모어의 얼굴이 수치로 달아올랐다.

"내 시중이나 들며 입에 겨우 풀칠하던 자네가 이제 도련님들의 스승이라니. 오래 살고 볼 일일세."

미생크 자작은 빙그레 웃곤 그의 귓가에 속삭였다.

"주제넘은 자리를 넘보지 마라. 내가 당신 약점을 얼마나 알고 있다고 생각하나?"

그러곤 테라모어의 어깨를 툭툭 털고 그를 지나쳐 걸었다. 테라모어는 땅에 뿌리박힌 듯 딱딱하게 굳어졌다.

"찢어 죽일 놈!"

그가 살벌하게 중얼거리니 가신이 흠칫 놀라 마른침을 삼켰다.

"고, 공, 너무 마음 상하지 마십시오. 의장께서 공에게 큰일을 맡기신 것 때문에 투기하는 겁니다."

"투기? 아니, 저놈은 나를 멸시하는 거야. 평생 그랬듯이!"

"그, 그건……."

"두고 보게. 내 언젠가 저놈의 목구멍에 칼날을 처넣고 말 테니."

테라모어는 미생크 자작의 뒷모습을 노려보며 이를 악물었다.

*　　*　　*

테라모어와 미생크 자작의 사이는 점점 더 나빠졌다.

미생크 자작은 내 계획대로 테라모어를 잘 견제해 주었다. 의장의 신뢰를 얻지 못하도록 앙리와 이샤크의 수업에 번번이 훼방을 놓았다.

“자격 없는 스승에게 듀블레드의 미래를 맡길 수는 없습니다!”

“인선을 재고하여 주십시오!”

“격에 맞는 새로운 스승을……!”

성문 앞에서 악을 쓰는 저들도 미생크 자작의 여론전에 휩쓸린 귀족들이었다.

나는 시위를 관람하며 씩 웃었다.

‘좋아, 좋아.’

역시 젊은 나이에 원로 후보에 든 남자. 더러운 수로는 따를 자가 없구나.

‘이목이 집중되었으니 테라모어가 앙리에게 쉽사리 손대지 못하겠지.’

이렇게 계속 너희끼리 치고받아서 앙리와 이샤크의 스승을 교체시켜 버려라.

히힛, 웃는 나를 보고 하녀들은 귀엽다는 듯 미소 지었다.

“우리 아기님께서 오늘은 왜 이렇게 기분이 좋으실까요.”

그 말에 나를 돌보는 하녀 중 하나인 유니가 의기양양한 얼굴로 말했다.

“오늘 제가 새로운 장난감을 사 왔다는 걸 알고 계신 거죠!”

“어머, 내가 새 장난감을 가져온 걸 보신 거지.”

“제가 사 온 목마를 더 좋아하실걸요.”

“아니, 내가 사 온 삼천 피스짜리 퍼즐이야.”

하녀들이 서로 으르렁거리다가 동시에 날 쳐다봤다.
"목마를 더 좋아하시지요?"
"퍼즐이 훨씬 재밌으시죠?"
부담스럽게 이글거리는 시선을 받은 난 "둘 다 조아……." 하고 말렸지만, 싸움은 끝이 나지 않았다.
"좋아요. 직접 보여 드리고 아기님께 평가를 받아요!"
"해 보자고. 난 자신 있어. 내가 지면 눈알이라도 빼 주지."
"어머, 저는 제 눈알을 빼서 저글링을 하겠어요."
살벌하게 오호호홋! 웃은 하녀들이 벌떡 일어나 "자, 가셔요, 아기님." 하고 문을 열었다.
나는 세상사를 초월한 표정으로 허허 웃으며 그들을 따라갔다.
'오늘도 신나게 노는 척을 해 줘야겠구나.'
— 생각하면서.
난 하녀들과 함께 장난감이 있는 1층으로 가기 위해 계단을 내려갔다. 그런데 맞은편에서 이샤크가 올라오던 중이었다.
"안녕!"
내가 인사하자 이샤크가 "꼬맹이네." 하며 아는 척을 해 왔다. 막 수업이 끝났는지 손에 책과 노트가 들려 있었다.
"오디 가?"
"수련장. 훈련받으러."
"앙니는? (앙리는?)"
"형은 시험에 통과하지 못해서 재시험 중이야."
그렇게 말한 이샤크가 의기양양하게 덧붙였다.
"나는 다 맞혔다고."
이샤크도 뛰어난 인재긴 하지만, 육체적인 능력이 월등한 것이고 두

뇌는 앙리 쪽이 우월했다. 그런데 이샤크가 통과한 시험을 앙리가 통과하지 못했다니 의아했다.

눈을 깜빡이던 난 불현듯 떠오른 생각에 굳어졌다.

'설마……!'

황급히 계단을 뛰어 내려갔다. 뒤에서 당황한 하녀들이 "아기님! 아기님!" 하고 부르는 소리가 들렸지만, 난 정신 없이 달렸다.

허겁지겁 중정을 지나 복도를 내달려서 공용 서재로 향했다.

쾅!

문을 박차고 들어가자 흠칫 놀란 테라모어가 날 쳐다봤다. 나는 그의 뒤에서 고개 숙이고 있는 앙리를 바라보았다.

나와 시선이 마주친 앙리가 홱, 고개를 돌려 붉어진 뺨을 가렸다. 그러느라 벌어진 셔츠 깃 밑엔 흉측한 상처들이 가득했다. 멍이 노랗게 변한 것을 보면 수업 첫날부터 폭행이 있던 게 분명하다.

'안일했어.'

난 테라모어가 앙리를 학대한 건 원로가 되기 위해서라고 생각했다.

앙리를 원로원 입맛에 맞는 후계로 길러내려고, 폭행으로 세뇌하려던 거라 여겼다. 원로가 되려는 게 목적이라면 현 상황에선 눈치를 보느라 앙리에게 손을 대지 못할 거라고 생각했다.

그런데 아니었다.

'그냥 앙리를 장난감으로 여긴 거야.'

한미한 가문 출신이라는 열등감을 고귀한 영주의 자식에게 풀며 희열을 느끼고 있던 거였다.

"크흠."

테라모어가 헛기침을 하고는 말했다.

"수업 중에 함부로 들어오시면 안 됩니다."

"이고 수옵 아냐. 앙니 때려써. (이거 수업 아니야. 앙리를 때렸어.)"

애를 때리는 게 어떻게 수업이란 말인가.

테라모어는 폭행 현장을 들켰다는 것에 잠깐 당황했지만, 이내 픽 웃었다. 어린애가 뭘 할 수 있겠냐는 표정이었다.

"큰일 날 소리를 하십니다. 제가 감히 공자님을 때리다니요. 공자님 몸의 상처는 어제 검술 수련에서 생긴 겁니다."

"내가 봐써. 손 올려짜나."

"저는 손을 올린 적이 없지만, 만약 그런 일이 있었다고 해도 폭행이 아닙니다."

그가 히죽 입꼬리를 올리며 말을 이었다.

"사랑으로 어루만진 것이지요."

그가 헛소리를 늘어놓은 순간, 나는 책상에 놓여 있던 만년필을 빠르게 집어 들었다.

그리고.

"아아악!"

날카로운 펜촉으로 테라모어의 손등을 콱, 찍어 버렸다.

순식간에 일어난 일에 앙리가 눈을 홉떴다. 테라모어는 피가 뚝뚝 흘러내리는 손목을 붙잡은 채 바닥에 무너졌다.

"이게 무슨 짓이야!"

눈이 돌아간 늙은이가 소리쳤다. 난 그에게 가까이 다가가서 앙리가 듣지 못할 정도의 크기로 속삭였다.

"뭐긴 뭐야. 사랑으로 어루만진 거지, 개자식아."

—하고.

"무, 뭐, 뭐라고……?"

테라모어는 믿을 수 없다는 듯이 날 쳐다봤고, 난 그런 그에게 다시 속삭였다.

"바보 같긴."

"……."

"기대해, 할부지. 앙니를 학대한 일을 곧 공잔미가 알게 될 테니까."

싱긋 웃은 나는 테라모어를 지나쳐 걸었다. 그리고 앙리의 손을 붙잡고서 방을 나섰다. 아이는 순순히 내게 끌려와 주었다. 서재에서 멀찍이 떨어진 뒤에서야 앙리가 내게 말했다.

"미친 거야? 넌 겁도 없어?"

굳은 얼굴로 묻는 앙리를 빤히 쳐다봤다. 테라모어의 손등을 찍어 버린 것을 보고 단단히 당황한 모양인지, 벽을 세우기 위해 쓰던 존대가 사라졌다.

"후환이 있을 거라고. 테라모어는 비열한 작자란 말이야."

"안 무서어."

"……."

"앙니 때리는 나쁜 사람, 하나도 안 무서어. (앙리를 때리는 나쁜 사람, 하나도 안 무서워.)"

내가 뾰로통한 표정으로 말하자 앙리의 동공이 흔들렸다.

나는 정말로 테라모어가 무섭지 않았다. 더 끔찍한 자들을 두루 겪었는데, 어린애를 학대하는 것으로 희열을 느끼는 변태 따위야 우스울 따름이다.

'게다가 믿는 구석도 있고.'

그보다 앙리가 걱정이었다. 테라모어에게 얻어맞은 뺨은 새빨갛게 부풀었고, 멱살도 잡힌 모양인지 옷깃이 보기 흉하게 구겨져 있었다.

"공잔미하테 가자. 앙니 아파. 응?"

"……됐어."

"앙니."
"됐다니까!"
소리친 앙리가 고집스레 시선을 돌렸다.
"오늘 일은 아무한테도 말하지 마."
"고집쟁이!"
"넌 신경 끄라고!"
앙리는 벌컥 소리치고 내게서 멀어졌다.
아이의 마음이 이해 가지 않는 건 아니다. 학대당한 아이는 대개 평생을 남 눈치 보며 살거나, 공격적으로 자란다. 그만큼 트라우마란 떼어 내기 힘든 족쇄였다.
'몇 번이나 회귀한 나조차도 과거의 기억 때문에 사람을 완전히 믿지 못하니까.'
나는 멀어지는 앙리를 보며 한숨을 삼켰다.

* * *

복도를 빠르게 걷는 테라모어의 잇새에서 빠드득, 이 가는 소리가 새어 나왔다.
'그 미친 계집애……!'

"뭐긴 뭐야. 사랑으로 어루만진 거지, 개자식아."

그렇게 말하던 르블레인의 표정이 떠오를 때마다 속에서 울화가 치밀었다.
'운명의 아이가 아니라 마귀였어.'

신전에서 마귀를 운명의 아이라는 명패를 씌워 듀블레드를 감시하기 위해 내려보낸 것이 틀림없다. 모두 어린애라곤 믿을 수 없는 것들이었다.

자신을 보던 눈빛, 신랄한 말, 그리고 목구멍이 바짝 타들어 가던 위압감.

'그렇다고 해서 내가 네까짓 것에게 당할 줄 아느냐.'

테라모어의 눈이 싸늘하게 가라앉았다.

테라모어는 공작의 집무실 문을 두드렸다.

"테라모어입니다, 각하."

곧 입실을 허가하는 말이 들려오고, 테라모어는 잔뜩 흥분한 얼굴로 방 안으로 들어갔다. 조급한 마음에 예도 차리지 않고 입부터 열었다.

"각하, 운명의 아이는―"

"할부지다!"

"……!"

공작의 무릎에 앉아 있던 르블레인이 방긋 웃었다. 테라모어는 흠칫 놀라서 아이를 쳐다봤다.

'저 계집애가 벌써……!'

게다가 르블레인만 있는 게 아니었다. 미생크 자작과 원로원의 가신 몇 명, 그리고 부관 노스가 함께였다. 자신을 쳐다보는 표정이 심상치 않았다.

'벌써 앙리에게 손을 댄 것을 고한 것인가!'

미생크 자작이 인상을 찌푸리며 소리쳤다.

"어찌 주군의 자식에게 그따위 짓을……!"

테라모어는 다급하게 변명했다.

"각하, 제 말부터 들어 주십시오! 제가 무슨 연유로 그런 짓을 했겠습니까. 모두 아기님의 흉계입니다."

그는 제 손등을 내보이며 변명했다.

"아기님은 그냥 어린애가 아닙니다. 제 손등을 거침없이 찌르고 조롱하였습니다. 수상하지 않습니까? 애초에 너무 똑똑했지요. 신전과 황실의 이야기를 고해바치질 않나 —"

"자네 대체 무슨 말을 하는 게야."

"난 억울하단 뜻이네!"

미생크 자작이 기가 막힌 얼굴로 테라모어를 쳐다봤다.

"우리는 주군의 따님이 되신 아기님께서 하신 사소한 실수에 자네가 윽박지르고 겁을 준 일을 논하고 있었네."

"뭐라고?"

"어린애의 실수 하나에 어찌나 윽박을 내질렀으면, 아기님이 날 보자마자 눈물을 터뜨리시는가!"

"그, 그건……."

"게다가 '그런 짓'을 했다니? 대체 또 무슨 짓을 했기에?"

테라모어는 흠칫, 당황했다. 떨리는 시선으로 사람들을 둘러보다가 르블레인과 시선이 마주쳤다. 르블레인의 입가가 비죽 솟았다.

마치 '내가 앙리의 일을 말한 줄 알았어?' 하는 표정으로.

'당했다……!'

"기대해, 할부지. 앙니를 학대한 일을 곧 공잔미가 알게 될 테니까."

그 말은 포석이었던 거다. 자신이 조급해지도록. 그리고 원수 같은 사이인 미생크 자작을 데려와 깊게 생각할 수 없게 만들어서 스스로 앙리를 학대한 일을 변명하게 만들었다.

테라모어의 얼굴이 새파래지자 미생크 자작이 다시 캐물었다.

"묻지 않나. 무슨 짓을 했냐고 물었네."

"마, 말실수였을 뿐일세."

하지만 그 말을 믿어 주는 사람은 없었다.

미생크 자작이 공작에게 말했다.

"수상합니다, 각하. 큰일이 아니고서야 이렇게 눈이 뒤집혀서 변명하겠습니까? 스승이라는 자가 이렇듯 뒤가 구려서야 두 분 영식께서 무엇을 배우시겠습니까."

미생크 자작의 휘하 가신들까지 합세하여 소리쳤다.

"확인이 필요합니다."

"결백이 밝혀지지 않는 이상, 도련님들의 교육을 맡겨 둘 수 없습니다."

공작의 날카로운 시선이 테라모어에게 닿았다. 테라모어는 "가, 각하!" 하며 다급히 소리쳤으나, 공작은 곧 테라모어를 조사하라는 명을 내렸다.

* * *

이야기를 마친 미생크 자작과 그들 휘하의 귀족이 방을 나섰다. 테라모어는 여전히 공작에게 매달려 결백을 주장하고 있었다.

나는 공작의 무릎에서 폴짝 뛰어내려 미생크 자작을 따라갔다. 복도로 나온 자작은 잔뜩 홍이 오른 얼굴이었다.

"미생쿠 공."

그가 날 돌아보았다.
"예, 아기님."
나는 순진한 표정으로 미생크 자작의 옷깃을 흔들었다.
"할부지 나쁜 사람이야?"
"테라모어요?"
그는 히죽 웃으며 말을 이었다.
"예, 그렇습니다. 아주 쳐 죽일 놈이죠."
"나쁜 사람이 선생님인데, 앙니랑 이자꾸도 나쁜 사람이 되면 어떠카지?"
"염려하지 마십시오. 나쁜 놈은 이 카른 미생크가 혼쭐을 내줄 테니까요."
그러곤 떵떵거리듯이 말했다.
"내일 당장 귀족들을 끌고 성에 찾아와 결백이 밝혀질 때까지 영식들의 수업이 중지되어야 한다고 읍소할 생각입니다."
나는 속을 감추고 "우와!" 하며 폴짝폴짝 뛰었다.
'그래, 그거 잊지 마라.'
그는 이번 일에 도움을 준 내가 예뻐 죽겠는 모양이었다. 날 보는 표정이 헤벌쭉했다.
'뜻하지 않게 내 편을 하나 더 만들었네.'
내게는 좋은 일이라 난 방실방실 웃어 주었다.
미생크 자작이 껄껄 웃으며 떠난 뒤, 테라모어가 공작의 집무실에서 나왔다.
'표정이 악에 받친 걸 보니 대화가 잘 안 풀렸나 보지?'
나를 발견한 테라모어가 이를 악물었다.
"너……!"

얼른 주변을 돌아본 그는 내 팔을 끌어당겨 구석으로 향했다.

"빌어먹을 년. 이대로 내가 당할 성싶으냐?"

"구롬 어쩌게?"

"네가 사실 신전이 보낸 마귀였다는 것을 발고하고……!"

"할부지 바보야?"

"뭐?"

"뒤가 구리다는 걸 할부지 입으로 시인했는데 누가 그거를 믿어?"

당연히 이번 일을 수습하려는 헛소리로 알지.

테라모어의 입에서 빠득, 잇소리가 흘러나왔다.

"이런 개같은……."

"오또케 알아찌? 내 별명이 개였눈데!"

테라모어의 눈을 똑바로 보며 낮게 말했다.

"건드리면 물어서."

"……!"

나는 방실방실 웃으며 말을 이었다.

"구니까 손 놔. 내가 반대쪽 손도 찍어 버리면 어떠칼라구."

지난 삶에서 거지로 뒷골목을 전전한 나다. 귀족으로 곱게 자란 테라모어의 협박 따위는 먹히지 않는다.

테라모어의 손에서 힘이 빠졌다. 나는 아무렇지 않게 손을 흔들어 주고 뒤돌아 폴짝폴짝 걸었다.

'아, 오늘 꿀잠 자겠네.'

* * *

이튿날, 미생크 자작은 아침부터 귀족들과 함께 성에 찾아와 테라모어의 직무 정지를 외쳤다.
테라모어는 원로원의 힘으로 앙리와 이샤크의 스승이 된 남자였다. 그 원로원이 미생크 자작에게 반이나 돌아섰다. 일이 돌아가는 것으로 보아 원로 자리가 미생크 자작에게 돌아갈 것 같으니 벌써부터 줄을 서려는 것이었다.
당연한 수순으로 테라모어의 자리는 위태로웠다.
"의, 의장님…… 공!"
의장에게 애걸하는 테라모어의 목소리를 음악 삼아 나는 홍얼홍얼 복도를 걸었다. 앙리의 상태를 확인하러 갈 생각이었다.
귀족 도련님의 삶은 꽤 애달프다. 먹을 걱정, 입을 걱정이 없는 대신 공부할 걱정이 있었다. 테라모어와의 수업이 중지되었어도 둘은 서재에 나란히 앉아서 영재원의 방학 숙제를 하고 있다고 했다.
난 서재 문 앞에서 빼꼼 얼굴을 내밀었다.
'응? 없잖…….'
"뭐야, 너."
"끄앙!"
뒤에서 들린 소리에 소스라치게 놀란 난 펄쩍 뛰어올랐다. 쿵쿵 뛰는 심장을 양손으로 꾹 누르며 슬그머니 고개를 돌리자 이샤크와 앙리가 날 쳐다보고 있었다.
"왜, 왜 요기 이써? 서재에 안 이꾸."
내가 묻자 이샤크는 옆구리에 낀 책을 들어 보였다.
"서재에 없는 책이 있어서 도서관에. 그보다 넌 왜 여기에 있어?"
이샤크는 눈을 가느다랗게 뜨고 내게 얼굴을 불쑥 내밀었다.
"훔쳐보려고 한 거냐?"
"아, 아냐!"

"그럼?"

"……구냥 보려던 거야."

손을 꼼질대며 변명하니 이샤크는 눈썹을 꿈틀했다.

"그러니까, 왜."

나는 앙리를 힐끔힐끔 쳐다봤다.

'괜찮은지 보러 왔다고 하면 또 성질내겠지?'

어떻게 할까 고민하느라 대답이 지체되자 이샤크가 "설마 너……." 중얼거리다가 소리쳤다.

"오늘 간식이 케이크라는 걸 어디서 들었구만."

응……?

"참 나, 그렇게 득달같이 쫓아오지 않아도 남았거든?"

그러곤 성큼성큼 서재 안으로 들어가서 몽글몽글한 우유 크림이 올라간 초콜릿 케이크를 가져왔다.

'신난다!'

요즘 어른의 사고를 많이 했더니 난 시도 때도 없이 배가 고팠다.

"너 주려고 남겨 둔 거 아냐. 그냥, 어? 그냥…… 나는 단 걸 별로 안 좋아해서 그런 거야."

"이자꾸 저번에 서땅 빵 잘 머겄눈데. (이샤크, 저번에 설탕 들어간 빵 잘 먹었는데.)"

"……오, 오늘부터 싫어하기로 한 거야!"

그러곤 벌컥 화를 내고 먼저 서재로 들어갔다. 앙리도 날 힐끔 쳐다볼 뿐 별말 없이 문 안으로 향했다. 나도 그들이 있는 서재 테이블로 가서 얌전히 앉아 앙리를 살폈다.

'후유증은 없는 것 같네.'

그렇게 생각하며 케이크를 퍼서 한입 먹은 난 깜짝 놀라고 말았다.

이게 뭐야?

'엄청 맛있어―!'

지금까지 먹어 온 케이크와는 차원이 달랐다.

잔뜩 입에 넣어도 그리 느끼하지 않은 산뜻한 크림, 촉촉하고 부들부들한 스펀지, 그 안에 콕콕 박힌 벨벳 같은 질감의 초콜릿.

완벽한 삼위일체를 이룬 케이크는 혀에 닿자마자 살살 녹아들었다.

'본성 서관(듀블레드의 직계들이 머무는 곳)의 파티시에가 신의 손이라더니, 정말이잖아.'

여태까지 귀빈들이 머무는 동관에 있었던 나는 처음으로 서관의 케이크를 맛보고 감격했다. 양 뺨을 감싼 채로 "우우……." 신음하는 날 본 이샤크가 픽 웃었다.

"그렇게 맛있냐?"

거짓말 조금 보태서 거지 시절에 먹었다면 심장마비가 올 뻔한 맛이었다.

'거지 시절에 닷새가 넘도록 굶었을 땐, 초콜릿 케이크를 준다고 하면 혀라도 깨물 정도였으니까.'

맛이 너무 감동적인 데다가 이전 삶에서 개고생한 기억이 떠올라서 난 거의 훌쩍훌쩍 울듯이 말했다.

"이자꾸 고마어."

"아니, 그렇게까지 고마워할 필요는……."

이샤크는 오히려 당황해서 눈을 데굴데굴 굴렸다.

"내일 아침에도 줄까?"

"이자꾸 최고야!"

"저녁때도 줄게."

"이자꾸 멋있어!"

"참 나, 어쩔 수 없지. 모레에도 주지."
"이자꾸 눈부셔!"
이샤크는 헤벌쭉 웃었고, 나는 진심에서 우러나오는 찬사를 보냈다. 앙리는 그런 우리를 바퀴벌레 보듯 쳐다봤다.

* * *

앙리와 이샤크는 숙제에 집중했고, 나는 그런 둘의 곁에서 조용히 그림을 그렸다.
해 질 무렵에 하녀들이 날 찾으러 왔지만, 공자들과 함께 있는 모습을 보고 후후 웃으며 돌아갔다. 남매가 친해질 시간을 주려던 것이다.
그렇게 밤이 깊었다.
'졸려…….'
이샤크도 병든 닭처럼 꾸벅꾸벅 졸고 있었다. 나는 투레질하는 말처럼 머리를 푸르르 젓곤 볼을 콱 꼬집었다.
"졸리면 가서 자."
앙리가 책에 시선을 고정한 채로 말했다. 나도 가고 싶지만, 어제오늘 일로 눈이 뒤집힌 테라모어가 있는 성에 앙리를 혼자 둘 순 없었다.
"갠차나. 안 졸려."
"눈에 졸음이 가득하다."
"……세수하고 오께."
나는 의자에서 폴짝 뛰어내렸다. 그리고 꾸벅꾸벅 졸고 있는 이샤크를 흔들어서 속삭였다.
"이자꾸 나 올 때까지 요기 이써. 그리구—"
이샤크가 졸음이 가득한 얼굴로 고개를 끄덕이는 걸 확인하고 나서야 난 서재를 나섰다.

'죽겠다.'

아이의 몸이 얼른 쉬게 해 달라며 아우성을 치는 것 같다. 나는 끙끙거리며 세면실을 찾았다.

안으로 들어가려던 찰나.

"악!"

누군가가 나를 휙, 잡아끌었다.

'테라모어!'

순식간에 세면실 근처의 방으로 끌려갔다. 문이 닫히기 무섭게 테라모어는 입꼬리를 비죽 올렸다.

"왜? 내가 앙리만 노릴 줄 알았나?"

"나는 앙니랑 달라. 수련받지 않으니까 손대면 바로 탄로 날 고야."

"사람을 고통스럽게 하는 데에 꼭 손이 필요한 건 아니지."

테라모어가 주머니에서 무언가를 꺼냈는데, 그걸 본 난 흠칫 놀라 굳어졌다.

'블루 스피넬!'

저건 신성력으로 신성 도구를 만들 때 쓰이는 특별한 보석이다. 색이 선명할수록 신성력을 많이 추출할 수 있다.

당연히 시중에선 선명한 스피넬이 귀하게 여겨지지만, 신성력을 추출당하는 사람의 입장에선 그렇지도 않았다. 신성력을 한계까지 뽑아내면 미쳐 버리거나, 최악의 경우 죽게 된다.

그리고 나 같은 신성력 비렁뱅이는 어떤 스피넬이든 갖다 대기만 해도 정신을 놓을 거다.

'그건 안 돼. 차라리 죽어서 회귀하는 게 낫지!'

테라모어는 내게 다가오며 싸늘하게 중얼거렸다.

"30년이다. 자그마치 30년간 애써 쌓아 온 것들이 무너졌어. 네년 때문에!"

그는 완전히 눈이 뒤집혀 있었다. 저녁때 서재 밖에서 가신들이 심상치 않게 움직이더라니, 결국 스승 자리에서 쫓겨난 모양이었다.

"오, 오지 마. 소리 지르꺼야."

"해 봐. 사람이 오는 게 빠르나 신성력을 추출 당하는 게 빠르나 확인해 보자꾸나."

그가 내 멱살을 잡았을 찰나였다. 문이 열리고 앙리가 뛰어 들어왔다.

"그 애를 놓아줘."

테라모어가 픽, 실소를 흘리며 앙리를 쳐다봤다.

"얼굴이 새파란 주제에 잘도 지껄이시는군요. 아무래도 어제 교육이 부족했던 모양입니다."

앙리는 꽉 눈을 감고 테라모어에게 달려들었다.

하지만 테라모어는 가소롭다는 듯 여유로운 태도였다. 오러를 쓸 줄 아는 천재가 눈을 감고 돌진한 것부터가 트라우마를 완전히 떨쳐 내지 못한다는 뜻이니 두려울 게 없었던 것이다.

그러나 앙리의 목적은 공격이 아니었다. 그 애는 순식간에 스피넬을 빼앗아 장식장의 좁은 틈새로 던져 버렸다.

"이 빌어먹을 녀석이……!"

공격할 무기를 빼앗긴 테라모어는 분개했다. 나는 이제 거리낄 것 없이 테라모어의 팔에 매달렸다.

"손대지 마. 앙니 때리지 마!"

그는 나를 거칠게 내던지고, 앙리를 향해 손을 치켜들었다.

그때.

쾅—!!

방문이 파열하며 엄청난 파동의 마력이 테라모어를 향해 돌진했다. 정면에서 그 무시무시한 마력을 맞은 테라모어는 "아아악!" 비명을 내질렀다. 팔이 기괴하게 비틀려 있었다.

나는 재빨리 방문 쪽으로 고개를 돌렸다. 방문 앞에서 서늘한 노기를 내뿜고 있는 사람은,

"가, 각하."

공작이었다. 그의 메마른 눈이 바닥에 나뒹굴고 있는 나와 새파랗게 질려 있는 앙리를 훑었다.

테라모어는 덜덜 떨며 공작을 올려다보았다. 그가 어떻게 알고 이곳에 왔는지 도무지 모르겠다는 표정이었다.

'바보야, 내가 어제 그렇게 널 자극해 놓고 혼자 돌아다니겠냐?'

눈 뒤집힌 네가 날 노릴 거라는 건 예상했다 이거야. 그래서 서재를 나오기 전에 이샤크에게 공작을 불러 달라고 했지!

밤늦게까지 꿋꿋이 서재에서 버틴 건 단지 앙리를 지키기 위해서만은 아니었다. 이렇게 깊은 밤이어야 테라모어가 날 노려 올 테니까.

공작의 곁엔 이샤크와 노스, 그리고 레아를 비롯한 하녀들이 함께였다. 내가 공작을 불러서 왔는데, 한참이 지나도 돌아오지 않으니 나를 돌보는 하녀들을 부른 듯했다.

"이게 무슨…… 무슨 말도 안 되는……!"

레아의 얼굴이 딱딱하게 굳어져 있었다. '말도 안 돼'라는 말이 먼저 나오는 것을 보니, 날 거칠게 밀치는 장면을 본 것 같았다.

'타이밍 좋게 와서 다행이야.'

앙리가 더 다치지 않아서.

"가, 각하, 이건…… 그러니까 이건……! 이, 일단 제 말부터 들어 주십시오."

테라모어는 애걸했으나, 공작의 살기는 사그라지지 않았다. 노스는 굳은 얼굴로 이마를 짚었다. 앞으로 터질 일들을 헤아리는 듯했다.

원로원의 끄나풀이 직계 공자를 학대했다. 원로원이 다 갈려 나갈 대사건이다.

'최악의 경우 내전인가.'

원로원이라고 그냥 당할 리 없으니까.

레아와 나의 하녀들, 그리고 노스가 찢어 죽일 것 같은 얼굴로 테라모어를 노려봤다.

공작이 천천히 테라모어를 향해 움직였다.

테라모어는 기괴하게 비틀린 팔을 끌어안고 뒷걸음질 쳤다. 그러나 얼마 가지 못하고 "컥……!" 신음하며 주저앉았다. 그리고 아직 온전한 손으로 입을 틀어막았는데, 검붉은 피가 쉴 새 없이 울컥, 울컥 터져 나오고 있었다.

"가, 각…… 각하…… 컥! 저, 저는 그게 아니라, 다, 단지 교육의 일환으로…… 커헉!"

테라모어가 애원하는 듯한 얼굴로 올려다보았을 때 공작이 그의 손을 짓밟았다.

"앙리."

"……."

"그간 무슨 일이 있었는지 네 입으로 얘기해라."

아이에게 치켜들던 손이 거침없었던 것으로 테라모어의 폭행이 한두 번 일이 아니란 것을 눈치챈 모양이었다.

희게 질린 손으로 바지춤을 꽉 부여잡고 비틀고 있던 앙리가 마른침을 삼켰다. 한동안 무거운 침묵이 이어졌다.

공작이 다시 한번 "앙리." 하고 이름을 부른 뒤에야, 그 애는 천천히 입을 열었다.

"별일 아닙니다."

"그건 내가 판단할 일이야."

공작의 시선은 짙게 가라앉아 있었다. 나도 모르게 움찔, 어깨를 떨 만큼 서늘하고도 흉흉한 기세였다. 죄 없는 내가 이만큼 두려우니, 죄지은 테라모어는 당연히 공포에 질려 있었다.

"가, 각하, 오해십니다. 오해예요. 제가 설명하겠습니다. 그러니까 이건…… 크악!"

찢어지는 비명과 함께 테라모어의 반대쪽 손목이 기괴하게 비틀렸다.

'우와…….'

나도 모르게 입을 쩍 벌릴 뻔했다.

신전의 아래에서 신성력을 가진 사람들만 보았던 나로선 제대로 된 마법을 보는 게 처음이었다.

시동인(始動印)이 없는 마력 발동이라니. 말로 들었을 땐 막연히 대단하다고 생각했었는데, 실제로 보는 건 상상과는 궤가 달랐다. 폐가 꽉 쥐어짜이는 것 같은 엄청난 압박감이다.

'지난 삶에서 교황의 신성력을 경험하지 않았더라면 거품을 물고 기절했겠다.'

점점 더 새하얘지던 앙리가 이를 악물었다. 그러곤 아무렇지 않은 체 말했다.

"가소로운 일이었을 뿐입니다."

"가소롭다? 폭력이 말이지."

"다 늙은 테라모어의 폭력은 간지러울 뿐이었죠. 언제까지 우스운 짓을 하는지 지켜볼 참이었습니다."

앙리가 억지로 입매를 비틀며 말을 이었다.

"테라모어의 약점을 잡을 수 있는 기회잖습니까. 원로가 되었을 때, 요긴하게 써먹을 생각이었습니다."

"……."

"그러니까 별일이 아닌 ―"

그때, 성큼성큼 걸어온 공작이 앙리의 손목을 쥐었다.

"윽!"

앙리의 비명과 함께 소매 아래의 시퍼런 멍이 드러났다.

"세상에……."

검붉다 못해 새카맣기까지 한 매질의 흔적을 본 레아가 양손으로 입을 틀어막았다.

공작의 차디찬 시선을 받은 앙리는 고개를 돌렸다. 고집스레 다문 입술 끝이 파드득 떨렸다.

"난 거짓말하는 녀석을 싫어해. 그게 내 아들이라면 더더욱."

"……."

"말해."

"……."

"앙리!"

"하디 마!"

공작의 목소리가 선득해지기 무섭게 나는 빽 소리치며 그 둘 사이에 파고들었다. 그리고 공작의 팔에 매달려서 눈을 꽉 감고 도리질 쳤다.

"앙니 무서어. 공잔미도 앙니 무섭게 해. (앙리가 무서워하고 있어. 공작님도 앙리 무섭게 해.)"

그리고 나도 무서웠다. 할 수만 있으면 꽁무니 빠지게 도망가고 싶은 기분이었다.

'내가 미쳤지. 시동어 없이 마력을 발동하는 괴물에게 매달리다니.'

차라리 사자 입속에 기어들어 가는 게 덜 무섭겠다.

공포로 온몸이 발발 떨리던 찰나, 공작의 손에서 스르륵 힘이 빠졌다. 겨우 공작에게서 풀려난 앙리는 이를 악물더니, 곧 문밖으로 뛰쳐나갔다.

나도 헐레벌떡 그 애를 쫓아갔다. 가까스로 옷깃을 잡아 허리춤에 매달렸는데, 앙리가 내 손을 뿌리쳤다.

'으악!'

순식간에 떠밀린 바람에 넘어질 뻔했다. 나는 다시 허겁지겁 앙리에게 말했다.

"앙니, 분낭품 아니야. (앙리, 불량품 아니야.)"

"……."

"나도 뱇죽한 거 무서어. 개구리 무서어. 무서운 게 있는 거 나쁘지 않아."

"……."

"내가 지켜 주께. 그러니까 공잔미하테 가자."

"누가 너한테 그런 걸 부탁했어!"

앙리의 고함이 어두운 복도에 날카롭게 메아리쳤다. 나는 깜짝 놀라 굳어졌고, 앙리는 이를 악물며 나를 노려봤다.

"왜 오지랖이야. 네가 뭔데!"

"……."

"입적되었다고 네가 정말 나와 남매라도 되는 줄 착각하는 거야?"

"……."

"웃기지 마. 피 한 방울 안 섞인 고아를 정말 가족으로 여기는 사람이 어디에 있어."

신랄하게 소리친 앙리가 입꼬리를 비스듬하게 올렸다.

"까불지 말고 남 일에 신경 꺼. 재수 없으니까."

그 말을 끝으로 그 애는 등을 돌렸다.

'고집쟁이.'

그리고 난 오도카니 서서 멀어지는 그 애를 쳐다봤다.

* * *

사람들은 방에 틀어박힌 앙리를 대신해서 내게 그간의 일을 물었고, 나는 내가 일부러 테라모어를 함정에 빠뜨렸다는 것만 빼고 사실대로 말해 주었다.

"……구래서 서재로 가니까 앙니 맞구 이써써요."

노스와 뒤보스 자작은 그 부분에서 몹시 흥분하여 살벌하게 욕설을 뱉었다.

"쳐 죽일 놈."

"개자식―!"

곧 침통한 얼굴이 된 노스는 중얼거렸다.

"대체 왜 도련님은 그런 일을 말씀하지 않으시고……."

"아직 어린아이시니 말했다간 더 큰 일이 생길까 봐 두려우셨을 테지."

뒤보스 자작은 푹 한숨을 내쉬었다.

"어찌할까요, 각하."

"테라모어는 지하 옥사에 가두고, 고신은 자작이 담당하도록."

"원로원이 그놈을 스승으로 밀어붙이지만 않았더라도 없었을 일입니다. 지금까지 도련님께서 당한 일에 관한 책임을 물어야지 않겠습니까."

"앙리가 줄곧 폭행당해 왔던 것은 비밀에 부쳐라."

"예―?! 아, 아니, 물론 오늘 일만으로도 충분히 테라모어를 쳐 죽일 수 있지만, 지난 일은 어째서 비밀에 부치시려는 겁니까!"

뒤보스 자작이 당황해서 물었으나 공작은 축객령을 내렸다. 방을 나선 뒤보스 자작과 노스는 낮은 목소리로 이야기를 나누었다.

"원로원을 해체하지 않으시려는 거겠지."

"그렇겠지요. 원로원을 해체한다면 내전으로 이어질 테니."

"뜻이야 이해가 가지만, 자식 둔 아버지로선 너무 냉정한 처사로군."

다들 공작이 자식에게 정이 하나도 없다며 고개를 저었지만, 내 생각은 달랐다.

공작은 선대가 죽기 직전까지 그 어떤 위험한 명도 군말 없이 수행했다. 그건 선대가 세 공자를 맡고 있었기 때문일 터였다. 자식이 인질로 잡혔기에 드래곤 토벌에조차 선봉으로 나서 목숨 걸고 싸운 게 아닐까.

'공작이 앙리의 학대가 오래되었다는 사실을 숨긴 것도 그렇고.'

원로원이 해체되어 내전이 일어나면 오래 걸리긴 해도 결국 정리가 될 것이다. 눈엣가시인 원로원을 처리할 기회를 스스로 포기한 건, 그래야 앙리의 약점이 드러나지 않기 때문이다.

'선대 때문에 트라우마를 가진 걸 눈치챈 거야.'

약점이 있는 권력가의 아이는 늘 위험해지는 법이니 기회를 포기할 수밖에 없었던 거다.

"가실까요, 아기님? 따뜻한 우유를 준비해 놓았어요."

난 공작의 방문을 빤히 쳐다보다가 레아의 손을 잡았다.

* * *

앙리의 방.

아이의 상태를 살피러 온 노스가 잠든 그 애를 확인하곤, 대동한 이리

(듀블레드의 최정예군)들에게 고개를 돌렸다.

"오늘 일이 새어나가지 않도록 하고, 비상령을 내려 성내 경비를 강화해라."

"도련님 곁에 호위를 세워 둘까요."

"두어라. 심사가 더 번잡해지실 테니."

짙은 쪽색 머리칼을 가진 이리가 어깨를 으쓱였다.

"하기는, 테라모어는 죽을 때까지 처절히 고신당할 테고, 원로원 의장까지 야밤에 불려 왔으니 누가 도련님께 해를 입히겠습니까."

"입조심 못 해?"

다른 이리가 인상을 찌푸렸다.

곧 노스와 이리들이 방을 나섰다.

잠든 아이가 홀로 남은 방 안은 짙은 어둠에 파묻혔다. 미약한 숨소리는 침묵에 가라앉고, 고요만이 수면 위로 떠올랐다.

얼마쯤 지났을까.

끼익—

작은 마찰음이 들려왔다. 문을 열고 방 안으로 들어온 이는 르블레인이었다. 커다란 문을 낑낑거리며 닫고, 양탄자 위를 살금살금 걸어 침대까지 다가갔다.

"자나 부다."

의사의 진료도 거부하고 방 안에 틀어박혔다더니 계속 잔 모양이다.

르블레인은 조심스럽게 앙리의 소매를 올렸다. 낮에 본 멍이 새파래져 있었다. 그리고 멍과 상처 위에 연고를 살살 발라 주었는데, 따가운지 앙리가 뒤척였다.

"헉."

콩닥콩닥 뛰는 심장을 조그만 양손으로 꾹 누르곤, 다시 앙리를 살폈다. 다행히 깬 것 같진 않다.

'돌아가자. 깨면 또 무섭게 소리 지를 거야.'

연고를 주머니 속에 쏙 집어넣던 중에 "흐……." 하는 작은 신음을 들었다. 르블레인이 멈칫하고 앙리를 쳐다봤다. 그러곤 조심스럽게 앙리가 덮은 이불 위를 토닥였다.

"괜차나, 아가야. 괜차나."

발루아 공작에게 얻어맞아 쓰러졌을 적에, 미나의 살인 미수범으로 몰려 고문당한 후에 누군가 자신을 이렇게 토닥여 주길 원했다.

괜찮다고. 내일은 괜찮아질 거라고.

그러니까 앙리에게도 위로가 되었으면 좋겠다.

달칵, 하는 소리와 함께 르블레인이 방을 나선 후에 앙리는 조심스럽게 눈꺼풀을 들어 올렸다.

"누가 누구더러 아기라는 거야."

싫은 내색을 해도 멍청하게 쫓아다니더니 정말로 바보였던 걸까.

"바보가……."

"왜 오지랖이야. 네가 뭔데!"

소리쳤는데.

"입적되었다고 네가 정말 나와 남매라도 되는 줄 착각하는 거야? 웃기지 마. 피 한 방울 안 섞인 고아를 정말 가족으로 여기는 사람이 어디에 있어."

그렇게 못되게 화풀이했는데.

앙리는 입술을 꽉 깨물었다.

그 애에게 한 말은 진심이 아니었다. 두려움을 들키는 게 창피해서 날을 세우고 소리친 것이다.

사실은, 무서웠다. 테라모어가 손을 휘두를 적엔 조부의 환상이 겹쳐졌다. 환상은 이내 조부와 꼭 닮은 아버지가 되어 소리쳤다.

어째서 기대에 부응하지 못하느냐.

결함이 있는 것은 내 자식이 아니야!

곧 아버지와 조부의 환상이 자신을 향해 검을 휘둘렀다. 도망치는 제 머리채를 잡고 목구멍 깊숙이 칼날을 박아 넣었다. 마치, 그 옛날 조부가 큰아버지에게 그러했듯이.

그래서 사실은,

"내가 지켜 주께, 앙니."

—구원이었다.

앙리는 이불 속에 얼굴을 파묻고 숨죽여 울었다.

* * *

성은 한바탕 난리가 났다.

테라모어를 추천한 원로 셋 중 둘의 자리가 날아가고, 관할지를 잃었다. 원로원에서 그렇게 반발하던 자문 기구 신설 건도 고스란히 통과될 수밖에 없었다.

지하 옥사에 갇힌 테라모어의 꼴은 참혹했다. 하지만 끝내 포기하지 않고 철창 밖으로 손을 내밀며 병졸에게 애걸했다.

"의장께…… 의장께 말씀을 전해 다오. 내가 운명의 아이의 비밀을 알고 있어!"

그년이 사실 마귀였다는 걸 의장이 알게 된다면 상황을 뒤집을 수 있다. 이전엔 원로 자리 때문에 조심스러워 그걸 이용하지 못했지만, 의장이라면 다르다.

병졸은 쯧쯧 혀를 차며 매몰차게 그의 손을 걷어찼다.

"헛소리하긴. 미치광이의 말을 누가 믿는다고."

"난 미치지 않았어!"

"미치지 않고서야 감히 도련님께 손을 올리는 게 말이 되나."

병졸이 절레절레 고개를 젓곤 이어 말했다.

"그 의장께서 당신을 보면 당장에 목을 벨 거유. 하루라도 더 살고 싶으면 허튼소리 말고ㅡ"

그때, 옥사의 문이 열리고 누군가 계단을 내려왔다.

"도련님."

병졸들이 앙리를 향해 허리를 굽혔다.

"……!"

앙리를 본 테라모어의 얼굴이 환해졌다.

'하늘이 나를 버리지 않으셨구나!'

트라우마를 누설할까 봐 두려워 자신을 찾아온 게 틀림없다.

앙리는 다가온 병졸들에게 명했다.

"너희들은 내가 부를 때까지 옥사 밖을 지켜라."

병졸들은 테라모어와 단둘이 두는 것이 걸리는 듯 서로를 쳐다봤지만, 이내 허리를 깊게 숙이고 문을 나섰다.

앙리와 단둘이 남은 테라모어가 철창을 잡고 외쳤다.

"어서, 어서 나를 꺼내 주십시오."

"……."

"도련님의 트라우마를 누설하지 않겠습니다. 그러니 나를 의장님과 만나게 해 주십시오."

"만나서 어쩌려고?"

"당연히 그 계집년에게 복수를, 커헉!"

앙리의 몸에서 뿜어져 나온 선득한 기운이 테라모어의 목을 죄었다.

"무, 무슨 짓, 끄으윽……!"

말도 안 돼. 뭔가 잘못된 것이다.

감히 앙리가 저를 똑바로 쳐다보고, 제 목을 조를 리 없었다.

"이, 이 불량……품……!"

늘 아이를 절벽으로 몰아붙이던 말을 했지만, 앙리는 아무렇지 않은 얼굴로 테라모어를 쳐다봤다.

"난 불량품이 아니래."

"앙니 분낭품 아냐."

테라모어가 새파랗게 질린 얼굴로 앙리를 향해 손을 뻗었다. 평소 같았으면 손에 진 주름만 봐도 벌벌 떨어야 했을 앙리가 그의 손을 툭, 걷어찼다.

왜인지 더 이상 두렵지 않았다. 저 쓰레기가 작고, 작은 그 애에게 위해를 가한다고 생각하면 두려움보다 먼저 속에서 무언가 치밀었다.

앙리는 싱긋, 비리게 웃으며 말했다.

"그리고 내 동생은 계집년이 아니라 르블레인이야."

제 방에서 곤히 잠든 르블레인은 몰랐다.

자신에게 협박은 특기, 탈세는 취미, 미모가 무기인 댕댕이가 생겼다는 사실을.

*　　*　　*

며칠 후, 테라모어가 정신을 놓았다는 이야기가 퍼졌다. 나는 진상을 확인하기 위해 지하 옥사 앞을 기웃거렸다.

'앙리의 일 때문에 테라모어가 내 정체를 의심하고 있으니까 정신을 놓는 쪽이 이로워.'

한참을 서성거리는데, 지하 옥사에서 고문의 책임자인 뒤보스 자작이 나왔다.

"아기님."

"앙녕하세요."

나는 고개를 숙이며 그의 옥사 문을 힐끔거렸다.

"테라모 할부지 계속 혼나고 이써요?"

그자가 정신을 놓았다는 게 사실이냐, 라는 질문이었다.

"아뇨, 정신이 나가서 발목이나 잘라서 노역장에 던져 두려― 이런."

뒤보스 자작이 어색하게 웃곤 양손을 저었다.

"고문은 끝났습니다. 이제 더는 그가 나쁜 짓을 하지 못할 겁니다."

나는 "와―!" 하고 소리쳤고 뒤보스 자작이 그런 날 귀엽다는 듯 쳐다봤다.

'앙리 때문에 내가 사실 보통 어린애가 아니라는 것을 내보였던 터라 어떻게 처리해야 할까 고민 중이었는데, 웬 떡이람.'

뒤보스 자작과 헤어진 난 폴짝폴짝 뛰듯이 걸었다. 발루아 공작을 떠올리게 하는 나쁜 놈이 사라지니, 원래도 아름다운 성이 더더욱 아름다워 보인다.
'아, 역시 스트레스는 바로 해결하는 게 좋다니까.'
신이 나서 걷는 날 보고 고용인들은 웃으며 인사를 건넸다.
"안녕하세요, 아기님. 오늘은 기분이 좋으시군요. 어디에 가세요?"
"간식 머그러 가요."
최근에 레아가 간식을 많이 주거든.
하녀들은 내가 테라모어에게 떠밀려 나뒹군 것을 본 후, 몹시 분개했다.

"쓰레기 같은 놈."
"쳐 죽일 놈."
"개자식!"

살벌한 욕을 와르르 쏟아 낸 하녀들 사이에서 레아는 조용했다. 하녀가 '레아 님은 왜 아무런 말씀이 없으시냐'라고 물은 후에야 조용히 몸을 일으켰다.
식칼을 들고서.

"잠깐 테라모어를 죽이고 오마."

상사가 살인범이 될까 봐 겁먹은 하녀들이 죽기 살기로 말리지 않았다면, 정말로 그녀가 테라모어를 살해했을지도 모른다.
'그 눈은 진심이었어.'
그때의 레아를 떠올린 난 잠깐 어깨를 부르르 떨었다.
한바탕 욕지거리를 내뱉은 후에 하녀들은 나를 끌어안고 꺼이꺼이 눈물을 터뜨렸다. 그러다 누군가가 불현듯 무언가를 깨달은 듯 말했다.

"아기님께 트라우마가 생기면 어쩌지?"
"뭐라고요?"
"왜 그런 경우가 왕왕 있잖아. 어린 시절 트라우마로 평생 사람을 믿지 못하는 경우 말이야."

난 떠밀린 거 하나로 그렇게 되기엔 어렵지 않나, 하고 생각했는데 하녀들은 와들와들 떨었다. 그리고 매일같이 '아기님은 소중한 분', '나쁜 놈은 천벌, 아기님은 소중' 등등의 말을 주문처럼 외우며 내게 간식을 바쳤다.

'좀 부담스럽긴 하지만, 간식은 좋아.'

난 콧노래를 흥얼거리며 방으로 들어갔다.

'오늘 간식은 달콤한 복숭아 절임이 든 파이랬지.'

신이 나서 냉큼 의자에 앉자, 하녀들이 내 주위를 둥글게 감싸고 최근에 늘 하는 주문을 외우기 시작했다.

"아기님은 친절하고."

"똑똑하고."

"소중한 사람이에요."

나는 평소처럼 '저 말 미나가 영화라는 데서 나왔다고 했던 말 같은데' 하고 생각하며 고개를 끄덕였다. 그러고서 간식을 기대하고 있었는데, 이상했다. 아무리 지나도 간식이 들어오지 않고, 하녀들이 머리를 빗기기 시작했다.

나는 하녀 달리아의 소매를 짤짤 흔들며 "간식은?" 하고 물었다.

"오늘 간식은 오후에 드실 거예요. 주인님과 함께 식사하실 거라 점심을 평소보다 이르게 하실 예정이거든요."
어째서!
나는 울상을 지었다.
간식 시간이 늦춰진 것도 우울한데 공작과 식사라니……!
어제 잠깐 봤을 땐 엄청 무서운 인상이었다. 연일 가신들과 치고받는 회의가 이어지고, 눈코 뜰 새 없이 바빠서 그런가, 평소에도 살벌한 인상이 배는 흉흉했다.
"체하겐네. 체하게써."
아효효, 한숨을 내쉬고 일어나 코끼리 가방 안을 더듬거렸다.
미리 소화제를 챙겨 놔야겠다.

* * *

식당에 도착하니 상석에 공작이 앉아 있었다. 그의 앞엔 이미 음식이 나와 있었다. 자리에 앉으려는데, 나와 엇비슷하게 이샤크가 도착했다.
"공작님을 뵙습니다."
그 애가 허리를 굽히자 공작은 고개를 가볍게 끄덕이는 것으로 인사를 받아 주었다.
'이샤크가 왔네. 그럼 혹시 앙리도 오려나?'
때마침 거대한 식당의 문이 열리고 누군가 등장했다.
"공작님을 뵙습니다."
평소와 다름없이 어느 한 곳 흠잡을 데 없이 깔끔하고 우아한 차림으로 등장한 앙리가 공작을 향해 고개를 숙였다.
"음."
공작이 인사 대신 침음하자, 앙리는 고개를 들고 식탁에 다가왔다.

'이제 괜찮은 건가?'

성이 폭풍에 휩싸이는 동안 앙리는 방에 틀어박혀 있었다. 그의 전담 고용인들도 방 출입을 금지당해서, 식사를 들이러 간 하인이나 의사로부터 회복 중이라는 소식만 전해 들었을 뿐이었다.

'팔은…… 응, 나은 것 같다.'

가장 심하게 다친 곳이라 걱정했는데.

나는 자리에 앉아서 힐끔힐끔 공작과 앙리의 눈치를 보았다. 두 사람이 마지막으로 함께 있는 걸 본 게, 공작이 테라모어의 학대 사실을 물으며 소리치고 앙리가 도망치던 때였다.

'부자 사이가 더 틀어진 건 아닐까?'

걱정하던 찰나, 앙리가 입을 열었다.

"영재원을 휴학하고 당분간 영지에서 교육받고 싶습니다."

'으응?'

테라모어 사건 때문에 시선이 주목될 텐데 여기 계속 있겠다고?

나는 깜짝 놀랐는데 공작은 아무렇지 않게 나이프를 움직이며 말했다.

"까닭은?"

"앞으로 이런저런 말이 나올 테니까요. 제가 영지에 있으며 정리하는 편이 좋을 것 같다고 판단했습니다."

그제야 공작이 앙리를 지그시 쳐다보았다. 한동안 침묵하던 그가 이내 입을 열었다.

"그래."

그것으로 둘의 대화는 끝이었다. 다들 두 사람의 눈치를 보는 와중에도 당사자들은 아무렇지 않은 기색이었다.

그리고 난 가슴을 쾅쾅 치고 싶은 심정이었다.

'성장 환경이 아무리 똥통이라지만 너무한 거 아닌가요, 듀블레드 님들?'

공작과 앙리를 이해 못 하는 건 아니었다. 두 사람 모두 발루아보다 쓰레기인 선대 가주 밑에서 자랐고, 공작은 앙리만 한 나이에 몇 번이고 혈육에게 죽을 뻔했으며, 앙리는 지난 몇 년간 학대를 당했다.

'그렇다고 해도 저 둘은 너무 가족 관계를 모르는 거 아닙니까.'

어떻게 인생 4회차 내내 혈육이 없던 나보다 모를까.

나는 이글이글한 눈으로 공작을 쳐다봤고, 시선을 느낀 공작이 제 포크에 찍힌 딸기를 쳐다봤다.

"하여간에 단 걸 너무 좋아하는군. 자, 주마."

내 열렬한 눈빛이 딸기 때문인 줄 알았는지 그가 내 접시에 딸기를 놓아 주었다.

나는 앙리가 자꾸만 신경 쓰였다. 내 관심을 달갑게 여기는 것 같진 않지만, 아이에겐 어느 정도의 오지랖이 필요하다고 생각한다.

특히 앙리처럼 마음 한구석이 뻥 뚫려 있던 아이라면.

'어떻게 하지.'

고민하던 난 얼른 공작의 옷깃을 흔들며 말했다.

"앙니도 딸기 조아하는데."

"……."

아니, 공작님 아들이 딸기를 좋아한다니까요?

공작이 빤히 쳐다볼 뿐 대답이 없어서 한 번 더 말해 줬다.

"앙니도, 딸기, 조아해요."

"……."

"앙니, 딸기!"

답답한 마음에 나도 모르게 버럭 소리쳤는데, 왜인지 공작이 움찔했다. 흘깃, 앙리를 쳐다본 그가 천천히 포크를 움직였다.

그리고.
"……."
"……."
제 접시에 공작이 놓아둔 딸기를 보는 앙리의 시선이 가늘게 떨렸다. 두 사람 모두 표정 변화는 없지만, 어색한 기류가 흘렀다.
내가 다시 공작의 옷깃을 흔들자 그가 잠시 침묵하다가 말했다.
"……먹어라."
"……감사……합니다."
나는 흐뭇해졌다.
'좋아, 좋아.'
이걸로 공작과 앙리 사이의 벽이 무너질 리는 없겠지만, 그래도 조금은 나아졌으면 좋겠다.
난 흐뭇한 얼굴로 두 사람을 번갈아 보았다. 공작이 왠지 이제 됐냐는 표정이라 나는 헤헤 웃고 공작에게 말했다.
"이자꾸도."
차별하면 안 되지.
"……."
"이자꾸요."
공작은 다시 어색하게 움직여 이샤크의 접시에 딸기를 놔주었다.

*　　*　　*

식사를 마치고 식당을 나선 난 배를 문질렀다.
'신경 쓰여서 좀 모자라게 먹었어.'
레아에게 음식을 좀 더 달라고 할까 고민하다가 고개를 저었다.

오늘 간식은 달콤한 복숭아 절임이 든 파이니까 그걸 기다리자.
'간식 시간까지 뭐 하면서 시간을 보낼까.'
첫 번째, 두 번째 삶에선 하루라도 쉬고 싶다는 생각이 간절했는데, 지금은 '뭐 하고 놀지?'가 인생 최대의 고민이었다.
'역시 여기는 천국인가.'
난 진지하게 고민하며 걸음을 옮겼다. 그러다가 1층 복도 끝의 문이 열린 것을 발견했다.
'어라?'
듀블레드의 본성은 동관과 서관으로 분리되어 있었다.
동관은 사무처 등의 행정 기구와 대회의장, 제1 도서관 등 외부인이 오가는 곳이다.
반면에 서관은 오직 듀블레드의 혈족만을 위한 공간이었다. 공작의 침실과 공자들의 방이 있는 곳이다.
그리고 동관과 서관을 잇는 1층 복도 끝의 문은 항상 닫혀 있었다.
'서관이라. 어떤 곳일까?'
입양이 되었으니 곧 서관으로 방을 옮겨야 하는데, 내가 머물 방은 공사 중이라서 난 아직 동관 귀빈실에서 지내고 있다. 서관은 가 본 적이 없어서 흥미가 인다.
'어차피 서관에 방이 생길 테니까 가 봐도 되지 않을까?'
나는 슬그머니 눈치를 보고 복도를 넘어가, 서관으로 향하는 문을 열었다.
"우와……."
나도 모르게 감탄사가 절로 나왔다.
물론 동관도 멋지긴 했지만, 외부인이 드나드는 만큼 중후하고 위압감이 넘치는 공간이었다.

그런데 서관은 동관과 전혀 다른 멋이 있었다. 따뜻한 색감의 반질반질한 대리석이 넓은 창 안으로 쏟아지는 햇살에 반사되어 영롱하게 빛난다. 대체 어떻게 한 건지 복도 끝마다 바닥에 심어 놓은 나무에선 좋은 향이 났다.

'요정 왕이 사는 궁전 같다.'

정신없이 구경하던 난, 아치형의 문이 없는 통로를 발견했다. 안으로 빼꼼 고개를 내밀었다.

'그림?'

한쪽 벽면을 모조리 차지한, 거대한 초상화였다. 그러나 듀블레드에 걸려 있을 그림이라기엔 초라해 보였다.

초상화 액자 틀의 상단 중앙엔 조그만 자수정이 박혀 있을 뿐, 몹시 낡아 보였다.

그림을 가득 채운 얼굴은 어떤 노인이었다. 잿빛으로 센 머리, 얼굴 곳곳에 주름이 진 할아버지지만, 우아하고 아름다웠다.

"누구지?"

중얼거리던 찰나였다.

[……가야.]

눈앞이 일그러지고 머릿속으로 누군가의 목소리가 흘러들었다. 마치 뉴이트를 보았을 때와 같은 느낌. 심장이 빠르게 뛰고 현기증이 인다.

[아가야.]

"아으……."

쿵, 쿵, 쿵, 쿵.

귓가에 내 심장 소리가 가득 울렸다. 폐가 꽉 조여드는 것 같아서 숨을 쉴 수 없었다. 자꾸만 시야가 좁아진다. 세상이 빙 돈다 싶더니 몸이 휘청였다. 그리고 쿵! 소리와 함께 무너져 버렸다.

그때.

"꼬맹이!"

"……레인!"

앙리와 이샤크의 목소리가 들린 것 같았다.

나는 정신을 잃으며 생각했다.

'대체 누구야.'

그 목소리는 어째서 매번 나를 애타게 부르는 거지?

*　　*　　*

시간이 얼마나 지났을까.

눈 안이 뻑뻑하고 쓰려서 잘 떠지지 않고, 몸은 천근만근이라 손가락 하나 까딱할 수 없었다.

"이상이 없는데 왜 눈을 뜨지 않냐고! 제대로 확인한 거 맞아? 죽고 싶어?!"

"다시 살펴라. 쓰러진 이유를 찾아내. 그 목이 온전하고 싶으면."

잔뜩 흥분한 소리와 고요하게 분노한 목소리가 들려왔다.

그리고.

"끌어내."

공작의 목소리?

이윽고 날카롭고 둔탁한 워커 소리와 함께 사내들의 다급한 애원이 들려왔다.

"저, 정말입니다. 정말입니다, 각하! 아기님의 몸에는 이상이 없습니다!"

"그따위 말은 누구라도 할 수 있겠지."

"그, 그렇지만 정말로……!"

"르블레인이 혼절한 원인을 찾지 못한다면 정시마다 한 명씩 의사들의 목을 베어라."

'뭐?!'

나는 번쩍 눈을 떴다.

"꼬맹이……!"

"르블레인!"

눈앞에 잘생긴 얼굴이 둘. 앙리와 이샤크였다.

'아니, 얘들이 왜 이렇게 찰싹 붙어 있담.'

눈을 끔뻑이며 천천히 주위를 둘러보았다.

난 침대에 누워 있었고, 내 침대 양쪽으로 앙리와 이샤크가 붙어 있었으며, 그들 뒤로 글썽이는 레아의 얼굴이 보인다. 그리고 바닥엔 한눈에 봐도 족히 서른 명은 되어 보이는 의사들이 꿇어 앉혀져 있었다. 의사들 앞에 서 있는 사람은 공작이었다.

"공잔미."

그렇게 불렀는데, 잔뜩 목이 쉬어 있었다. 끊어질 듯 가느다란 소리에 공작이 내게 다가왔다.

"괜찮으냐."

고개를 끄덕이자 공작의 잇새로 미미한 한숨이 흘러나왔다. 그러곤 곧 꿇어앉은 의사들과 노스를 향해 고개를 돌렸다.

나는 속으로 한숨을 삼켰다.

'어휴, 타이밍 좋게 일어나서 다행이야.'

신관에서 보낸 운명의 아이가 듀블레드에서 쓰러진 셈이니, 의사들이 질책받은 것 같았다. 하지만 저들은 잘못이 없다. 굳이 따지면 몰래 서관에 들어간 내 잘못이지.

공작이 입을 열었다.

"르블레인이 깨어났으니—"

그래요. 죄 없는 의사들은 어서 보내 주세요.

"모두 죽여 버려라."

'예?'

난 깜짝 놀라 공작을 쳐다봤고, 노스는 "가, 각하……!" 하고 그를 불렀다. 꿇어앉은 의사들의 사지가 벌벌 떨렸음은 두말할 게 없었다.

"혼절한 이유조차 찾지 못한 무능한 놈들에게 줄 봉급은 없다."

—라고, 있는 건 돈뿐이라는 공작님이 말씀하셨다.

어느새 그 옆에 선 앙리와 이샤크도 서늘한 눈으로 동의하고 있었다.

'아니, 진짜로?!'

노스가 필사적으로 공작을 설득하려 했지만, 그는 단호했다.

"각하, 제도에서 사람을 데려오려고 해도 족히 2주는 걸릴 겁니다."

"그래서."

"아기님의 몸에 또다시 이상이 생겼을 때, 제도에서 사람이 올 때까지 누구를 찾으시겠습니까!"

그러자 공작이 움찔했다.

이 말이 통한다는 것을 깨달은 노스는 한 줄기 희망이라도 본 사람처럼 강력하게……!

내 핑계를 댔다.

"아기님의 몸에 병이 생긴 게 아니라, 저주를 받았다거나, 신성력의 문제라면 의사가 원인을 찾아낼 수 있을 리 없습니다. 다만, 그 여파로 몸살이 생겼다면 그 부분에선 의사가 아기님을 도울 수 있을 것입니다."

그렇게 말한 그가 '그렇지요?' 하는 눈으로 날 간절하게 쳐다봤다.

방 안에 있던 모두의 시선이 날 향했다. 공작과 공자들, 하녀들, 그리고 마치 동아줄을 발견한 것 같은 표정의 의사들까지.

나는 눈을 도르륵 굴리다가 슬쩍 입을 열었다.

"……에치."

"……!"

공작이 눈을 부릅뜨더니 벼락같은 노호를 냈다.

"감기가 아니냐! 어서 르블레인을 진료해!"

"빨리!"

"당장!"

공작, 앙리, 이샤크가 각각 소리치자 서른 명이 넘는 의사들이 일사불란하게 내 침대로 뛰어왔다. 그 후로도 난 열정적으로 감기에 걸린 체하였고, 그 덕에 의사들은 사형을 면했다.

* * *

필사적인 감기 걸린 아이 연기가 공작에게 먹혀들어서 의사들은 다행히 목숨을 건질 수 있었다.

물론, 내가 전혀 감기에 걸리지 않았다는 것을 전문가인 의사들이 모를 리 없었다. 그래서 그런지 의사들은 나를 볼 때마다 아련한 눈으로 "아기님……." 하며 턱을 파르르 떨었다.

특히 듀블레드성 의료원의 원장 모르 남작이 몹시 감격했다.

"이 애덤 모르, 훗날 아기님을 위해 목숨을 바치겠습니다."

결혼한 지 10년 만에 생긴 외아들이 태어나는 것도 못 보고 죽을 뻔했다며, 날 은인이라고 부르짖었다.

좌우지간에 죄 없는 의사들을 살려서 다행이다.

'그런데 그 목소리는 대체 뭘까?'

뉴이트를 만진 후로 이따금 들리며 나를 혼절시키는 목소리.

'역시 저주인가.'

성물을 부순 대가라면 납득이 간다.

정확한 건 신관에게 상태를 보여야 알겠지만, 되도록 신전과 얽히고 싶지 않았다. 잘못 걸렸다가 저주를 풀겠다며 날 데려가면 곤란하다.

'애써 듀블레드 사람들과 친해졌는데.'

듣자 하니 쓰러진 날 바로 옮겨 온 것은 이샤크와 앙리였다. 두 사람 모두 의사들을 닦달했다고 한다.

'의외였어.'

특히 앙리 말이다. 지난번에 엄청나게 살벌한 말을 들어서 사이가 틀어졌을 거라고 여겼는데.

매사 냉정하던 공작도 의외인 건 마찬가지다.

'날 싫어하지 않는 거야.'

오히려 이 정도면 그들의 감정은 호감에 가깝지 않을까?

나는 양 주먹으로 입가를 가리고 이히힛, 웃었다. 뾜뾜 쫓아다니며 호감을 쌓아 온 보람이 있다. 그렇다면 이제 망명 준비의 첫 단추는 끼운 것이다.

듀블레드령은 내게 천국 같은 곳이었지만, 나이가 들면 또 고난이 찾아올 거다. 진짜 운명의 아이가 찾아오고, 악신을 봉인하기 위한 의식에서 제물이 되는 것.

이건 듀블레드 공작이라고 해서 어떻게 해 줄 수 있는 게 아니었다.

'돈은 얼마나 있더라.'

나는 코끼리 가방을 들고 엉금엉금 침대로 기어 올라왔다.

"단추가 하나, 둘, 셋…… 스물다소께."

꽤 많이 모은 것에 흐뭇한 얼굴로 단추들을 바라보다가 다시 가방에 잘 넣어 뒀다.

'돈을 모으면 바로 정보 길드로 가서 위조 신분증을 만들어야지.'

이건 최대한 하루빨리 해 둬야 한다. 내후년쯤부터 법이 개정되어서 영지민 자료를 깐깐하게 관리하니까.

'그래, 시간도 짧은데 언제까지 단추로만 돈을 벌 순 없지.'

이제 비자금을 만들 시기다. 자본이 없어서 앙리처럼 철 투기, 황금 투기 같은 건 못하지만, 돈 벌 방법은 다 생각해 놨다.

나는 씩 웃고서 달력을 쳐다봤다.

'이제 곧 듀블레드에 수배범이 숨어들어 오지.'

황궁에서까지 주목하는 놈인 데다가 얼굴이 드러나지 않아서 현상금의 액수가 어마어마하다. 그리고 나는 그놈을 나라에 넘겨서 현상금을 받을 거다.

'어린애라도 현상금은 주거든!'

그런데 어떻게 들어온다고 했지? 듀블레드성에서 일하다가 정체를 들켰다고 했는데.

하인이었던가?

'생각난 김에 새로운 사람이 영주 성에 들어올 만한 거리가 뭐가 있는지 찾으러 가야겠다.'

막 문을 나서려던 찰나에 마침 안으로 들어오던 레아와 딱 마주쳤다.

"오늘은 일찍 일어나셨네요."

레아가 다정하게 물어서 난 "네!" 하고 씩씩하게 대답했다.

"건강해지셔서 기뻐요. 그런데 어디 가셔요?"

성의 행사 일정표가 붙어 있는 하인들의 휴게실에 숨어들러 간다곤 할 수 없었다. 난 눈을 데구루루 굴리다가 웅얼웅얼 말했다.

"도소간. (도서관.)"

"동화책은 어제 많이 빌려 왔는걸요?"

"구게 아니라, 으음…… 곰부! 곰부할라구요."

잠시 뭔가를 가늠해 보듯 한쪽 뺨을 손으로 가볍게 감싼 레아가 곧 고개를 끄덕였다.

"그렇군요. 슬슬 글자를 배울 나이지요. 그럼 제가 주인님께 말씀을 전하겠습니다. 좋은 선생님을 붙여 주실 거예요."

'아냐!'

제국어는 세 번이나 배웠다. 글자를 좌우 반전해서 발가락으로 쓰라고 해도 할 수 있는 수준이라 전혀, 전─혀 필요 없다고.

하지만 레아는 "기특하신 우리 아기님." 하며 룰루랄라 공작을 만나러 갔다.

*　*　*

공작은 즉시 선생님을 보내 주었다.

무려 제도 대학을 수석으로 졸업하고, 그 어려운 황궁의 행정 시험에 최연소로 통과한 전적이 있으며, 유명한 집안 자제를 가르쳤던 경험이 있는─

"노쯔."

노스를.

물론 그가 글자를 가르친 유명한 집안 자제는 앙리와 이샤크다.

"일 안 해두 대?"

"아기님께서 제 책상에 서류가 얼마나 쌓여 있는지 아신다면 저와 함께 울어 주실 텐데요……."

노스가 퀭한 눈으로 중얼거렸다.

하기야, 에트왈 인양 건부터 테라모어 사건의 후처리까지 해야 하니 얼마나 일이 많겠는가.

'냉혈한 상사 때문에 고생이 많다.'

가여워져서 어깨를 토닥이자, 노스가 서러운 표정을 지었다.

'가여우니까 집중해서 빨리 익히는 척을 해야겠다.'

"일단 알파벳부터 배워야겠지요. 자, 이 카드를 봐 주십시오."

노스는 확실히 능력 있는 인재였다. 서류 처리만 잘하는 게 아니라 애도 잘 가르친다. 설명이 쉽고 예시도 적절해서 다른 아이들도 쉽게 배울 수 있을 것 같다.

"자, 따라 하십시오. 게일."

"께일."

"게일은 '그'라고 발음되지요. 그럼 게일이 쓰이는 글자가 뭐가 있을까요?"

"곰부, 강아지, 고마씁미다, 그리구, 그리구……."

내가 눈을 데구루루 굴리면서 말하자, 어느새 수업에 푹 빠진 노스는 내가 귀여워 죽겠다는 듯 으헤헷 웃었다.

"역시 영민하십니다, 아기님. 어서 행정관이 충원되어서 저는 아기님 교육만 담당했으면 좋겠네요."

행정관 충원?

"요기 새로운 사람들 들어와?"

"예. 지난달에 시험을 열어 똘똘한 자들로 선출해 두었지요. 내일부터 교육 겸 2차 시험이 열립니다. 통과하게 되면 듀블레드의 행정관이 되는 겁니다."

듀블레드는 사람을 선발할 때 출신을 따지지 않는다. 무조건 시험으로 선발하고, 대우가 좋기 때문에 전국 각지의 인재들이 몰린다.

그래서 듀블레드엔 뛰어난 인재가 많지만, 반면에 단점도 있었다. 범죄자가 숨어들 수도 있다는 거.

'이거 현상 수배범을 생각보다 쉽게 잡겠는걸.'

그때 도서관의 문이 벌컥 열리더니 앙리와 이샤크가 들어왔다. 둘을 본 노스가 슬쩍 의자에서 일어나 자리를 비켜 주었다.

곧장 나에게로 온 이샤크가 불쑥 얼굴을 내밀었다.

"다 나았어?"

"응?"

"감기 말이야. 다 나았냐고."

"네."

답하자 이샤크가 눈을 가느다랗게 뜨고 흠, 신음했다. 그러곤 제 형을 쳐다본다.

"애는 왜 이렇게 약골이지?"

"어린애니까 그렇지."

"내가 이만했을 땐 엄청 건강했다는데?"

"그건 네가 몬스터라 그런 거고."

앙리가 내 코앞에 있던 이샤크의 얼굴을 밀어 버리곤 물었다.

"안녕, 르블레인."

"으응."

"쓰러진 이후로 이상한 점은 없었어? 몸에 반점이 생겼다거나, 신성력에 이상이 생겼다거나. 저주의 징조거든."

목소리가 퍽 다정한 데다가 마치 벽을 세우듯이 부러 남들 앞에서 하던 존댓말도 사라졌다. 무슨 일인가 싶어 눈을 깜빡이자 앙리가 안쓰럽고도 아련한 표정으로 말했다.

"지난번엔 심한 말을 해서 미안해."

"웅?"

"계속 사과하고 싶었어. 만약 괜찮으면 용서해 줄래?"

그 당시 앙리가 뱉은 말은 조금 마음을 아프게 했지만, 이전 삶에서 온갖 상처 되는 말을 들은 내겐 아무것도 아니었다.

"으응, 갠차나."

그렇게 답하니 앙리가 내 머리칼을 넘겨 주며 "상냥하구나." 하고 말했다.

'우와.'

미래에 추종자들을 줄 세울 사람다운 달콤한 행동이었다. 봄바람 같은 미소에 하녀들이 "하아아." 하며 한숨을 내쉬었다. 미남은 떡잎부터 다르다더니 과연 파괴력이 굉장하다.

놀라운 미모력에 속으로 혀를 내두르는데 이샤크가 앙리를 향해 인상을 찌푸렸다.

"나한테 하는 행동과는 엄청 다르잖아."

"난 내 사람에게만 신경 쓰니까."

"꼬맹이가 왜 형의 사람이야? 얘는 내 꼬맹이야!"

"내 동생이지."

"내 꼬맹이라니까!"

그러며 형제가 서로를 살벌하게 노려봐서 난 정신 없이 두 사람의 눈치를 보았다.

'아니, 얘들이 왜 이러는 거야!'

그때, 열린 문 안으로 누군가 들어왔다. 공작이었다. 그가 서로를 노려보는 형제들과 그 사이에서 이러지도 못하고 저러지도 못하는 날 빤히 쳐다봤다.

'공작님 아들들이 이상한 짓 한다!'

빨리 데려가.

그렇게 눈빛으로 주장하고 있는데 공작이 나를 덥석 안아 들었다.

"내 딸이야."

—하며.

* * *

앙리와 이샤크는 르블레인을 한쪽 팔로 안아 든 공작을 보고 오만상을 찌푸렸다.

'치사하게.'

'치졸하다.'

공자들은 지난 며칠 내내 르블레인의 방 앞을 서성였다. 하지만 안정이 필요하다는 말에 만나러 가고 싶은 마음을 꾹꾹 눌러 참았다.

그에 비해 공작은 둘과 다르게 하루에 한 번씩 꼬박꼬박 방에 드나들어 르블레인의 상태를 살폈다.

그런데 오늘마저 홀랑 빼앗아 가다니.

'꼬맹이가 좋아하는 간식을 준비해 두라고 했는데.'

르블레인이라면 손뼉을 치며 좋아할 거다. 그리고 또 '이자꾸 최고야.' 하고 말해 줬을 텐데.

이샤크는 몹시 불만 어린 얼굴로 공작을 올려다봤다.

"불공평합니다."

"불공평하다?"
"공작님만 항상 꼬맹이를 안으시잖아요!"
"아비가 자식을 안는 게 뭐가 불공평하다는 거지?"
"그건…… 그렇지만……."
이샤크가 대꾸할 말을 찾지 못하고 눈을 데구루루 굴리자 앙리가 나섰다.
"저희에게도 르블레인과 함께할 시간이 필요하다는 겁니다. 늘 공작님하고만 지내면 언제까지고 어색할 게 아닙니까."
"형의 말이 옳습니다!"
평소엔 서로 못 싸워 안달이던 놈들이 오늘은 죽이 척척 잘 맞는다.
"친해지는 건 이다음에 하여도 충분하다. 오늘은 아이의 몸 상태가 좋지 않으니 물러나라."
"꼬맹이는 다 나았다고 했어요!"
"예, 르블레인의 의사가 중요합니다."
서로를 이글이글한 눈빛으로 마주 보던 부자가 동시에 르블레인을 쳐다봤다.
"아비와 함께 있고 싶지 않으냐."
"꼬맹이, 우리랑 놀고 싶지? 어?"
"누구냐?"
"누가 좋아? 응?"
공작과 공자들을 정신없이 번갈아 보던 르블레인이 손을 꼼질댔다.
"으음, 나눈……."
도서관 안의 모두가 긴장된 표정으로 아이에게 집중했다.
"녜아!"
그러며 공작의 품에서 폴짝 뛰어내려서 마침 도서관으로 들어온 레아에게 달려갔다.
"녜아가 제일 조아요."
"어머나, 아기님. 저도 아기님을 제일 좋아해요."
"응!"
"식사하러 가실까요?"
"녜."
르블레인이 레아의 손을 잡고 쫄랑쫄랑 도서관을 나서자 세 부자의 사이로 휘잉, 바람이 지나갔다.

* * *

레아와 함께 복도를 걷던 난 미묘한 표정을 지었다.
'왜 나를 가지고 저러는 거야?'
불길하게시리.
'내가 뭘 잘못했나?'
겉으로 보기엔 딸을 사이에 두고 견제하는 아빠와 오빠들 같았다.
'하지만 난 방심하지 않는다고요.'
저런 '가족의 모습'에 설렐 때면 꼭 뒤통수 맞을 일이 생긴다는 걸 발루아 공작가에서의 경험으로 다 알고 있다.
레아는 의기양양한 표정을 짓고 있는 날 보며 후후 웃었다.
"점심이 그렇게 기대되세요?"
"웅? 으응, 그러치 모."
"아기님께서 좋아하시는 크림 스튜랍니다. 고기를 잔뜩 넣어 달라고 했어요."
나는 금세 기분이 좋아져서 레아의 손을 꼭 잡았다.

'역시 레아가 최고야.'

함께 가겠다고 하길 잘했어.

레아가 준 스튜는 생각보다 더 맛있었다. 듬뿍 담은 스튜를 두 그릇이나 먹은 난 배를 통통 두드렸고, 하녀들은 그런 내가 귀여워 죽겠다는 듯한 표정으로 바라보았다.

* * *

앙리와 함께 수련장으로 향하던 이샤크는 울적한 얼굴로 생각했다.

'꼬맹이는 왜 우리보다 하녀와 있으려고 하지?'

생각해 보면 자신과 있다가 그놈의 레아가 오면 냉큼 가 버리는 게 한두 번이 아니었다.

"나보다 고용인이 더 좋은 건가? 이상하다. 그럴 리가 없는데?"

"무슨 헛소리야."

함께 걷던 앙리가 인상을 쓰며 물었다.

"내가 꼬맹이한테 케이크를 줬을 때 '이샤크 최고! 멋져!' 그랬다고."

이샤크가 의기양양하게 말했더니 앙리가 미간을 좁혔다.

"그냥 하는 말이지."

"아니거든. 꼬맹이는 날 엄청 좋아해. 만나면 반갑게 인사한단 말이야."

누구도 이샤크에게 그토록 반갑게 인사하지 않는다. 고용인이나 가신들은 고개를 푹 수그리며 사무적인 인사를 했고, 영재원 아이들은 저만 보면 피해 다니기 일쑤다.

앙리는 미간을 좁히며 대꾸했다.

"르블레인은 다른 사람한테도 반갑게 인사해."

그러니까 그 애 근처의 고용인들까지 푹 빠진 게 아닌가.

삭막하기만 했던 듀블레드성에 새끼고양이처럼 조그만 게 뿅 나타나서 "안녕!"하고 인사하고 다녔다. 사람들이 시선을 빼앗길 수밖에 없는 모습이었다.

이샤크는 우뚝 걸음을 멈췄다.

"그럼 꼬맹이가 정말로 날 제일 좋아하는 게 아니라고?"

엄청나게 실망한 얼굴이었다. 앙리는 어깨를 으쓱하며 말했다.

"싫어하진 않겠지. 얼마쯤은 좋아할지도 모르고. 하지만 제일은 아니야."

"그럼 어떻게 해야 제일 좋아해 주는데?"

동생의 질문에 앙리는 울컥 인상을 찌푸렸다.

자신이야말로 그게 궁금하다.

원래 앙리는 다른 가족들에 비해 타인에게 호감을 얻는 게 쉬웠다. 가만히 있어도 사람을 얼어붙게 만드는 공작이나 형 요한, 그리고 동생 이샤크와 달리 달콤한 외모의 소유자였기 때문이다. 게다가 자신은 어떻게 하면 사람들이 제게 친절해지는지 잘 알고 있었다.

그런데 르블레인은 달랐다. 그 애는 아주 공평했다. 아버지와 자신, 이샤크 모두에게 공평하게 관심이 없었다.

'아니, 내 쪽이 불리해.'

부친과 이샤크는 그 애에게 밉보이지 않았지만, 자신은 상처가 될 말을 잔뜩 쏟아부었다.

'관계를 회복하고, 적어도 공작님과 이샤크 정도는 앞지를 수 있는 뭔가가 필요하다.'

고민하던 찰나였다. 하인들이 웬 장난감을 든 채 걷고 있는 게 보였다.

"자네도 샀나?"

"그래, '아이의 날'이 가까워지니까 장난감 가게가 어찌나 붐비던지 이거 하나 구하려고 한참을 헤맸네."

무심코 하인들의 대화를 들은 앙리와 이샤크가 그들 손에 들린 선물에 시선을 고정한 채로 말했다.

"이샤크."

"어. 형도 같은 생각해?"

"그래."

"이번엔 협력?"

"좋아. 우리의 승부는 일단 선두를 떨쳐 내고서 하지."

그 레아라는 하녀만큼은 아니더라도, 매번 르블레인과의 시간을 방해하는 공작만큼은 떨쳐 내고 말리라.

형제는 태어나 처음으로 뜻이 맞았다.

하지만 소년들은 몰랐다. 그들을 지켜보고 있는 매의 눈이 있다는 것을.

"하여 두 분 도련님께선 선물을 준비하시기 위해 상점가로 떠나셨습니다."

노스에게 보고를 받던 공작이 픽, 실소를 흘렸다.

"상점에서 선물을 사다니. 수가 얕아."

노스는 어색하게 웃으며 말했다.

"하기야, 뇌물로 아기님의 마음을 돌리는 건……."

"상점을 사야지."

"예?"

공작은 위압감이 넘치는 눈빛으로 노스를 비롯한 사무관과 행정관들을 바라보며 말했다.

"상점가에서 제일 큰 장난감 상점을 사들여라."

그 단호한 말에 또 한 번 서류 지옥에 빠질 예정이 된 노스는 소리 없는 비명을 질렀다.

*　　*　　*

이튿날.

새로운 행정관이 등청했다는 것을 확인한 나는 그들이 있는 1층 중정으로 향했다. 그리고 중정 모퉁이에 찰싹 붙어서 새로운 행정관들을 바라보았다.

'내 돈. 내 돈이 될 범죄자가 누구냐.'

첫날이라 그런지 다소 어수룩해 보이긴 해도 모두 정상으로 보인다. 하기야 범죄자라고 해서 이마에 '수배범'이라고 써 놓고 다니지 않겠지.

행정관들의 총책임자인 노스가 주의 사항과 배정 부서 등을 공지하던 찰나, 새로운 행정관 하나와 눈이 마주쳤다.

"어? 애다."

새로운 행정관 중에서 내가 있다는 걸 눈치챈 사람은 몇 명 있다. 하지만 노스의 눈치를 살피느라 다들 알면서도 날 모른 척하고 있었다.

'저 남자는 눈치가 없어서 일도 잘 못하겠구만.'

그렇게 생각하는데 노스와 기존의 사무관들이 날 발견하고 고개를 숙였다. 나도 쭈뼛쭈뼛 벽 뒤에서 나와서 "안녕……." 하고 인사를 받아 줬다. 노스는 그런 날 안아 들고 중앙으로 향했다.

"각하의 막내 따님이신 르블레인 님이시다."

그러곤 나를 '애'라고 불렀던 사무관을 지그시 쳐다보며 말을 잇는다.

"그냥 '애'가 아니고."
'음, 역시 찍혔구나.'
나는 어수룩해 보이는 사무관에게 속으로 애도를 표했다.
"여긴 어쩐 일이십니까?"
나는 냉큼 준비한 변명을 꺼냈다.
"어제 글자 다 외어써. 더 배울래."
"성실하십니다. 마침 조회가 끝났으니 기다리십시오. 책을 가지고 오겠습니다."
그렇게 말한 노스가 나를 하인들에게 맡겨 두고 자리를 비웠다. 긴장이 풀어진 새로운 행정관들이 하나둘 입을 열었다.
"저분이 바로 그……."
"황궁에 재직할 적에 북부의 가뭄을 해결하고, 최연소로 황제 산하 정보부에 소속되어 있었다는 그 '유진 노스'라고?"
"우와, 실제로 보게 될 줄이야. 피도 눈물도 없는 천재라고 하던데."
다들 긴장과 기대감이 어린 표정이었다.
'참, 그렇지.'
노스가 엄청나게 물러서 까먹고 있었는데, 그는 제도에까지 명성을 떨친 인재 중의 인재였다.
"뭘 긴장까지 해. 그 유진 노스라고 해도 지금은 우리와 같은 일개 종신세라고."
덩치 큰 남자가 말하자 안경 쓴 여자가 인상을 찌푸렸다.
"찰리, 아기님의 앞이란 걸 잊었어? 말조심해."
"세리아, 넌 왜 나만 보면 매번 떽떽거리는 거냐? 설마 날 좋아해?"
"미쳤니?"
둘의 목소리가 날카로워지자 눈치 없던 사무관이 허둥지둥 끼어들었다.

"싸우지 마. 시험관들이 보면 어떻게 하려고."

"너나 잘해, 야곱. 우리 중에 제일 찍힌 건 너야."

나는 찰리, 세리아, 그리고 야곱이라 불린 남녀를 쳐다봤다.

'저 사람들, 녹스톤(국경 지대) 억양이네?'

수배범이 귀족을 살해한 날, 고용인들의 증언에 따르면 그의 침실에서 녹스톤 지역 억양의 중얼거림이 들렸다고 했다. 사람들은 그것이 범인의 목소리가 아닐까 추측했다.

노스가 올 때까지 중정에 있으면서 다른 사무관들을 살폈지만, 녹스톤 억양을 가진 사람은 없었다.

난 히죽 웃었다.

그럼 일단 범위는 셋으로 좁혀진 것이다.

* * *

노스와 수업을 하는 와중에도 머릿속엔 다른 생각이 맹렬히 돌아가고 있었다.

'이럴 줄 알았으면 저번 삶에서 현상 수배범에 대해 더 자세히 알아 둘 걸 그랬어.'

기억나는 게 유명한 몇 가지밖에 없다.

수배범의 죄목은 살인이었다. 그것도 귀족 살인죄.

올 초에 일어난 이 사건은 온 백성들의 분노를 산다. 그건 살해당한 귀족이 보육원을 운영하고, 버려진 노인과 장애인들을 거두기 위해 전 재산을 탈탈 턴 진짜배기 노블레스 오블리주를 실천한 사람이었기 때문이다.

'그래서 우스갯소리로 신전이 죽인 게 아니냐고 했지.'

저희 역할을 죽은 귀족이 다 했으니까.

온 제국이 분노했는데도 쉽게 잡을 수 없었던 건, 범인의 인상착의조차 드러나지 않았기 때문이었다.

'그런데 대체 듀블레드에서 수배범을 어떻게 잡은 거람.'

그렇게 생각하고 있는데, 누군가 도서관의 문을 똑똑 두드렸다. 집사였다. 그런데 웬일인지 집사의 눈 밑이 평소와 달리 새카맸다.

"주인님께서 경을 찾으십니다."

"…… '그 일'입니까."

"예."

퀭해진 노스는 힘없이 어깨를 떨구었다.

"아기님, 혹시 가지고 싶은 장난감이ㅡ"

"뭐야."

노스의 말을 끊고 집사의 뒤로 이샤크와 앙리가 나타났다. 이샤크는 노스를 날카롭게 쏘아봤다.

"새치기하려는 거야?"

"설마요."

노스의 어색한 말에 앙리는 짙게 미소 지었다.

"공작님도 '그걸' 준비하나 보지?"

"글쎄요. 각하께서 진행하시는 일을 제가 모두 알지는 못하는 터라."

"유진 노스가 모르면 누가 알겠어."

노스와 앙리의 시선이 공중에서 맹렬히 부딪쳤다.

"송구합니다. 저는 각하를 뵈러 이만 가 봐야겠습니다. 아기님, 다음 수업은 모레 하도록 하지요."

나는 "네." 하고 고개를 끄덕였고, 노스는 공자들에게 인사 후 도서관을 나섰다. 그런 그의 뒷모습을 노려보던 이샤크가 중얼거렸다.

"치사하게."

"……."

"아무래도 안 되겠어. 우리는 오늘 '그걸' 하자."

"좋아."

곧 두 사람이 동시에 날 돌아봤다.

"르블레인, 오늘 상점가에 가지 않을래?"

"가자."

웬 상점가?

난 눈을 동그랗게 떴다.

'어제부터 사람들이 이상하네.'

난데없는 소리를 하는 건 공자들만이 아니었다. 서관에서 온 하녀들이 생글생글 웃으며,

"아기님은 어떤 장난감을 제일 좋아하시나요? 도련님께서 ─"

"어머, 얘!"

"아, 아니, 저희가 궁금해서……!"

─ 하며 오호호, 웃질 않나.

또, 기사들이 내게 슬금슬금 다가와선,

"목검을 다뤄 본 적이 있으십니까?"

"역시 선물은 쓸모 있는 것이 좋겠지요?"

─ 하고 물었다.

무슨 일인가 곰곰이 고민하던 난 눈을 가느다랗게 떴다.

'아하, 내일이 아이의 날이구만.'

내가 입양되고서 첫 아이의 날이라 공작과 공자들이 챙겨 주려는 모양이다. 아미티에 공작도, 발루아 공작도 첫 아이의 날은 챙겨 주었다.

아미티에 공작은 사랑만 안 줬을 뿐 보호자가 해 줘야 할 일은 거의 해 줬다. 발루아 공작은 남들 시선 때문에 선물을 던져 줬다. 입양된 아이를 방치하는 것으로 보이지 않으려던 것이다.

'듀블레드 사람들도 비슷한 이유겠지, 뭐.'

지난번에 신관이 다시 데리러 왔었는데 공작은 그의 팔을 똑 분질러서 돌려보냈다. 그런데 아이의 날 같은 행사도 챙기지 않으면 신전에서 '그럴 거면 왜 보내지 않았느냐'라고 항의할 터였다.

장난감은 차고 넘치지만, 상점가에 놀러 가고 싶긴 했다.

"내가 가도 대?"

"당연히."

"그치만 공잔미한테 허락 안 받았눈데."

"우리와 같이 가면 괜찮아, 르블레인."

앙리의 다정한 미소에 난 해맑게 웃으며 "갈래~!" 하고 말했다.

'장난감을 받으면 좋아하는 척을 해 줘야겠다.'

* * *

우리가 마차를 타고 간 곳은 간판이 없는 호화로운 건물이었다.

입구로 들어가자 반가면을 쓴 남자가 허리를 깊숙이 굽혔다.

"모시겠습니다."

나는 앙리와 이샤크의 뒤를 쫄랑쫄랑 쫓아가며 내부를 구경했다.

'꼭 오페라 하우스 같은 곳이네.'

정면엔 커다란 무대가 있고, 그 앞으로 객석이 빼곡하다. 그 많은 객석엔 빈자리가 거의 없었다.

우리는 일반 객석이 아닌 2층의 귀빈석에 자리를 잡았다. 다른 객석보다 훨씬 호화로운 1인용 소파 세 개가 나란히 놓여 있었다.

'장난감을 사러 온 게 아니라 공연을 보러 온 건가?'

신난다!

사실 장난감은 차고 넘쳐서, 공연을 보는 게 더 좋았다. 오페라를 본 건 발루아 공작 영애 시절에 딱 한 번뿐이었다.

"음료는 어떤 것으로 준비할까요?"

"얼그레이."

앙리가 짧게 대꾸했고, 뒤이어 이샤크가 삐딱하게 앉은 채로 입을 열었다.

"우유—"

말하다가 흠칫, 날 쳐다본다.

"—가 아니라 홍차."

"종류는 어떻게 하시겠습니까."

"쓴 거."

"예?"

"쓴—거!"

"아…… 예. 되도록 진한 차로 준비하겠습니다."

그다음엔 내게 원하는 음료를 물어서 난 "딸기 우유!" 하고 말했다. 이샤크는 그런 날 보고 씩 웃었다.

"애냐?"

"이자꾸도 애자나."

"나는 어른이야. 홍차를 마신다고. 그것도 아주 쓴 — 거."

그러고 "아기네, 아기." 하며 싱글벙글 웃는다.

나는 별로 약 오르지 않았다. 내가 애인 건 맞는 말이었으니까. 게다가 커서도 이놈의 운명의 아이 명패 때문에 '아기님'이라고 불려서 익숙했다.

얼마 지나지 않아 음료가 나왔다. 백색의 고소한 우유 밑에 루비처럼 반짝거리는 딸기 소스가 가라앉아 있었다. 나는 냉큼 우유를 받아서 휘휘 저어 빨대로 쪽 들이켰다.

"맛있어?"

앙리가 쿡쿡 웃으면서 물어서 난 고개를 크게 끄덕였다.

"다과도 함께 먹어."

"녜."

앙리와 난 이곳에서 내준 음료를 잘 먹었다. 그런데 이샤크가 매우 조용했다. 그의 차는 앙리의 것보다 몇 배는 짙었다. 보기만 해도 엄청나게 쓰고 떫을 것 같다. 그리고.

"……."

이샤크는 시무룩했다.

'못 마실 줄 알았다.'

난 그에게 슬그머니 우유 잔을 내밀었다.

"이자꾸, 이거 머거."

"우유는 애들이나 먹는 건데……."

"아냐, 어른도 우유 조아해."

"……그래?"

"웅."

내게서 잔을 받은 이샤크가 슬쩍 우유를 맛보았다. 맛있는지 얼굴이 환해졌다. 그러나 곧 표정을 바꾸곤 헛기침을 했다.

"먹을 만은 하네."
"마시써."
"그러면 나 한 번 마시고, 너 한 번 마시는 거다?"
그렇게 말하고 내 쪽으로 다시 우유 잔을 내밀었다.
앙리는 그런 이샤크를 바퀴벌레 보듯이 쳐다봤다.
"하나 더 시켜, 멍청아."
"……나, 나도 알거든!"
"르블레인, 저 우유는 더러워졌으니까 네 것을 한 잔 더 주문하자."
들은 척도 안 하는 형 때문에 이샤크는 울컥했으나, 내가 다시 딸기 우유의 빨대를 입에 꽂아 주니 조용해졌다. 나는 새로 온 우유를 쫍쫍 마시며 공연의 시작을 기대했다.
'연극인가? 아니면 정말로 오페라?'
나 같은 어린애를 데려온 걸 보면 연극이 아닐까 싶었다. 난 오페라보다 연극을 더 좋아하기 때문에 가슴이 콩닥거렸다.
이윽고 무대 위로 아까 보았던 반가면의 남자가 올라왔다.
"이곳 '헤븐'을 찾아 주신 신사, 숙녀 여러분께 인사드립니다."
좌중을 쭉 둘러본 사내의 입가가 삐뚜름하게 올라갔다.
"지금부터 노예 경매를 시작하겠습니다!"
……뭐?
'거짓말이지?'
그런 눈으로 공자들을 쳐다봤는데 이샤크가 활짝 웃었다.
"가지고 싶은 게 있으면 뭐든지 골라. 다 사 줄게!"
그제야 나는 새삼 이들이 누군지 떠올렸다.
맞다. 얘들, 악당 꿈나무들이었어.

Chapter 3.

경매가 진행될수록 나는 아연해졌다.

'헤븐' 같은 소리 하고 있네. 여긴 지옥이다.

'노예 경매는 불법이잖아. 그런데 왜 이렇게 많은 사람이 경매장에 있는 거냐고.'

"이번 상품은 룬샤족 남매입니다. 백발과 백안에, 속눈썹마저도 눈처럼 새하얀, 귀한 물건이지요. 계집애 쪽은 제국어를 읽을 줄 압니다."

무대로 끌려 나온 남매는 양손과 발목에 족쇄를 차고 있었다. 가엽게도 심한 짓을 당한 듯, 온몸에 끔찍한 상처가 가득하다.

"어때?"

이샤크의 말에 앙리가 턱을 괸 채로 가볍게 말했다.

"남자 쪽이 너무 연약해 보이잖아. 살 거라면 여자만. 동화책을 읽게 하면 되겠어."

다음 차례로 나온 노예는 키가 큰 남자였다. 덥수룩한 머리에 얼굴이 완전히 가려진 남자는 크아악! 포효하듯 비명을 내질렀다. 목엔 날카로운 철심이 가시처럼 박힌 목줄을 매고 있고, 수없이 많은 밧줄에 꽁꽁 묶여 있었다.

바로 이전 차례의 남매보다 더한 꼴이었다.

이샤크는 눈을 반짝였다.

"저 녀석이라면 목말을 태우고 온종일 성을 돌게 할 수 있겠다."

"난폭해서 안 돼. 르블레인이 다치면 어쩌려고?"

앙리가 내 쪽을 돌아보며 물었다.

"마음에 드는 장난감이 있었어?"

"……."

"르블레인?"

"노에 시러……. (노예 싫어…….)"

내 말에 이샤크는 고개를 갸웃했다.

"왜?"

"가엽자나."

"아냐, 선대가 그랬는데 약한 게 나쁜 거랬어."

그놈의 빌어먹을 선대.

난 으득, 이를 갈았다. 애들한테 뭘 가르친 거야. 살아 돌아오면 멱살을 짤짤 흔들어 주고 싶은 심정이었다.

그때였다.

"크아악!"

거친 비명과 함께 무대 위에서 쿵! 굉음이 울려 퍼졌다. 그리고 굉음의 진원지로부터 객석까지 엄청난 돌풍이 불어닥쳤다.

그 순간, 남자의 밧줄이 끊어졌다. 그는 재빠르게 땅을 박차고 우리가 있는 2층 VIP 객석으로 도약했다.

쾅!

둔탁한 소음과 함께 남자가 난간에 자리 잡았다. 그는 신속하게 주위를 훑었다. 탈출구를 찾는 것 같았다. 하지만 도망칠 만한 곳은 없었다. 이를 악문 그가 날 쳐다봤다.

'설마 날 인질 삼으려는 건 아니지?'

그런 생각이 머릿속을 스치던 찰나, 남자가 나를 향해 손을 뻗었다.

'잡힌다……!'

나도 모르게 눈을 꽉 감았다. 그런데 아무리 시간이 지나도 몸에 아무것도 닿지 않았다. 슬그머니 눈을 뜨자 보인 건.

"이 새끼 마법사인가 본데."

"재미있네."

남자의 손은 이샤크의 검에 의해 막혀 있었고, 앙리의 손에서부터 시작된 새빨간 오러가 내 주위를 감싸고 있었다.

이샤크는 재빨리 남자의 다리에 발을 걸었다. 균형이 무너진 남자가 객석으로 추락하려 하자, 난간을 딛고 뛰어올랐다. 그리고 남자의 가슴에 검두를 겨눈 채로 떨어지니 쿵! 굉음이 울려 퍼졌다.

나는 황급히 난간을 잡고 1층을 내려다봤다.

마치 운석이라도 떨어진 것처럼 땅이 잔뜩 패여 있었다. 남자의 가슴엔 이샤크의 인(印)이 푸르게 빛나고 있고, 온몸은 인에서 뻗어 나온 선에 칭칭 동여매 있었다.

회장은 완전히 얼어붙었다. 궤가 다른 공자들의 힘을 눈앞에서 지켜본 좌중의 얼굴엔 공포감이 어려 있었다.

당연한 일이었다. 신전 성기사들의 무위를 경험했던 나조차 심장이 벌렁거렸으니까.

이샤크가 나를 향해 손을 흔들었다.

"꼬맹아, 이거 엄청 튼튼해. 가지고 놀기 좋겠어!"

그러자 굳어 있던 반가면의 사내가 옳다구나 하고 동조했다.

"그건 정말로 특별한 물건이지요. 짐승과 인간이 교합하여 태어난 반인반수라고 합니다. 게다가 보기보다 어립니다. 오랫동안 가지고 놀 수 있으실 겁니다."

'뭐라는 거야, 미친놈이.'

난 쓰레기 같은 말만 줄줄 늘어놓는 반가면을 노려봤다. 이런 데서 노예를 살 바에야 차라리 한 번 더 회귀를 하고 말겠다.

그런데 거절하기엔 공자들이 너무 무서웠다. 이샤크한테 한 대 맞으면 정말로 회귀하게 될 것 같다. 어떻게 해야 저 어린 괴물들의 심기가 상하지 않게 거절할 수 있을까.

곰곰이 고민하다가 속으로 한숨을 내쉬었다.

'아, 내가 사람 많은 데에선 이런 짓 안 하려고 했는데.'

나는 열심히 놀란 표정을 지으며 "우와!" 소리쳤다.

"이자꾸, 앙니 머시써!"

그러자 이샤크의 눈이 번쩍 뜨였다. 앙리도 눈을 약간 크게 뜨고 날 쳐다봤다.

"르브, 장난감 필요 엄써. 앙니, 이자꾸랑 노는 게 더 조아. 왜냐면 두 사람은 엄청, 엄ㅡ청 머찌니까."

그러고 앙리의 허리를 꼭 끌어안자 그 애는 놀랐는지 잠깐 굳었다. 실패인가 싶었는데, 앙리의 입꼬리가 씰룩였다.

"그럼…… 장난감은 사지 말까?"

"웅!"

그래, 돌아가자. 얼른 돌아가서 이 쓰레기장을 신전에든, 황실에든 신고할 거다.

이샤크가 헤벌쭉한 얼굴로 말했다.

"아, 뭐, 정 네 생각이 그렇다면 그냥 가자. 그런데……."

"응?"

"……우리랑 노는 게 얼마나 좋은데?"

약간 쑥스러운 목소리였다. 나는 속으로 비죽, 입꼬리를 올렸다.

'인생 4회차의 처세술을 뭐로 보고.'

아부쯤은 자면서도 할 수 있다.

나는 활짝 웃으며 말했다.

"세계에서 제일!"

앙리와 이샤크의 얼굴이 환해진 것을 확인한 나는 흡족한 표정으로 고개를 돌렸다. 그런데 눈에 아주아주 익숙한 인영이 들어왔다.

"공잔미?"

어느새 헤븐 안으로 들어온 공작의 얼굴은 굳어 있었다. 마치 하늘이라도 무너진 것 같은 표정이다. 그리고 어쩐지 공자들의 표정은 아주 오만해졌다.

*　*　*

몇 시간 전.

앙리, 이샤크가 르블레인을 데리고 상점가에 나갔다는 소식을 들은 공작은 인상을 찌푸렸다.

'비열하군.'

선물에서 밀릴 것 같으니 선수를 쳤다. 원래 뭐든 제일 먼저 받은 것이 기억에 남는 법이었다. 이대로 순서가 밀려나면 아들놈들의 선물이 제 선물보다 더 기억에 남을 터.

공작은 즉시 재킷을 들고서 일어났다. 노스와 행정관들이 제발 서류 한 장만 더 봐 달라고 애걸을 하였지만, 들은 체도 하지 않았다.

그는 작금의 상황이 아주 마음에 들지 않았다.

르블레인과 단둘이 있을 적엔 아주 여유롭고도, 충만한 삶이었다. 온종일 자신의 무릎에 앉아서 지낸 적도, 매번 같이 있겠노라 칭얼거린 적도 있었다.

정식 입양 후엔 이런저런 사건으로 함께 있을 시간이 줄어들었지만, 그래도 그 애의 관심 2순위 안에는 꼭 들었다.

그런데 아들놈들이 내려오고 나선 상황이 달라졌다. 짬이 나서 르블레인을 보러 갈까 싶으면—

"앙리 도련님을 쫓아가셨습니다."

라거나,

"이샤크 도련님과 함께 계십니다."

라는 말이 돌아왔다.

르블레인이 없는 일상은 무료했다. 몇 달 전의 자신이 현재의 자신을 보았더라면 귀신이 들렸다며 스스로 목을 꺾어 버렸을 만한 일이었다.

처음엔 귀찮기만 한 녀석이었다. 감히 자신의 뒤를 매번 쫄랑쫄랑 쫓아다니는 겁 모르는 녀석. 귀찮다고 역정을 내도 그날만 좀 시무룩할 뿐, 다음날이면 또다시 열심히 제 뒤를 따라왔다.

그 애가 없는 등 뒤가 어색하다고 느낀 건 언제부터였을까. 르블레인은 시나브로 스며들었다. 그 시기가 정확히 언제인지, 왜 그러한지는 알 수 없었다.

다만, 희게 질린 얼굴로 "잘못했어요, 잘못했어요." 두 손을 비비는 것이 가슴에 얹혔다. 아프면 화가 났다. "공잔미!" 부르는 목소리가 듣기 좋았다. 그리고, "제 아바디가 되어 주세요." 간절한 말이 쓰라렸다.

그가 마차 안에서 고요히 눈을 감고 있던 그때, 히이잉ㅡ! 말이 울며 마부석에서 목소리가 들려왔다.

"도착했습니다."

상점가에서 내린 공작은 뒤따라온 노스에게 물었다.

"르브와 그 녀석들은 어디에 있지?"

"헤븐입니다."

공작이 미간을 좁혔다.

헤븐이라면 최근 뒤보스 자작의 골칫거리였다. 이곳은 주로 이민족이나 전쟁 포로를 경매하는 곳이다.

노예 경매 자체는 불법이지만, 전쟁 포로의 거래는 눈감아 주는 게 관행이라 건드리기 애매한 구석이 있었다. 거기다 워낙에 많은 권력자가 참가하는 통에 단속하려 든다면 쑥대밭이 될 터였다.

"르블레인의 선물이 노예인가."

"아무래도 그런 것으로 보입니다."

공작이 서늘하게 입꼬리를 올렸다.

"쓸데없는 짓을 하는군."

그까짓 노예. 스무 명을 바쳐 봐야 제 선물만 못할 것이다. 그렇게 생각했는데…….

"……우리랑 노는 게 얼마나 좋은데?"

"세계에서 제일!"

말도 안 되는 상황이 벌어졌다. 공작은 굳은 얼굴로 어리둥절한 표정의 르블레인과 히죽 웃고 있는 아들들을 번갈아 보았다. 그리고 노스에게 말했다.

"터뜨려."

"예?"

노스가 불안한 얼굴로 마른침을 삼켰을 때였다. 공작은 살기등등한 얼굴로 선언했다.

"이 빌어먹을 공간, 폭발시켜 버려라."

* * *

나는 활활 타는 건물을 멍한 눈으로 바라봤다.

'쓰레기장이라 그런가. 되게 잘 탄다.'

공작은 무슨 일인지 헤븐을 터뜨려 버렸다. 이유를 들을 새도 없이.

공작이 무어라 말하자마자 그의 곁에 있던 검은 로브 넷이 일사불란하게 뛰쳐 나와 허공에 마력인을 그렸다.

공작은 유유히 다가와 나만 옆구리에 쏙 끼고선 건물을 나섰다. 그리고 눈 깜짝할 새에 건물이 펑, 터져 버린 거다.

다행인 건 사상자는 없다는 것이다. 노스가 필사적으로 "살고 싶은 자, 도망치시오!" 하고 외친 덕이었다.

'노예들도 다 빠져나왔고.'

조금 전에 반가면의 남자가 노예의 수를 세고 "상품은 다 있군. 다 있어." 하며 안도하는 것을 보았다.

'저놈은 건물과 같이 폭발했어야 했는데.'

나는 무척 아쉬운 표정으로 반가면의 사내를 쳐다봤다.

"왜? 역시 저게 마음에 들어?"

이샤크의 말에 나는 인상을 찌푸릴 뻔했다.

저런 쓰레기가 마음에 들 리 없잖아.

그런데 이샤크의 시선이 닿은 곳은 반가면의 사내가 아니었다. 그의 뒤에서 웅크리고 있는 장신의 남자였다. 아까 우리를 공격했던 그 노예 말이다.

"사 갈까? 지금 사 가는 게 좋을걸. 건물이 무너져서 당분간 경매는 못 할 테니까."

"……."

"저걸 사 가도 우리와는 놀 수 있어. 왜냐면 우리는 세상에서 제일 멋지니까!"

그게 왜 그렇게 연결되는지 모르겠지만, 어쨌든 난 정말로 노예 같은 걸 갖고 싶지 않았다.

'당근이 안 통하면 채찍이다.'

나는 이샤크를 보며 "후우우……." 한숨을 내쉬고서 말했다.

"아냐, 안 놀아 조두 대."

"어? 왜?"

"생각해 보니까 이자꾸 별로 안 멋진 고 가태."

"왜?! 아냐, 난 멋있어!"

이샤크가 엄청나게 당황해서 소리쳤다.

"노예로 팔리는 고 불쌍해. 불쌍한 고는 슬픈 고야. 이자꾸, 르부 슬프게 해."

"그건…… 그건 약한 쟤들이 나쁜 거야. 선대가 그랬다고. 약하니까 강자에게 잡아 먹히는 거래."

"구로몬 나도 나빠?"

그 말에 이샤크가 눈을 번쩍 뜨며 소리쳤다.

"네가 왜 나빠!"

"나도 약하자나. 이러케 작고, 이자꾸와 앙니처럼 강하지 않으니까."

그 애가 멈칫했다. 입을 빼끔거렸지만, 대꾸할 말이 없는지 이내 입을 다물고 침통한 표정을 짓는다. 나는 슬쩍 그의 옷깃을 흔들었다.

"그래두 이자꾸는 르부한테 노예를 사 줄 고야?"

"안 사. 사실은 한 번도 산 적 없어. 나는 그냥, 귀족들이 요새 제일 좋은 장난감이 노예라고 해서…… 너한테 제일 좋은 걸 주려고……."

"그러쿠나. 그럼 역시 이자꾸는 멋진 고네!"

다시 이샤크의 얼굴이 밝아졌다.

'애 키우기 힘드네.'

나는 속으로 어휴, 한숨을 내쉬었다.

* * *

성으로 돌아왔을 땐, 왜인지 공작의 심기가 아주 불편했다. 그 탓에 고용인들과 행정관, 가신들은 살얼음판을 걷는 중이었다.

"손님맞이 준비를 미리 해 둬야……."

"주인님께서 언짢으시지 않도록 철저히…… 동관을 단장…… 손님은……."

고용인들이 잔뜩 긴장하여 속삭이는 소리가 언뜻언뜻 들렸다. 레아나 내 하녀들도 정신이 없는 건 마찬가지였다. 그리고 그건 내겐 좋은 일이었다.

'이 틈을 타서 새로 온 행정관들을 살펴봐야지.'

나는 숙제를 하러 간다는 핑계로 눈여겨보았던 행정관들이 있다는 온실에 가겠다고 했다.

"온실이라면……. 유니, 아기님과 함께 다녀오렴."

레아의 말에 나는 얼른 손을 흔들었다.

"아냐, 갠차나!"

"아기님, 성에 새로운 사람이 왔을 땐 조심하셔야 해요. 듀블레드는 출신이나 신분 고하를 따지지 않고 사람을 받아 주기 때문에, 그 누가 섞여 있을지 알 수 없거든요."

나도 그렇게 생각하고 현상 수배범이 누군지 알아보러 가는 것이라서 반박할 말이 없었다.

"녜……."

"착하기도 하시지."

레아는 내 뺨에 입 맞추고, 유니에게 숙제할 종이를 잔뜩 들려 줬다.

유니와 난 그렇게 온실로 향했다. 그나마 다행인 건 붙은 사람이 유니 하나라 행정관들을 살필 때 방해가 될 것 같진 않다는 점이었다.

온실 안으로 들어가자 날카로운 목소리가 들렸다.

"그러니까, 너무 비싸다고요. 향나무 묘목은 보통 40프랑에 거래되잖아요!"

새로 온 행정관인 세리아가 식물 납품 업자와 실랑이 중이었다. 곧 다른 행정관인 찰리가 끼어들었다.

"하여간에 계집애들은 별것도 아닌 것에 난리라니까."

"시중의 두 배가 넘는 가격이라고. 이 정도 금액이면 본래 관리자가 업자와 결탁해서 착복했다고 볼 수도 있어."

업자는 "아이고, 나리! 큰일 날 소리 하십니다!" 하며 펄쩍 뛰었다. 찰리가 코웃음을 쳤다.

"세리아, 너는 이런 일이 처음이라 모르겠지만, 귀족가에선 일부러 비싼 가격에 물건을 들여오기도 해. 재력을 과시하기 위해서 말이지."

"아무리 그래도 이건 너무 과한……!"

"이래서 평민들이란."

"여기서 평민이 왜 나와? 예비 행정관들은 신분 고하를 나누지 않는 게 규칙……! 아기님."

소리치려던 그녀가 나를 발견하고 황급히 허리를 굽혔다.

"듀블레드의 귀애를 뵙습니다. 세리아입니다."

그리고 찰리와 세리아 사이의 싸움을 멀뚱멀뚱 보고 있던 사내도 허둥지둥 인사했다.

"야, 야곱입니다."

나더러 '애다'라고 해서 노스에게 찍힌 사람이었다. 그는 유니의 치맛자락을 잡은 내 손에서 시선을 떼지 못했다. 그러곤 "중지까지 9센티 정도인가……. 작다." 하고 중얼거린다.

'애를 좋아하나?'

그런데 찰리는 내게 인사하지 않았다. 세리아가 팔꿈치로 그의 옆구리를 쿡 찔렀다.

"뭐 해?"

"뭘."

"아기님께 인사드려."

그러자 찰리가 쯧, 짧게 혀를 차곤 "예에, 찰리 메이롤입니다." 하며 성의 없이 까딱, 고개만 숙였다. 세리아와 야곱이 당황한 표정으로 그를 쳐다봤다.

내 하녀 유니의 얼굴이 콱 일그러졌다.

"그 무슨 무례한 태도입니까!"

"뭐?"

찰리가 어이없다는 듯이 유니를 위아래로 훑어보았다.

"하녀 나부랭이가 감히 성의 관리에게 소리치면서 누가 누구더러 무례하다는 거야."

"뭐라고요?"

"네년 이름이 뭐냐. 내 당장에 징벌회에 너를 회부해서……!"

징벌회란 가문의 질서를 흐트러뜨린 자들이 받는 재판이었다. 각 구역장이 과반수 동의하여 질서를 해쳤다고 판단하면 끔찍한 벌을 받는다.

세리아는 내 눈치를 보고 찰리의 손목을 잡았다.

"그만해. 네가 무례했던 건 사실이잖아."

"넌 네가 뭐라도 되는 줄 착각하는가 본데, 쓸데없는 오지랖 부리지 말고 빠져."

찰리가 세리아의 손을 쳐 내곤 붙잡혔던 소매를 탁탁, 털었다. 그러곤 쯧, 혀를 차며 자리를 벗어났는데 나를 지나치는 순간 작은 혼잣말 소리가 들렸다.

"평민 따위에게 아부는."

과거에도 숱하게 들은 말이었다.

신관들보다도 신성력이 미약한 나를 진짜 운명의 아이라고 믿는 사람은 거의 없었다. 신전에서도 그들이 믿는 신의 영험함을 선전하기 위하여 내게 명패를 쥐어 준 것이나 마찬가지였다.

신심 깊은 사람들이나 그들 말을 믿으려고 하였다. 황태후 같은 사람들 말이다.

하지만 황태후도 나를 완전히 믿는 건 아니었다. 그러니까 나를 입양시킬 곳을 알아보며 본인의 친정인 마르슈 공작가는 후보에서 제외했다.

어차피 가짜라는 게 밝혀지면 쫓겨날 녀석. 그게 사람들 대부분이 생각하는 나라서, 찰리의 말이 아무렇지도 않았다.

'하지만.'

난 그의 소매를 확, 잡아끌었다.

"뭐, 뭡니까."

"인사하구 가야지."

찰리가 헛웃음을 터뜨렸다.

"했잖습니까. 방금 제 소개를 한 것을 '인사'라고 하는 겁니다."

멍청한 애라는 듯한 표정이었다. 나는 생글생글 웃으면서 말했다.

"만났을 때 인사했으니까, 갈 때도 인사하는 고야. 아저씨 바보야?"

"허……."

날 쏘아보던 그가 입매를 비틀었다.

"예, 예. 인사드리겠습니다. 좋－은 밤 되십시오."

이번에도 빈정거리는 말투였다. 난 그의 무릎을 퍽, 걷어찼다.

"악!"

비명을 내지른 그가 한쪽 무릎을 굽히곤 내게 얻어맞은 반대쪽 무릎을 붙잡았다.

"아이, 참. 인사할 때는 무릎을 굽히고 고개를 바닥에 조아리는 거래써. 자, 다시 해 바."

찰리의 얼굴이 완전히 굳어졌다. 새로운 사무관들은 눈을 홉떴고, 유니도 깜짝 놀라 입을 떡 벌렸다.

'무시당하는 게 당연한 줄 알면 곤란하지.'

이전 삶에선 뭘 잘 모르고 어수룩해서 마냥 당했지만, 지금은 다르다. 한 번 '어쩔 수 없지' 하고 생각하면 두 번째는 더 심해지고, 세 번째는 날 발아래로 깔아뭉개려고 한다.

자존심이 잔뜩 상한 찰리가 이를 악물었다.

"이게 무슨 짓입니까!"

난 들은 체도 안 하고 유니의 치맛자락을 흔들었다.

"유니, 유니."

"예, 아기님."

"녜아가 그래찌. 공잔미랑 공자님들 말고는 모두 내게 인사해야 한다고?"

"그렇습니다."

"구론데 인사 안 하는 사람은 어떠케 돼?"

유니가 찰리를 내려다보며 입꼬리를 씩 올렸다.

"목이 잘려야지요."

그러곤 "노스 님께 전할까요?" 하고 묻는다. 그제야 찰리의 얼굴이 사색이 되었다. 그는 얼른 바닥에 이마를 붙였다.

"제, 제가 불민하여 아기님께 예의를 잊었습니다. 용서해 주십시오!"

나는 활짝 웃고 그에게 가까이 갔다.

"다음부터는 잊지 마."

내가 듀블레드 영애란 것을.

내 말뜻을 이해한 그가 마른침을 삼켰다.

* * *

찰리가 얼굴을 붉히며 뛰쳐나가고, 난 온실 테이블에 앉았다. 세리아와 야곱은 약간 긴장된 얼굴로 날 쳐다보았다.

"아기님께선 듀블레드의 혈육이 아니신데도……."

"웅, 위압감이 있지."

속닥이는 목소리에 유니는 신이 났다. 우리 아기님이 이런 분이야, 하고 말하고 싶어서 근질근질한 얼굴이었다.

그러는 동안 나는 턱을 괴고 앉아서 생각에 집중했다.

'아, 오늘 일진 나쁘네.'

노예 경매장에 가질 않나. 또, 경매장이 폭발하질 않나. 게다가 현상 수배범이 누군지 감도 안 잡힌다.

제일 기분 나쁜 건 찰리지만, 수배범은 단신으로 귀족의 저택에 쳐들어가서 누구에게도 들키지 않고 귀족을 죽인 사람이다.

'즉, 똑똑하다는 말이지.'

그런데 아무리 봐도 찰리는 멍청한 편이었다.

'내가 보기에 제일 똑똑한 건 세리아인데…….'

그녀는 범죄를 저지르는 나쁜 사람인 것 같지 않았다. 얼핏 봐도 굉장히 성실하고 이성적인 사람이었으니까.

'아니면, 야곱?'

나는 야곱을 슬쩍 쳐다봤다. 그가 지긋한 눈으로 날 쳐다보고 있었다. 짧은 탓에 공중에서 흔들리는 내 발을 보며 "14센티……." 하고 중얼거렸다.

'그냥 아이를 엄청나게 좋아하는 바보 같은데.'

턱을 괸 난 한숨을 흘렸다. 일단 오늘은 노예를 장난감으로 선물 받지 않은 것에서 만족하고, 내일 다시 저들을 살펴봐야겠다.

'잠깐만, 노예?'

나는 불현듯 떠오르는 생각에 흠칫해서 주먹을 불끈 쥐었다.

왜 내가 그 생각을 못 했을까!

'그렇다면 내 돈, 아니, 수배범은 그 사람이야.'

내가 입꼬리를 씩, 올리고 있을 때였다. 유니가 테이블에 종이와 연필을 내려놓았다.
"숙제를 하실 거지요?"
아, 맞다. 숙제한다는 핑계로 온 거지.
연필을 잡으려고 하다가 유니의 손에 상처가 있는 것을 발견했다.
"유니, 다쳐써."
"아, 덤벙거리다가 베였어요. 별거 아니니까 염려하지 마셔요."
그러자 세리아가 우리에게 다가왔다.
"제게 약이 있습니다."
"괜찮은데……."
"고용인들은 몸이 재산이잖아요."
그녀는 직접 유니에게 약을 발라 주었고, 유니는 조금 쑥스러운 얼굴로 "감사합니다." 하고 인사했다.
"별말씀을요."
야곱은 유니와 내 사이로 쑥 들어왔다.
"도와드릴까요? 여긴 너무 시끄러우니까 서재에서……."
"요기 별로 안 시끄러운데."
"……사실은 제가 서재 구경을 하고 싶거든요."
중얼거리는 모습이 역시 어수룩해 보였다.

* * *

숙제를 마치고 온실을 나온 내가 향한 곳은 공작의 집무실이었다.
'수배범이 누군지 알았으니까 이제 증거를 잡아서 현상금을 받아야지.'
그러려면 수배범을 옆에 두고 살펴야 한다. 나는 공작에게 본격적인 수업을 받고 싶다는 핑계를 대서 수배범을 선생님으로 삼을 생각이었다.

노크하고 안으로 들어가자 공작은 가신들과 대화 중이었다. 공작의 책상엔 못 보던 상자가 놓여 있었다. 안에 담긴 것은…….

'에트왈!'

미나가 강력한 힘을 발휘하게 한 성물이었다. 하지만 저건 미나의 것과 다르다. 미나의 것은 백금인데, 이건 황금이다.

그리고 중앙의 육망성 모서리마다 달린 보석이 없었다.

'그거구나. 두 번째 에트왈.'

투르바가 감히 듀블레드 공작에게 사기를 치면서까지 손에 넣으려고 했던 그것 말이다.

'그런데 어떻게 벌써 손에 넣었을까.'

전쟁을 벌인다는 얘기는 들었지만, 이렇게 빨리 끝날 순 없었을 텐데.

그때, 가신이 공작에게 말했다.

"폭정에 시달리던 타 대륙의 백성들이 우리 군사에게 직접 성문을 열어 줬다더군요. 덕분에 쉽게 끝났지요."

"황제에게 왕의 수급은 보냈나."

"물론입니다. 올해의 선물 중 가장 만족스럽다고 하시며, 칙령을 보내 공을 치하하겠노라 말씀하셨습니다."

"귀찮게 됐군."

뒤보스 자작이 날 쳐다봤다.

"이게 다 아기님의 덕이지요. 아기님께서 사기꾼을 알아보지 못했다면 두 번째 에트왈의 존재를 어떻게 알았겠습니까."

가신들이 웃으며 동조했다. 나도 기분이 좋았다.

'발루아 공작이 배 좀 아팠겠네.'

올해 탄신연 선물에 엄청난 공을 들였거든. 공작 부인의 친정에서 돈까지 꿔 와서.

그리고 그 선물 덕에 황제의 호의를 사서 호시탐탐 노리던 찻잎 교역권을 손에 넣는다. 그렇게 교역권을 얻기도 전부터 사업 준비를 해 놨는데, 엎어지면 빚 때문에 고생깨나 할 것이다.

속으로 이히힛, 웃던 난 곧 정신을 차렸다.

'아차, 이게 문제가 아니지.'

지금 급한 건 남의 돈이 아니라 내 돈이다. 수배범이 누군지 찾았으니, 이제 잡아야지.

'나 혼자서 잡아야 해.'

그래야 현상금을 내가 챙기거든요.

나는 의자에 앉은 공작에게 팔을 쭉 뻗었다.

"공잔미, 안아 주세요."

"……."

공작은 나를 빤히 쳐다봤다.

'이상하다. 평소엔 안아 주는데.'

심기가 불편하다더니, 아직 풀리지 않은 걸까.

내가 조심스럽게 눈치를 살필 때가 되어서야 공작이 나를 무릎에 앉혀 주었다.

"무슨 일로 왔지?"

음, 얘기를 들어 주려는 걸 보니 지금 당장 도망쳐서 당분간 피해 다녀야 할 정도로 기분이 안 좋은 건 아닌 모양이다.

"르부도 곰부하고 시퍼요."

"글자는 이미 배우고 있을 텐데."

"이제 글자 다 알아요. 앙니랑 이자꾸처럼 어려운 고 배우고 시퍼."

공작은 나를 빤히 쳐다보다가 다시 입을 열었다.

"본격적으로 수업하게 되면 앙리, 이샤크와는 시간을 보내기 어려울 것이다."

"갠차나요."

"네가 제일 좋아하는 녀석들이지 않으냐. 한 시도 떨어지고 싶지 않을 텐데."

응? 그 얘기가 여기서 왜 나온담.

난 눈을 동그랗게 뜨고 고개를 갸웃했다. 그런데 방에 있던 사람들이 모두 간절한 표정으로 날 쳐다봤다.

뭔지 모르겠지만, 산전수전을 겪으며 얻은 경험치가 말하고 있었다. 여기서 잘 넘기지 못하면 엄청나게 피곤해질 수도 있다는 것을.

"아냐. 앙니랑 이자꾸는 그냥 세계에서 제일 조아하는 거야. 우주에서 제일 좋아하는 건 공잔미인 걸!"

"……."

나는 조마조마한 마음으로 공작의 표정을 살폈다.

"……이런 건 누가 가르쳤는지."

헛웃음을 흘린 공작이 고개를 살짝 틀곤 책상 앞의 가신과 행정관들을 쳐다봤다. 그러자 뒤보스 자작이 버튼 눌린 것처럼 재빨리 대답했다.

"아이가 어디서 배운다고 그런 말을 하겠습니까."

"그런가."

"물론이죠. 아기님께선 정말로 각하를 제일 좋아하시는가 봅니다. 저도 자식놈들에게 그런 이야기를 들은 적은 없는데 말이지요."

"그래? 공은 없단 말이지."

다른 가신들도 "부럽습니다!" 하며 우렁차게 동조했다.

"제 딸아이는 한번 안아 주려고 해도 그렇게 귀찮아합니다."

"이 녀석은 매번 안아 달라고 조른다."

"다복하십니다."

"그렇게 내게만 붙어 있으려고 하더니 기어이 우주에서 제일 좋다는 말까지 들었군."

또 "부럽습니다!" 하는 답이 돌아오자 공작의 입꼬리가 삐뚜름하게 올라갔다. 싫은 얼굴이 아니라서 나는 손등으로 이마의 땀을 훔쳤다.

'좋은 아부였다.'

공작은 본격적으로 귀족의 수업을 받아도 좋다고 허락했다.

"노스에게 말해 두마."

"아냐!"

깜짝 놀라 소리쳤다가 퍼뜩 정신을 차리고 어색하게 웃었다.

"노쯔는 서류가 이－러케 많아요. 다른 사람이랑 할래요."

"하면."

"에비 행동간 언니랑 아저씨 또또캐. (예비 행정관 언니랑 아저씨 똑똑해.)"

최대한 어린애답게 말했더니, 집무실에 있던 행정관이 "아." 하고 고개를 끄덕였다.

"온실에서 예비 행정관들과 즐거운 시간을 보내셨다더니 그들이 아기님의 마음에 든 모양이로군요."

이야기를 들은 공작은 고개를 끄덕였고, 나는 계획대로 수배범을 내 선생님으로 만드는 데에 성공했다.

* * *

이튿날, 아침.

레아와 하녀들이 나를 빙 둘러쌌다. 손에는 포장된 상자가 하나씩 들려 있었다.

"아이의 날 선물이랍니다."

"뭔지 궁금하시지요?"

"그렇지요?"

손수 만든 장갑과 목도리, 리본, 만년필, 스케치북.

어제부터 하도 속닥여서 다 알고 있었지만, 나는 모른 척 어른들의 동심을 지켜 주었다. 그리고 선물이 하나하나 공개될 때마다 폴짝폴짝 뛰며 매우 기뻐하는 것도 잊지 않았다.

하녀들은 꺄아, 소리치며 날 끌어안았다.

"귀엽기도 하시지."

내가 기뻐한 것이 전부 연기는 아니었다. 나를 위해 고심해서 고르고, 추위도 두려워하지 않고 직접 나가서 사 온 정성이 정말로 고마웠다.

'이건 망명해서도 가져가야지.'

선물을 코끼리 가방에 잘 넣어 두고 노트 한 권만 빼서 온실로 향했다. 찰리와 세리아, 야곱은 먼저 와 있었다.

"아기님을 가르치게 되어 영광이에요. 부족하지만 정성을 다하겠습니다."

세리아는 인사하고서 수업 진행 방식을 설명해 주었다.

"야곱과 찰리는 아기님께 제국어를, 저는 역사를 가르쳐 드릴 거예요."

"네."

"오늘은 우선 야곱과 찰리에게 언어를 배우시고, 다음은 저와 함께 성을 돌면서 듀블레드의 역사를 느껴 보아요!"

세리아는 매우 의욕이 넘쳤다. 눈이 홍분으로 반짝인다.

내가 고개를 끄덕이자 수업이 시작되었다. 하녀들이 온실 문 근처에서 우리의 수업을 지켜보았다. 시선이 지긋해서 그런지 야곱은 긴장된 표정이었다.

"이틀 만에 글자를 외우셨다고 들었습니다. 이제 그, 글자를 조합해서 단어를 만, 만들어서 ─"

"그것보다 외국어를 먼저 하자고."

찰리가 불쑥 끼어들어서 야곱이 가져온 수업 자료 위로 두꺼운 책을 턱, 올려 두었다.

"하지만 아기님께선 아직 제국어도 못하실 텐데 어떻게 외국어를……."

"모국의 언어야 바보가 아닌 이상 자연스럽게 익히는 거고."

그러며 야곱을 휙, 떠밀고 날 쳐다봤다.

"저는 그 나이 때 성서를 외워서 쓸 줄 알았습니다. 제국어쯤이야 스스로도 익히실 수 있겠죠?"

얼씨구. 네가 무슨 듀블레드 공자들이냐. 네 살에 성서를 외워서 쓰게.

어제 그렇게 망신을 당해 놓고도 태도에 변함이 없었다. 오히려 더 우쭐해진 것 같았다.

"공작님께서 제 소문을 어디서 들으셨는지 모르겠지만, 절 선생으로 택하신 건 탁월한 선택이셨죠."

내 선생으로 발탁된 게 순전히 제힘인 줄 알았구만.

"솔직히 저는 제가 도련님의 교육을 맡아야 한다고 생각합니다. 그래도 뭐…… 이번 건은 예행 연습으로 생각하고, 훗날을 기약하죠."

그렇다고 하기엔 너무 못 가르치는데.

요점 위주로 설명하고, 내가 수업에 능동적으로 참여하게 했던 노스의 수업과는 전혀 달랐다. 제 지식을 자랑하기만 할 뿐인 수업이었다. 내가 정말로 그냥 어린애였다면 하나도 이해할 수 없었을 거다.

첫 번째 수업이 끝나고, 난 세리아의 수업을 받으러 가기 위해 본성을 나섰다. 날 배웅한 하녀들이 성안으로 들어가며 속닥속닥 수다를 떠는 것이 들렸다.

"올해 행정관은 세리아 님 외에 전부 소름 끼쳐요."

"찰리 님이라면 나도 동의하지만 야곱 님은 어째서?"

"아기님을 보면서 매번 작다고 하는 게 마음에 안 들어요."

"우리 아기님이 작고 귀여우신 건 사실이잖니."

"하지만 마치 동물 감별이라도 하는 것 같은 눈이라고요."

"네가 너무 예민한 거겠지."

레아만이 남고 모두 떠났을 때, 세리아가 "아기님!" 하고 달려왔다. 그녀의 손엔 두툼한 자료 뭉치가 들려 있었다. 달려온 모양인지 숨을 몰아쉰 그녀가 눈썹을 늘어뜨렸다.

"미리 나와 있었어야 했는데 죄송합니다. 마지막 점검을 한다고 잠깐 도서관에 들른 게……."

"갠차나."

"상냥하시군요."

빙긋 웃은 세리아가 내 옆에 바짝 붙어 걸었다. 자연스럽게 레아가 뒤로 물러났다.

수업하면서 느낀 건, 세리아는 정말로 좋은 선생님이라는 것이었다.

'애를 가르치는 게 익숙해.'

설명이 하나도 어렵지 않고, 중간중간 아이가 흥미를 느낄 만한 주제를 수업으로 끌고 와서 집중도를 높인다. 거기다가 아이도 잘 다룬다.

"으앗!"

설명에 집중하다가 넘어졌을 때, 레아는 놀라서 달려왔다.

"아기님, 괜찮으세요? 아유, 무릎이 빨개졌네."

속상해서 어쩔 줄 모르는 레아와 달리 세리아는 치마를 툭, 툭, 털어 주곤 아무렇지 않게 말했다.

"괜찮으시지요?"

어른이 놀라면, 아이는 큰일이 생긴 줄 알고 울음을 터뜨린다. 그래서 이럴 땐 아무렇지 않게 "괜찮아요." 하고 말해 주는 게 좋다는 걸 그녀는 알고 있었다.

내 치마를 털어 준 그녀가 몸을 일으켰다. 그러자 치맛자락이 밀려 올라가고 발등이 드러났다. 발등엔 불로 지져진 것 같은 흉터가 있었다.

내가 상처를 빤히 쳐다보니 그녀가 "아……." 하며 어색하게 웃었다.

"흉하지요?"

"……."

레아는 내가 울지 않았는데도 안절부절못하며 약을 가져오겠다고 떠났다.

"수업을 계속할까요? 이 탑은 삼백 년 전에 세워진 것으로 그 시절의 공작께서 선조를 기리기 위해……."

신기하게 생긴 첨탑이었다. 숙식이나, 어떤 목적을 위해 지어진 게 아니라 단순히 상징물처럼 보였다. 내부엔 계단만이 있고, 방이랄 게 따로 없다. 마력으로 유지되는 전등조차도 없이 횃대만 덜렁 있었다.

"우와!"

"올라가 보시겠어요?"

"웅!"

세리아는 계단을 폴짝폴짝 올라가는 날 보며 쿡쿡 웃었다.

"왜?"
"동생 같은 아이들이 생각나서요."
"세리아는 조은 언니였겠네."
"그렇지는 않았어요."
"아니, 그럴 고야."
나는 계단을 올라가며 세리아를 돌아보았다.
"그 애들을 위해서 귀족도 죽였자나."
"……!"
그녀의 얼굴이 굳어졌다.
체크메이트였다.

*　　*　　*

'너만은 아니길 바랐는데.'
증거는 발등에 있는 불로 지진 것 같은 상처다. 노예 경매장에서 보았다. 노예들은 발등에 모두 같은 표식을 하고 있다는 걸.
'날 공격하려 했던 남자의 발등에도 있었지.'
그리고 세리아는 녹스톤 억양을 쓴다. 대부분의 이민족이 잡혀 들어오는 국경 지대 녹스톤 말이다.
"죽은 귀족이 사실은 노예상이어꾸나. 세리아, 너는 그 귀족이 판 노예여꾸."
죽은 귀족이 노약자를 거둔 건 도와주기 위해서가 아니었다. 노예로 팔기 위해서였지. 그 귀족이 기른 노예이니, 세리아가 단신으로 저택으로 쳐들어갈 수 있던 것이다. 구조를 잘 알 테니까.
"그걸…… 그걸 어떻게……."

떨리는 눈으로 날 보던 세리아는 이내 헛웃음을 터뜨렸다.

"듀블레드 공작으로부터 들으신 모양이군요. 오래 감출 수 있을 거라고 여기진 않았지만, 예상보다 더 빨리 들켰네요."

나는 눈을 데구루루 굴렸다.

'다행이다. 알아서 오해해 주네.'

변명을 준비해 놓긴 했지만.

"맞습니다. 죽어 마땅한 놈이었죠."

"……."

"아무도 그런 작자였는지 몰랐어요. 노예로 팔린 아이들조차요."

세리아가 주먹을 꽉 말아 쥐었다.

"아무것도 모르는 그 애들은 팔린 후에도 그 남자가 구해 주기를 기다리고 있었을 테죠. ……저처럼요."

"……."

"그래도 저는 운이 좋았어요. 머리가 좋은 편이라 그자의 저택에서 일했거든요. 그러느라 청소년기가 지나서 팔려 갔고, 다른 아이들보다 일찍 깨달았어요. 그 빌어먹을 남자의 본성을."

세리아는 죽기 살기로 탈출했다고 했다. 정신없이 아이들을 구하러 시설에 갔지만 이미 많은 아이가 팔려 나간 뒤였다.

"팔기에 적합하지 않은 아이들은 처참하게……."

세리아가 말을 흐렸다.

그래서 귀족을 죽였다는 것까진 알겠다.

'그런데 왜 하필 듀블레드에 들어온 거야?'

세리아가 내 앞에 넙죽 무릎을 꿇었다.

"아기님, 저 같은 예비 행정관은 각하를 뵙지 못합니다. 부디, 부디, 각하를 뵙도록 도와주세요."

나는 화들짝 놀라서 말했다.
"공잔미 보면 세리아 주거!"
피도 눈물도 없는 사람이 안타까운 과거가 있다고 살려 줄 것 같아?
'내 성에 날벌레가 있었군' 하며 치안대에 넘긴다고.
"그 남자의 수하가 이곳에 있어요. 저는 팔려 나간 동생들을 찾아야 합니다."
"뭐?"
"다른 수하로부터 들었어요. 왜인지는 모르겠지만, 분명히 듀블레드에 들어가겠다고 했답니다."
순간, 머릿속에 찝찝했던 것들이 떠올랐다.
나를 보던 눈, 유난히 아이를 좋아하던 것, 한눈에 손의 길이를 쟀던 것.
"야곱……."
중얼거렸을 때였다.
"어떻게 알았지."
계단 아래에서 어수룩한 목소리가 들려왔다. 세리아가 흠칫, 고개를 들었을 때였다. 순식간에 뛰어 올라온 그가 그녀의 목을 틀어쥐었다.
"컥……!"
그러곤 한치의 미련도 없이 그녀를 계단 아래로 떨어뜨렸다.
쿵!
높은 계단에서 굴러떨어진 세리아의 주변으로 검붉은 피가 고였다.
야곱은 나를 쳐다봤다.
"응? 어떻게 알았어?"
나는 입술을 꽉 깨물었다.
내가 지금 있는 이 탑은 본성과 매우 멀다. 상징물에 불과해서 기사들이 잘 순찰하지 않는 구역이었다. 사람이 없는 곳이라 탑에 들어가겠다고 한 거다.

세리아와 대화할 공간이 필요했고, 그녀라면 날 절대로 공격하지 않을 거라고 확신했으니까.

야곱이 천천히 다가왔다.

"말 안 할 거야?"

난 대답하지 않고, 주춤주춤 뒷걸음질 쳤다. 야곱은 "흐음." 신음하며 고개를 기울였다.

"손님이 망가뜨리지 말고 데려오라고 했는데……. 아쉽다. 제값은 못 받겠네."

몹시 아쉬운 어투로 중얼거리는 그를 노려보았다.

'이번에 회귀하면 너부터 죽인다.'

그런데 아프게 죽지 않으려면 뭐가 제일 좋지.

탑에서 떨어질까? 혀를 깨물어야 하나?

'아이씨, 잡히기 전에 죽어야 하는데.'

나를 데려오라는 야곱의 '손님'은 미친 변태인 게 분명하니 잡혀간 뒤 정신을 놓게 되는 게 제일 위험하다.

'역시 떨어져 죽는 게 좋겠어.'

나는 후다닥 창가를 향해 뛰었지만, 야곱이 더 빨랐다. 내 옷깃을 덥석 붙잡은 그가 말했다.

"팔팔해서 데리고 놀면 재밌겠다."

그때였다.

"뭡니까, 당신."

익숙한 목소리가 들려왔다.

'레아!'

뒤엔 유니가 있었다. 나는 황급히 소리쳤다.

"도망쵸!"

여자 둘이라고 해 봐야 성인 남성을 이기지 못할 거다. 무엇보다 야곱이 아까 세리아를 계단으로 떨어뜨리던 모습으로 보아, 그는 이런 일에 능숙한 살수였다. 저 둘이 나를 지키겠다고 함께 죽으면 더 곤란하다.

하지만 둘은 움직이지 않았다.

다시 도망치라고 소리치려던 찰나.

한쪽 발로 땅을 강하게 박찬 레아가 단숨에 거리를 좁혔다. 야곱보다도 훨씬 빠른 속도였다. 야곱은 레아를 향해 몸을 비틀었다. 그러나 휙! 도약하여 붕! 공중을 돈 레아가 그의 어깨에 탁! 짚고 올라가서 다리로 목을 콱! 조였다.

"끄으윽……!"

야곱은 숨이 통하지 않는지 관자놀이에 핏줄이 불거지고, 얼굴이 온통 새빨개졌다.

이어 레아는 벽을 짚은 채로 다리를 훅, 돌렸다. 야곱이 나를 놓치고, 바닥에 쓰러졌다. 그 탓에 나는 데굴데굴 굴러서 쿵, 머리를 박았다.

"아기님!"

깜짝 놀란 레아가 나를 향해 달려왔다.

"괜찮으세요? 죄송해요, 너무 오랜만이라 실수를……."

어안이 벙벙해서 그녀를 쳐다봤다.

"아유, 이마가 빨개지셨네."

나는 이마가 좀 빨개졌지만, 야곱은 다 죽어 가고 있었다.

이쪽으로 달려온 유니가 야곱의 어깨를 비틀며 물었다.

"니 으디서 왔냐. 청가회의 말타 녀석이냐? 갈색 늑대의 오르카? 아니면 카루타노 사형제의 개기름?"

평소 명랑하고 사랑스러운 유니의 입에서 질펀한 사투리와 함께 마약 조직, 인신매매 조직, 암살단의 이름이 줄줄 나왔다. 그러곤 그의 머리채를 잡아서 바닥에 내리찍었는데 어딘가에서 호두알 깨지는 소리가 들리는 것만 같았다.

"아야, 창자를 꺼내 불기 전에 싸게 털어봐라."

오…….

야곱이 개처럼 맞는 것을 구경하던 난 퍼뜩 정신을 차렸다.

"……네아, 구냥 하녀 아니야?"

레아가 얼른 손을 내저었다.

"하녀가 맞아요! 단지 옛날에 잠깐 다른 곳에 몸담았을 뿐이죠."

"오딘데?"

"이리라는 곳에서 잠깐……."

이리라면 모두 오러를 사용하는 마기사 집단으로, 보름 만에 10만 명 이상 동원된 전투를 끝냈다는 풍문이 도는, 그 듀블레드 최정예 기사단 말씀이십니까?

나는 마른침을 꼴깍 삼키고 물었다.

"유니도?"

"아뇨, 유니는 성에 들어오기 전에 조직 생활을 잠깐……."

그러자 유니가 흠칫해서 변명했다.

"소소하게 금융업을 했을 뿐이에요!"

금융업이라면 혹시 고리대금업인가요…….

유니는 거품 물고 혼절한 야곱을 던져 버리고 내게 다가와서 양손을 저으며 변명했다.

"그래도 전 아기님을 모시는 하녀 중에 현상금이 제일 적다고요!"

……그럼 달리아와 린다도 현상 수배범이란 말이야?

나는 한 가지를 간과하고 있었다는 걸 깨달았다. 듀블레드는 신분 고하와 출신 성분을 따지지 않고 행정관과 고용인으로 받아 준다. 즉, 이미 범죄자가 섞여 있을 수도 있다는 것이었다.

'아, 이래서 듀블레드를 악당들이라고…….'

난 멍하니 고개를 끄덕였다.

*　　*　　*

"저는 그저 신의 가르침을 행했을 뿐이랍니다. 세상엔 죽어도 싼 놈들이…… 아니, 신의 곁으로 보내 줘야 하는 사람들이 있잖아요."

—라고 강간범을 백 명쯤 죽였다는 연쇄 살인마 달리아 님이 말했다.

"어려서부터 저희 집은 가난했었고, 남들 다하는 외식 한번 한 적이 없었고, 어머님은 파스타가 싫다고 하셔서……."

이건 웬만한 영지의 1년 예산급 금액을 들고 날랐다는 대사기꾼 린다의 말씀이었다.

"아기님, 실망하지 마세요!"

"이제 다들 손을 씻었다고요!"

"맞아요. 반성하면서 살고 있답니다!"

나는 흐린 눈으로 고개를 끄덕였다.

"갠차나."

하지만 하녀들은 빈말인 줄 알았는지 어흐흑, 울었다.

'정말 괜찮다니까.'

엄밀히 따지면 나도 회귀 전엔 미나의 살인 미수범이었다. 물론 내 경우는 누명이긴 했지만.

'그보다 지금 중요한 건 그게 아냐.'

레아가 굳은 얼굴로 방에 들어왔다.

"주인님께서 찾으십니다."

본성의 대전으로 향했다.

*　　*　　*

공자들뿐만 아니라 수많은 가신과 행정관, 사무관, 고위급 고용인들이 가득한 그곳에선 피비린내가 물씬 풍겼다.

발엔 부러진 치아 몇 개가 채였다. 야곱의 것이었다. 널브러진 야곱은 모포를 덮고 있었는데, 모포에도 피가 흥건한 것으로 보아 엄청난 꼴을 당한 모양이었다.

이샤크의 검집과 앙리의 손에서 핏물이 뚝뚝 흘러내린다. 세리아는 무릎을 꿇은 채로 고개를 숙이고 있었다.

'아직 치안대에 안 넘겼구나.'

병사들이 끌고 가서 걱정했는데, 야곱의 일로 조사할 게 있는 모양이다.

공작이 가라앉은 목소리로 물었다.

"다친 곳은."

난 냉큼 대답했다.

"안 다쳐쏘!"

"……."

공작의 시선이 짙어져서 난 웅얼웅얼 다시 대답했다.

"머리 조금……."

그러자 앙리의 손등이 새파랗게 빛나며 인(印)이 떠올랐다. 원 안에 불꽃과 같은 문양이 있던 이샤크의 인과 달리 앙리의 것은 원 주변에 넝

쿨 같은 곡선이 휘감겨 있었다.

팔을 감싸던 붉은 빛이 화살처럼 뻗어나가 모포의 사이로 들어갔다.

"커억!"

야곱이 목이 졸린 것처럼 꿈틀거렸다.

반대쪽에서 이샤크가 눈이 뒤집혀 달려들었다.

"개새끼가."

머리를 몇 번이나 거세게 짓밟은 후에도 화가 풀리지 않는지 한참을 씨근덕거린다. 아무도 말릴 엄두를 내지 못했다.

'엄청 무섭다.'

지금까지 본 듀블레드 사람들의 기세는 아무것도 아니었다. 정말로 화가 난 그들에게선 심장이 오그라들 정도의 위압감이 풍겼다.

"그만."

공작의 말에 이샤크가 칫, 혀를 차고 물러났다. 그러자 행정관들이 공작의 금좌 앞에 도열하여 무릎을 굽혔다. 가장 앞엔 성 내부의 관리들을 담당하는 총책임자인 노스가 있었다.

가신 하나가 소리쳤다.

"이 뉴트 샤갈, 피눈물을 흘리는 심정으로 주청합니다. 성에 불온한 종자를 끌어들인 유진 노스의 목을 치십시오!"

이번 행정관 선발엔 노스는 참여하지 못했다. 내 입양 건과 에트왈 건, 거기다 테라모어 사건까지 겹친 탓이었다. 그 탓에 이번만은 가신들의 입김이 강하게 작용했다고 한다.

'그래서 이번 예비 행정관들이 개판인 거고.'

그저 노스가 이 일을 책임져야 저들 목이 붙어 있을 테니, 선수 치는 것이다.

"……."

"……."

나는 조마조마한 심정으로 말이 없는 공작과 노스를 쳐다봤다.

공작은 측근이라고 해서 손속을 두지 않는다. 애초에 노스를 신임한 것도 정말 믿어서가 아니라, 그가 가장 뛰어난 인재이기 때문이었다.

눈을 감은 채로 관자놀이를 지그시 누른 공작이 말했다.

"그렇다는데."

노스가 표정 없이 대꾸했다.

"변명의 여지가 없습니다."

'노스, 이 답답아!'

변명의 여지가 없긴 왜 없어.

듀블레드에서 첩자가 들어올 여지가 있는 관리 · 고용인 시험을 고집하는 건, 그만큼 단속할 자신이 있기 때문이었다.

혈족에게 안전장치를 마련하지 않은 까닭은 앙리와 이샤크, 공작이 웬만한 기사들보다 훨씬 뛰어난 무위의 소유자이기 때문이다. 예비 행정관이 들어온 후 내 방엔 늘 호위가 붙어 있었다.

"신입 선발에 참여한 행정관들은 모두 징벌회에 회부. 노스 유진은……."

가느다랗게 눈을 뜬 공작이 여상하게 말했다.

"손목을 끊어라."

그리고 노스의 앞으로 단검이 떨어졌다. 사람들이 일이 이렇게 될 줄 알았다는 듯 침통한 표정을 지었다.

노스가 떨리는 손으로 천천히 검집에서 검을 꺼냈다. 새파랗게 빛나는 날이 막 손목에 닿으려던 찰나.

"으아앙―!"

나는 울음을 터뜨렸다. 모두 깜짝 놀라 나를 쳐다봤다. 무감한 얼굴이던 공작과 앙리, 이샤크의 눈이 커졌다.

앙리와 이샤크가 내게 달려왔다.

"왜 울어? 누가 또 때렸어? 누구야, 누구!"

"르블레인……."

"으아아앙! 공잔미 무—서—어!"

세상이 떠나가라 우는 날 보고 둘은 매우 당황했다.

"공작님은 원래 무서워! 세상 사람들이 다 무서워한다고! 무서운 게 당연한 거야!"

이샤크는 안절부절 말했고, 앙리가 펑펑 흐르는 눈물을 닦아 주었다.

여전히 눈이 커진 채로 날 보던 공작이 집사에게 눈짓했다. 집사가 나를 안아서 공작에게 데려갔다.

"르블레인."

"……."

"르브."

나는 흐르는 콧물을 흡, 흡, 들이켜며 손을 꼼지락거렸다.

"노쯔 손목 자르면 시러……."

"……."

공작이 약간 당황한 것 같았다.

'옳지, 이때다.'

나는 그의 다리에 덥석 매달려서 얼굴을 마구 비볐다.

"공잔미, 노스 용서해 두세요."

"……알았으니 그만 울어."

그렇게 말한 그는 나를 무릎에 앉히고 내 눈가를 문질렀다.

"……!"

"……!"

곳곳에서 숨 들이켜는 소리가 들렸다. 슬그머니 돌아보니 사람들이 혼절이라도 할 것 같은 표정으로 날 쳐다봤다.

노스는 멍하니 날 바라보고 있었다.

'내가 이렇게까지 해서 지켜 줬으니까 넌 이제 내 거다.'

황궁에서도 탐내는 공작의 제1 부관이 내 손에 들어온 순간이었다.

* * *

르블레인의 눈물 덕에 행정관들은 겨우 징벌회에 끌려가지 않을 수 있었다. 노스의 손목도 무사하다.

그들은 모두 르블레인의 앞에 무릎을 꿇고 감사를 표했다. 가장 선두에 있던 노스는 아이의 발 앞에 고개를 조아렸다. 듀블레드 장남인 요한조차 받은 적 없던 충성의 맹세였다.

일이 일단락되고, 이샤크와 앙리는 공자들의 개인 서재로 들어왔다. 방으로 들어온 후에 이샤크는 답지 않게 조용했다. 십여 분쯤 후에야 겨우 입을 열었다.

"형."

"왜."

"우리 꼬맹이, 끌려갔으면 저번의 노예들처럼 되었을까."

종이 위에 무언가 적던 앙리의 손이 우뚝 멎었다.

"……그랬겠지."

갓난아이 때부터 두 사람을 교육한 선대는 말했다.

약자가 강자에게 잡아먹히는 건 세상의 이치다. 약한 자가 나쁜 것이다.

맞는 말이라고 생각했다. 두 사람은 단 한 번도 약자의 입장인 적이 없었다. 타의 추종을 불허하는 육체, 천재라 불리기에 부족함이 없는 두뇌. 마력과 가문마저도 남들과 비교할 수 없는 최상위의 포식자였다.

주변의 그 무엇도 약한 적이 없었기에 그들은 약자의 공포를 공감하지 못했다.

'하지만 르블레인은.'

이샤크와 앙리의 머릿속에서 룬샤족 남매처럼 족쇄를 차고 있는 르블레인이 그려졌다.

잡혀간 르블레인, 피죽도 못 얻어먹고 굶주린 배를 끌어안은 르블레인, 채찍 앞에서 머리를 감싸고 웅크린 르블레인, "앙니……." 혹은 "이자꾸……." 하며 훌쩍훌쩍 우는 르블레인.

두 사람의 얼굴이 굳어졌다.

기분이 이상했다. 가슴이 얹힌 듯 답답하고, 머리에 피가 쏠린다.

이샤크가 벌떡 몸을 일으키고 앙리를 보았다.

"헤븐, 재건 중이지?"

"왜, 노예라도 사려고?"

"안 사. 앞으로 평생."

그러고서 문고리를 잡는 이샤크에게 앙리가 말했다.

"멍청아, 그냥 가서 때려 부수면 노예들을 풀어 준대?"

앙리는 제가 작성하던 서류를 이샤크에게 던졌다.

"노스에게 가서 전해."

"이게 뭔데."

"넌 알 거 없어. 반가면과 선대가 나눈 이야기니까."

"이걸 전하면 어떻게 되는데?"

앙리는 호화로운 의자에 몸을 깊게 기대며 싱긋 웃었다.

"글쎄. 오늘 저녁엔 반가면이 자살했다는 소식을 들을 수 있지 않을까."

"형은 이럴 땐 진짜……."

이샤크가 고개를 절레절레 젓곤 말했다.

"개 멋있어."

그날 저녁, 헤븐 소유의 백여 명에 가까운 노예가 모두 풀려났다.

* * *

"……기님."

"아기님."

잠들어 있던 나는 귓가에서 살며시 들리는 목소리에 스르륵 눈을 떴다. 침대맡에서 레아와 하녀들이 날 보고 있었다.

"아침이야?"

"저녁이에요."

"더 자고 시픈데……."

눈을 비비며 말하자 레아가 나를 토닥였다.

"주인님께서 찾으시는데, 잠깐 나갔다가 금방 돌아오면 어떨까요?"

공작이?

나는 부스스 몸을 일으켰다.

오후에 노스에게 야곱의 '손님'에 대해 조사시켰다더니 벌써 알아냈나.

나는 하녀들과 함께 방을 나섰다. 걷는 동안에도 졸음이 몰려와서 자꾸만 병든 닭처럼 비틀비틀 걷게 되었다.

도착한 곳은 1층 식당이었다.

'맛있는 냄새다.'

이렇게 늦은 시간에 식사가 준비되었나.

무슨 일인가 하여 문을 열었는데, 수많은 고용인과 공작, 앙리, 이샤크가 있었다. 그리고 식탁엔 온갖 맛 좋은 음식이 가득했고, 듀블레드 공작과 공자는 옆구리에 상자 하나씩을 끼고 있었다.

'아, 맞다.'

오늘 아이의 날이었지, 참.

하녀들에게 선물을 받아 놓고, 정신이 없어서 잊고 있었다.

이샤크가 잽싸게 달려와 내게 커다란 상자를 꺼냈다. 나는 들 수도 없을 만큼 기다랗고, 무거운 상자였다.

"풀어 봐. 빨리."

상자를 열자 나온 건 화살촉이 없는 훈련용 활이었다. 어린애라도 들 수 있게 아주 가볍고, 무엇보다 예쁘다.

다음은 앙리.

그 애가 빙그레 웃으며 준 상자를 열자, 아주아주 귀여운 꼬마 숙녀용의 드레스가 있었다. 눈을 뭉쳐 놓은 것 같은 몽실몽실 부드러운 천에, 등에는 조그만 날개가 붙어 있었다.

"날아가지는 말아 줘, 내 천사."

다른 사람이 했다면 느글거린다고 생각할 말이 앙리에겐 엄청나게 잘 어울렸다. 앙리 쪽이 정말로 천사처럼 생겨서 그런가.

둘의 마음이 정말로 고마워서 나는 앙리와 이샤크를 한 번씩 끌어안아 주었다. 두 사람의 입꼬리가 슬쩍 위로 올라갔다.

그때, 공작이 내게 서류 봉투를 꺼냈다.

"풀어 봐라."

그를 힐끔, 쳐다보고 봉투를 열었다. 그리고 안의 내용물을 확인하다가…….

다시 후다닥 집어넣었다.

'방금 무서운 걸 본 것 같아.'

몇 번이나 후하, 후하, 심호흡을 하고 천천히 종이를 꺼냈다. 금박으로 장식된 고급스러운 종이에 쓰여 있는 건 다시 봐도 똑같은 글자였다.

[권리증]

맙소사.

나는 멍한 얼굴로 공작을 쳐다봤다. 종이를 든 손이 와들와들 떨리고 있었다. 심장이 너무 뛰어서 나는 가슴께를 꾹 눌렀다.

'이게 바로 부자를 아빠로 둔 자식의 꿀맛인가…….'

머릿속에선 불꽃이 펑, 펑, 펑! 터지고, 귓가로 트럼펫 소리가 들려온다.

진짜로? 이걸 선물로 준다고? 권리증인데? 그것도 상점가에서 제일 큰 장난감 가게의 권리증인데?

진정하자. 진정해야 해.

이렇게 무시무시한 걸 삼키면 목구멍이 찢어질지도 모른다. 능력 밖의 것을 가진 순간 얼마나 고통스러워지는지 가짜 운명의 아이인 나는 잘 안다.

망명할 때 싸 들고 갈 수도 없잖아.

어린 내가 이렇게 큰 가게를 운영할 수 없으니, 성의 관리가 대신하게 될 거다. 그럼 어차피 손댈 수 없는 돈이다. 팔아서 현금화시키려고 하는 순간 공작이 알게 될 테니 망명 계획은 순식간에 들통날 테고.

나는 피눈물을 흘리는 심정으로 서류를 잘 넣어 공작에게 내밀었다.

"글씨를 읽을 수 없는 게로군."

공작이 오만하게 말하자, 레아가 "제가 읽어 드릴게요." 하며 다정하게 웃었다.

"어머나, 이건 장난감 가게 권리증이에요, 아기님!"

나는 침울한 목소리로 말했다.

"르부, 이거 안 가죠."

"그냥 종이가 아니에요, 아기님. 이것이 있으면 가게 안의 장난감을 모두 가질 수 있는데요?"

난 슬픈 표정으로 고개를 저었다.

"이거 시러……. 그냥 장난감이 더 조아."

그러자 주변에서 쿡, 작은 실소가 들려왔다. 앙리와 이샤크가 비열한 얼굴로 내 어깨를 감싼 채 공작을 보고 있었다.

"어린아이에게 상점가 권리증은 와닿지 않는 물건이죠."

"음, 그렇지. 활이나 드레스가 더 기쁘지."

공작은 벼락이라도 맞은 표정이었다. 하지만 공자들은 나를 감싼 채로 생글생글 웃었다.

"방으로 가자, 르블레인."

"그래, 우리가 재워 줄게."

힘없이 공자들을 따라가는 내 뒤에서 공작의 낮은 목소리가 들렸다.

"이번 일 처리한 놈들, 명단 가져와."

성에 나 모르는 일이 또 있는 모양이었다.

* * *

나는 해가 뜨기도 전에 일어나, 몰래 침대를 벗어났다.

'좋아, 이샤크가 준 활은 잘 챙겼고.'

혹시 몰라 레아가 쥐여 준 추적용 마도구까지 주머니에 잘 넣어 두었다. 성 내부에까지 인신매매범을 침입시킬 정도로 날 노리는 사람이 있으니, 조심해야 한다.

나는 살금살금 걸어 지하 옥사로 들어갔다. 병사들이 순찰 중이었지만, 거지 시절 생쥐라 불리던 때의 경험을 되살려 몰래 들어가는 데 성공했다. 물론 열쇠를 따는 것도 거지 패 동료에게 배운 기술이었다.

"세리아."

조그맣게 부르자 웅크리고 있던 그녀가 고개를 들었다.

"아기님……!"

"쉿!"

내가 검지를 입술에 붙이자 세리아는 흠칫하고 목소리를 죽였다.

"여긴 어쩐 일이세요."

"세리아랑 갈 데가 이써."

나는 이해할 수 없다는 듯 눈을 깜빡이는 세리아의 손을 잡고 옥사를 나섰다.

내가 그녀를 데려간 곳은 지하에서도 가장 구석에 있는 옥사였다. 철창 사이로 그으윽—, 쇠를 긁는 것 같은 끔찍한 신음이 새어 나왔다. 철창 안에 있는 인물을 본 세리아가 숨을 크게 들이켰다.

"야곱……!"

그녀는 어째서 자신을 이곳으로 데려왔냐는 표정으로 날 쳐다봤다.

난 대수롭지 않은 목소리로 "말해짜나, 도와준다고." 하며 어깨를 으쓱였다.

"하지만 잠겨 있을 거예요."

"아닐걸."

그러고서 나는 문을 열었다.

"어떻게……!"

야곱은 끝까지 '손님'이 누군지 말하지 않았다고 한다. 정말로 모른다며 울부짖었단다. 그러니까 공작은 문을 열어 놨을 거다.

'야곱이 도망치도록.'

듀블레드에서 쫓기는 야곱이 갈 데야 날 납치하라고 시킨 '손님'에게 뿐이지 않은가.

'그래서 옥사도 이렇게 비워 둔 거고.'

덕분에 난 움직이기 쉬웠지만.

아마 일찌감치 야곱에게 추적용 마도구를 먹이거나, 부착해 놨을 확률이 높다. 내가 들은 듀블레드 공작은 그만큼 무서운 사람이었다.

"들어가자."

내가 문을 열어 주자 세리아는 천천히 야곱의 옥사 안으로 들어갔다. 바닥에 늘어진 야곱은 눈만 겨우 움직여서 우리를 쳐다봤다.

"살려…… 살려 줘……."

"그런 말을 듣고 싶은 게 아니야!"

세리아가 악에 받쳐 소리쳤다. 그녀는 득달같이 야곱에게 달려들어 멱살을 잡았다. 이미 끔찍한 고문을 몇 시간이고 당한 야곱은 세리아를 뿌리칠 힘이 없었다.

"희망의 집에 있던 내 동생들 어디 있어. 어디에 팔았어……!"

야곱이 대답하지 않자 그녀가 그의 목을 꽉 조르기 시작했다. 얼굴이 새파래진 야곱이 "끄으으윽!" 신음하며 땅에 떨어진 생선처럼 펄떡였다.

"소, 손님이야."

"뭐?"

"손님이 데려갔어."

"아기님을 납치하라고 했다는 손님을 말하는 거야? 정체를 모른다면서."

세리아가 손에서 힘을 풀자 야곱이 새빨개진 목을 잡은 채 숨을 몰아쉬었다.

"정체는 몰라. 진짜야. 매번 수하가 와서 애들을 사 갔어. 희망의 집에서 키운 애들은 모두 그자가 사 간 거야."

"무슨 짓을 하려고 내 동생들을 데려간 거지?"

"……."

"말해!"

야곱이 마른침을 삼키며 세리아를 올려다보았다.

"도축장은 고기를 떼 주는 곳이지 손님의 신상을 캐는 곳이 아니잖아."

퍽!

나는 그의 얼굴을 걷어찼다.

"이게 말이몬 단 줄 알구! (이게 말이면 다인 줄 알고!)"

주먹을 꽉 말아 쥐고 부들부들 떨던 세리아는 야곱의 얼굴을 사정없이 콱, 콱! 짓밟는 나를 멍한 얼굴로 쳐다봤다.

"오냐, 어디 너두 한번 도축 당해 바라!"

"크악!"

아예 얼굴에 올라서서 폴짝폴짝 뛰자 다 죽어 가는 소리가 들렸다.

"아, 아기님."

오히려 세리아가 놀랐는지, 날 끌어안았다. 나는 기절한 야곱을 노려보며 말했다.

"도망치지도 못할 정도로 겁 머겄눈데 모른다고 한 걸 보면 덩말로 정체를 모르는 고야."

내가 씩씩 숨을 몰아쉬며 말하자, 날 안은 손에 힘이 들어갔다. 바닥에 폴짝 뛰어내리고서 그녀를 올려다보았다.

"물어볼 게 있어."

"말씀하세요."

난 그녀의 얼굴을 빤히 쳐다보다가 입을 열었다.

"동생들을 찾고 시푼 마음, 얼마나 간절해?"

"……예?"

세리아의 눈이 잘게 흔들렸다.

"사람의 뼈를 발라내고, 피를 취해서라도 찾고 시퍼? 너와 네 동생들의 삶을 참혹하게 유린한 악마들을 몇이라도 더 죽일 수 이써?"

그렇게 묻자 세리아의 눈이 묘하게 일그러졌다.

"당신…… 평범한 아이가 아니군요."

나는 생긋 웃었다.

"그럴 각오가 있다면, 내가 널 도와줄게."

천천히 손을 내밀었다. 단풍잎처럼 작은 내 손을 가만히 쳐다보던 세리아는 입술을 꽉 깨물었다.

"난 이미 그 작자를 죽일 때 각오를 마쳤어요."

그녀가 내 손을 잡았다.

"제가 뭘 하면 되나요."

약간 긴장된 얼굴로 묻는 그녀에게 나는 산뜻하게 말했다.

"일단 네 현상금 좀 받아 올래?"

—하고.

세리아는 어이없는 표정으로 아이처럼 순진하게 웃는 나를 바라봤다.

"제 발로 치안대에 가라고요? 그것도 제 지인과 함께 말인가요?"

"웅. 그래야 현상금을 받찌. 자수하면 못 받아."

"그럼 전 사형당할 거예요!"
"안 주거."
"어떻게 확신하세요?"
"죄수가 죽기 전에 신관들이 와서 신에게 기도해 주잖나. 그때 이렇게 말하면 돼."
나는 검지를 쭉 펴고 목소리를 낮추었다.
"저는 성서의 원본이 어디에 있는지 알고 있습니다."
세리아의 눈이 커졌다.
"말도 안 돼요. 그런 걸 제가 알 리가……!"
"내가 알아."
그리고 그거라면 신전에서 눈이 뒤집힐 거다. 분명히 손에 넣으려고 안달이 되어 세리아를 살려 주겠지.
"성서의 원본이라면 값을 매길 수 없는 엄청난 것이에요. 그런 걸 왜 저 따위를 위해 쓰시는 거죠?"
"세리아는 그럴 가치가 충분한 사람이니까."
그녀는 아무런 말도 하지 못하고 한동안 나를 빤히 쳐다보았다. 떨리는 동공과 옴짝거리는 입술로 지금 얼마나 큰 감동을 받았는지 알 수 있었다.
'정말이라고. 세리아는 그럴 가치가 있는 사람이지.'
보육원에서 함께 자랐다는 이유로 피 한 방울 안 섞인 동생들을 위해 인생을 바친 인물이다. 그건 충성을 얻을 수 있다면 절대로 배반하지 않을 사람이라는 것이다.
무엇보다 세리아는 똑똑했다. '손님'의 도움을 받아서 겨우 행정관으로 들어온 야곱이나 부유한 귀족으로 맞춤 교육을 받아서 시험을 통과한 찰리와 달랐다.

보육원에서 제대로 된 교육을 받지 못하고, 귀족저에서 곁눈질로 배운 것만으로 듀블레드의 행정관 시험을 통과했다.

'거기다가 내가 평범한 아이가 아니란 것을 알고서도 사정을 묻지 않은 점.'

내가 누구든, 어떤 사람이든 간에 상관없단 말이었다. 손을 잡을 수만 있다면. 결단력과 눈치까지 있는 사람이었다.

'노스에 필적하는 인재란 말이지요.'

옆에 두기에 이만큼 훌륭한 사람이 없었다.

"그럼 원본이 어디에 있다고 말해야 하나요."

"황태후의 비밀 서고."

게다가 황태후까지 엿 먹일 수 있으니 일석이조가 아닌가.

신심 깊은 황태후는 원본을 손에 넣은 것을 비밀로 하고 있었다. 신전은 그렇게나 관계가 좋은 황태후가 응당 신전이 보관해야 할 성서 원본을 몰래 가지고 있었다는 걸 알면 배신감에 부들부들 떨 터였다.

나는 이히힛, 웃다가 세리아의 시선을 느끼고 위엄 있는 표정을 지으려 애썼다.

"동트기 전에 떠나도록 해."

"아기님의 은혜, 잊지 않을 겁니다."

무릎을 꿇은 세리아는 머리를 조아렸다.

"절대로, 절대로요. 그렇지만, 정말로 염치없지만, 한 가지 부탁을 드려도 되겠습니까."

"부탁?"

"먼저 이곳을 나가 주세요."

그녀가 야곱을 서늘한 눈으로 쳐다보곤 말을 이었다.

"그리고 어떤 소리가 들려도 돌아오지 말아 주세요."

나는 검게 일렁이는 그녀의 눈을 지그시 응시했다.

"……구래."

그녀의 부탁처럼 먼저 옥사를 나섰다. 등 뒤로 야곱의 처절한 비명이 따라붙었다.

그날 야곱은 시체가 되어 옥사를 나섰고, 세리아는 유유히 성을 빠져나갔다.

며칠 후, 내 앞으로 '아이의 날 선물'이라는 명목의 봇짐이 배달되었다. 봇짐 안엔 3만 프랑이 들어 있었다. 세리아의 현상금 액수였다.

* * *

샥, 샥, 복도를 살핀 나는 사람이 없는 틈에 우다다다 달려 온실에 들어갔다. 그리고 새로 심은 향나무 묘목 밑의 흙을 퍼냈다. 꽤 깊게까지 파자 흙에 젖은 천이 살짝 엿보였다. 손가락 끝으로 천을 문지르니 뭉툭한 것이 느껴진다.

"좋아, 좋아."

이건 세리아에게서 받은 현상금 돈주머니였다. 외부에서 묘목을 심으러 온 사람으로 분장해서 들어온 세리아의 친구가 여기 돈을 묻어 주었다.

쪼그려 앉은 난 흐뭇한 표정을 지었다.

'이거면 신분 위조는 물론이고, 대륙을 넘어갈 때 엄청 좋은 배를 탈 수 있겠어.'

하지만 단지 그것만 하는 게 내 목표는 아니었다.

'불려야지.'

원래 돈이 돈을 불러오는 법. 이걸 밑천으로 데굴데굴 굴려서 눈덩이처럼 부풀게 만들 테다.

'그리고 난 망명해서 호의호식을……!'

행복한 상상에 뺨이 발그레해진 나는 킥킥 웃었다.

'자, 그러면 이제 세리아가 무사히 돌아오기만 하면 돼.'

시킬 게 많다. 물론 나도 세리아가 '손님'을 추적하는 걸 도와줘야 하지만, 그건 별로 어려울 게 없었다. 공작이 야곱의 주변부터, 죽은 귀족의 주변까지 샅샅이 파헤치고 있으니까.

나는 공작의 정보를 세리아에게 슬쩍 전해 주기만 하면 되는 거다.

다시 흙을 잘 덮은 난 룰루랄라 온실을 나섰다. 내 방으로 돌아가기 위해 복도를 걷고 있는데, 반대편에서 "아기님!" 하는 소리가 들렸다.

"여기 계셨군요. 한참 찾았어요."

하녀들이었다. 그녀들 손에는 구두며, 드레스가 들려 있었다.

"대회의에 참석하셔야 합니다."

대회의라면 관할지를 가진 가신들까지 모두 모이는, 듀블레드 최대의 회의였다.

'거길 내가 왜?'

내가 고개를 갸웃하자 하녀들이 우후훗, 웃으며 시선을 교환했다.

"오늘 아기님을 가신들에게 소개하는 날이거든요."

아하.

그래서 어제부터 레아가 정신없이 옷이며 장신구를 입혀 보았구나.

날 방으로 데려간 하녀들이 레아를 도와 나를 꾸며 주었다. 평소보다 화려한 옷을 입고, 머리를 잘 빗은 다음 정수리에 리본을 달았다. 꽤 귀여운 모습의 꼬마 숙녀가 된 나는 레아를 따라 방을 나섰다.

대회의실로 도착하자 병사들이 문을 열어 주었다. 가신들을 둘러본 난 마른침을 삼켰다. 익숙한 얼굴의 가신도 있었으나, 처음 보는 사람이 훨씬 많았다.

'엄청나네.'

수도 수지만, 가신들 모두 엄청난 위압감을 자랑했다. 과연 손꼽히는 권력가의 중앙에서 입김을 발휘하는 사람들이다.

하지만 그곳에서 단연 뚜렷한 존재감을 자랑하는 건 역시 듀블레드 공작이었다.

'우와…….'

성장(盛裝)한 그를 보는 건 처음이었다.

금사로 섬세한 자수가 들어간 셔츠, 공훈 훈장이 여럿 달린 호화로운 재킷. 그 위에 듀블레드의 가주를 상징하는 흑사자 문양이 들어간 로브를 걸치고 있다.

'정말이지 외모는 타의 추종을 불허한다니까.'

저토록 화려한 옷도 꽉 조인 가슴과 탄탄한 어깨를 완전히 가리지 못했다. 거기다 온몸에 풍기는 고요하지만 서늘하고, 위협적인 기세. 저런 무시무시한 성격에도 왜 레이디들의 시선을 한 몸에 받는지 알겠다.

공작의 양옆으로 앙리와 이샤크도 있었다. 화려하고 달콤한 외모의 앙리와 약간 야성적인 느낌의 이샤크. 둘도 어린아이답지 않은 위압감을 자랑했다.

"르브."

공작의 목소리에 모두의 시선이 내게 집중되었다. 나는 넘어지지 않도록 조심조심 걸어 공작에게 다가갔고, 그는 나를 덥석 안아 무릎에 앉혔다.

"헉!"

"허엇."

"정말로 각하의 무릎에……."

날 처음 본 귀족들은 거의 혼절이라도 할 듯하였다.

"르블레인 리세트 듀블레드다."

리세트? 입양되었으니 듀블레드가 되는 건 당연하지만, 미들 네임도 붙여 준다고?

내가 눈을 깜빡이고 있을 때, 가신들이 크게 웅성거리기 시작했다.

"무슨……!"

"리세트라니요, 각하!"

"그건 돌아가신 공작 부인의 이름이 아닙니까!"

난 흠칫해서 공작을 쳐다봤다.

'공작님 미쳤어?!'

보통 미들 네임에 부모나 조부모, 혹은 명예로운 선조의 이름을 붙이긴 한다. 그렇지만 그건 가문을 이을 친자식에게만 해당하는 일이라고!

오죽하면 데릴사위에게 가문을 맡길 때의 관용 표현이 '네 미들 네임에 내 이름을 써도 좋다'이겠는가.

그러니까 이건 내게 친자식과 다름없는 권리를 누리게 하겠다는 선언이었다. 모든 정보를 열람할 수 있고, 공작이 성을 비울 적에 듀블레드령을 통솔할 수 있는 그 권리 말이다.

나와 친한 친공작파의 가신들마저 얼굴을 굳혔다. 가신들이 목소리를 높였다.

"재고해 주십시오!"

"신전에 속한 아기님께 듀블레드 혈족의 권리라니요!"

"각하!"

난장판이 따로 없었다. 나는 엄청나게 당황했다.

'아니, 나는 그냥 밥이나 좀 얻어먹으면서 조용히 살 거거든?'

물론 망명할 때 신전에서 날 건드릴 수 없도록 힘을 길러야 하긴 하지만, 이건 너무 과한 힘이다.

'시선이 집중될 거라고요!'

"고, 공잔미……."

취소해 달라는 의미로 그를 불렀는데, 너무 당황해서 떨리는 목소리가 나와 버렸다. 공작의 눈이 험악해졌다.

"누가 감히 내 딸을 겁먹게 하느냐."

예?

"너를 두렵게 하는 자를 짚어 보아라. 사지를 비틀어 버릴 테니."

그 말에 앙리와 이샤크가 자리에서 일어나 부복했다.

"명하신다면 그 목, 제가 베겠습니다."

"제게 맡겨 주십시오."

얘들은 왜 이러는 거야!

가신들은 흠칫하여 입을 다물었다. 거의 고함을 내지르다시피 하던 가신의 얼굴은 샛노래졌다.

'오, 신이시여.'

이제야 나는 깨닫고 말았다.

어떡하지. 너무 심하게 꼬셨나 봐.

* * *

회의가 파하고 방으로 돌아온 난 혼이 빠진 얼굴로 소파에 널브러졌다.

왜 일이 이렇게 된 거지?

"망했네, 망해써."

벅벅 마른세수를 하던 차에 방문이 열렸다. 본성의 관리급 고용인들이었다. 그러니까 레아보다 훨씬 높은 사람들이란 소리다.

"아기님, 피곤하시지요?"

"달콤한 우유를 가져왔답니다."

"어머머, 양탄자가 다 낡았잖아. 레아는 이런 것도 보고하지 않고 뭘 했담."

그들의 뒤를 이어 들어오던 레아와 내 하녀들이 어이없다는 표정을 지었다. 레아가 양탄자가 너무 낡았다고 보고했지만, 쓸 만하니 그냥 두라고 했던 것이 저 하녀장이었다.

나는 평소에도 고용인들에게 귀여움을 받는 편이긴 했다. 친공작파 귀족들의 눈에 든 덕분에 고용인들이 내게 관심을 가지기도 했고.

하지만 그건 귀빈 숙소의 인근에서 근무하는 고용인들이었지, 이렇게 높은 고용인들까지 내게 찾아와 알랑방귀를 뀌는 일은 없었다. 내게 잘하는 상급 고용인이라 봤자, 동관의 집사가 전부다.

이건 내 미들 네임이 '리세트'가 된 여파였다.

"이제 외부 일정도 생기실 텐데 옷과 장신구도 사들여야겠군요."

"치수를 재겠습니다."

"음식은 어떤 것을 가장 좋아하십니까?"

상급 고용인들이 부담스럽게 얼굴을 들이밀었다.

나는 미치고 팔짝 뛸 노릇이었다. 물론, 아버지에게 사랑받는 건 좋은 일이다. 하지만 그 아버지가 '듀블레드 공작'이면 말이 다르다. 제국의 온 시선이 내게 집중될 것이 분명했다.

'아냐, 아직 몰라.'

나는 애써 마음을 다잡았다.

군주가 강력한 권력을 유지하기 위한 방책 중 하나가 후계들에게 싸움을 붙이는 것이다. 선대도 그렇게 해서 홀로 권력을 틀어쥐고 있었지 않았는가.

'그런 걸 수도! ……있었으면 좋겠다.'

하지만 그럴 가능성은 작았다. 공작이 내밀던 상점가에서 제일 큰 장난감 가게의 권리증이 희망의 싹을 잘랐다.

"이제 아기님의 서관 방에 가구가 전부 들어왔답니다. 서관으로 가시면 저희가 아기님을 모실 거예요."

지금 나를 보필하는 하녀들이 흠칫했다.

"아기님을 모시는 건 저희 역할입니다!"

하녀 중 제일 성격 급한 달리아가 소리치자 서관 하녀들이 인상을 썼다.

"너희 직무는 동관에서 귀빈을 대접하는 것이지 않니."

"이제 아기님께선 귀빈이 아니라 듀블레드의 혈족이시다. 우리가 모시는 게 당연해."

그 말에 내 하녀들이 반론을 펼쳤다.

"하지만, 줄곧 저희가 아기님을 모셔 왔다고요."

"각하께서 이제까지 하녀들을 교체하겠다는 말씀은 없으셨습니다."

"네. 갑자기 모시는 고용인이 바뀌면 아기님께서도 혼란스러울 테고……!"

서관의 하녀가 어이없다는 듯이 팔짱을 꼈다.

"아기님 앞에서 목소리를 높이다니. 어디서 배워 먹은 버르장머리냐."

나는 퀭한 눈으로 싸우는 하녀들을 쳐다봤다.

'그냥 날 가만히 두면 안 될까?'

양손으로 머리를 잡고 끄으응, 신음했다.

*   *   *

공작의 집무실.

공작을 따라 들어온 뒤보스 자작이 가라앉은 표정으로 말했다.

"오늘 일은 성급한 처사가 아닐지요. 모든 세력의 시선이 아기님께 집중될 겁니다."

공작은 재킷을 집사에게 건네며 여상히 대꾸했다.

"그러라고 성급하게 굴어 주었지."

"예?"

의자에 앉은 듀블레드 공작이 다리를 꼰 채로 자작을 쳐다봤다.

"손님이라는 자가 내부에서 생겼는지, 외부인인지 아직까지 밝혀진 바가 없다."

"그렇지요."

"외부인이라면 르블레인에게 시선이 집중되었을 때는 몸을 사릴 것이다."

"하지만 내부인이라면 더 크게 반발할 겁니다. 차라리 이리(듀블레드의 최정예 기사단)들로 호위를 세워 두는 것이……."

"리세트가 죽은 이유가 무엇이냐."

그 말에 뒤보스 자작이 움찔했다.

공작 부인 리세트는 부모나 친인척조차 없는 이름 없는 귀족이었다.

공작은 그녀를 지키기 위해 철저히 숨겨 두었다. 제도 사교 파티에는 물론, 영지에서조차 외부에 얼굴을 보인 일이 거의 없을 정도였다.

호위 또한 철두철미했다. 현 이리의 단장이자, 당시 공작을 제외하면 가장 강력한 마기사였던 사내를 붙여 물샐틈없이 호위했다.

하지만 그녀는 죽었다. 모두가 산고로 알고 있는 그녀의 죽음은 사실

타살이었다.

'아기님께 리세트 님의 이름을 내린 건 두 번은 당하지 않겠다는 성언이셨나.'

아니, 그것만은 아닐 것이다.

듀블레드 내에 공작의 시선이 닿지 않는 곳은 없었다. 현상 수배범 세리아가 성을 빠져나간 날도 마찬가지였다. 공작은 르블레인이 몰래 지하 옥사에 들어갔던 것을 알고 있었다.

테오도르 듀블레드는 제 영역이 통제되지 않는 것을 가장 싫어했다. 그런데 저 모르게 옥사로 들어가 수배범을 풀어 준 것으로 추측되는 르블레인에게 어떠한 제재도 없었다.

제재는커녕,

"어린아이가 몰래 옥사에 숨어든 것이 놀랍군. 참으로 내 딸다운 운동 신경이 아니냐."

—라며 자신에게 칭찬을 강요했다. 이미 빠질 대로 빠진 것이다.

'이것은 듀블레드의 호재인가, 악재인가.'

물론 아기님은 귀엽고, 사랑스럽고, 운동 신경도 탁월하고, 결단력이 있고, 타인을 가엽게 여길 줄 알고, 베풀 줄 아시는 분이지만.

또 하나의 팔불출은 생각난 김에 아기님을 뵈러 가야겠다고 생각하며 헤벌쭉 웃었다.

* * *

같은 시간, 지혜의 탑.

원로원의 거처인 그곳엔 평소와 달리 수많은 귀족이 들끓고 있었다.

"리세트라니요! 각하께선 어찌 그런 결정을……! 이런 시국에 각하께 충언을 올려야 할 의장께선 어디에 계십니까!"

"테라모어 사건의 여파로 당분간 은거하시겠노라 하셨습니다."

"쥐새끼 한 마리 때문에 다들 고생이로군."

"말씀이야 그러시지만, 그분의 기일이 다가왔기 때문이겠지요."

흥분한 귀족이 소리쳤다.

"의장께서 나서지 않는다면 우리라도 막아야 합니다!"

"각하의 뜻이 완고하시지 않나."

"하지만 이대로 두면 운명의 아이가 안주인을 대행하게 된단 말입니다!"

"평민 출신의 입양아가 성을 관리하고, 듀블레드의 이름으로 모든 제(祭)를 관장하는 것이 말이나 되는 일입니까."

관할지를 가진 고위 귀족들마저 탄식하자, 원로원에 속한 가신들은 분통을 터뜨렸다.

"각하께서 재혼을 하셨다면 이런 끔찍한 일은 일어나지 않았을 텐데요. 지금이라도 주청드리는 것이 어떻습니까."

"격이 맞는 가문을 물색하고, 합이 맞으려면 적어도 1, 2년은 우습게 걸릴 걸세."

"칫, 공작 부인께서 딸이라도 하나 더 낳고 가셨어야 했습니다. 그래야 자격 없는 계집애에게 휘둘리지 않지요."

의장을 대신해 상석에 앉아 있던 원로가 턱을 문질렀다.

"하면 자격을 갖춘 딸이 하나 더 생기면 될 일이 아닌가."

"예?"

원로가 윌스턴 남작을 돌아보았다.

"공의 딸이 몇 살이라고 하였나?"

멀뚱멀뚱 회의를 지켜보던 윌스턴 남작이 "예?" 하고 물었다.

* * *

미들 네임이 '리세트'가 되고 일주일. 내 일상은 피폐해졌다.

"아기님, 저희 서관의 고용인들은 대대로 듀블레드의 혈족을 모셨답니다. 저희가 곁에 있다면 분명 도움이 되실 거예요."

"레, 레아 님과 저희도 아기님을 잘 모실 수 있어요!"

매일같이 고용인들이 쌈박질을 해 대는 통에 정신이 하나도 없던 것이다. 나는 서관의 고용인들을 피해 정원으로 피신했다.

'귀찮아 죽겠네.'

하도 쫓아다녀서 온실로 돈 구경하러 갈 틈도 없다.

커다란 나무 뒤에 쪼그려 앉아서 숨죽이고 있던 나는 하녀들의 발소리가 멀어진 뒤에야 털썩 주저앉았다.

"요기서 놀다가 저녁 머글 때 가야게따."

나는 정원에 핀 꽃들을 둘러보았다. 겨울바람이 물러가지도 않았는데, 꽃이 만발해 있었다.

그건 저기 공중에 띄워 놓은 마력석 때문이었다. 블루 스피넬로 신성 도구를 만들 수 있듯이, 마력석으로는 마도구를 만들 수 있다. 마력 전도율이 높기 때문이었다.

색이 선명할수록 강력한 힘을 담을 수 있는데, 정원의 마력석은 매우 선명한 보라색이었다. 거기다가 엄청나게 커다랗기까지 하다.

'망명할 때 저거 하나 떼 가면 좋겠다. 엄청 비싸게 팔릴 텐데.'

그렇게 생각하며 정원에 핀 꽃을 꺾었다.

'꽃다발을 만들어서 우리 레아한테 줘야지.'

레아는 사람 손으로 피운 꽃보다 자연스럽게 난 들꽃을 더 좋아한다. 그래서 난 정원사들이 미처 보지 못한 작다란 들꽃을 찾아다녔다.

여느 때와 다름없이 유심히 땅을 살피며 걷던 나는 꽃에 집중한 나머지 누군가와 부딪히고 말았다.

'아우!'

"꺅!"

나와 부딪친 사람은 비명을 지르고 주저앉았다.

'애잖아?'

열 하고도 서넛쯤 더 되어 보이는 여자아이였다. 챙이 넓은 보닛을 쓰고, 풍성한 치마의 드레스를 입고 있었는데 척 보기에도 고가의 옷이었다. 성에서 잔심부름을 하는 시동이라곤 볼 수 없었다.

'아, 일단 일으켜 줘야지.'

그렇게 생각하고 손을 내밀었는데, 그 애가 내 손을 뿌리치고 인상을 찌푸렸다. 그러곤 저 스스로 일어나선 날 쏘아봤다.

"뭐 해?"

"웅?"

"사과해야 할 것 아냐."

나는 순순히 고개를 끄덕이고 말했다.

"아라써. 그러면 서로 사과하자."

"뭐라고?"

"못 바서 부딪친 건 둘 다 마찬가지자나."

그 애가 기가 막힌다는 듯 인상을 찌푸렸을 때였다.

"꼬맹아!"

이샤크의 목소리가 들렸다.

"이 근처 어디에 있는데……."

중얼거리던 그 애가 장미 넝쿨을 손으로 뒤졌다. 그러다 틈으로 날 보고서 눈을 반짝였다. 이샤크가 정원의 장식대를 잡고서 휙, 넝쿨을 뛰어넘었다.

"여기였네."

난 아이의 손에 들린 수정구를 보고 흐린 눈을 했다.

"이자꾸, 또 나 추적해써?"

야곱의 일 이후, 나는 추적용 마도구를 받았다. 눈 튀어나오게 고가인 이 마도구는 현재 위치만 잡을 수 있는 게 아니라, 이동 경로, 비상 호출까지도 가능했다.

"어, 화내네?"

"맨날 추적하니까 구로치."

앙리와 이샤크는 이걸로 뻔질나게 날 찾아다녔다. 그나마 앙리는 내가 귀찮아하지 않을 정도로 횟수를 조절했지만, 이샤크는 변함없었다.

그 애가 씩 웃으며 불쑥 얼굴을 내밀었다. 처음엔 잘생긴 얼굴이 가까이 다가올 때마다 놀랐는데, 이제 익숙해져서 그냥 부담스러울 뿐이었다.

"내가 오늘 간식으로 뭘 준비해 놓으라고 했는지 알면 화 못 낼 텐데."

"……먼데?"

"프렌치토스트."

"왜 이제 와써!"

나는 냉큼 그 애를 반겨 줬다.

잘 푼 계란물에 식빵을 적신 후 구워서 꿀과 버터를 듬뿍 발라 먹는 프렌치토스트는 내가 제일 좋아하는 간식이었다.

하지만 요리사들이 "평민들이나 먹는 요리를 아기님께 드릴 순 없습니다." 하며 괜한 열정을 불태우는 덕에 자주 먹을 수 있는 게 아니었다.

"어머나, 아기님이셨군요."

옆에서 앳된 목소리가 들려왔다.

"몰라뵙고 인사를 못 드렸네요."

그러자 이샤크가 얼굴을 확 찌푸렸다.

"뭐야, 네가 왜 여기에 있어?"

"오랜만에 뵈어요."

아까 부딪친 아이가 수줍게 웃고 고개를 숙였다. 그러곤 날 쳐다봤다.

"카틀레아 윌스턴이라고 합니다. 공자님들과는 팔촌 오누이랍니다."

"팔촌?"

"네. 아까는 놀라셨지요? 용서하세요. 단출한 차림이시라 알아뵙지 못했어요."

내 차림이 단출하긴 했다. 지난번에 드레스 장식에 손가락이 까진 이후로, 공작이 눈을 부릅뜬 탓이었다.

이샤크가 '날 다치게 했다'라며 옷을 갈기갈기 찢어 버렸고, 앙리는 내 옷 담당 고용인에게 '앞으로 내 옷에 가문의 위신을 고려한다면 가죽을 벗겨서 옷으로 만들어 주겠다'라고 상큼하게 웃으며 말했다.

그 뒤로 난 편한 옷만 입었다. 물론 천은 시중에서 제일 좋은 것이긴 했지만, 장식이 하나도 없어서 밋밋했다. 거기다가 흙바닥에 쭈그리고 있었으니 먼지가 잔뜩 묻어 추레해 보였을 거다.

여자애가 양손으로 내 손을 잡으며 말했다.

"부디 용서해 주세요."

그 애가 눈을 사르르 접고 말을 이었다.

"앞으로 성에서 함께 지낼 텐데 불편한 사이가 되길 바라지 않아요."

성에서 함께 지낸다고?

나와 이샤크는 서로를 바라보며 눈을 동그랗게 떴다.

*　*　*

이샤크와 함께 앙리가 있는 방으로 들어간 난 카틀레아에 관하여 들었다.

그 애는 열두 살이라고 했는데, 정말로 조숙한 편이었다. 어려운 말도 줄줄줄 쏟아 내는 데다가, 아주 똑똑했다. 앙리와 이샤크의 뒤를 이어 영재원에 입학할 수 있을 정도의 수준이라고 했다.

또, 듀블레드에서는 몹시 드문 신성력을 가진 아이란다. 그것도 꽤 강해서 신전에서 교육을 받는 중이었다.

이샤크는 딸기를 포크로 찍어 내게 건네며 삐딱한 표정을 지었다.

"평소엔 하지도 않던 혈족 교육을 왜 다시 꺼내선."

난 앙리의 눈치를 살폈다.

혈족 교육이란 가주가 가문을 통제하기 위해 듀블레드의 혈족을 모두 모아 관리하는 시스템을 말하는 거다. 공작이 세 공자를 선대에게 넘길 수밖에 없었던 제도 말이다.

즉, 앙리가 트라우마를 가졌던 계기라 나는 조심스러웠다. 그러나 앙리는 아무렇지 않은 얼굴로 말했다.

"윌스턴의 자발적인 요청이었다던걸."

"미친 거 아니야? 방계 가문은 제 자식을 가주가 빼앗아 갈까 봐 늘 벌벌 떨었잖아."

"글쎄. 하지만 우리에겐 이득이지. 윌스턴 영애를 몇 주 교육해 주는 것만으로 다른 방계 가문을 단속할 수 있잖아."

"왜?"

"혹시나 공작님이 선대 때처럼 본격적으로 혈족 교육을 하겠다고 할까 싶어서 겁먹을 테니까."

"그럼 윌스턴은 다른 가문에서 원망 살 짓을 굳이 하는 거야? 왜?"

이샤크의 질문에 앙리는 나를 힐끔 쳐다보곤 말을 돌렸다. 갑자기 사근사근한 목소리였다.

"이제 만찬장에 가야 하는데 벌써 배가 불러도 괜찮겠어?"

간식 배와 식사 배는 따로 있는 거다.

근엄한 얼굴로 "가능해." 하고 말하자 공자들이 쿡쿡 웃었다.

"그럼 갈까."

난 공자들의 손을 잡고 만찬장으로 향했다. 듀블레드의 만찬은 흔한 식사 자리가 아니었다. 수뇌부 간의 교류회나 마찬가지였다.

만찬장에 들어가자 일전에 대회의에서 보았던 귀족들이 자리하고 있었다. 가주의 자식들이 등장하자 그들이 모두 자리에서 일어나 가슴에 손을 얹곤 고개를 숙였다.

"가문의 귀애들을 뵙습니다."

"가문의 귀애들을 뵙습니다."

권력자들의 공손한 인사에 난 조금 긴장했는데, 공자들은 익숙하게 자리로 향했다. 우리가 상석의 왼편에 앉으니, 맞은편에 있던 카틀레아가 생긋 웃었다.

'저 애도 왔네.'

그때, 공작이 등장했다. 또 한 번 정중한 인사가 이어졌다. 공작이 자리에 앉고서 식사가 시작되었다.

어른들끼리 어려운 이야기를 나누는 동안, 난 식사에 집중했다.

'소고기, 너무 좋아.'

듀블레드는 대체 고기에 무슨 짓을 하는 건지, 입에 넣자마자 사르륵 녹아 버린다. 회귀 전에 황태후가 날 물고 빨고 예뻐했던 시절에도 먹어 보지 못한 맛이었다. 그때였다.

“아……!”

카틀레아의 목소리에 두런두런 이야기를 나누던 사람들이 그 애에게 집중했다.

“송구합니다. 놀라서…….”

그 애의 모친인 윌스턴 남작 부인이 “무슨 일이니.” 하고 물었지만, 카틀레아는 대꾸 없이 일어났다. 그러곤 내게 다가와 냅킨으로 얼굴을 닦아 주었다.

“이제 됐어요.”

난데없이 꾹꾹 닦아 주는 손길에 얼굴이 찐빵이 된 난 눈을 끔뻑이며 카틀레아를 쳐다봤다.

‘나 별로 묻히면서 안 먹었는데?’

만찬장이라서 신경 써서 먹었다. 하지만 이야기에 집중했던 어른들은 몰랐고, 카틀레아가 기특하다며 웃었다.

“아기님의 귀여운 모습을 지켜보다가 아무래도 안 되겠다 싶어서…….”

카틀레아는 헤헤 웃으며 자리로 돌아왔다. 그러곤 공작을 힐끔거리다 수줍은 표정으로 그의 접시에 고기를 놓아 주었다.

“맛있어요, 공작님.”

이번에도 가신들은 참으로 상냥하다며 껄껄 웃었다.

* * *

카틀레아 윌스턴은 듀블레드령에서 가장 어여쁜 아이였다.

손꼽히는 미인인 어머니를 꼭 닮은 찬란한 블론드와 듀블레드의 상징인 호수같이 투명한 청안. 인형 같은 아이가 보조개를 쏙 드러내며 점잖게 굴 때면, 그 어떤 어른도 예뻐하지 않을 수가 없었다.

며칠 전, 윌스턴 남작은 잔뜩 흥분해서 저택에 돌아왔다.

"기회요, 기회가 왔어!"

뛸 듯이 기뻐하는 남편에게 남작 부인이 물었다.

"기회라니요?"

"우리 딸이 듀블레드 영애가 될 기회 말이오!"

"대체 무슨 말이에요? 그건 이미 한 번 거절당했잖아요?"

분가에서 본가로 자식을 보내 입양시키는 것은 심심치 않게 있는 일이었다. 더군다나 카틀레아처럼 뛰어난 아이라면.

윌스턴 부부의 딸은 뛰어난 신성력의 소유자였다. 그 때문에 어려서부터 신전에서 교육받았는데, 가끔 제도의 신전에서도 아이의 성장을 확인하러 오곤 했다.

이대로 자라기만 하면 고위 성직자 자리는 따 놓은 당상이고, 듀블레드 공작의 도움만 있다면 추기경 자리도 노려볼 수 있었다.

부부는 발판을 마련하기 위해서 공작에게 딸을 받아 주십사 청했지만, 거절당했다. 이미 자식은 차고 넘친다는 이유였다.

"원로와 가신들이 힘을 보태 주겠다고 하였소."

"갑자기 무슨 까닭으로……."

"뭐긴 뭐요. 우리 딸의 발끝도 못 좇아오는 운명의 아이 때문이지."

남작 부인은 인상을 찌푸렸다.

운명의 아이라는 말만 나와도 속이 뒤집힌다. 자식은 차고 넘친다고 했으면서 그깟 아이를 입양하다니.

아무리 황태후의 부탁이었다고 하더라도, 카틀레아의 발끝도 못 미친 아이가 응당 제 딸이 가져야 할 자리를 꿰찼다고 생각하면 울분이 치밀었다.

"이번엔 공작이 마음을 돌리겠어요?"

"그땐 카틀레아를 제대로 본 적이 없으니 거절했던 게지. 운명의 아이와 함께 두고 보면 제 판단이 얼마나 어리석었는지 깨달을 거요."

남편의 호언장담에 남작 부인의 입꼬리가 슥, 올라갔다.

운명의 아이에게 미들 네임으로 전 공작 부인의 이름을 내렸다는 소문은 이미 파다했다.

그 애가 조금만 자라면 공작 부인을 대신해 듀블레드 사교계를 통솔하게 될 거다. 고작 평민 출신 어린애에게 휘둘릴 생각을 하면 끔찍했다.

그런데 카틀레아가 본가에 입적되어 그 자리를 대신한다면.

딸을 돕는다는 핑계로 본성의 살림에 개입할 수도 있었다. 고작 방계의 힘없는 남작 부인이라고 무시 받던 자신이 콧대 높은 귀부인들 위에서 군림할 수 있을 것이다.

남작 부인이 카틀레아의 머리칼을 넘겨 주며 말했다.

"각하와 공자들의 마음에 들 수 있겠니?"

물음에 카틀레아는 생글생글 미소 지었다.

"제가 언제 실망하게 해 드린 적 있나요?"

"암, 우리 딸은 한 번도 어미를 실망하게 한 적이 없지."

후훗, 웃은 남작 부인이 딸애의 뺨에 입 맞췄다.

……그랬는데.

카틀레아는 치맛자락을 꽉 말아 쥐었다. 공작은 제가 놓아 준 고기를 르블레인의 접시에 옮겨 주었다.

"천천히 먹어라."

르블레인은 눈을 동그랗게 뜨고 안절부절못하며 자신과 공작을 몇 번이나 돌아보았다. 그 애는 날카롭게 쏘아보는 자신을 보고서 고기를 다시 집어서 슬쩍, 공작의 접시에 놓아 줬다.

"아냐, 공잔미 머거."

공작은 얼굴을 굳혔다. 그리고 집사를 향해 소리쳤다.

"박제사를 불러와라!"

난데없는 말에 놀란 사람들이 눈을 홉뜨고 공작을 쳐다봤다. 하지만 공작은 깨끗한 스푼으로 르블레인이 다시 내려놓은 고기를 고이 들었다.

"내 딸이 처음으로 내게 준 고기다."

카틀레아의 얼굴이 왈칵 일그러졌다.

내가 먼저 준 거잖아……!

* * *

만찬이 파하고 가신들과 함께 성을 나선 카틀레아는 이를 악물었다.

분해서 참을 수가 없었다.

'그따위 게 뭐라고!'

말도 제대로 못 하는 꼬맹이였다. 저보다 귀엽지도, 신성력이 강하지도, 똑똑하지도 않은 그저 꼬맹이. 그깟 것에게 밀렸다는 모멸감에 눈앞이 뿌예졌다.

"쉬이 눈물을 보이지 마라."

카틀레아는 옆에서 들린 목소리에 흠칫 놀랐다. 고개를 돌리자 그간 아버지를 따라 얼굴을 익혀 두었던 원로가 빙그레 미소 지었다.

"앞으로 듀블레드 영애로서 수백만의 영지민을 굽어살필 아이가 어찌 이런 일에 흥분하느냐."

"제가 정말로 듀블레드 영애가 될 수 있나요?"

"물론이지."

"하지만 공작님은 저를 쳐다도 보지 않으셨어요……."

카틀레아가 섧게 원로를 쳐다봤다. 윌스턴 남작 부부도 불안하긴 마찬가지였다. 남작이 원로에게 물었다.

"생각보다 각하께서 운명의 아이를 아끼십니다. 정말로 딸을 보는 듯한 눈빛이었습니다."

"각하께서 어디 그런 분이신가."

"하면……?"

"운명의 아이가 우연히 몇 번 가문을 도운 일이 있었네."

소수만이 알고 있는 일이었다. 오리하르콘이 매장된 곳을 알려 주고, 에트왈을 찾도록 한 것 말이다.

'운이 좋았지.'

"그 계집아이 덕에 이문을 얻어 갸륵하게 생각하시는 것일세."

원로는 남작의 어깨를 두드리고서 말했다.

"염려 말게. 각하의 마음은 우리가 돌릴 터이니."

그러곤 무릎을 굽혀 카틀레아와 시선을 맞췄다.

"영애께선 저희만 믿으시면 됩니다. 그리고 훗날 저희에게 이 일을 보답해 주십시오."

마치 정말로 듀블레드 영애에게 하듯, 정중한 말이었다. 그제야 카틀레아의 얼굴에 미소가 돌아왔다.

* * *

이튿날.

나는 벽에 등을 댄 채로 내 앞을 가로막은 이샤크와 앙리를 힐끔힐끔 쳐다봤다.

"꼬맹아."
"네……."
"네가 모르는 것 같아서 말해 주는 건데."
"네."
"나도 고기를 먹을 줄 알아."
"……."
앙리는 그냥 웃고만 있었지만, 평소보다 미소가 배는 화사한 것이 같은 말을 하고 싶은 모양이었다.
억울하다. 난 카틀레아가 공작에게 준 고기를 돌려줬을 뿐이었다.
온몸에서 공작에게 귀여움받고 싶다는 오라를 뿜어내던 그 애는 공작이 내게 고기를 주자마자 살벌하게 날 노려봤다. 고기 한 점 때문에 한이 서리게 하고 싶지 않아서 돌려준 거다.
이샤크가 말했다.
"이렇게 차별하면 나도 형을 차별할 거야."
나 말고 앙리를?
어이가 없어서 진지한 표정을 짓고 있는 이샤크를 올려다봤다. 앙리는 이샤크를 바퀴벌레 보듯이 쳐다봤다.
난 후우, 한숨을 내쉬고 주머니를 뒤졌다.
'뭐 없나.'
뽀시락뽀시락 주머니를 뒤졌더니 어제 정원에서 레아에게 주려고 꺾은 들꽃 몇 송이가 있었다.
카틀레아와 부딪친 바람에 꽃다발을 못 만들어서 그냥 주머니에 넣어 놨던 거다. 한나절 동안 내 주머니에 있던 이름 모를 들꽃은 너덜너덜했지만 있는 거라곤 이것뿐이다.
나는 들꽃을 한 송이씩 앙리와 이샤크에게 내밀었다. 그러자 공자들이 눈을 크게 떴다.

"우리 주는 거야?"

"네."

말하자 두 사람은 부들부들 떨리는 손으로 꽃을 받아 들었다.

"꼬맹이가 내게……."

"내게 꽃을……."

이샤크가 "박제사!" 하고 외쳤다. 어디서 많이 들어 본 어조였다. 앙리도 "실례." 하며 빠르게 문을 열던 찰나, 앙리의 수족인 기사가 다가왔다.

"가신들이 윌스턴 영애가 〈잠든 광물〉의 결계를 해제할 수 있도록 허락해 달라는 주청을 올렸습니다."

'잠든 광물이라면 그걸 말하는 건가.'

듀블레드의 가보. 신성 결계가 쳐져 있어서 신성력을 가진 자만이 해제할 수 있는 물건이었다. 뭐에 쓰이는 물건인지도 모른다.

선조는 가보를 남기며 '본가의 딸이 신성력을 타고났을 때라야 사용이 가능할 것이다'라고 못 박았는데, 이후 태어난 여식들은 모두 마력의 소유자라 밝혀내지 못했다.

이샤크가 버럭 소리쳤다.

"그게 무슨 개소리야! 공작님의 딸은 꼬맹이인데 왜 카틀레아 윌스턴이 결계를 해제한단 말이야!"

앙리의 표정도 싸늘해졌다. 그가 기사에게 물었다.

"가신들은 지금 어디에 있지."

"알현실에 계십니다."

앙리와 이샤크가 즉시 복도를 나섰다.

알현실엔 수많은 가신이 모여 있었다. 대부분 3,000제곱킬로미터 이상의 관할지를 가진 권력자들이었다. 그들 사이에 서 있던 카틀레아가 막 알현실로 들어오는 공자들과 날 보고 생긋 웃었다.

공작의 의자와 가신들의 사이엔 호화로운 상자가 놓여 있었다. 얼핏 보기엔 그저 커다란 돌 같았다.

'저게 잠든 광물인가.'

가신들이 공작을 향해 입을 열었다.

"기상관들의 예측으로는 내년에 심각한 가뭄이 찾아온다고 합니다."

그건 맞는 말이다. 황실과 귀족들, 신전까지도 예측하고서 대비하였지만, 가뭄은 파종기부터 가을까지 계속된다.

"지금이야말로 〈잠든 광물〉의 힘이 필요할 때가 아닐는지요."

"기록에서 추측한 대로 이 광물이 물의 정령을 불러낼 수 있다면 큰 도움이 될 겁니다."

"그리고 윌스턴 양은 강력한 신성력의 소유자지요. 결계를 해제할 수 있습니다."

이야기를 들은 앙리가 공작을 돌아보았다.

"방계가 본가 소유의 성물을 해제한다는 선례를 남길 수 없습니다."

나는 속으로 고개를 끄덕였다. 훗날 이번 일을 명분으로 방계 귀족이 본가 소유의 다른 성물들을 노릴 수 있을 테니까.

원로원의 로브를 걸친 남자가 말했다.

"물론 선례로 남겼을 때의 위험성을 저희도 잘 알고 있습니다. 그것을 명분으로 내분이 일어날 수도 있겠지요."

이샤크가 입매를 비틀었다.

"알면서 헛소리를 지껄이는 이유가 뭐야."

원로의 입꼬리가 히죽 올라갔다.

"카틀레아 윌스턴을 본가에 입양하신다면, 위험한 선례를 남기지 않고 영지민들을 구원할 수 있을 것입니다."

'이게 목적이었구나.'

나는 부끄러운 듯 양 볼을 발그레 물들인 카틀레아를 바라봤다.

이샤크가 헛웃음을 터뜨렸다.

"그러니까 꼬맹이가 내성을 주관하는 건 못 보겠다?"

핵심을 짚는 말에 원로는 허허, 곤란하다는 듯 웃었다.

"어찌 그런 말씀을 하십니까. 단지, 영지민들을 위한 충언을 올렸을 뿐이지요."

"그럼요. 아기님께서 결계를 해제할 수만 있다면 저희가 이런 주청을 올리겠습니까."

"일반 신관보다도 신성력이 부족하신 아기님께선 결계를 해제할 수 없으실 테니까요."

그 말에 친공작파의 가신들이 소리쳤다.

"어찌 아기님을 함부로 판단하신단 말입니까!"

"하면 하실 수 있겠는가?"

"그건……!"

"한데 말일세."

원로의 눈빛이 뒤보스 자작의 옆에 오도카니 서 있는 내게 향했다.

"아기님께 정말로 신성력이 있기는 한 것인가."

그 말에 친공작파의 귀족들이 목소리를 높였다.

"공은 말을 삼가십시오!"

"아기님은 신전에서 검증한 운명의 아이십니다!"

원로 측의 귀족들도 지지 않고 입을 열었다.

"한데 어째서 한 번도 신성력을 쓰는 것을 본 적이 없지?"

"공들 중 누가 아기님의 신성력을 목격하였소?"

"아이일 적엔 특히나 힘을 조절할 수 없어서 은연중에라도 비칠 터인데."

이게 바로 두 번째 목적이었나 보다. 친공작파의 귀족들에게서 내 신임을 빼앗는 것.

그때, 눈을 감은 채로 관자놀이를 짚고 있던 공작이 입을 열었다.

"놀고들 있군."

낮고도 고요한 목소리였지만, 등허리가 흠칫할 만큼 위압적이었다. 그가 천천히 눈꺼풀을 들어 올리자 시리고도 푸른 눈동자에 날카로운 이채가 떠올랐다.

폐부를 옥죄는 시선에 원로와 그의 측근 귀족들이 마른침을 삼켰다. 원로를 비롯해 카틀레아의 입양을 주장하는 가신들이 일시에 무릎을 굽혔다.

"영지민들을 굽어살피십시오. 모든 것은 듀블레드의 광영을 위한 일입니다."

"듀블레드의 광영을 위해!"

"광영을 위해!"

알현실에 모인 가신 대부분이 함께 듀블레드의 광영을 외쳤다.

나는 미치고 팔짝 뛸 노릇이었다.

'하지 마, 멍청이들아!'

저들은 쪽수로 밀어붙이면 공작도 어쩔 수 없을 거라고 여기는 것 같았지만, 절대 아니었다.

미래에 어떤 사건으로 가신들이 원로원의 최고 의사 전달권인 연명장을 쓴 적이 있었다.

광활한 듀블레드령의 과반수가 넘는 귀족들이 합심하여 공작에게 주청을 한 것이다. 그때, 듀블레드 공작은 연명장을 작성한 귀족들을 전부 산 채로 묻어 버렸다.

혹 지금 저들이 다 죽으면, 신전은 공작이 날 기르기에 적합한 아버지가 아니라는 이유로 날 다시 빼앗아 갈 거다.

'이렇게 되면 어쩔 수 없다.'

나는 "우와!" 소리치고 광물이 든 상자로 달려갔다.

"이거 르부 고예요?"

순진한 척 물으니 뒤보스 자작이 당황하여 "아, 아기님." 하고 말했다. 원로는 눈을 가늘게 뜨고 말했다.

"아기님께서 결계를 해제하실 수 있다면야 그렇겠지요."

"그러몬 르부가 해 볼래!"

카틀레아의 입양을 주장한 사람들의 입매가 비틀렸다. 네가 할 수 있겠느냐는 표정이다.

카틀레아는 "저……." 하고 안타까운 척 말했다.

"결계를 해제할 만한 신성력이 없다면 위험하실 거예요."

노스와 뒤보스 자작, 공자들조차도 내가 할 수 없다고 생각하는 듯했다.

"르블레인, 위험하니까 놓아둬."

"그래, 더 좋은 장난감 사 줄게!"

나도 위험할 거라는 건 잘 안다.

아마 못 할 거다. 아니, 절대 못 할 게 분명했다. 광물을 들자마자 느껴졌다. 내가 풀 수 있는 수준이 아니었다. 삼중으로 결계가 둘러싸여 있고, 광물 안에선 뭔지 모를 기이한 기운까지 느껴진다.

'하지만 광물이 뭔지 정도는 감정할 수 있을지도 몰라.'

감정엔 강한 신성력이 필요 없다. 틈으로 실처럼 아주 가는 힘을 밀어 넣기만 하면 되니까. 그리고 안에 내재한 힘의 질을 계산해서 어떤 원소인지 찾아내는 거다.

오히려 신성력이 약하기 때문에 할 수 있는 일이었다. 강하면 척척 결계를 해제할 테니까 약한 자들은 이런 식으로라도 능력을 개발했다.

'이게 정말 물의 정령을 불러낼 수 있는지만 확인하면 돼.'

불러낼 수 없다면 광물의 결계를 카틀레아가 해제하는 것으로 싸울 필요가 없다. 나는 조심스럽게 광물에 신성력을 불어넣었다.

그 순간이었다.

콰과과과과광—!!!

광물에서 새빨간 빛이 뿜어져 나옴과 동시에 지진이라도 터진 것처럼 성이 격렬하게 흔들렸다.

쾅! 콰광!

벽과 천장에 균열이 가고 부서진 조각이 추락했다.

"뭐, 뭐야."

사람들이 모두 당황하여 우왕좌왕하고 있었다.

공작이 벌떡 몸을 일으켰다.

"르블레인!"

"꼬맹아!"

앙리와 이샤크가 서둘러 마력을 방출했다. 두 사람의 손에 생긴 시동인과 동일한 인(印)이 내 머리 위에 떠올랐다. 하지만 벽의 파편을 막아주던 그것은 이내 날카로운 균열음과 함께 흩어져 버렸다.

"뭐야, 내 힘이 왜……."

이샤크가 믿을 수 없다는 듯이 중얼거렸을 때였다. 눈앞이 뿌옇게 변하는가 싶더니, 귓가로 목소리가 흘러들었다.

[드디어 아가를 만났어.]

언제나 치지직, 노이즈가 낀 것 같았던 목소리가 선명하게 들렸던 첫 번째 순간이었다.

하지만 상황을 판단할 새도 없이 주변이 난리 통으로 변했다. 이윽고 허공에서 검은 원들이 생성되더니 검은 후드를 입은 자들이 나타났다. 금장으로 장식된 후드를 입은 자가 급히 모자를 벗으며 소리쳤다.

"이 거대한 신성력은 신전의 습격입니까!"

그러자 다른 이들이 지팡이를 치켜들며 말했다.

"몇천의 전투 신관이 오든 간에 소용없다. 듀블레드의 마도사들이 너희를 섬멸하리라!"

"몇천이냐? 몇만이냐?!"

그러고 휙, 휙 주변을 둘러본다.

'아, 누가 나 좀 기절시켜 줘.'

마도사들이 어리둥절한 얼굴로 날 보았다. '왜 파동이 아이에게……?' 라는 말이 표정에 쓰여 있다.

하지만 영문을 모르겠는 건 나도 마찬가지다. 나는 그냥 광물을 감정하려고 한 것뿐인데, 갑자기 목소리가 들리고 신성력이 강력하게 뿜어져 나왔다.

"아기님이 아니십니까?"

금장의 로브를 걸친 마도사가 나를 향해 손을 뻗었다.

[감히 어딜―!]

목소리가 날카롭게 고함을 내질렀다. 그리고 말릴 새도 없이 이전보다 강력한 신성력이 뿜어져 나왔다.

'하지 마!'

나는 어떻게든 말리기 위해서 머릿속으로 생각했다.

그런데 그 순간.

"커헉!"

카틀레아가 주저앉아 입을 틀어막았다. 손가락 사이로 선혈이 뚝뚝 떨어진다.

'이놈의 목소리가 대체 무슨 짓을 한 거야…….'

주변은 더 난리 통이 되었다.

"꺄아아악—!"

알현실을 넘어서 바깥에도 비명이 난무한다. 쾅! 쾅! 떨어진 파편에 얻어맞은 가신들이 크게 신음했다.

상황이 이 지경이 되자 금장의 로브가 "원진!" 하고 소리쳤다. 그러기 무섭게 로브들이 내 주변을 둘러싸고 방어진을 펼쳤다.

[누가 나의 아기에게 위협을 가하느냐!]

목소리는 더더욱 분노했고, 나는 엄청나게 무서워졌다. 사람들을 공격하고 싶지 않은데 힘이 도무지 거두어지지 않았다. 아니, 오히려 내 긴장과 두려움이 커질 때마다 더더욱 강렬해진다. 아무래도 이성을 잃은 것 같은 저 목소리의 탓인 듯했다.

날카로운 공격이 지속되었다. 마법사들이 점점 뒤로 밀려났고, 결국 금장 로브가 쥐고 있던 완드를 들었다. 공격용 마법을 시전하라는 신호였다.

그때.

"그만!"

공작의 목소리였다.

"하지만 신성력을 막으려면 저 돌을 아기님에게서 떼어 놓아야……!"

당황한 금장이 말했지만, 공작은 말없이 내게 다가올 뿐이었다. 한 걸음씩 가까워질 때마다 신성력의 파동이 그의 앞을 막았다. 그러나 곧 공작의 마력에 부서졌다.

몇 번씩이나 그러한 일이 반복되었다. 파동이 그를 막아서고, 파괴되며 다시 생성된다. 파동이 날카로운 파열음과 함께 깨지면서 유리 조각처럼 그에게 쏟아졌다.

팔을 타고 검붉은 피가 쉼 없이 흘러내렸는데도 그는 끝까지 내 앞에 다가와 섰다.

"괜찮다."

"……."

"괜찮아, 르블레인."

그가 내 손등 위에 손을 포갰다. 따스한 온기가 느껴진 순간, 힘이 쭉 빠지며 손에 붙은 것 같던 돌이 툭, 바닥으로 떨어졌다.

그리고 나는 공작의 품에 무너져 내렸다.

* * *

그 후, 난 방으로 옮겨졌다.

의사가 날 진료했는데, 몸엔 이상이 없다고 말했다. 내가 느끼기에도 육체엔 별다른 문제가 없는 것 같았다.

난 괜찮았지만, 성은 그야말로 난리가 났다. 아까 알현실을 떠나올 때, 가신들이 날 보는 눈은 공포 그 자체였다.

'수습을…… 어떻게 해야 하지.'

문제는 이것뿐만이 아니었다.

[아가, 괜찮아? 응?]

머릿속에서 자꾸만 떠드는 이거.

이 목소리가 제일 문제였다. 목소리가 들릴 때마다 온몸에서 힘이 빠진다. 거기다가 자꾸만 배가 고프고, 졸리다. 그리고 막 눈물이 나는 것이 어른의 사고를 점점 유지할 수 없게 되는 것 같았다.

'일단 상황을 정리해 보자.'

지난 세 번의 삶에선 한 번도 이런 목소리를 들은 적이 없다. 내 신성력이 이토록 강하다는 것도 처음 안 일이다.

'이번에 회귀를 하며 뭔가 바뀐 건가? 아냐, 그렇다면 듀블레드에 오기 전에 신관들이 알아차렸겠지.'

신성력이 강해진 건 목소리 때문인 것 같다. 그리고 목소리는 뉴이트를 만졌을 때부터 들렸다.

'맞아. 초대 황제의 기록에 쓰여 있었잖아. 뉴이트는 열쇠라고.'

열쇠가 나를 개화시킨 건가. 그렇다면 신성력이 갑자기 강해진 것도 납득이 간다.

'그럼 나 진짜 운명의 아이?! ……는 아니지.'

운명의 아이의 조건은 셋이다.

1. 2월 29일생일 것.
2. 신성력이 있을 것.
3. 신의 문장을 발현할 것.

이 셋이 악신을 봉인하기 위한 전제조건이기 때문이다. 미나는 셋 모두에 적합했고 악신 봉인에 성공했다. 그건 봉인의 제물이었던 내가 제일 잘 알고 있었다.

'이번 삶에선 절대로 허튼 꿈 꾸지 않을 거야.'

첫 번째 삶에선 내가 정말로 어려서 뭘 몰랐지만, 이번엔 절대로.

'어? 그러고 보니까, 나 이번 생엔 어른의 사고를 어떻게 이처럼 잘 유지하고, 사용한 거지?'

두세 번째 삶 같았으면 어림도 없는 일이었다. 잘 먹고 잘 자서인 줄 알았는데 그게 아니었던 건가.

'이것도 힘이 개화되어서 그렇구나.'

[아기야, 괜찮으냐? 응?]

목소리가 또 들려와서 나는 생각했다.

'대체 당신은 누구야? 아니, 누구예요?'

[그건 네가 자격을 갖출 때까지 말할 수 없단다.]

시무룩한 목소리였다.

'그 자격은 어떻게 갖추는 건데요?'

[그 또한 말해 줄 수 없어. 자격을 갖춘 후에야 아가와 나의 문답이 가능하지. 하지만 아가는 이미 자격이 어디에 있는지 알고 있어. 그러니…… 크윽!]

작게 비명을 지른 목소리가 중얼거렸다.

[이조차 허락되지 않는구나. 나는 아가에게 더 이상 할 수 있는 말이 없겠어.]

목소리는 그렇게 말했지만, 나는 힌트를 얻었다. '어디에 있는지'라는 말로.

'물건이라는 소리야.'

자격이라고 불릴 정도로 특별한 물건이라면 하나밖에 없다.

'두 번째 에트왈.'

[그런데 몸은 괜찮은 거니? 아가야. 대답할 수 없을 정도로 힘이 드는 거니? 아아, 이럴 때 그가 있었더라면……! 내가 첫 번째가 아니었어야 했던 걸까. 이 마음이 괴롭구나. 아가가 어서 자격을 가져야 할 터인데, 그래야 그가 아가를……]

'있지요.'

힘없이 생각하자 목소리가 *[그래!]* 하고 재빨리 대답했다.

'조용히 좀 해 주실래요? 쉬야 쌀 것 같아요.'

목소리가 말할 때마다 어른의 사고가 희미해지고 아이인 내가 튀어나온다.

생각에서조차 '쉬야'라고 한 걸 보면 이미 튀어나왔을지도 모르겠다. 침대에 오줌을 싸는 날 상상하자 오스스 소름이 돋았다.

'완전히 애가 되기 전에 빨리 에트왈을 찾으러 가야겠어.'

나는 침대에서 벌떡 일어났다.

* * *

밖으로 나왔을 땐 어느새 밤이었다.

난 에트왈이 공작의 집무실에 보관되어 있던 것을 떠올리고서 얼른 그곳으로 향했다. 어두운 복도를 걸어 집무실로 향하자, 조금 열린 문틈 사이로 빛이 새어 나오고 있었다. 그리고 익숙한 말소리가 들려왔다.

"카틀레아를 보십시오. 낯빛이 이리 새하얗습니다. 각혈한 탓입니다. 아기님의 신성력 때문에요!"

남작 부인이 떨리는 목소리로 소리치자, 남작도 그녀에게 동조했다.

"아기님은 어째서 제 딸을 공격하신 겁니까. 제 딸이 무슨 잘못을 했다고요."

"아기님께 책임을 물으셔야 합니다. 그만한 힘을 가진 자는 아이의 범주 안에 들지 않습니다!"

"시끄럽네."

이샤크였다. 그 애는 삐딱하게 앉아서 소파 팔걸이에 팔을 걸친 채 주먹으로 머리를 가볍게 받치고 있었다.

남작 부부가 "예?" 하고 물으니 이샤크가 여상한 목소리로 중얼거렸다.

"죽여 버리고 싶게."

"어찌 이리 매정하십니까. 카틀레아는 도련님의 혈육입니다……."

그러자 앙리가 찻잔을 탁, 내려놓으며 빙그레 웃었다.

"남작."

꿀처럼 달콤한 미소에 남작 부부의 얼굴에 희망이 떠올랐다. 표정이 밝아진 남작이 말했다.

"역시 앙리 도련님께서는 카틀레아를……."

"내가 지금 남작을 참아 주고 있어."

"무슨……."

"애초에 그대들이 헛수작을 부리지 않았다면 없었을 일이다."

"도, 도련님."

이샤크가 울컥 인상을 쓰며 말을 보탰다.

"몰려와서 시끄럽게 군 탓에 내 동생이 다리에 힘이 빠졌잖아."

그것참 피를 토한 카틀레아 앞에서 하기엔 민망한 소리다. 다들 그렇게 생각하는지 당황한 표정이었다.

'사람이 너무 많네. 돌아가서 내일 올까.'

하지만 목소리 때문에 완전히 애가 되기 전에 에트왈을 찾아야 하는데.

고민하던 찰나였다.

"꼬맹아!"

"르블레인."

용케도 나를 발견한 공자들이 뛰어나왔다.

"괜찮아?"

"왜 누워 있지 않고 왔어."

"갱차나서 와떠. (괜찮아서 왔어.)"

내 말투에 내가 놀라 버렸다. 이제까지 점점 좋아지던 발음이 퇴화되었다.

'역시 오늘 에트왈을 찾아서 목소리에게 내 상태를 되돌리는 방법을 물어야 해.'

"공잔미 보고 띠포요……."

그러자 앙리와 이샤크가 문을 활짝 열어서 날 들여 주었다. 방 안에 들어가니 밖에선 안 보이던 원로도 있었다. 나를 보는 게 마치 물건을 감정하는 사람 같았다. 시선이 몹시 집요하다.

문득 아까 일이 떠올랐다. 저 아저씨가 그렇게 부추기지만 않았어도, 목소리가 들리거나 정신이 완전히 애가 될까 봐 안절부절못할 일이 없었을 텐데.

'생각하니까 열이 받잖아?'

나는 공작에게 다가가서 울먹울먹한 눈으로 쳐다봤다.

"히이잉……."

공작이 칭얼거리는 나를 재빨리 안아 들었다. 그러곤 눈가를 문질렀다.

"왜 그러는 것이냐."

공자들도 쪼르르 내게 다가왔다.

"왜 그래? 응? 역시 아파?"

난 공작의 가슴에 고개를 묻고서 휙, 검지로 원로를 가리켰다.

"아저찌 시로. 무쩌께 쳐다바. (아저씨 싫어. 무섭게 쳐다봐.)"

내 말에 이샤크가 이글이글한 눈으로 그를 노려봤다.

"제가 눈깔을 뽑겠습니다."

앙리는 싸늘한 눈으로 원로를 응시한 채, 이샤크에게 말했다.

"르블레인 앞에선 고운 말을 쓰랬지. 안구를 적출하겠습니다, 라고 해."

어쨌든 눈알을 뽑겠다는 말이었다.

원로가 허, 허허, 허, 어색하게 웃었다.

"안구가 적출되기 전에 아기님에게서 눈을 돌려야겠군요."

공작에게 허리를 깊숙이 굽힌 그가 문으로 향했다. 다른 가신들도 쏜살같이 그를 따라나섰다. 카틀레아만이 나가기 전에 나를 날카롭게 쏘아봤다.

그들이 모두 나서고 방엔 뒤보스 자작을 비롯한 친공작파의 가신 셋과 노스가 남았다.

공작은 헝클어진 내 머리를 쓸어 넘기곤 물었다.

"더 쉬지 않아도 되겠느냐."

"갱타나요."

"고집은. 먹고 싶은 것은 없나. 달리 필요한 것은?"

그 말을 듣자마자 나는 눈이 번쩍 뜨였다.

'그래, 이리가 온종일 지키는 공작의 집무실에서 에트왈을 훔쳐 낼 수는 없어.'

그럼 어쩔 수 없이 목소리의 도움을 받아서 몰래 침입해야 한다. 하지만 신성력 조절이 안 되는데 또 듀블레드의 마도사들이 나타나서 '수천이냐? 수만이냐?!' 물으면 정말로 곤란해질 거다.

'그러니까 준다고 할 때 말해야지.'

나는 그를 조심스럽게 올려다보며 말했다.

"에뚜알 주떼요. (에트왈 주세요.)"

가신들과 노스의 눈이 튀어나올 듯 커졌다. 이샤크와 앙리마저도 당황한 눈치였다.

"어? 꼬맹아, 그건……."

"르블레인, 에트왈은……."

역시 에트왈 같은 귀한 것을 그냥 달란다고 내줄 리 없지.

'뭐라도 해 보자.'

난 양손을 모으고 반짝반짝한 눈으로 공작을 바라보았다.

"아빠아……. 르부, 에뜨알 가지고 시포요."

온몸에 소름이 돋는 것 같았지만, 최대한 귀엽게 말해 보았다. 내가 침대에 오줌을 싸느니, 존엄성을 포기하겠다. 하지만 그런다고 해서 쉽게 줄 거란 확신은 들지 않아서 눈을 꾹 감았다.

'왜 이렇게 조용하지. 안 먹혔나?'

그때.

쿵!

웬 둔탁한 소음이 들렸다. 살며시 실눈을 뜨니 책상 위로 반질반질한 나무 상자가 놓여 있었다. 그리고 공작이 눈을 부릅뜨고 상자를 쳐다보자, 퍼—펑! 펑! 펑, 펑! 웬 폭탄 터지는 소리가 들려왔다.

듀블레드의 마도사 100인이 일주일간 밤낮으로 걸어 놓았다던 12중 결계가 터지는 소리였다.

쾅!

마지막 폭음과 함께 상자가 덜컹, 열리고 날 안고 있던 공작의 팔에서 피가 분수처럼 솟구쳤다. 덥석 에트왈을 잡은 공작이 내게 그것을 내밀며 말했다.

"신전에 있는 것도 빼앗아 줄까?"

……아냐, 그건 됐어.

*　　*　　*

"아빠."

"그래."

"아빠."

"그래."

"아빠아……."

"그래."

이거 언제까지 해야 하는 거지.

공작은 질리지도 않는지 밤새도록 아빠 소리를 들을 기세였다. 나는 결국 "아, 머리가……!" 하며 연극배우 뺨치는 열연을 펼치고 나서야 공작의 무릎에서 내려올 수 있었다.

문고리를 잡던 때에 앙리와 이샤크가 몹시 어두운 표정으로 날 쳐다봤다.

'……왠지 불길하다.'

나는 냉큼 방에서 도망쳤다. 그러고 에트왈을 가진 채로 성문을 나섰다.

'레아 앞에서는 할 수 없으니까.'

주변을 둘러보다가 목소리와 대화할 적당한 공간을 찾았다. 정원의 가제보였다.

'이제 나 자격 생겼어요?'

―라고 생각했는데, 답이 돌아오지 않는다.

왜 갑자기 조용해졌지.

고개를 갸웃하고서 에트왈을 짤짤 흔들어 봤다.

'아까처럼 신성력이 필요한가?'

쥐고 있던 에트왈에 아주아주 살살 신성력을 불어넣었을 찰나였다.

돌풍이 불어왔다. 잎사귀와 꽃잎이 바람에 섞여 흩날려서 난 팔로 눈을 가렸다.

"드디어 이 모습으로 인사할 수 있게 되었구나."

"……!"

목소리가 머릿속으로 바로 들어오지 않고, 귓가에 들려왔다. 나는 눈을 가리고 있던 팔을 내렸다.

시리게 빛나는 만월 아래, 긴 은발의, 마치 백합을 연상시키는 청초하고 아름다운 미남이 서 있었다.

"나는 스물두 번째 기둥, 부네."

결 좋은 은발이 바람에 나부끼고, 아름다운 눈매가 나붓이 휘었다. 그의 뒤로는 불이 타오르는 기둥이 있었다.

"아가와 만나길 고대하고 있었단다."

"……."

내가 아무런 말이 없자 그는 고개를 갸웃하며 날 바라보았다.

"음? 놀란 거니. 왜 말이 없지?"

"불."

"뭐라고?"

"빤니 불 꼬! (빨리 불 꺼!)"

사람들이 내가 여기 있는 줄 알면 어떻게 해!

난 기둥을 가리키며 발을 동동 굴렀다. 목소리, 아니, 부네는 기둥을 지웠다. 정말로 말 그대로 지워 버렸다. 그가 허공에 손을 휘저을 때마다 지우개질하듯이 기둥이 사라졌던 것이다.

"아가를 놀라게 할 생각은 없었단다. 어차피 나의 '기둥'은 아가만이 볼 수 있는 것이야."

"왜 나만 볼 쑤 이써요?"

"아가가 나를 불러냈기 때문이지."

"구로몬 다른 사람두 불러낼 쑤 이써요? (그러면 다른 사람도 불러낼 수 있어요?)"

"강력한 집념과 몹시 희귀한 성물, 그리고 운과 대가가 있다면."

"대가가 머지요?"

"영혼이지."

난 흠칫했다.

"나두 녕호늘 조야 하나요? (나도 영혼을 줘야 하나요?)"

"그럴 리가. 아가는 힘과 자격이 있는 자란다. 아가가 우리의 힘을 빌릴 때 필요한 건 영혼이 아니야. 단지 아가의 힘으로 우리를 유지할 수 있지."

그렇다면 다행인데.

'부네. 부네라. 어디서 많이 들어 봤는데.'

그리고 '기둥', '영혼' 같은 이야기도. 곰곰이 생각하던 난 불현듯 떠오르는 생각에 우뚝 굳어져서 와들와들 떨었다.

"아자찌, 설마……."

"아저씨라는 말은 나를 조금 슬프게 하는구나."

"설마……."

"그래."

"앙마에요?! (악마예요?!)"

그가 손뼉을 짝, 치고는 해맑게 웃었다.

"정답이란다."

아빠는 흑막, 오빠들은 전쟁광과 독사.

하녀들은 각각 연쇄살인범, 사기꾼, 고리대금업자.

그런데 여기에 악마까지 소환해 버린 난 허허허, 웃었다.

'개판이네.'

—하고 생각하며.

신전이 안다면 목덜미를 잡고 구를 일이다. 신전을 대표할 운명의 아이라고 뽑아 놨더니 악마나 소환해 버린 것이 아닌가.

난 허리를 짚고서 후우, 한숨을 내쉬었다.

그런데 반짝반짝한 눈으로 쳐다보던 부네가 날 와락 끌어안았다. 그러곤 얼굴에 뺨을 문질렀다. 덕분에 볼이 찐빵이 되어 버렸다.

"아아, 생각했던 것보다 더 귀엽구나."

"으그그……."

"뺨은 토실토실, 손은 말랑말랑……."

황홀한 목소리로 중얼거리더니 둥기둥기 어른다.

"이거 쫌 나바바요. (이것 좀 놔 봐요.)"
"눈은 동글동글, 머리는 푹신푹신……."
"쫌!"
답답해서 소리치니 부네가 시무룩해졌다.
"곤란하게 하려던 것은 아니란다. 난 그저 아가를 아주 좋아할 뿐이야. 오랫동안 기다려 왔거든. 우리를 불러 줄 특별한 존재를."
"어째소?"
"우리는 언제나 누군가의 소원을 들어줬지. 하지만 누구도 우리의 소원을 들어줄 수 없었단다. 그건 아가만이 할 수 있는 일이니까."
그는 싱긋 웃고서 말했다.
"그러니 아가는 우리에게 뭐든 바랄 수 있어. 힘을 발휘하게 하기 위해선 아가의 신성력이 매우 필요하겠지만."
"구론데 왜 싱성려그로 유지대지요? 앙마라면 싱성력을 조아하지 안차나요. (그런데 왜 신성력으로 유지되지요? 악마라면 신성력을 좋아하지 않잖아요.)"
"도리어 내가 묻고 싶구나."
"네?"
"왜 우리가 신성력을 싫어한다고 생각하지?"
"시러하지 아나요? (싫어하지 않아요?)"
"그래. 소원이 막대한 양의 신성력인 자도 있지."
난 흐음, 하고서 고개를 끄덕였다.
"조아. 그러몬 제가 부네에게 멀 해 주면 대나요?"
"드디어 물어봐 주는구나!"
그는 크게 기뻐하며 나와 시선을 맞추었다.
"내가 원하는 것은."

"원하는 고슨?"
그가 쾌활하게 대답했다.
"보석이란다!"
난 고개를 갸웃했다.
악마라면 보석쯤은 잔뜩 가질 수 있는 줄 알았는데.
부네가 손으로 턱을 감싼 채, 크게 한숨을 내쉬었다.
"우리는 각자 가진 힘이 다르단다. 누구는 사랑을 이뤄 줄 수 있고, 누구는 원수를 죽여 줄 수도 있지. 아쉽지만 내겐 보석을 만드는 힘은 없어."
"보석을 만들 쑤 있는 앙마하테 부타카면 대자나요. (보석을 만들 수 있는 악마한테 부탁하면 되잖아요.)"
부네는 내 코를 톡, 가볍게 치고 말했다.
"우린 몇몇을 제외하고는 아가와 같은 매개가 없으면 서로를 만날 수 없지."
"아."
고개를 끄덕이고서 부네를 쳐다보았다. 정말로 보석이 간절한지 눈이 울망울망 빛났다. 한동안 청순한 미남이 울먹이는 것을 지켜보던 난 고개를 끄덕이고 제일 중요한 걸 물었다.
"그로몬 부네는 내게 멀 해 줄 꼰가요? (그러면 부네는 내게 무엇을 해 줄 건가요?)"
히죽, 입꼬리를 올리면서.

* * *

이튿날, 온실.

나는 아침부터 양고기 소테를 입안에 꾹 밀어 넣었다. 테이블엔 여러 가지 음식이 잔뜩 차려져 있었으나, 내 포크가 향한 곳은 그다음도 고기. 그 다음다음도 고기. 다음 다음 다음도 고기였다.

·

[아가야, 골고루 먹어야 건강해진단다.]

머릿속으로 부네의 목소리가 들려왔다. 혹시나 계속 사람의 형태로 있으면 어쩌나 싶었는데, 다행히 육체를 사라지게 하는 것이 가능했다.

'시끄러워요.'

통명스럽게 대답하자 부네의 기죽은 숨소리가 들려왔다.

하지만 우울한 건 나도 마찬가지였다. 악마를 소환하면 신성력이 몹시, 매우, 많이 필요해서 어른의 사고를 유지하기 힘들다. 밥과 잠이 평소의 서너 배쯤은 필요했다.

난 어제 부네와의 문답으로 악마 소환에 관하여 많은 것을 알게 됐다.

1. 악마는 통로가 될 특별한 광물(혹은 보석)이 있어야 소환된다. 원하는 악마를 골라서 소환할 수는 없다.

2. 악마가 소환되면 통로가 된 광물(혹은 보석)은 기능을 상실한다.

3. 한 번에 하나의 악마만 소환 가능하며, 소원을 이뤄 주면 사라진다.

4. 소환한 기간에는 내 신성력을 매개로 악마의 힘을 사용할 수 있다. 하지만 소환하고 유지하는 것 자체에도 신성력이 들기 때문에, 되도록 빨리 사라지게 해야 한다.

신성력이 전부 사라지면, 난 미쳐 버리게 될 테니까.

사실 난 조금 기대했다.

부네가 도와주면 바로 망명해서 살 수 있지 않을까, 하고. 그런데 부네의 능력은 '죽은 자의 영혼을 소환'하는 것이었다.

'내가 모르는 정보를 알려 준다거나, 텔레포트 같은 거였으면 좋았을 텐데.'

내 생각을 들은 부네가 다시 서러운 듯 한숨을 내쉬었다.

하지만 정말로, 정말로 서러운 건 나였다!

보석을 달라고 해서 엄청 쉬운 건 줄 알고 좋아했는데, 하필이면 부네가 원하는 보석이 구하기 엄청 어려운 것이었다.

'〈여신의 눈물〉을 내가 어떻게 구해 주냐고요.'

그건 세상에 한 점밖에 없는 사파이어다. 그리고 하필이면 그걸 소유한 게 신전이었다.

'소유한 신전이 근방에 있긴 한데, 훔칠까?'

저번 삶에서 거지로 살아서 훔치는 건 특기였다.

고민하고 있던 찰나, 온실로 누군가 들어왔다.

"아기님, 안녕하세요?"

나는 눈을 동그랗게 떴다.

카틀레아였다.

"오또케 여기써?"

"어젯밤에 성을 나서다가 쓰러졌거든요. 급히 성내의 병동으로 옮겨져서 치료를 받고, 지금 막 나오는 길인데 아기님께 인사를 드리려고요."

"구로쿠나."

난 고개를 끄덕이고 마지막 남은 양고기를 입에 넣었다.

레아가 “더 가져다드릴까요?” 하고 물었다. 난 고개를 끄덕였고, 그녀가 식당을 나섰다. 그리고 온실엔 카틀레아와 나만이 남았다. 그 애가 손을 마주 대며 “참.” 하고 말했다.

“좋은 소식이 있어요.”

“소식?”

“네. 아기님이 엄청난 신성력을 발휘했다는 것을 신전에서 알고 몹시 기뻐하더라고요.”

“……뭐?”

“각하께 아기님의 신성력을 확인해야 한다고, 인근의 신전으로 와 달라는 편지가 도착했어요.”

그러곤 내게 바짝 다가와서 생긋 눈을 접었다.

“그만한 신성력이라면 당장 중앙 신전으로 불려 가실지도 모르겠네요. 축하드려요.”

“…….”

“아기님이 중앙 신전에 계시는 동안 각하와 공자님들은 제가 잘 보필할게요.”

카틀레아는 그러고서 내 머리카락을 쓰다듬었다.

“알았니, 머저리야?”

어제 일로 심사가 단단히 뒤틀린 모양이었다. 어설프게나마 쓰고 있던 가면조차 내던져 버린 걸 보면.

‘카틀레아나 남작 부부가 신전에 얘기를 전한 거야.’

어제 일에 실패하였으니, 신전을 이용해서라도 나를 몰아내려고.

카틀레아가 내 뺨을 툭, 툭, 치며 말했다.

“평민 고아 따위가 감히 어딜 넘보는 거야. 네게 신성력이 있다고 해서 출신까지 전부 지울 수 있을 거라고 생각해?”

"……."

"부디 주제를 알려무나."

나는 꽤 카틀레아를 많이 봐줬다.

아이이기도 하고, 저 애가 한 짓들에 내가 딱히 피해를 본 게 없기 때문이다. 하지만 난 그다지 참을성이 좋지 못한 사람이었다. 아이라고 해서 끝까지 참아 주는 선량한 르블레인은 이제 여기에 없다.

카틀레아가 다시 한번 톡, 내 뺨을 쳤을 때였다.

"끄악—!"

의자 밑으로 툭 떨어져서 비명을 지르자 밖이 시끄러워지더니 벌컥! 문이 열렸다.

"아기님?!"

인근에 있던 고용인과 사무관들이 우르르 몰려 들어왔다. 그 사이엔 책을 들고 있는 앙리도 있었다.

"무슨 일이야!"

난 카틀레아를 가리켰다.

"쨰가 때려쏘."

그러자 그 애가 새파랗게 질려서 손을 내저었다.

"무, 무슨……! 아니에요!"

성큼성큼 다가온 앙리가 카틀레아의 손목을 틀어쥐었다. 손바닥에 기름이 묻어 있다. 내 얼굴에 묻어 있던 양고기 소테의 기름이었다.

"아, 아니, 저는, 그게 아니라……!"

거지 패 시절, 괜히 거지라고 괴롭히는 사람들에게 써먹었던 공갈 협박 기술을 유감없이 드러낸 나는 속으로 씩 웃었다.

'내가 이 구역의 엄살왕이다, 인마.'

*　*　*

당장에 윌스턴 부부가 호출되었다.

부부는 온실에 꿇어앉은 카틀레아와 살벌한 표정의 이샤크, 앙리를 보고 몹시 당황했다.

"어머니!"

카틀레아는 남작 부인을 보자마자 눈물을 터뜨렸고, 부부가 딸을 감싸 안으며 물었다.

"대체 무슨 일이십니까."

"르블레인을 때렸지."

앙리의 서늘한 말에 남작 부인의 눈이 굳어졌고, 카틀레아는 비명이라도 지르는 것처럼 소리쳤다.

"아니에요, 저는 억울해요! 전 그냥, 그냥 아기님 얼굴에 묻은 것을 떼어 드리려고……!"

잠시 당황했었던 남작이 '그럼 그렇지' 하는 표정으로 날 쏘아봤다.

"아기님, 적당히 하십시오! 어제는 쓰러뜨리질 않나, 오늘은 누명을 씌우질 않나! 대체 카틀레아와 무슨 원수가 졌다고 이러시는 겁—"

짝!

이샤크가 그의 뺨을 내리쳤다. 오러를 실은 손바닥에 얻어맞은 남작이 온실 잔디 위로 엎어졌다. 그는 믿을 수 없다는 듯이 뺨을 감쌌다.

"무, 무슨…… 이게 무슨……."

"봐, 이게 때린 거."

검지와 엄지로 그의 얼굴에 붙은 풀을 잡아서 휙, 떼어 낸 이샤크가 말을 이었다.

"이게 떼 준 거."

"예?"

"네 딸이 꼬맹이의 얼굴에 묻은 부스러기를 떼어 주려면 어디가 닿아야 해?"

"당연히 손가락이……."

이샤크가 어깨를 덜덜 떨고 있는 카틀레아의 손목을 잡아서 남작에게 내밀었다.

"네 딸 손에 기름은 어디 묻었어? 어?"

손바닥이 번들거리는 것을 본 남작은 마른침을 삼켰다. 그가 대답을 못 하자 이샤크가 "아무래도 다시 시범을 보여 줘야겠네." 하고 중얼거렸다.

남작 부인은 믿을 수 없는 얼굴로 딸을 보았다.

"정말이니?"

"……."

"카틀레아!"

변명할 거리가 없다는 것을 깨달은 카틀레아는 입술을 꾹 깨물었다.

"저는 살살 뺨을 두드렸을 뿐이에요!"

"왜 그런 짓을 했니!"

타인을 멋대로 만지는 것도 무례한 일인데, 뺨을 두드린 건 더하다. 거기다가 나는 듀블레드 본가의 영애님이었다. 있어서는 안 될 일이다.

카틀레아는 눈물을 쏟아 내며 날 노려봤다.

"저 애가 나빠요! 제 것을 빼앗았다고요!"

"애가……."

"저 애는 평민 고아잖아요! 저보다 한참 못하다고, 듀블레드 영애가 되었어야 하는 건 저라고! 어머니도, 아버지도, 그리고 로만 공도 그랬잖아요. 공작님이 저를 받아 주실 수밖에 없게 하겠다고 하셨으면서……!"

남작 부부의 얼굴이 샛노래졌다.

카틀레아의 말은 폭탄이나 다름없었다. 저 말을 악의적으로 해석하면 '공작가를 집어삼키기 위해 방계를 가주로 만들려 했다'가 되니까.

즉, 이건 공작의 권력에 도전한 일이었다.

이샤크와 앙리가 악랄한 표정으로 엉엉 우는 카틀레아와 어쩔 줄 모르는 남작 부부를 쳐다봤다.

"형. 여기에 몇 놈이나 엮을 수 있을 것 같아?"

"나한테 맡겨. 어제 르블레인을 몰아붙이던 놈들은 모조리 엮을 테니까."

가볍게 주먹을 맞부딪친 후, 이샤크가 온실을 뛰쳐나갔다.

"공작님!"

아버지한테 이르러.

성이 쑥대밭이 된 건 굳이 말할 필요가 없는 일이었다.

* * *

나는 오랜만에 마차를 타고, 성을 나섰다. 카틀레아와 남작 부부가 내 신성력을 신전에 전한 탓에 신성력을 재검증하기 위해 인근 신전으로 향한 것이다.

공작은 날 보내려고 하지 않았지만, 뒤보스 자작이 그를 간곡하게 설득했다.

> "아기님께서는 듀블레드의 정예 마도사들도 당해 내지 못할 힘을 발휘하셨습니다. 의사가 모르는 이상이 생겼을 수도 있지 않겠습니까. 신전에서 정확한 진단을 받아야 할 필요가 있습니다."

물론 내 걱정뿐만이 아니라 듀블레드 걱정이 포함된 설득이었다. 날 보내지 않으면 신전과의 사이가 돌이킬 수 없이 틀어질 테니까.

어쨌든, 내 건강 이야기가 나오자 공작은 어쩔 수 없이 날 보내 주기로 했다.

난 해탈한 표정으로 창밖을 바라봤다.

[아가야, 기분이 좋지 않은가 보구나.]

'네.'

[어째서?]

카틀레아의 말마따나 신성력이 이만큼 강해졌으니, 중앙 신전으로 끌려갈지도 모르기 때문이지.

[하면 내가 신전을 없애 줄까?]

'그럴 수 있어요?!'

[아가의 신성력을 모두 끌어다 쓴다면, 아마.]

푸시식, 김이 빠졌다.

미치는 것보다 죽는 게 낫다. 죽으면 제정신으로 회귀하지만, 미치면 죽지도 못하고 신전의 도구로 전전할 것이다.

'아냐, 긍정적으로 생각하자.'

부네의 소원이라는 〈여신의 눈물〉은 지금 가고 있는 신전에 있었다. 틈을 봐서 몰래 부네에게 쥐여 주면 돌려보낼 수 있다. 그럼 애가 되거나, 신성력을 다 소진해서 미칠까 봐 걱정하지 않아도 될 것이다.

'되도록 빨리 여신의 눈물을 찾아야 해.'

그런 생각을 하던 즈음, 마차가 멈췄다. 도착했나 싶어서 빼꼼 고개를 내밀었는데 아직 신전이 있는 산어귀였다.

"송구합니다, 아기님. 바퀴에 문제가 생겼습니다."

그러자 마차 내부에 있던 호위들의 얼굴이 험악하게 일그러졌다.

"마차도 제대로 손보지 않고 출발한 것이냐."

"어, 어제 비가 온 탓에 길이 온통 진창이어서 바퀴에 진흙이 엉겨 붙었습니다."

마부는 가엽게도 새파랗게 질려 있었다.

"갱차나."

어차피 산을 오르려면 오래 걸릴 테니 조금 쉬고 싶었다는 핑계로 이리들을 진정시켰다.

밖으로 나서자 상단의 교역 행렬이라도 되는 것처럼 수많은 군마가 늘어서 있었다. 듀블레드 기사단의 중대 하나가 전부 내 호위로 온 것이었다.

그 수많은 사람이 내가 한 걸음 움직일 때마다 똑같이 한 걸음 움직이고, 멈추면 함께 멈춰 섰다. 난 눈을 흐리게 뜨고 그들을 쳐다봤다.

"나 요기 근처에 이쓸 꼬야. 다들 쉬어."

혹시나 여신의 눈물을 훔치다 발각될 경우를 대비해서 도주로를 찾아놔야 한단 말이다.

"곤란한 명이십니다, 아기님."

나는 뒤를 돌아 "녜아!" 하고 소리쳤다.

“예, 아기님.”

“녜아가 가치 가면 대자나.”

“그건…….”

그녀가 무슨 말을 하기도 전에 호위들이 펄쩍 뛰었다.

“여자의 몸으로 어찌 아기님을 완벽히 지킬 수 있겠습니까.”

나는 고개를 갸웃 기울였다.

“경은 녜아보다 강해?”

“그야, 당연히…….”

“녜아도 이리 출신잉데?”

“예?!”

그녀가 듀블레드 최정예인 이리 출신이었다는 것을 몰랐는지 눈이 커다래졌다.

레아는 생긋 웃고서 말했다.

“몇 기?”

“438기인데…….”

“나 372기. 지금 부단장이 내 물심부름 자주 했다.”

“……!”

호위대장이 흠칫 놀라자 레아가 어깨를 툭툭 쳤다.

레아가 이리 부단장에게 물심부름을 자주 시킨 덕에 나는 길을 익힐 수 있게 되었다.

신전이 있는 산은 듀블레드의 정원처럼 겨울임에도 불구하고 초록이 무성했다.

‘스피넬로 온도를 유지하고 있나 봐. 여긴 성금을 많이 받나 보네.’

난 걸으며 여기저기를 돌아보았다. 해가 구름에 가려져 있어서 조금 어두웠지만, 둘러보기에 특별히 어려운 건 아니었다. 레아는 내게 방해되지 않도록 적당히 떨어져서 걸었다.

그러다 유난히 잎이 열은 나무를 발견한 난 눈을 크게 떴다.

'대박! 엘자 나무야!'

저건 정말로 귀한 나무였다. 신성력을 먹고 자라는 나무라 잎에 신묘한 효능이 있었다.

'나뭇잎을 말려서 팔면 그램당 50프랑!'

눈이 번쩍한 난 엘자 나무로 우다다다 달려갔다. 잎을 뜯기 위해 나무줄기를 잡고 까치발을 들던 때였다. 바스락, 풀이 스치는 소리와 함께 나무 뒤에서 인기척이 들렸다.

순간, 구름이 걷히고 태양이 드러났다. 주변이 환해지며 나뭇가지가 들리더니 그 사이로 녹아내릴 듯 아름다운 블론드의 소년이 모습을 드러냈다.

"너는……."

그리고 난 뻣뻣해지고 말았다.

찬란하게 빛나는 금발, 선명한 루비 레드 색의 눈동자.

듀블레드 공작에 필적하는 이 아름다운 외모의 소년을 난 알고 있었다. 듀블레드의 세 공자와 어깨를 나란히 하는 외모와 육체 능력, 마나를 소유한 데다가 혈통까지도 나라 제일인—

'아드리안 루에르그.'

황제의 유일한 적통이자 훗날·성마 전쟁을 정리한 공로로 황태자에 책봉되는 남자다.

'산책을 하다가 황태자를 만날 수도 있는 겁니까…….'

그것도 제도와 멀리 떨어진 듀블레드령 인근에서 말이다.

나는 마른침을 꼴깍 삼켰다. 심장이 너무 거세게 뛰어서 입 밖으로 튀어 나갈 것 같았다.

차라리 다른 황자였더라면 이렇게까지 놀라지 않았을 거다. 아드리안이라서, 저 애라서 머리가 새하얗게 굳어 버렸다. 왜냐면 쟤는 지금 여기에 있으면 안 된다고.

'올해 겨울에 폐위되어 황궁에서 쫓겨나야 한단 말이다!'

그 일은 분명히 이맘때에 일어난다.

아드리안의 외조부이며, 죽은 황후의 아버지인 샤틀레 후작이 손주를 황위에 올리기 위해 반란을 꾸몄다. 하지만 실패하여 샤틀레 후작은 죽고, 아드리안은 폐위된다.

그리고 열다섯에서야 최연소 추기경에 임명되어 신분이 복권됐다.

'미래가 바뀌었어.'

대체 왜?

미래가 바뀌는 건 딱 한 가지 경우뿐이다.

'내가 무슨 짓을 했을 때.'

그런데 내가 아드리안에게 무슨 짓을 했다고 미래가 바뀐 거야? 샤틀레 후작이 왜 반란을 꾸미지 않았지? 얘는 여기 왜 있는 거고!

혼란스러워하던 찰나, 무언가 내 코를 톡, 건드렸다. 눈을 크게 뜨고 보니 물로 만들어진 조그마한 물고기 두 마리가 허공에 떠 있었다.

[저 사내애의 힘이 놀랍구나. 신성력으로 만들어 낸 것에게 자아를 주다니.]

부네의 말에 난 속으로 고개를 끄덕였다.

그야 그럴 것이다. 그러니 열다섯에, 그것도 폐위된 황자 신분으로 추기경에 임명되는 게 아니겠는가.

"아미, 아망드. 이리 와."

아드리안의 말에 작은 쪽의 물고기는 바로 돌아갔지만, 큰 쪽의 물고기는 자꾸만 나를 돌아보다가 꼬리를 축 늘어뜨리며 돌아갔다. 가기 싫은 듯 보였다.

'물고기가 아니라 강아지 같네.'

그렇게 생각하고 있을 때, 그의 시선이 내게 닿았다.

"누구야? 어떻게 내 결계 안으로 들어왔지?"

"어?"

"엘자 나무를 어떻게 본 거야?"

결계를 써서 안 보이게 한 건가.

'그런데 왜 나한테는 보였을까?'

[아가가 구경하는 것을 좋아하기에 내가 보이게 하였단다!]

하지만 그렇다고 해도 결계 안으로 들어가진 못했을 텐데?

[아가가 나무 쪽으로 가고 싶어 하는 것 같아서 내가 결계를 뚫었단다!]

부네가 쾌활하게 말했다.

'그런 걸 마음대로 하면 어떻게 해요!'

상대가 나를 공격하지 않는 한 결계를 함부로 뚫고 들어가는 건 엄청, 몹시, 매우 무례한 짓이다. 공격용이 아닌 결계는 주변으로 공간을 우회시키는 거라서 굳이 깨지 않고도 지나갈 수 있기 때문이다.

'그러니까 이건 가만히 서 있는데 뺨 때리는 것과 같은 짓이란 말이에요!'

아드리안은 대체로 백성들에게 너그러운 편이었지만, 그렇다고 만만한 남자는 아니었다.

어떤 면은 섬뜩하리만큼 냉정했다. 특히 자신을 공격해 오는 사람에게. 그는 자신을 향한 티끌만 한 불씨라도 절대로 살려 두지 않는 타입의 철저한 남자였다.

"넌 누구냐고 물었어."

여기서 문제.

추기경에 이어 황태자가 될 철저한 아이에게 뺨을 때리는 것과 마찬가지인 짓을 했습니다. 그럼 어떻게 해야 할까요?

"내 이룸은 이자꾸야!"

난 해맑게 웃었다.

"이샤크?"

"웅!"

"이 산은 허가받은 사람만 들어올 수 있는데, 어떻게 들어왔지?"

"어, 음…… 난 듀브레두 기사단의 종자야."

그는 날 빤히 쳐다보았다. 내가 너무 어려 보여서 믿기 힘든 모양이었다.

[저 새…… 사내아이가 방금 아가의 마나를 확인했다. 고얀-!]

그야 믿기 힘든 말을 하니까 확인을 거쳤겠지.

그리고 마나의 양만 확인하는 건 특별히 나쁜 짓이 아니었다. 내 마나의 종류가 신성력인지, 마력인지 확인하려 힘을 제 쪽으로 끌어들인 게 아니니까.

'그보다 새끼라고 하려고 하지 않았어요?'

부네가 조용해졌다.

아무튼 아드리안은 내 신성력의 양을 확인하고 종자라는 말을 믿어 준 것 같았다. 신성력을 가진 아이가 신전에 들어가기 전에 귀족가에서 먼저 빼돌려서 기사로 써먹는 경우가 종종 있었기 때문이었다.

게다가 내 옷이 정말로 종자처럼 밋밋했기 때문에 더 설득력 있었을 거다.

“운명의 아이를 모시게 하려고 종자를 들인 건가.”

아드리안이 날 보며 작게 “힘들겠네.” 하고 중얼거렸다.

“가 봐.”

“……구낭 가두 대?”

결계를 깨뜨렸는데?

어른이라도 불같이 화내면서 이마를 쥐어박았을 일이었다.

“어린애가 한 일이니까.”

그렇게 말하기엔 아드리안도 충분히 어렸다. 그는 나와 네 살 차이니, 지금은 여덟 살일 터다. 물론 보름쯤 후면 신년이라 아홉 살로 쳐도 되겠지만.

‘좌우지간 빨리 도망치자.’

“거마어.”

난 다시 돌아가려고 했는데, 허공에 쾅! 부딪쳐 버렸다.

“으윽…….”

‘부네! 안으로 들여보냈으면 내보내 주기도 해야죠!’

[아가가 마음대로 하지 말라기에…….]

눈치 없는 부네가 시무룩하게 말했다.

그때.

구우웅.

작은 진동과 함께 아드리안의 손에서 가느다란 빛이 떠올랐다. 그리고 곧 결계에 작은 문이 생겼다. 나는 힐끗 눈치를 보고서 "이것두 거마어." 조그맣게 말했다.

"안녕!"

아무렇지 않은 척 손을 흔들고 문을 나섰다.

멀리서 레아가 "어디 계시지?" 하고 날 찾는 소리가 들렸다. 난 그녀를 향해 뛰어가느라 정신이 팔렸기 때문에 당시엔 변화를 인지하지 못했다.

부딪친 이마가 더 이상 욱신거리지 않는다는 것을.

Chapter 4.

"혼자서 사라지시면 안 돼요. 얼마나 걱정했는지 몰라요."

레아가 내 어깨를 잡고 몇 번이나 주의를 주었다. 그러려던 게 아니라 좀 억울했지만, 난 순순히 고개를 끄덕이고 "달못해또요……." 하고 기어 들어 가는 목소리로 말했다.

"신전 안에선 절대로, 절대로 혼자 계시지 마세요?"

"웅!"

"좋아요, 그럼 들어가지요."

레아가 마차의 문을 열어 주었다. 마차의 앞엔 미색의 후드 로브를 입고 허리에 금색의 줄을 맨 신관들이 도열해 있었다.

가장 앞에 서 있던 젊은 남자가 나를 향해 다가왔다.

"처음 뵙겠습니다, 아기님. 서북의 세 번째 신전을 책임지는 우르소입니다."

"안녕하세요."

"해 질 녘까지 마차를 타고 오시느라 고생하셨지요. 오늘은 여독을 푸시고, 내일 중앙 신전에서 사람이 오면 저와 함께 신성력을 재검증할 겁니다."

"네."

다행히 오늘 바로 검증하는 건 아닌 모양이다.

'그전에 어떻게든 신성력 검증에 오류를 만들 준비를 해야 해.'

얼마 전, 성에서 일어난 일로 보아 내 신성력은 적어도 교황 직속 사제급이다.

'이게 알려지면 신전에서 삼바 춤을 추면서 날 데려가려고 기를 쓸 거야.'

하지만 이미 듀블레드성에서 그 난리가 났는데, 전처럼 신성력 비렁뱅이인 척은 할 수 없다.

그러니까 최대한 평범한 수준으로 보여야 했다. 신성력이 늘어서 다행이네 싶긴 하지만, 듀블레드에 맞서면서까지 날 데려가지는 않을 수준 말이다.

'문제는 검증에 오류를 어떻게 만드느냐, 인데.'

고민하던 찰나, 우르소가 말했다.

"가시죠. 식사를 준비해 두었습니다."

우르소가 앞서 걸으며 날 안내했다.

날 따라온 듀블레드의 시동이 "와……." 작게 탄성을 내며 신전 내부를 둘러보았다. 신전의 내부는 처음 볼 테니 신기할 만도 하겠다.

일반인이 들어올 수 있는 곳은 신전 앞에 지어진 예배당까지다. 신성력을 가지지 않은 사람들은 신전 내부 출입이 엄격하게 제한되어 있었기 때문이었다.

'아, 신전의 향냄새 오랜만이다.'

몹시 익숙한 느낌이다. 두 번째 삶까지는 거의 신전에서 살다시피 했으니까.

시동이 흥분하여 하인에게 속삭였다.

"신전에서는 무엇을 먹습니까?"

"모르긴 몰라도 굉장한 걸 먹겠지."

"저희도 먹을 수 있는 거지요?"

"신전은 계급으로 차별하지 않는 게 원칙이니까."

나는 잔뜩 들뜬 그들을 안쓰러운 눈빛으로 보았다.

'아닐걸…….'

역시나 그들의 기대는 식당으로 들어가자마자 파스슥, 깨져 버렸다. 풀떼기 천지에 간혹 있는 고기와 생선에선 잡내가 풀풀 풍겼던 것이다.

'이럴 줄 알았지.'

신전에선 살생을 지양한다. 산 것을 잡아먹지 않고, 자연스럽게 죽은 것을 먹는다. 그러다 보니 식재료의 품질이 최하라 맛있는 음식을 기대하면 안 된다.

"자, 앉으시지요."

우르소가 가장 상등석에, 내가 맞은편 상등석에 앉았다. 그 후에 신관들과 듀블레드 사람들이 착석했다.

식사를 시작하기 전, 다 함께 식량을 허락하신 신에게 짧은 감사를 올리고서 포크를 들었다. 듀블레드 사람들도 식사를 시작했다.

"웁……."

음식을 맛본 시동의 얼굴이 흙빛이 되었다.

'그러게, 맛없다니까.'

듀블레드는 돈이 차고 넘쳐서 고용인들의 식사에도 후한 편이라 더더욱 고역일 터였다. 나도 듀블레드에서 입맛이 고급이 되었는데 오랜만의 신전 식사를 참을 수 있을까.

걱정 어린 얼굴로 생선 수프를 떠서 입에 넣었다.

'응?'

먹을 만한데?

이 정도 잡내면 신전의 식사치고는 아주 훌륭하다. 배고프던 차에 음식도 맛있어서 난 수프 한 그릇을 몽땅 해치웠다.

"입맛에 맞으시는가 봅니다. 다행이로군요."

우르소가 허허 웃었다.

* * *

모두 잠든 깜깜한 밤.

내 잠자리를 봐준 레아가 빈 물컵을 들고 방을 나섰다. 쿵, 작은 소리로 문이 닫히자마자 눈을 꼭 감고서 잠든 척하고 있던 난 몸을 일으켰다.

[나가려고? 하녀와 혼자 있지 않겠다고 약속하지 않았니.]

'부네가 말한 보석을 빼낼 수 있는 기회가 지금밖에 없어요.'

소원을 들어주지 않으면, 부네는 사라지지 않을 거다. 그럼 계속해서 신성력이 줄줄줄 샐 거고, 종국엔 미치광이가 될 터였다. 그런 위험을 감수할 만큼 딱히 부네의 능력이 도움 되지도 않고…….

[아가…….]

부네가 서럽게 나를 불렀다.
'아니, 저한테는 그렇다는 얘기죠. 부네의 능력을 바라는 사람은 엄청 많을걸요!'
허둥지둥 부네를 달랬다.

[그럼! 죽은 부모나 연인, 친구, 혹은 자식이 그리운 사람들은 나를 불러내기 위해 그리도 애를 쓴단다.]

'그렇죠. 저는 그리운 죽은 사람이 없어서요.'
애초에 그리워할 만한 사람 자체가 없다는 게 맞는 말일 터다.
악마는 자신이 가진 이능을 제외하면, 내 잠재된 힘을 사용하는 것 밖엔 장점이 없었다. 그렇지만 나는 아직 어리고 미숙해서 잠재된 능력을 1할도 제대로 사용할 수 없으니 그런 점에선 꽤 도움이 되는 게 맞았다.

[내가 현신하면 아가를 지켜 줄 수도 있어.]

'현신? 사람이 되는 거요?'

[그도 그렇지만, 나의 본모습일 때에 더 강력한 힘을 발휘해.]

'사람의 모습이 본체가 아니에요?'

[대부분의 인간은 연약해서 악마의 본체를 보는 것만으로도 정신이 나가 버리지. 인간체는 인간과 계약할 때에 쓰이는 모습이란다. 보통 다른 악마들의 본체는 인간이 보기에 두렵고, 끔찍하지. 그러나 나는 인간이 보기에도 아름다워.]

그가 우쭐해서 말했다. 그 말을 듣자 난 호기심이 샘솟았다.
'그럼 저도 보여 주세요.'

[그래. 아가의 신성력을 9할쯤 끌어 쓰면—]

난 후다닥 말을 정정했다.
'생각해 보니까 안 봐도 될 것 같아요.'
9할이라니. 지금도 부네를 유지하기 벅찬데 9할이면 반나절도 안 되어 미쳐 버릴 거다.
부네는 [아가…….] 하고 또 시무룩해졌다.

신전을 조심스럽게 나선 난 예배당으로 향했다. 식사하면서 그곳에 부네의 소원인 〈여신의 눈물〉이 전시되어 있다는 얘기를 들었다. 예배당 앞은 성기사들이 지키고 있었다.
'부네, 결계로 내 모습이 안 보이게 해 줘요.'
곧 손등에 시동인이 떠올랐다.
난 살짝 성기사들 앞으로 향했다. 혹시 몰라서 들키면 몽유병인 척해야지, 생각하고 있었다. 하지만 성기사들은 날 알아채지 못했다.
'좋아, 성공이다.'
살금살금 들어간 내부는 쥐 죽은 듯 고요했다.

난 단상 아래에 있는 유리관을 보고 도도도도, 달려갔다. 내 키보다 훨씬 높아서 모서리를 잡고 까치발을 들었다. 거의 매달리다시피 하여 낑낑 고개를 내밀자 달빛을 받아 예쁘게 반짝이는 사파이어가 얼핏 보였다.

'이거예요?'

[그래! 이것이야!]

부네가 몹시 기뻐하며 말했다.

나는 주머니를 뒤적거려서 미리 챙겨 온 철사를 꺼냈다. 거지 패 시절엔 이거 하나면 못 뚫고 들어가는 곳이 없었다.

'일단 자물쇠를 풀고, 신성 결계를 해제해야…….'

그때였다. 덜컹, 문 열리는 소리가 들려왔다. 난 소스라치게 놀라 재빨리 의자 아래로 몸을 낮췄다. 직급 높은 신관들이 신는 적포도주색의 로퍼가 보인다.

'큰일 났다.'

결계를 펼쳤다고 해서 모두가 나를 못 보는 건 아니다. 신성력이 강한 사람은 결계 안의 존재를 볼 수 있었다.

즉, 직급 높은 신관이라면 결계를 알아차리고 날 확인할 확률이 크단 거다.

'부네!'

[그래, 아가야.]

'인간체로 현신해요.'

[으응?]

'나를 눈치채지 못하게 눈길을 끌어 줘요!'

창문 안으로 돌풍이 불어왔다. 커튼이 거칠게 휘날리기 무섭게 어깨에 온기가 느껴졌다. 부네가 인간체로 현신한 것이다.

나는 입을 벙긋거려서 "나가요." 하고 말했다.

이 시간에 예배당에 출입한 것을 들키면 일단 옥사에 갇힐 거다. 부네가 갇히면 다시 현신을 풀어서 데려와야겠다.

그가 의자 아래서 일어나자 신관의 발이 우뚝 멈췄다.

그런데.

"도리 농장에서 왔나."

놀라기는커녕 이상한 말을 한다.

'우르소의 목소리?'

성큼성큼 다가온 그가 부네의 앞에 멈춰 섰다.

"듣던 대로 볼만한 계집이로군."

그는 아무래도 몹시 청초하고 곱상하게 생긴 부네를 여자로 착각한 모양이었다. 이렇게 어두운 곳에서 보면 그럴 수도 있겠다. 나도 일전의 불기둥이 아니었더라면 착각했을지 모른다.

"돈은 가져왔겠지. 이번에도 날 실망하게 한다면 네 아비의 농장은 오늘로 문을 닫게 될 거야."

뭐?

'주민들에게 돈을 갈취해서 호의호식했구나.'

그렇다면 신전 음식이 답지 않게 맛있었던 것도 납득이 간다. 듀블레드 사람들에게 보여 주려고 다른 신전과 비슷하게 준비했지만, 평소 원체 좋은 식재료를 썼기에 우리 음식에 섞여들었을 수도 있겠다.

나는 슬쩍 고개를 들어서 우르소를 훔쳐보았다. 부네에게 바짝 다가간 그가 통통하게 살찐 손을 슬쩍 내밀었다.

그러곤.

'헉!'

덥석, 엉덩이를 잡고 주물렀다.

"네 아비가 급하긴 했군. 그리도 못 보낸다던 딸을 내게 보내 돈을 전달한 것을 보면."

씩 웃는 얼굴에 개기름이 뚝뚝 흘러내렸다.

부네는 악마의 엉덩이를 주무르는 우르소를 빤히 쳐다봤다.

그렇다면 악마의 엉덩이를 만진 우르소는 운이 나쁜 걸까, 좋은 걸까.

하도 어이가 없던 터라 헛생각까지 들었다. 한 가지 분명한 건, 저 미친놈이 때려죽여도 시원치 않을 변태라는 것이다.

부네의 시선이 제 엉덩이를 움켜쥔 우르소의 손으로 스르륵, 내려갔다가 다시 개기름이 번들번들한 그의 얼굴로 올라갔다.

"왜? 벌써부터 흥분이 되어 참을 수 없는 게냐?"

그가 히죽 웃었을 때였다.

"……어?"

우르소의 손이 어느 순간 기괴하게 뒤틀렸다.

쿵—!!!

몸이 날아가 벽에 꽂히듯 부딪쳤다.

쾅, 쾅, 쾅, 쾅!

허공에서 찌그러진 의자가 그의 머리 위, 발아래, 양팔 옆으로 날아가 꽂혔다. 마치 다트처럼.

비명을 지를 새도 없이 순식간에 일어난 일이었다.

'오우…….'

나는 감탄했고, 우르소는 혼절 직전이었다.

충격으로 고요해진 예배당 안에 또각, 또각, 부네의 발소리가 낮게 울려 퍼졌다. 그는 무미건조한 눈으로 새파랗게 질린 우르소를 응시했다.

"어리석은 자야."

우르소의 눈이 커졌다. 목소리를 듣고서야 겨우 부네가 남성이라는 것을 안 모양이었다.

"음낭이 으깨지는 것이 좋겠느냐, 낭심을 구부리는 것이 좋겠느냐."

"무, 무슨…… 무슨……."

"오, 걱정하지 말려무나. 두 가지 모두 싫다면 둔부를 터뜨리는 방법도 있단다, 시X놈아."

그러며 부네는 인자하게 쌍욕을 했다. 사색이 된 우르소가 다급히 문가를 쳐다봤다.

"바, 밖에! 밖에 누구 없어?! 이봐! 살려 줘!!"

소리쳤지만, 밖은 조용하다.

'사람이 올 거였음 벌써 왔겠지.'

문 앞에 있던 성기사들의 기척은 우르소가 들어올 적에 사라졌다. 더러운 짓거리를 하려고 예배당 성기사들을 물려 놓은 것일 터다. 인과응보였다.

"누, 누, 누구냐. 도리 농장에서 보낸 암살자냐? 로테일 상단에서 보낸 거냐? 아니면 촌장? 어, 어디서 왔든 상관없다. 내가 그들이 낸 의뢰금의 세 배를 주마!"

돈을 많이도 모았는가 보다. 주변에서 얼마나 수탈한 건지 모르겠다.

하지만 부네는 조금도 감흥이 없었다. 우르소의 목을 붙든 그가 반대쪽 손을 치켜들었다. 손톱이 길게 늘어나고, 칼날과 같이 예리해졌다.

"그만!"

나는 얼른 뛰쳐나갔다. 달빛을 받아 어슴푸레 빛나는 날 본 우르소의 눈이 떨어질 듯 커다래졌다.

"지금 주기면 안 대요. (지금 죽이면 안 돼요.)"

"아가, 세상엔 살 가치가 없는 놈들이 종종 있단다."

"아라요. 구치만 안 대요. (알아요. 그렇지만 안 돼요.)"

이 남자는 내 신성력을 재검증해야 할 사람이었다. 재검증을 앞두고 우르소에게 무슨 일이 생긴다면, 듀블레드에서 내 신성력을 독점하기 위해 벌인 짓이라고 생각할 것이다.

'교황청에서 나설 수도 있어.'

섣불리 움직였다가 더 큰 화를 부를 게 뻔했다.

부네는 불만스러운 얼굴이었지만, 이내 우르소를 잡은 손을 놓아주었다. 벽에서 흘러내린 우르소가 퍽! 소리와 함께 바닥에 떨어졌다.

"우, 운명의 아이?"

그러곤 부네를 찢어 죽일 듯 노려본다.

"오호라, 네놈 듀블레드의 호위로구나. 이리인 것이냐? 감히 신전장을 해치려고 해! 내가 너를 중앙 신전에, 아니, 교황청에 알려서……!"

"이게 지짜, 상항파악 모 타구. (이게 진짜, 상황 파악 못 하고.)"

신랄한 말에 꽥꽥 소리치던 우르소가 휘둥그레진 눈으로 날 봤다. 내가 그냥 애가 아니란 걸 깨달은 모양이었다.

"다, 당신, 당신……!"

그리고 나는 부네를 쳐다봤다.

"대하가 통할 정도루 두들교 패죠요. (대화가 통할 정도로 두들겨 패줘요.)"

우르소가 딱딱하게 굳어졌고, 부네의 얼굴은 환해졌다.

* * *

"도리 농당, 로테일 상당, 팬지레네아 상당, 마을 톤장, 지주 셋, 파노흐 남작."

나는 우르소가 등쳐 먹은 사람들의 이름을 줄줄이 부르며 손가락을 꼽았다. 그러고 희게 질려 있는 우르소를 쳐다봤다.

"이게 다야?"

"예, 옛! 그렇습니다!"

"거짓말하몬 재미 엄쓸 줄 알아?"

부네를 힐끗 쳐다보자 우르소는 움찔해서 "모더랜드 병원과 고리대금업자 몇 명에게도……."라며 중얼거렸다.

많이도 해 먹었네.

내가 다시 부네를 쳐다봤다. 그러자 부네에게 두들겨 맞아 엉망인 우르소가 어깨를 떨었다.

'부네, 직접 악마를 불러낸 게 아니라도 '계약'이 가능해요?'

속으로 물으니 부네가 소리 없이 대답했다.

[내 이능을 필요로 하는 것이 아니라면 아가의 힘을 이용해 계약의 인을 맺을 수 있단다.]

부네의 이능은 네크로맨시. 죽은 영혼을 불러내는 것이다.

"신간도 앙마와 계약할 쑤 이써요? (신관도 악마와 계약할 수 있어요?)"

"모든 인간은 나와 계약이 가능하지."
나는 고개를 끄덕였는데, 우르소의 얼굴은 경악으로 물들었다.
"아, 악마……?"
"구래."
"운명의 아이가 악마를 불러내다니! 이런 끔찍한 일이……!"
"백성드를 협바캐서 착복한 신과니 할 말은 아니지."
"악마를 불러낸 것과 금품을 조금 받은 죄가 어떻게 같습니까! 나는 파직될 뿐이겠지만, 아기님은 사도 재판을 받아야 할 겁니다!"
나는 빙그레 웃으며 대답했다.
"갠차나. 계약은 안 해꼬든. 네가 할 거지."
"내가 미쳤다고 악마와 계약을 하겠어!"
우르소가 꽥 소리치자, 부네가 그의 뒷머리를 잡아 바닥에 콱! 내리찍었다.
"아가의 앞에서 목소리를 높이면 내가 더는 너를 참아 줄 수 없단다."
우르소가 헉, 숨을 들이켜고서 조용해졌다. 난 쪼그려 앉아 우르소를 쳐다봤다.
"걱정하디 마. 네가 손해 보는 계약은 아니야."
"계, 계약을 하면 제가 뭘 얻을 수 있는데요."
"여기서 안 죽고 나갈 수 이찌."
우르소는 그런 계약이 어디에 있냐는 표정으로 입을 삐끔거렸지만, 난 생긋 웃었다.
"봐, 네 손해는 아니지?"
그는 아무런 말도 못 하고 흙빛이 된 얼굴을 수그렸다.
난 부네를 돌아보았다.
"계약하세요."

부네는 조금 불만인 얼굴이었다. 하지만 이내 가늘게 한숨을 내쉬었다.

"아가의 뜻이 정 그렇다면."

나는 계약 내용을 말해 주었다.

1. 우르소는 오늘 예배당에서 있었던 일과 르블레인의 정체를 아무에게도 말할 수 없다.

2. 우르소는 그간 백성들에게서 빼앗은 돈을 모두 내놓는다.

3. 계약이 모두 지켜질 시 르블레인은 우르소를 죽이지 않는다.

"마지막으로 하나 더."

내 말에 우르소는 또 뭐가! 하는 눈으로 날 쳐다봤다. 난 그의 귓가에 네 번째 조항을 속삭였다.

* * *

이튿날.

나는 레아가 옷을 입혀 주는 동안에도 병든 닭처럼 졸았다.

"피곤하신가요?"

레아가 걱정스러운 얼굴로 물어서 난 고개를 끄덕였다.

"으응."

"신전장님께 진료라도 받을까요?"

그렇게 물어서 나는 재빨리 고개를 저었다.

'우르소가 내게 무슨 짓을 할 줄 알고.'

그것도 불안하지만, 변태 성희롱범의 진료 같은 건 절대로 받고 싶지 않다.

"괜차나, 졸려서 구래."

"오늘 저녁 전에 듀블레드로 돌아가지요. 포근한 새 이불을 꺼낼 테니 마음껏 뒹굴거리셔요."

"딸기도 주쎄요."

간절하게 말하자 레아는 후후 웃으며 뺨에 입 맞춰 주었다.

"크림을 잔뜩 올려 드릴게요."

신난다!

난 속으로 만세를 외치며 레아의 손을 덥석 잡았다. 밖으로 나서니 중앙 신전의 사제들이 벌써 도착해 있었다.

"아기님을 뵙습니다."

"아기님을 뵙습니다."

두 명의 사제가 인사하자, 중앙 신관들의 행렬이 일시에 부복했다.

"와……."

어린 시동은 놀란 눈으로 날 쳐다봤다.

위그젠트라 제국의 신전을 간략하게 정리하면 이렇다.

교황과 추기경들의 〈교황청〉

21인의 사제가 지키는 〈중앙 신전〉

그리고 제국 곳곳에 나무줄기처럼 뻗은 중소 신전들.

신관은 평민도, 귀족도 아닌 존재였다. 평민으로 태어났을지라도 신관이 된다면 귀족에 준하는 권리를 누렸다.

그런 신관들 가운데 가장 뛰어난 사람만이 차출되는 중앙 신전은 동경의 대상이었다. 제도 귀족조차도 함부로 어쩔 수 없는 막강한 권력자인 것이다.

다들 내가 가짜라는 이야기만 들었을 테니, 중앙 신전의 신관들이 이렇게 깍듯하게 굴 줄 몰랐을 터였다.

'아홉 살 생일 때까진 어화둥둥이었지.'

어느 정도였냐면, 내가 넘어져서 무릎이 까졌다는 이유로 21석의 사제가 교황청에 불려가 깨지고 돌아왔을 정도였다.

그러나 아홉 살 생일 때에도 그들이 원하는 수준으로 신성력을 향상시키지 못하자 그 뒤로 태도가 달라졌다. 완전히 실망하여 신전에서조차 날 운명의 아이라고 여기는 사람이 단 한 명도 없었다. 발루아 공작이 나를 때리기 시작한 것도 그즈음이었다.

우리는 검증을 위해 전실로 향했다. 그곳엔 우르소가 미리 와 있었다. 붕대를 칭칭 동여맨 그를 본 중앙 신전의 신관들이 혀를 찼다.

"이리 중요한 날을 앞두고 조심치 못하고……."

힐난의 시선에 우르소는 억울한 표정으로 날 쳐다봤지만, 내가 눈을 부라리자 곧 시선을 피했다.

내가 곧 전실에 있는 원형 단상 위에 올라가자, 중앙 신전의 신관이 말했다.

"일전에 '검증'을 해 보셨으니 아실 테지요. 가만히 앉아 숫자를 세고 계시면 백이 되기도 전에 끝날 터이니, 염려하지 마십시오."

신관들이 달래듯 말했다. 레아가 뒤에서 주먹을 쥐며 날 응원해 주었다.

중앙 신전의 신관 둘과 우르소가 단상을 에워쌌다. 한쪽 무릎을 굽히고 조아린 이들이 기도를 시작했다. 발밑이 점점 뜨거워지고, 나는 숨을 삼켰다.

'부네.'

속으로 이름을 읊조리자 나와 계약에 얽힌 우르소의 등허리가 흠칫했다.

*　　*　　*

검증이 끝나고 전실을 나선 신관들의 얼굴이 밝았다. 신성력이 바닥을 맴돌던 첫 번째 검증과는 확연히 달랐다.

"교황청에서 아기님의 미진한 신성력 때문에 걱정이 이만저만이 아니었는데 참으로 다행 아닙니까."

"서둘러 돌아가 기쁜 소식을 알려야겠습니다."

중앙 신관들은 우르소를 붙들고 듀블레드령과 가장 가까운 신전의 장인 그의 역할이 크노라 강조했다.

중앙 신전의 신관들이 돌아간 후 서북의 신전은 축제 분위기였다.

우르소가 있는 서북의 세 번째 신전은 제도와 멀리 떨어진 데다가, 신전과 척을 진 듀블레드 근경이라 중앙에서는 거의 손 놓다시피 한 곳이었다. 하지만 운명의 아이가 진짜일 가능성이 있는 이상, 서북 신전의 위상은 지금과는 비교가 될 수 없을 터였다.

"운명의 아이만 무사히 커 준다면 우리 쪽에서도 중앙으로 넘어갈 수 있지 않겠습니까."

"아무렴요. 첫 수혜자는 신전장님이시겠지요."

"우르소 님, 운명의 아이를 돌려보내지 않는 것이 낫지 않겠습니까?"

"예, 이제 이 근방의 모든 신전이 아기님의 교육을 맡기 위해 혈안일 테지요. 우리가 먼저 확보하여야―"

하지만 우르소는 대답 없이 거칠게 문을 닫으며 방으로 들어갔다. 신관들이 쯧, 혀를 차며 고개를 저었다.

"하여간에 우르소 님은……."

"예, 뭐가 중요한지 모르시는 모양입니다."

"잿밥에만 눈이 뒤집혀 있으시니."

"통탄할 따름입니다."

문 안에서 신관들의 목소리를 듣고 있던 우르소가 거칠게 책상을 내리쳤다.

'내가 수혜자가 될 거라고? 헛소리!'

제가 검증에서 무슨 짓을 했는지 안다면 중앙 신전으로의 차출은커녕, 사도 재판에 끌려갈 것이다.

'난 검증을 조작했단 말이다!!'

운명의 아이 명에 따라, 신관들이 아이의 그릇을 제대로 가늠할 수 없도록 만들었다. 교수대에 목이 걸리고, 역사에 기록되어 혼이 사라진 후에도 대대로 손가락질받아도 어쩔 수 없는 짓을 저질렀단 말이다.

'그 계집애 안에 내재한 신성력은 예비 신관 정도가 아니었다.'

퍼도 퍼도 물이 샘솟는 호수처럼 순도 높은 신성력이 가득 찰랑였다. 전부 확인하진 못했지만, 예비 신관 정도가 아니라 적어도 중앙 신전의 21석 정도는, 아니, 추기경에 비견될 만큼 엄청난 신성력이었다.

그것도 악마의 힘을 유지하면서.

더더욱 기이한 것은 그 끔찍한 계집애가 신성력 검증을 조작하는 법을 알고 있었다는 것이다.

"신성력 검증을 조작하라니요! 그게 가능할 리가 없습니다!"

"검증은 나의 '수조'가 얼마나 깊은지 확인하는 고야. 신관들의 신성력을 탐사대 대신 보내서. 그런데 네가 검증에서 신관들의 신성력을 네 쪽으로 끌어들이면 어떻게 되겠어? 그곳이 막다른 곳이구나, 운명의 아이가 가진 수조의 깊이는 이 정도구나 한단 말이야."

자신만만했던 것처럼 중앙 신관들은 아이의 신성력을 제대로 확인하지 못했다.

"악마 같은 년."

으득, 이를 간 우르소가 마른세수를 했다.

'내가 이대로 당할 것 같으냐.'

우뚝 멎은 손가락 새로 우르소의 눈이 새까맣게 빛났다.

1. 우르소는 오늘 예배당에서 있었던 일과 르블레인의 정체를 아무에게도 말할 수 없다.

어제의 계약 조항은 이것이었다. 즉, 어제 예배당에서 있었던 일만 털어놓지 않으면—

우르소의 입꼬리가 비죽 솟았다.

"크룩!"

그가 외치자 등이 잔뜩 굽은 늙수그레한 사내가 안으로 들어왔다.

"부, 부르셨습니까. 우, 우르소 님."

"이리 와서 편지를 써서 중앙의 신관들이 제도에 도착하기 전에 전해라."

"펴, 편지 내용은 어떻게……?"

"신전에 계집애가 하나 있지. 나는 그년이 아주 마음에 들지 않아."

우르소가 입꼬리를 씩 올리자, 크룩이 "아아!" 하며 얼른 고개를 끄덕였다.

"운명의 아이의 사지가 찢어질 만한 내용은 굳이 말해 주지 않아도 될 테지."

"사도의 힘으로 신성력을 높였다, 정도면 되겠습니까?"

크룩의 말에 우르소가 히죽 웃었다.

주변에서 돈을 뜯어내기 위해 번번이 제도에 가짜 투서를 보낸 것이 크룩이었다. 말하지 않아도 합이 잘 맞았다. 크룩이 편지를 완성해서 문고리를 잡자, 우르소가 그에게 손짓했다.

"신전을 떠나기 전에 계집애들을 몇 침실로 데려와라."

"누, 누구로 할까요?"

"어린 것들이 맛있지."

허둥지둥 나서는 크룩을 보고 우르소는 입매를 비틀었다.

'감히 누구에게 덤벼.'

그깟 년과는 두뇌의 수준이 다르다. 신전에서 사지가 찢어지는 순간, 제가 누굴 건드렸는지 깨닫고 어제의 오만을 후회하게 될 터였다.

우르소는 거무튀튀한 입술을 핥고, 방을 나섰다. 침실에서 나올 즈음엔 주제 모르는 애송이가 머리채를 잡혀서 신전에 끌려가 있을 터였다.

잠시 후 우르소는 침실 문을 열고 들어갔다. 인기척이 느껴지는 것이 크룩이 그새 여자를 데려다 놓은 모양이었다. 우르소가 커튼을 닫고 침대에 다가갔다.

"이번 계집애는 눈치가 없군. 내가 오기 전에 옷을 벗어 놨어야—"

—까지 말하던 그의 동공이 커다랗게 확장되던 찰나였다.

날카로운 손이 가슴을 꿰뚫었다.

"기다리기 지루하였단다, 늙은 것아."

"컥—!"

날카로운 손톱에 꿰뚫린 등으로 검붉은 피가 뚝, 뚝, 떨어졌다.

"어, 어째서…… 약속은, 나를 살려 주는…… 것……."

우르소의 말에 부네는 손을 비틀어 빼며 대답했다.

"아가가 전하라더구나."

"……."

"아가가 죽이지 않겠다고 한 것이지, 내가 살려 준다고 한 적은 없다고 말이야."

휘청인 우르소가 파르르 떨며 무너져 내렸다.

'성추행범, 성폭행범은 죽는 것이 당연하다'가 르블레인의 지론이었다.

*　　*　　*

부네는 해맑은 얼굴로 내가 있는 예배당에 도착했다.

"아가가 시킨 일을 전부 마쳤단다."

그러곤 편지 한 장을 건넸다. 봉투를 뜯은 난 빠르게 내용을 훑어 내렸다. 운명의 아이가 그릇된 힘으로 신성력을 증량한 것을 보았다는 내용의 투서였다.

'어쩌면 이렇게 예상대로 굴까.'

난 어깨를 으쓱이고 예배당에 밝혀진 촛불로 편지를 태웠다.

"아가의 말대로 꼽추를 기절시켜서 변태의 방에 옮겨 놨어."

크룩이란 남자가 어쩔 수 없이 우르소의 말을 따른 거라면 살려 주려고 했다. 하지만, 편지를 들고 방을 나선 그의 얼굴엔 기쁜 기색이 역력했다.

"이, 이번엔 다른 때처럼 푼돈이 아니라, 큰 집을 살 수 있겠어."

"잘하셔써요."

뿌듯한 표정으로 고개를 주억거리자 부네는 내 뺨에 얼굴을 비볐다.

"아가는 영리하구나."

부네가 악마답지 않게 순진한 거겠지.

'자, 그럼.'

나는 보석이 전시된 함을 열었다. 어제 우르소를 시켜서 결계를 풀어둔 터라 열기에 무리가 없었다. 여신의 눈물을 챙기고 폴짝 뛰어내렸다.

이걸로 부네를 돌려보낼 수 있고, 검증에서 신성력을 몽땅 들킨 게 아니니 중앙 신전에 바로 끌려갈 일도 없으며, 겸사겸사 나쁜 놈도 처리했다.

'일석삼조네.'

그렇게 생각하던 때에 부네가 말했다.

"아가의 악독함이 악마 못지않구나! 역시 나를 불러낼 만한 사악함이야. 앞으로도 정진하여 더더욱 간악무도해지려무나."

그러며 흡족한 듯이 눈을 반짝여서 난 좀 어이가 없어졌다.

* * *

서북 신전은 발칵 뒤집혔다.

신전장인 우르소가 시체로 발견되고, 그의 종인 크룩이 살인범으로 지목되었다. 그뿐 아니라 크룩의 고신이 진행되며, 우르소와 그의 죄가 낱낱이 드러났다.

거기에 사라진 여신의 눈물까지도 우르소의 짓이 아니냐는 말이 나왔다. 결계를 해지한 것이 그였으니, 확정되는 것도 시간문제였다.

"아기님, 신전에 문제가 생겨서 출입 허가를 받지 못했어요."

레아가 곤란한 얼굴로 말했다.

크룩이 죄를 인정하기 전이니 신전에서 사람이 나가게 할 순 없을 거다. 예상했던 바라 나는 고개를 끄덕였다.

"주인님께 소식을 전하면 곧 해결해 주실 거예요. 저는 연락하고 올 테니 여기서 병사들과 잠시 놀고 계셔요."

"웅."

"잘 계시면 성으로 돌아가서 딸기를 열 개 드리겠어요."

"네!"

내가 우렁차게 대답하자 레아는 후후 웃고 정원을 떠났다.

나는 신전의 정원을 산책했다. 가시나무를 둘러보는 내 뒤로 병사들이 따라왔다. 어린애의 마음이 '뛰어! 달리는 거야! 야생마, 푸르르!' 하고 날 꼬드기는 것 같았지만, 꾹꾹 참고 천천히 걸었다.

"우리 아기님은 얌전하기도 하시지."

듀블레드의 하인이 헤죽 웃자, 병사들이 폭풍 끄덕임으로 호응했다.

'그래, 나 착하게 천천히 걸었으니까 레아가 오면 꼭 말해 줘.'

그러면 크림을 올린 딸기가 열 개다. 나는 씩, 음흉하게 웃었다.

그런데 이상했다.

앞쪽으로 걸을수록 바싹 마른 잔디에 물 자국이 보이더니, 종국엔 비라도 맞은 것처럼 흠뻑 젖어 있었다.

'으응?'

이렇게 젖었는데, 신발엔 진흙이 하나도 묻어 있지 않았다. 뭔가 싶어서 눈을 깜빡이던 난 화들짝 놀랐다.

어제 보았던 물로 이루어진 물고기였다.

"물꼬기……!"

나도 모르게 소리치니 하인들과 병사들이 고개를 갸웃했다.

"네?"

이런 물고기를 봤으면 놀랄 만도 한데, 사람들은 조용했다.

[다른 이들은 이것을 보지 못하는 모양이구나.]

'그런 것 같아요.'
물고기는 꼬리를 살랑이며 자꾸만 내 주위를 빙빙 맴돌았다.
같이 가자는 건가? 어디로?
'혹시 주인인 아드리안에게 무슨 일이 생겼나?'

[아가가 신경 쓸 일이 아니란다.]

부네의 말이 맞다. 굳이 내가 신경 쓸 필요는 없다.
하지만. 하지만…….
'아이 몸엔 양심이 남아 있어서 괴롭다니까.'
한숨을 푹 내쉰 난 하인과 병사들을 돌아봤다.
"숨바꼭질하고 시퍼."
나는 양손을 모으고 간절한 표정으로 듀블레드 사람들을 올려다보았다. 이건 일명 '부탁하는 수줍은 자세'로 듀블레드의 총집사까지 함락한 적이 있는 내 필살기였다.
입꼬리가 흐물흐물해진 하녀들이 눈을 동그랗게 뜨고 있는 병사들을 닦달했다.
"당장 숨바꼭질을!"
"서둘러!"
흡족하게 끄덕인 난 아드리안을 찾으러 가려면 필히 치워야 할 사내를 지목했다.

“중대당이 술래야. 백까지 세구 와. (중대장이 술래야. 백까지 세고 와.)”

“예!”

공작의 명이라도 받는 것마냥 결연히 대답한 중대장이 나무에 얼굴을 묻고 “하낫! 둘! 셋!” 우렁차게 외쳤다.

나는 허겁지겁 내달렸다.

‘레아가 얌전히 있으면 딸기를 열 개나 준댔는데.’

별일 아니면 가만두지 않을 테다.

물고기가 향한 곳은 거대한 나무 밑동 앞이었다. 아드리안은 홀로 우두커니 앉아 손안에 무언가를 담고 있었다. 얼음이 녹은 것처럼 그 애의 손안에 고여 있는 건 물고기였다.

‘신성력으로 만든 권속이잖아.’

날 데리러 왔던 물고기와 한 쌍인.

아드리안이 크게 다쳤거나, 혹시 신성력이라도 폭주한 건가 싶었는데 그냥 권속이 사라질 때가 된 모양이었다.

신성력을 응축해 만든 권속은 오래가지 못한다. 기가 자연으로 흩어지듯, 풍화되어 사라지는 것이다.

그 애의 눈빛은 텅 비어, 무언가가 마모된 것 같아 보였다. 난 조심스럽게 쭈그려 앉아서 그를 보았다.

“건속은 또 만들몬 대. (권속은 또 만들면 돼.)”

그러니까 사람 마음 심란하게 그런 표정은 짓지 마.

어린애가 이런 표정을 짓고 있으면 신경이 쓰인다.

아드리안은 시선만 조금 올려서 날 쳐다봤다.

“……어떻게?”

정말로 모르는 모양인지 아드리안이 조용해졌다.

하기야, 결계를 만드는 것과 권속을 만드는 건 다르다. 결계를 만드는 법은 신전이나 책에서 배울 수 있지만, 권속을 만드는 건 아무도 가르쳐 주지 않는다.

만들어 봐야 진짜 사람이나 동물처럼 견고하지도 않아서 쓸모가 없다. 신관이 권속을 만들어 봐야 사흘을 못 갔다. 무엇보다 어마어마한 힘이 들었다.

"그러몬 물꼬기는 어떠케 만들었는데?"

묻자 아드리안은 손안에 고인 물고기를 바라봤다.

"그냥…… 자고 일어났더니 옆에 있었어."

"언제?"

"풍진이 나은 날 아침에."

> "아드리안 황자의 생일 파티에 우리 애들을 보낸다고요? 세상에, 여보! 우리 애들이 이본느 황비의 눈 밖에 나는 걸 보고 싶으세요? 궁인들이 오죽했으면 풍진에 걸려서 죽어 가는 황자를 방치했겠어요!"

발루아 공작 부인의 말이 떠올랐다.

'풍진이라면 이 애가 여섯 살 때 있었던 일이잖아.'

내가 꽤 자란 다음 들은 얘기이므로 절대로 잘못 들었을 리가 없다.

그럼 권속을 2년이나 유지했다고?

보통은 아무리 길어 봐야 일주일이 한계다. 과연 최연소 추기경에 임명될 만한 힘이었다.

아드리안이 날 쳐다봤다.

"다시 아미를 살릴 수 있어?"

그 애의 말에 부네가 투덜거렸다.

[기이한 인간이로구나. 고작 신성력으로 만든 권속 따위에 무얼 저리 마음을 쏟는 것이지? 아가, 네가 신경 쓸 일은 아닌 듯하니 돌아가자꾸나.]

부네는 [아가의 소중한 딸기 열 개가 사라진단다.] 하고 날 설득했다.
하지만 난 쉬이 움직일 수 없었다. 방법을 모르는 아이가 권속을 만들 수 있는 경우는 딱 하나다.
옆에 있어 줄 무언가가 간절할 때. 아드리안은 풍진에 걸려 죽어 가는 동안 내내 머리를 쓰다듬어 줄 누군가를 절실히 바랐던 거다.
모후인 황후는 죽었고, 외조부는 손주를 그저 권력의 도구로 여겼다. 황제는 아들을 돌보지 않았으며, 황비는 제 아들에게 방해가 되는 그를 혐오하여 번번이 계략을 꾸몄다.
거대한 황궁에 홀로 갇힌 아이에게 그 누구도 말을 걸지 않았다. 그 누구도 손을 내밀지 않았고, 그 누구도 아이가 살아 있는 것을 바라지 않았다. 그래서 권속이 생겼던 것이었다.
'내가 첫 번째 삶에서 권속을 만들어 냈던 것처럼.'
물론 당시 난 아드리안처럼 강하지 않아서 내 권속은 한 시간도 안 되어 사라졌었지만. 사라진 권속 때문에 이불을 뒤집어쓰고 소리 없이 울던 어린 나를 기억한다.
분명 아드리안도 그때의 나와 같은 심정이겠지.
나는 조심스럽게 그에게 손을 뻗었다. 그의 손등에 손을 얹고서 고개를 저었다.
"못 살려."

"그럼 다시 만들 수 있는 방법을 알려 줘."

"그건 아미와는 저녀 다룬 존재일 꼬야. (그건 아미와는 전혀 다른 존재일 거야.)"

아드리안의 시선이 바닥으로 떨어졌다.

나는 성마 전쟁의 승전 행진에서 가장 앞서 말을 몰던 그를 기억하고 있다.

세상에 온갖 귀한 것들을 그러모은 것 같은 아름다운 외모보다 먼저 느껴진 것이 강렬한 위엄이었다. 기사 중의 기사라는 아미티에 공작의 딸로 산 나마저 솜털이 삐죽 설만큼 냉엄했다.

막연히 누구도 그를 다치게 할 수 없을 거라고 생각했었다.

하지만 지금 보이는 이 아이는 상처투성이였다. 위태로워서 가슴이 시릴 정도로.

"하지만 무덤을 만들어 줄 수는 이써."

조그맣게 말하자 부네가 [아가의 딸기가!] 하고 안절부절못했지만, 난 못 들은 척했다. 아드리안은 고개를 들어 날 빤히 쳐다봤고, 난 그의 눈을 피하지 않았다.

* * *

"더 깊게 파야지."

아드리안은 한 손에 아미를 조심스럽게 쥔 채 바닥을 가리키는 여자애를 쳐다봤다.

"이러다가 어느 세얼에 다 팔라구. 이리 나와 바."

여자애가 아드리안의 손을 툭툭 털어 주곤, 손 위로 다시 아미를 잘 올려놓았다. 그러곤 쪼그려 앉아 흙을 파냈다. 얼마나 야무지게 파는지 몇 분도 되지 않아 아드리안의 두 배가 되는 구덩이가 만들어졌다.

"이제 요기에 묻어 주는 고야."

정말로 이상한 애였다. 흙을 잘 파는 건 꼭 농부 같은데, 황자인 자신을 부려 먹는 건 황족보다 더 잘했다. 아이는 이토록 자신에게 격의 없이 구는 사람을 본 적이 없었다.

'하지만.'

하지만 이 애도 제가 누군지 안다면 달라질 것이다. 모두가 그랬다. 황족도, 귀족도, 궁인들까지 자신을 종기처럼 여겼다. 건드리기엔 무섭고, 그냥 두자니 신경 쓰이는 종기 말이다.

황제의 적장자이나, 황태후의 팔촌 조카이자 마르슈 공작가의 장녀인 1황비 이본느의 견제를 받는 아드리안을 껄끄럽게 여겼다.

그는 살아 있되, 없는 사람이었다. 그러니까 이 애도 분명 자신이 누군지 안다면 달라질 것이다.

자신을 보는 반짝반짝한 눈동자가 공포로 어두워지고, 생기 넘치는 표정이 거무죽죽해질 것이 틀림없었다. 내심 아쉬웠지만 그래서 더 빨리 말해야겠다고 생각했다.

"나는 황실의 장자야."

"구론데?"

"죽은 황후의 자식이라고 말한 건데, 나……."

"구래서?"

아드리안은 말문이 막혀서 눈만 깜빡였다.

이상하다. 놀라야 하는데. 너무 어려서 얽히고설킨 정치 관계는 모르더라도, 황족이란 말에 두려워해야 정상인데.

아드리안이 묘한 눈으로 쳐다보자 아이가 고개를 갸웃했다.

"그거 지금 중요해?"

"……어?"

"별루 안 중요하면 얼른 아미를 무더 주자. (별로 안 중요하면 얼른 아미를 묻어 주자.)"

아이가 제 손을 잡아끌었다. 얼떨결에 아이를 따라 주저앉은 아드리안은 완전히 물이 되어 버린 아미를 구덩이 안으로 조르륵, 흘려보냈다. 아이가 아드리안을 대신해 물 위로 흙을 덮고 토닥였다.

"이제 기도해 주는 고야."

아드리안은 양손을 맞잡은 채로 눈을 꼭 감은 아이를 빤히 바라보았다.

"다움 생엔 오래오래 항께하게 해 주세요."

"……."

"싸우고 토라지더라도 다움 날 아침 인사가 당욘하도록."

"……."

"아프지 앙토록. 매일매일 행보캐서 오늘의 고통이 단지 시시한 대화거리가 되도록."

아이가 아드리안의 눈을 지그시 응시했다.

"이 아이가 햄보케지게 해 주세요."

그것은 마치 자신에게 하는 말 같았다.

그는 아무런 말도 하지 못하고 정신없이 아이를 바라봤다. 목구멍이 뜨겁고, 눈 안이 시린 이유를 아드리안은 알 수 없었다.

단지 분명한 것은, 지금은 그가 누군가의 이름을 절대로 잊지 않겠다고 생각한 최초의 순간이었다는 것이었다.

* * *

아미를 묻어 주고, 기도까지 마친 나는 자리에서 일어났다.

"갈 거야?"
아드리안이 내 손을 잡고 물어서 난 조금 당황하여 대답했다.
"웅."
"……또 와?"
"웅?"
"또 와."
날 보는 그 애의 눈이 너무 지긋하여 난 눈을 도르륵 굴렸다.
"그러지 모."
"하지만 안 오면……."
아드리안의 눈빛이 흐려졌다. 햇빛을 받아 반짝이는 긴 속눈썹이 투명한 적안을 반쯤 가렸다.
'우와…….'
과연 제국을 넘어 타국 영애들의 정신을 쏙 빼놨다던 세기의 미남답다. 듀블레드 공작의 미모에 익숙해진 심미안으로도 잠깐 심장이 덜컥할 정도였다.
"이제 우리 칭구야. 칭구는 약속 지키는 고야. 언젠가 만나."
"친구……."
몇 번이나 중얼거리는 아드리안이 귀여워서 속으로 쿡쿡 웃었다. 그러고서 손을 흔들어 인사한 뒤, 뒤돌아서 뛰어갔다.
'늦었다, 늦었어!'
숨바꼭질을 하자는 핑계로 왔는데, 어느덧 30분이 훌쩍 지났다.
헐레벌떡 정원으로 향하자 "어디 계세요, 아기님!" 하고 날 찾는 소리가 들렸다. 얼굴이 샛노래진 병사들과 하인들이 정신없이 날 찾고 있었다.
"르부, 요기따!"

내가 소리치며 폴짝폴짝 뛰니, 사람들이 달려왔다.

"세상에……."

레아는 흙투성이가 된 날 보고 기함했다.

"대체 어디에 계셨어요. 아무리 찾아도 안 보여서 얼마나 놀랐는지 아세요?"

내가 있던 곳은 정원과 멀지 않았는데, 찾지 못한 걸 보면 아드리안이 결계를 세워 둔 모양이다.

나는 손을 꼼지락대며 "달못했도요." 웅얼거렸다. 레아가 한숨을 내쉬곤 내 치마를 툭, 툭, 털어 주었다.

"무사하셨으니까 괜찮아요. 하지만 다음에 또 사라지시면 전 정말로 심장이 멈출지도 몰라요."

"녜."

"통행 허가가 났어요. 이제 듀블레드로 돌아가실까요?"

그녀가 그렇게 말해서 나는 밝은 표정으로 고개를 끄덕였다.

[딸기! 아가야, 딸기를 열 개 주는 건지 물어보려무나.]

부네가 닦달해서 난 레아를 슬그머니 올려다보았다.

"녜아, 딸기 열 개눈?"

"그건……."

레아의 눈이 가늘어졌다.

"약속을 어기셨으니 다섯 개만 드릴 거예요."

이럴 수가.

충격받은 얼굴로 양 볼을 감싸자 주변에서 웃음이 터졌다.

* * *

딸기는 다섯 개밖에 못 받게 되었지만, 그래도 난 기분이 꽤 좋았다.

부네를 시켜 우르소가 착복한 돈을 원래 주인에게 다 돌려주었는데, 그러고도 꽤 많은 돈이 남았다. 돈 외에 고리대금업자들이 뇌물로 바친 것은 돌려주지 않았기 때문이다.

'이걸로 6천 프랑.'

세리아의 현상 수배금이 3만 프랑이니, 총 3만 6천 프랑이 되었다.

'이제 망명해서 살 집을 구할 수 있도록 본격적으로 돈을 굴려야겠어.'

투자처라면 좋은 걸 몇 개 안다. 문제는 내가 너무 어려서 투자처와 접촉할 수 없다는 거지.

거지 시절에 가난하게 산 이유도 이것이었다. 물론, 눈에 띄지 않아야 해서 최대한 조용히 살아야 했기도 하지만 나이 때문에 투자할 수 없었다.

'날 도와줄 어른이 필요해.'

세리아가 있긴 하지만, 그녀는 어쨌든 간에 범죄자라서 제약이 있다. 지금은 감옥에 있기도 하고.

부네의 도움을 계속 받을 수도 없다. 이미 신성력이 간당간당해서 앞으로 닷새면 그를 유지할 수 없을 것이다.

'부네의 이능을 어디에 써야 할지 정해야 하는데.'

내게 딱히 필요가 없는 능력이긴 하지만, 그렇다고 해서 쓰지 않기엔 아쉽다.

'돈벌이가 될지도 몰라.'

고민하고 있던 와중에 마차가 멈추었다. 듀블레드성에 도착한 것이다. 문이 열리자마자 앙리와 이샤크가 내게 다가왔다.
"왜 이렇게 늦게 왔어?"
이샤크가 내게로 얼굴을 불쑥 내밀며 묻자 앙리가 그의 얼굴을 떠밀고 나를 안았다.
"오느라 고생했지?"
그러자 이샤크가 나를 빼앗아 안으려 손을 내밀었다.
"내가 식당에 너 좋아하는 고기를 잔뜩 차려 놓으라고 했다."
앙리는 이샤크의 반대편으로 등을 돌리며 나를 사수했다.
"밤늦게 먹으면 건강에 안 좋지 않겠어? 테라스에서 간단하게 식사하고 내일 맛있는 아침을 먹는 게 어떨까."
"그거 먹는다고 건강 상하는 거 아니거든?"
"아이는 몸이 약해. 너 같은 괴물과 비교하지 마."
그러며 둘이 서로 나를 빼앗으려 들어서 난 눈이 팽글팽글 돌 지경이었다.
"아우……."
내가 신음했을 때였다. 훽! 몸이 떠오르더니 어느새 난 공작의 품 안에 있었다.
"동생을 데리고 싸우지 마라."
공작이 엄히 말하자, 앙리와 이샤크는 불만스러운 얼굴로 서로를 바라봤지만 이내 "예……." 하고 시무룩하게 대답했다.
'아이고, 살겠다.'
마차도 오래 탄 데다가 부네를 유지하느라 힘을 잔뜩 쓰고 있던 터라 두 사람 사이에 끼어 있는 것이 힘들었다. 공작의 품에 얼굴을 기대고 있다가 아차 했다.
귀가 인사를 해야지.

"다녀왔슴미다."

그러자 공작과 앙리, 이샤크의 입매가 부드러워졌다.

"그래."

"잘 왔어."

"들어가자."

정들면 고향이라더니. 몇 달 이곳에서 지냈다고 정말로 집에 돌아온 기분이었다.

* * *

이튿날, 나는 점심 간식으로 레아에게 약속했던 딸기를 받았다. 생크림이 듬뿍 올라간 딸기를 반짝반짝한 눈으로 바라보자 부네가 [잘되었구나, 아가야.] 하며 기뻐했다.

레아는 내게 턱받이를 해 준 뒤에 그릇에 딸기를 덜어 주었다.

"……셋, 넷, 다섯."

—까지 센 그녀는 눈을 반짝이는 날 보고서 픽 웃더니 슬쩍 두 개를 더 옮겨 주었다.

"녜아, 조아요."

감사의 표시로 레아의 볼에 쪽, 입 맞춰 주자 하녀들이 부럽다는 듯 아우성이었다.

"아기님, 크림을 준비한 건 저랍니다."

그러며 달리아가 볼을 내밀었고,

"딸기는 제가 따 왔어요."

린다도 내게 바짝 다가왔으며,

"저는 그냥 해 주세요."

유니가 고개를 내 쪽으로 젖혔다.
나는 그녀들의 볼에 한 번씩 뽀뽀해 주고 다시 포크를 잡았다.

[나도 우유를 가져다줄 수 있단다.]

'네?'

[딸기 꼭지도 따 줄 수 있지. 현신할까?]

'……?'
내가 고개를 갸웃 기울이자 부네는 시무룩해져서 말이 없었다.
또 왜 우울해진 걸까. 나는 이 소심한 악마를 어떻게 해야 하나, 생각하며 딸기를 포크로 콕 집었다. 생크림을 듬뿍 발라 입에 집어넣자 새콤달콤한 과즙과 고소하고 부드러운 크림이 어우러지며 입안이 황홀해졌다.
'백 개쯤 먹어도 안 질릴 것 같아.'
마지막 남은 딸기를 아쉬운 마음으로 입에 넣었을 적에 벌컥 문이 열렸다. 이샤크였다.
"선물 보러 가자!"
선물?
뒤이어 들어온 앙리가 "놀라게 하지 마." 하곤 내 입에 묻은 생크림을 살살 닦아 줬다.
"선물이 몬데?"
그렇게 묻자 이샤크가 악동처럼 킬킬거렸다. 이상하게 불안한 기분이었다. 나는 앙리, 이샤크와 함께 선물을 보러 가며 힐끔힐끔 그들의 눈치를 보았다.

귀가 선물? ……일 리는 없고. 아이의 날은 지났으니 장난감도 아닐 테고. 내 생일은 아직 멀었다. 그럼 무슨 선물을 말하는 거지?

난 목적지에 도착한 후, 내 불안이 틀리지 않았음을 확인했다. 공작의 앞에서 수많은 가신이 무릎을 꿇은 채 고개를 조아리고 있었다.

“죽여 주십시오, 아기님!”

“살려 주십시오, 아기님!”

한쪽에서는 죽여 달라고 아우성이고, 다른 쪽에서는 살려 달라고 애원이었다.

나는 우뚝 굳은 채로 눈만 돌려서 공작과 앙리, 이샤크를 쳐다봤다. 공작은 마음에 드냐는 눈으로 날 쳐다봤고, 이샤크는 뿌듯한 표정이었다.

“이고 모야……?”

“지난번에 카틀레아 윌스턴을 입양시키겠다고 염병을 떤 놈들.”

이샤크의 자랑스러운 대답에 나는 다시 무릎 꿇은 가신들을 바라봤다.

내가 부네를 불러낸 날, 알현실에서 보았던 가신들이 맞다. 몇몇은 상처와 멍을 달고 있었다. 대부분의 이는 멀쩡하지만, 얼굴이 샛노란 게 툭 치면 기절할 듯했다.

“구니까 이게……. (그러니까 이게…….)”

내가 중얼거리자 이샤크가 “아.” 하더니 씩 웃었다.

“몇 놈 빠져서 그래? 맞아, 정확히 세 놈 빠졌는데, 두 놈은 고문실에 있고, 한 놈은 본보기로 성에 매달아 놨어.”

앙리가 이어서 말했다.

“매단 자도 아직 살아는 있어. 곧 끝일 것 같긴 하지만.”

신전에 다녀오기 전에 카틀레아에게 한 방 날리며, 가신들을 엮었다. 그때 예상하긴 했다. 가신들이 그날의 대가를 톡톡히 치를 것이라고.

하지만 결코 이 지경을 바란 건 아니었다.

"공잔미. 그리구 앙니, 이자꾸."

내가 조그맣게 중얼거리자 세 사람이 날 쳐다봤다.

"그래."

"역시 그냥 전부 목을 칠 걸 그랬나?"

이샤크가 신이 나서 하는 말에 가신들의 낯빛이 하얗게 질렸다.

"아냐!"

나는 콱 인상을 쓰며 말했다.

"주기면 미어. (죽이면 미워.)"

세 사람이 흠칫했다.

*　　*　　*

"이거 시러. 선물 시러. 가신들 집에 돌아가라구 해!"

광명이 도래했다. 꿇어앉은 가신들은 공작과 공작의 축소형들을 꼼짝 못 하게 만드는 르블레인에게 몹시 감격했다.

이틀 전, 르블레인이 신전으로 떠난 뒤 듀블레드령은 쑥대밭이 되었다. 카틀레아 윌스턴 사건에 연루된 자들이 모조리 성으로 끌려온 것이다.

"가, 각하. 어찌 이러십니까."

누군가 덜덜 떨며 겨우 말하자 앙리는 달콤하게 웃으며 그들을 둘러보았다.

“방계를 가주로 만들어 가문을 집어삼키려 하였으니 죽을죄가 아닙니까.”

“마, 말도 안 됩니다. 저희는 그저 신전의 끄나풀과도 같은 운명의 아이가 내성을 주관하는 것을 볼 수 없었기에 차라리 혈족인 윌스턴 영애를……!”

그의 말에 가신들이 한목소리로 동조했다.

설마 했던 것이다. 설마 홀에 있는 사람들을 전부 어쩌진 못할 터다. 모두 관할지를 가진 명문가의 후예들로, 오랫동안 듀블레드를 위해 봉사한 자들이니 쉽게 건드릴 수 없을…….

“크아악―!”

……거라고 생각했었다.

눈앞에서 원로 중 한 명의 손목이 날아가기 전까진.

테오도르 듀블레드가 가주 위를 계승하고 5년. 평화에 익숙해졌던 가신들은 그제야 깨달았다. 저 남자는 형제들을 도륙하고, 그 강건하던 선대조차 끌어내린 잔악무도한 사람임을.

“고개가 높군.”

공작이 나른하게 말하자, 안색이 희멀게진 가신들이 일시에 바닥에 고개를 처박았다.

그리고 이 꼴이 난 것이다.
공작과 공작의 축소형들은 며칠간 온갖 죄목을 갖다 붙였다.

[구휼원 자금 횡령]

고작 3프랑이었다.

[상점가에서 뇌물 수수]

아내에게 주라며 꽃집 주인이 한사코 튤립 한 송이를 쥐여 줬던 것뿐이다.

[등청 거부]

딱 하루였다.
말도 안 되는 죄목이었지만, 가신들을 오싹하게 만들기엔 충분했다. 아주 사소해서 본인들조차 잊고 있었으며, 누구도 알지 못했던 일들까지 공작이 전부 알고 있었다는 뜻이었으니까.
즉, 모든 가신이 공작의 시야 안에 있었단 것이다.
일부러 사소한 죄목을 열거한 건 자진하란 뜻일 터였다. 본격적으로 털면 너희들의 사돈에 팔촌까지도 무사하지 않을 거라는 의미. 이대로 죽는 수밖에 없나 싶었다.
그런데…….
"하지만 꼬맹아, 저놈들은 너를 몰아붙였잖아."
이샤크가 쩔쩔매며 말하자 르블레인은 단호하게 말했다.

"구런 거루 사람 주기면 안 대. (그런 거로 사람 죽이면 안 돼.)"
옆에선 앙리가 아이를 설득했다.
"한 번 엇나간 톱니바퀴는 빼서 부숴 버려야 해. 그래야 제대로 돌아가는 거야, 르블레인."
"사람은 물건 아니자나."
공작이 "르브." 부르며 손을 뻗었다.
"시러."
"어째서!"
르블레인은 안절부절못하는 세 사람을 둘러보며 콱, 인상을 찌푸렸다.
"공잔미랑 앙니, 이자꾸랑 안 놀 고야."
"……!"
"……!"
"……!"
청천벽력이라도 들은 것처럼 딱딱하게 굳은 세 사람을 보고 가신들은 기함했다.
'아아, 아기님…….'
희망을 가져올 운명의 아이라는 말은 거짓이 아니었다.
우리 아기님은 어쩌면 저리도 자애로우시단 말인가!

* * *

가신들이 무사히 풀려났다. 성 앞은 자식이, 남편과 아내가, 부모가 죽을까 봐 발을 동동 구르던 가족들의 울음소리로 시끄러웠다.
"아이고, 이 칠푼이! 그러게, 각하께 맞서느니 차라리 드래곤 토벌에

나서라지 않았느냐!"

"여보, 마누라! 저는 여보가 죽을까 봐서…… 어흐흑!"

"아버지, 괜찮으세요? 손목이 덜렁거리신다고요? 정말 다행이에요, 목이 덜렁거리지 않아서!"

그들을 본 부네는 불만스러운 듯했다.

[죽어 마땅한 놈들인데 어째서 살려 주는 것이니?]

'죽을 정도는 아니었어요.'

테라모어처럼 애를 학대한 것도 아니고, 우르소처럼 여자를 강제로 취한 것도 아니다. 그리고 무엇보다 가신들이 날 몰아내려고 한 이유가 납득이 가기도 했다.

카틀레아를 본가에 입적시켜 콩고물을 얻어먹으려 한 자도 있겠지만, 그 바닥엔 분명 듀블레드를 향한 충심이 깔려 있었다.

나는 신전에서 세운 운명의 아이니, 내가 내성의 전권을 잡는 건 확실히 위험한 일이다. 무엇보다 가짜라 불리는 평민 출신 아이의 명에 휘둘린다면 듀블레드의 위상이 곤두박질칠 터였다.

'게다가 저들을 다 죽이면 원로원 의장이 나섰을걸?'

듀블레드 공작의 최대 정적인 장마르크 누아노크가.

[그자가 누구기에?]

'음, 간단하게 말하면…… 엄청 무서운 사람?'

폭정으로 유명했던 선대가 원로원에 한 수 접어 줬던 건, 그들이 선대를 위해 일했기 때문만은 아니었다.

더 큰 이유는 원로원의 의장이 장마르크 누아노크였기 때문이다. 듀블레드의 개문과 함께한 누아노크는 제도 귀족들과도 두터운 끈이 있었고, 신전에선 듀블레드 공작보다도 그의 말을 우선할 정도였다.

[어째서 가신 따위가 그러한 권력을 가진 거지?]

'의장쯤 되면 그냥 가신이 아니라고요. 듀블레드의 2인자이지요.'

게다가 머지않은 미래엔 완전히 신전과 결탁하여 더 막강한 세력을 자랑하게 된다.

'그런데 왜 요새는 조용한 거지?'

다른 때라면 벌써 나섰어야 할 텐데.

고민하고 있을 찰나, 내 눈치를 보던 듀블레드 공자들이 조그맣게 물었다.

"꼬맹이, 아직 화났어……?"

"르블레인, 날이 좋은데 산책할까?"

소파에 널브러지듯 앉아 있던 난 흘깃 눈만 움직여서 그들을 쳐다봤다. 두 사람은 시무룩해졌다.

"다음부터 사람 막 매달구 안 그럴 고지?"

얼굴이 환해진 두 사람이 얼른 달려왔다.

"안 매달아!"

"응."

나는 어휴, 한숨을 내쉬고 소파에서 폴짝 내려왔다.

"그러몬 산책하자."

"정원으로 갈까?"

"온실은 어때?"

나는 안 보이는 꼬리를 마구 흔드는 것 같은 공자들을 양옆에 끼고서 방을 나섰다.

두 사람은 몇 번 아웅다웅하더니, 산책지를 정원으로 정했다. 이샤크가 내게 보여 주고 싶은 꽃이 있다고 강력하게 주장했기 때문이었다.

정원으로 나선 난 깜짝 놀랐다.

"와―!"

며칠 전만 해도 튤립이 피어 있던 화단엔 앵초와 제비꽃이 한가득했다. 야생화인 앵초와 제비꽃은 귀족의 화단에서 보기 힘든 꽃이었다. 대부분 튤립같이 비싸고 손이 가는 꽃을 선호했다.

하지만 나는 소담한 야생화가 더 좋다. 특히 제비꽃은 내가 제일 좋아하는 꽃이었다.

"르부가 조아하는 꽃이야."

이샤크가 의기양양해졌다.

"내가 딱 알고 심어 놓으라고 했지!"

"고마어."

신이 나서 향기를 맡으니 앙리는 픽 웃었다.

"멍청이가 웬일로 기특한 짓을 다 했지?"

"멍청이 아니거든."

"그래, 오늘은 인정해 주지. 내일은 모르겠지만."

형제가 다시 티격태격하기 시작해서 나는 두 사람의 소매를 쭉쭉 당겼다. 그리고 내 곁에 쪼그려 앉은 앙리와 이샤크에게 각각 꽃반지를 만들어 줬다. 본격적으로 싸우기 전에 신경을 돌리려는 것이었다.

이샤크는 의도대로 꽃반지에 관심을 가졌다.

"꼬맹이 넌 조그마하면서 이런 거 어떻게 할 줄 알아?"

"보육언에서 배어써. (보육원에서 배웠어.)"

이샤크는 보육원에서 왜 꽃반지 만드는 법 같은 걸 가르치는지 궁금한 표정이었다. 나는 꽃반지 줄기에 붙은 조그마한 마른풀을 떼 주며 말했다.

“귀족들은 아가들이 태어나면 반지를 껴 주자나.”

“응. 루비 반지.”

가문의 인장을 낄 날까지 무럭무럭 자라라는 의미였다.

“평민들은 꽃반지를 만드러서 이러케 손가락에 껴 주고든. 보육언 아가들은 엄마가 없으니까 먼저 보육언에 있던 애들이 만들어서 끼워 주는 고야.”

“왜 평민들은 돈도 안 되는 꽃반지 같은 걸 해 주는 거지? 귀찮게.”

“그야 사랑하니까 그러치.”

귀족처럼 아이에게 값비싼 루비 반지는 해 줄 수 없어도, 아이를 사랑하는 마음은 귀족과 같다는 뜻이다.

“구로니까 보육원에서 꽃반지 만드는 방법을 애들한테 알려 주는 고…… 응?”

두 사람은 내 얘기는 듣지도 않고 내가 만들어 준 꽃반지를 뚫어져라 쳐다봤다.

“꽃반지가 사랑한다는 뜻이면…….”

“르블레인이 우리에게 이걸 줬으니까…….”

“우리를…….”

그리고 얼굴이 발그레해져서 소중하게 꽃반지를 낀 손을 끌어안았다.

* * *

로만 자작은 몸을 추스르기도 전에 가신들을 은밀히 소집했다.

"공작이 계집애에게 단단히 홀렸소. 미치지 않고서야 어찌 듀블레드와 시작을 함께한 우리를 이 지경으로 만든단 말이오!"

"흐음……."

"테오도르 듀블레드를 끌어내리고, 가주를 홀린 그 계집을 처단해야 하오."

그런데 로만의 말에도 가신들의 반응은 신통치 않았다.

"굳이 그럴 필요가 있습니까?"

"뭐라고?"

"저는 차라리 잘된 일이라고 봅니다. 공작가에 목줄을 잡을 이가 생긴 것이 아닙니까."

"그래 봐야 가짜지 않소! 평민이란 말이오!"

"글쎄요, 그것도 헛소문이라더이다."

그렇게 말한 가신이 실실 웃으며 다른 사람들을 둘러보았다.

"이번에 알현실에서 아기님이 행하신 기적을 목도하지 않았습니까."

"놀라운 힘이었지요."

"신성력이 증량한 것이 확실하다는 검증도 받았고 말이지. 듣자 하니 교황청에서도 몹시 기뻐했다고 하더이다."

"사실 증량하는 것도 몹시 희귀한 경우랍니다."

"그래서 첫 번째 검증이 잘못되었다는 말이 있습니다. 사실 저는 일이 이렇게 될 줄 이미 예상했습니다. 척 보기에도 귀태가 흐르던 분이셨지요."

르블레인을 절대로 본가의 영애로 모실 수 없다던 가신들이 손바닥 뒤집듯 돌변해서 온갖 칭찬을 늘어놨다.

"가짜 운명의 아이가 듀블레드 영애가 되었다고 무시하던 타 가문의 놈들이 보면 얼마나 배 아파할는지요."

"딱히 진짜라서가 아니라, 대귀족 영양 중에서도 그리 사랑스러운 분은 없습니다."

"아무리 아이라도 악의와 선의는 구분하지 않습니까? 저희가 그런 짓을 했는데도 감싸 주시는 걸 보면 하늘에서 강림한 천사가 분명합니다."

생명의 은인에게 콩깍지가 씐 이들이 흐물흐물한 얼굴로 떠들었다.

"이 사람들이……! 정신 차리시오. 그 계집애는 운명의 아이가 아니라 공작가를 홀린 마귀요!"

그러자 다른 가신이 "어허!!" 소리치며 테이블을 내리쳤다.

"말씀이 지나치시오!"

"로만 공도 아기님 덕에 목숨을 구하신 게 아닙니까! 공이 이처럼 은혜를 모르는 금수인 줄은 몰랐습니다!"

"겸상하고 싶지 않으니 썩 돌아가게!"

가신들이 한데 뭉쳐 로만 자작을 몰아냈다.

* * *

저녁 식사 후, 공작이 날 집무실로 호출했다. 나는 내 앞에 선 채로 눈을 가느다랗게 뜬 공작을 힐끔힐끔 쳐다봤다.

"르블레인."

"네."

"왜 내게는 꽃반지를 주지 않지?"

"네?"

내가 무슨 소리냐는 듯 쳐다보자 그는 눈을 부라리며 히죽히죽 웃는 앙리와 이샤크를 가리켰다. 한나절 내내 보란 듯이 손을 쫙 펴고 "꽃말은 사랑.", "르블레인의 사랑." 하고 다니더니 결국 공작의 귀에까지 들어간 모양이다.

나는 공작의 검지를 가리켰다.

"공잔미 반지 이써."

그의 검지에 끼워진 듀블레드의 인장을 가리키며 말하자, 그가 휙! 반지를 빼서 노스에게 던졌다.

"이제 없다."

그거 그렇게 던지고 그래도 되는 건가요……?

발루아 공작이 인장을 받들어 모시듯 하던 걸 생각하면 놀라운 광경이었다.

'제비꽃을 가져오기엔 늦었는데.'

어떻게 할까 하다가 화병에 꽂혀 있는 노란 튤립을 발견했다. 그걸 가져와서 끙끙대며 꽃반지를 만들었다. 튤립은 줄기가 굵어서 도저히 손가락에는 묶을 수가 없어서 팔찌로 바꿨다.

"대따."

꽃팔찌를 완성하고 노스의 손에 있던 인장까지 잘 끼워 준 뒤에 휴, 한숨을 내쉬었다. 공작은 내가 만든 꽃팔찌를 지그시 쳐다봤다.

'해 보니까 마음에 안 드나?'

하기야, 작은 제비꽃으로 만든 꽃반지면 몰라도 저렇게 큰 튤립 팔찌는 좀 부담스러울 듯도 했다.

공작은 공자들을 돌아봤다. 그러곤 슥, 팔을 들었다.

"내 것이 더 크다."

나는 비명이라도 내지르고 싶은 기분이었다.

그만해!

"너희 것의 두 배는 되겠군."

그만두세요.

"내 것이 더 예쁘지 않나?"

그 입을 멈추세요!

왜 말은 공작이 했는데 수치는 내 몫이란 말인가.

난 당황해서 앙리, 이샤크와 사람들을 둘러봤다. 레아와 하녀들은 손수건을 물어뜯으며 부러워하고 있었고, 이샤크는 분노했다.

"그래도 제일 먼저 받은 건 접니다."

아이가 울컥해서 말하자 공작의 입꼬리가 슥, 올라갔다. 패배자의 궤변이란 표정에 이샤크는 분해서 어쩔 줄을 몰랐다. 그래도 앙리는 조용해서 다행이었다.

'역시 앙리는 아직 정상 범주 안에 있어.'

그나마 다행이라 여기며 고개를 주억거리고 있자 앙리가 화사하게 웃으며 공작을 보았다.

"노란 튤립의 꽃말은 헛사랑이라더군요."

"……뭐라고?"

"보라색 제비꽃의 꽃말은 사랑이고요."

앙리가 눈을 사르르 접으니 공작의 입매가 우뚝 굳어졌다. 그러자 이샤크는 제 보라색 제비꽃 꽃반지와 공작의 노란 튤립 꽃팔찌를 번갈아 보다가 씩 웃었다.

"아하, 헛사랑."

―하고 말하며.

세상이 미쳐 돌아가고 있었다.

공작이 싸늘한 눈으로 공자들을 쫓아 보낸 후, 나는 열심히 그를 달래줬다.

"르부, 꽃말 몰라써요. 진짜야."

"……."

"내일 제비꽃으루 꽃반지 만들 고예요. 공잔미 꺼. 두 개!"

양쪽 손에 끼워 준다고 약속하고 나서야 공작의 표정이 풀어졌다. 나는 공작의 무릎에 앉아서 한숨을 내쉬었다.

이상하다. 왜 자꾸 애 키우는 기분이 들지?

그런 생각을 하고 있는데 공작이 내게 오렌지 주스가 든 잔을 내밀었다.

"마셔."

다정한 목소리였다. 내가 주스를 마시는 동안 공작은 땀에 젖은 내 머리칼을 쓸어 넘겨주었다.

"아픈 것이냐. 식은땀을 흘리는군."

"아녀."

그건 부네를 유지하기 위해 힘을 쓰고 있어서 그런 거다. 처음 부네가 나타났을 땐 바로 아기가 되어 버릴 것 같았는데, 그래도 에트왈을 목에 걸고 있으니 참을 만했다.

"각하!"

그때, 뒤보스 자작이 급히 방 안으로 들어왔다.

"무슨 일이냐."

"셀본 상단 소유의 스피넬 광산에 문제가 생겼습니다."

"문제라니."

"화산이 폭발하여 광산이 용암에 묻혔답니다."

뒤보스 자작은 인상을 쓰며 말을 이었다.

"하필이면 지금……. 크루거 왕국과 전쟁을 목전에 둔 지금 스피넬을 공급받지 못한다면 승산이 없습니다."

크루거는 강력한 마도사 부대로 유명한 국가였다. 마도사들이 후방에서 크루거의 기사들을 엄호했기 때문에, 상대는 필히 스피넬(신성력을 담을 수 있는 광물)을 이용해 방어선을 구축해야 한다.

'이 일이 올해 생기는 일이었구나.'

그런데 듀블레드도 크루거의 전투를 준비했다고? 이번 전투에 나선 건 아미티에 공작가였을 텐데.

'설마 스피넬을 구하지 못해서 듀블레드는 전투를 포기한 건가.'

셀본 상단의 광산은 결국 복구되지 않았다. 그래서 이 이후로 스피넬의 값이 천정부지로 치솟는다.

값만 비싸다면 듀블레드의 자금력으로 어찌어찌 구했겠지만, 문제는 기사들에게 모두 스피넬을 쥐여 줄 수 있을 정도의 수량을 확보하지는 못할 거란 점이었다.

'셀본 상단 외에 스피넬을 가장 많이 공급하는 건 신전이야.'

신전에서 듀블레드를 견제하기 위해 아미티에 공작가에게 스피넬을 준 모양이다.

공작은 즉시 가신들을 호출했다.

* * *

몇 시간가량 가신들이 의견을 나누었지만, 답은 하나뿐이었다. 셀본 상단 외에 가장 많은 스피넬을 공급하는 신전에게 도움을 받는 것.

뒤보스 자작을 선두로 모인 듀블레드의 수뇌부가 중앙 신전과 연락을 취했다. 나는 공작의 무릎 위에서 신전과의 대화를 기다리는 가신들을 쳐다봤다.

마도사들이 연결한 연락용 마도구에서 익숙한 목소리가 들려왔다. 유독 듀블레드와 사이가 좋지 않은 아돌프였다.

[듀블레드의 사정은 안타깝지만, 저희도 스피넬의 수급이 원활하지 않아 곤란하던 참입니다.]

겉으론 곤란한 표정이지만, 눈빛에서 조소를 숨길 수 없었다. 뒤보스 자작은 끓어오르는 분노를 애써 참으며 말했다.

"황제 폐하께서 직접 듀블레드에 참전령을 내리셨습니다. 스피넬 없이 참전하게 되면 저희 군사들은 다 죽습니다."

[정 그리 원하신다면, 방법이 없는 것도 아닙니다.]

"무엇입니까."

뒤보스 자작의 얼굴이 밝아졌다.

[각하께서 직접 교황께 사정하신다면 자비로우신 그분께서 어찌 청을 물리시겠습니까.]

"뭐라고?"

가신들이 딱딱하게 굳어졌다. 저건 무려 공작이 직접 와서 교황의 앞에 무릎을 꿇고 사정하라는 소리였다.

나는 우아하게 웃고만 있는 아돌프를 몰래 쏘아봤다.

'아돌프는 예나 지금이나 한결같이 재수 없네.'

그는 다른 가문과 달리 신전을 두려워하지 않는 듀블레드를 눈엣가시처럼 여겼다. 신전에서 일부러 그를 협상에 내보낸 건, 듀블레드의 기를 잡으려는 것일 터다.

'치졸하게.'

어차피 스피넬을 줄 생각도 없으면서.

공작은 느른히 테이블을 툭, 툭, 두드렸다.

"노스."

"예, 각하."

"르블레인을 데려가라. 이후 이야기는 아이가 듣기엔 다소 거칠 테니까."

고저 없는 목소리였지만, 마른침이 꼴깍 삼켜질 정도의 위압감이었다. 나는 불똥이 튀기 전에 얼른 방을 나섰다.

"혼자 갈 쑤 이써. 노쯔, 공잔미 도와조야대."

노스는 쪼그려 앉아 감동한 얼굴로 "상냥하시고, 다정하시고, 자애로우시고……." 하며 말했다. 난 노스를 회의장으로 돌려보내고 방에 돌아가기 위해 홀로 복도를 걸었다.

'이상하단 말이야.'

[왜 그러니, 아가야.]

'뭔가 잊고 있는 기분이 들어서요.'

스피넬과 관련된 무슨 얘기를 들었던 것 같은데…….

아무리 생각해도 떠오르지 않았다.

'뭐였더라.'

끙끙, 고민하며 코너를 돌았을 때였다.

쿵!

누군가와 부딪쳤다. 풀썩 주저앉은 난 이마를 문지르며 고개를 들었다.

"괜찮으십니까."

나와 부딪친 사람을 본 나는 눈을 동그랗게 떴다.

노인임에도 불구하고 널따란 어깨와 전혀 휘지 않은 허리, 주름졌지만 단정한 이목구비. 젊었을 적에 추종자를 한 무더기 만들었을 것 같은 할아버지였다.

'원로원 의장이야.'

흠칫, 어깨를 움츠리자 의장이 말했다.

"놀라셨는가 보군요."

"……."

"자, 일으켜 드리지요."

그가 날 번쩍 일으켜 주곤 빤히 쳐다보았다. 속을 속속들이 들춰보는 것 같은 날카롭고도 지긋한 눈빛이었다. 내게 호의적이지 않은 권력자라 그런지 바짝 긴장이 된다.

난 눈썹을 늘어뜨리고 우물쭈물 그의 눈치를 보았다.

"듣던 대로 사랑스러운 분이십니다."

"감사항니다?"

인사해야 되나 싶어 말하자 의장의 눈썹이 까딱, 위로 올라갔다.

"누아노크 공!"

멀리서 익숙한 목소리가 들려왔다. 가신들을 휘둘러 나를 몰아내려 했던 원로, 로만 자작이었다. 날 보고 멈칫한 그가 인상을 찌푸렸다.

"여기서 뭘 하시는 겁니까. 또 무슨 쥐새끼 같은 짓거리를 하려고 의장께……!"

"그만."

의장의 말에 로만은 칫, 혀를 찼다.

"가시죠. 스피넬 건으로 가신들이 모이고 있습니다."

로만이 길을 열며 말하자 의장은 날 힐끔 쳐다보고 걸음을 옮겼다. 로만 자작이 그를 쫓으며 투덜거렸다.

"희망을 가져올 운명의 아이는 무슨. 저 애가 이곳에 오고 난 뒤로 온갖 불행이 닥치고 있습니다."

"성에서 쉬이 입을 놀리다간 혀뿌리가 뽑힐 걸세."

나는 두 사람을 바라보다가 “아.” 하고 조그맣게 중얼거렸다.
‘생각났다.’
스피넬 이야기를 어디서 들었는지!

“죽은 누아노크 공자가 미치광이였다면서요? 스피넬의 매립지를 찾는답시고 성수(聖樹)를 건드렸다가 저주를 받아서 죽었다고 들었어요.”

“그렇다더군요. 제 아버지 가슴에 대못을 박고 죽었죠. 누아노크 공은 죽을 때까지 당신 아들의 명예를 회복시키는 게 소원인 사람이었으니까요.”

“그런데 그게 다 헛소문일 수도 있다던 걸요?”

“무슨 말이에요?”

“사실 누아노크 공자는 총명했다더라고요. 어린 나이에 원로원의 수뇌부가 될 만큼요. 그런 사람이 헛짓을 했을까요?”

사교계에서 분명히 그러한 소문을 들었다.
‘어떤 말이 진짜인지는 모르겠지만 확인해 볼 가치는 있어.’
부네의 이능으로 영혼을 불러내도 되겠지만, 확실하지 않은 데에 악마의 이능을 쓰는 건 아깝다.
‘아들의 일은 아버지가 제일 잘 아는 법.’
나는 의장을 떠보기로 결심하고 히죽 웃었다.

*　　*　　*

이튿날. 나는 복도 모퉁이의 벽을 잡고 휙, 휙, 주변을 둘러보았다.

듀블레드의 대회의가 어제부터 오늘까지 내내 이어져서 조금 전에야 겨우 파했다. 가신들이 우르르 빠져나가는 걸 끝까지 지켜보았는데, 그 사이에 의장은 없었다.

'그럼 아직 회의장 인근에 있다는 거야.'

아니나 다를까, 예상대로 의장이 복도 끝에서 걸어오고 있었다. 나는 반가운 표정으로 그에게 뽀르르 달려갔다.

"하라부지!"

"……아기님이 무슨 일로 여기까지 오셨습니까."

"하라부지 보러."

"저를요?"

그가 미간을 좁히며 날 쳐다봤다.

"어제 르부 일으켜 줘써. 고마운 사람하테 감사 인사하는 거래써요."

난 최대한 애답게 말하며 그에게 초콜릿을 불쑥 내밀었다. 날 빤히 쳐다보던 그가 입을 열었다.

"됐습니다."

"왜?"

놀라서 물으니 그가 헛웃음을 흘렸다.

"그리 아쉬운 표정을 하시면 제가 어찌 이것을 받아 가겠습니까."

아뿔싸.

표정에서 아쉬운 티가 났나 보다.

이건 공작이 만들어 준 사탕 방에서도 가장 맛있는 초콜릿이었다. 야금야금 다 먹어서 딱 하나밖에 안 남았는데 그걸 홀라당 내민 것이다.

"그로몬 르부랑 반씩 노나 먹어요."

"굳이 절 챙기실 필요는 없습니다."

"하지만 하라부지 말랐는걸. 다른 가신 하라부지들은 배가 이－러케 큰데 으장 하라부지는 이ㅡ러케 홀쭉해요."

"……."

"곡종대. (걱정돼.)"

그에게서 아들의 일을 떠본다는 엉큼한 흉계가 있긴 했지만, 그가 말라서 걱정이라는 건 사실이었다.

의장은 아내를 일찍 떠나보내고, 외아들 또한 몇 년 전에 잃었다. 저택에 하인들이 있긴 해도, 그의 건강을 진심으로 염려해서 챙기려는 사람은 없을 터였다. 그래서인지 혈색이 좋지 않았다.

그런 데다가 다른 가신들은 회의를 하면서도 꼬박꼬박 챙겨 먹은 식사를 의장은 몇 번이나 걸렀다고 했다.

나는 초콜릿의 포장지를 뽀시락뽀시락 벗겨서 반절을 뚝 자른 다음 그에게 내밀었다. 초콜릿을 보는 의장의 눈이 잠시 가늘게 흔들렸다. 의장은 내게 초콜릿을 받아서 조심스럽게 입에 물었다.

"달군요. 이런 것을 먹은 게 몇 년 만인지. 아들이 살아 있을 적에나 몇 번 맛본 것인데."

'아들 이야기다!'

나는 옳다구나 싶어서 얼른 말을 붙였다.

"나 알아. 이름이 루이야. 구치?"

"아기님께서 제 아들을 어떻게 아십니까."

"엄청 똑또카다구 해써. 앙니랑 이자꾸만큼."

"예. 제 아들도 도련님들과 비슷한 나이에 영재원을 다녔지요."

이것으로 내가 원하는 화제의 물꼬를 텄다.

의장은 아들 이야기를 하는 게 즐거운 듯했다. 그도 그럴 게, 아들 얘기를 물어본 사람이 아무도 없었을 터였다.

의장은 일반 가신들에게 듀블레드 공작만큼이나 두려운 존재였다. 그런 그와 잡담을 나누려 할 간 큰 사람은 없었을 거다. 괜히 아들을 떠올리게 해서 불똥 맞고 싶지 않았을 테고.

나는 의장을 배웅한다는 핑계로 함께 뽀짝뽀짝 걸으면서 아들에 대해 자세히 물어봤다.

"앙니는 수학을 잘하구, 이자꾸는 검술을 잘해. 루이는 뭘 잘해써?"

"제 아들은 대학에서 지질 연구를 했습니다. 땅의 성질을 조사하는 것이지요."

"그러쿠나."

"가문의 일이나 정치 같은 것엔 전혀 관심이 없었습니다. 저는 그런 아들이 못마땅했습니다. 그래서 그 아이를 많이 몰아붙였었죠……."

의장의 눈빛이 흐려졌다. 자식을 먼저 보낸 부모들의 대부분은 이렇듯 사무치게 후회했다.

"차라리 아비가 없었더라면 자유롭게 살 수 있었을 것을."

나는 그가 안쓰러워져서 살짝 손을 잡았다.

"아냐. 루이는 아버디 있는 게 더 조앗을 고야."

"아기님이 그걸 어떻게 아십니까?"

"왜냐면 르부가 엄마랑 아빠 없으니까 알아."

난 아무렇지 않게 대답했다.

"엄마, 아빠 있는 애들은 넘어지면 '엄마!' 부르면서 울자나. 구론데 없는 애들은 못 해. 그거 갱장히 슬픈 일이야."

"……."

"그리구 르부가 주그면 보고시퍼 해 줄 사람 엄써. 구론데 루이는 이짜나. 엄마, 아빠는 없는 거보다 있는 게 조아."

나는 의장을 쳐다봤다.

"하라부지는 루이 마니 사랑해쓰니까, 루이도 하라부지 마니 사랑했을 고야.”

내 손을 잡은 의장의 손에 힘이 들어갔다.

‘아차, 이럴 때가 아니지.’

스피넬에 관해서 물어봐야 한다.

난 멍하니 날 바라보는 의장의 손을 흔들었다.

“루이가 땅을 공부해쓰면 어떤 땅에서 보석이 생기는지도 잘 알아?”

“그럼요. 스피넬의 매립지도 찾았다고 했습니다. 확인하러 가던 중 마차 사고를 당해서 그렇지, 그게 아니었더라면 분명 찾아냈을 테지요.”

“구론데 사람들은 루이가 거짓말했다고 해써…….”

내가 조심스럽게 물으니 의장의 얼굴이 일그러졌다.

“뭣 모르는 소립니다. 마차 사고로 그 아이가 지니고 있던 자료가 모두 소실되어 증명할 수 없을 뿐입니다.”

“구로쿠나.”

“예. 저는 아직도 스피넬의 매립지를 찾았다며 기뻐하던 아들의 목소리를 잊지 못합니다.”

의장은 감정보다 이성을 우선하는 사람이었다. 그런 사람이 이 정도로 단호하게 대답할 수 있다는 건, 루이 누아노크가 정말로 매립지를 발견했다고 확신한 것일 터다.

나는 속으로 콧노래를 불렀다.

‘그럼 이제 본인에게 직접 듣기만 하면 되겠어.’

* * *

그날 밤.

나는 자는 척 침대에 누워 있다가 레아가 방을 나선 뒤에야 슬그머니 침대에서 일어났다. 그리고 사람들의 기척을 살폈다.

좋아, 아무도 없다.

에트왈을 잡은 나는 속으로 말했다.

'부네, 인간체로 현신해요.'

그러자 에트왈 주변으로 희끄무레한 빛이 몇 개의 곡선으로 모이더니 눈앞에 부네가 나타났다. 나는 기대에 찬 눈을 한 부네를 보고 생긋 웃었다.

"보석을 오래 기다려찌요?"

"기다림마저 즐거운 시간이었단다."

그가 손끝으로 내 뺨을 가볍게 두드렸다.

나는 주머니 안에 숨기고 있던 여신의 눈물을 꺼내서 그에게 내밀었다. 가만히 내 손 안의 보석을 바라보던 부네가 떨리는 숨을 삼켰다. 그러곤 아주 조심스럽게 보석을 쥔 손을 이마에 마주 댔다.

"드디어 주인님을……."

주인님?

무슨 소린가 하여 눈을 깜빡였는데, 부네는 허리를 굽히고 나와 시선을 맞췄다.

"내 소원을 들어줬으니 나 역시 아가의 소원을 들어주마. 자, 아가의 소원은 무엇이지?"

"누아노크 공자를 불러 조요."

나를 보는 부네의 눈이 부드럽게 휘어졌다.

그는 내 눈가에 가볍게 입을 맞췄다. 순간, 머리가 핑 돌았다. 온몸에서 피가 쭉 빠지는 기분이었다.

그러한 찰나에 창문이 덜컹! 흔들렸다. 창을 통해 들어온 새하얀 달빛이 부네의 윤곽을 따라 부서졌다. 이윽고 그는 점점 희미해졌다.

[언젠가 아가가…… 필요로…… 다시 만나자.]

의미를 알 수 없는 다정한 목소리가 귓바퀴를 타고 흘러들었다.
그리고 눈앞에 나타난 것은—
"아기님을 뵙습니다."
머리가 까진 통통한 남자였다.
'으으응?'
난 당황해서 눈을 깜빡였다. 정말로 누아노크 공자가 맞냐는 표정으로 보니, 그가 머리를 긁적이며 말했다.
"제가 루이 누아노크가 맞습니다. 부네 님의 명을 받잡고 왔지요."
"부네, 방금 갔는데……?"
"그곳과 이곳은 시간의 흐름이 완전히 다릅니다. 방금이 아주 오랜 시간일 수도 있고, 영겁이 눈 깜짝할 시간일 수도 있습니다."
그렇게 말한 그는 민망한 얼굴로 물었다.
"실망하셨습니까? 아버지를 보고서 절 만난 사람들 대부분이 그렇더군요."
"아니, 실망은 아니구. 그냥 놀란고야."
의장은 날렵한 외모를 가지고 우아한 분위기를 풍기는, 굳이 동물로 비교하자면 한 마리의 검은 표범 같은 사람이다. 그런데 루이 누아노크는 순한 곰처럼 생겼다.
"쪼끔 다르게 생긴 건 맞는데, 뜨더보면 비슷해."
내 말에 루이 누아노크가 빙그레 웃었다.
"감사합니다. 한데 아기님께서 저를 찾으신 이유는 무엇입니까?"

"루이, 스피넬에 대해 잘 알지?"
그러자 그의 눈이 단숨에 반짝반짝해졌다.
"예! 이 대륙의 스피넬은 특별하죠. 다른 곳의 스피넬과 달리 신성력 전도가 가능하거든요. 환경의 차이 때문인가 싶어서 연구를 거듭했습니다. 처음엔 토양의 밀도를 비교해 봤는데, 이게 참 재밌는 것이……!"
그러며 어려운 설명을 줄줄이 늘어놓았다. 십여 분 가까이 멍하니 그의 얘기를 듣던 난 짝! 박수를 쳤다.
"본론만!"
"아……. 아버지가 싫어하시던 버릇이 또 나왔네요."
그가 순박하게 웃으며 머리를 긁적였다.
"결론만 말씀드리면 스피넬 광산이나 매립지는 존재하지 않습니다."
"뭐라고?"
나는 깜짝 놀라서 눈을 부릅떴다.
"하지만 셀본 상단은 광산을 가지고 있는 걸?! 그리구 신전도 매립지를 가지고 있구."
"스피넬 자체가 매립된 곳은 이 세계 어디에도 없습니다. 단지, 자연으로 만들어진 변형장이 있을 뿐이죠."
그가 손가락을 하나하나 꼽으며 말했다.
"조건은 세 가지입니다. 화산일 것, 엘자 나무 서식지일 것, 그리고 신성력."
"……."
"이 세 가지에 부합하는 장소에선 일정 확률로 암석이 스피넬로 변형됩니다."
맙소사.
그럼 암석만 땅에 묻어 주면 스피넬을 무한 생성할 수 있다는 말이잖

아. 다이아몬드가 고갈될 걱정 없는 광산을 찾은 게 이런 기분일까.

황홀한 표정을 짓고 있는 내게 루이 누아노크가 말했다.

"현재 그 조건에 부합하는 장소 중 밝혀지지 않은 곳이 딱 한 군데 있습니다. 듀블레드령에 말이죠."

난 미나가 이런 경우에 쓴다던 말을 떠올렸다.

'로또 맞았다.'

*　　*　　*

의장을 바라보는 로만 자작의 시선이 곱지 않았다.

'대체 무슨 생각을 하는 거지?'

오늘 성에서 운명의 아이와 그가 제법 다정한 기색으로 함께 걸었다는 이야기를 들었다. 운명의 아이와 함께 걷는 의장은 보기 드물게 편하고, 유해 보였다고 했다.

'말도 안 돼. 저자는 장마르크 누아노크다.'

외아들에게조차 지나치게 냉정했던 남자다. 혹자는 아들인 루이 누아노크의 죽음이 사실은 자살일지도 모른다고 떠들 정도였다.

그만큼 매정하게 아들을 몰아붙이던 자가 운명의 아이라고 해서 편하고, 유하게 대했을 리는 없었다.

'운명의 아이를 이용해서 뭔가를 할 생각인가?'

로만 자작의 입매가 삐뚜름하게 올라갔다.

그렇다면 잘된 일이었다. 그는 의장과 듀블레드 공작 사이의 불화를 간절히 바라고 있었다.

선대 시절엔 원로원이 듀블레드 내에서 막강한 세력을 떨쳤다. 아들이 죽기 전의 의장은 전면에서 나서 원로원의 이득을 도모했다.

그런데 아들이 죽고, 테오도르 듀블레드가 공작 위를 차지한 뒤의 의장은 마치 이빨 빠진 호랑이처럼 굴었다. 원로원의 이득에 관심이 아예 없는 것은 아니었지만, 그렇다고 해서 앞에 나서 테오도르를 견제하고 이전의 영광을 되찾을 생각은 없었다.

"의장."

로만의 부름에 의장이 무미건조한 표정으로 그를 바라봤다.

"의장께서 이번 기회에 나설 생각이시라면 제가 후방에서 보필하겠습니다."

"앞뒤 잘라먹지 말고 말하게."

무슨 소리냐는 말에 로만은 '모른 척하시긴' 생각하며 씩 웃었다.

"스피넬이 비단 크루거와의 전투에서만 쓰이겠습니까. 어떤 전투에서든 스피넬이 들어간 방어구는 군사들에게 필수지요. 신전에서 듀블레드에 스피넬을 나눠 주지 않는다면 공작의 군사력은 약화될 수밖에 없습니다."

"그래서?"

"공께선 신전에 끈이 있으시지 않습니까?"

"……."

"공작 모르게 스피넬을 구해 온다면, 우리 군사력이 공작의 힘을 웃돌 것입니다."

"내전이라도 벌이자는 말인가."

로만이 느물거리는 얼굴로 어깨를 으쓱했다.

"원로원이 공작의 미친 짓에 대항할 힘을 가지고 있을 필요가 있다는 말입니다. 뭐, 정히 공작이 과욕을 부린다면 본때를 보여 주는 것도 나쁘지 않을 테지만요."

의장이 말이 없자 로만은 그에게 바짝 다가갔다.

"언제까지 우리가 공작에게 당해야겠습니까."

"내가 신전에 끈이 있는 건 사실이지만 호락호락 우리에게 원조해 줄 리 없잖은가."

"운명의 아이가 있지 않습니까."

로만이 실실 웃으며 창밖으로 보이는 듀블레드성을 쳐다봤다.

"신성력도 재평가받았으니 교황청에선 어떻게든 운명의 아이를 다시 데려가고 싶을 겁니다. 그 계집을 이용해 거래한다면, 못 할 것도 없는 일이지요."

로만이 신이 나서 떠벌떠벌 말을 이었다.

"제 생각은 이렇습니다. 계집애를 납치해서 노예상에 맡기고, 신전에 말을 흘리는 거죠. 신전이 아이를 되찾는다면 아이의 관리를 소홀히 한 공작은 눈 뜨고 빼앗길 수밖에 없고 신전은 아이를 확보하게 될—"

그때였다.

똑, 똑. 노크 소리가 들리고 누아노크가의 집사가 들어왔다.

"주인님, 성에서 편지가 왔습니다."

"공작이냐."

"편지의 밀봉인이 공작가의 인(印)은 아니었습니다."

공작가의 인이 아닌데, 성에서 편지가 왔다, 라.

잠시 눈을 가느다랗게 좁힌 의장이 집사에게서 편지를 받았다. 봉투를 개봉하자 보인 것은 삐뚤빼뚤한 아이의 글씨였다.

[장마르크 누아노크를 르블레인의 첫 번째 다과회에 초대합니다.

쿠키의 부스러기는 마치 흙처럼 생겼는데, 흙처럼 신비하지는 않습니다. 홀로 은밀히 와 주세요.]

일시도, 장소도 적혀 있지 않은 초대장을 본 의장의 눈빛이 파르르 떨렸다.

"아버지, 쿠키의 부스러기는 흙처럼 생겼어요. 그런데 왜 흙처럼 신비하지는 않을까요?"

어떻게 이걸. 운명의 아이가 어떻게 죽은 아들이 어린 시절에 한 말을 알고 있단 말인가.

"의장?"

로만이 무슨 일이냐는 듯 목을 길게 뺐다. 그러나 의장은 말없이 재킷에 편지를 쑤셔 넣고 몸을 일으켰다.

"마차를 준비해라!"

로만 자작은 급히 서재를 빠져나가는 의장을 어리둥절한 눈으로 쳐다봤다.

* * *

나는 하녀 유니에게 뽀뽀를 열 번 해 줬다.

내 초대장을 의장에게 아무도 몰래 전해 준 대가였다.

"여기도, 여기도 해 주세요."

"뽀뽀 열 번만 하기루 해짜나."

"이자도 주셔야죠!"

누가 고리대금업자 출신 아니랄까 봐 이자는 기가 막히게 챙긴다.

나는 유니가 가리킨 반대쪽 뺨에 쪽, 뽀뽀했다.

"대써?"

"네~!"

유니가 흐뭇한 얼굴로 나를 한 번 꽉 끌어안고서 룰루랄라 방을 나섰다.

'자, 이제 그럼 기다리는 일만 남았나.'

난 의장이 오면 대화하기 편하게 정원 구석에 있는 가제보에서 그를 기다렸다. 다과회라는 구색을 맞추기 위해 병에 따라 온 음료를 찰랑찰랑 흔들면서.

그리고 해가 다 저물었을 무렵, 의장이 나를 찾아왔다. 그는 날 찾아오래 헤맨 모양인지 숨을 몰아쉬고 있었다.

"어떻게, 어찌 그 얘기를 아신 겁니까."

인사도 없이 바로 본론이었다. 마음이 몹시 조급한 모양이었다.

나는 가제보 의자에서 폴짝 뛰어내려서 의장을 올려다봤다.

"그 전에 물어볼 고 이써."

"말씀하십시오."

"하라부지는 아들이 얼마나 그리어? (할아버지는 아들이 얼마나 그리워?)"

"……말이라고 하시는 겁니까."

"루이를 다시 볼 수 있으면 어떤 대가도 치를 수 이써?"

그가 굳은 얼굴로 날 쳐다보며 말했다.

"영혼이라도 팔겠습니다."

좋아, 그 말을 기다렸다.

나는 에트왈을 살짝 잡았다. 의장이 그런 날 보며 왈칵 인상을 찌푸렸다.

"이제 제 질문에 답하십시오. 그 얘기를 대체 어떻게 아시는—!"

"아이에게 소리치시면 안 됩니다……."

정자 뒤에서 들린 약간 소심한 듯한 목소리에 의장은 고개도 돌리지 못하고 굳어졌다. 동공이 확장되고, 이내 내게 성 내던 시선이 흔들렸다. 도무지 믿을 수 없다는 듯이.

그가 천천히 고개를 돌렸다.

"아버지……."

루이 누아노크는 희게 질린 얼굴의 부친을 보며 아프게 웃었다. 의장은 아무런 말도 없이 그저 아들을 빤히 응시할 뿐이었다. 그가 아들에게 시선을 고정한 채로 물었다.

"무슨 수작을 부린 겁니까. 대체 누굴 내 아들의 모습으로 둔갑시켰습니까. 날 이리 조롱하라고 한 것이 공작입니까, 아기님 자신입니까."

믿을 수 없다는 듯이 서늘하게 말하면서도 시선은 여전히 잘게 떨리고 있었다.

루이의 목울대가 위아래로 흔들렸다. 울음을 참으려는 듯 입술을 꽉 깨물고서 그는 제 아버지를 다시 바라봤다.

"먼저 함께 팬케이크를 먹어 달라고 부탁드려 놓고, 지키지 못해서 죄송해요."

오직 자신만이 아는 이야기가 루이의 입에서 나오자 의장의 얼굴이 일그러졌다. 언제나 위압감이 넘치던 어깨가 쪼그라들고, 얼굴 곳곳에 주름이 짙어졌다.

그건 원로원을 통솔하던 권력가의 모습이 아니었다. 아들을 잃은 늙고 외로운 아버지의 모습이었다.

"……."

나는 아무런 말도 못 하는 의장의 소매를 쭉쭉 잡아당겼다.

"뭐라두 말해. 빨리!"

"……."

"영혼을 유지하기가 얼마나 힘든 줄 아라? 곧 사라진다구!"

가뜩이나 부네가 가고서 힘이 쭉 빠졌는데, 아들을 너무나도 그리워하는 의장이 마음에 걸려서 억지로 영혼을 유지하고 있는 거였다.

루이가 조심스럽게 다가가자 의장은 이를 악물었다.

"……못난 놈."

'어? 아니, 이게 아닌데!'

난 놀라서 눈을 동그랗게 떴는데, 의장은 마구잡이로 루이의 어깨며 가슴을 주먹으로 내리쳤다.

"못난 놈! 못난, 이 못난……!"

"……."

"평생을 그리 못나게 살더니 끝까지 나를 실망시켜! 이 못난 놈! 왜 나를 두고 먼저 갔느냐!"

의장의 얼굴이 젖어 들었다. 루이는 아무런 말도 하지 못하고 우두커니 서서 그의 주먹을 그저 감내했다. 설움이 북받친 얼굴로 숨이 끊어질 것처럼 신음하던 의장이 곧 바닥에 무너졌다.

"너는…… 자살한 것이냐."

"……."

"사람들의 말처럼 매립지를 찾지 못해서, 광분할 내가 두려워 자살한 것이 맞느냐."

루이는 무릎을 굽히고 제 아버지를 빤히 쳐다봤다.

"매번 못난 짓만 해서…… 그래서, 아버지의 생신 선물로 스피넬을 드리고 싶었어요."

"너……."

"그건 마음이 급해서 일어난 사고였어요. 아버지가 두려웠던 적도 있지만, 두려움보다 존경과 감사, 사랑이 더 컸습니다."

의장은 어린애처럼 소리 내 울었다. 루이가 사라질 때까지도.

* * *

나는 힘이 쭉 빠진 얼굴로 가제보에 걸터앉은 의장을 힐끔힐끔 쳐다봤다.

'이럴 땐 뭐라고 해야 하지?'

내가 친아빠가 없어서 모르겠다.

양 주먹을 관자놀이에 대고 끙끙 고민하고 있을 때, 의장의 목소리가 들려왔다.

"아기님은 무엇입니까."

"웅?"

"평범한 아이가 절대로 아니시리란 것은 예상하고 있습니다."

그의 메마른 시선이 나를 향했다. 나는 그의 눈을 피하지 않았다.

"내가 멀 믿구 으장에게 그걸 말해 주지? (내가 무엇을 믿고 의장에게 그걸 말해 주지?)"

"영혼이라도 바치겠다고 말씀드린 것은 진심이었습니다."

안다. 그 눈빛은 진심이었다. 그러니까 위험을 무릅쓰고 의장에게 루이를 보여 준 게 아닌가.

'말해 봤자 믿을 사람도 없을 테고.'

무엇보다 루이가 떠나며 그에게 단단히 강조했다.

"저는 아기님을 아끼는 분의 권속이 되었습니다. 아버지가 아기님께 위해를 가한다면 제 영혼은 안식을 찾지 못할 겁니다."

의장과 전혀 다르게 생겼어도, 과연 그의 아들이었다. 협박하는 모습이 의장과 똑 닮았다. 루이는 의장처럼 남의 목숨이 아니라 자기 목숨으로 협박했지만.

그는 아버지를 다시 만나게 해 준 내게 엄청 고마운 모양이었다. 은혜를 갚을 줄 아는 좋은 사람이다.

그렇게 생각하며 힐끔 그를 보았다.

'무엇보다 지금 난 의장의 도움이 필요해.'

어린애인 내가 스피넬 변형지를 소유할 수 있는 방법은 없다.

게다가 의장은 도움을 받기에 적절한 사람이다. 적절하게 물욕이 있고, 가문이나 나라보다는 개인의 이득을 우선하며, 무엇보다 내가 망명했을 때 피해를 입지 않을 사람.

'그래도 혹시 모를 사태를 대비해서…….'

"재킷 벗어 바."

"예?"

"바지 주머니도 뒤집구."

"무슨……."

뒤통수를 한두 번 맞아본 게 아닌 나는 그를 탈탈 털어서 마도구와 신성 도구가 없다는 것을 확인했다. 그런 후에야 이야기를 시작했다.

"나는 세 번을 회귀해써. 그리구 이번 생에 악마를 불러내찌."

의장의 표정이 경악에 물들었다.

이야기를 끝냈을 때 그는 이마를 쥐고 있었다.

"듀블레드에서 일어난 모든 행운이 아기님께서 의도하신 바란 말입니까?"

"웅."

"허……. 아무리 회귀자라곤 하나 네 살짜리 아이에게, 그것도 이전까지 군주론을 배운 적도 없고, 어른의 사고를 제대로 할 수 없다는 제약이 딸린 아이에게 권력자들이 그렇게까지 휘둘렀단 말이지요……."

그는 정말로 기가 막힌 듯한 표정이었다.

"아무튼 구래서 으장의 도움이 필요해. 나 대신 변형지를 사조."

그러고서 난 발밑에 놔두었던 세리아의 현상금 주머니를 꺼냈다.

"이거면 살 수 있을 고야."

생각을 정리하는 듯 이마를 꾹, 누르던 그는 이내 눈을 떴다.

'내 부탁 안 들어주려나?'

아무리 루이의 영혼으로 협박을 했어도 제대로 먹히지 않을 사람이긴 하다.

조마조마한 심정으로 쳐다보자 의장이 물었다.

"아기님 곁에 있다면 루이를 다시 볼 수 있겠습니까?"

"그고는 마음대로 못 하눈데……."

"어째서요?"

"나도 우연히 앙마를 불러낸 거라소 두 번 불러낸다고 장담 모태."

"일말의 가능성이라도 있다는 소립니까?"

그렇기야 하지.

부네가 마지막으로 한 말을 전부 알아듣진 못했지만, '또 만나자'라는 말은 알 수 있었다. 그러니까 또 만날 방법이 있다는 것이다.

게다가 부네 외에도 영혼을 불러낼 수 있는 악마는 아마 있을 것이다. 그를 소환하게 된다면 소원을 들어주고 루이를 불러낼 수 있다.

내가 고개를 끄덕이자 의장의 눈빛에 이채가 돌아왔다. 그는 가제보에서 일어나 내 발치에 낮게 엎드렸다. 그리고 발등에 이마를 대려고 해서 난 펄쩍 뛰었다.

이거 그거잖아. 노스가 내게 했던 충성 맹세!

듀블레드의 2인자가 모시는 주인 따윈 되고 싶지 않았다.

"장마르크 누아노크가 새로운 주군께 — "

"아냐! 그고 하디 마!"

"새로운 주군께 인사를 — "

"돼써!"

"인사드립니 — "

난 그가 인사말을 맺기 전에 후다닥 가제보에서 도망쳤다.

아니, 난 스피넬 변형지만 좀 사들이면 되는데 왜 거기에 듀블레드의 2인자가 딸려 온단 말인가.

* * *

"장마르크 누아노크가 새로운 주군께 인사드립니다."

"제발 그만 가 줄래?"

나는 며칠째 쫓아다니며 충성 맹세를 하는 의장을 쏘아보았다.

원로원 의장이 자꾸만 쫓아다니니까 다들 쳐다보잖아.

나는 피곤해져서 우리를 힐끔힐끔 쳐다보는 고용인들을 둘러봤다. 멀리 떨어져 있어서 우리 얘기는 듣지 못했겠지만, 원로원 의장이 왜 자꾸 금붕어 똥처럼 날 졸졸 쫓아다니는지 몹시 궁금한 표정이었다.

"장마르크 누아노크가……."

지겨운 얼굴로 그를 보던 난 등 뒤에서 오는 원로들을 발견하고 흠칫했다. 고용인들이라면 몰라도 원로들까지 우리 관계를 눈치채면 귀찮아진다.

목소리를 바짝 죽이고 속삭였다.

"인상 써, 빤니."
말하자 의장이 확 인상을 썼고, 때마침 우리에게 원로들이 다가왔다.
"무슨 일이십니까, 의장."
로만 자작이 험악하게 미간을 구긴 의장에게 물었다.
"별일 아니네."
"심기가 불편해 보이시는데요. 아기님이 무슨 짓이라도 하신 겁니까."
"아니라지 않은가."
그러며 의장이 뒤돌아 가자 로만은 히죽 웃고서 그를 따라갔다. 바쁘게 움직이면서도 로만은 내게 시비 걸기를 포기하지 않았다.
"운명의 아이가 무엇을 했기에 이토록 노여워하십니까."
"……."
"하여간에 엉큼한 구석이 있는 애지요, 허허헛!"
그때.
"저 새끼가 지금 뭐라고 한 거야?"
마침 내게로 온 이샤크가 서늘하게 중얼거렸다. 훈련이 끝나고 바로 온 듯, 손엔 목검이 들려 있었다. 난 금방이라도 튀어 나갈 듯 땅을 박차는 이샤크를 재빨리 끌어당겼다.
그러고서 화제를 돌렸다.
"이자꾸 오늘 훈련 혼자 바다써? 앙니눈?"
"형은 선대의 치부책을 뒤지고 있어."
"왜?"
"신전 주변의 귀족들을 압박해서 신전을 엿 먹이려고. 아니, 그보다 저 새끼가 감히 꼬맹이한테……!"
"하디 마."
내가 눈썹을 늘어뜨리며 올려다보자 이샤크가 한숨을 푹 내쉬었다.

"넌 너무 착해."

그럴 리가.

로만 자작은 아직 무사해야 한다. 왜냐면—

'스피넬 변형지가 로만 자작의 소유니까.'

나는 속으로 음흉하게 웃었다.

그 땅을 거래하려면 아직 로만 자작에게 무슨 일도 일어나선 안 된다. 그리고 내가 거기서 스피넬을 찾아내면 배 아파서 데굴데굴 구를 테지.

로만 자작이 방금 내게 한 말 몇 마디보다 더 거한 엿이었다.

'그리고 솔직히 말하면 너무 멍청해서 상대할 기분도 안 들고.'

로만이 '진짜 운명의 아이일지도 모르게 된 나'를 저토록 싫어하는 건, 얼마 전 성벽에 매달렸던 것을 내 탓이라 여기기 때문이었다. 자존심이 좀 상했다고, 목을 내놓고 다니는 멍청이였다.

이샤크는 로만을 흠씬 두들겨 주지 못해서 매우 아쉬운 표정이었다.

"이자꾸, 우리 아이스크림 머그러 가까?"

"……내가 먹여 줘도 돼?"

"웅."

살살 달래 주니 아이의 얼굴이 활짝 폈다. 그러다 내가 빤히 쳐다보니 흠칫하고서 위엄 있는 표정을 지었다.

"가자. 어서, 얼른, 빨리."

난 뛰듯이 걷는 이샤크의 뒤를 좇아갔다.

* * *

로만은 신이 난 얼굴로 매매 서류에 인장을 찍었다.

활화산 내에 있는 데다가, 땅속에 엘자 나무의 두꺼운 뿌리가 잔뜩 얽히고설켜 있는 골칫덩이 땅을 팔게 되었다. 그것도 제값보다 좋은 가격에.

그는 실실 웃으며 땅을 매매한 의장을 쳐다봤다.

"한데 이 땅은 왜 매입하시는 겁니까?"

"언제부터 자네가 내 일을 속속들이 파악하려 했지?"

낮은 목소리에 로만은 움찔했다.

"아, 아닙니다! 저는 그런 것이 아니라……."

"서류 작업이 마무리되었으니 돌아가게나."

점잖은 축객령에 로만 자작이 눈치를 보며 의장의 저택을 나섰다. 마차 앞에 대기하고 있던 로만 자작의 부관이 헐레벌떡 다가왔다.

"정말로 의장께서 그 땅을 매입해 주신 겁니까? 대체 무슨 연유일까요? 엘자 나무를 죄다 뽑아내도 화산재 때문에 농경지로도 쓸 수 없는 땅이 아닙니까."

"이유는 말씀해 주시지 않았다. 하지만……."

로만 자작이 씩 입꼬리를 올렸다.

"아무짝에도 쓸모없는 땅을 좋은 값에 구매해 주신 이유야 뻔하지 않으냐."

"예?"

"언질인 것이다. 나를 신임하여 중용하시겠다는 뜻이지."

흥분하여 일을 그르칠까 봐 우려하신 건지 내색은 하지 않으셨지만, 그 외에 다른 까닭이 없었다.

"의장께선 주인님을 다른 가신들보다도 멀리하시지 않았습니까?"

"내가 그분을 위해서 낸 계책이 마음에 드셨던 것이지."

운명의 아이를 납치해서 노예상에 넘기고, 신전에 알려 아이를 손에 넣게 한다는 그 계책 말이다. 그것이라면 신전과 끈을 단단히 할 수도 있고, 그들에게서 스피넬을 손에 넣어 막강한 군사력을 도모할 수 있을 테니, 훌륭한 계책이었다.

'의장이 원로원의 위세를 도로 높여 놓은 뒤, 내게 의장직을 물려준다면…….'

듀블레드를 발아래에 두고 세상을 호령할 것이다.

"너는 가서 내게서 뇌물을 받은 성의 마도사들을 불러와라."

"마도사들은 어째서 찾으십니까?"

"의장을 도와드려야지."

흐흐, 웃는 그를 부관은 의아하다는 듯 쳐다봤다.

* * *

내게 편지가 도착했다. 하녀들은 '아기님이 보육원 근경에서 알게 된 지인'에게 온 것이라며 기쁜 얼굴로 편지를 전해 주었다. 내용은 평범한 안부 인사였지만, 앞 글자만 따서 세로로 읽었을 때는 전혀 다른 의미였다.

[무사합니다.]

세리아구나.

그녀가 신전과 거래에 성공해서 감옥을 나온 모양이었다.

'좋아, 그러면 제도에서 손발이 되어 줄 사람은 확보.'

의장이 스피넬 변형지를 매입해 주면, 세리아를 통해서 유통하면 되겠다.

'돈이 다 얼마야.'

머리를 굴리며 셈을 하던 나는 셀 수 없는 0의 향연을 떠올리고 황홀해졌다.

'망명해서 엄청 큰 집을 사야지.'

요리를 잘하는 하인도 구해서 매일매일 프렌치토스트를 해 달라고 할 거다.

나는 하녀들에게 답장을 써 달라고 했다. 마음 같아선 내가 쓰고 싶지만, 이들에게 난 아직 글자를 배우는 단계였다.

[세셰 안뇽.

나 정원에서 애쁜 파란 돌 마니 주어써. 이고 팔아 가지구 돈 벌 고야. 그래서 르부, 마싯는 고 마니 사 머거. 세셰 잘 지내.]

일부러 어린애답게 말해 주니 하녀들이 양 뺨을 잡곤 "하아앙……." 신음했다.

"우리 아기님 귀엽기도 하시지~."

"예쁜 파란 돌을 주우셨어요~?"

"그래요, 그래요. 맛있는 걸 많이 사 드셔요~."

난 조금 떨떠름했지만, 능숙하게 속을 감췄다.

"편지 보내조. 빤니!"

똑똑한 세리아라면 이 정도라도 충분히 알아들을 거다.

편지를 적은 레아가 우후훗, 웃으며 봉투에 잘 봉했다.

"우편국에 전달하고 올게요."

"저는 레아 님이 오시면 읽을 동화책을 가져오겠습니다."

"우리 아기님, 간식 드실 시간이네요."

"날이 쌀쌀하니 장작도 가져와야겠어요."

하녀들이 하나둘 일을 찾아서 일어났다.

"금방 올 테니, 잠시만 계세요."

나는 그렇게 말하고 떠나는 하녀들에게 붕붕 손을 흔들어 줬다. 그러고 살금살금 코끼리 가방을 찾아서 스케치북을 꺼냈다. 일전에 미리 그려 놓은 그림을 짚었다.

금화를 그려 놓은 노란 동그라미에 가위표.

'돈은 구했고.'

사람을 그려 놓은 살구색 곡선에도 가위표.

'사람도 구했어.'

그렇다면 이제 남은 건…….

다음 장으로 넘기려던 때였다.

울렁.

가슴이 울렁거리고 현기증이 일었다. 뭔가가 내 쪽으로 강렬하게 밀려오는 기분이었다. 내가 어지러운 머리를 붙든 찰나에 발밑에 검은 촉수 같은 것이 생겼다.

'마력!'

얼른 그것을 피하려 반대쪽으로 뛰어내렸다. 재빨리 문으로 달려갔지만, 문고리를 잡기 직전에 구덩이에서 썩은 나무줄기 같은 것들이 빠져나와 내 몸을 칭칭 둘러맸다.

"누가, 나 좀……!"

눈앞마저 검은 촉수에 의해 가려졌을 때, 정신이 혼미해졌다.

* * *

로만은 원형의 단상 위에 널브러진 어린아이를 바라보며 제비 꼬리

같은 수염을 매만졌다.
“수고했다.”
로만의 말에 그의 뒤에 있던 검은 로브가 깊숙이 허리를 굽혔다. 로만 자작의 부관은 겁에 질린 얼굴로 아이와 주인, 그리고 마도사를 번갈아 보았다.
“이, 이래도 되는 겁니까? 운명의 아이를 납치하다니요……!”
“본래 있던 곳으로 돌려보내 주는 것이다. 납치가 아니지.”
“하지만 각하께서 아시면…….”
“그러니 스피넬에 정신없는 지금이 절호의 기회인 게야.”
흐흐흣, 웃은 그는 엎드려 누워 있는 르블레인을 구둣발로 툭, 쳐서 돌려 눕혔다.
“흥, 이깟 게 뭐라고 나를.”
그가 투덜거리던 찰나였다.
끼익—
녹슨 경첩이 우는 소리가 들리고 누군가 들어왔다.
“의장!”
로만은 반가운 얼굴로 그에게 뛰어갔다.
“무슨 일로 날 여기까지 불렀…….”
의장은 말을 끝내지 못하고 단상 위에 쓰러져 있는 르블레인을 바라봤다. 그의 얼굴이 딱딱하게 굳어졌다.
“이게 무슨 짓인가!”
“의장을 향한 충심의 증명입니다.”
이만한 증명이 또 어디 있겠는가. 감히 듀블레드 공작의 울타리 안에서 운명의 아이를 납치한 것이다.
“이제 계집애를 노예상에 넘기기만 하면 일이 끝납니다. 아아, 안심하셔도 좋습니다. 제가 훗날 이런 일이 있을 줄 예견하고 성의 마도사들을 포섭해 놨었습니다. 결계엔 절대로 걸리지 않을……."

"미친놈이어짜나."

자랑스러운 얼굴로 떠벌떠벌 말을 늘어놓던 로만이 멈칫했다. 고개를 돌리자 르블레인이 어느새 일어나 원탁에 걸터앉아 있었다.

"너 바보 아냐? 공잔미가 결계만 믿었을 리가 이써?"

"뭐라고?"

로만의 얼굴이 벌겋게 달아올랐다.

"어딜 감히 그따위 말을……!"

그는 쿵, 쿵, 발을 구르며 르블레인에게 다가가 손을 치켜들었다. 그런데 뺨을 내리치지 못하고 손목이 붙들렸다.

의장이었다.

"주군께 무슨 짓이냐!!"

"……예?"

주군이라니?

로만이 멍청한 얼굴로 되물었을 때였다.

문밖에서 펑! 펑! 무언가 폭발하는 소리와 기사들의 군홧발 소리가 들려오기 시작했다.

당황한 로만의 부관이 마도사에게 "결계!" 하고 소리쳤다. 마도사는 얼른 결계를 만들려고 했지만, 시동인을 만들기도 전에 "컥……!" 신음했다.

르블레인에게 마법을 건 후유증이었다.

공작은 르블레인이 습격당할 뻔한 뒤 직접 몇 겹이나 되는 마법을 걸어 놓았다. 보호 마법과 추적 마법, 그리고 저주였다. 르블레인에게 마법을 거는 자는 몸 안에서 마나의 분출구인 중단전이 파괴된다.

로만은 상황이 이상하게 돌아간다는 것을 깨달았다.

"무, 무슨…… 뭐가 어떻게 된……."

단상에서 내려온 르블레인이 로만을 쳐다보며 의장에게 말했다.

"문 장가. (문 잠궈)"

"예?"

"공잔미 오기 전에 내가 주겨 버리게."

르블레인의 발아래로 시동인이 떠올랐다.

* * *

나는 손을 탁, 탁, 털고 바닥에 쓰러진 로만 자작과 부관, 마도사를 쳐다봤다. 의장은 타다 만 장작처럼 엉망이 된 그들을 멍하니 둘러봤다.

"진정 가짜 운명의 아이십니까?"

"웅."

내가 아무렇지 않게 대답하고 구겨진 치마를 손으로 펴자 의장은 마른침을 삼켰다.

"믿을 수가 없군요. 좌우지간 네 살의 몸으로 이런 힘을……."

"내가 보기에눈 그러치도 않은데."

나는 중얼거리며 손을 오므렸다가 폈다.

'아직은 미진해.'

난 회귀 전엔 교황과 미나의 힘이 얼마나 강력한지 자주 보았다. 이번 생에서 본 두 공자의 힘은 또 얼마나 강력한가.

'무엇보다 부네가 내 몸으로 사용한 힘은 이 정도가 아니었어.'

그건 정말이지 엄청난 힘이었다. 그 정도로 힘을 사용하려면 아마 굉장히 오랜 시간이 필요할 거다.

'그런 부네의 힘을 튕겨 냈던 공작은 정말로 괴물이네.'

처음 신성력이 폭주하듯 널뛰었던 알현실의 난리 통에서 부네의 결계를 번번이 깨뜨리고 다가온 공작을 떠올리자 오스스 소름이 돋았다.

그때, 쾅!! 소리와 함께 문이 날아갔다. 문을 날려 버리고 들어온 건 그 괴물…… 아니, 공작이었다. 뒤를 이어 앙리와 이샤크, 그리고 마도사며 군사들이 쏟아져 들어왔다.

"꼬맹이를 어떤 씹어 먹을 놈이ㅡ"

소리치던 이샤크가 눈을 동그랗게 떴다.

"ㅡ쓰러져 있네?"

이미 범인을 예측하고 온 모양인지 사람들의 표정이 얼떨떨했다. 앙리는 인상을 찌푸리고 내부를 둘러보았다.

"이게 어떻게 된 일입니까."

그의 시선이 의장에게 닿았다. 의장은 날 힐끔 쳐다봤고, 이내 듀블레드 사내들과 군사들의 시선이 내게 쏟아졌다.

"구러니까, 구게……."

난 눈을 데구루루 굴리다가 의장을 휙, 가리켰다.

"하라부지가 구해 줘써!"

"구해 줬다고?"

앙리의 눈에 의심이 가득했다. 이샤크와 공작, 군사들도 마찬가지였다.

쓰러진 로만 공은 원로. 원로원의 의장인 그가 왜 제 휘하의 가신을 쓰러뜨리고 나를 구했느냐는 얼굴이다. 의장과 공작의 사이가 끔찍하게 나쁘니, 더더군다나 의아했을 터였다.

"나쁜 아저씨들이 르부 개롭혔눈데 하라부지가 이놈! 혼내 줘써요. 고마어, 하라부지."

난 일부러 어린애답게 말하며 의장의 구두를 툭툭 쳤다. 의장은 그런 날 흘끔 쳐다보고서 입을 열었다.

"감사의 인사는 과분할 따름입니다. 휘하의 수작을 미리 간파하지 못해 아기님이 잠시나마 위험하셨으니 죽을죄를 진 것입니다. 일찍 도착하여 최악의 상황을 막은 것만이 이 늙은이의 위안이지요."

나는 의장의 지원에 힘입어 공작에게 도도도, 달려갔다. 그리고 다리에 매달려 훌쩍훌쩍 우는 표정을 지었다.

"무서어써요."

그러자 앙리와 이샤크가 얼른 내게로 달려왔다.

"무서웠구나, 르블레인. 미안해. 더 일찍 오지 못해서."

"저 새끼들은 내가 다 죽여 줄게!"

저들은 이미 다 죽어 가지만, 나는 "웅." 하고 고개를 크게 끄덕였다. 하지만 공작은 공자들처럼 호락호락하지 않았다. 날 안아 주긴 했으나, 미심쩍다는 표정으로 의장을 쳐다봤다.

'이렇게 되면 필살기다.'

난 그의 목에 대롱대롱 매달렸다.

"르부……. 집에 가고시포."

그제야 공작이 내게로 시선을 돌렸다. 난 최대한 불쌍한 표정을 지었다.

"그래. 돌아가자."

공작은 날 추슬러 안고선 등을 두드렸다. 난 그의 목에 얼굴을 묻었다.

'왠지 진짜 안심되는 것 같아.'

살짝 놀라긴 했던 모양이다.

공작이 별말 없이 돌아섰다. 나는 남들 몰래 의장을 향해 "처리. 입 못

열게. 확실히." 하고 입을 벙긋거렸다. 의장이 고개를 끄덕였다.

그날 밤, 그는 능력을 발휘했다. 나 모르게 지하 옥사에 로만 자작의 목을 따러 갔던 공자들은 빈손으로 터덜터덜 돌아왔다.

내 힘을 목격한 셋이 나란히 세상을 떠났던 것이다.

* * *

며칠 후, 난 온실에서 의장을 만났다.

'무서운 사람.'

나는 눈을 가늘게 뜨고 의장을 쳐다봤다.

"주기라곤 안 해짜나. (죽이라곤 안 했잖아.)"

"로만 자작이야 말하지 않아도 어떤 작자인지 아실 테고, 로만의 부관은 그의 밑에서 온갖 쓰레기 짓으로 배를 불렸습니다. 마도사는 노약자들을 납치해 인체 실험을 하던 놈이었지요."

"……그로몬 죽어 마땅하네."

난 흠, 신음하며 스트로우로 오렌지 주스를 쪽 빨고서 물었다.

"스피넬은?"

물으니 의장이 테이블 위로 작은 상자를 올려 두었다.

"말씀하신 대로 신성력이 닿자 사흘 만에 스피넬을 채굴할 수 있었습니다."

"며칠이면 크루거전(戰)에 필요한 수량을 맞출 수 있게써?"

"보름이면 충분합니다."

난 의장에게 몇 가지 더 부탁했다. 세리아의 새로운 신분과 그녀가 만들 상단에 어울리는 영리한 일꾼들이었다.

"그리구 이번에 채굴한 스피넬을 즉시 내가 말한 곳으로 옮겨 줘. 데리고 있는 마도사 이찌? 오늘 안에 옮겨야 해."

"저를 알뜰하게도 써먹으시는군요. 하면 아기님은 제게 무얼 해 주시겠습니까?"

"변형지에서 나오는 스피넬의 2할을 주께."

그가 후, 가는 실소를 흘렸다.

"전 자금력으로는 제국 제일인 듀블레드의 원로원 의장입니다. 재물이 부족한 형편이 아니지요."

"흐음……."

"제가 뭘 원하는지 아기님께서 더 잘 알고 계실 텐데요."

"……."

나는 입술을 삐죽였다.

"저를 원하는 귀족이 얼마나 많은지 아십니까? 선대도 제 충성 맹세를 받지 못해 안달을 하였습니다. 신전이며 대귀족가에서도 손을 뻗어 오고요."

"구론데?"

"제가 말년에 이리 작은 아이의 밑에 들어가려고 잔심부름이나 하게 될 줄 누가 알았겠습니까……."

그렇게 말하며 의장이 허탈한 표정을 지었다. 난 그의 어깨를 툭툭 쳤다.

"아라써. 이제 으장은 내 거야. 돼찌?"

그렇게 말하니 의장은 더더욱 시무룩해졌다.

"그런 말이 감격스러운 제가 싫습니다."

남들은 되게 무서워하고, 나도 처음엔 조금 무서웠는데 이제 보니 참 귀여운 할아버지다.

"구름 가자."

"어디를요?"

난 씩 웃고 말했다.

"신전을 엿 먹이러."

그렇게 말하고서 난 공작의 집무실로 향했다. 뒤보스 자작을 비롯한 가신들이 모여 스피넬 건을 논의 중이었다.

"아기님, 오셨습니까."

언젠가부터 난 공작이 회의 중일 때도 쉽게 방 안을 드나들곤 했다. 인사를 받고서 책상에 다가가자 공작은 익숙하게 날 무릎에 앉혀 주었다.

"일이 이렇게 되면 전투를 포기하는 수밖에 없지요."

"황실에서도 이해할 수밖에 없을 겁니다."

"크루거 왕국을 수복한 후에 얻게 될 전리품이 아쉽기는 하지만……."

나는 공작이 손안에서 굴리고 있는 스피넬을 보고 "돌멩이다!" 하고 소리쳤다. 심각한 분위기였음에도 노스가 빙그레 웃고서 말해 줬다.

"스피넬이라고 합니다. 귀한 광물이지요."

"아닌데?"

"예?"

"하나도 안 귀해. 이고 엄－청 많아."

그러자 가신들이 일시에 나를 주목했다.

"많다니요?"

"보육원 근처에 살던 언니가 옛날 옛날에 나한테 이런 거 엄청 많다고 보여 줘써."

"정말입니까? 정말 스피넬이 확실합니까?!"

"똑같이 생겼눈데……."

내 말에 가신들이 서로 시선을 교환했다. 뒤보스 자작이 내게 가까이 다가와서 물었다.

"소유자가 누굽니까? 어디에 살죠?"

나는 "세세라고 해!" 하고 외친 후 주소를 알려 주었다. 지금쯤 내가 보내 준 돈으로 둔갑용 마도구를 구매했을 세리아가 있는 곳을 말이다.

* * *

뒤보스 자작은 바로 르블레인이 말해 준 장소에 행정관을 보냈다. 그리고 사흘 후, 행정관은 정말로 스피넬이 가득 든 상자를 가져왔다.

"정말로 우리가 모르는 스피넬 매립지의 소유자가 있었단 말인가……."

뒤보스 자작이 이마를 붙잡은 채 경악하자 가신들이 행정관에게 물었다.

"어찌 된 일인가?"

"그 세세라는 여자가 영리한 편이었습니다. 평민인 자신이 매립지를 소유하고 있다는 것이 알려지면, 귀족이나 신전에 눈뜨고 빼앗기게 될 것임을 알고 있었던 모양입니다."

"그래서 스피넬을 시중에 풀지 않은 것인가?"

"상단을 꾸릴 준비를 하고 뒷배가 되어 줄 대귀족을 찾느라 시간이 걸렸다더군요."

가신들의 표정이 확 밝아졌다.

"이것으로 신전에 기댈 필요가 없어졌습니다. 협상 중인 사자(使者)를 불러들이지요."

의자의 손잡이를 툭, 툭, 두드리던 공작이 입을 열었다.

"아니. 신전엔 우리가 스피넬을 확보한 것을 알리지 마라."
"그게 무슨……."
"노스, 너는 소유자가 스피넬을 채굴하는 대로 전량 사들여라."
"그렇게까지 많이 비축할 필요가 있을까요?"
"비축이 아니야. 시중에 헐값으로 유통할 것이다."
가신들은 그게 무슨 소리냐고 펄쩍 뛰었지만, 회의를 참관 중이던 앙리는 입매를 비틀었다.
"스피넬의 가치를 하락시키려 하시는군요."
시중에 스피넬이 과하게 공급되면 가격이 내려갈 수밖에 없을 터. 신전의 자금줄인 스피넬의 가치를 떨어뜨리면 자연히 신전은 직격타를 맞을 터였다.
공작의 의중을 파악한 가신이 걱정 어린 목소리로 물었다.
"우리에게도 여파가 미칠 텐데요."
그 말에 앙리가 대답했다.
"신전은 오래 버티지 못할 겁니다. 가치가 떨어진 스피넬 광산을 팔 수밖에 없게 되겠지요."
그렇게 되면 스피넬은 결국 세셰의 상단에서 독점하게 된다. 그 이후에 가격을 올리면 그만이었다.
"하지만 그 많은 스피넬을 사들여 헐값에 되팔려면 우리도 막대한 자금이 들 겁니다. 버틸 수 있을지……."
턱을 괸 채로 앙리의 곁에 느슨하게 앉아 있던 이샤크가 말했다.
"공은 바보야?"
"예?"
"우리가 누군데?"
듀블레드라 하면 최악의 가문 외에도 따라붙는 별칭들이 있었다. 서부의 황금맥, 퍼도 퍼도 마르지 않는 자금력. 이러한 치킨 게임에선 언제나 백 프로의 승률을 자랑하는 가문이었다.

공작은 관자놀이를 주무르며 낮게 가라앉은 목소리로 말했다.

"신전에서 사정하러 오거든 전해라. 르블레인의 교육을 저들이 전담하겠노라 같은 헛소리를 입에 담지 않는다면 피죽 정도는 먹게 해 주겠다고."

—라고 제국 제일의 부호가 선언했다. 가신들이 일시에 고개를 조아렸다.

회의가 파하고 껄껄 웃으며 나온 가신이 말했다.

"아기님은 참으로 신묘한 분이시지 않습니까?"

"그렇지요. 그분이 없었더라면 꼼짝없이 신전의 수작에 놀아났을 테지요."

"이렇듯 듀블레드를 구원하신 것이 한두 번이 아닙니다. 마치 행운의 여신처럼 말입니다."

얘기를 나누던 가신들이 저마다 생각에 잠겼다.

'역시 천사셨던 건가.'

'듀블레드의 작은 요정…….'

'귀여워…….'

그 시각에 낮잠에 빠진 르블레인은 추종자들이 무더기로 늘어난 것을 알지 못했다.

* * *

후아암, 하품을 하며 일어난 나는 눈을 비볐다. 낮잠을 꽤 오랫동안 잔 것 같은데도 몸이 천근만근이었다.

며칠 전, 로만 자작 때문에 부네 없이 처음으로 나 혼자 신성력을 썼다. 익숙하지 않은 일이라 계획보다 훨씬 많은 신성력을 소진한 모양이었다.

'그 이후로도 스피넬 때문에 어른의 사고를 많이 했으니 몸이 안 좋을 만도 하지.'

나는 으그그, 기지개를 켜고 침대에서 내려왔다.

"배구푸다. 빠 머꼬시퍼……. (배고프다. 빵 먹고 싶어…….)"

그러며 손가락을 빨다가 흠칫했다.

'이거 상태가 심각한 것 같아.'

부네를 처음 만났을 때보다도.

방에 아무도 없으니 무섭기까지 했다. 몸 상태가 안 좋아 정신이 아이로 되돌아가고 있다는 방증이었다. 정신을 차리려고 푸르르 얼굴을 흔들었지만, 자꾸만 눈물이 솟았다.

"우우……."

내가 히끅히끅 울고 있을 때, 하녀들이 방에 들어왔다.

"어머, 아기님. 무슨 일이세요!"

고인 눈물을 보고 놀란 하녀들이 얼른 내게로 다가왔다.

"혼자 무셔……."

하녀들이 안절부절못하며 날 달래 줬다.

"자자, 아기님, 울지 마세요. 저희가 기분 좋은 소식을 가져왔어요."

"기붕 조은 소식?"

물으니 하녀들이 서로서로 시선을 교환하곤 씩 웃었다.

"아기님의 방이 완공되었답니다!"

드디어 끝났구나.

나는 지금까지 처음 듀블레드성에 왔을 때 공작이 내어 준 손님방에서 지내고 있었다.

입양이 된 후 바로 서관에 내 방을 가져야 했지만, 안전장치를 시공하느라 시간이 지체되었다. 마탑의 마도사들과 궁정 마법사까지 제도와 듀블레드령을 오가며 완전무결한 결계를 완성했단다.

'내 방이라니…….'

왠지 가슴이 콩닥콩닥해져서 눈물이 쏙 들어갔다. 나를 위해 꾸며진, 오직 나의 방을 갖는 건 첫 번째 삶 이후로 처음이다.

'첫 번째 삶에서도 완전히 내 방은 아니었지.'

아미티에 공작저에 있는 방 중 하나에 책상과 새 침대를 넣은 게 다였으니까.

하녀들이 나를 방으로 안내해 주었다.

'역시 서관에 있구나.'

나는 서관을 구경하며 하녀들을 쫓아서 걸었다.

"자, 여기예요."

문을 열고 들어간 나는 숨을 크게 들이켰다.

햇볕이 환히 내리쬐는 커다란 창과 단정한 미색의 벽. 방 안의 가구는 모두 흰색으로 통일되어 있었는데, 모서리나 받침대에 유려한 문양의 금테가 둘려 있어서 화려했다.

소파는 사랑스러운 살구색. 소파 테이블과 책장엔 달콤한 향이 나는 향초가 놓여 있었다.

지금까지 머물던 손님방과는 비교할 수도 없을 만큼 어마어마하다.

"여긴 응접실이고요. 저쪽이 아기님께서 책을 읽거나 공부를 하실 개인 서재로 통하는 문이에요."

"맞은편엔 침실이 있답니다. 침실 안엔 욕실과 드레스 룸도 있어요."

"드레스 룸엔 새 옷과 리본 등의 장신구를 새로 들여놨지요."

"욕실에 크고 넓은 욕조도 있어요. 온종일 따뜻한 물이 흐르는 멋진 곳이랍니다. 그리고……."

하녀들이 방 구조를 설명하는 동안 나는 우뚝 굳어져 있었다.

"아기님?"

하녀들은 그런 날 의아한 듯이 쳐다봤다.

"마음에 들지 않으세요?"

나는 아무 말도 못 하고 손을 쥐었다가 폈다가, 입을 뗐다가 닫았다가 하며 안절부절못했다.

아미티에 공작이 날 의식의 제물로 넘기기 전에 이렇듯 예쁜 미나의 방에서 지내게 해 주었다. 발루아 공작도 날 인체 실험하기 전에는 이처럼 예쁜 방에서 쉬게 했다.

"르블레인, 사명을 다할 시간이다."

"과분한 것들을 누리게 해 주었으니 대가를 치러야지."

아미티에 공작과 발루아 공작의 목소리가 연달아 떠올랐다.

그들 손에 이끌려 간 곳에서 바짓가랑이를 붙잡고 "잘못했어요. 잘못했어요. 차라리 죽여 주세요, 잘못했어요." 하며 절박하게 애원하던 나도.

그때, 열린 문밖에서 익숙한 사람들이 들어왔다. 고용인들이 홍해처럼 양옆으로 물러났고, 그 사이로 걸어온 공자들이 날 쳐다봤다.

"시끄럽다 싶더니 방을 옮겼잖아."

이샤크가 내 방을 둘러보며 말을 이었다.

"우리 방 근처네. 야, 꼬맹이. 너 밤에 무섭다고 막 찾아오고 그러면 안 된다?"

그러고선 "일주일에 딱 세 번만 와. 알겠어?" 하고 커흠, 헛기침했다.

"……."

"뭐야, 왜 대답이 없어? 참 나, 알았어. 일주일에 네 번 와도 좋아. 됐냐?"

"……."

"뭐야. 표정이 왜 이래?"

이샤크가 무슨 일이냐는 듯 하녀들을 돌아보았다. 그러나 하녀들도 까닭을 모른다는 듯 고개만 저었다.

앙리가 물었다.

"왜 그래?"

"여기 르부 방 아냐."

"네 방이 맞아, 르블레인."

"그치만, 그치만…… 여긴 공주님 방이잖아!"

앙리는 "예?" 되물었고, 이샤크는 "뭐라는 거야?" 하며 어리둥절했다.

"방 너무 크고 애뿌니까……."

"뭐라는 거야. 야, 꼬맹이. 방은 크고 예쁠수록 좋은 거야! 그리고 네가 지금까지 지내던 방도 넓고 좋았잖아."

"그건 손님방을 빌려 쓴 거자나. 언래 손님방은 조아! 그치만 르부 방은 좁고 어두운 거야. 그러니까 내 방 아냐. 여기 크고 애뿌니까 내 방 아냐!"

머릿속에서 다 큰 르블레인이 그만 입을 멈추세요! 하고 말하는 것 같았지만, 아이인 나는 자꾸만 겁이 났다.

아미티에 공작과 발루아 공작처럼 좋은 방을 내주고서, 내가 기뻐하면 뒤통수를 칠지도 모른다.

이번에도 그렇게 아프면 어떡하지. 또 회귀하게 되면 어떻게 하지. 회귀할 땐 정말로, 정말로 괴롭다. 온몸이 쪼개졌다가 다시 붙는 것 같은 고통이었다.

나는 겁먹은 얼굴로 공자들을 쳐다봤다. 그들의 눈동자가 잘게 떨리고 있었다.

*　　*　　*

앙리는 얻어맞은 사람처럼 멍하니 르블레인을 바라보았다. 그러다 아이의 눈에 눈물이 고이기 시작하자 흠칫, 정신을 차리고 달려갔다.

"이제 좁고 어두운 방에서 지내지 않아도 돼."

"……."

"여기가 네 방이고, 이 성이 네 집이야."

앙리는 르블레인의 젖은 눈을 소매로 닦아 주었다.

"그러니까 울지 말아 줘. 마음이 너무 아파."

머리를 쓰다듬는 손길이 아주 조심스러웠다.

르블레인이 진정되고서 앙리는 하녀들에게 말했다.

"당분간은 계속 손님방에서 지내게 해."

"예, 도련님."

때마침 레아가 와서 "세상에, 아기님!" 하며 눈이 새빨개진 아이를 데려갔다.

앙리는 레아에게 안겨 떠나는 르블레인을 지켜보다가 뒤를 돌았다. 그런데 이샤크가 르블레인이 울기 시작했을 때와 똑같은 자세 그대로 굳어 있었다.

"뭐야, 길 막지 말고 꺼져."

앙리가 미간을 좁히며 말했다. 이샤크는 귀와 꼬리를 늘어뜨린 강아지처럼 기가 죽어서 제 형을 쳐다봤다.

"형, 르블레인은 예전에 어떤 방에서 지낸 거야?"

듀블레드가의 막내 공자로 태어난 그는 좁고 더러운 방을 쉽게 떠올리지 못했다. 그가 지내는 기숙사의 방조차 르블레인이 지내는 손님방을 두 개쯤 붙여서 연결해 놓은 것 같았다.

그건 앙리도 마찬가지였다.

"행정관 사무실에 황태후가 보내온 르블레인의 기록이 있어. 어떤 곳에서 자랐는지 적혀 있을 거야."

"가 보자."

"그래."

공자들은 즉시 노스가 있는 행정처로 향했다. 난데없이 쳐들어온 공자들이 르블레인의 기록을 내놓으라고 하자, 다들 무슨 일인가 당황하였으나 곧 기록을 찾아다 주었다.

"보육원 자료도 있어? 방 내부도 같은 거."

"예. 일전에 확인했었는데…… 아, 여기에 있네요."

이샤크는 행정관이 내어 준 그림을 들여다보고 미간을 좁혔다.

"아니, 꼬맹이가 지내던 방 말이야. 헛간 말고."

"그게 방입니다."

"뭐?"

"아기님께서 지내시던 보육원이 다른 시설보다 낙후되기는 하였지요. 아이들도 과포화였고요. 그 방에서 아이들 예닐곱 명이 함께 잤다고 하니까요."

이샤크는 몹시 충격받았다.

제 드레스 룸의 절반도 안 되는 곳에 애들 6, 7명이 함께 잤다고?

'이곳은 지옥인가?'

르블레인은 올해 중순에 운명의 아이로 발탁되어 가을에야 황실로 옮겨졌다. 올해까지는 이런 곳에서 살았다는 말이다.

그러고 보면 르블레인은 처음부터 애답지 않은 면이 있었다. 장난감을 조르거나, 뭔가를 욕심내거나, 떼를 쓰는 일이 거의 없었다. 이런 곳에서 자랐으니 바라는 법을 모를 만도 했다.

행정관 사무실을 나서는 이샤크의 얼굴이 침통했고, 앙리의 눈빛이 흐렸다.

"나 처음에 꼬맹이더러 당근 먹을 줄 아냐고 윽박질렀었는데……."

"……."

"당근이라도 안 먹으면 굶어야 하는 곳에서 자랐던 거였어."

우울하게 중얼거리는 이샤크의 곁에서 앙리 또한 후회하고 있었다.

"입적되었다고 네가 정말 나와 남매라도 되는 줄 착각하는 거야? 웃기지 마. 피 한 방울 안 섞인 고아를 정말 가족으로 여기는 사람이 어디에 있어."

왜 그런 말을 했을까.

제게 그 말을 듣고 멍하니 눈을 깜빡이던 르블레인이 생각나자 가슴이 쓰렸다.

"꼬맹이한테 이제는 장난감 마구 조르고, 좋은 방에서 지내도 된다는 거 내가 알려 줄 거야."

"그래."

두 사람이 주먹을 꽉 말아 쥐었다.

*　　*　　*

배 터지게 밥을 먹고, 그 후에 또 스무 시간을 내리 자고 나니 그나마 정신이 돌아왔다. 그리고 정신이 돌아오자마자 난 머리를 쥐어뜯었다.

'내가 미쳤지!'

"르부 방은 좁고 어두운 거야. 그러니까 내 방 아냐. 여기 크고 애뿌니까 내 방 아냐!"

울먹이며 말하던 날 떠올리니 엄청나게 창피해졌다.

"자, 아기님, 더 드세요. 레아 님 모르게 가져왔답니다."

도넛을 내밀며 결기 어린 표정으로 말하는 유니를 보고 눈을 데굴데굴 굴렸다.

"인제 안 머꼬 시펴."

"이런 건 바라셔도 돼요! 크고 예쁜 방도, 맛있는 간식도 바라셔도 괜찮아요……."

그러며 유니가 눈물을 글썽였다.

'아니, 그게 아니라 너무 많이 먹어서 그래…….'

아무리 나라도 팬케이크를 다섯 장 먹고 도넛까지 더 먹는 건 무리다.

어제 일 때문에 나를 보는 사람들의 눈빛이 몹시 안쓰러워졌다. 하녀들은 간식을 쌓아 놓고서 주며 "뭐든 더 필요하신 게 있으시면 꼭 말씀해 주세요."라고 울먹였다. 가신들도 장난감이나 먹을 것을 보내 줬다.

어제 일 이후, 내가 어떻게 살아왔는지 공공연히 퍼진 모양이었다. 어디를 가도 그렁그렁한 시선뿐이라 부담스러워 죽겠다.

'도망치자.'

저 시선에서 물기가 사라질 때까지 온실에서 시간을 죽이고 와야겠다.

난 코끼리 가방을 들고 슬금슬금 뒷걸음질 쳐서 방을 빠져나왔다. 아무도 없는 온실에 가방을 내려놓고 나서야 한숨이 나온다.

'상단 일이나 생각해야겠다.'

세리아와 공작이 거래를 텄다. 스피넬을 충분히 확보하고도 공작은 채굴하는 스피넬을 모두 사겠다고 했다. 스피넬을 가지고 신전과 힘겨루기를 할 생각인 듯했다.

'그러면 이 고래 싸움에서 나만 이득을 보지요.'

공작이 스피넬을 잔뜩 사 주면 내 창고가 빵빵해지고. 신전은 엿을 먹고 스피넬 광산을 팔 수밖에 없을 거고. 광산까지 내가 사들이면 스피넬 독점!

나는 이히힛 웃었다.

스피넬 변형지를 사들이고, 세리아의 상단에 출범 비용을 대느라 지금은 돈이 똑 떨어졌지만, 이제 곧 부자가 될 거다.

"흐음, 흠, 흠흠."

콧노래를 부르며 미리 챙겨 놓았던 편지지에 글씨를 끄적였다.

[세리아에게.

잘 지낸다니 다행이야. 상단 이름은 〈호프〉로 정했어. 앞으로 거래할 적엔 이 이름을 사용해 줘.

상단을 호위할 사람은 백방으로 알아보고 있어. 의장의 군사들은 듀블레드 영지민이라 이곳을 드나들 때마다 출입 기록을 해야 하거든. 그는 꼬리를 잡힐 수도 있으니 외부에서 구하는 게 좋겠다고 했어. 나도 그 생각에 동의해.

그리고 며칠 전에 의장과 처음 만났다고 들었어. 두 사람은 대체 왜 싸운 거야? 앞으로 함께 일하게 될 테니 사이좋게 지냈으면 좋겠어.

P.S 세리아는 의장을 재수 없는 늙은 염소라고 했지만, 나는 그가 염소보다는 표범을 닮았다고 생각—]

—까지 쓰던 난 인기척을 느끼고 흠칫해서 얼른 편지를 가방에 집어넣었다.

"아, 여기 있다."

이샤크였다. 날 본 그 애가 손을 마구 흔들곤 문밖을 향해서 "형, 여기 있어!" 하고 소리쳤다. 그러곤 내게 달려왔다.

"이자꾸, 안농."

"안녕."

"구론데 그거 모야?"

나는 그 애가 들고 있는 패물을 보고 고개를 갸웃했다.

"보육원에서 이런 거 너만 못 가지고 놀았다며?"

그건 또 어떻게 알았지?

보육원에 장신구 장난감이 있는데, 어린애 장난감치고 정교해서 인기가 아주 좋았다. 대장 격인 아이가 독점하고 자기가 좋아하는 애들한테만 가지고 놀게 해 줘서 난 한 번도 가지고 놀지 못했다.

"웅."

"이제 잔뜩 가지고 놀아."

그러며 나한테 패물을 휙 안겨 줬다.

'장난감인 건가?'

겉보기엔 꼭 진짜처럼 생겼다. 호박 목걸이처럼 생긴 것을 집어 든 난 유심히 보다가 움찔했다.

'중앙에 든 이거 풍뎅이 아냐?'

호박은 송진이 굳으며 만들어지는 보석인데 이렇게 안에 벌레가 들어 있는 경우가 있었다. 아예 벌레 같은 것이 들어가야 더 귀하게 여겨진다.

애들 장난감에 진짜 풍뎅이를 넣는 경우가 있어?

유심히 살펴보던 난 움찔했다.

"이, 이, 이자, 이자꾸."

"왜?"

"이, 이거 진짜…… 진짜 보석잉데!"

"진짜지 그럼?"

어린애한테 진짜 보석을 가지고 놀라고 하면 어떻게 해.

나는 얼른 이샤크에게 보석을 되돌려주고 쿵쾅쿵쾅 뛰는 가슴을 붙들었다.

'진정해라. 나는 부자가 될 예정이다. 세리아가 거래만 무사히 끝내면 저런 거 열 개도 살 수 있다.'

그렇게 생각하려 애썼지만, 지난 삶에선 거지였고 1회 차와 2회 차 삶에선 저런 보석을 구경도 못 해 본 난 쉽게 진정하지 못했다.

"호박이 마음에 안 들어? 그럼 다이아몬드를 가지고 놀아."

그러면서 두 손으로 잡아야 할 만큼 큰 다이아몬드를 쥐여 줬다. 황비의 보석함에나 있을 법한 커다랗고 커다란 다이아몬드였다.

'이건 돈이 있어도 못 구하겠다.'

"이자꾸, 이런 거 막 가져오면 공잔미하테 혼나."

"공작님 거 아닌데. 내 건데."

"녜?"

"내 두 번째 보석 창고에서 가져왔어."

"……보석 창고가 몇 개나 이써?"

이샤크는 왜 당연한 말을 하느냐는 듯 눈을 깜빡였다. 온실 안으로 들어온 앙리가 다이아몬드를 쥔 채 바들바들 떨고 있는 날 보고 이샤크에게 핀잔을 줬다.

"네가 뭘 어쨌길래 르블레인이 겁먹은 거야?"

"내 보석이 마음에 안 드나 봐."

"그러게 내 세 번째 창고에서 가져오자고 했지. 네 건 크기만 하다고."

"그러면 이것도 주고 형 창고에서 더 좋은 걸 가져다주자."

"그래."

……난 부자가 되었다고 생각하던 내가 왠지 안쓰러워졌다.

진짜 부자들의 후광이 눈부셨다.

* * *

"꼬맹아, 그럼 뭘 하고 싶어? 옷을 사 줄까?"

"황궁에서 디저트 장인을 데려오면 어때?"

"놀이공원을 지어 줄게."

나는 옆에서 이것도 해 주고, 저것도 해 주겠다며 소리치는 두 사람을 힐끔힐끔 보았다.

"갠차나."

제국에서 너무 많은 것들을 누리고 망명하면 눈만 높아질 거다. 나는 스피넬로 충분하다.

'그러니까 상단 호위를 얼른 구해서 듀블레드 외에도 거래를 터야 하는데.'

이샤크는 눈썹을 늘어뜨렸다.

"내가 보육원의 원장을 죽여 줄까?"

"언장 선새미를 왜?! (원장 선생님을 왜?!)"

깜짝 놀라서 물으니 이샤크가 인상을 썼다.

"그렇게 좁고 더러운 방에서 예닐곱 명씩 자게 했다면서. 보육원은 나라의 지원을 받을 텐데, 그만큼 더러운 방이면 지원금을 빼돌린 것 아냐."

"그고는 보육언이 나라에서 운영하는 데가 아니라소 그래."

이 나라의 보육원은 세 갈래로 나뉜다.

1. 황실의 지원을 받는 국영 보육원.

국가에서 짓고, 관리가 운영인으로 내려오는 보육원. 그래서 시설도 좋고, 지원도 괜찮다. 나이가 차면, 나중에 정착 자금도 준다.

2. 신전이나 귀족의 지원을 받는 공영 보육원.

신전과 귀족 가문에서 적합 평가를 받은 보육원. 지원하는 곳이 어딘지에 따라 갈리지만, 그래도 대체로 좋은 곳이다.

3. 평민이 운영하는 민간 보육원.

보조금을 목적으로 지어진 보육원. 소액이나마 세금이 쓰이기에 감사는 받지만, 거의 구색만 맞춘다.

무엇보다 평민이 국영이나 공영처럼 운영할 순 없어서 당연히 가장 안 좋은 곳이다. 다른 곳과 달리 관리가 전혀 되지 않은 곳이라 입양 가는 아이가 거의 없다.

그래서 아이들을 키울 수 없는 부모들, 혹은 아이 몫의 세금을 내지 않으려는 부모들이 맡겨 놨다가 찾으러 온다. 이 부모들이 민간 보육원의 또 다른 돈벌이 수단이었다.

그리고 내가 있던 곳이 바로 세 번째 경우의 보육원이다.

나 같은 진짜 고아가 있어야 구색을 맞출 수 있으니 키웠지만, 별 관심은 못 받았다. 원장은 부모가 돈을 많이 낸 아이, 부모가 데리러 올 게 확실한 아이 순으로 보살폈다.

'그래서 내가 아미티에 공작과 발루아 공작에게 사랑받고 싶어서 애를 쓴 거지.'

그래도 황태후에게 가기 전까지 매번 죽지 않고 살았던 건 그 보육원 덕이긴 하다.

'잠깐만, 보육원?'

보육원 하니까 불현듯 머릿속을 스치고 지나가는 게 있었다.

훗날 모든 기사의 정점에 오르는 네 명의 기사가 있다.

용을 무찔렀다는 풍문의 기사, 아미티에 공작. 세기의 천재라 불리는 이샤크. 전장의 악몽이라 일컬어지는 성기사 수리르. 그리고 군사 작전의 대가인 자카리.

자카리가 바로 민간 보육원 출신이다. 그는 점잖고 사려 깊은 사람이라고 했다.

'자카리라면 상단 호위를 믿고 맡길 수 있겠는걸.'

그리고 마침 그가 있었다던 보육원이 근처였다.

상단 호위는 짐을 탈취하려는 산적들과의 소규모 전투가 빈번했다. 그의 머리라면 확실히 도움이 될 거다.

속으로 흐음, 신음하던 난 앙리랑 이샤크를 쳐다봤다.

"가꼬 시푼 거 이써."

"그게 뭐야, 르블레인?"

"뭔데! 다 말해. 다 사 줄게!"

"몬뭉이. (멍멍이.)"

두 사람은 멍하니 "몬뭉……." 하고 중얼거렸다.

*　　　*　　　*

나와 앙리, 이샤크, 그리고 하녀들은 성 밖으로 나왔다. 내가 개를 분양받고 싶다고 해서 함께 보러 가기 위해서였다.

이샤크는 제일 예쁜 강아지를 데려오겠다고 했지만, 나는 꼭 내가 보러 가겠노라고 고집을 부렸다.

"이자꾸가 몬몽이 데려왔는데 르부를 별로 안 좋아하면 어떠케? 몬몽이 가여어."

내 말에 공자들은 정말로 어리둥절한 표정을 짓고 대답했다.

"세상에 널 싫어할 수 있는 생물이 있을 리가 없잖아?"

콩깍지가 나날이 두꺼워지고 있었다. 그래도 두 사람이 나에게 져 줘서 우린 이렇게 강아지를 보러 갈 수 있었다.

목적지는 듀블레드 너머 플럼 거리였다. 귀족들을 위한 펫샵이 그곳에 있기 때문이었다.

'그리고 자카리가 있는 민간 보육원도.'

그렇게 생각하고 있을 때 마차가 멈췄다. 난 앙리와 이샤크의 손을 잡고 마차에서 내렸다. 그리고 거리를 둘러보았는데, 듀블레드 상점가만큼이나 호화로운 곳이었다.

"우와……."

내가 놀라니 하녀들이 빙그레 웃곤 말했다.

"휘황찬란하지요? 제국에서 제일 큰 카지노가 있는 곳이거든요. 카지

노 주변으로 식당가와 쇼핑가가 형성되어서 볼거리가 많답니다."

확실히 구경하는 재미가 있는 곳이었다.

나는 하녀들의 손을 잡고서 앙리와 이샤크의 뒤를 쫄랑쫄랑 쫓아갔다.

'카지노, 정말로 크네.'

그때, 레아가 뒤를 힐끔 돌아보곤 공자들에게 속삭였다.

"뭔가 따라붙었습니다."

"느꼈다."

이샤크의 눈빛이 드물게 싸늘해졌다.

"넷…… 아니, 다섯인가."

"단련된 자들입니다. 암행에 능숙합니다."

내가 눈을 동그랗게 뜨고 있자 앙리와 이샤크가 아무렇지 않은 표정으로 날 쳐다봤다.

"르블레인, 하녀들과 잠깐 있어."

"어, 금방 올게."

나는 약간 긴장된 얼굴로 "빤니 와야 해……?" 두 사람의 옷깃을 잡았다.

"걱정하는 거야? 바보야, 난 엄청 강하다고. 걱정 같은 건 필요 없거든?"

말은 그렇게 하면서 이샤크는 날 덥석 붙잡고 뺨에 얼굴을 비볐다. 걱정이 몹시 기분 좋았나 보다. 그러자 앙리가 그의 뒷덜미를 덥석 잡아서 옆으로 획 던지고 웃었다.

"걱정하지 말고 있어. 금방 올 테니까."

'내가 걱정하는 건 따라붙은 사람들인데…….'

이샤크가 그 사람들 목을 죄다 따 올 것 같아서.

나는 거듭 “빤니 와.” 하고 말했고, 이샤크와 앙리는 내게 레아와 하녀들을 붙여 놓고 사라졌다.

“아기님, 저희는 제과점이라도 갈까요? 플럼 거리의 자두 셔벗이 아주 맛있대요. 이 골목만 지나면 금방이에요.”

“조아.”

레아, 그리고 하녀들과 제과점으로 향했다. 하녀들은 혹여라도 내가 불안해할까 봐 이런저런 이야기를 계속했다.

“어떤 강아지를 데려오실 건가요? 역시 커다랗고 털이 북슬북슬한 강아지가 좋겠지요?”

“작고 털이 짧아도 귀엽답니다.”

“아기님과 꼭 닮은 작은 푸들이어도 좋겠지요.”

“제과점에 계시는 동안 제가 펫샵의 카탈로그를 가져올까요? 어떤 강아지가 좋을지 찾아보시겠어요?”

골목에 막 들어가던 찰나, 나는 허름한 건물 앞에서 성냥불을 들고 히죽 웃고 있는 누군가를 발견했다.

“내 돈을 다 처먹고 무사할 줄 아냐, 육시랄 놈들.”

소년은 음산하게 중얼거리며 불씨를 건물에 던졌다. 하녀들은 불이 붙기 시작하는 건물을 멀뚱멀뚱 바라보고 있었다.

“어머나, 여기 개눈깔이 운영하는 도박장인데. 저 애 잡히면 호되게 혼나겠어요.”

고리대금업자 출신 유니가 말했다.

“도와줘야 하나.”

하녀 셋 중에 그나마 온정이 있는 성추행범 연쇄 살인마, 달리아의 말이었다.

“우리 일도 아닌데 굳이?”

대사기꾼 린다가 물었다.

솔직히 염세적인 어른 르블레인의 사고는 하녀들의 생각에 동의했다. 하지만 아이인 난 양심이 콕콕 찔렸다.

'열셋쯤 되어 보이는데, 건달에게 얻어맞다가 죽는 걸 그냥 볼 수도 없고.'

불씨를 꺼 주는 정도라면 그리 어려운 일도 아니다. 나는 한숨을 푹 내쉬고 레아의 소매를 흔들었다.

"눈 매어."

그제야 하녀들이 눈을 희번득 뜨곤 후다닥 달려가 불씨를 마구 밟았다.

"우리 아기님의 눈을 맵게 만드는 나쁜 불씨."

"나쁜 불씨!"

난데없는 방해꾼들을 보고 소년이 인상을 썼다.

"이건 무슨 주접이야?"

그가 어처구니없는 표정이었다.

"아줌마들, 왜 남의 일을 방해해!"

"불내는 고 일 아냐. 범죄야."

내가 말하니 그는 "이건 또 뭐야." 중얼거리곤 날 쳐다봤다.

"네가 이 미친 것들 주인이냐?"

"구래."

"죽고 싶어? 방해하지 말고 꺼져. 못생긴 게."

그러자 불씨를 마구 밟던 하녀들이 우뚝 발을 멈추었다. 내 손을 잡고 있던 레아의 기세도 사나워졌다.

"너, 방금 뭐라고……?"

"누가 못생겨?"

"유니, 가서 내 곤봉 가져와."

레아는 내게 생긋 웃으면서 "아기님 잠시 눈을 감고 여기서 30까지만 세고 계셔요." 하고 말했다.

나는 씩씩거리는 소년을 힐끔 보고서 얌전히 두 손으로 눈을 가렸다.

"하나, 두울, 세엣……."

좁은 골목에 소년의 비명이 메아리쳤다.

* * *

"흐어어으엉……."

소년은 벽에 바짝 붙어서 두 팔을 번쩍 든 채로 눈물, 콧물을 질질 흘렸다. 하녀들은 그런 소년을 가느다란 눈으로 보며 윽박을 내질렀다.

"팔 번쩍 안 들어? 구호!"

하녀들이 소리치자 찔끔한 소년이 울먹이며 소리쳤다.

"아기님은 세상에서 제일 귀엽다!"

"한 번 더!"

"아기님은 세상에서……!"

외치던 찰나, 소년의 배에서 꼬르륵 소리가 들렸다. 그는 울다가도 창피한지 "아이씨." 하며 중얼거린다.

"배구파?"

"네가 무슨 상관이야. ……요."

훌쩍훌쩍 말하던 그가 하녀들의 부릅뜬 눈을 보고 얼른 존대했다.

나는 소년을 둘러싼, 왕년에 칢뿌리 좀 씹던 하녀들에게 손을 휘휘 저었다. 하녀들이 시무룩하게 물러서고 난 그에게 손을 뻗었다. 그러자 흠칫한 소년이 어깨를 오므렸다. 때리려는 줄 알았나 보다.

나는 소년의 뺨에 묻은 검댕을 손끝으로 비벼서 지워 줬다.
"요기 묻어서."
"……."
"우리 제과점 가꼬야. 가치 가자."
"나 돈 없는데……."
난 옆으로 맨 가방을 뒤적뒤적해서 금화를 한 움큼 꺼냈다. 내가 앙리, 이샤크와 함께 플럼 거리에 간다는 얘기를 듣고 가신들이 몰래 와서 준 용돈이었다.
"내가 이써!"
"그거 다 네 거야? ……요."
"웅."
"우와, 그거면 룰렛 서른 판은 돌리겠다."
소년은 하녀들의 눈치를 보면서도 눈을 반짝이며 고개를 끄덕였다.
나는 하녀들, 그리고 소년과 함께 제과점으로 들어갔다. 하녀들은 "우리 아기님, 이것도 좋아하실 테고. 저것도 좋아하실 테고, 이것도……." 하며 쟁반에 빵을 산처럼 쌓아 왔다.
이 제과점의 빵은 꽤 고가여서 이만큼이나 한 번에 사는 사람이 없는지, 점원과 손님들이 입을 떡 벌리고 우릴 쳐다봤다.
나는 하녀들이 가져다준 빵을 소년에게 내밀었다.
"자."
"……."
그는 약간 경계하는 눈으로 날 보다가 빵을 받아 들었다. 한입 맛을 보더니, 눈이 커졌다. 그러곤 허겁지겁 입에 욱여넣는다.
"켁!"
너무 급하게 먹다가 목에 걸렸는지 컥컥, 기침을 하기에 우유도 건네

줬다.

"어른들이 밥 안 챙겨 줘써?"

"고아한테 누가 밥을 챙겨 줘? ……요."

고아라고?

이 근처에 있는 보육원은 자카리가 있었던 민간 보육원뿐이다.

'설마 얘가 자카리인가?'

생각하며 빤히 보다가 속으로 고개를 저었다.

자카리는 '네 명의 기사들' 중 하나로 굉장한 무예를 자랑하는 남자였다. 이샤크에 비견될 정도의 강자가 어릴 때라고 해서 이만큼 약하다는 건 말이 안 된다.

보통 강자들은 사람의 기척을 기민하게 눈치챘다. 이 소년보다 족히 다섯 살은 어릴 이샤크도 레아보다 먼저 따라붙은 자의 기척을 알아차렸다.

그런데 소년은 바로 옆에서 떠드는데도 모르고 방화를 저질렀다. 기척을 알아차리긴커녕, 감각도 둔하다는 뜻이었다.

무엇보다 소년은 소문 속 자카리처럼 진중하고 사려 깊은 성격으론 보이지 않는다.

'좌우지간 운이 좋았어. 자카리를 어떻게 만나야 하나 싶었는데, 이 애가 같은 보육원이면 만날 기회가 생길지도.'

나는 우유 컵을 잡으면서 대답했다.

"나도 고아인데."

"……거짓말, 넌 하녀들도 있잖아."

"입양돼써."

"국영이나 공영 출신인가 보지?"

"아니, 밍간. (아니, 민간.)"

소년의 눈이 커다래졌다.

"와 씨, 너 대박 터졌구나."

민간 보육원에서 입양되는 경우는 거의 없다. 있다고 해도 일손이 부족한 농가에서 데려가는 경우가 대부분이다.

"같은 처지인데 저 괴물들이 날 팰 때 말리지도 않았냐?"

소년이 빵을 쥔 채로 속닥거렸다.

"안 맞았자나."

"맞을 뻔했잖아. 맞을 뻔."

"진짜로 애를 때릴 사람들이 아니니까 구래찌."

내 하녀들은 범죄자이긴 하지만, 착한 범죄자다.

'뭔가 이상한 말이긴 하다만.'

소년은 칫, 혀를 차고 남은 빵을 입에 욱여넣었다. 그러곤 슬쩍, 하녀들의 눈치를 살피고 셔츠 밑에 빵 몇 개를 숨겼다.

"내 일을 방해했지만, 먹을 걸 줬으니 봐주겠어."

"방해한 고 아닌데. 거기 도박장이래. 왜 불을 지르려구 한 고야?"

"버는 족족 갖다 바쳤는데, 보니까 룰렛을 조작했던 거였어. 시부럴 놈들."

쯧, 혀를 찬 그가 인상을 구겼다.

"도박을 앙 하몬 대자나."

"너 바보야? 그렇게 재밌는 걸 어떻게 안 해?"

바보는 너겠지…….

나는 한숨을 푹 내쉬었다.

"그러타구 불을 지르면 이번엔 돈을 뺏기는 게 아니라 장기를 뺏길걸?"

"오, 너 어려 보이는데 장기를 뺏긴다는 것도 알고……. 고아가 맞구나. 개고생한 느낌이 팍 온다."

씩 웃은 그가 한 손으로 가볍게 내 볼을 눌렀다.

그때였다.

"뭐 하는 새끼야."

서늘한 목소리가 문가에서 들렸다. 이샤크가 소년을 찢어 죽일 듯한 눈으로 쳐다보고 있었다. 성큼성큼 걸어온 이샤크가 소년의 손목을 붙들었다.

"뭔데 내 동생을 만져."

이샤크의 기세는 몹시 매서웠다. 소년이 꿀꺽 마른침을 삼키고, 저보다 한 뼘은 작은 이샤크를 쳐다봤다.

Chapter 5.

"아니, 나는……."

"칭구야!"

나는 얼른 이샤크의 손을 잡고서 말했다.

"친구라고?"

눈살을 찌푸리며 이샤크가 물었다.

"웅. 얘도 나처럼 밍간 보육언에 있대. 구래서 칭구해써. 그렇지? 어……."

그러니까 이름이……?

그런 눈으로 쳐다보자 소년은 눈치 빠르게 대답했다.

"앤디."

"으응, 앵디. 앵디래."

"……."

이샤크가 앤디의 손목을 던지듯이 놓고는 내 볼을 소매로 닦아 준다.

"빵 먹었어?"

"아니, 우유만."

"빵 귀신이 웬일이지."

그러며 장난스럽게 웃었다.

"앙니는?"

"따라붙은 놈들 고문……이 아니라, 산책! 산책 갔어."

"흐으음."

"강아지 보고 있으면 올 거야."

나는 고개를 끄덕이며 생각했다.

'잘 됐다. 앙리가 없으면 움직이기 더 쉽겠어.'

앙리는 너무 똑똑해서 함부로 움직이기 힘든데, 이샤크는 그에 비하면 단순한 편이었다.

"가는 길에 칭구도 데려다주자. 요기 근처에 보육언 있대."

별로 데려다주고 싶지 않은 표정이라 난 일부러 순진한 척 말했다.

"그로몬 강아지 보러 가치 갈까?"

"데려다줄게!"

강아지까지 같이 보러 가는 건 싫은지 이샤크가 냉큼 대답했다. 그리곤 내 어깨를 감싸고 으르릉거리듯 앤디를 쳐다봤다.

"멀찍이서 따라와."

하녀들은 감격한 표정으로 날 쳐다봤다.

"저 애가 또 위험한 짓을 할까 봐 걱정되시나 봐요. 정말이지 아기님은 상냥하시고, 자애로우시고……."

앤디만이 왜 일이 이렇게 되었는지 모르겠다는 얼굴로 어깨를 늘어뜨리고 있었다.

*　*　*

앤디의 보육원으로 듀블레드가의 마차가 들어오자 중년의 여성이 헐레벌떡 뛰쳐나왔다.

"어찌 이리 누추한 곳에 친히 오셨습니까! 메텔 킴벨입니다. 이 보육원의 원장이지요."

그녀는 이샤크를 보고 어찌할 바를 모르며 흥분했다. 듀블레드 공자를 놓치지 않고, 후원을 받아 내겠다는 음심이 선명하게 보였다.

그러나 이샤크는 그녀에게 관심도 주지 않은 채, 완전히 기가 질린 얼굴로 보육원 건물을 바라보았다.

"그림보다 더하잖아……."

그렇게 중얼거린 이샤크가 날 돌아봤다.

"네가 살던 곳도 이랬어?"

"아니?"

내 말에 이샤크의 얼굴이 밝아졌다.

"그렇지? 이 정도는 아니지?"

"여기 엄청 조타. 되게 커."

내가 활짝 웃으며 말하니 왜인지 아이의 얼굴은 이전보다 더 시무룩해졌다.

하지만 확실히 민간 보육원치고 이곳은 아주 좋았다. 건물이 낡고 허름하긴 했지만, 3층까지 있는 데다가 우물도 딸려 있었다.

앤디의 보육원 원장인 메텔은 양손을 맞잡은 채 허리를 조금 구부리곤 이샤크에게 말했다.

"안도 훑어보시겠습니까?"

이샤크는 굳은 얼굴로 고개를 끄덕였다.

"그래, 안은 다르겠지. 내부는 이 꼴이 아닐 거야."

되뇌듯이 말한 이샤크가 원장을 좇아갔다. 난 신이 나서 그의 뒤를 쫄레쫄레 따랐다.

무슨 일인지 모르겠지만, 이샤크가 보육원에 관심 있어서 다행이다.

'자카리와 만날 수도 있겠어.'

원장은 자랑스럽게 내부를 소개했다.

"침대도 새것이고, 세면실은 세 개나 있습니다. 그리고 식당엔 오븐이 있어서 직접 아이들의 간식을 만들어 주지요."

이샤크와 하녀들의 표정은 점점 어두워졌다. 대귀족가의 공자님과 상급 고용인들이 보기엔 이곳은 지옥과도 같을 터였다.

이곳은 먼지 하나 없이 반질반질한 호화로운 영지성과는 정반대였다. 가구는 죄 삭았고, 벽지의 곰팡이는 종이를 붙여 대충 가려 놓았다. 건물은 컸지만, 관리가 소홀해서 사용할 수 있는 방은 몇 없었다.

"이제 아이들의 침실과 공부방을 보여 드리겠습니다."

그때 난 냉큼 무릎을 두드렸다.

"다리 아파요."

원장은 반색했다.

"제 사무실에서 쉬고 계시지요."

난 걸음이 느린 데다가, 이샤크와 하녀들이 모두 내게 신경을 쓰고 있어서 제대로 보육원을 보여 줄 수 없다고 생각한 모양이다. 원장은 앤디에게 내가 마실 주스를 가져다주라고 하며 사무실로 날 데려다줬다.

레아는 방 밖을 지키고 있었고, 사무실에 남은 난 원장의 의자에 털썩

앉았다. 책상엔 마침 보육원 아이들의 명단이 있었다.

'자카리, 자카리는…….'

꼼꼼하게 명단을 살피던 난 미간을 좁혔다.

'뭐야, 왜 자카리가 없지?'

"듀블레드 사람들은 아쉽겠군요. 자카리 님 같은 인재를 근경에 두고도 몰라봤잖습니까. 이래서 인망이 중요하다는 게지요. 듀블레드 공작이 따를 만한 자라는 판단이 들었다면 자카리 님이 직접 듀블레드의 문을 두드렸을 겁니다."

사교 파티에서 들었던 이야기가 선명하게 떠올랐다.

'어떻게 된 거야. 근처에 내가 모르는 민간 보육원이 있었나?'

때마침, 앤디가 주스를 가지고 들어왔다. 그는 테이블에 주스를 내려놓으며 말했다.

"주래서 주긴 하는데, 안 먹는 걸 추천한다. 오래됐으니까."

"앵디, 여기 애들 몇 명이나 이써?"

"열여섯 명."

"구롬 네 또래는?"

"네 명. 아니, 세 명이다. 한 놈은 지난주에 입양 갔으니까."

난 깜짝 놀라서 눈을 크게 떴다.

자카리 또래가 입양을 가는 건 하늘의 별 따기이다. 웬만한 가정집엔 아주 어린 애들이 간다. 커서 입양 가는 경우는 딱 하나뿐이었다. 농가에서 일꾼으로 부리려고 다 큰 남자애를 데려가는 것.

'혹시 그 애가 자카리인 걸까.'

아무리 생각해도 그럴 가능성밖에 없다.

'너무 늦게 왔나 봐.'

지난주라면 정말 간발의 차라서 더욱 아쉬웠다. 나는 관자놀이를 꾹 눌렀다.

하지만 자카리에게 양부모가 있다는 소리는 못 들었다. 그럼 파양되거나, 스스로 도망쳤을 수도 있다.

'당분간 보육원을 유심히 살피자.'

파양된다면 돌아올 테니까.

그렇게 결정한 내가 휴, 한숨을 내쉬던 찰나였다.

"으아아앙ㅡ!"

애들 우는 소리가 들려왔다.

나는 깜짝 놀라 뒤를 돌아봤고, 앤디는 얼굴이 굳어져서 얼른 창문을 열었다. 창문 밖에선 껄렁한 사내 여섯이 보육원의 문을 걷어차며 소란을 벌이고 있었다. 몇 명은 옆구리에 어린애 몇을 끼고 있다.

"저 새끼들이 또……!"

앤디는 번개처럼 창틀을 뛰어넘었다.

"형아ㅡ!"

"으아앙, 오빠!!"

애들이 앤디를 보며 더욱 크게 울자 보육원에 쳐들어온 사내들이 애들에게 쉽, 입소리를 내며 위협했다.

앤디가 울컥 인상을 쓰고 소리쳤다.

"걔들 내려놔, 개눈깔!"

가장 선두에 있던 키 작은 사내가 앤디에게 말했다.

"돌려받고 싶으면 원장을 데려와라. 남의 도박장에서 빚까지 내서 노름했으면 상환일은 제때제때 지켜야 할 것 아냐."

"내가 이자를 냈잖아!"

"그 돈은 네놈이 원금까지 줄여 보겠다고 도박을 하다가 죄 날려 먹으셨지."

"룰렛을 조작해 놓고서 잘도……!"

일이 그렇게 된 거구나.

'여기나 저기나 도박광들 천지네.'

나는 창틀을 엉금엉금 기어 올라가서 뛰어내렸다. 혹여나 애들이 다쳤을까 봐 걱정이 되어서 달려갔는데, 내가 앤디의 앞에 도착했을 땐 묘한 광경이 펼쳐져 있었다.

"야아아아—!"

"이 나쁜 놈들……!"

이건 무슨 조화야?

냄비나 두꺼운 모자를 뒤집어쓴 애들이 프라이팬과 각목 등을 들고 일사불란하게 움직이고 있었다.

"사격!"

앤디가 소리치자 창문에서 작은 손이 쏙, 쏙 튀어나와서 사내들에게 계란을 마구 던졌다. 사내들이 당황하는 틈에 앤디는 재빨리 달려가 붙잡혔던 애들을 구해 냈다.

"안나, 모리스, 루디."

앤디의 시선을 받은 애들이 사내들을 향해 밀가루를 마구 뿌려 댔다.

"지금이다!"

어느새 건물 앞으로 달려 나온 아이들은 사내들을 향해 웬 공을 마구 던졌다. 사내들의 몸에 맞거나 바닥에 떨어질 때마다 공이 터지며 희뿌연 가루가 허공에 흩날렸다.

밀가루며 희뿌연 가루가 사내들 주변을 완전히 감싸자 앤디는 악동처럼 웃었다. 그리고 성냥에 불을 붙이더니 사내들에게 휙! 내던졌다.

쾅—!!

순식간에 폭탄이 터지듯 허공에서 불이 붙었다.

"크아악!"

"아악!!"

공기 중에 미세한 분자가 날아다닐 때, 화기가 미치면 분자에 불이 빠르게 옮겨붙으며 폭발한다.

자카리가 제국의 내전에서 마도사들을 제압한 방법 중 하나였다.

'이거…….'

하지만 사내들을 완전히 제압하진 못했다.

겨울이라 칼바람이 불고 있었다. 공기 중의 분자가 바람을 타고 날아가 화기가 강렬하지 않았기 때문이었다.

사내들은 화상을 입었지만, 다시 일어났다.

앤디는 "칫." 혀를 차고 소리쳤다.

"도망쳐, 인마들아!"

겁을 집어먹은 애들이 재빨리 도망치기 시작했으나, 한 아이가 붙들렸다. 앤디가 이를 악물고 달려들어 사내의 팔을 물어뜯었다.

"이 개자식이……!!"

키 작은 사내가 품에서 단검을 꺼냈다. 날이 시퍼렇게 빛나는 검을 보고 나는 얼른 시동인을 만들었는데 쉬이 힘을 발휘할 수 없었다.

'과녁이 너무 작아.'

잠재된 능력이 발현한 지 얼마 안 된 난 섬세하게 힘을 조절할 수 없었다. 잘못했다간 붙잡힌 아이와 앤디 모두 휘말려 죽을 수도 있다.

'일단 앤디를 놓고 내게로 오게 해야 해.'

"못생긴 아저씨!"

"뭐?"

사내가 나를 돌아보았다.

"못생겨써! 난쟁이! 눈이 더러어진다!"

자극하기 위해 소리치자 키 작은 사내가 울컥하여 내게 다가왔다.

그때였다. 붉은 실선 같은 것이 어딘가에서 뻗어 나와 키 작은 사내를 옭아맸다.

"커억ㅡ!"

붉은 것은 순식간에 밀려들어 화상을 입은 사내들 또한 제압했다.

"뭐, 뭐야, 무슨……!"

사내들이 비명을 질렀을 때, 익숙한 목소리가 들려왔다.

"쉬, 내 딸이 놀라지 않는가."

마침 건물에서 달려 나온 이샤크가 등장한 사내를 보고 소리쳤다.

"공작님……?"

평소와 달리 편한 차림새의 공작이 무미건조한 눈으로 붙들린 사내들을 쳐다봤다.

"누구냐, 못생긴 얼굴로 내 딸의 시야를 더럽힌 녀석."

"전부 못생겼습니다."

공작의 뒤에서 걸어온 앙리가 묶여 있는 사내들을 보며 말했다. 이샤크가 내게 달려와서 양손으로 내 얼굴을 붙들곤 진지한 표정으로 말했다.

"눈 씻자."

그리고 한바탕 타작이 이어졌다.

* * *

앙리가 따라붙은 자들을 성에 넘긴 후, 공작과 함께 이곳으로 온 모양이었다. 내게 추적 마법이 걸려 있으니 찾는 것은 그리 어렵지 않았을 터다. 우리는 함께 마차를 타고 성으로 향했다.

나는 내내 생각에 잠겨 있었다.

'어떻게 된 거지.'

왜 앤디가 자카리의 전술을 알고 있는 것일까.

소년의 이름은 분명 앤디다. 목록에도 분명 앤디라고 적혀 있었다.

'무엇보다 진짜 약하다고.'

하녀들에게 얻어맞을 것 같으니 울어 버린 것도 그렇고. 그리 강력한 기사이자, 진중하고 사려 깊다는 자카리와 매치할 수 없었다.

내가 끙끙 고민하고 있자 뺨에 차가운 것이 톡, 닿았다. 이샤크였다.

"미안, 지하에 있어서 못 들었어. 빨리 갔어야 하는데."

"갠타나."

"……꼬맹이, 너는 왜 항상 괜찮다고만 해?"

"웅?"

"그런 헛간 같은 곳에서 산 것도 괜찮다고 하고, 지켜 주지 못한 것도 괜찮다고 하고, 선물을 줘도 괜찮다고 하고."

이샤크는 정말로 속상한 표정이었다.

나는 몇 번의 회귀를 거듭했지만, 언제나 힘들게 살았다. 그게 익숙해서 웬만한 것들은 아무렇지도 않았다.

이곳에서의 삶은 정말로 만족스러웠다. 망명 준비가 아니라면 뭘 바랄 마음 같은 것도 들지 않을 정도로.

나를 빤히 바라보던 이샤크가 어깨를 떨구었다. 앙리의 눈빛도 가라앉아 있었고, 공작은 그런 아들들에게 어떤 말도 하지 않았다.

마차에서 내렸을 땐, 해가 뉘엿뉘엿 지고 있었다.

이샤크와 앙리는 힘없는 얼굴로 방으로 돌아갔고, 나는 그런 애들이 신경 쓰였다. 내가 안절부절못하고 있자 공작이 무릎을 굽혀서 나와 시선을 맞추었다.

"르브."

"네."

"다음부터 다신 위험한 짓 하지 마라."

역시 사고만 치고 다닌다고 화가 난 걸까. 의도한 건 아니지만, 내가 몇 번이나 위험해질 뻔한 건 보호자의 입장에서 귀찮은 일이었다.

기가 죽어서 눈썹을 늘어뜨리니 그가 희미하게 웃었다.

"다치지 않아서 다행이다."

"……."

"쉬어."

그렇게 말한 공작이 내 머리를 부드럽게 흩트리곤 성안으로 향했다.

나는 공작의 손이 닿았던 머리카락을 잠깐 매만졌다. 기분이 이상했다.

"……."

자꾸만 목구멍이 간지러워서 난 푸르르 머리를 털었다. 그리고 눈을 꽉 감고서 공작의 반대편으로 뛰었다.

'이런 데 신경 쓸 시간 없어. 빨리 자카리를 찾아내야 해.'

정신없이 달리다가 제대로 앞을 살피지 못해서 누군가와 부딪쳤다.

"으으……."

꽤 세게 부딪쳐서 이마를 문지르고 있자 "아기님?" 하는 익숙한 목소리가 들려왔다. 의장이었다.

"무슨 일이십니까."

"망명 준비를 해야 대. 있지, 나 생각해 둔 기사가 이써. 그러니까 으장이……!"

주먹을 앙당그레 말아 쥐고 조급하게 구는 날 그는 빤히 쳐다보았다. 예의 속내를 속속들이 파헤치는 듯한 그 눈빛이었다.

"아기님께서 이리 초조해지신 것이 오늘 공작, 그리고 공자들과 함께 귀가한 것과 관련이 있습니까?"

"구, 구론 고 아니고든!"

"맞군요."

"아니라니까……."

내가 시선을 피하며 대답하자 의장은 흠, 신음하고 내 눈을 들여다보았다.

"아기님께서 망명 같은 위험한 목표를 세운 이유가 무엇입니까?"

"그야 앞으로 위험해질 테니까. 미나가 오면 난 제물이 될 고야."

"듀블레드 공작의 보호가 있다면 이전과는 상황이 달라질 가능성이 높습니다."

"그치만 언젠가 달라질 고자나."

"달라진다, 라."

"공잔미랑 공자드룬 날 그냥 싱기한 애완동물처럼 생각하는 고야."

그들의 애정은 집에 들어온 고양이를 귀여워해 주는 것과 같은 것이다. 그렇지 않고서야 피 한 방울 안 섞인 날 이토록 좋아해 주는 것은 이상한 일이다.

남의 아이를 어떻게 계속 예뻐할 수 있어? 난 미나처럼 햇살 같은 애가 아닌걸.

"아기님. 지난 삶보다 특별해진 아기님을 지키는 것이 얼마나 어려운 일인지 아십니까."

"……."

"각하께는 충실하고 재능 있는 인재가 많습니다. 유진 노스만 해도 황실에서조차 탐을 내는 인재죠. 하지만 그분은 그런 자들을 제쳐 두고 아기님의 일에선 늘 직접 나서십니다."

"……."

"제가 아는 테오도르 듀블레드는 애완동물을 위해 그런 귀찮은 짓 따윈 하지 않습니다."

나는 아무런 말도 하지 않았고, 의장은 그런 날 가만히 바라보며 말했다.

"이제 보니 망명은 삶의 수단이 아니라 금제였던 것이군요."

흠칫, 어깨가 솟아올랐다.

"가. 으장이랑 얘기 안 하꼬야……."

"어차피 망명하게 될 테니 아무도 믿지 말자고 스스로를 금제하셨습니까?"

"저리 가! 안 들으꼬야!"

"또 가족에게 버려질까 봐 두려우셨던 겁니다. 망명에 실패했을 때의 위험성보다, 버려지기 전에 버리시려던 거죠."

"말하지 말라니까!"

"다시 회귀하는 것보다, 그게 가장 두려우셨던 겁니다."

나는 뿌옇게 흐려진 눈으로 의장을 노려봤다. 울지 않으려고 입술을 꾹 깨물고 치맛자락을 말아 쥐었다. 그는 한동안 파르르 떠는 날 바라보다가 허리를 굽히고서 지나쳤다.

방으로 뛰어 들어간 나는 쾅! 문을 닫고 이불 속에 몸을 숨겼다.

사슬로 여러 겹 묶어서 감춰 놨던 상자가 헤집어진 것만 같았다.

* * *

손마디 하나 보이지 않는 어둠 속에서 눈을 뜬 나는 금세 깨달았다.

이건 꿈이다. 늘 나를 쫓아오는 악몽 말이다. 깨닫자 주변이 스르륵 바뀌기 시작했다.

이곳은 황궁의 제단이었다. 첫 번째 삶에서 제물로 바쳐져 온몸이 찢어발겨지던 그곳. 제단 위엔 코끼리 가방이 놓여 있었다. 망명 준비를 위해 짐을 싸 놓은 가방이었다.

누군가 가방을 잡았다. 핏물이 뚝, 뚝, 흘러내리는 깡마른 손의 주인은 '나'였다. 머리가 반쯤 일그러지고 온몸이 상처투성이인 나.

[멍청한 르블레인, 그렇게 당해 놓고 또 사람을 믿고 싶은 거니?]

낮게 중얼거린 어른 르블레인이 우두커니 선 작은 나를 쳐다봤다.

'하지만…… 하지만, 듀블레드 사람들은 다른 것 같아.'

[아미티에 공작에게도 그랬지. 우리 아버지는 달라. 발루아 때도 그랬잖아. 이번만은 다르게 살 거야.]

'이번엔 정말로 다를지도 몰라. 이전 삶에선 듀블레드 사람들처럼 내게 잘해 주는 사람들이 없었는걸.'

어른 르블레인이 입매를 비틀며 다가왔다.

[그야 지금은 네가 특별한 줄 아니까.]

'…….'

[미나가 오면 달라질 거야. 가짜 운명의 아이라는 것이 밝혀진다면 또 버려지겠지!]

나는 양손으로 귀를 막았다. 머릿속에 제물이 되었을 때의 고통과 발루아 공작에게 채찍질 당할 때의 아픔이 흘러들어오는 것만 같았다.

내게 다가온 어른 르블레인은 셋으로 나뉘어 미나, 아미티에 공작, 발루아 공작이 되었다.

[그리고 회귀하면 또 결심하겠지. 이번엔 아무도 믿지 않을 거야.]

[늘 그랬듯이!!]

소리친 그들의 얼굴이 괴이하게 일그러졌다. 검은 진물이 온몸에서 뚝뚝 흘러내리고, 입안엔 소름 끼치는 날카로운 이빨들이 가득하다.

'오, 오지 마. 오지 마!'

나는 엉거주춤 바닥을 짚고 일어나 달렸다. 하지만 그것들은 끈질기게 그림자에 달라붙어 왔다.

[미안해, 르블레인. 하지만 이건 운명이야. 나를 위해, 나라를 위해 죽어 줘.]

[미나는 특별한 아이다.]

[쥐새끼 같은 년. 너 때문에 되는 일이 없어!]

완전히 검은 진물이 된 그것이 나를 덮쳤다. 늪에 빠진 것처럼 숨이 턱 막힌다. 나는 나를 목까지 삼킨 진물에서 벗어나려 버둥거렸다.

'살려 주세요. 싫어요. 싫어요! 살려 주세요!'

꿈은 언제나 내가 완전히 어둠에 잠식되고 나서야 끝이 났다. 이번에도 그렇겠지. 손에 스르륵 힘을 풀었다.

그때, 눈앞에 미세한 빛이 보였다.

"……브."

"……레인."

"르블레인!"

헉!

나는 급히 눈을 떴다. 온몸이 식은땀으로 범벅이었다. 눈앞엔 어쩔 줄을 모르는 이샤크와 눈빛이 걱정으로 가득한 앙리, 그리고 내 손을 잡은 채 굳어 있는 공작이 보였다.
"괜찮아?"
"오늘 일 때문에 많이 놀란 거야?"
"정신 차려 봐라."
여긴 빛 속이었다.
나는 전등 빛에 비쳐 윤곽이 흐려진 세 사람을 바라보며 눈물을 삼켰다. 보지 않아도 내 얼굴이 추하게 일그러졌을 거란 게 느껴졌다.
나는 공작의 손을 꽉 쥐었다. 참으려고 해도 자꾸만 눈물이 나왔다.
"으으……으……."
소리를 내지 않으려고 입술을 꽉 깨문 날 보고 이샤크는 인상을 썼다.
"이 바보야! 왜 소리도 안 내고 울어!"
그렇게 말하면서 본인은 눈에 고인 눈물을 떨어뜨리지 않으려고 이마에 바짝 힘을 준다. 앙리는 그런 이샤크를 툭, 밀어내고 내 머리를 쓰다듬었다.
"악몽을 꿨어?"
"……."
"무서웠구나. 일찍 오지 못해서 미안해."
앙리는 언젠가부터 미안한 일이 아닌데도 자꾸만 내게 미안하다고 했다. 지켜 주고도 늦게 와서 미안하다고 했고, 내가 좋아하는 것을 몰랐다며 미안하다고 했다.
공작이 나를 끌어안았다.
"네가 울면 어떻게 해야 할지 모르겠구나."
"……."
"그저 세상을 부숴 버리고 싶어져."
그의 말에 나는 웃고 말았다. 애정을 주는 방법도, 사랑하는 방법도 잘 모르는 공작이 어설프게 날 사랑하는 것이 우습고도, 마음을 따뜻하게 했다.

'꿈속의 나'의 말이 맞다. 나는 멍청하다. 네 번을 살았어도 어리숙한 바보다.

또 믿어 보고 싶어졌다.

상처 입을 가능성이 더 크다는 걸 알고 있고, 차라리 도망치는 게 속 편할 길이라는 것도 잘 알고 있으면서 피부에 닿은 온기를 놓치고 싶지 않았다.

'마지막으로 한 번만 더.'

얼굴이 온통 젖은 내가 웃자 듀블레드 사내들의 얼굴이 환해졌다. 어쩔 줄을 모르며 발만 동동 구르던 레아와 하녀들도 다행이라는 듯 어깨를 늘어뜨렸다.

"……아빠."

내가 부르자 공작의 시선이 잠시 떨렸다. 에트왈을 받은 이후로 처음 부르는 호칭이었다.

"오빠."

앙리와 이샤크는 눈이 떨어질 듯 커져서 입을 뻐끔거렸다.

"오, 오, 오빠……!"

"르블레인이 방금 내게……."

"아니야, 내게 한 거야!"

"내게 말한 거지, 멍청아."

금세 티격태격하는 둘을 보고 난 공작의 어깨에 얼굴을 묻었다.

나는 빛 속에 있었다. 이제 그 악몽이 무섭지 않았다.

그날 밤, 나는 코끼리 가방을 버렸다.

* * *

이튿날, 의장이 날 찾아왔다.

"악몽을 꾸셨다지요. 성이 난리가 났다고 들었습니다."

"웅."

"저 때문입니까?"

의장의 눈빛이 조금 흐렸다.

난 코코아를 호호 불고서 호록 마시곤 대답했다.

"나 때무니야. 으장의 탓도 쪼끔 있지만."

"……."

"살살 말할 걸 그래찌?"

내 말에 의장은 커흠, 헛기침하고 "뭐……." 중얼거리며 시선을 돌렸다.

"구로몬 한 가지 해 줄 일이 이써."

"그게 왜 이렇게 연결되는 겁니까? 지난번에도 아기님 명을 수행한다고 제가 이 나이에 과로를 다 했습니다."

어처구니없다는 듯이 말해서 난 최대한 귀엽게 웃었다. 의장이 멈칫하더니 한숨을 쉬었다.

"……일단 말이나 해 보십시오."

"인형 하나 구해서 가짜 신분을 조."

"인형이라면…… 설마 구체 관절 인형을 말씀하십니까?"

구체 관절 인형이란 일종의 마도구였다. 실제 인간과 똑같이 생긴 인형으로 마력이나 신성력을 불어넣으면 대역으로 쓸 수 있다.

"평민, 나이는 20대 후반쯤, 호프 상단을 선두로 여러 가지 사업을 통합해서 지휘할 사람이야. 아, 용병단도 운영할 테니까 기사루."

"어마어마한 금액이 들 텐데요. 인형 기술자는 제국에 단 한 명이고, 듀블레드의 정보력으로 찾기 힘듭니다."

"스피넬을 판 돈 이짜나. 내가 땅을 사라고 줬던 망명 자금도 조금 남았구."

"그걸 쓰시면 어떻게 망명하시려고요?"

"안 해."

나는 자리에서 일어나며 의장을 쳐다봤다.

"나 이제 여기서 살 고야."

"위험이 따를 텐데요."

"망명도 할 곤데?"

"무슨 말씀이신지……."

나는 씩 웃고서 말했다.

"듀블레드를 제국에서 독립시킬 고야. 신전과 황실의 간섭을 받지 않는 독립국으루. 구럼 그게 나의 망명이 되는 고지."

나는 영악해서 그냥 이 듀블레드가 날 지켜 주는 것만 믿고는 못 살겠다. 내가 확실히 안전해질 수 있는 방편이 필요하다.

"……!"

의장의 얼굴이 굳어졌다.

"가능한 일이 아닙니다. 초대 가주부터 현 공작 각하까지 모두가 목표로 하였으나 아무도 이루지 못한 일입니다. 꿈일 뿐이지요."

"꿈이라고 하면서 왜 입꼬리가 떨려?"

그는 픽 실소를 흘렸다.

"이 나이를 먹고도 독립이라는 말에 설레는 것이 우스워 그렇습니다."

"너무 솔직한 고 아냐?"

내가 코코아 잔을 양손으로 잡으며 말하자 의장의 눈이 날카롭게 빛났다.

"듀블레드에 적을 둔 사람들은 모두 욕망에 솔직하지요. 제국의 위선자들은 그런 우리를 악당이라고 부르지만요."

"인형은 내가 클 때까지 대역으로 삼을 고야. 구해 조."

"아무래도 루이가 준 제 생일 선물은 스피넬이 아니라 아기님이었던 모양이군요."

의장과 나는 서로를 바라보며 악당처럼 웃었다.

* * *

새로운 목표를 위해선 해야 할 일이 많았다. 다행히 망명 준비를 한다고 몇 가지 완료해 놓은 일이 있었다.

자금을 대 줄 호프 상단, 권력가인 조력자.

'남은 건 병력이야.'

듀블레드의 군사력은 뛰어나지만, 유사시에 황실이나 신전에 대항하기엔 아직 부족하다.

그래서 나는 앤디를 성으로 호출했다. 방에 들어오자마자 그 애는 압도된 표정으로 입을 떡 벌렸다.

"무슨 방이……."

난 기가 질려 중얼거리는 그에게 쿠키 바구니를 내밀었다.

"머거."

쿠키를 집은 앤디가 나를 흘끔 쳐다봤다.

"그런데 무슨 일로 부른 거야? ……요."

"하녀들 없눈데. 존댓말 안 해두 대."

"저절로 나와. ……요."

"앤디, 여기서 가치 살지 않을래?"

내가 묻자 눈이 왕방울만 해진 앤디가 쿠키를 툭, 떨어뜨렸다. 손바닥을 펼친 앤디가 몇 번이나 침을 꼴깍꼴깍 삼켰다.

"자, 자, 잠깐."

"응?"

"언제부터야?"

무슨 소리인가 하여 고개를 갸웃하자 앤디는 얼굴이 벌게져서 물었다.

"언제부터 날 좋아한 거지? 역시 나한테 빵을 주던 그 순간부터인가? 모르는 사람에게 너무 친절해서 이상하다곤 생각했는데……."

"머?"

"고, 곤란해. 넌 귀엽지만, 그렇지만 네 살이고 나는 열세 살이잖아. 나이 차이가 너무 많이 난다고. 난 어린애를 여자로 보는 쓰레기가 아니란 말이야."

"……."

"너는 진짜 귀엽지만, 내가 솔직히 너처럼 귀여운 애를 처음 보긴 했지만, 난 변태가 아니—"

……무슨 상상을 하는 거야.

"너 내 기사 하라구."

내가 흐린 눈으로 쳐다보자 얼굴이 벌게진 앤디가 "어?" 되물었다.

자카리를 찾으려던 계획을 취소하는 것은 아니었다. 그렇지만 당장의 차선책은 필요했다.

'자카리는 찾게 되더라도 내 사람이 안 될 수도 있어.'

하지만 앤디는 분명히 내게 호감이 있었다. 자카리보다 약할지라도,

그의 능력은 충분히 뛰어났다.
네댓 살이 포함된 오합지졸 아이들로 훨씬 강한 성인 남자들을 몰아붙인 것, 그때 쓰인 전략, 과감함, 선두에 설 수 있는 용기.
그 모든 것을 종합해 난 그에게 무척 높은 점수를 주었다.
"나는 말과 무기를 살 돈이 없는데? 누가 날 종자로 받아 줘?"
기사가 되려면 그저 강하기만 해서 되는 게 아니다.
군마로 쓰이는 말은 소보다 비싸고, 평민이 사기엔 무척 큰 부담이었다. 거기다 쓸 만한 무기를 사야 하고, 기사 밑에서 종자로 몇 년이나 수행해야 한다. 앤디가 품기엔 어려운 꿈이었을 거다.
"돈은 내가 많아!"
나는 이샤크가 지난번에 주었던 호박과 다이아몬드 등의 보석을 양손에 담아서 보여 줬다.
"……정말로 날 기사로 삼아 줄 거야?"
"구래. 내 기사가 되면 너희 보육언두 듀블레드의 지언을 받게 해 주께. 또, 원장도 바까 줄 수 이써."
"주인님."
그는 냉큼 태도를 전환했다.
'음, 처세가 좋아. 듀블레드에 어울리는 야비함이다.'
나는 흡족해져서 고개를 끄덕였고, 앤디는 결연한 얼굴로 말했다.
"이럴 때 충성 맹세하는 거지? 나도 다 안다."
처음엔 부담스럽던 충성 맹세도 세 번째가 되니까 그러려니 싶다.
나는 '얼른 하고 얘기나 마무리하자' 하는 표정으로 벌떡 일어난 앤디를 보았다.
"앤디가 주군께 인사드립—"
말하다가 말고 눈살을 찌푸린다. 그러곤 "기사를 하기엔 너무 평범한 이름이지 않나." 하고 중얼거리더니 이내 고개를 끄덕였다.

"좋아, 오늘부터 기사답게 이름을 바꾸겠어."

그가 바닥에 무릎을 꿇고서 날 올려다보았다.

"기사 자카리가 주군께 인사드립니다."

"……머?"

나는 딱딱하게 굳어져서 앤디를 쳐다봤다.

"방금 머라구 해써?"

"자카리. 기사답지 않냐?"

나는 황당한 표정으로 앤디, 아니, 자카리를 쳐다봤다.

'진짜?'

정말로? 정말 앤디가 자카리라고? 하지만 앤디는 엄청 약하잖아! 앤디가 진짜 자카리라면 어째서 하녀들의 공격에 전혀 대항하지 못했지?

"지난번에 왜 내 하녀들하테 맞서지 않아써?"

"여자를 때릴 순 없으니까."

"울었자나."

"그래야 덜 맞을 테니까."

책략이었냐.

정말로 기가 막힌다. 자카리를 못 찾은 걸 얼마나 아쉬워했는데, 앤디가 자카리였다니!

하지만 그게 자카리의 탓은 아닌지라 미간을 꾹 누르며 억울함을 가라앉혔다.

나는 설렁줄을 잡아당겨서 레아를 호출했다.

"자카리하테 레아가 검 가르쳐 조."

"저 아이의 이름이 자카리였나요?"

"……바꼈대."

"그렇군요."

고개를 끄덕인 레아가 자카리를 쳐다봤다.

"따라와라. 아기님의 명이시니 특별히 검을 가르쳐 주지."

자카리는 하녀가 검을 가르친다는 것에 의아한 듯했지만, 비교적 순순히 그녀를 따라갔다.

그리고 그날, 자카리는 진짜로 울었다.

* * *

"자카리에겐 검보다 창을 가르치는 게 좋겠습니다. 재능이 있어요. 호흡법을 익히자마자 기척을 기민하게 느끼더군요."

"그러쿠나……."

"후훗, 재밌는 아이예요. 기사에 대한 환상이 큰지 점잖아야 한다고 남들 앞에선 연기를 하지 뭐예요."

지난 일주일 동안 자카리를 가르친 레아는 매일이 경악의 연속이었다며 웃었다.

나는 흐린 눈으로 내 방 앞에서 으쌰, 으쌰! 구령과 함께 창을 휘두르는 자카리를 쳐다봤다. 왠지 열 받지만, 긍정적으로 생각하기로 했다.

'우리 집에 4인의 기사 중 두 명이 있어.'

이샤크와 자카리.

호사가들은 우스갯소리로 저 4인이 모이면 제국의 전력 반은 속수무책일 거라고 했다.

'자카리를 열심히 키워서 써먹는다.'

나는 주먹을 가볍게 쥐며 결심했다.

원래 상단 호위를 시키려고 했는데, 제대로 키우려면 몇 년은 필요할 것 같았다.

그래서 난 세리아에게 일단 용병단과 거래를 트라고 했다. 거지였던 지난 삶에서 심부름을 하던 용병단인데 단주가 신의 있는 편이었다.

'일단은 상단을 키워야 해.'

돈은 많으면 많을수록 좋기도 하고, 남들 눈에 띄지 않게 사용할 수 있는 자금이 필요하기도 했다.

'그리고 어느 정도 자랄 때까지는 상단 외엔 시간이 많이 남을 테니까, 가족들과도 잘 지내야지.'

듀블레드 사람들에게 벽을 세우지 않기로 결심한 뒤 보니, 듀블레드 사람들은 평범한 아빠와 오빠였다. 딸, 동생과 시간을 보내고 싶어 하고, 잘 챙겨 주려 노력하는 그냥 평범한 가족.

'나를 싫어하지 않는 가족이 생겼어.'

그렇게 생각하면 기뻐서 가슴이 콩닥콩닥했다. 뺨을 감싸고 있는데 노크 소리가 들렸다.

"주인님께서 찾으십니다."

아빠가?

나는 응, 하고 고개를 끄덕이며 하인을 따라나섰다.

소거실에 다다르자 소파에서 빈둥대고 있는 이샤크와 책을 읽고 있는 앙리가 보였다. 앙리는 날 보고 빙그레 웃으며 말했다.

"좋은 아침."

이샤크도 손을 흔들었다.

"잘 잤냐."

나도 "안녕." 하고 말하며 앙리와 이샤크 사이에 앉았다.

"공작님이 너도 부르셨어?"

이샤크가 물어서 난 고개를 끄덕였다.

"웅."

그때, 아빠가 노스와 함께 소거실로 들어왔다. 노스의 손엔 작은 상자 세 개가 들려 있었다.

아빠가 착석하자 노스는 테이블에 상자 세 개를 주르륵 놓았다.

"열어 봐라."

우리 셋은 의아한 표정으로 상자를 열었다.

안에 든 건 후계들의 인장이었다. 중앙엔 작은 보석이 달려 있었는데 앙리의 것은 루비, 이샤크의 것은 에메랄드, 그리고 내 것은 다이아몬드였다.

'장남인 요한이 가진 것은 사파이어라고 했던가.'

인장은 신기했다. 겉보기엔 어른의 사이즈였는데, 착용하자 둘레가 줄어들었다.

앙리가 루비 인장을 손가락에 착용하며 말했다.

"벌써 주실지는 몰랐습니다."

이샤크도 씩 웃고 반지를 잡았다.

"큰형도 이맘때쯤 받았잖아. 꼬맹이는 많이 빠른 편이긴 하지만."

그 말에 노스가 우리를 보았다.

"인장을 받으셨으니 이제 매년 내탕금이 지급되고, 전속 보좌단을 꾸리실 수 있습니다."

"눈여겨본 사람이 있느냐."

아빠의 말에 앙리가 대답했다.

"올랜도 자작과 회계처 부총괄 슈곤, 이리 소속의 러프너, 그리고 마도사 미켈을 주십시오."

이어서 이샤크가 입을 열었다.

“저는 마르소 남작, 3중대면 되었습니다.”

마지막으로 내 차례였다.

“으음, 네아랑 단니아, 링다, 유니, 그리구…… 누아노크 자작이요!”

내 말에 공작과 앙리, 이샤크, 노스까지 모두 흠칫했다.

“잘못 말한 거 아냐? 누아노크 자작이면 원로원 의장이야. 아아, 루이크 자작을 잘못 말한 거구나!”

이샤크가 현실을 부정했고.

“레슐 자작이 어떻겠어? 그녀는 지혜로운 사람이라 네게 도움이 많이 될 거야.”

앙리는 날 달래려고 들었으며.

“아, 아, 아기님……!”

노스는 당황해서 말을 더듬었다.

‘이제껏 원로원과 계속 척을 져서 그런가. 반대가 상당하네.’

하지만 아빠는 말이 없었다.

사람들이 내가 의장에게 구해진 것으로 알기 시작하면서 난 그와 함께 있는 모습을 자주 보였다. 그래서 예상하고 있었을 수도 있…….

“내가 아니고?”

네?

“왜 내가 아니라 누아노크 자작이지?”

“……아빠눈 공잔미자나요.”

“공작이라도 보좌야. 엄밀히 따지면 황제의 보좌지.”

‘아니, 저는 황제가 아니잖아요…….’

옆에서 이샤크가 “나는? 나는 보좌로 필요 없어?” 하며 저를 가리켰다. 앙리도 빙그레 웃고 있는 게 비슷한 말을 하고 싶은 것 같다.

아까 평범한 가족이라고 생각했던 거 정정한다. 우리 가족은 좀 특이하긴 하다.

내가 아무 말 않자, 공작이 중얼거렸다.

"누아노크, 그놈……."

목소리가 음산했다.

* * *

원로원의 의장, 장마르크 누아노크는 뛰어난 사내였다. 가문과 두뇌가 뛰어난 것은 물론이고 반백 년이 훌쩍 넘도록 살아오며 단 한 번도 권력에서 밀려난 적이 없었다.

젊었을 적부터 추종자가 뒤따랐다. 친근한 관계를 맺고 싶어 하는 사람은 셀 수 없었고, 휘하로 거두어 달라는 귀족도 수두룩했다.

지금도 마찬가지였다. 우체통엔 늘 편지가 빼곡했다. 노년에 접어든 귀부인들의 연심 편지부터 젊은 관리들의 존경 편지까지 종류도 다양했다.

그러니 단언할 수 있었다. 이토록 적의 가득한 힐난의 시선들이 제게 몰리는 것은 생전 처음 있는 일이었다.

듀블레드성 복도를 걷던 의장이 흘끔 뒤를 돌아보았다. 그러자 손수건을 물어뜯으며 그의 등을 노려보던 사람들이 휙, 고개를 돌렸다.

'이건 또 무슨 일인가.'

맞은 편에선 뒤보스 자작 일파가 걸어오고 있었다.

각각 친공작파와 공작의 견제 세력인 원로원의 우두머리였기에 늘 데면데면한 사이였다. 하지만 뒤보스 자작이 이처럼 면전에서 자신을 찢어 죽일 것 같은 얼굴로 노려본 일은 없었다.

"말도 안 됩니다."

뒤보스 자작의 말에 의장이 눈살을 찌푸렸다.

"앞뒤 잘라먹지 말고 얘기하게."

"무슨 짓을 하신 겁니까."

"최근엔 특별히 한 짓이 없네만."

이상한 짓을 하는 건 공작이었다. 갑자기 일을 미친 듯이 쌓아 주고, 테라모어와 로만의 관할지를 모두 제게 일임했다. 제가 거슬려서 과로사로 죽이려는 것처럼.

실제로 의장은 오늘 새벽에 코피를 흘렸다.

뒤보스 자작이 창틀을 쾅! 내리치며 울분을 토했다.

"왜! 어째서! 아기님이 공을 보좌로 선택하신 겁니까! 제가 아니라!"

"……뭐?"

"원래 아기님이 좋아하시던 건 저였습니다. 아십니까? 예?"

"……."

"아기님이 고사리 같은 손으로 '하라부지 하탕 먹어' 하면서 사탕도 주셨습니다. 저는 아까워서 박제해 놨고요!"

"……."

"그러니까 당신, 우쭐하지 마십시오!"

크흑!

뒤보스 자작이 주먹을 바르르 떨며 분개하자, 그 옆에 있던 친공작파의 가신들이 목소리를 보탰다.

"포기하지 않을 겁니다."

"아기님의 애정, 의장의 것이라 착각하지 마십시오."

"아기님의 사랑스러움을 제일 먼저 알아본 건 저희란 말입니다."

의장은 이성을 반쯤 놓은 것 같은 가신들을 떨떠름한 표정으로 쳐다봤다.

"……비키게."

손을 휘휘 젓고서 친공작파의 가신들을 벗어났다. 등 뒤에서 뒤보스 자작의 "두고 보십시오! 아기님의 관심을 되찾고 말 겁니다!" 하는 울분에 찬 외침이 들렸다.

르블레인이 있는 온실로 향하는 내내 복도에 있던 가신들이 보내는 질투에 찬 시선들 때문에 몸이 너덜너덜해지는 것 같았다.

온실 앞에선 원로원에 소속된 미생크 자작이 "의장!" 하며 선망에 찬 눈으로 다가왔다.

"과연 의장이십니다."

"자네는 또 뭔가."

"아기님의 선택을 받으셨지 않습니까!"

"……."

"모든 가신이 보좌 자리를 노리고 있었는데. 크, 저도 지도 편달해 주십시오."

"……비켜."

미생크 자작을 밀어내고 온실로 들어갔다. 의자에 앉아 있는 르블레인을 보고 의장은 말했다.

"대체 이게 무슨 일입니까."

묻자 르블레인이 피곤한 표정으로 슥, 시선을 돌렸다. 아이의 시선이 닿은 곳에선 서관의 하녀들과 레아를 비롯한 원래 아이를 모시던 하녀들이 싸우고 있었다.

"말도 안 돼! 왜 너희들이 아기님의 선택을 받은 거야!"

"그야 아기님이 저희를 좋아하시니까 그렇지요."

"이건 잘못됐어. 단단히 잘못되었다고. 우리에 비해 능력도, 가문을 섬긴 경력도 부족한 너희가 어째서!"

치고받고 싸울 기세인 하녀들을 보고 르블레인은 울적한 얼굴로 말했다.

"이러케 될 줄 몰라써."

"……그러셨겠지요."

두 사람은 마주 보고 한숨을 내쉬었다.

그리고 일주일. 주변의 바람과 달리 의장이 르블레인의 보좌단에 무리 없이 합류했다. 르블레인의 수치를 무릅쓴 '아빠가 세상에서 제일 좋아!' 공격에 공작이 홀딱 넘어간 까닭이었다.

* * *

이런저런 일로 미뤄 놓았던 방 옮기기가 끝났다.

손님방도 정말 좋은 방이라고 생각했는데, 아빠가 만들어 준 서관의 내 방은 궤가 달랐다. 동화 속 공주님의 방처럼 크고, 예쁘고, 안전하다.

무엇보다 마음에 드는 건 우로, 좌로 열 번씩 굴러도 떨어지지 않는 침대와 고양이의 솜털처럼 보드라운 이불이었다.

'폭신폭신, 보들보들…….'

이 침대와 이불이라면 늘어지게 자다가 일어나도, 5분이면 다시 잠들 수 있었다.

히힛 웃고 있던 찰나, 레아가 날 데리러 왔다.

"다과 시간입니다."

"웅."

나는 침대에서 일어나 외투를 입고 방을 나섰다.

최근 내 간식 시간은 가족들과의 간단한 다과회로 바뀌었다. 정원이

나 온실에서 음료와 티 푸드를 잔뜩 깔아 두고 가족들과 소소한 담소를 나누는 게 나는 무척 즐거웠다.

아주 작은 문제가 있다면 그건—

"오늘은 내가 준비한 블루베리 케이크를 먹일 거야."

"피넛 버터 쿠키야. 꼬맹이는 이게 제일 좋댔어."

"초콜릿 스콘이다."

아빠와 오빠들이 자주 티격태격한다는 것이다.

옛날처럼 서로 사적인 대화 하나 없던 것보다야 낫지만, 서로 신경전을 벌이는 빈도가 높은 편이라 조금 신경 쓰인다. 가족들이 서로 친해진다거나, 마음이 맞는 일이 요원할 것 같아서.

'흠, 어떻게 하지.'

내가 자리에 앉자 앙리가 물었다.

"뭘 먹을래, 르블레인?"

"으으음……."

고민하던 내가 "전부!" 하며 활짝 웃자 테이블에 케이크와 쿠키, 스콘이 우르르 놓였다. 내가 막 이샤크가 준비한 피넛버터 쿠키에 손을 뻗을 무렵, 집사가 우편물을 가지고 들어왔다.

앙리는 아빠에게 전달된 짙은 청색의, 황실의 직인이 찍힌 편지 봉투를 보고서 물었다.

"황태후입니까?"

"그래. 르블레인의 교육에 간섭하지 않겠노라는 답장이다."

황태후가?

나는 깜짝 놀라서 눈을 동그랗게 떴다.

신심 깊은 그녀는 내가 신전에서 교육을 받아 운명의 아이로서 악신을 봉인한다는 신탁을 수행하길 바랐다.

그래서 첫 번째 삶부터 두 번째 삶까지 모두 내 일상에 지나친 간섭을 했다. 아미티에 공작이 과한 관심이라고 딱 잘라 말했을 때도 전혀 개의치 않았다.

'그런데 왜 이번 삶에선 이렇게 순순히?'

그렇게 생각했을 무렵 이샤크가 음료를 휘저으며 말했다.

"지난번에 꼬맹이의 강아지를 보러 갔을 적에 따라붙은 게 황태후의 사람이라고 했지?"

그 말에 앙리는 고개를 끄덕였다.

"그래. 자신이 보낸 사람들이 우리에게 잡혀서 토설했으니 황제에게 알려질까 봐 마음이 급했겠지."

"황태후가 공작가를 사찰했다고 여겨져서?"

"가뜩이나 신전 때문에 황실 재산을 펑펑 쓰는데, 사람들에게 귀족가 염탐까지 했다고 알려지면 황실 체면이 바닥으로 곤두박질칠 테니까."

나는 고개를 끄덕였다. 황태후는 정말로 막무가내였다.

그녀의 신심은 늘 황제의 골칫거리였다.

황제는 황실에 준하는 신전의 권력을 축소하고 싶어 했는데, 황태후가 나서서 신전의 일을 돕는 데다가 번번이 사고를 쳤다. 그래서 신전의 권력 축소는커녕, 매번 황실의 체면만 상했던 것이다.

멋대로 날 공작가에 입양시키기로 결정한 것도 황태후였다. 그런데 입양시켜 놓고, 염탐까지 하였으니 원래라면 듀블레드가 불같이 날뛸 일이었다.

'이번에 들키면 황제도 더는 가만히 있지 않겠지.'

그러니까 공작에게 편지까지 보내서 내 교육에 간섭하지 않을 테니 황제에게 말하지 말아 달라고 비는 것일 터다.

좌우지간 황태후의 시선에서 벗어날 수 있다면 내겐 좋은 일이었다.

그때, 집사가 이샤크를 보며 말했다.

"이상한 편지가 하나 왔습니다."

"나한테 온 거야?"

"그게…… 도련님께 온 건지 확실하지 않아서……. 도련님 성함이 적혀 있긴 했습니다만."

"무슨 소리야?"

"〈기사단의 종자 이샤크 앞〉 이라고 되어 있더군요."

이샤크가 미간을 좁혔다.

"종자? 나와 동명이인이 있어?"

"찾아봤지만 없었습니다. 더욱 이상한 것은……."

집사가 고개를 갸웃하며 엘자 나무 꽃다발과 여자아이용의 분홍색 구두가 든 상자를 내려놓았다.

"꽃다발엔 보존 마법이 걸려 있다더군요."

'헉!'

나는 입을 틀어막았다.

듣자마자 알았다. 저걸 보내온 사람이 누군지.

'아드리안!'

아빠가 내준 호위들을 물리고서 산책하다가 듀블레드와 천적이 될 아드리안과 만났고, 실수를 해서 이샤크 이름을 팔아먹었다고 하면 듀블레드에 벼락이 떨어질 거다.

이샤크는 흠, 하고서 편지를 읽었다.

"……다시 만날 때를 기다리고 있어?"

나는 펄쩍 뛰어오르듯이 일어나서 말했다.

"자, 자, 잘못 왔나 부다! 그보다 쿠키 머거. 마시써."

그러고서 슬쩍 이샤크를 앉히고 편지를 빼앗으려고 했는데…….

앙리가 가늘어진 눈으로 말했다.

"이 성에, 그 구두를 신을 수 있을 정도의 여자애는 르블레인밖에 없잖아."

그러자 이샤크의 얼굴이 험악해졌다. 아빠는 말했다.

"어떤 놈이."

앙리와 이샤크가 살벌한 기세로 아빠를 쳐다봤다.

"추적 마법을 걸어 주십시오, 아버지."

"아버지, 선봉은 제가 맡겠습니다."

……언제부터 이렇게 마음이 잘 맞았어?

나는 필사적으로 아픈 척했다.

"아고고고……."

배를 잡고 신음하자 흠칫한 듀블레드 사람들이 얼른 내게로 달려왔다.

"괜찮아?"

"무슨 일이야!"

"르브."

아픈 척은 부끄럽고 가족들에게 미안하지만, 제일 잘 먹히는 방법이었다. 나는 끙끙 앓는 척 "배 아포……." 가느다랗게 중얼거렸고, 눈이 커진 아빠는 나를 훽! 안아 들었다.

"의사!!"

그리고 호출하는 것도 잊고 본인이 직접 날 의료원으로 데려갔다.

모두에게서 잊힌 편지가 정원에 놓여 있었는데, 나는 손짓 발짓으로 레아에게 신호를 보냈다.

'저거! 내 거!'

그리고 충실한 레아는 주변의 눈치를 보며 슬쩍 앞치마에 편지를 넣었다.

*　　　*　　　*

열과 성을 다한 병자 연기는 제대로 먹혀들었고, 편지 사태는 잊혔다. 오직 편지를 가지고 온 레아만이 날 보고 눈을 가느다랗게 뜨고 있었다.

"신전 가쓸 때 칭구 생겨써! 구론데 르부 편지 못 일그니까 이자꾸하테 보내라구 한 고야."

내가 손짓 발짓을 해 가며 어색하게 변명하자, 상냥한 레아는 더 캐묻지 않고 내게 편지를 주었다.

나는 레아가 나간 다음, 한숨을 내쉬고 편지를 매만졌다.

아빠와 오빠들이라면 황자인 걸 알았어도 그냥 죽일지도 모른다는 무서운 상상이 들었다.

'설마 그렇게까진 안 하겠지만, 어쨌든 듀블레드와 아드리안이 안 만나서 다행이야.'

둘은 미래의 천적이었다.

사람들은 말했다. 둘 중 하나가 죽는다면, 그건 분명 다른 쪽 하나의 짓이라고.

실제로 듀블레드는 아드리안에 의해 큰 위기를 맞았었고, 아드리안은 듀블레드의 계략에 의해 죽을 뻔했다.

나는 편지를 펼쳐 보았다. 내용은 이샤크가 읽었던 한 줄이 다였다. 본인이 누구인지도 쓰여 있지 않았다. 그것만으로 난 아드리안이 얼마나 고심 끝에 편지를 적었는지 알 것 같았다.

아드리안은 날 마법사라고 알고 있다. 그리고 똑똑한 그라면 내게 연락하는 것이 얼마나 위험한 짓인지 잘 알 것이다. 황비 일파가 마법사와 그가 접촉하는 것을 얼마나 싫어할지는 뻔했다.

'구두는…… 내 신발을 봤구나.'

귀족 아이용의 구두는 가죽이 몹시 연하다. 걸을 일이 별로 없어서 무늬만 신발이었다. 내 것은 다른 구두보다 훨씬 편하고, 장식이 달리지 않았지만 어쨌든 귀족 아이용으로 만들어진 거라 조금만 걸어도 해진다.

그런데 그날은 열심히 걸은 데다가 산까지 산책했으니 영 상태가 좋지 못했다.

'섬세한 애네.'

나는 빙그레 웃고 편지를 안 보이는 곳에 몰래 숨겨 놓았다. 그리고 답장을 썼다.

'지금 당장은 만날 수 없어서 아쉽다.'

아드리안의 사정, 그리고 내 사정상 난 선뜻 그 애를 찾아갈 수 없었다.

듀블레드 영애이자 운명의 아이인 나와 얽히면 그 애를 향한 황비의 견제가 더 심해질 거다. 황위 싸움에 얽히게 되면 듀블레드의 미래를 장담할 수 없기도 했다.

하지만 난 그 애가 신경 쓰였다. 권속을 잃고 말라비틀어진 고목처럼 우두커니 앉아 있던 모습이 자꾸만 기억에 맴돌았다.

나는 스케치북을 북, 찢어서 답장을 썼다.

[선물 고마워. 구두도 예쁘고, 꽃도 너무너무 예뻤어. 보내 준 것들을 보면서 네 생각을 할게. 종종 편지하자!]

그렇게 작성을 마치고 난 편지를 잘 봉해서 의장에게 아드리안이 있는 신전으로 전달해 달라고 부탁했다.

저녁엔 아빠가 찾아왔다.

"배는?"

"으사 하라부지가 약 조서 다 나아써요!"

"그래."

아빠는 손마디로 내 눈가를 가볍게 비비곤, 침대맡에 의자를 끌어와서 앉았다.

"르브, 신전에서 너를 교육하고 싶다는 말을 공식적으로 전달했다. 네 생각은 어떻지?"

황태후가 손을 떼기로 해서 마음이 급했구나.

아빠의 말에 난 손을 꼬물꼬물 매만졌다.

"듀블레드는 적이 많아. 이곳에 있는 한 위험에 시달릴 거다. 무엇보다 신전에서 지낸다면 듀블레드가 악한이라는 손가락질은 받지 않아도 되겠지."

"……."

"황태후의 지원도 받을 수 있을 테고, 신성력을 본격적으로 개발할 수도 있다. 그건 네 미래를 위해서도 좋은 일이야."

"……아빠는 제가 신전으로 가기를 바라요?"

아빠가 희미하게 웃었다.

"널 신전으로 보내지 않기 위해 나와 네 오빠들이 어떤 치졸한 짓을 했는지 알면 놀라겠지."

"그럼 왜 신전으로 가지 않기를 바라세요?"

"네가 빛 속에 어울리는 사람이라 그럴까."

가족들은 내가 그곳에 익숙해지면 다시 돌아오지 않을 것 같았나 보다.

듀블레드는 영지민을 가려서 받지 않는다. 행정관이나 고용인 시험에 신분 고하와 출신을 따지지 않는 것처럼. 당연히 범죄자가 숨어들기 좋다.

그리고 가문을 번영시키기 위해 역대 듀블레드 공작들은 무슨 짓이든 했다. 가신들과 영지민들도 그들을 따랐다.

제국민은 그런 듀블레드를 악당이라고 불렀다.

아빠는 신전에서 보호받고, 영웅 소리를 들어야 할 내가 함께 손가락질받는 것이 마음에 걸리는 모양이었다. 본래의 테오도르 듀블레드라면 절대로 하지 않을 생각이라, 나는 마음이 조금 찡했다.

나는 아빠의 커다란 손에 머리를 기댔다.

"나는 요기 조은데."

"……."

"아빠랑 오빠들이랑 두블레두 사람들이랑 있는 고 조아. 그러니까 신전에 가지 않을래요."

아빠는 내 머리카락을 쓰다듬으며 희미하게 웃었다.

"너는 내가 좋은 아버지가 되겠다고 생각하던 때를 떠올리게 해."

아빠의 다정한 눈을 보며 나는 생각했다.

'여기서 가족들이랑 살 거야.'

목표를 이뤄서 안전하게.

그러니 세상 밖으로 나갈 준비를 해야 한다.

시간은 유수처럼 흘렀다.

그렇게 5년. 난 아홉 살이 되었다.

*　　*　　*

햇살 좋은 오전.

의자에 앉아 얌전히 레아의 손길에 머리칼을 맡긴 난 거울을 바라보았다. 단풍잎처럼 짤뚱하던 손가락이 꽤 길어지고, 어깨에서 흔들리던 포실포실한 머리칼이 이제 등에 닿는다.

"머리는 땋을까요, 아니면 리본을 맬까요?"

"음, 리본이 좋겠어."

우따우따하던 혀 짧은 말투와도 이제 안녕!

필사적인 발음 연습의 힘으로 제법 우아한 말씨를 사용할 수 있게 되었다. 나는 양 주먹으로 입을 가리고 이히힛, 웃고 싶은 걸 꾹 참고 허리를 반듯하게 폈다.

하녀들이 쿡쿡 웃으며 리본을 가져왔다.

"오늘은 아주 점잖으시네요."

"르부, 이제 아홉 살이니까……가 아니고, 본녀는 이제 아홉 살이니까. 다 자랐어."

얼굴을 척, 치켜들고 말하니 하녀들이 고개를 돌리고 어깨를 가늘게 떨었다.

'어린애인 척을 너무 많이 했더니 삼인칭이 입에 붙었어.'

안 되지, 안 돼. 나는 이제 아홉 살. 다 큰 숙녀다.

지난 5년, 얼마나 고생했던가. 눈물이 앞을 가리는 나날이었다.

거지로 살며 귀족 예법을 거의 잊어버려서 콩피네 부인의 지옥 훈련을 견뎌야 했고, 이제 지역적 팔불출을 넘어 대륙적 팔불출이 된 고용인들의 '오늘은 노셔도 돼요! 아이는 놀아야 해요!' 공격을 견뎌 내고 묵묵히 학습했다.

'제일 힘들었던 건 신성력 수련…….'

난 지난 삶에선 알아주는 신성력 비렁뱅이였던 터라 실제로 내가 마법을 사용하는 건 처음이었다.

신관의 도움을 받을 수 없어서, 듀블레드의 마법사들이 매일매일 머리에 두건을 쓰고 신성력 관련 책을 독파하여 내게 알려 줬다. 하지만 마도사인 그들이 신성력을 모두 이해할 순 없었고, 간혹 신성 마법이 실패해서 무릎이 까질 때가 있었다.

그럴 때마다 아빠와 오빠들은 펄펄 뛰었다.

마도사들의 목을 치겠다고 날뛰는 아빠와 오빠에 '르부, 마도사들 주그면 맨날맨날 슬포.' 하며 달래야 했던 나날. 지난날을 떠올린 난 피폐한 얼굴로 어깨를 축 늘어뜨렸다.

그때였다.

"도착하셨습니다!"

집사의 밝은 목소리가 들려왔다.

나는 얼른 의자에서 내려와 방문을 나섰다. 하녀들이 내 뒤를 졸졸 쫓아왔다. 성문으로 향하자 제도에서의 승전 행렬을 마치고 돌아온 듀블레드 기사단이 보였다.

가장 선두에 잿빛 갈기를 가진 늘씬한 흑마를 탄 사내가 보였다. 탄탄한 몸을 받치고 있는 갑주와 어깨를 타고 내려오는 호화로운 퍼 로브, 아름다운 차림보다 눈에 띄는 미형의 외모와 서늘한 위압감.

"아빠!"

크루거 왕국과의 전투를 시작으로 이민족 및 열하나에 이르는 왕국을 정벌하고 돌아온 아빠였다.

작년, 죽음을 각오한 연합군 측 마기사들의 자폭으로 수세에 몰린 제국은 크루거 왕국을 단 8개월 만에 복속시킨 아빠에게 지원을 요청했다.

그리고 1년. 연합국은 백기 투항하여 듀블레드의 발아래 무릎을 꿇었다.

"꼬맹이!"

"르블레인!"

아빠와 함께 참전했던 오빠들이 말에서 뛰어내려 내게 달려왔다. 나도 그들 쪽으로 재빨리 뛰었다.

날 향해 두 팔 벌린 오빠들에게……가 아니고, 전리품 상자로. 후다닥 달려간 난 주저 없이 손을 집어넣어서 휙, 휙, 상자를 뒤졌다.

승전보를 듣고서 오늘이 오기만을 기다렸다.

'갖고 왔지? 그렇지? 황제에게 진상하지 않았지?'

간절한 얼굴로 상자를 뒤지던 찰나, 난 발견하고 말았다. 내가 원하는 것이 들어 있는 면 주머니를.

'만세!'

주머니를 소중히 끌어안고 있을 때였다. 어쩐지 주변의 온도가 내려간 것 같았다. 나는 슬그머니 옆을 돌아보았다.

"1년 만에 보는 건데……."

"우리보다 진상품이 먼저……."

음산한 표정으로 날 보는 오빠들이 보였다. 전쟁터를 겪고 와서 그런지 평소보다 배는 무섭다.

딱딱하게 굳은 기사들이 마른침을 삼켰다. 저들은 지난 1년간 광견과도 같은 우리 가족들 곁에서 얼마나 굴렀는지, 차라리 전투 신호를 기뻐할 정도였단다.

아빠의 뒤에 있던 노스가 처절한 얼굴로 나를 향해 손을 비비며 "살려주십시오." 하고 입을 벙긋거렸다.

난 눈을 도르륵 굴리다가 "어, 그게……." 하고 중얼거렸다.

"그러니까…… 오빠들이 주고 간 인형이랑 매일매일 같이 잤더니 성에 같이 있는 것 같아서……."

"매일매일?"

"항상?"

둘이 물어서 난 냉큼 고개를 끄덕였다.

"맨날 보고 싶었으니까 그랬지!"

그제야 오빠들의 표정이 조금 풀어졌다.

아빠가 말에서 내려와 나를 안아 들었다.

"내가 준 인형과는 같이 자지 않은 것이냐."

아빠는 조금 야위었다.

지난 삶에서도 크루거전엔 참전하지 않았지만, 연합국 전투에선 전쟁 말미에 참전하여 승리를 이끌었다. 그래서 안심하고 있었는데, 막상 고생한 얼굴을 보니 마음이 아팠다.

난 아빠의 목을 꽉 끌어안고서 뺨에 얼굴을 비볐다.

"꼭 끌어안고서 잤지요."

내 뒷머리를 쓰다듬는 아빠의 손이 다정했다.

그날 밤, 성은 밤늦게까지 승전 파티로 시끄러웠다. 듀블레드는 고생한 병사들을 위해 술과 고기를 아낌없이 베풀었다. 파티 중간에 빠져나온 난, 면 주머니를 보고 흥얼흥얼 콧노래를 불렀다.

뒤이어 날 따라 나온 의장이 물었다.

"오늘 기껏 승리하고 돌아온 군사들이 심장마비로 죽을 뻔했다지요?"

"응?"

"공자님들보다 전리품을 더 반기셨다고 들었습니다."

"하지만 이것 보라고."

난 면 주머니에서 '그것'을 꺼내어 의장에게 보여 줬다.

"이건 뭡니까?"

내가 가족들보다 먼저 반긴 물건이라고 하기엔 초라해 보이는 모양인지 미간을 좁힌다.

난 씩 웃고 말했다.

"금은보화보다 더 좋은 거지."

"이게 말입니까? 제가 보기엔 그저 씨앗 같은데요."

"씨앗 맞아. 황태후와 신전의 사이를 갈라놓고, 우리에게 어마어마한 돈을 벌어 줄 씨앗."

"그런 씨앗이 있을 리가……. 대체 뭡니까?"

"루미너스라고 해. 대륙 최남단, 오르고스에서만 나는 특별한 씨앗이야."

"루미너스?"

"약으로 만들면 관절염이나 신경통에 효과가 있어. 그리고 황태후의 지긋지긋한 피부병에도 효과가 있지."

"피부병이라고요? 황태후에게 피부병이 있습니까?"

나는 고개를 끄덕였다.

신전의 극소수만 아는 일이지만, 황태후가 깊은 신심을 가지게 된 이유가 그 피부병이었다. 황태후는 신실한 마음을 가지고, 신을 위해 일하면 피부병이 나을 거라고 생각했다.

물론 신전과 결탁한 이유가 그것뿐만은 아니겠지만, 피부병이 큰 몫을 하는 건 맞다.

의장에게 설명해 주니 고개를 주억거렸다.

"하지만 황태후의 손에 들어가게 하는 건 어려울 겁니다. 황궁에 반입

되는 약물은 수년의 검토를 거치니까요."

"그러니까 황태후가 직접 찾게 하는 거야."

"어떻게 말입니까?"

"또래 노인들의 대부분이 효과를 본 약이라면 관심을 가질 수밖에 없잖아."

나는 양손을 모으고서 반짝반짝한 눈으로 의장을 올려다봤다.

"그리고 내 앞에 노인이 딱 있네?"

"……예?"

그가 불안한 표정으로 날 쳐다봤다.

*　　*　　*

봄을 앞두고 열린 개화제의 파티. 파티장을 채운 것은 모두 노년의 신사와 귀부인이었다.

마차에서 내린 장마르크는 파티장을 보며 이마를 짚었다.

'왜 일이 이렇게 되었는가.'

> "신전과 황태후의 사이가 좋아지기 전에 속전속결로 약을 보내야 한다고. 그러니까 루미너스의 소문이 빨리 돌도록 그만큼 대사건을 만들어 줘야 해."
>
> "대체 대사건이란 게 뭡니까."
>
> "젊어지는 약이 나타났다, 정도?"

광고판은 자신이었다.

대륙 제일의 부호로 5공작가 중에서도 입김이 상당한 듀블레드의 원로원을 통솔하는 이 장마르크 누아노크.

역대 듀블레드 공작들과 복마전을 벌이던 자신의 신세가 왜 이렇게 되었을까. 예순이 넘어서 아홉 살 아이의 꼭두각시 노릇이나 하게 되다니.

왜인지 르블레인은 대항할 수 없는 아이였다. 선대를 꼼짝 못 하게 하던 화술도 그 아이의 미소엔 효과가 없었다. 장마르크는 한숨을 내쉬고 파티장 안으로 들어갔다.

문을 넘자, 곳곳에서 탄성이 들려왔다.

"세상에, 누아노크 자작이……."

"오늘따라 유난히 근사하시군요."

그럴 만도 했다.

이 파티에 오기 전까지 그는 르블레인의 닦달로 체형 관리를 해야 했다. 그리고 수십 벌의 예복 중 가장 어울리는 것을 골라야 했으며, 세리아까지 영지로 내려와 제 얼굴에 무언가를 찍어 발랐다.

사내가 이만큼 관리한다는 것은 장마르크가 살아 온 시대엔 있을 수 없는 일이었다.

노년의 귀부인들이 공작 깃털 부채로 입가를 가리고 슬금슬금 다가왔다.

"잘 지내셨는가."

"오랜만에 뵙습니다, 누아노크 공."

"오늘은 평소와 달라 보이시는군요."

평소와는 정말로 다르다. 다른 때였으면 귀찮은 눈빛으로 귀부인들을 물렸을 텐데, 의장의 귓가에 르블레인의 목소리가 맴돌았다.

"파티장에서 인상 쓰면 그날 소문은 '누아노크 자작의 성질머리'로 끝일 거야!"

그는 억지로 입꼬리를 올렸다.
"예, 잘들 지내셨습니까."
귀부인들은 얼굴을 붉혔다. 젊은 시절에도 뭇 영애들을 가슴 설레게 하던 미모력은 나이가 들어서도 사라지지 않았다.
'어머머머, 왜 저렇게 웃는담.'
'옛날 생각이 나네.'
귀부인들이 그를 힐끔힐끔 쳐다보며 손부채질을 하자 멀찍이서 뚱하니 앉아 있던 노신사가 바닥을 탁, 탁, 후려쳤다.
"예끼, 이 사람! 사내놈이 어딜 그리 계집처럼 단장을 하고 다녀!"
귀부인들이 눈살을 찌푸리며 말했다.
"자네처럼 추레하게 하고 다니는 것보다는 낫지."
"요즘 세상에 뭘 그런 것을 따지십니까."
"요새 애들을 보세요. 공처럼 추레하게 하고 다니는 사내가 없습디다."
힐난의 시선에 노신사가 버럭, 삿대질하며 소리쳤다.
"어디 계집이 하늘 같은 남자에게 말대꾸를 해, 말대꾸하길!"
그가 지팡이를 치켜든 채로 위협하듯 다가왔다. 하지만, 귀부인들 앞을 막아선 누아노크 자작에 의해 가로막혔다.
"자중하게. 머리 굳은 내색하는 것보다 추한 게 없네."
"뭐, 뭐……!"
지팡이 끝을 말아 쥔 의장이 느른히 노신사를 훑어보며 말했다.
"젊었을 때야 내게 얻어맞는 게 추억으로 끝났지만, 지금은 관 뚜껑을 열게 될지도 모르지 않나."

과거 누아노크 자작과 시비가 붙어 앞니 두 개가 부러진 경험이 있는 노신사는 움찔, 몸을 물렸다. 그러곤 "에잇! 똥이 무서워서 피하나!" 괜한 변명을 하며 쿵, 쿵, 발을 구르고 문을 나섰다.

귀부인들과 몇몇 신사들까지 그에게 다가왔다.

"어허헛, 이 사람 다 늙은 뒤엔 성질머리도 누그러졌나 싶었는데, 어째 다시 젊어진 것 같구만."

"아뇨, 정말로 젊어지신 것 같으십니다."

"공은 관절도 안 아프십니까."

"관절 얘기가 신호야. 거기서 딱, 약 얘기를 꺼내 줘야 해!"

르블레인의 말이 떠올랐다.

"내가 요새 약을 먹고 있네."

떨떠름한 목소리로 한 말에 귀부인들이 눈을 동그랗게 떴다.

"약이요?"

"젊어지는 약이지."

"그런 약이 있습니까?!"

의장은 어색하게 재킷 안에서 약통을 꺼냈다.

그리고 르블레인이 알려 준 대로 오른손으로 약통의 밑면을 받치고, 왼손으론 뒷면을 가린 공손한 자세로 말했다.

"젊음의 약, 지금 호프 상단에서 만나 보세요."

* * *

나는 황홀한 표정으로 세리아가 보내온 장부를 꼭 끌어안았다.

'아, 이 돈의 꿀맛.'

벌써 0이 몇 개째인지 모르겠다.

살아 있는 광고판의 효과로 루미너스는 불티나게 팔렸다. 어느 정도냐 하면, 타깃으로 삼은 노인들뿐만 아니라 중년들까지 상단 앞에 줄을 이뤘다.

세리아의 말에 의하면 상단 점포 앞엔 매일같이 300미터에 이르는 줄이 세워져 있다고 한다.

'역시 광고 카피를 잘 뽑았어.'

젊음이라는 단어처럼 나이 든 사람을 설레게 하는 게 없었다.

모두에게 팔았더라면 아마 섬도 몇 개 샀겠지만, 나는 의사를 상주시켜서 정말로 필요한 사람에게만 루미너스를 팔았다. 정말 아픈 사람이 사용해야 제대로 효능을 발휘할 테니, 그쪽이 더 황태후가 관심을 갖게 할 수 있을 터였다.

'이제 연락만 기다리면 돼.'

나는 시시덕거리며 장부를 잘 숨겨 놓았다.

"아기님, 식사하셔야지요?"

"응!"

오늘 아침 메뉴는 프렌치토스트. 내가 제일 좋아하는 메뉴라 나는 콧노래를 부르며 식당으로 내려갔다.

"좋은 아침."

"작은오빠도."

나는 앙리에게 대답하고서 무릎에 냅킨을 덮고 스푼과 포크를 쥐었다.

막 나온 프렌치토스트의 냄새가 소용돌이치듯 비강에 흘러들었다. 고소한 계란 냄새와 달콤한 라즈베리 잼의 냄새가 어우러지며 위를 마구 자극하는 것만 같았다.

토스트를 길게 잘라서 야무지게 꼭꼭 접어 입안에 넣었다.

'행복해…….'

하나를 순식간에 해치우자 그 위로 새로운 토스트가 올라왔다. 아빠의 것이었다.

"아빠, 안 드세요?"

"그래."

난 음식에 관해선 거절하는 법이 없었다.

옛날엔 어른의 사고 때문에 음식이 필요한 거라고 생각했는데, 막상 나이 들고 보니까 그냥 먹는 걸 엄청 좋아하는 거였다. 네 번째 삶에서 새로운 자신을 발견하는 게 난 조금 즐거웠다.

아빠가 준 토스트까지 옴냠냠, 먹으며 신문이나 편지 등을 확인하는 가족들을 보았다.

"황궁에서 파티를 한다죠."

앙리가 내 홍차에 각설탕을 넣어 주며 묻자 아빠는 고개를 끄덕였다.

"개화 축제와 승전 연회를 겸해서."

이샤크는 내 접시에 샐러드를 놓아 주고는 인상을 찌푸렸다.

"으, 승전 연회를 겸하는 거면 빠질 수가 없잖아."

앙리가 내 홍차에 설탕이 잘 녹도록 저으며 대꾸했다.

"우리가 가지 않으면 다른 자들이 공로를 가로채겠지."

이샤크는 올려 둔 샐러드 위로 드레싱을 뿌렸다.

"죽어라 싸운 건 우린데 왜 승전 연회에 불참한 거로 공이 가로채이는 거야? 다 죽여 버릴까 보다."

앙리가 찻잔을 들어 내게 먹여 주며 말했다.

"르블레인의 앞에서 말조심하라고 누차 말했을 텐데?"
이샤크도 샐러드를 포크로 집어 내밀었다.
"귀찮으니까 그렇지. 연회에 가면 날파리들이 또 지겹게 들러붙어 올 거 아냐."
나는 양쪽에서 먹여 주는 홍차와 샐러드를 견디지 못하고 끙끙, 신음했다.
'지난번에 전리품을 더 반겼다고 괴롭히는 걸까.'
고민하고 있는데, 아빠가 두 사람에게서 홍차와 포크를 빼앗으며 눈썹을 까딱 들어 올렸다.
"장난치지 마라."
"하지만 귀엽잖아요."
씩 웃는 이샤크를 보고 난 뚱한 표정을 지었다.
"괴롭혔어."
나는 가늘어진 눈으로 두 사람을 쏘아보았다.
동생을 괴롭히다니 아주 못된 오빠들이다. 이런 건 그냥 지나칠 수가 없어서 난 아주 엄하게 말했다.
"다음부터 그러면 안 돼?"
고개를 푹 수그린 앙리와 이샤크가 어깨를 떨었다. 시중을 들던 고용인들도 고개를 돌리고 입을 틀어막았다.
아빠도 픽 실소를 흘렸다.
"르브."
"네?"
"다음 주에 우리는 연회에 다녀와야 하니 뒤보스 자작과 의장을 불러 놓으마."
"저도 가면 안 돼요?"

내가 묻자 끅끅거리며 웃던 이샤크가 대번에 "안 돼!" 소리쳤다.

"꼬맹이, 너 제도가 얼마나 짜증 나는 곳인지 알아?"

알지요.

나는 속으로 고개를 끄덕였으나, 모른 척 눈을 깜빡였다.

"가뜩이나 신전과 황태후가 눈을 부릅뜨고 네가 오길 기다리고 있을 텐데, 네가 가면 개떼처럼 몰려와서 중앙 신전으로 데려가려고 할걸."

"그래, 르블레인. 너는 영지에 있는 게 좋겠어."

앙리까지 말을 보탰다.

'그 신전과 황태후를 갈라놓으려고 가는 거랍니다.'

무엇보다 언제까지나 영지에 있을 순 없었다. 듀블레드는 충분히 막강한 가문이나, 미래에 올 나의 불행에 말려들면 최악의 경우 멸문지화를 당할 거다.

나는 힘을 길러야 했다. 권력자가 되어야 하고, 듀블레드를 독립시켜 더는 황궁과 신전에 휘둘리지 말아야 한다.

'그러려고 준비한 5년이야.'

밖으로 나갈 준비는 이미 마쳤다. 나는 의자에서 일어나 아빠에게 쪼르르 달려갔다.

"그러면 저는 이제 아빠랑 오빠들이랑 떨어질지도 모르잖아요."

"뭐라고?"

"저도 다 알아요. 가신들이랑 하인들이 얘기하는 거 들었어요. 제가 온 첫해엔 안식년이라 영지에 있었던 거고, 아빠는 원래 제도에서 지내야 한다고요."

"……."

"저 때문에 무리해서 영지에서 지내고 있으시잖아요. 계속 이렇게 있으면 중앙에서 밀려난다고 그랬어요. 그건 듀블레드에 나쁜 일이래요."

이건 사실이었다. 내가 제일 걱정되는 부분이기도 했다.
"저도 제도에서 살래요. 아빠랑, 오빠들이랑 살래요."
"정말이지 너는……."
아빠가 시무룩해하는 날 쓰다듬으며 말했다.
"쓸데없는 걸 너무 걱정해."
"……."
"그래. 연회엔 참석하는 것으로 하자. 하지만 제도에서 사는 건 좀 더 상황을 가늠해 봐야 해."
"신난다!"
나는 얼른 아빠의 목을 끌어안았다.

* * *

황궁의 정원.
황태후 마샤 루에르그의 티 파티에 참석한 노년의 귀부인들이 안부를 주고받았다.
"안색이 좋아지셨습니다."
"오랜만에 황태후 폐하의 부름을 받아서 그런가 봅니다."
"폐하, 저희를 자주 불러 주십시오. 내년을 기약할 수 없는 나이가 아닙니까. 겨울 파티가 취소되어 무척 아쉬웠습니다."
황태후는 찻잔을 들며 빙그레 미소 지었다.
"내 자네들 마음을 왜 몰랐겠는가. 겨울 추위에 당해 내지 못하고 고뿔을 앓아서 어찌할 수 없었다네."
"폐하께선 추위에 약하시지요. 젊은 시절에도 겨울만 되면 고생하시지 않았습니까."

"이 나이엔 해가 갈수록 겨울이 고약해지죠."

화기애애한 분위기 속에서 황태후는 손수건을 꾹 말아 쥐었다.

피부병 발진 때문에 온몸이 가려워서 참을 수가 없었다. 그나마 봄을 앞두고 많이 나은 것이었다. 한겨울엔 발진이 무릎을 타고 얼굴에까지 올라와 방 안에서 오도 가도 못하는 신세였다.

괴로워하는 그녀에게 신관은 말했다.

> "더욱 신심을 다하십시오. 우리의 신께서 분명 폐하께 자애를 베푸실 겁니다."

'얼마나 더 신심을 다하여야 할는지.'

황태후가 입꼬리에 생긴 미약한 떨림을 손수건으로 누르며 한숨을 삼켰다.

"한데 부인의 안색이 정말로 좋아지셨습니다."

"지긋지긋한 관절염이 나아서일까요."

"새로 주치의를 들이셨다더니 그리 용합니까? 제게도 소개해 주십시오."

"주치의 덕이 아니라, 약 때문이에요."

말한 그녀가 우후후, 웃자 테이블에 앉은 귀부인의 시선이 쏠렸다.

"혹시 젊어지는 약 말인가요?"

"부인도 아시는군요."

"그럼요. 세간의 화제잖습니까. 저도 하인을 시켜서 사 오려 하였는데, 본인이 직접 오지 않으면 구매할 수 없다고 하지 뭡니까. 요새 상인들이 참으로 맹랑해요."

"그러지 마시고 직접 가 보세요. 정말로 효과가 있었습니다. 제 남편은 평생을 앓던 치통에 효과를 보았습니다."
그러자 다른 귀부인들도 고개를 주억거렸다.
"제 동생도 효과를 보았다더라고요. 피부에도 효과가 있어서……."
그녀의 말에 황태후의 눈이 번쩍 뜨였다.
"피부병에도 말인가?"
"예, 폐하. 제 남동생이 언젠가부터 하복부에 비늘처럼 각질이 일어나고, 가려워했는데 젊어지는 약을 먹고 피부가 예전처럼 돌아왔습니다."
자신의 피부병과 비슷한 증상이었다.
'내게도 효과가 있을 수도…….'
"판다는 곳이 어디라던가?"
황태후가 물었다.

* * *

연회를 앞두고 우리 가족은 제도로 가기 위해 성을 나섰다.
"성은 염려하지 마시고 다녀오십시오."
뒤보스 자작이 아빠에게 인사하는 사이 의장은 살짝 내게로 다가왔다.
"통신석을 항상 소지하고 계십시오."
"응. 아, 의장은 밥 잘 챙겨 먹어야 해."
내가 인상을 쓰며 말하자 의장이 커흠, 헛기침했다.
"잘! 챙겨 먹는 거야. 알았지?"
"……예."
의장은 아내와 아들이 죽은 후로 몸을 챙겨 줄 사람이 없어서 번번이 식사를 거르곤 했다.

"그런데…… 각하껜 아기님의 과거를 말씀하지 않으실 겁니까?"
의장의 말에 나는 힐끔 아빠와 오빠들을 쳐다봤다.
"담요를 더 실어라. 내 딸이 감기에 걸리면 한두 놈 목으론 안 끝날 것이다."
"장난해? 방석 더 깔아, 방석! 꼬맹이의 엉덩이가 배긴다고!"
"르블레인의 옷을 이것밖에 챙기지 않은 건가. 아무래도 내가 없는 동안 삶에 미련이 없어졌든가, 미쳤든가 둘 중 하나인 것 같은데."
흐린 눈으로 가족들을 보던 의장이 고개를 끄덕였다.
"과거를 알면 난리가 나겠군요."
아빠와 오빠들이 신전에 불을 내는 상상을 하자 등골이 오싹했다. 그럼 신전이라고 가만히 있겠는가.
"신전이랑 전쟁한다고 나서면 듀블레드 사람들 다 죽어……."
"절대로 함구하셔야겠습니다."
나는 고개를 끄덕였다.
듀블레드 사람들의 인사를 받으며 우리는 마차에 올랐다.

* * *

제도까지는 이틀이 걸렸다. 내가 처음 황궁의 마도 마차로 듀블레드에 왔을 때 열흘이 걸렸던 걸 생각하면 엄청나게 빠른 속도였다.
마차에서 내린 나는 입을 떡 벌렸다.
끝없는 정원, 잘 관리된 정원수들. 저택은 내가 본 제도의 건물 중 가장 크고 웅장했다. 위를 향해 솟은 꺾쇠 형태로 세 채의 건물이 이어지는데 하늘에 닿을 듯 높았다.
수없이 많은 고용인이 저택으로 향하는 길목에 2열로 서서 허리를 굽혔다.

"주인님을 뵙습니다."

"주인님을 뵙습니다."

우렁찬 고용인들의 목소리에 깜짝 놀란 난 아빠의 팔을 끌어안았다.

그때, 고용인들 사이에서 머리를 깔끔하게 넘긴 연미복 차림의 사내가 다가왔다.

"아기님을 뵙습니다."

내가 아빠의 팔 뒤에 숨어서 쭈뼛쭈뼛하자 그는 빙그레 웃었다.

"헤더슨입니다. 아기님을 뵙게 되어 영광입니다."

"르블레인이야……."

"생각보다 더 사랑스러운 분이시군요. 저택의 모두가 아기님께서 오시길 고대하였습니다."

아빠는 나를 안아 들고서 말했다.

"쟈벨린은?"

쟈벨린은 아빠의 이복 여동생으로, 내게는 양고모다. 과거, 듀블레드 형제들 간의 칼부림에서 살아남은 두 사람 중 하나. 지금은 분가인 아리에쥬가를 통솔하며, 제도의 저택을 관리하고 있었다.

"파티에 가셨습니다."

"고모가 파티에 갔다면 나흘쯤 뒤에 오겠네."

이샤크가 빈정거리듯이 말하자 집사 헤더슨이 빙그레 미소 지었다.

우리는 함께 저택에 들어갔다. 내부는 외관보다 더 화려했다. 아빠와 오빠들은 바로 업무를 보기 위해 서재와 기사단 등으로 갔고, 나는 헤더슨을 따라 내 방을 보러 갔다.

"자, 아기님의 방은 여깁니다."

'대박!'

성의 내 방만큼 크지는 않아도 응접실, 드레스 룸, 침실, 서재, 욕실이 모두 있는 데다가 무척이나 호화로웠다. 성의 방보다 오히려 더 여자아이를 위한 방 같았다.

나는 얼른 소파로 달려가 엉덩이로 콩콩 뛰며 쿠션을 끌어안았다. 함께 온 레아가 후후 웃으며 "마음에 드세요?" 하고 물었다.

"너ㅡ무."

"다행이에요."

"그런데 레아, 오늘은 옷이 달라."

평소엔 메이드복을 입고 있는데, 오늘은 갑주를 차고 듀블레드의 기사임을 상징하는 검은 망토를 둘렀다.

"제도에 계시는 동안엔 제가 아기님의 호위 기사랍니다."

"우와!"

"그렇게 좋으세요?"

"레아, 멋있으니까."

"기쁘네요."

레아와 내가 도란도란 이야기를 나누는 사이, 집사가 누군가를 데려왔다. 선명한 빨간 머리에 녹안, 코에 박힌 주근깨가 매력적인 여자애였다. 나이는 한 열다섯쯤으로 보인다.

"로라예요. 아기님의 하녀로 배속되었습니다."

쾌활하고 밝은 아이였다. 레아는 내게 "린다의 사촌 동생이에요." 하고 속삭였다.

'아하.'

다른 고용인들도 내게 와서 인사했다. 하녀부터 집사들까지 족히 쉰 명에 이르는 이들의 인사를 받은 난, 가장 중요한 것을 물어봤다.

"그래서 다들 전과 몇 범이야?"

—하고.

*　　*　　*

5년 만에 저택으로 귀환한 테오도르 듀블레드의 앞에 선 모두는 절로 굳어지는 어깨에 억지로 힘을 줬다. 1년 가까이 전장에 있었기 때문인지, 30대 중반에 들며 자연스럽게 쌓인 것인지 테오도르는 관록이 붙었다.

그의 양옆으로 선 공자들도 몰라보게 자랐다. 자랄수록 더욱 제 아비를 닮아 가는 두 공자의 눈빛은 살육자의 그것처럼 섬뜩하다.

공작은 한쪽 무릎을 굽힌 수많은 기사와 그들의 곁에 비껴 선 사무관 및 관리자급 고용인을 흘깃 둘러보았다. 서늘한 안광에 유약한 사무관은 마른침을 삼켰다.

공작은 제도에 도착하자마자 사람들을 호출했다. 제도 저택을 수비하는 이리부터, 듀블레드의 자랑인 암부(정보부)까지. 이 정도 인사들을 전부 집결시킨 것으로 보아 일이 단단히 난 모양이었다.

타 가문과의 영지전인가? 아니면 원로원에서 기어코 사달을 낸 것일까?

드디어 공작이 입을 열었다.

"르블레인의 손톱에 거스러미가 생긴다면 너희의 탓이다."

그의 말을 이해하지 못한 사람들의 눈알이 빠르게 굴러갔다.

암호? 관용 표현?

'무슨 뜻이지?'

고민하고 있던 찰나, 공작 곁에 선 공자들이 말했다.

"꼬맹…… 르블레인이 잠을 설쳐도 너희 탓이다."

“그 아이 머리카락 한 올이라도 상한다면 편히 죽을 생각은 말아야 할 거야.”

……예?

멍청한 눈으로 단상 위의 공작과 공자들을 바라보던 사무관이 눈을 끔뻑였다. 어리둥절한 표정을 짓고 있는 사람들의 정수리 위로 공작의 낮은 목소리가 떨어졌다.

“르블레인의 호위에 제도의 전 병력을 투입한다. 사내새끼가 접근하면 일단 찌르고 신원을 파악해라.”

훗날 팔불출의 난이라고 불리게 될 제도 생활의 시작이었다.

*　*　*

“이등 집사인 샘은 마약 유통책이었고요. 세탁실의 제인은 유명한 소매치기예요. 어떤 백작가의 인장도 털었대요.”

나는 로라의 말을 머릿속에 새겨 넣고 고개를 주억거렸다.

“그럼 로라는?”

“저는 아직 전과가 없어요!”

“만들 생각은?”

“아직까진 없는데…… 가끔 열받게 하는 사람들의 대갈통을 깨고 싶다는 욕구가 들어서 곧 별 달지 않을까 싶어요.”

그렇게 말하며 로라는 수줍게 웃었다.

“로라, 아기님 앞에서 말을 조심해야지.”

레아가 엄하게 말하자 로라는 아차, 하며 입을 막았다.

“죄송해요! 제가 전과는 없는데, 감옥에서 태어나서 말투가 조금 거칠어요.”

"감옥에서 태어났어?"

"네. 어머니가 사이비 종교의 교주셨거든요. 체포된 후에 임신 사실을 아셨어요. 그래서 저를 감옥에서 낳으셨고, 세 살 때까진 어머니와 함께 살다가 네 살 때 이모가 저를 거둬 주셨지요."

그것 때문에 로라는 일자리를 구하기 어려웠다고 했다. 겨우겨우 일자리를 구해도 곧 들키는 바람에 제도의 귀족 가문을 전전했다고 한다.

"그래서 웬만한 고용인들과는 다 알아요. 일단 5공작가는 모두 알고, 후·백작가의 고용인들과도요. 아마 제도에 도는 소문은 제가 제일 빨리 알걸요!"

뿌듯하게 말하는 로라를 보고 나는 눈을 반짝였다.

"그러면 알려 줘. 요즘 무슨 소문이 있어?"

"제일 재밌는 건 콘스탄스 영식의 이야기죠. 약혼녀의 모친과 바람이 났대요!"

허억!

주변에서 거칠게 숨 들이켜는 소리가 터졌다. 다들 경악한 듯했다.

이건 무슨 새로운 막장이지?

내가 정말로 궁금한 건 이게 아니었지만, 나조차 띠용 하게 만드는 흥미진진한 이야기이긴 했다.

"고용인들은 다들 언제 들키나 하고 있었는데, 놀라운 건 맞바람이었다지 뭐예요. 약혼녀는 콘스탄스 영식의 삼촌과……!"

허억!

또 한 번 거칠게 숨 들이켜는 소리가 들렸다. 왠지 옥수수를 튀겨 와야 할 것 같은 기분이다. 나는 침을 꼴깍꼴깍 삼키며 이야기를 들었다.

"그거 말고. 다른 재밌는 소문은?"

"레인 경의 이야기도 재밌어요. 정말로 멋진 여성이라 로아뱅 영애가 홀딱 빠졌대요. 그분을 보러 간다고 본인의 티 파티도 취소하고……."

"다른 거."

"다른 건 뭐……. 몰리우드 남백작이 가신들과 노모의 반대를 무릅쓰고 오페라 가수와 귀천상혼(귀족과 평민의 결혼)했는데, 글쎄 알고 보니 오페라 가수도 같은 남자였다지 뭐예요. 더 놀라운 건 백작이 그걸 첫날밤이 지나서 알았대요."

그러자 하녀들이 저도 모르게 "어떻게 그게 가능해!" 하고 소리쳤다. 로라는 팔짱을 낀 채로 진지하게 말했다.

"첫날밤을 보낸 장소가 빛 한 점 들어오지 않는 어두운 오페라 하우스였다고……."

고용인들이 입을 틀어막고 소리 없는 비명을 질렀다. 나는 로라의 이야기를 기억하려고 애쓰며 경청했다.

그때, 주머니 안에서 무언가 가늘게 진동했다.

'통신용 마도구다.'

이건 최근에 내가 피눈물을 흘리며 구매한 초고가의 마도구였다. 이건 눈이 튀어나오게 비싸서, 값을 지불할 때 피눈물이 나오는 줄 알았다. 통신용 마도구에 들어가는 마정석까지도 몹시 고가였다.

거기다 하나만 산 것이 아니라 세리아의 것, 그리고 의장의 것까지 함께 구매하고 마정석을 대고 있으니 허리가 휠 지경이었다.

이런 물건이니만큼 우리 셋은 정말로 중요할 때가 아니면 잘 사용하지 않는다.

남몰래 주머니 안을 힐끗 보니 세리아의 코드였다.

[미끼를 물었습니다.]

황태후가 결국 루미너스 약을 구매한 모양이었다. 나는 주머니를 토닥이고서 로라의 이야기에 다시 빠져들었다.

* * *

중앙 신전을 관리하는 21인의 신관 중 하나인 아돌프는 황태후의 앞에 부복했다.

"황태후 폐하를 뵙습니다."

"앉으세요."

황태후는 언제나와 같이 인자한 얼굴로 그를 맞아 주었다. 일어난 아돌프가 의자에 착석하며 그녀의 표정을 훑었다.

'빌어먹을 늙은이.'

겉으로는 순한 양 같으나, 저 늙은이가 얼마나 욕심이 많은지 자신은 잘 알고 있었다.

5년 전, 사형을 앞둔 수배범에게 안식 기도를 하기 위해 옥사로 갔던 아돌프의 수하는 얼굴이 희게 질려 돌아왔다.

> "성서의 원본이 어디 있는지 찾았습니다."
>
> "무슨 소리냐. 그토록 찾아 헤맸는데도 단서조차 잡지 못하지 않았어."
>
> "수배범이 성서 원본의 행방을 알고 있었습니다. 황태후의 비밀 서고랍니다."
>
> "그럴 리가……. 황태후가 찾았다면 응당 우리에게 넘겼을 게

아니냐."

"수배범이 말해 준 곳으로 가니, 황태후의 사람들이 웬 창고를 지키고 있었습니다. 저희가 모르는 서고가 있는 것은 확실합니다."

수배범의 말은 신빙성이 있었다.

시험 삼아 황태후에게 비밀 서고를 넌지시 언급하자, 그녀는 바로 서고의 위치를 옮겼다. 이후 확인해 보니 7년 전 황태후의 명으로 인부들이 옛 고원을 파헤쳤다는 증좌까지 확보했다.

'그리 신전을 신뢰하는 척하면서 뒤로는 수작을 부려서 성서를 빼돌려?'

신전이 제국 전역을 이 잡듯이 뒤지며 성서의 원본을 찾고 있다는 건 황태후가 제일 잘 알고 있었다.

어떻게든 손에 넣어야 한다. 성서의 원본만 손에 넣으면 중앙 신전이 아니라 교황청에까지 입성할 수 있을 터였다. 그래서 아돌프는 신전에는 비밀로 두고 황태후를 구슬리기 위해 장장 5년을 노력했다.

황태후는 아무렇지 않은 표정으로 찻잔을 들었다.

"올해 파종제 연회엔 운명의 아이가 참여한다지요. 교황청에서도 관심을 갖겠군요. 듀블레드에서 도통 보여 주지 않는 통에 어떻게 컸나 궁금하였답니다."

아돌프는 "예, 뭐……." 시큰둥하게 대답했다.

운 좋게 신탁이 내려온 해, 2월 29일에 신성력을 가지고 태어난 것으로 운명의 아이가 된 고아 계집애 따윈 그의 관심을 끌지 못했다.

다행히 신전의 면이 설 만큼 신성력이 늘었다지만, 그뿐. 신탁에 따르면 세상을 구원할 아이가 신의 문양을 가지고 강림한다고 하였다.

하지만 재검증한 그 애의 신성력은 세상을 구원한다고 하기엔 너무나 평범한 수준이었다. 거기다 신의 문양을 가진 것도 아니며, '강림'이라는 부분엔 애매한 구석이 있었다.

그 애가 신성력을 증량했어도 신전 내에선 진짜다, 가짜다 말이 많았다.

"그보다 오늘은 병증이 어떠십니까?"

"많이 좋아졌어요. 늘 겨울이 힘들었는데, 봄이 오니 살 만하네요."

"성수를 조제해 왔습니다. 이것으로 목욕하시면 한결 더 편안해지실 테지요."

"어머나, 고맙기도 해라."

우후후, 웃는 황태후를 본 아돌프가 은근한 목소리로 말했다.

"한데 말입니다, 폐하. 일전에 보여 주신다던 서고는……."

"생각해 보니 보여 주기 부끄럽더군요. 특별히 귀한 고서가 있는 게 아니라서."

아돌프의 눈이 우뚝 굳어졌다.

'이 늙은이가……!'

피부병이 심각해졌을 땐, 제 치료만 받을 수 있다면 뭐든 할 것처럼 굴어 놓고서 입을 싹 닫다니.

아돌프가 어색하게 웃으며 말했다.

"폐하의 손이 닿은 책이라면 모두 귀한 보물이지요. 소유하신 책을 제가 읽는다면 다음에 폐하의 병증에 더 도움이 될 것을 찾을 수 있을지도 모릅니다."

"참, 그렇지. 다음부터 따로 와서 치료를 도와주지 않아도 됩니다."

"……예?"

"좋은 약을 발견했거든요."

"약이라고요?"

"젊어지는 약이라고 한다더군요."

황태후가 테이블 위에 약병을 내려놓곤 말했다.

"상술이겠지만, 효능은 좋아요. 사제의 치료보다 훨씬 가려움이 덜하더라고요."

신관의 얼굴이 일그러졌다.

저건 신전에서도 눈여겨보는 약이었다. 가뜩이나 저 약 때문에 치료를 바라는 귀족들의 수가 줄었다. 당연한 수순으로 헌금도 줄어들고 있는 터라 상부에 보고할 적에 면이 서지 않는다.

'호프 상단이라고 하였던가.'

계속 거슬리는 곳이다.

5년 전, 스피넬로 듀블레드를 압박하려 하였을 때도 난데없이 나타난 그 상단 때문에 일을 망쳤다. 그뿐 아니라, 스피넬의 시장가를 터무니없이 낮춰서 신전이 소유한 스피넬 광산의 가치를 곤두박질치게 만들었다.

결국, 효용을 잃은 스피넬 광산을 팔 수밖에 없었고, 현재는 호프 상단이 시중의 스피넬을 독점하다시피 하고 있었다.

'찢어 죽일 놈들.'

아돌프가 주먹을 꽉 움켜쥐었다.

* * *

연회를 앞두고 나는 오빠들과 드레스를 구매하기 위해 상점 지구로 나왔다. 제국 제일의 번화가인 만큼 평일임에도 불구하고 사람이 바글바글했다.

"놓치지 말고 걸어야 해?"
이샤크가 내 손을 꼭 잡으며 말했다.
"그래, 잠깐만 한눈을 팔아도 인파에 휩쓸릴 거야."
앙리도 반대쪽 손을 잡으며 주의를 주었다. 나는 "응!" 대답하고서 손에 힘을 주었다.
'여기는 신전 근처니까 절대로 오빠들을 놓치지 말아야지.'
결심하고서 씩씩하게 걸었다. 다행히 드레스 상점은 가까워서 인파가 많았어도 별일 없이 도착할 수 있었다.
매장 안으로 들어가자 점원과 주인인 듯 보이는 긴 머리의 남자가 후다닥 뛰어나왔다.
"듀블레드의 귀애들을 뵙습니다. 멜베인 의상실의 멜베인입니다."
개기름으로 얼굴이 번들번들한 남자가 손을 싹싹 비비며 말했다.
'멜베인?'
멜베인이면 공 · 후작 부인들에게 인기가 좋은 디자이너다.
그의 드레스는 매우 고가라 고위 귀족이 아니면 구경도 하기 힘들었다. 그래서 웬만한 가문의 부인들은 멜베인의 드레스를 몇 년씩 수선해서 입곤 했다.
"작은 공자님과 막내 공자님께선 오늘도 눈이 부시군요."
멜베인의 말에 앙리와 이샤크는 대수롭지 않게 소파에 앉았다.
"마침 작은 도련님께 어울리는 디자인이 나왔습니다. 새하얀 천에 은사로 수놓았으며, 투 버튼의 슈트로……."
"내 옷은 됐고, 동생을 봐줘."
앙리의 말에 그제야 멜베인이 내게 시선을 돌렸다.
"이분이 그 운명의……."
"듀블레드 영애."

이샤크가 인상을 쓰며 이어질 말을 정정해 주자 흠칫한 멜베인이 "아아, 예!" 하며 고개를 끄덕였다.

"제 샵엔 작은 영애님께 어울리는 사랑스러운 옷도 많답니다. 알리아나!"

그가 짝, 짝! 손뼉을 치자 녹색 드레스를 입은 점원들이 다가왔다.

"듀블레드 영애, 저희가 옷을 보여 드리겠습니다."

생글생글 웃으며 다가온 그녀가 나를 이끌고 행거로 향했다. 그러는 동안 멜베인은 앙리와 이샤크에게 착 달라붙어 종알거리고 있었다.

"첫 전투에서 용맹하게 적을 섬멸하셨다고 들었습니다. 이 멜베인, 이야기를 듣고 어찌나 감동하였는지……!"

아무래도 그는 공작의 친딸이 아닌 내겐 전혀 관심이 없는 듯했다.

제도와 먼 듀블레드에서의 일이 이곳까지 퍼졌을 리 없고, 애초에 듀블레드는 몹시 폐쇄적인 곳이라 소문이 잘 돌지 않아서 내가 정말로 친딸처럼 사랑받고 있다는 걸 모르는 것이다.

"이 드레스가 어떠신가요? 가슴에 달린 레이스는 멜베인 님께서 심혈을 기울여 디자인한……."

여러 가지 드레스를 보여 줬지만, 딱히 마음에 드는 게 없었다.

내 반응이 미적지근하니 아직 비치해 놓지 않은 디자인을 가져오겠다며 점원이 자리를 비웠다. 나는 행거에 걸린 드레스를 구경하다가 눈이 동그래졌다.

'아, 저거 두 번째 삶에서 입고 싶었던 거다.'

레이스 카라에 소매가 풍성한 드레스였다.

'저게 이 시기의 디자인이었구나.'

멜베인 의상실 쇼윈도에 걸려 있던 이 드레스는 마치 동화책 공주님이 입는 것만 같았다. 입으면 나도 공주님처럼 보일까? 하고 생각했던 기억이 난다.

나는 저 디자인이 꼭 마음에 들었다. 드레스를 몸에 대 보던 찰나였다.

"저거!"

앳된 목소리가 들려왔다. 매끈한 검은 머리칼과 호박색 눈동자를 가진 내 또래의 여자애였다.

"나, 저게 좋아."

여자애의 말에 나는 눈을 깜빡였다.

그러더니 저와 함께 있던 다른 점원에게 말했다.

"저걸로 주문할래. 빨간색으로."

"내가 먼저 잡았는데……."

이곳에 비치된 드레스는 모두 디자인만 볼 수 있도록 만든 시작품이다. 디자인을 고르고, 염색 색감, 천의 재질, 장식 등을 추가해 완성품을 만드는 거라서 지금 바로 살 수 있는 게 아니었다.

하지만 보통 옷을 먼저 들고 있는 사람이 있으면 다른 것을 고르는 게 예의다.

여자애가 인상을 찌푸리며 말했다.

"내가 먼저 주문한다고 했잖아. 디자인 겹치는 거 딱 싫으니까 네가 다른 걸 골라."

그때 중년의 귀부인이 다가왔다.

"유제니?"

"어머니!"

"무슨 일이니."

"제가 먼저 주문했는데, 저 애가 먼저 잡았다고 항의하잖아요."

중년의 귀부인은 내 얼굴과 옷차림을 유심히 보았다.

"네가 양보해 주렴. 우리 유제니는 올해 파종제에 초대받았단다. 더 화려한 자리에서 선보이는 게 옷에게도 더 좋지 않겠니?"

내가 모르는 얼굴에 드레스도 밋밋해서 파종제에 참석할 만한 집안의 아이가 아닌 줄 안 모양이었다.

"저도 파종제에 가요."

"그래, 그렇게 말하고 싶은 마음은 이해해. 하지만 거짓말을 해선 안 되지."

"아니, 저는 정말로 ―"

"얘. 어른이 말하는데 말대꾸를 하면 쓰겠니? 가정 교육이 전혀 안 되어 있구나. 부모가 어떻게 가르친 건지."

귀부인이 짐짓 엄한 표정을 짓자, 유제니라 불린 아이가 픽 실소를 흘렸다.

"르블레인."

"꼬맹아."

때마침 앙리와 이샤크가 다가왔다. 뒤엔 멜베인도 함께였다. 멜베인이 귀부인과 유제니를 보며 알은체했다.

"리옹 부인이시군요. 아가씨의 드레스를 구매하러 오셨습니까?"

"그렇네. 우리 유제니가 이번에 파종제에서 파이프 오르간을 연주하게 되어서."

귀부인의 얼굴엔 뿌듯함이 가득했다. 딸애의 어깨를 감싼 그녀가 우후훗, 웃으면서 멜베인에게 말했다.

"이번에도 잘 좀 부탁하지. 대금은 여름까지 나누어 낼 테니 ―"

"뭐야, 우리 꼬맹이 표정이 왜 이렇지?"

귀부인의 말을 끊은 이샤크가 내 얼굴을 들여다보았다. 방금 귀부인이 가정 교육과 부모를 운운한 바람에 난 얼굴이 굳어졌었다. 앙리는 내 앞머리를 들추며 얼굴을 가만히 들여다보았다.
"기분이 안 좋은 모양인데. 무슨 일 있었어?"
두 사람이 미간을 좁히곤 리옹 모녀, 그리고 유제니와 함께 있던 점원을 쳐다봤다. 유제니와 함께 있느라 우리를 반기던 멜베인을 못 본 점원이 어물거렸다.
멜베인이 물었다.
"무슨 일이시냐고 물으시잖아."
"저, 그게……. 영애님들이 고르신 드레스가 겹쳤습니다."
두 손으로 날 가리킨 점원이 말을 이었다.
"저쪽 노란 드레스의 영애님께서 먼저 시작품을 잡고 계셨고, 주문은 리옹 영애께서 먼저 하셨습니다. 리옹 부인이 저쪽 영애님께 양보하라셔서……."
멜베인이 흠칫 놀라서 오빠들을 쳐다보았다. 그러곤 과장되게 점원을 다그치기 시작했다.
"넌 그걸 보고만 있었단 말이야!"
"그, 그게 아니라 가정 교육 얘기와 부모 이야기까지 나오는 바람에 당황해서 선뜻 움직일 수가……."
얘기를 듣자마자 이샤크의 얼굴이 순식간에 험악해졌다. 그가 튀어나갈 것 같아서 난 얼른 허리에 매달렸다.
"안 돼, 안 돼! 레이디란 말이야!"
아까 일은 열 받긴 했지만, 이샤크가 여성을 위협하는 쓰레기가 되는 걸 볼 순 없었다. 내가 필사적으로 대롱대롱 매달리니 앙리가 말했다.
"이샤크."
앙리의 낮은 목소리와 매달린 날 본 이샤크는 이를 악물고 진정했다.

"이샤크? 어디서 많이 들어 본…… 어머!"

중얼거리던 귀부인이 화들짝 놀라서 양손으로 입을 막았다.

"듀블레드 공자님이시로군요! 그럼 저 애는…… 아아, 그……."

멜베인 때와 반응이 똑같다. 몇 번의 회귀를 거듭해도 나를 소개했을 때, 제국민의 반응은 한결같았다.

'그, 가짜.'

신성력이 증량했어도 이미 가짜라는 선입견이 박힌 이상 '신전에서 어떻게 해서든 운명의 아이로 만들고 싶었구나' 정도로 생각하는 것 같았다.

귀부인은 어색하게 웃으며 말했다.

"결례를 범했네요. 잘 몰라 실수를 한 것이니 너그럽게 용서해 주세요. 저희 아이는 다른 옷을 고르도록 하겠습니다."

"어머니!"

유제니가 소리쳤지만, 귀부인은 "씁." 입소리를 내고 딸의 팔을 끌었다.

"그러시죠."

앙리는 순순히 고개를 끄덕였다.

'다행이다. 앙리는 이성적이야.'

이샤크처럼 튀어 나갈까 봐 솔직히 조금 걱정되었는데.

그는 그냥 가만히 서서 팔짱을 낀 채로 새로운 드레스를 고르는 모녀를 보고 있었다.

"이것도 괜찮지 않니? 우리 딸은 피부가 하얘서 짙은 쪽색 천으로 만들면 아주 잘 어울릴 거야."

"……네."

모녀가 막 디자인을 고르고 점원을 부르려던 그때였다.

“저건 우리가 구매하지.”

앙리가 말했다.

귀부인이 다시 앙리의 눈치를 보고 딸의 손을 끌었다.

“그럼 우린 다른 것으로……. 아, 이 리본이 양쪽으로 달린 드레스도 아주 귀엽구나.”

“저것도 우리가 구매하지.”

“……!”

나는 당황해서 그를 힐끔힐끔 쳐다봤는데, 앙리는 그저 빙그레 웃을 뿐이었다.

“그 옆의 드레스를 고르자꾸나.”

“저것도 구매하겠다.”

“그럼 뒤에 있는 드레스를…….”

“저것도.”

귀부인이 푸르스름해진 낯빛으로 앙리를 돌아보았다.

“저, 공자님…….”

“고르세요. 앞으로 다신 뭐든 구매하실 수 없으실 테지만.”

“무, 무슨 말씀이신지요.”

“물론 비단 드레스에 국한된 이야기는 아닙니다. 살 집, 먹을 음식, 입을 옷, 약에서 생필품에 이르기까지 뭐든.”

귀부인이 딱딱하게 굳어지자 앙리는 눈매를 사르르 접고서 말했다.

“사람은 얼마나 굶어야 죽을까요?”

나는 우뚝 굳어졌다.

‘맞다, 앙리가 화나면 이샤크보다 훨씬 무서웠어.’

그제야 리옹 자작 부인이 앙리에게 매달렸다.

“소, 송구합니다, 공자님. 저희는 정말로 이 아이가 듀블레드 영애님인 줄은 꿈에도 모르고……!"

보호자 없이 아이들만 있어서 사과 없이 어물쩍 넘어가려고 했는데, 앙리가 이렇게 나오니 단단히 무서웠나 보다. 손은 파들파들 떨리고, 낯빛이 마치 시체 같다.

앙리가 무미건조한 시선으로 리옹 부인을 바라보았다.

"사과할 대상이 틀렸잖습니까."

내가 리옹 부인과 유제니에게 제대로 사과받은 것은 두말할 게 없었다.

우리는 멜베인의 의상실 소파에 앉아서 리옹 모녀와 자작, 유제니의 할아버지, 할머니, 외할아버지, 외할머니, 고모, 삼촌, 숙모, 이모 등등등 수십이 넘는 리옹가의 사람들에게 사죄를 받고 돌아왔다.

멜베인과 점원들이 그 모습을 덜덜 떨면서 지켜보았다.

* * *

멜베인의 드레스는 며칠 후 도착했다.

시작품보다 훨씬 화려하고, 호화로운 옷이 몇 벌씩이나 있었다. 지난번 일로 멜베인이 겁을 잔뜩 집어먹더니 필사적으로 작업했나 보다. 그런 멜베인의 열의가 들어간 옷은 정말이지 아름다웠다.

오빠들은 옷을 입고 폴짝폴짝 걸어 보는 날 보며 쿡쿡 웃었다.

"한 바퀴 더 돌아봐, 르블레인."

앙리가 다정하게 말해서 왼쪽으로 한 바퀴 돌았더니 주변에서 구우우우웅―!! 하고 영상석이 미친 듯이 돌아가는 소리가 들렸다.

"속눈썹 한 올도 놓치지 마."

이샤크가 고용인들에게 매섭게 경고하자, 다들 마른침을 삼키며 영상석을 고쳐 들었다.

'아이고…….'

나는 이제 슬슬 연회가 걱정되기 시작했다.

연회에서 실수를 할까 봐서가 아니라, 연회장에서 누가 죽을까 봐.

나는 생각난 김에 오빠들의 소매로 손을 뻗었다. 그리고 진지한 얼굴로 그들을 보았다.

"우리 동생이 왜 그렇게 귀여운 눈으로 볼까?"

"왜?"

앙리와 이샤크가 차례로 말해서 나는 엄한 목소리로 말했다.

"연회에서 사람 때리면 안 돼."

"……."

"……."

두 사람은 말이 없었다. 나는 다시 "안 돼." 하고 단호히 말했다.

"하지만 유사시엔……."

"대귀족들이 모이는 곳에선 어떤 일이 일어날지 예상할 수 없으니, 일단은 확답은……."

역시 말 한마디로는 안 통하는군.

하지만 나는 이럴 때 냉큼 대답을 들을 수 있는 말을 안다.

"이불 차고 잘 거야."

"그건……!"

"비겁하다!"

이샤크와 앙리가 순서대로 소리치며 펄떡 일어났다.

몇 년 전에 이불을 차고 자다가 독감에 걸렸었다. 어린 나는 생사를 오갔는데, 그때 가족들은 영혼이 반쯤 나갔다가 다시 돌아왔다.

내가 그것 때문에 의사들을 살리기 위해 인간의 존엄성을 포기한 "아빠, 오빠 사랑해!"를 얼마나 했는지 생각하면 눈물이 앞을 가린다.

어쨌든 그 후, 이건 아주 잘 먹히는 협박이 되었다.

"알았다고! 안 때리면 되잖아!"

"……알았어."

결국 두 사람은 순순히 대답했고 나는 흐뭇하게 고개를 끄덕였다.

* * *

앙리와 이샤크는 '절대로! 절대로 사람을 때려선 안 된다.'라고 강조하는 르블레인에게 철석같은 대답을 했다. 그러고 나서야 아이는 안심하고서 연회 준비를 한다고 방으로 올라갔다.

이샤크가 시무룩한 표정으로 말했다.

"아무도 때리지 못하면 어떻게 지키지?"

르블레인의 협박에 굴복한 것이었지만, 이샤크, 앙리는 동생과의 약속을 잘 지키는 착한 오빠였다.

우울한 목소리에 앙리가 말했다.

"때리지 말라고 했지, 죽이지 말라곤 안 했잖아."

"아하!"

그제야 이샤크의 표정이 밝아졌다.

"한 방에 죽여 버리면 때릴 필요가 없겠군."

고개를 주억주억하는 이샤크를 보고 앙리는 "그렇지." 하며 사악하게 웃었다. 그 모습을 지켜보던 고용인들은 마른침을 삼켰다.

* * *

같은 시각, 제도 상점 지구 내의 호프 상단.

금술사의 도움으로 본래의 젊은 모습이 아닌, 허리가 굽은 노년의 귀부인이 된 세리아는 호프 상단의 장부를 확인하고 있었다.

"부단주."

그녀에게 다가온 사내가 주변을 살피곤 목소리를 낮췄다.

"루미너스 약의 재고가 얼마 남지 않았습니다."

과거 세리아의 현상금을 듀블레드의 온실로 가져다주었던, 그녀의 지인인 커티스였다.

"마도사에게 서둘러 꽃을 틔워서 가져오라고 했어. 도착 즉시 정제하도록 해."

"예. 아, 그리고 의사들을 잘 단속하라는 단주의 말씀이 있었습니다."

그가 단주인 르블레인의 서신을 세리아에게 건넸다.

편지는 [의사들이 돈벌이를 우선하지 않도록 주의해야 하며, 이제부터 판매자들에게 평소보다 약을 조금씩 줄여 팔도록 하라]는 내용이었다.

함께 편지를 확인한 커티스가 말했다.

"왜 갑자기 판매량을 줄이라고 하시는 걸까요. 나날이 인기가 높아지고 있을 때, 유통량을 늘리면 엄청난 돈을 벌어들일 수 있을 텐데요."

"글쎄. 단지 내가 아는 건 단주께선 절대로 허튼 명령을 내리시지 않는다는 거야."

커티스는 잠깐 침음하고서 고개를 끄덕였다. 그는 호프 상단 단주의 정체를 알지도, 짐작하지도 못했지만 놀라운 사람이라는 것만은 알고 있었다.

기근과 홍수 등의 재난도 사전에 일어날 일을 미리 알고 있는 것처럼, 단주의 말만 따르면 상단은 위험을 피하고 어마어마한 부를 손에 넣을 수 있었다.

'놀라운 감각이지.'

상단이 출범하기도 전에 스피넬의 매립지를 가지고 있던 걸 보면 엄청난 자본력의 소유자다. 그렇다면 귀족일 터인데, 상단의 일꾼 심정을 헤아릴 줄도 아셨다.

그분은 일꾼들에게 절대로 부족한 대우를 하지 않았다. 상은 후하게, 벌은 확실하게 일꾼들을 부린 덕에 다른 상단에서 늘 골칫거리로 여기는 일꾼 단속이 그렇게 어렵지 않았다.

다른 상단 대비 높은 임금과 복지로 일꾼들의 충성심은 나날이 높아졌고, 상단에 취직하고 싶어 하는 이들은 차고 넘쳤다.

상단 내에 단주님 추종 클럽까지 생겼을 정도였다.

"참, 단주께서 알아보라던 사람은 찾았니?"

"짐작 가는 인물은 몇 있지만, 정보가 확실하지 않아서 확정하기엔 어렵습니다."

"무슨 수를 써서라도 찾아내. 절대로 단주님을 실망하시게 할 순 없다."

단주님 추종 클럽의 대표인 부단주 세리아가 눈을 부릅떴다.

* * *

연회 당일.

단장을 마치고 온 난 계단을 내려왔다. 그리고 계단 밑에서 기다리던 아빠와 오빠들을 보자마자 "와 — !" 탄성을 내질렀다.

작정하고 꾸민 세 사람은 놀랄 정도로 눈이 부셨다. 성장(盛裝)한 그들은 몇 번 보았고, 그때마다 놀랐지만 이제 보니 격식만 갖춘 것이지 작정한 꾸밈이 아니었나 보다.

듀블레드의 상징인, 겨울을 형상화하듯 찬란하고 시린 은발과 짙고 투명한 청안. 높고도 쭉 뻗은 코와 단정하게 자리 잡은 눈매, 약간 날카로운 눈빛.

외모뿐만이 아니라 모두 키가 훌쩍 크고, 표범처럼 늘씬한 몸매의 소유자들이라 어떤 옷을 가져다 입혀 놔도 어울렸다.

그런데 맞춤형의 호화롭고도 특별한 예복까지 갖춰 입고 있으니 보는 사람의 기가 질리게 만든다.

"진짜 멋져요!"

내가 말하자 아빠는 내 볼을 가볍게 쓰다듬으며 웃었다.

"너도 아주 어여뻐."

아마도 이건 그저 콩깍지만은 아닐 것이다.

지난 세 번의 삶에서는 고생하며 산 탓에 얼굴이 상했던지라, 누구도 날 예쁘다고 생각하지 않았다.

뼈가 흉하게 불거진 빼빼 마른 몸과 못 먹은 탓에 생긴 얼굴의 버짐, 그리고 미용 비용을 아끼기 위해 내가 듬성듬성 자른 탓에 만들어진 더벅머리. 곱게 보려고 해도 예쁘지는 않았을 것이다.

그런데 이번 삶에선 듀블레드 고용인들, 가신들의 극진한 보살핌을 받았더니 지난 삶과 확실히 달라졌다.

몸엔 살이 올라서 흉하게 튀어나온 부분이 없어지고, 얼굴은 잡티 없이 뽀송뽀송했으며, 콤플렉스이던 곱슬머리도 올 하나 상한 곳 없이 탐스러웠다.

거기에 멜베인이 심혈을 기울여 만든 드레스와 귀여운 레이스 리본에 구두까지 착용했다.

거울 속의 난 부잣집에서 곱게 자란 태가 나는 제법 귀여운 꼬마 숙녀였다.

'이건 자본의 기적이지.'

나는 그렇게 생각하며 히히 웃었다.

"갈까?"

앙리가 물어서 고개를 끄덕였다.

우리는 마차를 타고 연회장으로 이동했다. 제국의 3대 축제인 파종제가 열리는 곳은 황궁의 오픈 홀이었다.

홀의 문 앞에서 입실을 알리는 시종의 목소리가 울려 퍼졌다. 사람들의 시선이 일시에 우리에게 향했다.

지난 삶에서도 공작가의 영애로 파종제에 참석한 적이 있지만, 이건 언제나 긴장이 되는 일이었다. 제국의 피라미드 정점에 오른 자들의 날카로운 시선이 온몸을 감정하듯 훑었다.

'거기에…….'

나는 식은땀이 배어 나오는 손을 꽉 맞잡았다.

아미티에 공작과 발루아 공작은 올해 연회에 참석하지 않는다. 아미티에 공작은 듀블레드 공작만큼이나 이러한 파티에 잘 나서지 않고, 발루아 공작은 영지에 홍수가 나서 급히 떠났기 때문이다.

알고 있지만, 혹여나 그들을 만나게 될까 봐 목구멍이 바짝 타들어 갔다. 트라우마가 자극되어서 전에 없는 긴장 상태였던 것이다.

'진정해. 오늘 목적은 황태후야.'

황태후만 만나고 돌아가는 거야.

아빠와 오빠들은 벌써 사람들에게 둘러싸여 있었다. 아빠는 언제나와 같은 무미건조한 표정이었고, 앙리는 미소로 사람들과 대화를 나누고 있었으며, 이샤크는 잔뜩 짜증이 난 얼굴이었다.

'나도 섞여들어야 하는데…….'

이럴 땐 보통 어머니의 소개로 또래의 영애들과 어울리는데, 난 어머니가 없어서 쭈뼛쭈뼛 눈치를 보고 있었다.

그때, 시종의 우렁찬 목소리가 들려왔다.

"황태후 폐하 드십니다!"

사람들이 일시에 벽 가로 물러났다. 앙리는 내가 휩쓸리지 않도록 팔을 살짝 끌어 주었다.

"제국의 어머니께 광영을!"

"광영을."

누군가 선창하자 사람들이 그녀에게 예를 표했다.

"나의 파티에 와 주어서 고맙습니다."

미소 짓는 황태후를 본 사람들이 곤란한 표정으로 서로를 쳐다봤다.

'아이고, 오늘도…….'

엄밀히 따지면 파종제를 주최하는 건 황태후가 맞지만, 이건 황실의 행사였다.

'황태후의 파티'가 아니라.

워낙에 인자하고 순한 얼굴이라 처음엔 모르지만, 황태후는 으스대고 싶어 하는 기질이 있었다. 거기다가 욕심도 아주 많아서 이렇듯 은근한 말로 본인의 권위를 자랑했다.

'황제가 들었으면 또 이마를 짚었겠네.'

"어머나, 운명의 아이야."

황태후의 시선이 내게 향하자 좌중 또한 내게 주목했다.

"이리 오려무나. 이리."

그녀가 나에게 손짓하자 나는 자연히 눈치를 봤다. 그런 나를 향해 앙리가 조그맣게 고개를 끄덕였다. 나는 조심조심 홍해처럼 갈라진 사람들 사이를 걸어서 그녀에게 다가갔다.

"제국의 어머니께 광영을."

치마를 펼치면서 말하며 황태후를 바라봤다.

나는 이번 제도 행에서 저 노인의 마음에 쏙 들고 말 거다.

* * *

황태후는 인자한 얼굴로 내 손을 잡았다.

"많이 컸구나. 세상에나, 정말로 많이 컸어."

지난 삶에선 자주 황태후를 봤는데, 이번 삶에선 듀블레드의 강경한 거절과 밀착 호위가 있었기에 그녀는 내 머리카락 한 올 못 봤다.

"제국의 구원자가 될 아이가 이토록 자랄 때까지 살피지 못하였으니, 내가 죽어 신께 어찌 고개를 들겠니."

좌중의 눈빛에 또 곤란함이 서렸다.

황족이 공개 석상에서 신과 관련된 이야기를 하는 건 옳지 못한 일이었다. 제국은 교황이 다스리는 성국이 아니었다. 즉, 네리아드교는 국교더라도 반드시 믿어야 할 필요가 없었다.

하지만 황족이 나서 신전에 힘을 실어 준다면 제국민에게 믿음을 강요하는 것과 다름없었다. 거기다 방금 황태후의 말은 듀블레드 공작에게 언짢은 뜻을 내비치는 말로 보일 수도 있었다.

'음, 황제는 이마가 아니라 목덜미를 잡았겠어.'

나는 속을 능숙히 숨기고 웃었다.

"황태후 폐하를 뵙고 싶었어요. 옛날, 옛날에 뵈어서 잘 기억나지 않아서요. 어떤 분이실까 기대하였는데, 제 상상보다 훨—씬 멋진 분이라 마음이 두근두근해요!"

일부러 어린애 같은 말투로 말했다. 애이니 아부를 한다고 생각하지 못하도록.

노린 대로 황태후는 매우 기쁜 듯 웃었다.

"어쩌면 이리 말을 잘할까. 듀블레드 공작의 밑에서 자라 날 오해하면 어쩌나 싶었는데, 섣부른 생각이었나 보구나."

"폐, 폐하."

시녀가 당혹스럽게 불렀지만, 황태후는 들은 체도 하지 않았다.

"자, 자. 내 옆에 앉으려무나. 어찌 지냈는지 알려 줘."

황태후를 위해 비치된 의자 옆에 아이용의 다리 짧은 의자가 놓였다. 나는 그녀의 옆에 앉아서 도란도란 이야길 했다.

"그래서요, 콘스탄스 공자가 바람이 났대요."

"정말이지 요즘 아이들은 놀라워."

뺨에 가볍게 손을 올린 황태후가 고개를 절레절레 저었다. 하지만 말은 저렇게 해도 매우 흥미진진할 것이다. 증거로 뺨이 붉고 숨이 가빠졌다.

황태후처럼 높은 신분의 사람에게는 이런 급 낮은 소문을 전해 주는 사람이 없었다. 심심한 황궁에서 지겨운 이야기를 듣고 사는데 내 얘기가 얼마나 재미있겠는가.

'그래서 일부러 로라에게 막장 이야기 위주로 물어봤지.'

첫 번째 삶에서 미나가 말했다.

그 애의 세계엔 아침 드라마라는 게 있는데, 거의 막장 이야기란다. 그리고 그 아침 드라마를 싫어하는 어른은 없다고 했다. 앞에선 욕해도 뒤에선 리모콘을 쥐고 있단다.

물론 황태후가 앞에서도 좋아할 화제도 준비했다.

"예배 때 어떤 부인이 배가 몹시 아프더래요. 화장실에 너무 가고 싶었는데 자리를 비울 수가 없었대요. 그래서 성가를 부를 때를 노려서 방귀를 뿡! 뀌었는데, 신관이 성가 연주자들에게 '오늘은 트럼펫 연주자가 아주 우렁차게 연주하더군' 하더래요."

"오호호호홋-!"

일명 신전 개그.

도무지 뭐가 재미있는지 나는 알 수가 없지만, 신전에 열심히 다니는 사람들은 이 얘기가 그렇게 웃긴가 보다.

"늘 예배가 길어서 곤란하지. 나처럼 나이 든 사람은 괴로울 때가 있단다."

음, 공감형 웃음이었군.

"아기와의 대화는 너무나 즐겁구나. 이렇게 유쾌한 게 얼마 만인지."

황태후가 매우 기뻐하자 우리를 흘끗흘끗 쳐다보던 사람들이 놀라워했다. 황태후는 당황스러울 정도로 원하는 대로 사는 인물이지만, 내색해서 누군가를 이렇게 귀여워하는 경우는 거의 없기 때문이다.

"다음엔 황궁으로 놀러 와 주렴."

'좋아, 원하는 말이 나왔다.'

나는 일부러 시무룩한 표정으로 말했다.

"하지만 신관이 오면 아빠가 곤란해하실 거예요."

듀블레드와 신전의 사이가 나쁜 건 제국민이라면 누구나 알고 있는 것이고, 황태후는 유난히 잘 알았다. 무슨 뜻인지 이해한 그녀가 고개를 끄덕였다.

"아기가 올 적엔 신관은 부르지 않으마."

"정말이요? 우와! 저도 폐하께서 계시는 황궁에 꼭 가 보고 싶었어요."

정확히 말하면 황태후의 피부 상태를 볼 수 있는 은밀한 공간에. 얼마나 피부병이 나았는지 알아야 황태후가 신전을 버리도록 조종할 수 있다.

난 본심을 숨기고 방긋 웃었다.

그때, 황태후가 시계를 보더니 "어머." 하고 일어났다.

"잠시 기다리렴. 내가 약을 먹어야 할 시간이라."

그녀가 시녀에게 손을 내밀자, 시녀는 품 안에서 작은 약병을 꺼내 건넸다.

첫 번째 삶에서도, 두 번째 삶에서도 이 시기의 황태후는 건강했다. 피부병 외엔 전혀 문제가 없었다. 그런데 약을 챙겨 먹고 있다고?

"폐하, 어디 아프세요? 약을 드신다니 너무 슬퍼요."

내가 억지로 눈썹을 늘어뜨리며 묻자 황태후는 후후 웃었다.

"걱정하지 말려무나. 이건 젊음의 약이란다. 다소 민망한 이름이지."

무슨 소리야?

나는 절대로 한 번에 약을 저만큼이나 많이 팔지 않는다.

"저도 알아요. 가신 할아버지들이 하는 얘기를 들었어요. 호프 상단에서 판다면서요?"

일부러 모르는 척 말하자 황태후가 미끼를 덥석 물었다.

"호프 상단이 아니야. 신전에서 새로 만든 약이란다."

"저도 보고 싶어요. 어떤 건지 보여 주시면 안 될까요?"

"제국의 영웅이 될 아기의 부탁을 어떻게 거절하겠니."

황태후는 내가 마음에 쏙 들었는지 언짢은 내색 없이 약병을 내밀었다. 향을 맡고, 색상도 확인한 나는 우뚝 굳어졌다.

'신전에서 새로 만든 약이 아니야. 이건 내 약이다.'

내 약에 병만 바꾼 것이다.

즉, 신전에서 내 약의 조제법을 훔쳤다는 소리였다.

'황태후 외에 다른 사람에게도 판매한 건지 알아봐야 해.'

나는 약을 먹기 위해 홀을 나선 황태후의 뒤를 따라갔다. 막 문을 벗어난 황태후에게 다가갔을 때, 그녀가 무슨 일이냐는 듯 물었다.

"왜 홀에 있지 않고?"

"폐하랑 같이 있고 싶어요. 홀엔 사람이 너무 많아서 무서워요."

애가 호의로 쫓아다니는 것을 싫어하는 사람은 별로 없다. 황태후도 내가 어미 닭 쫓는 병아리처럼 필사적으로 따라온 것을 보고 쿡쿡 웃었다.

"황제 폐하께서도 어릴 적에 이리 나를 각별히 여기진 않으셨는데 아기는 내가 참으로 좋은 모양이구나."

그때였다.

"폐하."

익숙한 목소리가 귓전에 흘러들었다. 나는 흠칫하여 뒤를 돌아보았다.

'사제 아돌프.'

5년 전, 스피넬로 듀블레드를 압박한 남자이자 첫 번째 삶에서 나를 끈질기게 괴롭히던 남자였다.

> "가짜란 것이 밝혀졌는데도 어찌 목을 매지 않으십니까? 아기님 때문에 신전의 면이 얼마나 상했는지 가늠이나 할 수 있으신 겁니까?"

황태후는 반가운 얼굴이었지만, 곧 나를 흘끔 쳐다보고서 말했다.

"여긴 무슨 일인가요? 듀블레드 공작이 보면 노여워할 터인데."

"약을 더 가져왔습니다. 혹여나 부족하실까 봐요."

"마침 잘됐네요. 매일 꼬박꼬박 먹으니 금세 동이 나서 아쉬웠는데."

후훗, 웃은 그녀가 눈짓하자 시녀장이 신관에게 약병이 가득 든 상자를 받았다.

황태후는 내 등을 살짝 밀었다.

"운명의 아이입니다. 많이 컸지요?"

아까는 내가 올 때 성에 신관을 부르지 않겠다던 사람이 약을 받자마자 냉큼 날 신관에게 소개한다. 황태후는 이런 사람이었다. 더 큰 것을 쥐여 주는 사람에게 단숨에 돌아서는.

아돌프는 전혀 내게 관심이 없는 표정이었지만, 황태후의 눈치를 보고 말했다.

"반갑습니다, 아기님. 중앙 신전의 아돌프입니다. 많이 자라셨군요."

"안녕하세요."

"정진하고 또 정진하십시오. 아기님은 가진 것에 비해 큰 사명을 받았으니, 한계가 없는 인내가 필요합니다."

마치 기생충이라도 보는 듯한 눈빛으로 날 힐끔 훑은 아돌프가 하하, 웃으며 황태후를 돌아보았다.

"안색이 많이 좋아지셨습니다."

"다 사제의 덕이에요. 약의 효능이 놀라웠습니다."

"얼마나 고통스러우셨으면 그리 작은 상단에서 판매하는 약을 드실까 싶어서 필사적으로 제조에 매달렸지요."

우리 상단의 제조법을 훔쳐 놓고서 뻔뻔하기도 하다.

하기야, 아돌프는 언제나 남의 것을 훔치는 게 쉬운 사람이었다. 내가 필사적으로 완성한 신성력 계산식을 훔쳐서 제가 개발한 것으로 교황청에 보고한 적도 여러 번이었다.

"고마울 따름이에요. 상단에서 판매하는 것은 너무 소량인 데다가 본인이 직접 가지 않으면 구매할 수 없다지 뭡니까."

"괘씸한 자들이로군요. 이제 걱정하지 마십시오. 약이 떨어지기 전에 잔뜩 제조해 오겠습니다."

"그리 좋은 약이라면 판매하는 것이 이득일 텐데, 판매를 시작하고 나선 바빠서 늙은이를 챙길 시간이 없지 않을까요?"

"설마요. 저는 오직 황태후 폐하만을 위해 약을 만듭니다."

화기애애한 두 사람 덕에 상황 파악을 마친 난 부들부들 떨었다.

터져 나오려는 쾌재를 참으려고!

'이게 웬 떡이람.'

미나는 루미너스 약의 효능을 보고 이렇게 말했다.

"아하, 여기선 스테로이드가 약초에서 나는가 보네."

저건 남용하게 되면 부작용이 심각한 약물이었다. 잘 쓰면 명약이 따로 없지만, 잘못 쓰면 최악의 경우 죽는다.

내가 의사를 상주시켜서 증상을 확인한 뒤 루미너스 약을 판 것은 효능의 소문을 극대화하기 위해서만이 아니었다. 손님들을 보호하기 위한 일이었던 거다.

'황태후한테만 줬으면 다른 손님들은 안전해.'

그들은 내가 상주시킨 의사들의 지시에 따라 약을 아주 소량만 복용 중이라 부작용이 나타날 가능성이 작다. 하지만 저렇게 약을 많이 먹으면 황태후는 무조건 부작용을 겪는다.

내 약은 부작용이 안 생기는데, 신관이 만든 약은 생기는 거다. 황태후가 후유증을 앓는 데에 대한 책임은 모두 그가 져야 한다는 의미다.

황태후는 우후후 웃으며 내게 말했다.

"사제가 참으로 대단하지 않니?"

"네. 대단해요!"

나는 밝게 말했다. 사제의 입매가 비죽 솟았다.

* * *

파티장에서 돌아온 난 주변을 살핀 뒤 창 하나 없는 드레스 룸 구석으로 가서 통신석을 잡았다. 세리아와 통신을 연결하고 오늘 있던 일에 관해서 설명했다.

"이제 곧 루미너스 약과 관련된 사건이 터질 거야. 손님들이 우왕좌왕해서 약을 바로 끊지 못하게 신뢰를 잘 쌓아 놔."

'루미너스 약은 갑자기 복용을 끊게 되어도 위험하니까.'

[예, 아기님. 한데 황태후는 어찌합니까?]

"으음, 그건…… 내 알 바가 아닌데?"

[네?]

나는 호인이 아니다. 여러 번 내 삶을 망가뜨린 데에 일조한 황태후의 목숨마저 걱정하는 착한 르블레인은 이미 이곳에 없었다.

'이제 기다리기만 하면 되겠네.'

아돌프가 한껏 욕심을 부려 준 덕에 난 제사나 보고 빵이나 먹으면 된다.

* * *

일주일 후.

홍얼대며 방을 나온 난 복도를 타박타박 걸었다.

'저택 구경해야지!'

그간 연회부터 황태후, 루미너스 약의 후처리까지 정신이 없었던 터라 저택을 제대로 구경할 시간도 없었다. 오빠들이 매일같이 놀자고 와도 피곤한 척, 이불에 파고들어서 눈에 불을 켜고 장부를 살폈다.

'걸릴 것은 절대 없음!'

신전에서 뭐로 협박하려 해도 안심이다.

저택과 성의 풍경은 굉장히 달랐다.

성은 복도를 지나는 고용인들도 많고 사람으로 북적거렸다. 그런데 저택은 아주 최소한의 사람이 재빨리 지나다닌다. 주인들의 눈에 띄지 않기 위해서.

왜 그런지 모르겠지만, 그게 대귀족 고용인들의 룰이란다. 사용인들은 도구나 다름없어서 주인의 눈에 거슬리지 않게 다녀야 한다고 했다.

발루아 저택도 그랬다. 검소한 성정 때문에 집사와 하녀 하나만 둔 아미티에 저택은 달랐지만.

'어쩐지 외로운 풍경인 것 같아.'

여기서 사는 사람은 외롭지 않을까. 곧 영지로 내려갈 나는 하인들의 간섭 없이 구경하는 재미가 있지만.

난 살짝 들떠 있었다.

하인들은 고모인 자벨린 님의 방만 빼면 어디든 가도 좋다고 했다.

저택은 정말로 넓어서 복도 끝에서 끝으로 뛰는 것도 헥헥거릴 정도였다. 2층을 뽈뽈 돌아다니고 있던 난 문이 조금 다른 문양으로 장식된 방을 발견했다.

'여긴 어디지?'

살짝 문을 여니 창문도 없는 조그만 방이 나왔다.

창고인가 싶었는데 아주아주 잘 관리가 되어 있었다. 테이블도 있고, 예쁜 의자도 있고, 찬장이며, 작지만 침대도 있었다.

'고용인의 방인가?'

하지만 저택 내에 방을 둘 수 있는 고용인이 있어? 창문도 없고 좁은 걸로 봐선 쟈벨린 님의 방은 절대로 아닐 텐데.

나는 슬그머니 의자에 앉았다. 테이블 아래에 작은 서랍이 있어서 살짝 열자 웬 편지 뭉치, 아니, 쪽지 뭉치가 있었다.

내가 읽어도 되는 걸까. 잠깐 고민했다. 하지만 곧 생각을 정리했다.

어디든 가도 좋다고 했으니, 내가 읽어선 안 되는 게 있다면 미리 치워 놨겠지?

[내게 사과하세요.]

[사과는 미안할 때 하는 말이 아닌가?]

[무례하셨잖아요!]

[말이 무서워서 질질 짜는 레이디를 내려 준 게 어디가 무례한 일인지 모르겠군. 혹시 눈물을 본 것 때문에 그런 거라면 걱정하지 마시오. 내 기억에 담아 둘 만큼 당신은 특별하지 않으니.]

[안 울었어요! 단지 승마 연습을 하고 있었던 거예요! 승마 연습을 하는 제 목덜미를 잡아서 던지신 건 충분히 무례한 일이었습니다.]

[날다람쥐처럼 말 등에 달라붙어 있던 것이 언제부터 승마였는지 모르겠군.]

단정한 어른의 필체다.

쪽지는 끝도 없었다.

[어제 비명을 질렀던 것은 죄송합니다. 저는 단지 집사의 부탁으로 욕실에 피로회복을 위해 제조한 약을 넣어 두려고 한 것이었어요. 하필 낮에, 그것도 나체로 욕실에 들어오실 줄은 정말로 꿈에도 몰랐습니다.]

[지난번 편지로 제 사과가 잘 전달되지 않은 것 같아서 다시 남깁니다. 죄송해요. 그리고 저는 귀하의 코브라가 코브라라는 소문을 낸 적이 없습니다.]

[코브라 얘기를 한 번만 더 하면 방을 불태워 버리겠다.]

[언짢게 하였다면 죄송합니다. 하지만 저는 정말로 아닙니다. 무서우니까 아까처럼 노려봐 주시지 않으면 좋겠습니다. 제가 욕실에서 한 '코, 코브라'라는 말은 귀하의 코브라를 지칭하였던 것이 사실이지만, 정말로 정말로 제가 소문을 내지 않았습니다.]

[방에 정말로 불을 지르시면 어떻게 해요!]

나는 킥킥 웃으면서 쪽지를 넘겼다.

[어제 다치셨던 것은 괜찮으신가요? 치료를 받지 않으면 상처가 곪을 겁니다.]

[네가 신경 쓸 일이 아니야.]

[방 앞에 쓸데없는 것을 두고 가지 마라.]

[쓸데없는 게 아니라 약이에요. 날이 좋네요. 그래서 말인데 오늘 간식은 푸딩이었으면 좋겠어요. 집사에게 말씀 전해 주세요. 신세 지는데 그런 부탁까지 드리는 건 죄송해요.]

[당신이 신세를 지는 건 집사가 아니라 나겠지.]

[푸딩 감사합니다.]

[여름에 정원수 그늘에서 얼음물에 발 담그고 있는 게 얼마나 행복한지 혹시 귀하는 아시나요?]

[얼음물 감사합니다.]

존대를 하는 쪽이 엄청 뻔뻔했지만, 나는 그게 싫게 느껴지지 않았다. 필체에서도 문장에서도 사랑스러움이 느껴진다.

[어제는 왜 밖으로 나오지 않았지?]

[몸이 아프면 아프다고 해. 또 이불을 뒤집어쓰고 견디지 말고.]

반대쪽도 먼저 쪽지를 쓰기 시작한 것 같다.

나는 가슴이 콩닥콩닥해졌다. 이거 혹시 연애편지인가?

[나는 결혼하지 않아.]

내 생각이 맞았어!

[왜 그걸 제게 말씀하시는지?]

[그럼 마주칠 때 눈에 힘이나 풀고 있지 그래.]

[눈병이 나서 그런 거거든요! ……그런데 결혼은 정말로 안 하실 건가요?]

[그래.]

편지는 좀 더 달콤해졌다.

[화를 좀 풀어 줬으면 좋겠는데.]

[그게 설마 사과는 아니시겠죠? 집사 앞에서 입을 맞추시는 바람에 제가 호수로 뛰어들 뻔했다는 걸 아신다면 절대로 그렇게 사과하시지는 못하셨을 텐데.]

뽀뽀했나 봐!

가슴이 콩닥거려서 난 발그레해진 양 볼을 감싸 쥐었다.

[어제 몸은 괜찮았나?]

[그 정도로 약골은 아니거든요.]

.

.

[3개월이래요.]

뭐가 3개월이란 거지?

'혹시 어디 아픈가?'

이어지는 쪽지는 없었다. 나는 걱정스러운 얼굴로 쪽지 끝을 매만졌다. 조금 이들의 마음을 엿본 것뿐인데 가슴이 찡해서 오래오래 행복했으면, 하고 생각하게 된다.

나는 "흐음." 안타깝게 신음하고서 쪽지를 다시 잘 묶어 서랍 안에 넣어 두려고 했다. 그런데 서랍 구석에서 무언가 뭉툭한 것이 만져진다.

살짝 꺼내 보니 반지 한 쌍이었다. 둘레가 넓은 쪽은 아무것도 없었지만, 좁은 쪽엔 루비가 박혀 있다. 둘레가 넓은 쪽의 반지를 둘러보다가 내부에 새겨진 글씨를 발견했다.

"리……세트. 리세트?!"

난 깜짝 놀라서 눈을 동그랗게 떴다.

'공작 부인의 이름이잖아!'

둘레가 좁은 쪽의 반지도 살펴보았다. 역시나 글씨가 새겨져 있다.

'테오도…….'

그때였다.

"테오도르."

내가 반지의 글씨를 미처 다 읽기 전에 문가에서 목소리가 들려왔다. 팔짱을 낀 채로 문틀에 기댄 여자가 날 빤히 보며 말하고 있었다.

"누구니, 너. 왜 내 방에 있지?"

가슴까지 내려오는 매끈하고도 부드러운 적발, 듀블레드의 상징인 투명한 청안, 눈 밑과 뺨에 각각 하나씩 있는 고혹적인 점.

지나가던 사람들이 모두 한 번쯤은 뒤돌아서 볼 만큼 아름다운 외모와 낮고도 달콤한 목소리를 가진 저 사람을 난 알고 있다.

내 양고모인, 쟈벨린 아리에쥬였다.

"왜 내 방에서 리세트의 쪽지를 읽고 있느냐고 물었어."

쟈벨린 님의 방이라고?

나는 놀라서 펄쩍 뛸 뻔했다. 일부러 들어온 것은 절대로 아니다.

여긴 제도 저택을 총괄하는 듀블레드 공작의 동생이 머물기엔 너무나 좁고 허름해서 쟈벨린 님의 방일 줄은 꿈에도 몰랐다.

"저기, 저는……."

답할 말을 찾으려 말을 더듬던 찰나였다.

"받아라!"

이샤크의 목소리와 함께 단검이 날아왔다. 쟈벨린 님은 가볍게 몸을 돌려 검지와 중지 사이로 검을 받았다.

"수가 얕구나. 뒤에서 치려면 기척을 숨겼어야지."

"누가 당할 줄 알고 한 거래? 인사 대신이지."

씩 웃고서 쟈벨린 님에게 다가오던 이샤크가 열린 문 안으로 보이는 나를 발견하고 눈을 홉떴다.

"꼬맹아!!"

그는 후다닥 달려와서 허둥지둥 날 살폈다.

"여기 있는 줄 몰랐어. 다치지 않았어?"

"네 검을 내가 막았으니 다치지 않았겠지."

쟈벨린 님이 조용한 목소리로 말하자 이샤크가 버럭 소리쳤다.

"꼬맹이는 연약해서 마음이 잘 다친단 말이야!"

쟈벨린 님의 얼굴이 미묘해져서 난 쥐구멍에라도 숨고 싶어졌다.

이샤크는 인상을 찌푸리고 말했다.

"뭐 했어. 꼬맹일 괴롭힌 거 아냐?"

"아냐! 아냐!"

나는 얼른 이샤크를 뜯어말렸다.

오해라고 해도 남의 방에 멋대로 들어온 내가 잘못한 거다. 미리 쟈벨린 님의 방을 확인했어야 했다. 설마 창문도 없는 좁은 방을 쓰고 계실 줄은 몰랐다.

나는 일어나서 쟈벨린 님에게 다가갔다.

"저는 르블레인 리세―"

"운명의 아이."

그녀는 나를 빤히 쳐다볼 뿐 별말이 없었다. 하지만 익히 성정을 들었던 터라 당황스럽진 않았다.

그녀는 곁을 잘 안 내주고, 타인에게 냉정하다. 인사조차 받아 주질 않았는데, 그래서 그녀와 인사를 나눈 것이 자랑인 사람들도 있었다.

"아기님."

그때 나를 찾았는지 레아가 다가왔다.

"여기 계셨군요."

"나는 안 보이는가 보구나, 레아."

"그럴 리가요. 아기님의 식사 시간이라 마음이 급했습니다."

빙그레 웃으면서 일어난 레아가 고개를 숙였다. 레아를 빤히 본 쟈벨린 님은 팔짱을 끼고 있던 팔을 풀었다. 결 좋은 머리카락이 쇄골로 부드럽게 흘러내렸다.

"너는 언제 내 것이 되어 주려나."

그렇게 말한 그녀가 검지로 레아의 턱을 가볍게 올렸다.

레아와 함께 온 하녀들이 얼굴을 붉히며 몽롱한 얼굴을 했다. 그렇게나 냉정한 성격을 가졌는데도 쟈벨린 님의 인기는 하늘을 찔렀다. 남성보다도 여성에게.

그녀가 바로－

제도의 걸크러쉬. 어린 레이디들이 '제발 저도 가져 주세요!'를 외치며 플래카드를 흔드는 여성. 황후의 제1 호위대장이었고 여성 기사들의 부대인 백마대의 대장.

－쟈벨린 아리에쥬였다.

레아는 후후 미소 지었다.

"장난이 지나치세요."

"당황하지 않으니 재미가 없네."

다시 팔짱을 낀 그녀가 나가 보라며 고개를 까딱하곤 방문을 닫았다.

"가실까요, 아기님? 각하께서 기다리십니다."
"응."
고개를 끄덕이고서 레아의 손을 잡았다.

식당으로 내려가자 아빠와 앙리가 마주 보고 앉아 있었다. 나를 따라온 이샤크가 먼저 자리에 앉고서 의자를 내주었다. 나까지 앉고 나서야 식사가 시작됐다.
우유 컵을 내게로 옮겨 준 이샤크가 말했다.
"고모가 왔던데요."
내 접시에 고기를 잘라서 올려 준 앙리가 물었다.
"고모님이?"
"응. 꼬맹이와 함께 있던걸."
"별일 없었어?"
앙리의 말에 난 고개를 끄덕였다.
"그냥 누군지 물어보셨어. 내가 쟈벨린 님의 방인지 모르고 들어가서……."
"그 방이면 착각할 만도 하지."
앙리가 미리 말해 주지 않아서 미안하다며 내 머리를 쓰다듬었다.
"꼬맹아, 고모는 진짜, 진짜로 무서운 사람이야. 조심하지 않으면……."
그러며 이샤크는 손날로 목 아래를 그었다. 나는 움찔해서 포크를 꽉 잡았다.
쟈벨린 님의 기는 정말로 맹렬했다. 이복 남매이긴 해도 과연 아빠의 동생이구나, 싶을 정도였다.
"겁먹게 하지 마. 고모님은 절대로 여자에게 손대지 않으셔."

"혹시 모르잖아. 듀블레드의 누구보다 신전을 싫어하니까."

그것도 유명한 얘기였다.

발루아 공작 영애였던 시절에 들은 이야기가 있는데, 금이 간 술통처럼 말술이라는 쟈벨린 님이 어느 날 드물게 취해서 말했단다.

"난 소중한 사람 셋을 모두 신전에 빼앗겼어."

셋을 전부 알지는 못하지만, 한 명은 확신할 수 있다.

엘자 황후.

아드리안의 친모로 병사한 그녀다. 대부분의 사람들이 병사라고 생각했지만, 황후와 가까웠던 사람, 그리고 난 눈치채고 있었다.

그건 병사가 아니라 의문사다. 건강했던 그녀가 시름시름 앓기 시작해서 죽음에 이르기까지 한 달이 채 걸리지 않았다. 신관들이 신성력이 오염되어 생긴 병이라고 말한 탓에 병사로 종결된 것뿐이었다.

쟈벨린 님은 그것을 이본느 황비와 결탁한 신전의 짓이라고 여기는 것 같았다. 그리고 나도…….

'으으, 그럼 신전에서 보내온 내가 얼마나 밉겠어.'

눈빛이 왜 그렇게 차가웠는지 알 것 같았다.

"고모는 한번 화가 나면 듀블레드에서 제일 막무가내이기도 하고."

내가 정말이냐는 듯이 레아를 쳐다보자 그녀는 어색하게 웃으며 고개를 끄덕였다.

'히이익!'

나는 새파랗게 질린 얼굴로 생각했다.

'절대로 눈에 거슬리게 굴지 말아야지. ……그런데 이미 거슬렸잖아!'

함부로 방에 들어가서 편지까지 읽었다. 아빠와 리세트 님의 추억이 담긴 편지를 아빠에게 전해 주지 않고, 본인이 보관하고 있었다는 건 틀림없이 아주 특별한 의미가 있는 것이기 때문일 것이다. 그런 소중한 걸 멋대로 읽어 버렸으니 눈 밖에 나도 할 말이 없다.

어떻게 하면 만회할 수 있을까.

'선물 같은 걸 해 볼까.'

식사가 끝나고 방으로 돌아가면서 레아에게 물어봤다.

"쟈벨린 님은 뭘 좋아하셔?"

"글쎄요. 공작 부인께서 돌아가시고 그분이 호불호를 드러내시는 걸 본 적이 없어서……. 그런데 왜요?"

"쟈벨린 님이랑 잘 지내고 싶어."

"상냥도 하셔라. 쟈벨린 님께 좋은 소식이군요. 외로운 분이시니."

쟈벨린 님이 외로워?

나는 고개를 갸웃했다.

그녀는 사교계의 왕으로 수많은 추종자를 몰고 다닌다. 파티에 참석한다는 소식만 들려도 파티장이 들썩일 정도라 온갖 곳에서 초대장이 왔다.

"친구분들이 모두 돌아가시고 누구에게도 마음 붙이지 못하셨으니까요."

"친구?"

"작고하신 마님과 황후 폐하 말이에요. 특히 마님을 많이 아끼셨죠. 넷째 아가씨가 태어나는 것을 주인님 내외만큼이나 기다리실 정도였어요."

"넷째……. 나 알아, 아기새지?"

그게 태어나지 못하고 죽은, 아빠의 넷째의 태명이었다.

넷째가 딸이라는 이야기를 마도사에게 듣고 온 성의 사람들이 기뻐했다고 한다. 아빠도 마찬가지였는지, 서랍엔 여자아이용의 작은 신발이 있었다.

처음엔 그게 넷째의 것인지 몰랐다. 신발에 적혀 있는 단어가 의아했던 난 노스에게 물어봤다. 그는 잠시 곤란한 표정을 짓다가 대답했다.

"넷째 아가씨의 것입니다. 태명이었지요. 주인님께서 무척 기다리서서 아기 신발을 미리 만들어 놓으셨어요."

"맞습니다."

"원래 미들 네임이 리세트여야 했던 아이잖…… 아."

쟈벨린 님에게 내 소개를 할 때 왜 말을 끊었는지 알겠다.

'넷째의 것을 신전에서 보내온 아이인 내가 받았으니까.'

나는 조금 마음이 무거워졌다.

'아기새가 무사히 태어났으면 다들 행복했을 텐데.'

그러면 리세트 님이 산고로 돌아가실 일도 없고, 아빠와 쟈벨린 님이 외로워질 필요도 없고. 오빠들은 친동생과 행복하게 지냈을 거다.

그렇게 생각하고 있었는데, 레아의 표정이 어두워졌다. 내가 쟈벨린 님과 사이가 안 좋아질까 봐 걱정하는 것으로 보였나 보다.

방문 앞에서 레아가 무릎을 꿇고서 시선을 맞추었다.

"쟈벨린 님과 친해지실 수 있으실 거예요. 아기님은 리세트 님을 많이 닮으셨으니까요."

"내가……?"

나는 공작 부인의 초상화를 본 적이 있다. 색소 옅은 갈색 머리인 나와 달리 찬란하고 아름다운 블론드에, 누구에게나 시선을 끌 만큼 아름다운 분이셨다.

이번 삶에선 많이 달라졌지만, 나는 리세트 님에게 비할 수 있는 수준이 아니다.

"하나도 안 닮았어. 나는 이렇게 눈이 삐죽한데, 리세트 님은 이렇게 눈이 내려가서 다정해."

내가 눈꼬리를 올렸다 내리며 말하자 그녀가 후훗 웃었다.

"얼굴이 아니라 그런 면이요."

"그런 면?"

"이따금 깜짝 놀랄 정도로 리세트 님과 비슷한 말씀을 하시거든요."

그녀가 장난스럽게 내 발등을 잡았다.

"여기 점도 리세트 님과 비슷한 모양이고요. 그래서 저는 아기님이 마치 돌아가신 넷째 아가씨처럼 느껴지는—"

"레아."

매서운 목소리였다.

나와 레아는 흠칫해서 고개를 돌렸다. 쟈벨린 님이었다. 아까보다도 훨씬 싸늘하고 난폭한 기세라 난 기가 죽어서 어깨를 바짝 움츠렸다.

"누가 리세트의 딸이라는 것이냐."

레아의 얼굴이 샛노래졌다.

쟈벨린 님은 레아를 아끼는 것 같지만, 수틀리면 얄짤이 없는 사람이라고 했다.

'회귀 전에도 들은 적이 있어. 쟈벨린 님은 자기 사람이 화나게 했는데도 손속을 두지 않고 죽였다고.'

난 얼른 쟈벨린 님 앞으로 다가갔다.

"저기, 저기! 레아는 그게 아니라, 저를 리세트 님의 딸이라고 말한 게 아니라! 그냥 저를 위로해 주려고 한 거예요. 제가 쟈벨린 님이랑 잘 지내고 싶다고 해서! 그래서!"

내가 팔을 흔들며 다급하게 말하자 쟈벨린 님의 눈이 가늘어졌다.

"네가 나와 왜."

"가족이니까……."

기어들어 가는 목소리로 말하니 쟈벨린 님의 얼굴이 묘해졌다.

Chapter 6.

'아차.'

듀블레드는 가족이라고 해서 서로를 사랑하는 가문이 아니었다. 선대는 자식을 단지 권력의 도구로 봤고, 아빠는 열 명에 이르는 형제들을 도륙하여 단 두 명만 남겨 두었다.

내가 한 말은 아마 쟈벨린 님에겐 이해가 안 되는 말일 것이다.

'큰일 났다. 잘 지내려고 했는데 화만 더 돋웠어.'

난 필사적으로 변명했다.

"이, 이제 쟈벨린 님을 화나게 하지 않을게요. 정말로 조용히 지낼 거예요. 쟈벨린 님의 눈에 띄지 않도록 조용히요. 거슬리지 않게 조심조심 걷고, 밥도 조금만 먹을게요! 그러니까 용서해 주시면 안 될까요……."

간절한 얼굴로 올려다보자 쟈벨린 님의 눈매가 일그러졌다.

"너는……."

"……?"

"……들어가라."

쟈벨린 님은 말하려다 말고 나를 지나쳐 걸었다.

그녀가 완전히 사라지고 나서 난 휴, 한숨을 내쉬었다. 레아는 감동한 얼굴로 "아기님, 저 때문에……."라며 중얼거렸다.

'아니, 전부 레아 때문만은 아닌데…….'

하지만 이런 착각은 익숙하다. 이제 다음은 "감사해요!" 하고 외치며 날 끌어안을 터였다. 난 해탈한 표정으로 팔을 벌렸다. 역시 레아는 언제나와 같이 나를 폭 끌어안았다.

쿵, 쿵, 쿵, 쿵!

행정관들이 허겁지겁 복도를 내달렸다.

"각하, 황태후가 쓰러졌습니다!"

크게 외치는 소리를 들은 나는 품에 안은 레아의 옷깃을 꽉 잡았다.

'시작됐구나.'

*　　*　　*

아돌프는 상황을 확인하기 위해서 급히 황궁에 들었다. 황궁의가 살피고 있었지만, 황태후는 깨어날 기미가 없다고 했다.

"어찌 된 건가."

물으니 황궁의는 어찌할 바를 몰라 했다.

"도무지 모르겠습니다. 일주일 전만 해도 평소보다 건강하셨습니다. 자주 호소하시던 관절통도 사라졌다며 산책도 자주 하시고, 혈색도 무척 좋으셨는데 왜 갑자기 이런 일이 발생한 건지……."

"독일 수도 있지 않나."

"어떤 검사에서도 독극물 반응이 없었습니다."

황궁의가 황태후의 시녀에게 물었다.

"혹시 음식을 잘못 섭취하신 게 아니오?"

"그럴 리가 없잖습니까! 폐하의 음식은 늘 기미를 합니다. 문제가 있다면 기미한 자가 먼저 알았겠지요."

혹여라도 황태후를 잘못 보필했다고 덤터기를 쓸까 봐 시녀는 펄쩍 뛰었다.

황궁의는 침음했다. 황태후는 별다른 알레르기도 가지고 있지 않다.

"최근에 평소와 달랐던 점은 없었소?"

"별다른 건…… 젊음의 약을 드신 것밖에는……."

"젊음의 약이라니. 설마 시중에서 판매하고 있다는 그 약 말이오?!"

황궁의가 "허……." 신음하며 쓰러진 황태후를 보았다.

어째서 이분은 나이가 들어도 이리 철부지란 말인가.

황궁의들의 확인을 만장일치로 받지 않은 약물은 황궁에 반입할 수 없었다. 독약으로 쓰일 소지가 있어서 엄격하게 금지된 일이었다.

"하지만 시중에 유통된 그 약물은 다른 사람에겐 이런 일이 일어나지 않았잖소."

말하니 시녀는 힐끔힐끔, 아돌프를 보았다.

"시중의 약뿐만이 아니라…… 사제님께서 비슷한 효능이 있는 약을 따로 조제해 오셔서……."

그 말에 사람들의 시선이 아돌프에게 향했다. 그는 희게 질린 얼굴로 우왕좌왕했다.

'대체 어떻게 된 거야!'

자신은 분명 애송이 상단에서 제조법을 훔쳐 와서 똑같이 만들었다.

그런데 왜 황태후만 쓰러지느냔 말이다. 이렇게 되면 황태후가 쓰러진 게 모두 제 탓이 된다.

그렇다고 해서 신관인 자신이 상단의 제조법을 훔쳐 왔다고 할 순 없었다. 중앙 신전을 관리하는 21인의 사제인 자신이 사람을 돈으로 매수해 절도를 저질렀다는 걸 알면, 당장에 쫓겨날 것이다.

'애송이 상단의 약 탓으로 돌려야 해.'

아돌프는 즉시, 호프 상단의 일꾼에게 연락했다.

*　　*　　*

호프 상단에서 3년째 일하고 있는 일꾼, 마틴은 칫, 혀를 찼다. 돈 욕심에 신관의 제안을 덥석 잡았는데, 일이 이렇게 귀찮아질 줄은 몰랐다.

"너희 약을 먹고 문제가 생긴 사람이 정녕 없는 것이냐?"

"예, 한 번도 문제가 생겼다고 사람이 찾아온 적이 없습니다."

"하면 문제를 만들어 줘야지."

그러며 신관은 약병을 건네줬다. 이 가루를 젊음의 약의 재고에 넣어 두면 된다고 했다.

가루를 약에 섞는 건 그리 어려운 일이 아니었다. 경비대 소속인 마틴은 순찰 경로와 경비병의 교대 시간을 누구보다 잘 알고 있었고, 일꾼들이 언제 퇴근하는지조차 꿰고 있었다.

그는 사람이 없는 틈을 타 창고로 들어갔다. 어둠 속에서 벽을 더듬으며 젊음의 약의 재고를 찾았다.

'웬 놈의 짐이 이렇게 많아서.'

지난 5년, 성장한 호프 상단은 작게는 바늘부터 크게는 군사 물자까지 손을 뻗쳤다. 창고엔 짐이 너무 많았고, 내부는 어둡다.

손등으로 흐르는 땀을 훔치며 포대 자루를 헤집던 찰나.

"뭘 그렇게 찾아?"

"뭐긴, 젊음의…… 헉!"

포대 자루 위에서 들린 소리에 무심코 대답하던 그가 숨을 들이켰다.

목소리를 신호로 어두운 창고 안에 어스름한 불빛이 들어왔다. 웬 여자아이가 포대 자루 위에 걸터앉아 싱글싱글 웃고 있었다.

"루미너스 약?"

"뭐, 뭐, 뭐야! 너 웬 계집……!"

콱!

포대 자루 위로 머리가 처박혔다. 소스라치게 놀란 그가 버둥거리며 손을 뿌리쳤다. 고개를 돌리자 보인 건, 부단주와 그의 보좌인 커티스였다.

"여기서 뭘 하는 거지?"

부단주의 물음에 마틴의 얼굴이 샛노래졌다. "그, 그게……." 하며 뻐끔거리던 그가 소리쳤다.

"다, 단주의 명으로 뭐를 좀 찾고 있었습니다."

"단주님? 네가 단주님을 어떻게 알고."

"점포 앞으로 사람을 보내셨지 뭡니까."

일단 부단주가 상황을 파악하려 하는 틈에 도주해야 한다.

여자애는 사뿐사뿐 걸어와서 뒷짐을 진 채로 상반신을 내밀었다.

"변명이 너무 성의가 없잖아."

"……뭐라고?"

"내가 언제 그런 명령을 내렸어?"

아이의 말에 마틴이 헛웃음을 흘렸다.

"무슨 말도 안 되는…… 어린 계집애가 어떻게 이 큰 상단의 단주란 말…… 컥!"

단숨에 세리아에게 목이 잡힌 그가 새빨개져서 신음했다. 벌레처럼 목을 뒤틀려고 하는 그를 건조한 눈으로 내려다본 세리아가 말했다.

"쉬 — 단주께서 네게 말을 허락하지 않으셨지 않니."

"……!"

마틴과 커티스는 눈을 홉떴다.

정말로 저 애가 단주라고? 그럴 리가!

호프 상단은 단 5년 만에 제국에서 열 손가락 안에 드는 거대 상단으로 성장했다.

스피넬을 독점하여 상권을 주무르고, 이제는 전쟁 물자에까지 관여하지 않는 물건이 없었다. 그런 상단의 주인이 열 살도 채 되지 않은 계집애라는 게 말이 된단 말인가!

하지만, 대귀족의 상단 앞에서도 절대 기세를 누그러뜨리지 않는 부단주가 아이에게 무척이나 공손했다.

"놓아주렴."

말 한마디에 손에서 힘이 풀렸다. 컥컥거리며 한걸음 물러난 마틴이 아이와 부단주를 번갈아 보았다.

아이는 그에게 느른히 다가갔다.

"나, 일꾼들에게 꽤 잘해 준 것 같은데 어디가 마음에 안 들었을까."

소녀의 혼잣말에 마틴의 목이 바짝 타들어 갔다.

이상한 일이었다. 어린 계집애에게 경비대를 통솔하는 자신이 마치 겁을 먹고 있는 것 같았다.

아이의 작은 손이 마틴의 어깨에 닿았다.

"응? 어디가 마음에 안 들었어?"

"그게, 저는……."

겁을 집어먹고 제대로 대답하지 못하는 마틴을 보고 아이는 어깨를 으쓱했다.

"뭐, 됐어."

"……예?"

"알려 준다고 해서 용서해 줄 마음은 없었으니까."

순간 아이의 손등에서 빛이 나는가 싶더니 목에 열감이 느껴졌다. 뭐지 싶어 고개를 돌렸을 때, 아이의 손이 붉게 빛나며 마치 불덩이를 삼킨 것처럼 목이 타들어 가는 것 같았다.

"으, 끄흐으으윽-!"

온몸의 핏줄이 불거졌다. 감전된 것처럼 파르르 떨던 마틴이 "사, 살려…… 살려 주……!" 단말마의 비명을 내지르다가 픽, 쓰러졌다. 아이는 아무렇지 않은 얼굴로 손수건에 손을 슥, 닦고는 문을 나섰다.

커티스가 미간을 좁힌 채 아이의 등을 빤히 쳐다보는 세리아를 보며 마른침을 삼켰다.

'당황했겠지.'

아무리 단주라고 하지만 어린아이가 여상한 태도로 사람을 이리 만들어 놨으니, 당황했을 터였다. 물론 자신만큼은 아니겠지만.

단 5년 만에 내로라하는 거대 상단과 어깨를 나란히 하게 만든 장막 뒤의 실력자가 고작 열 살도 채 되지 않아 보이는 어린애일 줄 누가 알았겠는가.

세리아가 그토록 필사적으로 단주를 앞세우려 하지 않기에 사정이 있겠거니 했지만, 이토록 어린아이일 줄은 꿈에도 몰랐다. 사정은 나중에 듣기로 하고, 커티스는 세리아에게 말했다.

"단주님이시라면 상단을 단속할 필요가 있으니, 이건 어쩔 수 없는 ―"

"……셨어."

"예?"

"멋지게 자라셨어!"

세리아가 어깨를 부르르 떨었다.

몇 년 만에 만난 르블레인은 듀블레드 영애님이 다 되어 있었다.

* * *

세리아의 사무실. 전신 거울 앞에 선 난 모자를 세 개, 머플러는 두 개, 장갑과 각종 장신구까지 치렁치렁 두르고 있었다.

"아아, 그렇지. 이것도 잘 어울릴 것 같네요."

내게 이렇게 많은 것들을 얹어 놓은 세리아는 또 품에 한가득 물건을 가지고 왔다.

"이제 됐어. 안 필요하다고."

"다 잘 어울리시는데……."

세리아가 아쉬운 듯 말해서 난 고개를 절레절레 저었다. 그리고 세리아가 얹어 준 것들을 착착, 잘 접거나 상자에 넣었다.

이 물건들은 죄다 돈을 벌어다 줄 소중한 재고다.

"마틴은 처리했어?"

"네."

"좋아, 그럼 가야겠다."

"좀 더 계시지요. 상단 내로 들어오신 건 처음이시잖아요."

보여 줄 게 많다며 세리아는 눈을 반짝였다. 그러나 나는 고개를 저었다. 상단으로 빠져나오기 위해 이불 속에 인형을 대신 넣어 두고 왔다. 빨리 돌아가지 않으면 들킬 수도 있다.

"커티스에게 모습을 드러내신 건 괜찮으십니까?"

그녀의 말에 나는 고개를 끄덕였다.

"세리아가 신뢰하는 사람이잖아. 그럼 나도 신뢰해."

"기쁜 말을 해 주시네요. 자, 이건 부탁하신 물건이에요."

난 세리아가 건넨 종이봉투를 받았다. 안을 확인하고 고개를 끄덕였다.

"또 올게."

"부디."

세리아의 인사를 받고서 마탑에서 판매 중인 이동진 카드를 찢었다. 다시 눈을 떴을 땐 내 방이었다.

손엔 찢어진 이동진이 덜렁 들려 있었다.

'아까워.'

5킬로미터 이상 이동하지 못하고, 30킬로그램 이하의 무게를 가진 것만을 이동시킬 수 있지만, 장당 무려 30만 프랑이나 한다.

신전의 보살핌으로 대귀족 영애 버금가는 용돈을 지급받던 미나도 스크롤의 금액을 듣고 기함했다.

"30만 프랑이면, 그러니까 한화로…… 3억 원?!"

3억 원이 얼마나 큰 돈인진 모르겠지만, 30만 프랑이 웬만한 귀족 마님들의 1년 치 내탕금인 건 안다.

'그런 이동진을 두 장…….'

내가 오늘 얼마를 썼는지 생각하니 심장이 아프다.

'하지만 황태후와 신전의 사이가 돌이킬 수 없이 틀어질 테니 이 정도 돈은 약과지.'

그렇게 생각한 난 잠옷으로 갈아입고 이불 속으로 꾸물꾸물 들어가서 눕혀 놓은 인형을 꼭 끌어안았다.

*　　*　　*

제 약에 문제가 없음을 증명하지 못한 아돌프는 투옥되었다. 황태후와 신관이 얽힌 일이었기에 나라가 뒤집힌 것은 당연한 일이었다.

황태후는 깨어났지만, 운신하기 힘들 지경이었다.

고의와 실수를 떠나 신전에서 황족에게 해를 입혔다는 사실에 황제는 매우 분노했다. 교황까지 나서 그를 어떻게든 달래려 들었으나, 황제의 뜻은 매우 단호했다.

아돌프의 공개 처형.

신전의 입장에선 날벼락이나 다름없는 말이었다.

네리아드교의 3대 권력인 교황, 추기경, 21인의 사제 중에 마지막 경우에 해당되는 아돌프가 공개 처형된다면 신전의 평판은 곤두박질친다.

평판만의 문제가 아니라, 이건 황제가 신전의 권력을 축소시키겠다고 선언한 것이나 다름없었다.

물론 신전은 호프 상단의 탓으로 몰고 가서 아돌프를 빼내려고 했다. 철저한 관리 감독으로 부작용의 증좌를 찾을 수 없으니, 주변을 털어서라도 협박하려고 했다.

그러나 장부부터 시작해 만반의 준비를 다 끝내 놓은 터라 협박할 꼬투리가 없었다.

'꿀이네.'

상황을 지켜본 나는 속으로 히히 웃었다. 황태후와 신전의 사이만 갈라놓으려고 했는데, 황제까지 얻어걸렸다.

아돌프 스스로가 일을 눈덩이처럼 불려 준 덕이었다.

*　　*　　*

나는 계단을 쪼르르 내려와 막 문을 나서려는 아빠에게 다가갔다.

"오늘도 나가세요?"

"그래."

"조심히 다녀오세요오."

내가 어깨를 축 늘어뜨리고 말하자 아빠가 으득, 이를 갈았다.

제도에서 나와 잔뜩 놀아 주기로 했던 계획이 어긋났다며 아돌프를 본인 손으로 찢어 죽이겠다고 한 것이 어제의 일이었다.

아돌프 사건 때문에 아빠는 눈코 뜰 새 없이 바빠졌다. 연일 대귀족 회의가 열렸고, 황제는 신전 보란 듯이 신전과 악연인 듀블레드 공작을 끼고 다녔다.

나는 아빠를 한번 끌어안아 주는 것으로 배웅했다.

아빠가 떠나고서도 문 앞에서 서성이고 있는데, 쟈벨린 님이 문가로 다가왔다. 쟈벨린 님도 오늘 황궁에서 일정이 있다. 황태후를 문병하기 위해서 사교계의 거두들이 모이기 때문이었다.

나는 그녀를 보고 "와아……." 작게 신음했다.

진갈색 바지 예복 위에 털이 풍성한 코트를 걸치고, 조각배 모양의 공작 깃털 모자를 쓴 쟈벨린 님은 정말로 멋졌다.

"다녀오세요!"

그렇게 말하니 쟈벨린 님의 시선이 잠시 내게 닿았다.

"들어가."

얌전히 "네." 하고 대답했다.

'좋아, 오늘은 눈을 10초나 마주쳤어!'

나는 최근 쟈벨린 님이 어디에 가실 때마다 열심히 배웅했다. 거의 매일 외부에 일정이 있어서, 매일매일 새벽처럼 일어나 졸린 눈을 비비며 그녀를 배웅했다.

처음엔 상대도 안 해 주셨는데, 이젠 눈도 마주쳐 주신다!

뒤편에서 기다리고 있던 레아가 말했다.

"오늘도 혼자 계시겠네요. 읽을 책을 가져다드릴까요?"

그러자 쟈벨린 님이 문을 나가다 말고 멈칫했다.

"혼자 있다고?"

레아가 대답했다.

"네. 두 분 도련님께선 영재원 모임에 가셨습니다."

이샤크는 투덜투덜하면서도 앙리에게 끌려갔다. 영재원 모임은 부모들이 기를 쓰고 자식을 영재원으로 보내는 이유기도 했다. 대귀족의 자제들이나 미래의 권력자들이 모이는 자리라 단단한 인맥을 만들 기회이기 때문이다.

다른 가족들은 이런저런 일정이 많아서 최근에 나는 대부분 혼자 지냈다.

미간을 좁히고 나를 힐끔 쳐다본 쟈벨린 님이 가는 한숨을 내쉬고서 말했다.

"외출 준비를 시켜서 내려와라."

"아기님을요?"

"그래. 내가 데려가지."

나와 레아는 눈을 동그랗게 떴다. 쟈벨린 님이 그런 말을 할 줄은 몰랐어서 나는 깜짝 놀랐다.

원래라면 듀블레드의 사교 활동을 맡은 그녀가 날 데리고 다니며 소개해야 하지만, 그녀는 날 달고서 다니고 싶어 하지 않는 것 같았다.

아빠나 오빠들은 내가 사교 활동을 하면 날파리가 꼬일 거라고 생각해서 쟈벨린 님에게 소개를 강요하지 않았다.

레아가 "자, 잠시만요!" 하며 허둥지둥 나를 데려갔다.

"옷을……! 코트와 외출용 신발도!"

레아로부터 소식을 들은 로라와 하녀들이 허둥지둥 뛰어다니며 나를 단장시켰다. 부랴부랴 준비해서 내려오자 쟈벨린 님이 기다리고 있었다.

"가자."

"네!"

나는 그녀의 뒤를 쫄랑쫄랑 따라가서 마차에 올랐다. 황궁까지 가는 마차 안은 고요했다. 나는 그녀의 눈치를 보다가 "저기……." 조그맣게 말했다.

"감사합니다."

"무엇이."

소개는 그녀의 의무인데 왜 감사해하느냐는 표정이었다.

"제가 계속 혼자 있으니까 데리고 가 주시는 거잖아요!"

내가 밝게 말하니 그녀는 다리를 꼰 채로 미간을 좁혔다.

"넌 정말이지 이상한 애로구나."

"네?"

"내가 널 피하는 걸 알면서도 어떻게 매번 곁을 맴도는 거지?"

"그치만 쟈벨린 님이 절 싫어하시는 건 당연한걸요?"

내가 고개를 갸웃하며 말하니 쟈벨린 님이 물었다.

"어째서?"

"저는 신전에서 보낸 애잖아요. 평민 출신 고아를 입양해서 듀블레드의 면이 상했고, 또 쟈벨린 님의 방에 들어갔고……."

손가락을 하나하나 꼽으면서 얘기하니 그녀의 표정은 완전히 일그러졌다.

"누가 네게 그런 얘기를 했지?"

아이의 입에서 나올 소리가 아니니 누군가 그렇게 말했다고 생각한 모양이었다.

"사람들이 다 그러는걸요. 듀블레드 사람들은 저를 싫어해야 당연하대요. 저도 그렇게 생각해요."

파종제 연회장에서도 그렇게 쑥덕이는 귀부인들이 많았다. 제도의 어디에서나 나를 소개하면 "아아, 그……." 하며 떨떠름한 표정을 지었다.

쟈벨린 님은 팔짱을 낀 채로 깊은 한숨을 내쉬었다.

"내가 너를 피한 이유는 너 때문이 아니야."

"네?"

"내 좁은 속 때문이지."

"……."

"신전에서 보냈든, 평민 출신 고아이든 그게 네가 미움받을 이유가 될 순 없어. 그건 어른들의 사정일 뿐, 아이는 잘못이 없으니까."

나는 쟈벨린 님을 빤히 쳐다봤다.

그런 말을 직접적으로 들어 본 적이 없어서 가슴이 콩닥콩닥했다. 왜인지 코안이 쓰라려서 난 손을 꼼지락거렸다.

"감사합니다……."

"모자 제대로 써라. 귀가 얼겠군."

그렇게 말한 쟈벨린 님이 시선을 돌렸다.
나는 "네!" 힘차게 대답하고 열심히 모자를 눌러써서 귀를 가렸다.

* * *

황궁에 도착해서 쟈벨린 님은 귀부인들에게 나를 짧게 소개했다. 사교계에서 잔뼈가 굵은 귀부인들이니만큼 보호자가 있는 앞에서 '아아, 그…….'라든가 하는 말을 꺼내지 않았다.
인사를 하고서 황태후의 궁으로 들어갔다. 방엔 진주로 된 발이 쳐져 있어서 우린 황태후의 얼굴을 볼 수 없었다.
"와 주었군요."
황태후의 목소리는 거의 죽어 가고 있었다. 귀부인들은 난처한 얼굴로 위로의 말을 건넸다.
"신관이라는 자가 어찌 이리 지독한 상황을 만든단 말입니까, 폐하."
"진상 조사가 이뤄지고 있다고 하니 일을 이리 만든 자는 호된 벌을 받을 것입니다."
쟈벨린 님의 차례였다.
"쾌차하십시오."
그것으로 끝이었다.
'하기야 다들 쟈벨린 님의 성격을 아니까.'
워낙에 인기인이라 와 준 것만으로도 세간의 관심을 한 몸에 받을 테니, 그걸로 만족스러울 거다.
"운명의 아이를 데리고 와 주었다지요."
"그렇습니다."
"오, 아이야, 이리 오려무나. 신탁을 받고 태어난 몸으로 내 손을 잡아

주렴.”

황태후가 진주 발 밖으로 손을 조금 뻗었다. 그녀의 행동에 사교계의 거두인 귀부인들조차 일순 어이없는 표정을 했다.

결과적으로 신전에 당하고 나서도 여전히 신을 신봉하느냐는 뜻이었다. 심지어 황제가 본인 때문에 신전과 신경전을 벌이는 이때.

‘신의 힘을 믿는 건 아닐걸.’

이번 일로 황태후는 완전히 신전에 등을 돌렸을 거다. 단지 기댈 것이 신의 힘밖에 없기 때문이겠지.

뻗은 손 위로 새빨간 발진이 얼핏 보였다.

‘리바운드네.’

루미너스 약 때문에 쓰러진 게 판명되었으니, 섭취를 딱 끊었을 터. 루미너스 약은 한 번에 끊어 버리면 약을 끊기 전보다 상태가 심각해진다.

‘발을 친 건 리바운드 때문에 피부병이 심각해져서야.’

피부병을 숨기고 싶었기 때문일 터다.

하지만 이 정도라면 이미 피부병 소문이 다 났을 터. 역시나 귀부인들은 황태후 손의 발진을 전부 모른 체하고 있었다.

나는 거리낌 없이 말했다.

“폐하, 손에 빨간 게 있어요.”

흠칫한 황태후가 손을 빼려고 들어서 난 순진한 척 양손으로 붙들었다.

“엄청 가려우시지요? 저도 알아요, 이거.”

“……뭐?”

“이거 ‘아토피’래요!”

“아토피?”

지금은 많이 앓는 병이 아니지만, 머지않은 미래에 골칫거리가 되는 것이다. 귀족 아이들이 특히나 많이 고통받았는데, 내가 열여덟이 된 후에야 이유가 밝혀졌다.

'신성 치유.'

어머니 배 속에서부터 신성 치유를 받은 애들은 기이하게도 다른 아이들보다 건강하지 않다. 그건 신성 치유가 몸을 완전히 정화해서 병균을 거의 다 없애 버리기 때문이었다.

병균은 나쁜 것만이 아니었다. 몸이 나으며 면역 체계를 강화해 주기도 하고, 그 자체로 이로운 병균도 있었다.

그런데 전부 정화해 버리니 면역력이 나빠진다. 그리고 왜인지 이런 피부병까지도 발병시키거나, 처음부터 가지고 태어나게 했다.

지금이야 신성 치유가 특별해서 어화둥둥 자란 사람만 자주 받았지만, 미래엔 신전의 친화 정책으로 웬만한 귀족들이 모두 받는다.

'그래서 아토피가 많은 애에게 나타난 거고.'

이게 바로 루미너스 약이 개발된 이유였다.

"기름진 음식을 먹으면 더 가려우시지 않나요?"

"그, 그래."

"겨울에 더 심해지시고."

"맞아!"

"보육원에서 있을 때 본 적 있어요."

모두 눈을 홉뜬 채로 내게 집중했다.

"맙소사, 보육원에 있었을 때라면 적어도 다섯 살 이전이었을 텐데 그걸 기억하고 있다고요?"

"그보다 저는 관찰력이 더 놀랍군요."

귀부인들이 속닥이는 동안 나는 은근한 눈으로 진주 발 안의 그림자를 쳐다보았다.

"이거 어떻게 하면 덜 괴로워지는지 아는데."

촥—!

흥분한 황태후가 진주 발을 치고 모습을 드러냈다.

"대체 어떻게 하면 되는 거니……!"

비싼 가격으로 모시겠습니다, 손님.

나는 속으로 빙그레 웃으며 황태후를 쳐다봤다.

* * *

귀부인들은 놀라운 얼굴로 운명의 아이를 쳐다보았다. 다 죽어 가던 황태후가 아이와 대화를 시작하고서 몹시 밝아졌다.

소금 없이 목욕하고, 부드러운 옷으로 갈아입는 게 좋겠다는 말에 황태후는 냉큼 말을 따랐다.

순한 인상이지만, 황제도 고집을 꺾지 못하는 황태후가 이렇듯 인형처럼 아이의 말을 따르는 게 놀라웠다.

아이는 옷을 갈아입고 나온 황태후의 몸에 크림도 잘 발라 주었다.

"평소엔 어떤 것을 바르세요?"

"사제가 준 오일이 있단다."

"식사는 어떻게 하세요?"

"병을 떨쳐 내려면 체력이 중요하다고 해서 육류 위주로 먹고 있지."

"이상하다……."

아이가 고개를 모로 틀고 눈을 깜빡였다.

"이상하다니?"

"사제님이 아무래도 이상해서요……."

"이상하다니?"
"신전에는 많은 환자가 오잖아요. 특이한 병을 가진 환자들은 더더군다나 어떻게 해서든 치료를 받으려고 할 텐데. 저도 알고 있는 아토피를 왜 사제님은 모르셨을까요?"
"그건……."
"진득한 오일이나 육류는 아토피에 안 좋다고 그랬어요. 피부병이 더 심해진대요."
황태후의 눈이 표독하게 일그러졌다.
'아이의 말이 맞아.'
어쩐지 신전에서 하라는 대로 하고는 있었지만, 상태가 점점 악화되는 것을 느끼고 있던 참이었다. 지푸라기라도 잡는 심정으로 믿어 왔건만.
아이가 알고 있을 정도라면 신전에서도 분명히 알고 있었을 거다. 그런데 지금껏 제대로 된 치료를 해 주지 않은 건 자신을 계속 이용하기 위해서일 터였다.
'고얀 것들!'
지금껏 신전에 해 준 것이 얼마나 되는데. 황제와 멀어지면서까지 신전의 일을 도왔다.
"나를 생각해 주는 건 너뿐이구나."
황태후가 처량하게 말하자 르블레인은 방긋 웃었다.
"아니에요!"
그러더니 귀부인들 쪽으로 쪼르르 달려가서 말했다.
"부인들이 모두 얼마나 폐하를 염려하셨는데요. 아까도 걱정된다고 다들 안색이 안 좋으셨어요."
"그런가?"

르블레인이 공치사를 잊지 않자 귀부인들의 얼굴이 밝아졌다.

"그럼요, 폐하. 모두 안타까워서 내색할 순 없었지만, 한마음으로 염려하였답니다."

"부인들의 마음은 잊지 않겠어요. 내가 헛산 것은 아닌 모양이군요."

이제껏 황태후가 신전과 막역한 귀부인들만 가까이하는 바람에 친해질 기회가 전혀 없었는데, 감격한 눈빛을 보니 앞으론 상황이 달라질 듯하였다.

귀부인들은 이런 상황을 만들어 준 르블레인을 호의 어린 눈으로 보았다.

'좋아, 사교계 거두들의 마음에 들었어.'

음흉한 속내는 짐작하지 못하고.

"아이의 말대로 하였더니 평소보다 덜 가려워졌어. 이리 똘똘한 아이에게 무슨 상을 내려야 할까."

황태후가 우후훗, 웃으며 묻자 르블레인이 손을 꼼질거렸다.

"저는 괜찮아요. 폐하께서 괴로워하시지 않으면 그걸로 기쁜걸요."

"세상에나, 기특하기도 하지. 하지만 이런 때엔 바라는 것을 말하는 게 나를 더 기쁘게 한단다. 말해 보렴. 무엇을 가지고 싶니? 장난감? 보석?"

"괜찮은데…… 음, 그러면 저는 책이요!"

"책?"

"폐하께는 귀중한 고서들이 많다고 들었어요. 늘 책을 가까이하셔서 지혜로우신 거래요."

인생 4회차의 처세술이 마구 발동되자 황태후는 기꺼운 듯 르블레인을 무릎에 앉혔다.

"그래, 내겐 훌륭한 서고가 있지. 골라 보렴. 아이가 원하는 것은 무엇이든 주마."

"와 — !"

기뻐하는 아이를 보고 황태후가 빙그레 미소 지었다.

"한데, 아이의 이름이 뭐였더라."

직접 이름을 붙여 줘 놓고도 세 번의 회귀 동안 한 번도 이름을 기억하지 못했던 그녀가, 처음으로 자신의 이름을 물었다.

르블레인의 손아귀에 제국의 황태후가 들어오는 순간이었다.

*　　*　　*

쟈벨린 님과 황궁을 나선 난 손에 황태후의 책을 쥐고 있었다.

신이 난 날 보고 쟈벨린 님이 물었다.

"고대어 서적은 영지에서 보관 중인 것도 몇 권 있지 않니."

그게 그리도 좋으냐는 표정이었다.

"하지만 영지에 있는 책들과는 다른걸요!"

이건 무려 성서의 원본이란 말이다!

'이게 내 것이 될 줄은 몰랐어.'

굳이 이것을 받을 생각은 없었다.

황태후가 내 손에 들어왔다는 증명으로 그녀가 아끼는 선물을 받으려던 건 맞다. 하지만 책을 말한 건 귀부인들이 아이가 바라는 선물로 가장 기특해하는 것이기 때문이었다.

'직접 성서의 원본을 골라서 준 걸 보면 완전히 신전에서 등을 돌린 거야.'

나는 속으로 쾌재를 불렀다. 신전과의 사이를 완전히 갈라놓고, 돈으로 살 수 없는 신전의 보물도 손에 넣었다. 완벽한 마무리였다.

‘내가 이걸 쥐고 있는 한 신전에선 날 건드리기 쉽지 않아졌어.’

물론 내 보호자인 듀블레드 공작도.

“다른 아이 같았더라면 장난감을 말했을 텐데. 하기야, 넌 고대어를 읽을 수 있다고 했나.”

“네.”

“하지만 어디 가서 고대어를 읽을 줄 안다는 내색을 해선 안 돼. 귀찮은 일이 생길 테니.”

나는 냉큼 고개를 끄덕였다.

내가 고대어를 읽을 수 있다는 것이 듀블레드가와 고위급 봉신만의 비밀인 건 내게도 흡족한 일이었다.

저택으로 돌아갔을 땐, 오빠들이 와 있었다.

“꼬맹이를 황궁에 데려갔다는 말이 사실이야?!”

이샤크가 날카롭게 추궁하자 쟈벨린 님은 그의 이마를 툭, 밀었다.

“알면 묻지 마라.”

“지금 황궁엔 신전 놈들이 들락날락하고 있는데 꼬맹이를 데려가면 어떻게 해!”

“저택을 나서자마자 듀블레드 기사들의 기척이 수없이 느껴지던데. 전쟁 나가는 줄 알았다.”

“황궁 안까지는 못 들어가잖아.”

“신전에 일이 터져서 난리가 난 이때 아이를 노리지 않겠지. 난 바보가 아니고.”

그녀가 옷 안에서 목걸이를 꺼냈다. 황가의 문양이 새겨진 나무토막을 가는 줄로 이은 목걸이였다.

‘어, 저거 아미티에 공작 건데?’

나는 남몰래 저 목걸이를 소원권이라고 불렀다. 황제에게 단 한 번, 청을 할 수 있다고 하니까. 아주 특별한 권리라 한 대 걸러 한 대쯤 몹시 희귀한 경우에 하사된다.

이전 삶에선 분명히 아미티에 공작의 것이었다.

'아, 그렇구나.'

이번 삶에선 듀블레드가 크루거 왕국을 수복했어. 그것을 계기로 대륙 전쟁의 마지막을 장식했고. 원래라면 아미티에 공작이 해야 할 일을 듀블레드가 했고, 저 목걸이를 듀블레드에서 받은 거다.

영지에 있던 아빠보다 제도에서 저택을 다스리는 쟈벨린 님에게 필요한 거라 그녀가 가지고 있던 모양이다.

'응, 저거라면 황제에게 신관들을 물려 달라고 할 수 있지.'

신전과 기 싸움 중인 황제는 얼씨구나 물려 줬을 테고.

앙리가 말했다.

"하지만 고모님, 르블레인의 외출에 주의를 기울여야 하는 것은 맞습니다."

"아이가 가엽구나."

이샤크가 "왜, 우리 꼬맹이가 가여워!" 하고 소리치자 쟈벨린 님이 외투를 벗으며 말했다.

"지나친 보호는 구속이다. 너희는 언제까지 아이가 알아야 할 것, 보아야 할 것, 익혀야 할 것들을 빼앗을 거지? 앞으로도 평생?"

앙리와 이샤크의 얼굴이 굳어졌다.

"오늘 본 이 아이는 너희가 새장에 가둬서 보호해야 할 만큼 못나진 않았더구나."

그렇게 말한 쟈벨린 님이 떠나자 두 사람은 말이 없어졌다.

*　*　*

저녁.

성서를 어떻게 써먹을까 고민하며 뒹굴거리는 내게 아빠가 찾아왔다. 무슨 일인가 하여 쳐다보니 아빠가 접시를 들어 보였다.

"간식?"

"하녀는 이가 썩는다고 안 준다기에."

"이제 기사님이에요!"

"뭐가 됐든."

그가 눈을 까딱하며 접시를 가리켜서 난 침대에서 벌떡 일어났다. 내 침대 옆에 있는 작은 원형 테이블에서 난 아빠가 가져온 케이크를 먹었다.

턱을 괸 채로 날 가만히 보던 아빠가 말했다.

"쟈벨린 때문에 네 오빠들이 다투었다고?"

"쟈벨린 님은 그냥 오빠들과 이야기를 했을 뿐인데?"

"하지만 결과적으로 두 사람을 다투게 했지."

나는 포크를 입에 물고 식사 때 보았던 앙리와 이샤크를 떠올렸다.

"고모의 말은 궤변이야. 본인도 어머니를 가두다시피 보호했어. 창문 하나 없는 방을 준 것도 고모잖아!"

"그게 옳은 보호가 아니었다는 것을 어머니가 돌아가시고 깨달으신 거겠지."

두 사람이 조금 티격태격하더니, 결국 대판 싸웠나 보다.

"사람을 만나고 싶으냐?"

"아니요!"

"르브."

"……조금."

내겐 대신 움직여 주는 충실한 사람들이 있지만, 나가지 않으면 할 수 없는 일도 있다. 그리고 다른 것들을 경험해 보고 싶기도 했다.

이번 삶은 이전 삶과는 달랐다. 이전 삶에서 고통스러웠던 게 이번 삶에선 즐거움이 되는 경우가 많았다.

옛날엔 목욕하는 게 싫었다. 아미티에 공작가는 검소해서 겨울에도 따뜻한 물이 충분하지 않았고, 공작 자신도 찬물에 목욕했다. 내게는 따뜻한 물을 주었지만 부족해서 목욕은 늘 고통스러운 일이었다.

하지만 지금은 아주 좋아한다. 넘치는 따뜻한 물에 좋은 향료를 풀고, 하녀들과 도란도란 이야기를 나누며 하는 목욕은 내가 제일 좋아하는 일과 중 하나였다.

두 번째 삶에선 밖에 나가는 게 싫었다. 발루아 공작은 내가 거리에서 넘어지기라도 하는 날엔 체면을 상하게 했다고 혼쭐을 냈다. 행동 하나하나를 꼬투리 잡아서 차라리 외출하지 않기를 바랐다.

그러나 이번 삶에선 영지의 상점가로 이따금 나갈 때를 손꼽아 기다렸다. 내 머리 위로 커다란 손이 올라왔다.

"영지에 가면 다과회를 열어야겠군."

"다과회요? 또래 아이들을 만날 수 있어요?!"

눈을 부릅뜨자 아빠의 입가에 희미한 미소가 걸렸다.

"넌 하고 싶은 걸 해. 널 지킬 고민을 하는 건 우리의 몫이다."

나는 진지하게 고민했다.

'우리 아빠가 세상에서 제일 멋있는 게 아닐까.'

날 걱정해서 과보호하긴 하지만, 늘 내가 원하는 결정을 해 준다.

난 감격하여 아빠의 품에 뛰어들었다. 그리고 볼에 쪽, 입 맞추자 아빠의 눈이 커졌다. 한 번도 뽀뽀한 적은 없어서 그는 매우 놀라 뺨을 매만졌다.

"아빠가 제일 좋아!"

"……."

"응. 제일."

그러고 가슴에 얼굴을 비비니 정수리 위로 "……나도." 하는 멍한 대답이 돌아왔다.

* * *

이튿날.

듀블레드 공작은 귀족 중에서도 극소수의 권력자만이 참석하는 국무회의에 참석했다.

냉엄한 분위기 속에서 몇 개의 안건을 논하고, 찾아온 휴식. 귀족들 사이에선 한숨 놓았다는 듯 사소한 잡담이 오갔다.

근엄한 체 앉아 있던 몽벨 후작이 들썩들썩했다. 평소엔 회의에 잘 참석도 하지 않는 양반이 오늘은 회의 시작 한 시간 전부터 도착한 이유를 대부분의 신료들이 알고 있었다.

딸인 아네스 몽벨이 이본느 황비의 시동이 되었다. 빼어난 어린 레이디들만이 선발되는 황비의 시동 중 가장 어린 나이였다.

젊은 신료가 옜다, 하는 심정으로 말을 꺼냈다.

"이번에 몽벨 영애가 황비님의 시동이 되었다죠?"

몽벨 후작이 씩, 입꼬리를 올렸다. 이제나저제나 그 말이 나오기만을 기다리고 있었다.

"일전의 파티에서 내 딸을 귀엽게 보신 모양입니다."

몽벨 후작은 제국에서 가장 기름진 영토를 가진 몇 중 하나였다. 역사가 긴 명문가로 제 아버지의 뒤를 이어 중앙 회의의 의결권을 받은 그는 내로라하는 권력자였다.

귀족들은 허허, 웃으며 그의 말에 동조했다.

"몽벨 영애라면 그럴 만도 하지요. 제 처의 파티에서도 가장 귀여움을 받았다면서요. 교육을 돕고 싶어 하는 귀부인들이 그리 많다고 들었습니다."

"덕분에 아주 귀찮아졌어요."

"귀찮기는요. 자랑스러워할 일이지요. 세상에서 제일 귀여운 딸이 아닙니까."

"공이 보시기에도 그렇습니까?"

그때였다.

사담에 끼지 않고 있던 듀블레드 공작의 손에 힘이 들어갔다. 그가 귀족들을 바라보았다. 전쟁터를 겪고 관록이 붙은 시린 청안이 번뜩이자 귀족들이 흠칫, 입을 다물었다.

혹여 의결된 안건이 마음에 들지 않는 것인가.

역시 세금을 7프로가 아니라 10프로로 올려야 했던 걸까.

아니면 포로로 끌고 온 타국의 마법사들을 황궁에 귀속시키자는 말이 언짢았나?! 역시 성미대로 죽이게 놔둬야 했던 걸까!

듀블레드 공작의 잔인함과 흉포함은 모든 귀족이 아로새기고 있었다. 내전 발발 당시, 황궁까지 침범한 자객의 목을 단칼에 베고 검붉은 피가 뚝, 뚝, 흐르는 수급을 쥔 채 걸어가던 그가 아직도 선했다.

이유가 뭔지 몰라도 뭔가 단단히 심기를 거스른 모양이었다.

가장 상석에 앉아 있던 황제마저 "이보게, 공." 하며 난처한 듯 불렀을 때였다.

주먹을 쥔 테오도르 듀블레드가 얼어붙어 있는 귀족들을 바라보았다.

"내 딸이 세상에서 제일 귀여워."

……예?

회의장이 얼어붙었고, 찔끔한 몽벨 후작이 마른침을 꿀떡 삼켰다.

*　　　*　　　*

저택을 나선 난 콧노래를 부르며 걸었다.

"기분이 그리 좋으세요?"

레아가 후후 웃으며 물어서 나는 "신나!" 하며 팔을 번쩍 들었다.

외출은 늘 아빠와 오빠들과 함께여야 했는데, 오늘은 나 혼자서 나왔다. 이제는 마음껏 외출할 수 있다는 얘기다.

'상점가에 가면 호프 상단에 들러야지.'

비싼 스크롤을 사용할 필요 없이 내 발로 당당하게 걸어갈 수 있는 삶이란. 스크롤을 찢을 적에 피눈물이 나던 걸 생각하면 나는 무척 행복했다.

난 마차를 타고 상점가로 이동했다. 듀블레드의 비싼 마차는 제도로 올 때처럼 비싼 값을 해서 아주 금방 도착했다.

마차에서 내리기 전에 옆으로 멘 자그만 가방을 두드렸다. 아빠가 준 용돈이다. 뭐든 원하는 걸 사라고 했으니, 오늘은 마음껏 사치를 부릴 생각이었다.

나는 레아와 로라를 달고 다니며 상점가를 열심히 구경했다. 잡화점 앞 가판대에서 브로치를 구경하던 난 장미와 검, 그리고 사자 모양의 브로치를 가리켰다.

“이거 줘.”

그러고 가방에서 뽀시락뽀시락 돈을 꺼내 계산했다. 사자 모양의 브로치는 내가 잘 챙기고, 장미와 검 모양의 브로치는 로라와 레아에게 각각 건넸다.

“저희가 이렇게 귀한 걸 받아도 될까요?”

“아기님…….”

두 사람은 울망울망한 눈으로 날 바라봤는데, 좀 민망해졌다.

10프랑짜리 저렴한 브로치인데…….

마음껏 사치를 부리자고 생각했지만, 이전 삶에 이 부근에서 거지 생활을 하던 난 마음처럼 사치가 쉽지 않았다.

‘목적을 위한 돈이 아니면 쉽게 써지지 않는단 말이야.’

다른 가게에선 꼭 사치해야지!

그렇게 결심한 나는 힘차게 걸었다.

“아기님, 근처에 찻집이 생겼어요. 듣자 하니까 티 푸드가 굉장히 맛있어서 귀족 영애 · 영식들이 자주 찾는 곳이래요.”

안다. 발루아 공작 부인도, 미나도 그 찻집을 굉장히 좋아했다.

‘하지만 알고 보니까 정보상이었지.’

귀족들이 찾는 곳이니만큼 은밀한 이야기도 오가는데, 그걸 훔쳐 듣기 위해 만들어진 곳이다.

‘언젠가 나도 정보를 사게 될지도 모르니까 확인해 둘까.’

그리고 찻집의 차와 티 푸드가 궁금하기도 하고.

거긴 굉장히 특별한 차와 티 푸드를 팔았다. 녹차라는 것인데, 제국의 홍차와 달리 고소하고 깔끔한 맛이 난다고 했다.

티 푸드 종류도 신기한 게 많았다. 쫄깃쫄깃한 라이스 케이크 안에 꿀과 깨가 잔뜩 들어 있는 것도 있고, 팥을 네모나게 만들어 잘라 먹는 것도 있다고 했다.

'뭐랬더라. 꾸, 꾸…… 아, 꿀떡이랑 양갱!'

이름을 떠올리다가 정신이 팔려서 돌부리에 걸렸다. 몸이 휘청했다.

'으악!'

상점가 한복판에서 화려하게 넘어진 나는 "아고고고……." 신음했다.

"아기님!"

"어머!"

레아와 로라가 놀라서 달려오려던 찰나였다.

쿵! 쿵! 쿵! 쿵!

사방에서 워커 소리가 들리더니 "아ㅡ기ㅡ님!" 외치는 소리가 들렸다.

'뭐야!'

깜짝 놀란 난 땅을 짚은 채로 고개를 들었다.

"아기님, 무사하십니까!"

"다치지 않으셨습니까!"

"손톱 밑 거스러미가 생기셨습니까!"

"괜찮으십니까!"

"피가 나십니까!"

"무릎이 까지셨습니까!"

"손바닥은 어떠십니까!"

"의사! 의사!"

"아기님을 모셔라!"

사방에서 달려온 수많은 기사가 새파란 얼굴로 나를 살폈다. 순식간에 기사들의 물결에 휩쓸린 나는 딱딱하게 굳어졌다. 얼마나 많은지 레아와 로라의 얼굴이 보이지도 않는다.

심지어 모두 갑주에 듀블레드 문양의 케이프를 두르고 있었다. 중대장 이상의 고위 기사들이었다.

'이 사람들이 다 왔다는 건…….'

상점가에 적어도 5천 명 이상의 군사들이 집결해 있다는 거잖아!

나는 아연해졌고, 기사들은 호들갑을 떨며 내 몸을 살폈다.

"무릎! 무릎을!"

"손바닥은!"

"손톱 밑 거스러미가 생기셨는가!"

마치 하늘이 무너지기라도 한 것처럼 나를 붙들고 울부짖는 그들을 보며 쟈벨린 님의 말을 떠올렸다.

> "저택을 나서자마자 듀블레드 기사들의 기척이 수없이 느껴지던데. 전쟁 나가는 줄 알았다."

나는 내가 어디에 갈 때마다 5천 명이 지켜보고 있었다는 것을 깨닫고 조용히 이를 갈았다.

'아빠…… 오빠……!'

* * *

상점가의 사람들이 기겁한 표정으로 듀블레드의 기사들을 쳐다봤다. 난데없이 저 많은 기사가 다 몰려와서 내전이라도 벌어진 것인가 싶었는데, 아이 하나를 붙들고 울부짖었다.

> "우린 죽었네!"

"아아, 어머니……. 못난 아들은 갑니다……."

그렇게 한바탕 난리를 치더니 이제는 쭉 일렬로 서서 작은 아이 앞에 두 손을 모으고, 고개를 숙이고 있었다. 줄이 어찌나 긴지 상점가를 다 휘감을 듯하였다.

"그러니까, 첫날부터 몰래 따라다녔단 말이지……."

"예……."

"어떻게? 5천 명이 몰려다니는데 내가 어떻게 모를 수 있었어?"

몇은 아기님 곁에 있던 농부, 상인, 광대, 경비병 등등으로 분장하고 있었고, 대장급 기사들은 결계 속에 몸을 숨기고 있었다. 그리고 대부분은 상점 지구 전체를 에워싸고 있었다.

웅얼웅얼 대답하는 사내들을 보고 르블레인은 눈을 꽉 감았다.

"저, 그런데 아기님, 손톱 밑 거스러미가 생기지 않으셨습니까? 저희가 한번 확인해 보면……."

"왜 자꾸 거스러미를 물어보는 거야."

그러자 턱수염이 수북한 중년의 사내가 울먹였다.

"각하께서 아기님의 손톱 밑 거스러미가 하나 생길 때마다 한 놈씩 죽여 버린다셨습니다!"

"……."

"살려 주십시오, 아기님! 저는 아직 자식이 학술원에 입학하는 것도 보지 못하였습니다!"

그러자 다른 기사들도 "살려 주십시오!" 애절하게 외쳤다. 해탈한 표정으로 그들을 바라보던 르블레인이 깊게 한숨을 내쉬었다.

"가자."

"어디를……?"

"아빠랑 오빠 혼내 주러."

"……!!"

기사들은 위풍당당 걸어가는 르블레인의 모습을 보며 눈물을 훔쳤다.

저 늠름한 모습!

마치 마왕을 토벌하러 가는 삐약이 용사 같지 않은가!

* * *

나는 쪼로록 늘어앉아서 나란히 내 눈을 피하는 아빠와 오빠들을 쳐다봤다.

"군사들이 전부 저를 호위하면 저택은 누가 지키지요?"

"꼬맹아, 그건 우리로 충분……."

"누가! 지키지요?"

"……."

힐난의 눈빛에 이샤크는 꿀 먹은 벙어리가 되어 슬그머니 고개를 숙였다.

"르블레인, 우리는 단지 네가 걱정되어서……."

"그러면 저택 걱정은 누가 해요?"

그러자 반대쪽 소파에서 다리를 꼰 채 책을 읽고 있던 쟈벨린 님이 여상하게 대답했다.

"나만 하겠지."

앙리는 쟈벨린 님을 보고 미간을 찌푸렸으나 내가 눈을 부라리자 다시 조용해졌다.

"아빠."

"……그 정도는 있어야 성기사단을 제압할 수 있다."

성기사단을 왜 제압해야 해…….

교황이 정신이 나갔어도 성기사단으로 날 납치하려 하지 않을 거다.

'안 되겠다.'

이렇게 되면 자유롭게 다니긴커녕 전보다 더 불편해서 못 나갈 거다. 이렇게 되면 하는 수 없지.

난 어떤 수준의 협박을 해야 하나 고민했다.

이불 차고 잘 거예요.

안 먹을 거야.

미워.

—순으로 잘 먹히는데, 일단 웬만한 건 '미워.'로 정리가 가능하다.

'최후의 수단인 '가출할 거야'는 빼는 게 좋겠어.'

사소한 이유로 인접한 영지와 전쟁을 벌이겠다는 아빠와 오빠들을 진정시키기 위해 썼는데, 그날 듀블레드령이 두 쪽 날 뻔했다.

'좋아, 두 번째.'

나는 헙, 숨을 들이켰다.

"안 먹—"

"잘못했어, 꼬맹아!"

"미안해!"

"호위대를 새로 구성하마!"

얘기가 끝나기도 전에 펄쩍 뛰는 가족들을 보고 기사들과 고용인들이 소리 없이 경악했다.

나는 휴, 한숨을 내쉬고서 말했다.

"기사들도 혼내지 않기?"

"……."

"……."

"……."

"안 먹-!"

"안 혼내!"

"절대!"

"그래!"

좋아.

고개를 끄덕이자 벌벌 떨며 서 있던 제도군 부단장이 안도의 눈물을 줄줄 흘렸다.

시무룩해진 가족들이 돌아가고 나서 지친 난 소파에 앉았다.

'오늘도 고생했다, 나.'

그렇게 생각하며 고개를 주억거리고 있노라니 픽, 실소가 들려왔다.

쟈벨린 님이었다.

'웃으셨어!'

내 앞에선 한 번도 보이신 적 없는 웃음이라 놀라서 양손으로 뺨을 감쌌다.

"저들이 저토록 벌벌 떠는 건 리세트 앞에서도 없었던 일인데 재밌는 구경 했구나."

그러며 책을 탁, 덮은 쟈벨린 님이 말했다.

"내일 영지로 간다지."

"네, 아빠가 정리할 게 있으시다고 해서. 다시 제도에 올 수도 있어요!"

아마 그렇게 될 거다. 황태후의 편지가 무진장 많이 도착했다. 그녀는 매일같이 황궁으로 날 부르려고 했다.

신전과의 결별은 확실했다. 추기경들까지 찾아와 아돌프의 구명을 도와달라고 했지만, 황태후는 몹시 분노하여 그들을 내쳤다.
당연한 일이었다. 그들이 건넨 루미너스 약 때문에 완전히 몸이 망가진 게 확실했으니.
예배에도 나가지 않고, 그녀가 모은 신물들은 전부 처분되었다.
'그리고 아빠가 여기서 아돌프의 처분을 확정 지으면, 당분간 신전은 절대로 못 움직여.'
그러니까 아빠라면 절대로 이 기회를 놓치려고 하지 않을 거다.
황태후가 신전에 등을 돌렸으니, 이제 듀블레드를 독립시킬 때 큰 반대표 하나가 사라진 거다.
목표를 하나 이룬 나는 속으로 음흉하게 킬킬 웃었다.
"그래."
대답한 그녀가 책 끝을 가볍게 매만지며 말했다.
"아이야."
"네?"
"발등을 보여 줄 수 있겠니?"
맞다, 레아가 내 발등에 리세트 님과 비슷한 점이 있다고 했지.
나는 고개를 끄덕이고 양말을 벗었다. 조심스럽게 내 발등을 본 쟈벨린 님의 표정이 흐려졌다.
"만약 아기새가 무사히 태어났다면 너와 같았을까……."
언제나와 같은 목소리지만, 나는 왜인지 물기가 어려 있는 것만 같아서 손을 꼼질거렸다.
'내가 아기새였으면 좋았을걸.'
하지만 그럴 가능성은 없다. 리세트 님이 산고로 죽은 건 1월. 나는 2월 29일 생이다.
말도 안 되는 일이란 걸 알면서도 쟈벨린 님의 표정을 보거나, 아기새의 신발을 보고 있는 아빠를 볼 때면 그런 바람을 하게 된다.
"있지요. 제가 아기새라면 쟈벨린 님을 볼 때 무척 슬플 거예요."
"……."
"사랑하는 고모가 자기 때문에 슬퍼한다는 건 정말로 마음 아픈 일이니까요."
조심스러운 말에 쟈벨린 님은 픽, 웃었다.
"조심해서 돌아가라."
그러고서 살짝 머리를 흩뜨려 주었는데, 나는 그게 기뻐서 활짝 웃었다.
이튿날, 아빠와 오빠들, 그리고 나는 저택 모두의 배웅을 받으며 제도를 떠났다.

* * *

영지로 돌아오고서 보름.
"안녕하세요, 아기님."
"좋은 꿈 꾸셨나요?"
나는 고용인들의 인사를 받으며 하녀들과 드레스 룸으로 향했다.
너무 일찍 일어나서 졸음이 쏟아진다. 몽롱한 눈을 비비고 있으니 달리아, 린다, 유니가 "귀여워―!" 하며 영상석을 들었다. 이제 날 귀여워하는 것을 넘어 대륙적 팔불출이 된 저들의 취미는 나의 모습을 영상으로 담아 공유하는 것이었다.
몇 주 제도에서 있었다고 영상석이 어색하고 민망해졌는데, 딱 보름이 지나니 예전처럼 익숙해졌다.
그런데…….

'응?'

나는 드레스 룸과 방문, 창밖에 다닥다닥 붙은 고용인들을 보고 흠칫했다.

"오늘은 영상석이 평소보다 많아."

내가 레아의 소매를 흔들며 말하자 하녀들 셋이 까르륵 웃으며 대답했다.

"그야 오늘은 기념비적인 날이니까요."

"맞아요, 특별한 날이지요."

"아기님의 첫 티 파티!"

그랬다, 오늘은 처음으로 내가 영지의 아이들과 만나는 날이다.

아빠는 약속대로 내게 티 파티를 열어 주었다. 지금까지는 성에서 듀블레드 공작가와 고위급 가신들만 만났는데, 이제 이 영지 전역의 사람들을 만나게 된 것이다.

나를 의자에 앉힌 레아가 머리카락을 빗겨 주며 물었다.

"설레지 않으세요?"

"……조금 설레긴 해."

티 파티를 내 이름으로 여는 건 첫 번째 삶 외에 처음이라 솔직히 나도 조금 설레긴 했다.

내가 볼을 붉히자 주변에서 영상석이 구우우웅―! 돌아가는 소리가 들렸다.

"귀여워!"

"오늘도 사랑스러워!"

난 고개를 절레절레 저었다.

제도에서 구매해 온 멜베인의 드레스와 세리아가 혼신의 힘을 다해 골라서 의장 편에 보내온 리본, 신발 등을 착용했다.

"오늘 아주 어여쁘세요."

"나도 알아!"

가문의 문양이 들어간 붉은 드레스를 입은 난 내가 봐도 괜찮아 보여서 허리를 짚은 채로 척, 고개를 들었다.

고용인들이 후후 웃었다.

준비를 마치고 파티를 점검하니 점심 즈음이 되었다. 이제 티 파티가 시작될 시간이었다.

정원으로 나서니 평소와 달리 사람이 북적인다. 커다란 보닛을 맨 귀여운 꼬마 숙녀들과 품이 큰 예복을 입은 사랑스러운 꼬마 신사들이 케이터링 코스를 돌며 도란도란 이야기를 나누고 있었다.

"어제 그 댁에 비보가 있었다고 들었어요. 정말 유감입니다."

"네, 제가 자다가 장수풍뎅이인 로튼 경을 깔고 뭉개서……. 로튼 경은 정말로 용맹한 장수풍뎅이였어요."

"어머나……."

애들은 어른들의 사교를 따라 하며 점잖은 체했다.

'귀여워-!'

또래 친구는 처음 사귀는 거라 가슴이 콩닥거렸다. 설레는 마음으로 입장하니 파티장을 지키던 고용인들이 일시에 허리를 굽혔다. 그러자 아이들도 하나둘씩 일어나더니 내게 예를 표했다.

"듀블레드의 귀애를 뵙습니다."

"듀블레드의 귀애를 뵙습니다."

나는 고개를 10도쯤 숙이는 것으로 인사를 받아 줬다. 내게 예법을 가르쳐 준 노스가 파티장 구석에서 슬쩍 엄지를 치켜세웠다.

"반가워요, 여러분. 르블레인 리세트 듀블레드랍니다."

소개하고서 앉으라는 의미로 눈썹을 한 번 까딱, 올려 줬다.

'이건 어때?'

노스를 쳐다보자 그가 팔불출 같은 웃음을 지으며 쌍 엄지를 들었다. 나는 속으로 히힛 웃었다.

눈썹 올리는 게 어려워서 엄청 연습했다고.

내가 앉은 테이블은 가장 중앙에 있는 것이었다. 고위급 가신의 자제나, 외부 초청객이 있는 자리였다.

'초청객은…… 없네. 어디 갔나?'

나는 고개를 갸웃했지만, 다른 자제들이 금세 말을 붙여 와서 대화에 빠져들었다.

"초대에 감사드립니다. 미생크 자작이 제 아버지십니다."

"녜슐 자작이 제 할머니세요."

"크루올라 남작가의 막내입니다."

아이들이 우수수 내게 본인을 소개했다.

"이름은요?"

내 말에 영애, 영식들이 "넹?" 하고 물었다.

'넹…… 귀여워.'

성에서 매번 무시무시한 인상의 어른들만 보다가 이렇게 조그맣고 사랑스러운 아이들을 보니 행복해졌다.

테이블에 있는 아이 중 그나마 나이가 많은 미생크 자작의 아들이 말했다.

"킬리언 미생크입니다. 열두 살이고요."

'오, 이샤크랑 동갑이다.'

괜히 반가워서 생긋 웃자 소개하던 킬리언의 얼굴이 붉어졌다.

"미, 미생크 자작가의 장남이고……."

갑자기 목소리가 기어들어 간다. 아이들의 시선이 쏠리는 게 수줍었나 보다.

어제 산에서 내려온 괴물 늑대를 때려잡아 온 이샤크와는 반대라 난 그가 무척 귀여웠다. 웃고 있으니 나와 킬리언을 휙휙, 돌아보며 부루퉁한 표정을 짓고 있던 아이들이 얼른 말했다.

"저는 소피 네슐이에요!"

"맥스 크루올라라고 해요!"

다른 테이블의 아이들도 마구 끼어들어서 본인을 소개했다. 예의 있는 행동은 아니었다. 정원 밖에서 아이들이 잘하고 있는지 훔쳐보던 부모들은 당황해서 "어머, 얘!" 하며 벙긋거렸다.

하지만 난 이 정도의 사고는 아무렇지 않았다.

'예상보다 약하기도 하고.'

정말 어린 아이까지 와서 혹시 긴장하여 오줌이라도 싸면 어쩌나 싶었는데.

"아하, 네슐 자작의 손녀로군요. 지난번에 자작으로부터 이야기를 들었어요. 피아노를 아주 잘 치신다고요?"

나는 아이들 한 명, 한 명을 챙겨 주었다. 파티장에 있는 아이들의 표정이 밝았다.

그런데 그때.

"어? 내가 묻잖아!"

입구 쪽에서 버럭, 고함이 들렸다.

키가 훌쩍 크고 호리호리한 남자애였는데 뒤통수만 조금 보였다.

"아…… 또 저분이에요……."

아이들이 시무룩한 목소리로 어깨를 움츠렸다.

"왜요?"

물으니 킬리언이 눈썹을 늘어뜨리고 대답했다.

"외부에서 오신 손님이요……. 대귀족가의 자제예요."

"아까도 아기님이 안 계실 적에 소리를 마구 지르시고……."

"듀블레드 아이들은 예의 없는 바보들뿐이라고 했어요. 너무해……."

나는 바짝 기죽은 아이들을 둘러보고 몸을 일으켰다. 그리고 소란스러운 곳으로 향했다. 아이들이 우르르 날 쫓아왔다.

사내애에게 당하고 있던 여자애는 눈물을 터뜨리기 일보 직전이었다. 여자애는 흑단 같은 새카만 머리카락에 아름다운 녹색 눈을 가진, 인형처럼 귀여운 애였다.

"저, 저는, 그게 아니라, 갑자기 얼굴을 만지시니 놀라서……."

만져?

여자애는 적어도 열네 살은 되어 보였고, 사내애도 열다섯쯤 되어 보인다. 함부로 레이디를 만져선 안 되는 게 상식이라는 걸 알고 있을 나이다.

"대귀족의 직계가 봉신 가문 따위의 어린애에게 이름을 물어보면 감사합니다, 하고 대답해야지. 어딜!"

나는 두 사람 사이에 끼어들어서 여자애를 등 뒤로 숨겼다.

"넌 또 뭐……!"

저 애는 빌리 페냑이었다.

> "페냑 백작가의 차남이 거지 따위에게 이름을 물어보면 감사합니다, 해야지. 어딜!"

지난 삶에서 내 허리를 쓰다듬던 변태였다. 그리고 두 번째 삶에서도 만난 적이 있다.

애는 발루아 공작의 장남과 절친한 친구였다. 페냑 백작가는 명문가였고, 형은 고위급 신관이라 신분 따지는 발루아 공자도 그와 자주 어울렸다. 발루아저에 올 때마다 음심 어린 시선으로 내 몸을 훑던 그 놈.

결국, 열일곱 무렵 무슨 자작의 외동딸을 겁탈해서 근위병에게 붙들렸었는데 술에 취했다는 핑계와 제 아버지의 후광으로 풀려났었다.

"……아기님이십니까?"

내 손가락의 인장을 본 그가 큼, 헛기침했다.

"빌리 페냐입니다. 델러드 영식 대신에 참석하였지요. 소란을 피웠군요."

"네. 제 첫 파티에서 소란을 피우셨지요."

"그건…… 예, 뭐…… 죄송합니다."

"사과할 대상이 틀린 것 같은데요."

"네?"

나는 울먹이는 여자애의 손을 잡고 파티장의 아이들을 쳐다보며 말했다.

"불쾌해지신 제 손님들께 사과하셔야죠."

"아기님께 사과하면 됐지, 제가 왜 봉신 가문 따위에……!"

"말씀하신 대로 듀블레드의 봉신 가문의 자제들이니까요. 제가 지켜야 할, 저희 아이들입니다."

우리 애들한테 무슨 짓이야.

그러자 애들이 반짝반짝한 눈으로 날 쳐다봤다. 빌리는 자존심이 상했는지 울컥 인상을 찌푸렸다.

"못 합니다! 어찌 제게 이런 수치를 주십니까! 어차피 진짜 듀블레드 사람도 아니시면서……."

"뭐라고요?"

"맞잖습니까. 입양되신 거잖아요."

너 고아였잖아, 라는 뜻의 말에 파티장에 있던 고용인들이 굳어졌다. 정원을 훔쳐보던 부모들의 표정도 싸늘해졌다. 내 손을 잡고 있던 여자애도 움찔, 손에 힘을 줬다.

"정말이지."

내가 조그맣게 중얼거리자 빌리는 제 말에 기가 죽은 거라고 생각했는지 의기양양해졌다.

난 착용하고 있던 장갑을 살며시 벗어서 그의 앞에 툭 던졌다. 결투의 의미인 흰 장갑을 본 빌리가 헛웃음을 삼켰다.

"소설을 많이 보셨나 봅니다. 계집애가 남자를 이길 수 있는 건 소설 속에서나 일어나는 일입니다."

"그래요?"

"오만으로 괜히 체면 상하지 마시죠."

빌리가 봐준다는 듯 히죽 웃었다.

"내 체면은 내가 신경 쓸 테니 따라 나와."

"나 참. 어이가 없어서."

"내가 페냐가에 공식 항의하기 전에요."

"……!"

그러자 빌리의 얼굴이 희멀게졌다.

듀블레드에 정식 초대를 받지도 않고 왔는데, 소란을 피워 공식 항의를 받으면 제아무리 잘난 아버지라도 수습하기 어렵다.

"……승부하면 안 하신다는 거죠?"

"네."

나는 어깨를 으쓱하면서 말했다. 내가 문가에 비켜서서 "가시죠." 말하자 빌리가 칫, 혀를 차고 먼저 나섰다.

신사가 레이디와 겨루는 건 말도 안 되는 일이지만, 내가 공식 항의까지 운운했으니 핑계는 확실히 있다고 생각하는 것 같았다.

거기다가 고아 출신에 운 좋아서 듀블레드에 입양된 계집애 따위를 흠씬 두들겨 주고 싶기도 했겠지.

나는 티 파티 구역과 조금 떨어진 곳으로 이동해서 빌리와 마주 보았다. 그는 제 하인이 가져온 목검을 들며 비죽 입꼬리를 올렸다.

"이건 아기님이 시작하신 겁니다?"

"오세요."

빌리가 픽 웃고 땅을 박찼다. 빠르게 나와 그의 거리가 좁혀 들었다.

그러나 그는 내게 닿지 못했다. 우리의 거리가 3미터가 채 되지 않았을 때 결계에 가로막힌 것이다.

그리고 순식간에 불덩이가 그의 주위를 둘러쌌다.

"자, 자, 잠깐…… 잠깐!"

그가 비명을 질렀을 때, 불덩이가 "크르르룽!!" 사자 형상으로 변해 그를 집어삼켰다.

"크아악ㅡ!"

빌리는 주저앉아 양팔로 머리를 막았다. 바지가 축축해졌다.

나는 생긋 웃고서 말했다.

"계집애한테 놀랐어?"

빌리는 오들오들 떨며 제 몸을 바라보았다. 화상이 조금 있긴 하지만, 멀쩡했다.

"어떻게…… 어떻게…… 시동인 없이……!"

마도사나 신관들이 힘을 분출하기 위해선 영창할 시간이 필요했다. 영창이 완료되었다는 신호가 시동인이다.

제국민 모두는 내게 신성력이 있다는 걸 알고 있다. 그럼에도 빌리가 내게 무작정 돌진한 이유는 시동인이 없으니 내가 영창에 성공하지 못했다고 생각했기 때문일 터였다.

아직 준비가 안 되었을 때, 무찔러 버리려고.

실제로 마도사나 신관이 기사에 의해 죽는 것도 영창할 시간이 없었던 경우가 대다수였다.

빌리가 덜덜 떨고 있을 때 난 허공을 팔로 한 번 휙, 저었다. 정원수들의 가지가 늘어나 휙, 그에게 달려들었다. 그러곤 그의 엉덩이며, 뺨을 찰싹찰싹 때렸다.

"으아아아—!"

놀란 빌리가 허둥지둥 정원 밖으로 달려 나갔다.

나는 팔짱을 끼고서 눈썹을 까딱 들어 올렸다.

'그래, 가서 내게 이만큼 강한 힘이 있다고 제도에 떠벌리고 다니렴.'

그래야 제도의 강자들이 내게 관심을 갖거든.

나는 차근차근 권력자들을 맞을 준비를 하고 있었다.

"우와."

수풀 위로 얼굴을 빼꼼 내밀고 있던 아이들이 탄성을 흘렸다.

"굉장해……."

"강하다……."

나는 그들을 돌아보았다.

'애들한테 미안한걸.'

윗사람이 가장 마지막에 등장한다는 사교계의 쓸데없는 관습을 따를 게 아니라, 미리 와서 직접 파티장을 점검했다면 빌리가 델러드 공자 대신 왔다는 걸 알고 있었을 거다.

그랬다면 아이들이 빌리로 인해 불쾌한 경험을 하지 않았을 텐데. 무엇보다 빌리에게 당하던 여자애에게 너무나 미안했다.

나는 그녀에게 다가갔다.

"괜찮아요?"

"……."

그녀는 멍하니 날 쳐다봤다. 내가 손을 내민 후에야 얼굴을 새빨갛게 붉히고, 우물쭈물 손을 잡았다.

"괘, 괜찮아요……."

목소리가 조그맣고 어쩔 줄 모르는 것이 많이 놀란 것 같은데.

난 걱정 어린 얼굴로 여자애를 쳐다봤다.

"안에서 쉬실래요?"

"아, 안이요? 아기님께서 매일 생활하시는 보, 본성이요?"

"네."

여자애의 얼굴이 환해졌다.

나는 노스에게 파티장 분위기 정리를 부탁하고 여자애를 데리고 내 방으로 향했다. 그녀는 두 손을 가슴께에 모으고 내 응접실을 둘러보았다.

"와……."

난 레아가 가져다준 따뜻한 캐모마일 티를 그녀에게 밀어 주었다.

"마시면 조금 진정이 될 거예요. 아 참, 그러고 보니까 이름도 못 들었네요."

"베로니카예요! 베로니카!"

갑자기 테이블을 잡고 일어나 버럭 소리쳐서 난 깜짝 놀랐다. 내가 눈을 깜빡이자 베로니카가 다시 우물쭈물 소파에 앉았다.

"뒤보스 자작님이 제……."

뒤보스 자작은 아들만 둘이고, 둘 다 결혼을 안 했다고 했으니까 아마 친척이지 않을까.

"조카예요."

예상과 비슷해서 난 고개를 끄덕였다.

"아하, 베로니카 양이 뒤보스 자작님의 조카……."

"아뇨, 아뇨."

그녀가 얼른 손을 흔들었다.

"뒤보스 자작이 저의 조카예요."

"……네?"

"제가 뒤보스가의 가주랍니다."

뭐, 뒤보스 자작의 아버지가 아주아주 늦둥이를 보았다면 가능한 일이지만 가주라고?

뒤보스가의 가주는 여성이 맞긴 하다. 하지만 그녀의 이명은 서쪽의 마녀로 선대와 함께 몬스터 토벌을 함께했다.

"뒤보스가의 가주는 여든 살 노인이라고 들었는데……?"

"네! 올해로 여든일곱이랍니다."

베로니카가 얼굴을 붉히고 웅얼거렸다.

"어린 것이 손대길래 사지를 찢어서 내장을 줄줄 토하게 할까 싶었거든요. 아기님이 말려 주셔서 살인을 면했네요."

"……."

"이 나이에 핏덩이 같은 아이를 죽이지 않게 되어서 다행이에요."

수줍은 얼굴로 감사를 표하는 그녀를 보며 나는 마른침을 삼켰다.

'중앙 테이블에서 못 본 게 이상하더라니.'

뒤보스 자작가의 영애라면 당연히 중앙 테이블에 있어야 했다.

그녀는 "아, 참!" 하더니 종이 몇 장을 꺼냈다.

"드류 녀석이 저택으로 가져온 영상석에서 추출한 것인데, 아, 드류는 뒤보스 자작의 이름이랍니다. 여하튼 너무 귀여워서 늘 소중히 보관하고 있었어요."

그보다 영상석에서 장면을 추출했다고?

놀라운 마법이었다.

아니, 그보다 왜 사진이 이 모양이란 말인가. 그건 내가 와앙, 입을 벌리고 케이크를 쑤셔 넣고 있는 장면이었다.

"다들 저를 무서워해서…… 아기님이라면 친근하게 대해 주시지 않을까 했는데…… 역시 예상대로라 정말로 기뻐요."

기뻐하며 내 손을 덥석 잡는 베로니카를 보고, 난 마른침을 삼켰다.

* * *

티 파티를 마무리하고, 저녁.

목욕을 마치고 잠옷 차림으로 소거실에서 노닥거리던 내게 앙리가 말했다.

"베로니카 님이 네 파티에?"

나는 물을 마시며 고개를 끄덕였다.

"응."

그러자 삐딱한 자세로 앉아 있던 이샤크가 쯧, 혀를 찼다.

"파티 초대장을 줄 수 없냐고 그렇게 뒤보스 자작을 귀찮게 했다더니 결국 갔나."

"오빠들은 베로니카 님을 알고 있었어?"

앙리가 내 머리카락을 수건으로 말려 주며 말했다.

"우리가 마탑과 연맹할 수 있도록 계기를 마련한 사람이니까. 마탑주 출신이거든."

"그런데 엄청 젊어 보였어."

"어릴 때 연구에 실패해서 계속 그 모습으로 살고 있나 봐."

"다른 노인들이 부러워하겠네?"

"그렇지도 않아."

이샤크가 소파 등받이에 몸을 깊게 기대며 말했다.

"사람들은 '자신과 다른 것'을 무서워하잖아. 듀블레드에선 그나마 말을 걸면 대답해 주는 사람이 있지만, 다른 곳에선 나타나기만 해도 괴물 취급하며 혼비백산하며 도망치지."

그래서 내가 친근하게 대해 주는 것을 그토록 기뻐했구나.

흠, 신음하고 있으니 "참." 하고 앙리가 말했다.

"페냐의 차남이 파티에 분탕질했다면서."

"뭐?!"

이샤크가 벌떡 일어났다.

"그걸 왜 지금 말해!"

"르블레인이 완전히 밟아 놨으니까 뒷북치지 말고 앉아."

이샤크는 씨근덕댔지만, 앙리는 아무렇지 않은 표정으로 손톱깎이를 잡았다. 그리고 내 손톱을 깎아 주려고 했는데.

"이번엔 내 차례다."

함께 거실에 앉아 있던 아빠가 어둡게 가라앉은 눈으로 앙리를 쳐다봤다. 은근슬쩍 손톱을 깎으려고 하던 앙리가 소리 없이 혀를 찼다.

손톱을 깎아 주는 것으로 하도 치고받고 싸우길래 몇 년 전에 순서를 정해 줬다. 레아, 이샤크, 앙리, 그리고 아빠 순이었다.

"재작년 아버님께서 제 순서를 빼앗지 않으셨습니까."

그땐 앙리와 이샤크가 영재원에 있을 때였는데, 두 사람은 방학 때 내 손톱을 깎아 주는 걸 매우 기대하고 있었다. 그런데 손톱이 조금 자라자마자 아빠가 냉큼 깎아 버려서 성에 돌아왔을 적엔 깎을 게 없었다.

앙리는 자신이 계속 제도에 있어서 늘 순서를 빼앗긴다고 생각했다. 그래서 미친 듯이 공부하더니만 그해에 졸업장을 받았다.

"지나간 일은 돌아보지 않는다."

아빠가 근엄하게 말하며 나를 훽, 안아서 옆으로 앉혔다. 그리고 내 손을 붙들고 살며시 손톱깎이를 들었다.

아빠가 손톱을 깎을 때면 아주아주 조금 줄어든다. 레아는 깎을 게 많다고 기뻐했지만, 나는 내가 다칠까 봐 부들부들 떨며 손톱을 깎아 주는 아빠를 볼 때마다 뭐라고 해야 할지 모르겠다.

"지난번엔 제 순서도 빼앗으셨잖아요."

이샤크가 끼어들자 '르블레인 손톱 깎기 전쟁'이 또 발발했다.

'으아, 또……!'

나는 당황해서 그들을 둘러보았다. 시중인들이 마른침을 삼키고 제발 제 주인이 승자가 되길 간절히 바라고 있었다. 손톱 깎기 전쟁에서 패배하는 사람의 시종들은 며칠간 괴로워지기 때문이었다.

사내들의 각 시중 총괄들이 울먹이며 날 쳐다봐서 난 한숨을 삼키고 손을 무릎에 착 붙였다.

"자꾸 싸우면 아무도 못 깎게 할 거예요."

말하자 세 사람이 충격받은 얼굴로 입을 다물었다.

"싸우지 않았어!"

"그래, 르블레인."

"오늘은 내 차례다."

나는 눈을 가느다랗게 뜨고 "싸우지 않으실 거예요?" 하고 물었다. 세 사람은 얼른 고개를 끄덕였다.

"좋아요. 그럼 오늘은 오른손 검지와 중지, 약지까지 아빠가 깎으시고, 작은오빠가 왼손 검지와 중지, 약지를 깎으세요. 남은 건 막내 오빠."

내가 '요기, 요기.' 집중해서 가리키니 세 사람은 얌전히 순서대로 소파에 주르륵 앉았다. 그리고 곧 부들부들 떨며 손톱 깎기에 열중했다.

*　　*　　*

그 시각, 페냑가.

빌리는 제 아버지 앞에서 씨근덕거리며 소리쳤다.

"그 미친 계집애가 정말로 저를 죽이려 했다니까요!"

"벌써 몇 번째 똑같은 말을 반복하는 거야."

"이대로 가만히 있으실 거예요? 제가 죽을 뻔했어요! 평민 고아 출신 계집애가 저를……!"

페냑 백작이 한숨을 삼켰다.

분하지 않은 것은 아니다. 작은아들이 혼비백산하여 돌아왔을 때 울화가 치솟았다. 하지만 듀블레드 공작이 아주 각별하게 여긴다는 소문의 아이에게 제가 무얼 할 수 있겠는가.

지난번 국무 회의에서 '내 딸이 세상에서 제일 귀엽다'라고 선언한 이후로 사람들은 르블레인 듀블레드의 그림자도 밟지 않기로 결심했다.

'그렇다고 그냥 넘어가기엔 위신이 상하고.'

그가 손안에서 호두 알을 덜그럭덜그럭 굴리며 생각에 잠겨 있었다. 그때, 차와 티 푸드를 들고 들어온 백작 부인이 빙그레 웃었다.

"뭘 그리 걱정하세요?"

"계집과 승부한 데다 지기까지 했으니 사람들이 얼마나 우리를 손가락질하겠나."

"제가 보기엔 귀여운걸요."

"뭐라고?"

“운명의 아이가 정말로 처음 본 봉신 가문 아이들을 지키려고 나선 것이겠어요?”

그녀가 후후 웃으며 말하자 백작이 물었다.

“다른 까닭이 있다는 건가.”

“애들은 관심을 다른 방법으로 표현하기도 하잖아요. 우리 아들이 어디 보통 훤칠한가요.”

그 말에 빌리가 눈을 크게 떴다.

생각해 보니까 그런 것 같기도 하다. 아무런 상관없는 계집애 하나에게 윽박질렀다고, 제게 그만큼 소리친 건 아무래도 이상한 일이었다.

‘다른 계집애한테 관심을 보여서 질투한 거 아냐?’

페냐 백작이 정말이냐는 듯 아들을 보았다.

“뭐…… 절 보는 눈이 반짝거리긴 하더라고요.”

“그래?”

“다른 계집애와 제 사이를 막아서기도 했고요.”

“허 참. 네게 관심이 있다는 게지…….”

턱을 문지르던 페냐 백작의 입매가 비틀렸다.

‘그렇다면 이거 위신이 상할 일이 아니라 노다지를 캔 것이구만.’

입양됐긴 했어도 공작 영애. 거기에 운명의 아이.

며느리로 들이기엔 나쁘지 않은 조건이다.

그 애를 살살 구슬려서 듀블레드를 장악하게 되면 그들의 후광을 등에 짊어지고 제국 수뇌부에 입성할 수도 있을 터였다.

“너는 가서 다시 그 계집애를 만나 보아라.”

“예?! 싫어요! 절 두드려 팬 계집애를 왜……!”

“멍청한 소리 하지 마라. 결혼이라도 하면 듀블레드의 위세가 모두 네 것이야.”

"그런 난폭한 계집애와의 결혼은 싫습니다!"
"결혼 후엔 네 취향의 첩을 끼고 살면 되는 게 아니냐."
빌리가 흠……. 신음했다.
'뭐, 그렇다면야.'
제가 그렇게 좋다니 못 만나 줄 건 없었다.

* * *

페냐 백작이 성을 찾아왔다. 새로운 교역로에 관한 일을 논의하기 위해서였다. 아빠가 새로이 만든 교역로엔 페냐 백작가의 항구가 필요했다.
그런데 막상 도착한 그는 백작 부인과 빌리를 데리고 있었다.
나는 아빠의 품에 안겨서 그들을 만났다.
"영애의 티 파티에서 소란을 벌인 것을 사과하고 싶다기에 결례를 무릅쓰고 데려왔습니다."
백작 내외는 바리바리 싸 온 선물을 중정에 내려놓았다.
백작 부인이 내게 허리를 굽혔다.
"아들을 잘못 가르쳤습니다."
그러곤 빌리의 허리를 툭, 친다. 빌리는 정말로 사과하고 싶지 않다는 얼굴로 고개를 꾸벅 숙였다.
"죄송했습니다."
나는 중정에 모인 가신들을 흘끔 쳐다봤다.
새로운 교역로를 뚫는 건 듀블레드에 꼭 필요한 사업이었다. 훗날 듀블레드는 이 교역로를 계기로 교역상을 연합시키는데, 교역상 연합은 공작의 전령 새가 되어 부지런히 정보를 물어다 바쳤다.

물론 교역로를 통해 벌어들인 이용료로 가문의 기둥 하나를 더 세운 것은 말할 것도 없었다.

별로 빌리와 마주하고 싶진 않지만, 사업을 위해 고개를 끄덕였다.

"괜찮으시면 아기님을 제 저택에……."

백작이 무어라 말하려고 하자, 아빠가 말했다.

"입을 열라 허락한 기억이 없는데."

서늘한 목소리가 중정에 깔리자 백작의 등줄기가 흠칫했다. 그는 서 있는 것만으로도 오장육부가 죄어드는 압박감을 주었다.

'아이고, 폐냐 백작은 자존심 강한 사람인데 이러다가 거래가 불발되겠네.'

나는 아빠의 어깨를 톡톡 두드렸다.

"내려갈래요."

그러자 공작이 날 내려놓았다. 불면 날아갈까 쥐면 꺼질까 몹시 조심스럽게.

백작 내외가 숨을 크게 들이쉬었다. 백작과 함께 온 사람들도 놀라긴 마찬가지였다.

"세상에나……."

"정말로 귀여움을……."

나는 아빠의 옷깃을 흔들었다.

"온실에 갈래요. 아빠, 열심히 일하세요."

"그래."

그가 희미하게 웃고 내 머리를 쓰다듬었다. 또 한 번 소리 없는 비명이 터지고, 나는 백작 내외에게 치마를 잡은 채로 무릎을 굽혔다.

"먼저 들어가 보겠습니다."

두 사람은 아쉬운 표정이었지만 날 잡지 못했다. 난 어려서 손님을 맞이할 의무가 없었다. 오늘의 의전은 뒤보스 자작이 맡는다.

회의에 들어가기 전, 뒤보스 자작은 백작 내외에게 성을 보여 줄 예정이었다. 조금만 더 자라면 내성을 내가 총괄해야겠지만, 아직까지는 신나게 놀 때였다.

'정말로 놀 건 아니지만.'

세리아에게서 온 서류를 결재해 줘야 한다.

지난 5년간 난 의장과 고리대금업자 출신 하녀 유니에게 상단을 관리하는 법을 배웠다. 의장도 아주 잘 가르쳤지만, 실질적으로 큰 도움이 된 건 유니였다.

"돈으로 장난치는 아랫놈들이요? 자잘하게 잡으면 끝도 없어요. 한 놈만 집요하게 족쳐서 겁먹게 해야죠."

"세금 관리를 못 하면 끝이에요, 끝. 돈 벌어서 세금으로 다 나간다는 말이 괜히 있는 게 아니라니까요. 사실 징세관과 결탁하는 게 제일 좋은데, 저 같은 경우엔……."

등등.

유니는 내가 상단을 운영하는 것도 모르는데, 가끔 물어볼 때마다 찰빵 같이 설명해 줘서 쏙쏙 이해가 되었다.

'내일은 수금일. 돈 들어오는 날~.'

나는 흥얼거리며 계단을 올라갔다. 막, 문고리를 잡으려던 때였다.

"이봐."

빌리의 목소리가 들렸다.

"이봐?"

내가 되물으니 빌리가 내게 다가와서 말했다.

"잘 지냈어?"

"지난번의 결례를 사과하러 온 거라고 했던 것 같은데요."

"내가 너무 늦게 와서 삐쳤구나?"

얘가 지금 뭐라는 거야?

황당해서 눈을 깜빡이자 빌리는 히죽히죽 웃으며 손등으로 내 뺨을 쓸었다. 불쾌해져서 손을 확 밀어냈다.

"새침 떠는 게 귀엽네?"

이게 진짜 미쳤나?

"내가 마음에 들면 말하지 그랬어. 그렇게 폭력을 써서야 되나. 앞으로 어떻게 남자를 꼬시는지 알려 줘야겠네, 내가."

"……."

"여자는 말이야. 낮엔 조신하게, 밤엔 섹시하게, 어? 그래야 한단 말이야."

"……."

"폭력은 내 관심을 끌 수 없다고. 알았어?"

설마 내가 자기 관심 끌려고 때렸다고 생각하는 걸까.

나는 이상한 자신감에 사로잡힌 그를 보며 헛웃음을 흘렸다.

"내가 왜 널 꼬셔야 해?"

"그야 내가 잘생겼……."

"너 못생겼어."

"마, 말도 안 돼!"

나는 고개를 저었다.

"겸손해하지 않아도 돼. 진짜야. 넌 정말로 못생겼어. 정말, 정말로. 내가 본 못생긴 사람 중에 네가 최고야. 마치 변기를 닦는 솔처럼 생겼어. 굉장하다니까!"

내 말에 빌리의 얼굴이 붉으락푸르락해졌다.

"이, 이, 고아 년이……!"

얘는 할 말이 이것밖에 없나 보다. 똑같은 패턴에 감흥을 잃었는데, 뒤에서 누군가의 목소리가 들렸다.

"너, 방금 뭐라고 한 거야?"

이샤크가 둘러메고 있던 멧돼지를 쾅, 내려놓으며 빌리를 쳐다봤다.

쾅—!!

순식간에 날아가 벽에 처박힌 빌리가 "끄흐윽……." 가련하게 신음했다. 이샤크가 그에게 다가갔다. 발소리가 가까워질수록 빌리의 얼굴은 거무죽죽해졌다.

"뭐라고 했냐고 내가 물었잖아."

"저, 저는, 으으, 저는……."

이샤크는 벌벌 떨리는 빌리의 어깨를 잡았다. 겉보기엔 가볍게 잡은 것 같은데 순식간에 우득, 둔탁한 소리와 함께 빌리의 어깨가 축 늘어졌다.

"으아아악!"

끔찍한 비명이 메아리쳤다.

"오빠!"

나는 얼른 이샤크를 붙잡았다.

'우리 상단 연합!'

소중한 정보 갈매기들이 날아간다. 게다가 아무리 그라도 대귀족의 자제를 죽이면 형벌을 피할 수 없다.

저 미래의 강간범이 죽는 건 아무런 상관이 없지만……!

하지만 이성을 잃은 이샤크는 내가 딱 달라붙었어도 그를 놓지 않았다. 나는 소란을 듣고 놀라서 달려온 고용인들과 기사들에게 눈짓했다.

말려, 말려!

내 눈빛을 받은 이들이 죽음을 각오한 얼굴로 이샤크에게 달려들었다. 평소라면 저들도 다 날려 버렸을 텐데, 내가 붙어 있어서인지 그나마 날려 버리진 않았다.

겨우 이샤크가 빌리에게서 떨어질 무렵, 아들의 비명을 듣고 놀란 백작과 백작 부인이 뛰어 올라왔다. 그들을 의전 중이던 뒤보스 자작도 함께였다.

"세상에, 빌리……!"

그녀는 어깨를 쥔 채로 울부짖는 아들에게 달려갔다. 페냐 백작도 허둥지둥 아들을 살폈다.

빌리의 어깨는 완전히 뒤틀려 있었다. 저 뼈를 도로 되돌아오게 할 수 있을까 싶을 정도로.

"허어어엉……헝……!!"

눈물 콧물을 질질 쏟으며 통증을 호소하는 아들을 보고 부부는 고함을 내질렀다.

"의사! 어서 의사를 불러 줘요! 뭐 하는 거예요!"

"어떻게 된 거야, 네가 왜 이 꼴이 되었어!"

빌리는 남은 멀쩡한 손으로 이샤크를 가리켰다. 페냐 부부의 얼굴이 딱딱하게 굳어졌다.

"대체 왜 이런 짓을 하신 겁니까!"

백작이 비명을 지르듯이 묻자 이샤크는 서늘한 눈으로 그들을 쏘아보았다.

"입 닥쳐. 죽여 버리려다가 참았으니까."

"뭐, 뭐라고?"

이샤크는 그 이상 설명하지 않았다.

'바보!'

나는 그가 왜 입을 꾹 다물고 있는지 알고 있다. 이샤크는 제 입으로 '고아 년'이라는 단어를 언급하고 싶지 않은 거다.

* * *

뒤보스 자작은 난처한 얼굴로 페냑 백작에게 말했다.

"그, 아이들의 다툼이 약간 과했던 것 같은데……."

"아이들의 다툼?!"

백작 부인이 발작하듯 소리쳤다.

"우리 아이가 이 상태가 되었는데 아이들의 다툼이라는 말이 나옵니까! 세상에 어떤 아이가 사람을 이렇게 끔찍하게 만들어 놓는다는 거죠!"

페냑 백작도 말을 보탰다.

"이 일, 황실에 정식으로 고발하겠소."

뒤보스 자작은 난처한 듯 침음을 흘렸다.

고발된다면 이샤크는 끌려갈 거다. 물론, 공작가의 영식이 내내 여타의 범죄자들처럼 옥사 생활을 하진 않을 거다. 듀블레드 공작이 그대로 내버려 둘 리도 없었다.

문제는 보안청의 장, 존 스테판이 듀블레드와 단단히 척을 진 노델리 후작가의 매제라는 것이다. 노델리가는 이제나저제나 듀블레드의 꼬투리를 잡길 바라고 있었으니, 이샤크가 추포되었을 때 그냥 놔둘 리 없다.

이 일을 계기로 지독한 고신을 해서라도 듀블레드를 압박할 무언가를 찾으려 들 것이다.

뒤보스 자작이 앞으로 나서며 손바닥을 들어 올렸다.

"그리되면 저희 도련님뿐 아니라 페냐 공자에게도 부정적인 여파가 미칠 겁니다. 진정하시고 보상 절차를 논의하시는 게……."

"자식이 이 꼴이 났는데, 보상으로 입을 다물 부모가 어디에 있소! 내 아들은 단지 아이가 아니지. 페냐가의 미래이며, 명예요!"

페냐 백작이 길길이 날뛰며 말을 이었다.

"건국 황제의 태피스트리 정도가 아니라면, 내 가문의 미래와 명예에 오물을 뿌린 것이 어찌 보상되겠소."

뒤보스 자작의 얼굴이 딱딱하게 굳어졌다.

듀블레드 공작이 공작 위에 오른 해, 북벌하여 손에 넣은 건국 황제의 태피스트리.

황궁에서 몇 번이고 건국 황제의 진명이 새겨진 태피스트리를 건네주길 청하였지만, 받아 낼 수 없었다. 그것은 황궁마저도 어찌할 수 없다는 권력의 증명인 셈이었다.

뒤보스 자작의 안색이 대번에 변했으나, 페냐 백작은 오만하게 입매를 비틀었다.

'분하게 생각해 봐야 어찌할 것이냐.'

이샤크 듀블레드의 명운이 제 손안에 달린 것을.

그때였다.

"하면 페냐가는 무엇으로 우리의 명예에 오물을 뿌린 것을 보상할 생각이지요?"

이샤크의 손을 꼭 쥔 채로 르블레인이 물었다. 어린아이답지 않은 서늘한 태도에 페냐 백작은 일순 당황했다. 하지만, 이내 헛웃음을 터뜨리며 인상을 찌푸렸다.

"우리가 무슨 오물을 뿌렸다는 건가!"

"페냐 공자가 저를 '고아 년'이라고 불렀어요."

"뭐, 뭐……?!"

"저는 듀블레드 공작이신 아버지께서 인정하시고, 황제 폐하의 인가를 받은 듀블레드의 딸입니다. 그런데 '고아 년'이라고 부른 건 두 분의 뜻에 반하는 일이 아닌가요? 고발해야 하는 건 누구지요?"

"말도 안 돼! 내 아들이 그랬을 리가……!"

페냐 백작이 희멀게져서 아들을 쳐다보았다. 빌리는 울던 것도 잊고 흠칫했다.

"그, 그건…… 그건 저년…… 아니, 저 애가 저더러 못생겼다고 해서……!"

인정이나 다름없는 말에 사람들의 얼굴이 일그러졌다. 고작 못생겼다는 말로 그런 모욕을 한 것인가. 아들을 끌어안고 있던 백작 부인조차 당황해서 어찌할 바를 몰랐다.

이샤크가 "꼬맹아……!" 하고 황급히 소리쳤지만, 르블레인은 양손을 허리에 올리고 그를 향해 눈을 가늘게 좁혔다.

"이샤크는 바보야! 난 '고아 년' 같은 말 하나도 안 무서워! 내게는 잠깐 부모가 없었지만, 지금은 아빠도 있고 오빠들이 있어. 그러니까 난 고아 년이 아니란 말이야."

"그렇지만……."

"나 대신 이렇게 화내 주고도 내가 상처받을까 봐서 한마디도 못 하는 오빠가 있는데 내가 왜 무서워해야 해?"

이샤크의 눈이 가늘게 떨리자 르블레인은 페냐 백작 내외와 빌리를 향해 슥, 몸을 돌렸다.

"말씀대로 페냐가의 미래이자 명예가 제게 한 모욕은 어떻게 보상하실 거죠?"

페냐 백작의 얼굴이 딱딱하게 굳어졌다.

'설마, 내 입에서 '미래와 명예'라는 말이 나올 때까지 기다린 건가.'

이미 빌리가 페냐가의 미래와 명예이노라 선언하였으니 단지 소년의 치기로 수습할 수 없었다.

'그, 그럴 리가! 어떻게 아홉 살배기 계집애가 어떻게……!'

아니, 이럴 때가 아니었다.

'공작이 오기 전에 어떻게든 수습을……!'

뒤보스 자작의 얼굴은 험악하게 구겨졌고, 페냐 백작이 그를 향해 양손을 뻗었다.

"자, 잠깐 이야기를……. 그러니까 이건……."

그때였다.

"이야기는 네 아들의 목이 떨어진 후에 하도록 하지."

서늘한 목소리에 백작 내외와 빌리의 등허리가 흠칫하였다.

계단을 올라온 듀블레드 공작과 앙리, 그리고 듀블레드의 모든 봉신이 한겨울 북풍보다도 시린 눈으로 그들을 쳐다보고 있었다.

"서, 설명하게 해 주십시오. 오해가…… 이건 분명……!"

페냐 백작이 벌벌 떨며 다가가려 했을 때, 듀블레드 공작이 말했다.

"재밌는 일이로군."

"예, 예?"

"내 자식에겐 설명 한마디 듣지 않았으면서, 상황을 전혀 보지 못한 네가 설명을 하겠다니."

"그, 그건……."

"아무래도 내가 그간 유했던 모양이야. 주제 모르는 것들이 목을 내놓고 달려드는 것을 보면."

공작의 목소리가 낮게 깔리자 빌리 페냐이 "아니에요!" 하고 절박하게 소리쳤다. 샛노란 얼굴의 그가 벌벌 떨며 억지로 몸을 일으켰다.

"저는 단지, 단지 아기님의 바람을 들어주려던 것뿐이었어요!"
"내 딸의 바람이라. 무엇을."
"아기님이 저를 좋아하니 결혼해 주려고……!"
쾅!!
굉음과 함께 2층의 복도 바닥이 우그러들었다.
앙리가 빌리 페냑을 지그시 응시했다.
"실례. 너무 어이가 없는 나머지 조준에 실패했습니다."
"……."
"미친놈의 대가리를 조준했는데."
페냑가의 얼굴이 새파랗게 질렸다.
"그래서 르블레인, 저 미친 게 무슨 말을 하는 건지 너는 알아?"
앙리가 다정하게 웃으면서 묻자 르블레인이 인상을 찌푸렸다.
"몰라. 아까부터 계속 이상한 말만 해. 남자를 꼬시는 법을 알려 주겠다느니 하면서."
뾰로통한 얼굴로 말하자 빌리 페냑이 소리쳤다.
"아, 아냐! 우리 부모님이 그러셨다고. 네가 날 좋아한다고 했단 말이야……!"
페냑 백작 내외의 얼굴이 새파랗게 질렸다.
'저 미친놈이!'
그렇지 않아도 가문을 통째로 삼킬 불에 석유를 들이부은 격이었다.
"가, 각하……."
페냑 백작이 입을 열었을 찰나였다.
쾅ㅡ!!!
또 한 번의 굉음이 터져 나왔다. 이번에 쓰러진 것은 페냑 백작이었다. 공작의 손에서 검은 오라가 일렁였다.

"들을 얘기가 많겠군."

듀블레드 공작가 전원의 얼굴이 음산했다.

* * *

페냐 백작 내외는 아빠의 발밑에 꿇어앉아 두 손을 비볐다. 빌리는 언제나 커다란 산 같던 부모가 이만큼 절절매는 것을 보고 하늘이 무너진 표정이었다.

저들은 항구를 무상으로 넘기겠다는 서류에 단번에 지장을 찍었고, 그뿐 아니라 페냐가 명의의 제도 저택 세 채 중 두 채를 넘겼다.

하지만 난 속으로 고개를 절레절레 저었다. 저래 봐야 아빠가 용서해 주는 일은 없을 터였다. 이미 노스를 통해 "자금줄부터 틀어막아라." 하고 명한 지 오래였으니까.

나는 이샤크의 방으로 향했다. 하지만 나보다 먼저 온 손님이 있었다. 앙리였다.

"등신."

"……."

"머저리."

"……."

"천치."

"아이씨!"

앙리의 욕을 잠자코 듣고 있던 이샤크가 버럭 성질을 냈다. 앙리는 울컥 인상을 찌푸린 동생의 이마에 주먹을 날리듯 연고를 발랐다.

빌리에게 힘을 쓸 때, 부서진 벽에서 날아온 파편을 미처 피하지 못해서 난 상처였다.

"르블레인이 말했으니 망정이지 거기서 계속 입을 다물었으면 너 혼자 덤터기를 썼을 거란 건 알아?"

"알아. 하지만, 꼬맹이한테 또 '그런 말'을 들려주긴 싫었단 말이야……."

"그럴 땐 다른 핑계를 대야지."

"뭘로?"

"그 자식이 정신이 나가서 먼저 공격했다든가."

"하지만 정신은 멀쩡했잖아."

"정신은 그 후에 나가게 해도 충분해. 정황 같은 건 조작이 얼마든지 가능하지."

앙리, 애한테 뭘 가르치는 거야……?

이샤크가 말했다.

"……하여간에 형은 쓰레기야. 개 멋있어."

그러며 쌍 엄지를 치켜드는 동생을 향해 앙리는 또 패대기치듯 약을 발랐다.

"어쨌든, ……잘했다. 그 자식을 팬 것."

이샤크의 눈이 커졌다. 곧 그는 붉어진 귓불을 긁적였다. 앙리의 칭찬은 처음이라 당황스럽기도 하고 쑥스럽기도 한 모양이었다.

그런 두 사람의 모습이 괜히 흐뭇해 보였다. 나는 히히 웃고 방으로 들어가 이샤크의 침대 위로 얼굴을 걸쳤다.

"사이 좋네~?"

기분이 좋아서 말하니 이샤크와 앙리가 대번에 인상을 썼다.

"아니야!"

"아니야."

"왜? 사이 좋은 건 좋은 일인데."

"……."

"……."

조용해진 두 사람이 힐끔 서로를 쳐다봤다.

이전 삶에도, 그 이전 삶에도, 첫 번째 삶에서마저 듀블레드 공자들은 데면데면했다. 가문의 일이 아닐 땐 서로 마주치려고도 하지 않는다는 건 유명한 일이었다.

하지만 이번 삶에 두 사람은 꽤 사이가 좋았다. 티격태격하긴 해도 잘 붙어 있고, 아주아주 은근하긴 하지만 챙겨 주기도 한다.

'다행이야.'

난 흐뭇한 기분으로 두 사람을 쳐다봤다.

'첫째 공자랑도 우애가 깊어지면 좋을 텐데.'

요한 듀블레드.

나는 그를 한 번도 본 적이 없었다. 학술원의 방학 때도 한 번을 영지에 오지 않았고, 가뭄에 콩 나듯 제도 저택을 찾는 게 다였다.

소식을 접한 것도 그가 몇 번인가 아빠에게 업무 보고하듯 편지를 보냈을 때가 전부였다.

국외의 학술원은 영재원에서도 단 한 명 선출되어 가는 곳이라, 이따금 후배들 교육을 명목으로 영재원에 왔기에 오빠들은 두어 차례 만난 듯했다.

'내년이면 졸업이지.'

미나와 얽힌 일이 많아서 소문은 자주 접했지만, 나는 그가 어떤 사람인지 잘 모른다.

어떤 사람일까.

고민하다가 앙리와 이샤크를 쳐다봤다.

"요한 님은 어떤 사람이야?"

"큰형? 큰형은……."

허공을 잠깐 쳐다보던 이샤크가 약간 질린다는 표정으로 고개를 저었다.

"감정이 없는 사람."

"옛날의 아빠보다?"

"비슷하게 무섭긴 하지. 어쨌든 큰형은 냉혈한에, 괴물에, 악마에……으으으."

이샤크가 어깨를 부르르 떨자 앙리가 미간을 좁히고 말했다.

"르블레인을 겁먹게 하지 마."

"하지만 맞잖아. 야, 꼬맹아. 작은형도 큰형한테는 못 까불…… 으악!"

기어코 한 대 얻어맞은 이샤크가 머리를 잡고 신음했다.

'정말로 작은오빠가?'

앙리는 아빠 외에 무서운 것이 없는 사람이었다. 아직 소년임에도 불구하고, 원로원 의장이나 뒤보스 자작조차 그를 완전히 성인처럼 대했다.

내가 앙리를 쳐다보니, 연고 병의 마개를 닫던 그는 약간 곤란한 표정을 지었다.

"형은 나 같은 사람에겐 가장 껄끄러운 상대거든."

앙리는 협박에 특별한 재능이 있고, 여론전의 귀재이며, 계략에 능하다. 즉, 약점을 파고들어 적을 스스로 궤멸시키는 타입이었다.

'요한은 어떤 것에도 가치를 두지 않는 강자라는 거구나.'

앙리는 헝클어진 내 머리칼을 잘 정리해 주며 말했다.

"그러니까 르블레인, 형을 보면 도망쳐. 웬만하면 함께 있지 마."

"왜?"

"그런 사람과는 절대로 적이 되어선 안 돼. 어떤 것에도 의미를 두지 않는 사람은, 어떤 것으로도 막을 수 없어."

"……?"

"반대로 유일한 가치가 되어서도 안 되지. 제 손안의 보물에 위해를 가한다면 앞뒤를 전혀 재지 않는 괴물로 변할 테니까."

"이샤크보다?"

"이 녀석은 상대도 안 돼."

그러며 앙리가 이샤크를 퍽, 밀쳐서 이샤크는 버럭 성질을 냈다.

며칠 후, 페냐가의 가주가 바뀌었다는 이야기가 들려왔다. 어떻게 한 건지 모르겠지만, 이전 페냐 백작과는 전혀 관계없는 '팔촌의 조카의 어쩌구'라는 아주아주 먼 친척이 페냐가를 차지했다.

새로운 페냐 백작은 아빠의 발등 아래 고개를 조아리며 충성 맹세를 했단다.

*　*　*

국경.

듀블레드의 봉신, 미생크 자작과 수가외 남작은 절로 팔을 꾹, 붙들며 바짝 마른 입술을 축였다.

눈앞엔 시체의 산이 쌓여 있었다.

차마 눈 감을 틈도 없이 눈알을 까뒤집고 죽은 처참한 시체가 소년의 희고 기다란 손에 들려 나풀, 흔들렸다. 시체의 산을 짓밟은 채 손에 들린 시체까지 여상하게 내던진 소년이 물었다.

"이자들의 신원은."

"예? 아, 예, 예!"

미생크 자작이 희게 질린 얼굴로 허겁지겁 달려가 시체를 살폈다. 다른 시체에선 특이점을 발견하지 못했지만, 시체 중 가장 말쑥한 차림을 한 사내의 발목에서 문양을 발견했다.

"푸. 푸른 수염입니다! 예, 맞습니다. 푸른 수염 용병단이 확실합니다!"

시체들의 정체를 들은 수가외 남작의 얼굴은 이전보다 더욱 파리해졌다.

푸른 수염 용병단은 적어도 2티어, 아니, 용병단의 거점인 국경 지대에선 지리적 이점을 활용하는 만큼 1티어급의 용병단이었다. 그런 용병단이 성냥개비처럼 우수수 궤멸되었다.

막 변성기를 지난 단 한 명의 소년에 의해.

소년은 느른히 몸을 움직였다. 동료 용병들이 죽어 나가는 동안 움직이지 못했던, 마지막 남은 한 사람이 실금하며 뒷걸음질 쳤다.

"오, 오지 마…… 오지 마, 이 괴물, 크흑!!"

소년의 몸에서 흘러나온 검은 오라에 의해 발이 묶인 마지막 용병이 요란하게 넘어졌다.

"컥!"

소년은 마지막 용병의 목을 마치 벌레라도 되는 양 지그시 밟았다.

미생크 자작이 소리쳤다.

"감히 듀블레드의 문양이 새겨진 마차를 덮친 이유가 무엇이냐!"

"끄흐…… 흑……."

마지막 용병이 혀를 끊어 자진하려던 찰나. 그의 입안으로 소년의 손이 거칠게 들어왔다. 혀를 잡아챈 소년의 동공이 좁아지고, 살기와 같은 예리한 이채가 맴돌았다.

마지막 용병이 벌벌 떨리는 몸으로 진저리를 쳤다.

"끄흐……흐으읏!!"

"쉬—."

소년은 감미로운 목소리로 속삭였다.

"날 더 재미없게 만들지 마."

순간, 남자의 혀를 쥔 소년의 손에서 튀어나온 검은 오라가 마치 오물이라도 되는 양 용병의 입으로 꿀럭, 꿀럭 넘어갔다. 죽기 직전의 벌레처럼 파르르 떨던 용병이 축 늘어지자 소년은 미련 없이 손을 물렸다.

미생크 자작이 마른침을 삼키며 그에게 손수건을 건넸다. 손에 묻은 검붉은 타액을 가볍게 닦아 낸 소년이 물었다.

"언제부터 이깟 피라미가 듀블레드를 노리게 된 거지?"

낮게 묻자 듀블레드의 두 가신이 황급히 고개를 조아렸다.

손수건을 툭, 내던진 소년이 말했다.

"영지로 간다."

듀블레드의 두 봉신이 샛노란 얼굴로 시선을 교환했으나 감히 반론을 제기할 수 없었다.

젊은 시절의 듀블레드 공작과 꼭 닮은 은발이 국경의 메마른 바람에 흩어졌다.

"예, 요한 도련님."

미생크 자작과 수가외 남작이 깊게 허리를 굽혔다.

5년 만이었다.

요한 듀블레드가 영지를 찾는 건.

* * *

나는 드레스 룸에서 다섯 살 생일에 레아가 떠 준 장갑을 들고나왔다.

제도에 올라갈 준비를 해 두려는 것이었다.

아빠는 영지의 일을 처리한 후, 제도로 올라가겠다고 했다. 당연히 나도 함께 갈 거다.

'아빠가 일을 처리하려면 꽤 걸리겠지만, 미리미리 하나씩 보내 놔야지.'

듀블레드의 마도 마차라도 영지에서 제도까지는 이틀이나 걸리니, 왕복이면 나흘이다. 심지어 실을 수 있는 짐의 무게도 얼마 안 되어서 미리 조금씩 부쳐 두지 않으면 제도로 가서 고생할 터였다.

"이것도!"

장갑을 든 채 도도도도 달려가며 소리치자, 레아는 쿡쿡 웃었다.

"그것까지 넣으면 가방이 안 닫히지 않을까요?"

그녀가 짐 가방을 흘깃 보며 말해서 나는 끙, 신음을 삼켰다. 이번에 부칠 짐 가방은 이미 빵빵해서 목도리 하나도 안 들어갈 것 같았다.

마도 마차로 가져갈 수 있는 짐에는 한계가 있어서 원하는 대로 마음껏 챙겨 갈 수 없었다.

"장갑은 다음번에 부치지요."

"그러면 다음에 내가 잊어버리지 않게 꼭, 꼭 장갑을 챙기라고 말해줘야 해?"

"네."

이 장갑은 소중한 거다.

레아는 기사였던 만큼 손재주는 없는 편이었는데, 몇 번이나 올을 풀고 다시 뜨개질을 해서 만들어 줬다. 가뜩이나 부족한 잠을 더 줄이고, 새벽 내내 눈을 비벼 가면서.

완성한 장갑은 귀족 어린이의 것이라기엔 매우 엉성했지만, 내게는 아주아주 소중했다.

역시 장거리 이동진이 있으면 좋겠다.

"다른 필요한 건 없으신가요?"

나는 "아!" 하며 고개를 끄덕였다.

'그것도 챙겨 가야 해.'

나는 문을 나섰다. 목적지는 처음 서관을 구경했을 때 본 초상화의 방이었다.

나는 언제 봐도 웅장한 초상화를 빤히 쳐다봤다. 잿빛으로 센 머리, 듀블레드 가문의 상징인 푸른 눈동자를 가진 노인이었다.

'이젠 할아버지가 누군지 알아요.'

처음 봤을 땐 몰랐지만, 나중에 고용인들이 알려 주었다. 이 초상화 속의 남자가 듀블레드의 초대 가주임을.

나는 초상화를 빤히 보다가 양손을 모으고 기도하듯 생각했다.

'왕할아버지, 실례할게요.'

그리고 난 의자를 끌어와서 그 위에 올라갔다. 그리고 액자 상단 중앙에 박힌 자수정을 향해 손을 뻗었다.

내가 네 살 적에 이곳에서 초상화를 보자마자 '목소리'를 듣고 기절한 적이 있었다.

'처음엔 그게 부네의 목소리인 줄 알았지.'

하지만 곰곰이 생각해 보니 아니었다.

잠든 광물에서 나온 부네가 한 첫마디를 똑똑히 기억한다.

[드디어 아가를 만났어.]

—라는 말이었다.

'그전까진 날 만나지 못했다는 말이야.'

그러니까 그 '목소리'는 부네가 아닌 다른 악마의 것일 가능성이 크다는 것이다.

지금까진 듀블레드의 울타리 안에 있었고, 악마를 불러낼 정도의 위기 상황은 없었다.

무엇보다 악마의 소원을 들어주지 않으면 돌려보낼 수 없으므로, 최악의 경우 소원을 들어주지 못하고 악마를 유지하느라 신성력이 텅 빌 위험성이 있었다.

그래서 손대지 않았지만, 앞으로 제도에서 생활할 땐 어떤 위험이 도사릴지 모르니 챙겨 둘 생각이었다.

'아빠한테 허락도 받았고.'

"닿을락 말락 한데…… 끄으응."

낑낑거리며 힘껏 까치발을 들었다.

'잡았다!'

초상화 틀에서 겨우 자수정을 빼냈을 무렵.

"무슨 짓이지."

낯선 목소리가 들려왔다.

소스라치게 놀란 난 펄쩍 뛰다가 균형을 잃고 말았다.

"끄악 ─!"

휘청이다가 넘어지고 말았다. 쾅! 소리와 함께 의자가 쓰러지고 나는 개구리처럼 엎어졌다.

'누, 누구?'

고개를 들자,

"희한한 짓을 하는군."

그렇게 말하는 소년을 보자마자 나는 첫눈에 알았다.

겨울을 그러모은 듯 차디찬 은발, 시리고도 깊은 시안 블루의 눈동자와 같은 듀블레드의 상징이 아니더라도 난 그를 알 수 있었다. 왜냐면.

'아빠다…….'

아빠의 소년 버전이었으니까!

듀블레드 삼 형제 중 가장 아빠를 닮았다는…….

'요한 듀블레드.'

나는 우뚝 굳어졌다.

요한이 대답 없이 날 빤히 쳐다봤을 때였다.

"도련님!"

황급히 달려온 뒤보스 자작이 요한을 향해 입을 열려다가 날 발견했다.

"아니, 아기님이 아니십니까. 하핫, 벌써 도련님과 인사하신 겁니까? 두 분은 처음 만나시지요. 이분이 아기님의 큰 오라버니이신 요한 님이십니다. 그리고 요한 님, 이분은……."

"알고 있어."

"예?"

"절도범."

그가 내 손에 들린 자수정을 흘끔 보며 말했다.

아빠와 두 오빠의 산을 넘은 지 5년. 나는 마침내 등반해야 할 마지막 산을 만났다.

'하필이면 절도범으로 보여서!'

* * *

듀블레드의 온 가족이 식당에 모였다.

원형 테이블의 상석엔 아빠가 앉고 왼쪽으론 앙리와 이샤크가, 그리고 오른쪽으론 요한이 앉았다. 나는 아빠의 맞은편에 앉아서 요한의 눈치를 살폈다. 그런 날 본 이샤크가 인상을 쓰고서 말했다.

"아직 꼬맹이에 대한 의심이 안 풀렸어? 그거 아버지가 마음대로 하라고 하신 게 맞다니까. 내가 들었어."

요한은 별다른 표정 변화 없이 나이프로 고기를 슥, 베어 냈다.

"머저리가 아닌 이상 두 번 말하지 않아도 알고 있다."

냅킨으로 입가를 정리한 앙리가 포크를 내려놓으며 제 형을 향해 미소 지었다.

"한데 영지엔 무슨 일이십니까. 제도로 가던 중에 습격당하셨다더니, 많이 불안하셨나 봅니다."

저건 '겁먹어서 집에 숨으러 왔냐?' 하는 빈정거림이었다. 그런 말에도 요한은 아무렇지 않게 대꾸했다.

"앙리."

"말씀하십시오."

"눈에 힘주지 마라. 겁먹은 걸 들킨다."

앙리의 안색이 대번에 변했다.

이샤크가 쯧, 혀를 차고 삐딱하게 앉았다.

"그럼 무슨 속셈으로 왔는데?"

"한심하게 속을 전부 드러내는 것보단 겁먹은 쪽이 낫군."

"그거 나한테 하는 말이야? 붙어 볼까."

이샤크의 팔뚝에서 푸른 스파크 같은 것이 일었다. 그때, 챙! 날카롭게 식기가 놓이는 소리가 났다. 아빠였다.

"내 앞에서 붙을 땐 이따위 시시한 싸움질이 아니라 누구 한 놈은 죽일 각오로 하라고 했을 텐데."

아빠의 말에 이샤크의 팔뚝에서 피어오르던 스파크가 사그라들었다. 그리고 나는 목이 콱 멨다.

'체할 것 같아…….'

아빠와 오빠들이 서로 불편하게 여긴 적이 있긴 하지만, 이렇게나 날 선 분위기는 아니었던 터라 나는 매우 당황해 있었다.

이전 삶에서 듀블레드가의 사이가 한겨울 북풍보다 매섭다는 소문이 돌더니 사실이었나 보다.

'하긴, 앙리와 이샤크도 처음엔 별로 사이가 좋지 않았고.'

지금도 딱히 우애가 넘치는 건 아니었다.

아들들이 입을 다물자 아빠는 다시 식기를 들며 물었다.

"그래서 요한, 네가 온 이유는 무엇이냐."

"국경 부근에서 습격을 당한 게 이번만 세 번째입니다."

이샤크가 인상을 찌푸리며 물었다.

"그게 뭐? 몇 년 전부턴 나와 앙리 형도 영재원을 오갈 때 습격을 받은 적이 있어."

"그게 문제란 거지."

요한이 고깃덩어리를 쿡, 찌르며 말했다.

"듀블레드가 습격받는 게 당연해졌다는 것."

"귀족 자제는 늘 납치 위험에 놓이잖아. 자식을 이용해서 부모를 협박하려 하는 놈들부터 고가의 마차를 습격하는 산적들까지 한둘이야?"

"5년 전만 해도 누가 감히 듀블레드의 마차를 습격했지?"

그의 목소리가 바닥에 낮게 깔리자 앙리와 이샤크의 표정이 변했다.

"멍청한 네겐 듀블레드만은 왜 예외였는지 알려 줘야 하나."

앙리가 미간을 좁히며 이샤크 대신 대답했다.

"위해를 가한 놈들은 삼족을 멸했으니까. 두려워서라도 의뢰를 받는 놈들이 없었죠."

요한이 아빠를 쳐다보며 말했다.

"솔직한 말론 귀찮습니다. 피라미들 상대하는 게요."
"그래서?"
"이빨 빠진 호랑이는 가죽이 벗겨지는 법이죠."
"내게 하는 말이냐."
아빠와 요한의 시선이 허공에서 서늘하게 부딪쳤다.
나는 얼른 고개를 숙이고 식사에 집중했다.
'빨리 먹고 도망가자.'
고래 싸움에 새우 등 터진다는 말이 괜히 있는 게 아니었다. 그렇다고 그냥 쏙 빠져나가기엔 눈치가 보여서 나는 얼른 고기를 꼭꼭 씹었다.
"못 보던 새에 겁을 상실했구나."
"겁이 나는 분이었다면 제가 귀찮아질 필요가 없었을 텐데요."
빨리, 빨리.
거의 질겅거리다시피 씹던 찰나였다. 잇몸이 따끔하더니 안에서 우지끈 소리가 났다. 놀라서 혀를 깨물어 버렸다.
"끄악!"
"꼬맹아!"
"르블레인."
앙리와 이샤크가 "괜찮아?" 하고 물으며 다가왔다.
"혀 깨물었어? 봐 봐."
나는 울상을 짓고서 입을 벌렸다. 그때, 무언가 접시 위로 톡, 떨어지더니 데구루루 굴러갔다.
"……."
"……."
"멍데?"
헉! 내 발음이 왜 이래.

깜짝 놀라서 접시를 보자 생니가 두 개나 빠져 있었다.

'맞다, 나 이 빠질 시기였어.'

육체의 성장이 느린 편이라 보통 애들이 여덟 살 무렵 빠진다는 치아가 지금 빠진 것이다.

나는 울상을 짓고 오빠들을 쳐다봤다. 당황한 얼굴로 나와 내 빠진 치아를 번갈아 보던 이샤크가 "풉." 웃음을 터뜨렸다. 앙리도 고개를 돌리고 가늘게 떨고 있었다.

"웃히 마! (웃지 마!)"

치아가 두 개나 빠지는 바람에 발음이 숭숭 샌다.

"호랑이 이빨 얘기를 했더니 정말로 이가……."

이샤크는 테이블을 퍽퍽 때리며 웃었다. 앙리의 어깨도 더욱 격렬하게 흔들렸다.

나는 눈을 부릅뜨고 아빠를 쳐다봤다.

'오빠들 좀 봐요!'

도움을 구하는 표정으로 보았는데, 아빠의 입가가 허물어져 있었다.

* * *

식사 후, 하녀들이 나를 둘러쌌다.

"아기님, 너무 우울해하지 마세요."

"그럼요. 사람은 다 치아가 빠져요. 앞니가 빠졌을 때도 괜찮으셨잖아요."

"하히만 이거 웃기시 안하? (하지만 이거 웃기지 않아?)"

나 이제 제도에 가야 하는데 치아가 두 개나 빠져 있으면 웃기지 않을까?

'내 목표는 위엄 있는 듀블레드 영애님이었는데.'

내가 시무룩해지자 하녀들이 얼른 말했다.

"하나도요!"

그런 거라면 위안이 될 것 같기도 한데…….

"그헐까? (그럴까?)"

내가 입을 열자마자 사방에서 "풉!", "큭!", "쿠흡……!" 하는 웃음소리가 들렸다.

거짓말쟁이들. 역시 웃기잖아!

*　　*　　*

나는 가제보 벤치에 홀로 널브러지듯 앉아 망연자실한 얼굴로 손거울을 쳐다봤다.

아무리 봐도 윗니의 바로 양옆 자리 두 개가 숭숭 뚫려 있었다.

'망했네, 망했어.'

내 또래 아이들은 이맘때쯤 외부 활동을 시작한다. 본격적인 티 파티는 아니라도 부모님을 따라 집안의 외부 행사에 얼굴을 비치는 것이다.

그건 이 시기면 빠졌던 이가 모두 새로 나기 때문이었다.

'그런데 난 지금 빠졌고요…….'

거기다 아랫니 양옆의 치아 두 개도 흔들리고 있었다.

'버텨 줘, 얘들아. 너희까지 빠지면 진짜로 흉하단 말이야. 적어도 봄 사교 시즌이 끝나고 빠져 주라.'

손거울을 쥔 채로 간절히 기도하고 있던 때, 발소리가 들려왔다. 의장이었다.

"편지를 가져왔습니다."

봉투를 보니 세리아의 것이다. 나는 손을 내밀었다.

“…….”

“……?”

그런데 의장은 편지를 넘겨줄 생각은 안 하고 한동안 빤히 내 얼굴을 보고 있었다.

“이 보러 왔지.”

“보여 주시겠습니까? 그렇지 않아도 세리아가 꼭 찍어서 보내 달라고 해서—”

그러며 커다란 영상석을 꺼낸다.

“—이런 걸 좀 가져와 봤습니다.”

“진짜! 나는 어떻게 하나 고민스러운데.”

뾰로통한 표정으로 말하자 의장이 어깨를 으쓱했다.

“왜요?”

“이상하니까. 발음도 제대로 하려면 엄청 신경 써야 하고. 지금도 또박또박 말하려고 애쓰고 있거든?”

“하면 뒤보스의 가주더러 치아를 자라게 해 달라고 하시지요.”

나는 눈을 동그랗게 떴다.

“인체의 성장을 조절하는 게 가능해? 그건 한 번도 들어 본 적 없는……아.”

뒤보스가의 가주인 베로니카 뒤보스는 연구에 실패해 여든이 넘도록 나이를 먹지 않는 마법사다. 즉, 인체의 성장을 저지했다는 것이다.

의장이 고개를 끄덕였다.

“그 분야에서는 일인자일 테지요.”

“가 볼래.”

헤죽 웃는 바람에 숭숭 빠진 치아가 드러났다. 의장은 “귀엽군요.” 하고 픽픽 웃었지만, 이제 아무래도 상관없었다.

'베로니카가 치아를 자라게 해 준다면!'

아빠가 이리 셋이 포함된 호위대만 대동하면 어디든 자유롭게 가도 좋다고 했기 때문에, 나는 즉시 기사들을 호출했다.

* * *

그런데 왜 이렇게 된 겁니까.

마차 의자에 앉은 나는 맞은편에 앉은 요한을 힐끔힐끔 쳐다봤다.

'불편해…….'

난 기사들에게 뒤보스 저택으로 가자고 하려 했던 것뿐인데, 요한과 동행하게 되었다.

이리들이 봄을 앞두고 훈련에 나선 탓에 대거 빠져 있었다. 그래서 날 저택으로 데려다줄 수 있는 이리는 요한의 호위(라고 쓰고 아빠에게 대들어서 붙은 감시라고 읽는다)로 붙은 사람들뿐이었다.

"어쩌지요, 아기님……. 아, 그렇지. 마침 요한 님도 뒤보스 저택에 볼일이 있으십니다. 함께 가시는 게 어떻겠습니까?"

나는 당연히 요한이 거절할 줄 알았는데 왜인지 나도 데리고 나가 줬다.

"저기, 고맙습니다……."

말하자 요한의 시선이 나를 향했다.

"무엇이."

"데려가 주셔서요."

"난 뒤보스가에서 나눌 이야기가 있고, 너를 데려가면 감시의 주의가 분산되어 대화를 나누기 편해진다. 여기서 어디가 감사받을 일이지?"

요한이 무감한 눈으로 말해서 나는 눈을 도르르 굴렸다.

"그건…… 아하, 그렇네. 감사할 일이 아니군요."

내가 쾌활하게 고개를 끄덕이자 요한의 눈빛이 묘해졌다.

"고모님의 말씀대로 넌 이상한 녀석이군."

"제가요?"

"특이해."

"왜요?"

"그럴 땐 대부분 '그래도 감사해요'라고 하며 웅얼거리지. 끈덕지게 말을 붙이려고."

"그래도 감사하다고 할까요……?"

내가 눈썹을 늘어뜨리며 묻자 요한이 고개를 조금 틀었다.

"귀찮게 굴지 않는 것 하나는 마음에 드는데."

"그러면 역시 사과하지 않을게요!"

내가 헤헤 웃자 요한이 날 힐긋 쳐다보다가 시선을 돌렸다.

'요한을 절대로 귀찮게 하지 말아야지.'

그는 남이 거슬리지만 않으면 발톱을 드러내지 않는다. 어제 식사 자리에서처럼 앙리와 이샤크가 먼저 날카롭게 굴지 않았을 땐, 형제들에게도 무관심했다.

'아빠야, 요한의 입장에선 자신을 귀찮게 만든 원흉이니까 들이받은 걸 테고.'

그렇게 생각하고 있을 때, 마차가 멈추었다.

나와 요한은 뒤보스 일가의 환대를 받으며 저택 안으로 들어갔다.

"반갑습니다, 아기님. 멜라니 뒤보스라고 합니다. 털북숭이 뒤보스의 아내이지요."

얼굴이 유난히 흰 중년의 부인이 내게 인사했다.

'느낌이 좋은 사람이야.'

웃는 모습은 다정하고, 말은 재밌게 해서 긴장감을 풀어 준다.

"안녕하세요. 아름다운 뒤보스."

"어머나, 말도 어쩌면 이렇게 사랑스럽게 하시는지. 남편에게 이야기 많이 들었습니다. 남편은 늘 아기님의 이야기를 즐겁게 하지요."

"흉본 것은 아니겠지요?"

내가 뒤보스 자작을 보며 말하자 자작은 펄쩍 뛰었고, 자작 부인은 쿡쿡 웃었다.

"그리 불충한 자라면 제가 꼭 발고하도록 하겠습니다. 자, 가시지요. 가주님께서 기다리십—"

그녀가 그렇게 말하던 찰나, 계단에서 우당탕탕! 하는 소리가 들려왔다.

"아기님!"

베로니카가 상기된 얼굴로 구르듯 내려오는 소리였다.

그녀는 내려오자마자 내 양손을 덥석 잡았다.

"찾아 주셔서 기뻐요! 편지를 받고 굉장히 설레서 이제나저제나 기다리고 있었어요. 그리고 과자도 잔뜩 준비해 놨는데……! 참, 그렇지. 멜라니, 내가 부탁한 초콜릿 비스킷이 없어."

"하인이 급히 사러 갔습니다. 그보다 가주님, 위에 올라가셔서 이야기하시는 게 어떨까요?"

멜라니가 상냥하게 묻자 베로니카는 "응! 그렇지, 맞아!" 하며 나를 이끌었다.

"연구실을 보여 줄게요. 재밌는 게 많아요."

뒤보스가의 사람들은 다소 당황한 듯했지만, 난 동요치 않고 그녀와 함께 계단을 올라갔다.

연구실로 들어가자마자 베로니카는 이것저것을 설명했다.

"이건, 이건, 벼락 맞은 엘자 나무뿌리, 이건 철갑 용의 화석, 그리고, 그리고……."

"저기!"

내가 말하니 베로니카가 눈을 동그랗게 떴다.

"안녕하세요?"

빙그레 웃으며 인사했다. 베로니카는 그제야 얼굴을 붉히곤 "아, 인사……." 하며 웅얼거렸다.

"반가워요, 아기님. 뒤보스가에 오신 걸 환영해요."

"네. 멋진 연구실을 보여 줘서 감사합니다."

그녀는 손을 꼼지락거리며 웅얼거렸다.

"다들 징그러운 곳이라고 하는데…… 아차차! 여기 앉아서 인사해요."

베로니카가 가리킨 테이블엔 간식이 잔뜩 쌓여 있었다.

자리에 앉자마자 그녀는 도넛이며 케이크를 내 접시에 마구 옮겨 주고 물었다.

"그런데 오늘 무슨 일로 오셨어요?"

"부탁할 게 있어서요."

"뭐든 말씀하세요."

"저 치아가 빠졌어요. 그래서 이가 얼른 자라게 하고 싶어요!"

"어째서요? 이렇게 귀여운데. 너ㅡ무 사랑스러워서 아까부터 힐끔힐끔 보고 있었는걸요."

나는 눈썹을 늘어뜨리고 양손으로 입을 막았다.

"위엄 있는 영애님은 치아가 빠지지 않아요……."

"으음, 위엄 있는 것보단 귀여운 게 좋다고 생각하지만, 어쨌든 아기님의 고민을 해결하는 건 어렵지 않아요."

나는 얼굴이 밝아져서 물었다.

"물론 치아를 빠르게 자라게 할 순 없어요. 인위적으로 자라게 한 모든 것은 연약하니까요. 아기님의 치아가 다시 똑, 부러질 수도 있답니다."

새로 날 치아는 영구치다. 그게 부러지면 난 평생을 지금과 같은 상태로 살아야 할 거다.

'치아 숭숭 영애라고 불릴지도 몰라!'

끔찍한 상상이 들자 얼굴이 희멀게졌다.

"그럼 어떻게 해야 해요?"

"치아가 자랄 때까지 허상의 치아를 만들어 놓는 거예요. 허상이라 발음은 똑같이 새겠지만, 남들은 치아가 빠진 걸 모르겠지요."

"해 주세요!"

이거다 싶어 반색하고 말하니 베로니카가 생긋 웃었다.

"아기님의 부탁이라면 뭐든. 저, 저기 그럼 제게 대가를 주실 수 있나요?"

그야 당연하지. 나는 성에서 나올 때 가져온 손가방을 내밀었다.

"돈 많이 가져왔어요!"

"저어…… 돈 말고……."

꼼지락꼼지락하던 그녀가 힐끔힐끔 눈치를 보다가 슬쩍, 부끄러운 듯 양 뺨을 감싸고 몸을 배배 꼬았다.

"아기님의 머리를 땋아 보고 싶어요. 하아아아……!"

……베로니카는 역시 정상은 아니다.

'하지만 그쯤이야.'

나는 고개를 크게 끄덕였다.

"좋아요."

"와—! 그럼 얼른 시작해요!"

"허상의 치아를 만드는 건 어려워요? 시간이 오래 걸리나요?"

"아니요. 매개물에 정보를 흘려 넣고서 다듬는 거예요. 액세서리로 만들어서 걸고 다니기만 하면 되니 그렇게 어려운 건 아니에요. 음, 다른 마법사들이나 신관은 못 하는 것 같긴 하지만."

베로니카는 매개물이 될 물건을 찾는 듯 책상 위의 물건을 휙, 휙 던지며 말했다.

"대체 그게 왜 어려운지 모르겠어요. 요새 젊은 애들은 다들 바보라. 하기야, 고생해 본 적이 없으니 필사적이지 못한 거겠죠."

청소년의 얼굴에서 여든 살 노인의 일면이 엿보였다.

그리고 의장의 말을 떠올렸다.

"베로니카 뒤보스가 서쪽의 마녀로 불리는 것이 안쓰러우시다고요? 뭔가 오해를 하신 것 같은데……."

"베로니카의 외양이 늙지 않아서 더 무시무시하게 생각하는 거 아니야?"

"전혀요. 베로니카 뒤보스만큼 연구에 실패한 걸 기뻐하는 사람이 없을 겁니다. 그녀는 광적으로 귀여운 것을 좋아하는 사람이에요. 베로니카 뒤보스가 서쪽의 마녀로 불리게 된 건 파티에서 자기에게만 말을 걸어 주지 않았다고 동북 지역 일대를 쑥대밭으로 만들었기 때문입니다."

"……그런데 중앙에서 가만히 있었어?"

"당연히 체포되어서 오랜 형무소 생활을 하였죠. 하지만 아무도 그렇게 위험한 사람을 죽이자는 말을 못 했습니다. 베로니카는 몹시 뛰어난 마법사이기 때문이죠. 지금도 그녀의 지식량과 기술을 따라올 수 있는 마법사는 없을 겁니다."

나는 베로니카랑 꼭 잘 지내자고 생각하며 두 손을 맞잡았다.

베로니카는 여전히 열심히 책상을 뒤지고 있었다.

"없나. 그럼 어쩔 수 없지. 아기님, 우리 저걸 써요."

나는 그녀가 가리킨 돌을 보고 아연해졌다.

저거 아까 자랑한 철갑 용의 화석 아닙니까?

"하지만 저거 아주 귀한 건데……."

"아기님의 머리를 땋는 것보다 중요하지 않아요."

결연히 말한 그녀가 책상 위에 철갑 용 화석을 올려놓고서 말했다.

"피 몇 방울이 필요하지만, 아기님은 신성력이 있으시니 그걸로 대체할까요? 귀여운 손에 상처가 나는 건 싫으니까."

나는 고개를 끄덕이고 화석에 신성력을 조금 불어넣었다.

그때.

구우웅—!

천지가 가늘게 진동하며 이명이 귓속을 가로질렀다.

베로니카는 '뭐지?' 하며 창문을 열어 밖을 확인했다.

"지진은 아닌 것 같은데."

그러는 동안 난 멍하니 허공을 바라보고 있었다. 그런 날 보고 베로니카가 고개를 갸웃 기울였다.

"아기님?"

"……나, 나 잠깐만 화장실!"

"복도에서 오른쪽 두 번째 방이에요."

나는 후다닥 복도를 나서 베로니카가 알려 준 방으로 들어가 쾅! 문을 닫았다.

그리고 다시 허공을 바라봤다. 정확히 말하면 허공에 떠 있는, 허리까지 내려오는 장발을 가진 아름다운 사람, 아니, 무언가를.

"나는 아홉 번째 기둥, 파이몬. 나를 불러낸 것이 너이냐."

나는 그냥 치아가 빠져서 이 좀 빨리 자라게 하려고 했던 것뿐인데, 새로운 악마를 불러내 버렸다.

파이몬이 한쪽 눈살을 찌푸리며 날 쳐다봤다. 그러곤 쯧, 혀를 차고 주변을 둘러봤다.

"여긴 음악도 없고, 행진을 할 만한 장소도 아니군. 이런 비루한 곳에 날 불러내다니 정신이 나간 것이 분명하구나. 뭐 하는 게냐. 당장 낮게 조아려 인사를 올리지 못할까!"

내가 불러낸 첫 악마인 부네는 다소 눈치가 없긴 했지만, 점잖고 상냥한 편이었는데 파이몬은 전혀 아니었다.

'근데 되게 예쁜 언니다.'

마치 쟈벨린 님처럼 우아한 아름다움이었다. 무심코 생각하던 찰나, 파이몬이 눈을 부릅떴다.

"난 오빠야!"

그러더니 흠칫해서 "아니, 남자야!" 하고 정정한다.

'약간 어수룩한 느낌인걸.'

"뭐라? 감히 인간 따위가!"

쩡!

날카로운 바람이 휘몰아쳤다. 전투 마법에서 쓰이듯 칼날 같은 바람이라 나도 모르게 눈을 꽉 감고 팔로 머리를 가렸는데, 시간이 지나도 고통이 느껴지지 않았다.

'응?'

"비, 빌어먹을……."

'파이몬, 혹시 나를 공격할 수 없어요?'

"아니야!"

소리치지만 얼굴에 '아뿔싸'라는 말이 쓰여 있었다. 나는 흐응, 하며 웃었다.

'그렇구나. 내게서 소환되면 아무리 악마라도 날 다치게 할 수 없는 거야.'

부네는 워낙에 유순한 편이었던 데다가 나를 아가라고 부르면서 귀여워했다. 공격당할 위험이 전혀 없었기에 몰랐는데, 소환된 악마에겐 이러한 제약이 있는 모양이었다.

'아무튼 알았어요. 일단 몇 가지 물어볼게요.'

"내가 왜 인간의 질문에 대답해야 하지?"

'그렇지 않으면 내가 소원을 들어주지 않을 테니까요.'

"뭐?! 불러냈으면 들어줘야지, 그런 게 어디 있어! 나를 계속 유지하는 게 가능할 거라고 생각하나? 너도 오래 버틸 수 없을 것이다."

'그렇게 불려 온 게 싫으면 돌아가면 되잖아요? 그런데 왜 가지 않지요?'

"그, 그건……."

'안 돌아가는 게 아니라 못 돌아가는 거 아니에요?'

파이몬의 눈빛이 잘게 흔들렸다.

돌아갈 수 없는 까닭은 어렵지 않게 추측할 수 있었다.

1. 소원이 너무나 간절해서 내가 들어주지 않으면 돌아갈 수 없다.

2. 내가 악마의 소원을 이뤄 주고, 악마가 내게 이능을 발휘하는 것까지가 모두 돌아가기 위한 조건이다.

파이몬은 부네처럼 친절한 게 아니니까 둘 중 무엇이 맞느냐고 물어볼 순 없지만, 하나만큼은 분명하다.

'이 거래의 우위를 점하고 있는 건 나라는 거.'

"이, 이, 악마 같은……!"

나는 어깨를 으쓱하고 웃었다.

'칭찬 감사합니다.'

"물어볼 게 뭔데!"

'일단 첫 번째, 아까 베로니카가 파이몬을 못 봤잖아요. 왜 그런 거예요? 부네는 인간체로 현신하면 사람들이 볼 수 있었는데.'

"그 녀석은 눈치가 약에 쓰려 해도 없다. 현신하라고 하면 곧이곧대로 현신만 하지, 인계의 생물이 제 육체를 인식하지 못하게 해야겠다는 생각까진 못하는 거다."

아…….

나는 부네가 떨떨한 미소를 짓던 것을 떠올리고 침묵했다.

'그럼 소원이 뭔데요?'

파이몬이 눈을 번쩍 빛내며 말했다.

"순도 높은 마력."

'이미 마력은 잔뜩 가지고 있잖아요. 고위 악마라면서요.'

"악마의 마력보다 인간의 것으로 만드는 악기가 더 아름다운 소리를 내지. 트럼펫을 잔뜩 만들어서 인세에 소환될 적에 더 웅장한 등장음을 연주하게 할 것이다. 그러니 필히 순도가 높아야 한다."

그러며 파이몬은 황홀한 듯 양팔을 끌어안았다. 나는 흐리게 뜬 눈으로 파이몬을 쳐다보다가 고개를 절레절레 저었다.

‘그럼 세 번째. 내가 순도 높은 마력을 주면 파이몬은 뭘 해 줄 수 있죠?’

그는 씩 웃으며 눈썹을 까딱 들어 올렸다.

“모든 인간이 널 우러러보게 해 주지. 세상에서 가장 빛나는 명예가 너의 것이 될 것이다.”

‘딱히…….’

발루아가는 대대로 학자 집안으로 5공작가 중 가장 명예로웠지만, 그 명예를 지키기 위해 발버둥을 쳤다.

공작가임에도 불구하고 나날이 가세가 기우는 건, 귀족은 돈을 탐해선 안 된다며 명예만 지키려고 하다가 결국 창고가 텅텅 비어 가기 때문이었다.

종국엔 빚을 내 가며 황제의 눈에 들어 찻잎 교역권을 따내려고 할 정도로 돈에 눈이 뒤집혔으면서.

그런 내게 명예는 의미 없는 것이었다.

“하면 네가 세상에서 가장 뛰어난 음악가가 되게 해 주지.”

‘그다지…….’

“명작을 수두룩하게 만들어 낼 수 있는 작가가 되게 해 주마. 훗날 너의 황제가 ‘나라는 넘길 수 있어도 너만은 넘길 수 없다’라는 말을 하도록.”

‘별로…….’

차라리 부네의 능력이 더 도움 되겠다. 그거라면 의장에게 루이를 한 번 더 보여 줄 수 있으니까.

무심코 생각하자 파이몬의 얼굴이 일그러졌다.

“어딜 그런 자와 날 비교하느냐! 나는 온갖 예술에 능하고, 과학과 마도술에 관해서도 악마 중 가장 뛰어난—!”

'마도술? 그럼 특별한 마도구도 만들 수 있어요? 예를 들어, 장거리 이동진 같은 거라든가.'

내가 눈을 동그랗게 뜨고 쳐다보니 파이몬이 픽 실소를 흘렸다.

"당연한 것을."

나는 펄쩍 뛰며 파이몬을 끌어안았다. 그는 당황해서 "뭐, 뭐 하는 거야!" 하고 소리치며 얼굴이 벌게졌지만, 나는 이미 눈이 프랑으로 변한 지 오래였다.

"하, 하지만 방법을 알려 준다고 해도 네게 기술자가 없으면 쓸모가 없다고. 차라리 명예가 더 나을 거다."

'있어요, 기술자.'

"뭐?"

동북면을 쓸어 버렸으나, 가진 기술이 너무도 아까워 처형당하지 않은 불세출의 천재가 어디 있는지 난 알고 있다.

씩 웃으며 문가를 쳐다봤다. 정확히 말하면 저 문밖에 있는 베로니카의 방을.

'베로니카를 내 사람으로 만들고, 파이몬의 지식을 손에 넣으면…….'

나는 미나가 이럴 때 쓴다고 했던 말을 한 번 더 떠올렸다.

'두 번째 로또다.'

*　*　*

나는 파이몬을 사람들이 인식하지 못하도록 하여 얌전히 쫓아오도록 했다. 그러고서 다시 베로니카의 방으로 돌아갔는데, 그녀는 나를 보고 환히 웃었다.

"아기님! 부탁하신 준비는 다 끝내 놓았어요."

파이몬이 소환되어 철갑 용의 화석이 평범하게 되돌아간 모양이었다. 베로니카는 내 신성력이 흘러든 돌을 예쁘게 다듬어 놨다. 그녀는 가느다란 줄에 돌을 꿰어서 내 손목에 조심조심 감아 주었다.

거울을 보자 치아가 언제 빠졌냐는 듯, 완전히 똑같은 모양으로 자리 잡혀 있었다.

'이 기술, 이 속도.'

나는 최대한 귀엽게 웃으며 베로니카의 손을 덥석 잡았다. 그녀는 "어멋." 하며 수줍은 얼굴로 날 쳐다봤다.

"베로니카랑 친하게 지내고 싶어요."

매우, 아주, 몹시.

속내를 감추고 눈을 깜빡이자 그녀의 얼굴이 단숨에 밝아졌다.

"저, 저도요! 아기님처럼 강하고 귀여운 친구를 가지는 게 소원이었어요! 다른 아이들은 모두 저를 괴물이라고 무서워해서……!"

"이제부터 가장 친한 친구로 지내요."

양 뺨을 감싼 베로니카가 "하아아아……." 몽롱하게 신음했다.

"치아는 정말로 고마워요. 다음번에 성으로 초대할게요. 같이 놀아요!"

"그, 그럴까요? 그러면 저도 재미있는 마도구를 잔뜩 가져갈게요!"

"네!"

나는 베로니카의 손을 잡고, 방을 나섰다. 그리고 그녀가 신이 나서 종알거리는 마도술 이야기를 경청했다.

"매개가 되는 광물마다 마력 전도율과 경도, 순도가 달라서 계산식이 달라지는데 이게 참 까다로운 것이……."

지루한 내색 없이 눈을 빛내는 날 보고 베로니카는 몹시 감격스러워했다.

나는 베로니카와 인사하고서 계단을 내려왔다. 때마침 요한도 뒤보스 자작과 이야기가 끝난 모양인지 자리에서 일어나고 있었다.
"일은 다 봤나."
그가 물어서 난 냉큼 고개를 끄덕였다.
"네, 이제 돌아……."
순간, 몸에 가는 진동이 느껴졌다. 내 혼과 연결된 파이몬이 흥분한 까닭이었다.

[이 녀석이야!]

'예?'

[이 순도와 깊이를 보아라. 최근 기백 년간 만난 녀석 중에 최고로군. 멋진 트럼펫을 만들 수 있겠어.]

그러며 눈을 반짝이는 통에 나는 흠칫했다.
'진정해요. 다른 사람의 마력도 많은데, 왜 하필 요한의 것이에요. 저기 마탑주 출신인 베로니카도 굉장한 마력을 가지고 있다고요.'

[오염됐잖아.]

'오염……. 설마 연구에 실패한 것 때문에요?'

[그것도 그렇지만, 너무 늙었어. 본래 마나(마력과 신성력의 근원)란 어릴 때 가장 순도가 높거든.]

나는 끄응, 신음했다. 그렇다면 파이몬이 원하는 정도의 강력하고 순도 높은 마력을 구하는 건 어려울 거다.

인간은 모두 마나를 가지고 태어나지만, 분출할 수 있는 통로를 가진 사람은 소수였다.

분출구란 예를 들면 수도꼭지 같은 것이다. 뜨거운 물이 나오는 수도꼭지에선 뜨거운 물만이, 차가운 물을 가진 수도꼭지에선 차가운 물만이 나온다.

어릴 땐 분출하는 법을 잘 모르니 당연히 나이가 들수록, 많이 수행할수록 힘의 분출이 쉽다.

듀블레드 삼 형제나 아드리안처럼 어린 나이에 자유자재로 수도를 조절할 수 있는 이들을 우리는 천재라고 부른다.

'요한 정도 되는 천재가 또 있을 리 없잖아.'

딱 한 명 있긴 하지만, 그는 신성력의 소유자였다. 아드리안 말이다.

끙끙거리며 고민하던 난 파이몬에게 물었다.

'그러면 마력은 어떻게 받을 수 있는데요?'

[나 정도 되면 아주 쉽게 받아 올 수 있지.]

'다행이네요! 방법이 어떻게 되는데요?'

대답을 들은 난 파이몬의 멱살을 잡고 짤짤 흔들고 싶어졌다.

'그게 뭐가 쉬워!'

* * *

며칠 후, 공작의 집무실.

집무실에 모인 듀블레드의 세 공자는 무감한 표정으로 공작의 앞에 나란히 서 있었다.

"요한, 네 녀석의 계획은 무엇이냐."

"당분간 영지에서 지내며 저를 습격한 자들을 추적할 생각입니다. 방학이 끝나면 학술원으로 돌아가겠습니다. 보좌로 뒤보스 자작을 붙여 주십시오."

"그래. 앙리, 너는."

"영재원을 졸업했으니 제국 내 아카데미로 진학할 예정입니다. 학기 중엔 기숙사 생활을 하고, 방학엔 제도 저택에서 교육받겠습니다."

이샤크가 "동일합니다." 하고 말하자 공작이 노스를 향해 눈짓했다.

"예, 각하."

"요한은 졸업하는 대로……."

말하던 중간에 공작의 시선이 복도 쪽으로 난 창가로 향했다. 그의 시선을 따라 고개를 돌린 앙리와 이샤크의 눈매가 부드럽게 휘었다.

연갈색의 정수리가 삐죽 튀어나와 있었다. 공작은 팔짱을 낀 채로 창가의 작은 염탐꾼을 지켜보았다.

저는 조심스럽게 움직이는 모양인데, 살금살금 걸을 때마다 포슬포슬한 머리칼이 둥실둥실 흔들린다. 모서리에 바짝 붙은 그 애는 이번엔 과감히 창틀에 손을 올렸다. 그리고 살며시 고개를 들었는데.

"……!"

방 안에 있던 사람들 모두와 눈이 마주치자, 휘둥그레져서는 후다닥 아래로 숨었다.

요한은 미간을 좁혔다.

저런다고 해서 들킨 것을 없는 일로 만들 순 없다. 처음 느꼈던 대로 이상한 녀석이다.

귀족 영애가 되었음에도 뭐든 혼자 해내려 하는 것이나, 다른 사람이었다면 자존심 상해했을 말에도 냉큼 헤헤 웃는 것 등이.

하지만 정말로 이상한 건, 저 애가 아니었다.

"오, 오늘은 날씨가 좋네! 꼬맹이는 뭘 하고 있을까."

"낮잠을 자고 있겠지."

"노스, 르블레인이 이불을 차고 자는지 확인해 봐라."

"예, 옛!"

애와 눈이 마주쳐 놓고도 필사적으로 모른 척해 주려는 저들. 저들이 제일 이상했다.

'미친 건가?'

공작과 대화를 끝낸 후, 요한은 문을 나섰다. 정오의 동관은 조용하다. 짙은 해그림자에 소음마저 좀먹혀 버린 듯했다.

아까부터 뒤를 쫓아오는 저 쫄랑쫄랑 발소리만 아니라면.

요한이 휙, 뒤를 돌자 르블레인은 치맛자락을 든 채 살금살금 걸어오던 자세 그대로 굳어 버렸다.

"뭐야."

"그러니까…… 그게……."

딱딱하게 굳어져서 눈을 도르륵 굴리는 르블레인을 본 요한이 말했다.

"머리 굴리는 소리가 여기까지 나는군."

"그런 거 아닌데!"

"아니면."

"……사실은 맞아요."

시무룩해진 르블레인의 어깨가 축 처졌다.

"귀찮게 하려던 건 절대로 아니고요. 저는 그냥, 요한 님이 괜찮으시면…… 그러니까 정말로 괜찮으시면, 가지고 계신 것을 조금 얻을 수 없을까 해서요……."

목소리가 거의 기어들어 간다.

'무슨 목적인가.'

저 애가 원한다면 웬만한 것은 부친이 모두 구해 줄 것이다. 게다가 근래 정신을 반쯤 빼놓고 사는 듯한 앙리와 이샤크도 있었다. 굳이 자신에게 와서 물건을 구할 필요가 없다.

그가 생각을 정리하는 와중에도 르블레인은 힐끔힐끔 그의 눈치를 살피고 있었다.

이쯤 되니 순수하게 궁금해진다. 대체 무엇을 원하는지.

"뭔데."

"손톱이나 머리카락이요."

"……뭐?"

* * *

나는 혀를 깨물고 싶은 심정이었다.

'손톱이나 머리카락이라니…….'

누가 들으면 저주라도 하는 줄 알겠다. 하지만 나는 그것들이 정말로 필요하다. 왜냐면 그게 요한의 마력을 일부 얻을 수 있도록 할 매개물이었으니까.

파이몬은 하필, 굳이, 구태여! 요한의 마력을 원했다.

그를 살살 달래려고 아빠와 앙리, 이샤크를 보여 줬지만. 순도가 요한보다는 못하다고 싫단다.

"내 머리카락이나 손톱은 왜. 저주라도 할 참인가?"
"그게 아니라요. 요한 님은 이제 곧 학술원에 가시잖아요? 몇 번이나 습격받으셨으니까 이번엔 그런 일이 없도록 대역을 만들어 놓는 게 어떨까 싶어서요."
나는 미리 준비해 온 변명을 종알거렸다. 아까는 미행을 들키는 바람에 머리가 하얗게 비어 버려서 말하지 못했다.
"손톱이랑 머리카락이 있으면 만들 수 있대요!"
이건 전설에나 나오는 얘기지만, 상관없다.
'나는 어린애 몸이니까 이런 것쯤은 믿을 수 있다고.'
초롱초롱하게 눈을 빛내자 요한이 무어라 말하려 입을 뗐을 적이었다.
"뭐야?!"
등 뒤에서 이샤크의 목소리가 들려왔다. 얼른 달려와 내 손을 잡고서 제 등 뒤로 숨긴 그가 인상을 찌푸렸다. 앙리도 뒤를 이어 다가왔다.
"큰형이 왜 꼬맹이랑 같이 있는 거야. 또 괴롭혔어?"
"남에겐 관심 없는 분이잖습니까. 앞으로도 쭉 관심 두지 말아 주시죠."
앙리와 이샤크가 날 선 말을 내뱉자, 요한의 눈썹이 까딱 올라갔다. 나는 당황해서 두 사람의 소매를 쭉쭉 잡아당겼다.
"아냐. 괴롭힌 적 없어. 내가 요한 님을 쫓아온 거야!"
"꼬맹이, 네가 왜. 큰형이 눈치라도 준 거야?"
"그런 거라면 신경 쓸 필요 없어, 르블레인."
그러니까 그게 아니래도.
내가 "아니라니 ─" 하고 말하던 중, 요한은 등을 돌렸다. 한마디 변명도 없이 그는 우리에게서 멀어졌다.

난 발을 동동 굴렀다.

"그런 거 아닌데! 진짜로 내가 그냥 요한 님을 쫓아온 건데!"

"……정말?"

이샤크가 물었고, 앙리는 드물게 굳은 얼굴이었다. 앙리가 내 어깨를 살며시 잡곤 시선을 마주쳤다.

"내가 말했지. 형은 위험한 사람이니까 절대로 단둘이 있지 말라고."

난 눈썹을 늘어뜨리고 그들을 쳐다봤다. 불만 어린 표정에 앙리가 "르블레인?" 하고 날 불렀다.

"요한 님은 나쁜 사람 같지 않은걸."

"꼬맹아, 형은 감정이 전혀 없는―!"

"작년에 하녀들과 연극을 보러 갔을 때, 다들 슬프다고 울었는데 나는 안 울었어. 그러면 난 나쁜 사람이야?"

이샤크가 당황해서 "그건……!" 하고 소리쳤다.

"작은오빠는 오늘 회계처에서 올라온 서류를 안 봐도 됐지? 그래서 책을 볼 시간이 생겼잖아."

"……맞아."

"막내 오빠는 기사단의 훈련 상대를 해 주지 않아도 됐지? 그래서 나랑 같이 간식 먹었어."

"응."

"그거 다 요한 님이 대신한 거야."

"……."

"……."

나는 뾰로통한 표정으로 "갈래." 하며 앙리와 이샤크의 손을 떨쳐 냈다.

*　*　*

방으로 돌아오자 내 침대 위에서 와구와구 과자를 먹는 장발의 미녀…… 아니, 미남이 보였다. 나는 흐리게 뜬 눈으로 그를 쳐다봤다.

"내 간식……."

"별맛은 없더군."

"그런데 하나도 안 남기고 먹었어요?"

"무료하니 그러는 것이다. 너는 날 붙여 두지 않고, 이곳에 처박아 두지 않았느냐."

그렇지 않으면 내 생각을 읽으니까 그렇지. 내 속을 속속들이 알고 있는 자는 상대하기 까다롭다.

하지만 떨어뜨려 놓는 것에도 제약이 있다. 일단 그는 나와 약 1킬로미터 이상 떨어질 수 없고, 내 상태가 안 좋으면 사람들이 악마를 인식해 버린다.

'제도로 가기 전에 돌려보내야 해.'

나는 그렇게 생각하며 침대 밑에 보관해 둔 편지 봉투를 들었다. 세리아에게 온 편지였다.

[21인의 사제 중 한 사람인 아돌프가 처형된 후, 신전의 움직임이 심상치 않습니다. 바닥에 떨어진 명예를 되돌리기 위해 신물을 닥치는 대로 찾아 헤매고 있는 중입니다. 신전의 상징과 같은 에트왈을 대예배당에 수일간 전시하고…….]

'지난 삶 중에 에트왈을 전시하는 일은 없었는데.'

실망한 신도들의 마음을 붙들기 위해 신화 속 성물까지 꺼낼 정도면

급하긴 급했던 모양이다.
나는 세리아가 보낸 신전의 에트왈 그림을 확인했다.
'응?'
그러다 놀라서 미간을 찌푸렸다.
"뭐지……."
"무슨 일이냐?"
"신물이 이상해서요."
파이몬이 다가와 그림을 확인했다.
"에트왈?"
"아세요?"
"물론."
온갖 학문에 통달했다더니 신학도 익힌 걸까. 나는 고개를 끄덕이며 말했다.
"맞아요. 에트왈인데 제가 아는 것과 조금 달라요."
"어떻게 말이냐."
"원래 신전이 보관하고 있던 에트왈엔 육망성의 모서리마다 보석이 박혀 있었는데, 여긴 없어요."
분명히 봤다. 미나가 신전의 에트왈을 소유하였을 적엔 모서리마다 보석이 박혀 있었다.
나는 내가 목에 걸고 있던 나의 에트왈을 꺼내 파이몬에게 보여 줬다.
'내 것처럼 보석이 없어.'
파이몬이 이상한 소리를 한다는 듯 내 맞은편에 앉아 턱을 괴었다.
"권속이 없으니 보석도 없는 것이 당연하지."
"그게 무슨 말이에요?"

"에트왈은 본래 권속을 담아 두기 위한 성물이 아니냐. 너희들의 예로 들자면 창고와 같은 것이지."

나는 눈을 동그랗게 떴다.

"권속이요? 마력이나 신성력으로 만들어 내는 그거요?"

"진짜 혼을 말하는 것이다. 악마의 권속과 같은. 너희들의 권속은 이지가 없지 않으냐."

파이몬이 육망성 모서리마다 패인 작은 홈을 가리켰다.

"권속을 이 안에 담아 두는 거다. 필요할 때마다 꺼내쓸 수 있도록."

그 말에 나는 눈을 동그랗게 떴다.

홈은 총 여섯 개. 그럼 권속을 여섯이나 부릴 수 있다는 건가.

"혼이라면, 혹시 악마도 누군가의 권속이 될 수 있는 거예요?!"

"물론. 하지만 우리와 같은 고귀한 존재는 본인의 승낙 없이 담아 둘 수 없지."

"그런 건가요."

"무엇보다 사용자가 우리를 유지할 수 없을 거다. 너만 해도 우리의 이능을 단 한 번 빌려 쓰기 위해 이만한 신성력을 소진하고 있지 않으냐."

"그럼 보통은 뭘 담나요?"

"인간의 영혼을 권속화하는 거다. 하지만 인간의 권속화는 같은 인간이 할 수 있는 일이 아니지. 악마와 같은 고등의 존재가 권속화한 영혼을 얻는 수밖에 없다."

미간을 찌푸린 채 테이블을 툭, 툭, 두드리던 나는 파이몬을 쳐다봤다.

"혹시 제가 악마를 불러낼 수 있는 건 에트왈을 완성하기 위한 일인 건가요?"

파이몬의 입매가 삐뚜름하게 올라갔다.

[자격을 갖춘 후에야 아가와 나의 문답이 가능하지.]

그래서 부네가 에트왈이 없는 난 자격이 없다고 한 거였어.

치맛자락을 꾹 말아 쥐었다.

'미나도 에트왈을 완성한 거야.'

그 애의 엄청난 능력들이 모두 악마나 권속의 힘이었다는 것이다. 그리고 에트왈을 완성한 미나는 교황조차 쉽사리 어쩌지 못할 강자가 되었다.

만약 내가 미나보다 먼저 에트왈을 완성한다면…….

'내가 이 대륙 최강이 되어 듀블레드를 단번에 독립국으로 만들 수 있어.'

가슴이 떨린다.

파이몬은 날 쳐다보며 큼, 헛기침했다.

"그렇다고 날 노려서는 안 될 것이다."

"네!"

"……."

왜인지 파이몬이 조금 시무룩해졌지만, 나는 고개를 갸웃할 뿐이었다.

'파이몬의 능력이 탐나긴 하지만, 권속으로 부리긴 힘든 성격이지.'

고작 여섯 번뿐인 기회. 확실히 도움이 될 만한 권속을 만들어야 한다.

나는 즉시 세리아에게 통신석을 연결했다.

[예, 아기님.]

"제도 내에 있는 특별한 보석과 광물에 대한 정보를 모아 줘. 될 수 있는 한 사들이고."

[특별한 보석과 광물이라면 상상 못 할 가격을 제시하는 자도 있을 텐데요.]

"상관없어."

어차피 듀블레드를 독립시키기 위한 자금을 벌기 위해 운영하던 상단이었으니까.

"그리고 돈은 이제 많이 벌면 돼."

장거리 이동진으로 말이야.

* * *

그날 밤, 나는 요한의 방에 몰래 숨어들었다. 확인한 대로 요한은 수련장에 간 모양이다. 방 안은 아주 고요했다.

'자기 전에 시트를 가니까 그전에 머리카락을 주워 와야지.'

그러면 파이몬이 원하는 양만큼은 안 될 테지만, 달리 방법이 없었다. 난 티끌을 열심히 모아서 태산을 만들 생각이었다.

[이러다 해가 지나서 돌아가겠군.]

파이몬이 빈정거려서 난 '시끄러워요.' 하고 생각했다.

조심스럽게 침실 문을 열었다.

그리고 살금살금 걸어 침대로 다가가는데…….

"헉!"

침대 옆 소파에 무언가 웅크리고 있었다. 소스라치게 놀란 난 딱딱하게 굳어서 입을 틀어막았다.

그런데 이상하다.

사람 실루엣 같은데, 왜 아무런 반응이 없을까?

'파이몬, 내게 무슨 일이 있으면 바로 공격해요.'

말하고서 조심스럽게 소파로 향한 난 깜짝 놀라고 말았다.

"요한 님!"

희게 질린 얼굴로 웅크려 있는 것은 요한이었다. 손목부터 목까지 핏줄이 굵게 불거져 있었다. 기척을 기민하게 알아차리는 요한이 내가 들어오고 나서도 아무 말을 못 할 정도라면 심각한 것이다.

"정신 차리세요! 어떡해, 의사, 의사를!"

내가 허둥지둥 달려 나가려던 차에 요한이 손목을 붙들었다.

"시……끄러워. 이깟 독…… 일주일이면 정화할 수 있어."

"하지만……!"

"난 듀블레드의…… 장자다. 내 몸이 상하면 헛생각을 할 놈이…… 한둘일 성싶으냐."

그야 그럴 것이다.

현재 가신들의 파가 갈리지 않은 건 요한이라는 오롯한 후계가 있기 때문이니까.

'설마…….'

나는 요한의 상태를 자세히 살폈다. 이래 봬도 두 번의 삶 동안 신전에서 교육받았기 때문에 병을 보는 눈은 있었다.

'블룸 독.'

용병들이 자주 쓰는 독이다.

"국경에서 용병이 습격했을 때 다친 거지요? 그래서 듀블레드가 무시당한다는 핑계로 성에서 쉬려고 온 거지요."

"……."

"계속 참고 있었어요?"

"귀찮게 하지 말고……."

"바보!"

나는 버럭 소리쳤다.

세상에 이런 바보가 어디에 있어!

남들은 다 인간미 없다, 아무것에도 가치를 두지 않는다고 욕하는데, 동생들마저 마음을 몰라 주는데, 저 혼자 짐을 잔뜩 끌어안고 있었다.

나는 그런 요한이 속상해서 자꾸만 눈앞이 흐려졌다. 요한은 그런 나를 아주 지그시 바라보고 있었다.

〈다음 권에 계속〉